北欧ミステリの帝王、ヘニング・マンケルが生んだスーパースター、イースタ署の刑事クルト・ヴァランダー。そんなヴァランダーが初めて登場したのは、ガラスの鍵賞受賞の『殺人者の顔』だが、本書は、ヴァランダーがまだ二十代でマルメ署にいた頃の「ナイフの一突き」「裂け目」から、イースタ署に移り、ベテランとなった「海辺の男」「写真家の死」を経て、『殺人者の顔』直前のエピソードで、飛行機墜落の謎と手芸洋品店放火殺人事件を追う「ピラミッド」に至る、5つの中短篇を収録。ヴァランダーの知られざる過去を描いた、贅沢《ぜいたく》な作品集。

登場人物

クルト・ヴァランダー……「ナイフの一突き」「裂け目」ではマルメ署の、それ以降はイースタ署の刑事
モナ……「ナイフの一突き」ではヴァランダーの恋人、「裂け目」「海辺の男」「写真家の死」では妻、「ピラミッド」では元妻
リンダ……ヴァランダーとモナの娘
ヴァランダーの父……画家
クリスティーナ……ヴァランダーの姉
ヘムベリ……マルメ署の刑事
シュンネソン……マルメ署の鑑識課の刑事
ビュルク……イースタ署の署長
リードベリ
ハンソン
マーティンソン
スヴェードベリ
……イースタ署の刑事
ニーベリ……イースタ署の鑑識課の刑事

ペール・オーケソン……検察官
エッバ……イースタ署の受付係

ナイフの一突き

アルツール・ホレーン……ヴァランダーの隣人、元船員
エミール・ホルムベリ……教師、百科事典のセールスマン
リネア・アルムクヴィスト……ヴァランダーの部屋の上の階の住人
マリア……タバコ屋の店員
ヘレーナ・アーロンソン……ヴァランダーの元恋人
ラーシュ・アンダーソン……タクシー運転手、ヴァランダーの友人
アレクサンドラ・バティスタ＝ルンドストルム……ブラジルからの移民
ホルゲル・イェスペルセン……デンマークの船員
ルーネ・ブロム……元船員

裂け目

エルマ・ハーグマン……食料品店の店主
オリバー……南アフリカから来た男

海辺の男

ユーラン・アレキサンダーソン……社長
ベングト……アレキサンダーソンの息子
アグネス・エーン……スヴァルテ村に住む女性
マーティン・ステンホルム……元医者
カイサ……ステンホルムの妻

写真家の死

シーモン・ランベリ……写真家
エリサベート……シーモンの妻
マチルダ……シーモンとエリサベートの娘
ヒルダ・ヴァルデーン……清掃人
ラーシュ・バックマン……元銀行理事
グンナール・ラーソン……ランベリの元助手
ペーテル・リンデル……違法賭《と》博《ばく》の元締め
アントン・エークルンド……旅行会社のバスの元運転手
アンダシュ・ヴィスランダー……牧師
ルイース……ヴィスランダーの妻

ピラミッド

イングヴェ＝レオナルド・ホルム……麻薬売人
ヘルベルト・ブローメル……元管制官
エンマ・ルンディン……看護師
ステン・ヴィデーン……ヴァランダーの友人
ペーテル・エドラー……消防隊長
アンナ・エーベルハルズソン……手芸洋品店の店主
エミリア・エーベルハルズソン……手芸洋品店の店主
ティラ・オーロフソン……動物愛護協会のメンバー
リネア・グンネル……手芸洋品店の隣人
アネッテ・ベングトソン……旅行会社の店員
ロルフ・ニーマン……ホルムの同居人
ニルスマルク（ヒルトン）……麻薬取引の元締め
リンダ・ボーマン……ディスコの店主
ペドロ・エスピノーサ……墜落した飛行機のパイロット
アイルトン・マッケンナ……墜落した飛行機のパイロット

ピラミッド

ヘニング・マンケル
柳沢由実子訳

創元推理文庫

PYRAMIDEN

by

Henning Mankell

目次

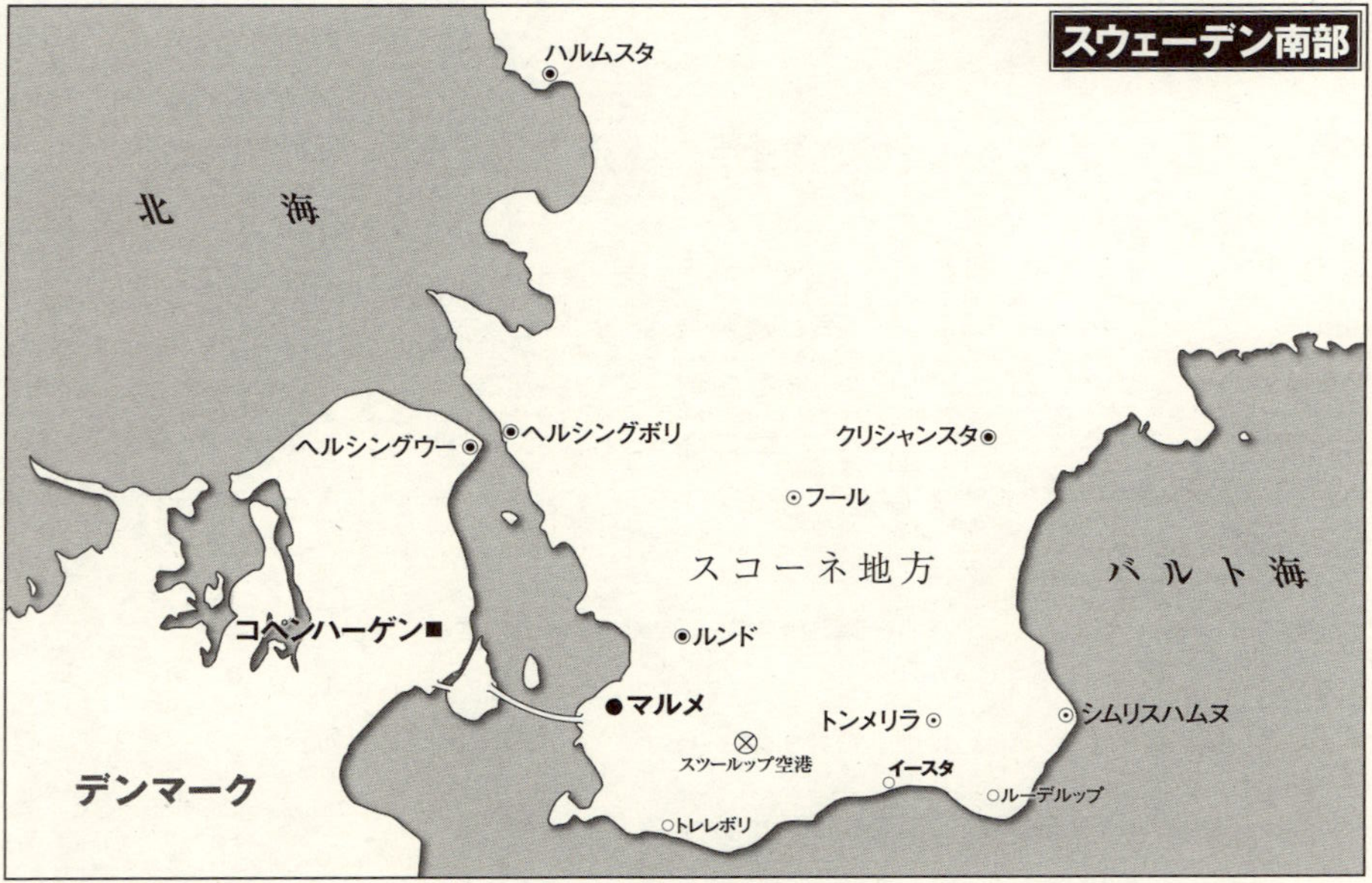

スウェーデン南部
ハルムスタ
北海
ヘルシングボリ
ヘルシングウー
クリシャンスタ
フール
スコーネ地方
バルト海
コペンハーゲン
ルンド
マルメ
トンメリラ
シムリスハムヌ
スツールップ空港
イースタ
ルーデルップ
デンマーク
トレレボリ

ピラミッド

ロルフ・ラスゴードへ

厚い友情、感謝、そして少なからぬ称賛をもって。きみは私の知らなかったヴァランダーの側面をたくさん話してくれた。

訳注

ロルフ・ラスゴード　一九五五年スウェーデン生まれの俳優。とくにヘニング・マンケル原作のヴァランダーシリーズの映画では、『リガの犬たち』『白い雌ライオン』『笑う男』『背後の足音』『ピラミッド』で主役のヴァランダーを演じて不動の座を得る。

著者まえがき

クルト・ヴァランダーシリーズの八作目『ファイアーウォール』（これはこのシリーズの最後の作品となるはずのものだったが）をほぼ書き上げたとき、ずっと探してきたサブタイトルをここでなんとかつけようと思った。しかし、やはり適当なタイトルが見つからなかった。原稿を書き上げ、すべてが、いやほぼすべてが、と言うほうがいいのかもしれないが、完了したときに、『スウェーデンの憂慮すべき事柄に関する小説』というサブタイトルが頭に浮かんだ。

だが、思いつくのが遅すぎた。私の書いたこのシリーズはどの本もまさにこのテーマを様々な角度から書いたものだったにもかかわらず。それらは例えば、「一九九〇年代における法治国家スウェーデンで何が起きているか？」であり、「法治国家の基礎が磐石なものでないとき民主主義は生き延びられるか？」であり、「スウェーデンの民主主義の値は高すぎて、もはや支払うだけの価値がなくなったと人々はみなしているのか？」である。

読者から私に送られてくる手紙には、まさにこのような内容が書かれている。たくさんの読者が賢い意見を私に送ってくれ、考えを共有してくれる。ヴァランダーはある意味で多くの人人の不安の代弁者としての役割を果たしているのかもしれないと私は思う。どんどん大きくなる不安、法治国家と民主主義の関係に関する良識的な意見。これらは世界の様々な場所から、聞いたこともないような町や村から分厚い封筒に入れられて、あるいは絵葉書に殴り書きした短文で私のもとに送られてきた。また、時間に関係なく夜中でもかかってくる電話や、興奮した文体のEメールで直接私に送りつけられもした。

法治国家と民主主義に関するもの以外にも、私に送り届けられる読者の声がある。読者の中には、文中に矛盾したことや間違いがあると、訂正せずにはいられない人たちがいる。読者が指摘する〝間違い〟のほとんどは、ご説ごもっとも、つまり彼らが正しい。(ここで、この本にもきっと間違いがすぐに発見されるだろうが、編集者の責任ではないことを宣言しておこう! エヴァ・ステンベリよりも優秀な編集者を発見することなど到底できないことであるから)

だが、読者からの手紙には多くの共通の願望があった。それは、このシリーズが始まる前のヴァランダーについて知りたいというものだった。はっきりとその時期を書くと、一九九〇年一月八日の寒い冬の日の未明、ヴァランダーが電話で叩き起こされた、シリーズの第一巻『殺人者の顔』の始まり以前の彼についてである。私は読者がそもそもこのシリーズがどう始まったのかに関心を持つことはじゅうぶん理解できる。シリーズ開始時のヴァランダーの年齢は四十二歳。四十三歳への階段を上っているところだった。つまり、それまでも彼は長い間警察官だったわけで、結婚し、子どもをもうけ、離婚し、この間職場をマルメ警察署からイースタ警察署に移している。

読者はいろいろ想像する。もちろん、私自身もいろいろ想像している。だが、この九年の間に、ヴァランダーに関する情報もずいぶんたまり、今回引き出しを開けて、埃にまみれた原稿やフロッピーディスク、CDなども整理してみた。

数年前、ちょうど『目くらましの道』を書き上げたころ、私は頭の中でこのシリーズが始まる前の物語を書き始めていることに気がついた。そう、例の記念すべき一九九〇年一月八日以前の物語である。

今回、私はここにそれらを集めてみた。数篇はすでに新聞などに発表したものである[注]。それらにはざっと目を通し、時系列上の不備は訂正し、死語になっているものは取り除いた。五篇のうちの二篇は今回初めて発表する。

もちろん今回この作品を発表するのは、単に私が引き出しを整理した結果ではない。この本が、私が昨年発表したシリーズの八作目の終わりにびっくりマークをつけることになると思うからだ。ザリガニと同じように、あとずさりするのもときにはいいことだ。つまり出発点まで戻ること。一九九〇年一月八日以前の話まで。

これでイメージが完成するわけではない。だが、これらの物語も一緒にしておきたいと私は思う。

他は、これからも、沈黙の淵にある。

一九九九年一月　　ヘニング・マンケル

［注］
「裂け目」は一九九七年に、「フードを被った男」の題名でヘンメット・ヴェッコティドニング（Hemmet Veckotidning）に発表。
「海辺の男」は一九九五年にイーカ・キュリーレン（ICA-Kuriren）に発表。
「写真家の死」一九九六年にイーカ・キュリーレン（ICA-Kuriren）に発表。

ナイフの一突き

Hugget

1

初めは霧の中にいるようだった。

いや、もしかするとどろりと波打つ深い海に呑み込まれているようだったと言うほうが当っているのかもしれない。すべてが白く、そして静かだった。自分はゆっくりと海面に浮かび上がっているのだとクルト・ヴァランダーは思った。ちょうど二十二歳になったばかりだった。警察官になりたてで、まだすっかり大人になったとは言えない年頃だった。見知らぬ男がナイフを手に勢いよく向かってきた。避けるひまはなかった。

その後は白い霧に包まれた。完璧な静けさ。

ゆっくりと彼は目を覚ました。ゆっくりと彼は生き返った。頭の中に映し出される映像は不透明だった。すぐに消えてしまう映像の断片を、蝶を捕まえるように捕まえようとするのだができなかった。彼は必死になって、何が起きたのか理解しようとした……。

その日、一九六九年六月三日、ヴァランダーは非番だった。デンマーク行きのフェリーボートの乗り場までモナを見送りに来ていた。フェリーボートはいま流行《はや》りの水中翼船《ホーバークラフト》ではなく、昔からある大型の、ゆっくりと船内で食事ができるマルメとコペンハーゲンの間を走る連絡船だった。モナは女友達と一緒にチボリ公園へ行くと言っていたが、彼女たちの本当の目当ては洋服のブティック回りをすることだった。ヴァランダーは休日なので一緒に行きたかったのだが、断られた。女友達と二人で行く、男はついてきちゃダメ、とはっきり言われてしまった。港を出て行く船を見送った。モナは夜帰ってくるというので、彼は迎えに行く約束をした。日中の快晴がまだ続いていたら、港からモナと歩いて帰ることにしよう。ローセンゴードにあるアパートまで。

ヴァランダーはそう考えるだけでうれしくなった。着ている服をきちんと直すと、通りを渡って、鉄道の駅の構内に入った。そこでタバコを一箱買った。ヨン・シルバーという銘柄だった。そしてまだ駅の構内にいるうちに火をつけた。

その日は特別なんの予定もなかった。火曜日はいつも非番だった。超過勤務の時間がずいぶん溜まっていた。それはベトナム戦争反対デモがルンドでもマルメでも何度も繰り返し行われたせいだった。ヴァランダーはこの状態が嫌でたまらなかった。自身は、アメリカはベトナムから出て行けというデモ参加者の要求についてはどう考えていいかわからなかった。前の日、モナとこのことについて話そうとしたのだが、彼女は「デモの人たちは乱暴なのよ」と言うばかりだった。ヴァランダーがそれでも、新聞によればアメリカ軍の上官は〝石器時代まで逆戻りさせてやる〟と言ったそうだが、世界最大の兵力を持つ大国がアジアの貧しい農業国を徹底的にやっつけるのはとても正しいとは思えないと言うと、モナはすぐに口を尖らせて、共産主義者と結婚するつもりはないからね、ときっぱり言った。

ヴァランダーはしょげかえった。話はそれ以上続かなかった。どんなことがあろうと、モナと結婚したかったからだ。亜麻《あま》色の髪の、鼻のピンと尖った、顎の小さな娘、モナと。いままで会ったうちで一番美しい娘ではなかったかもしれないが、彼が一番一緒になりたい人だった。二人は去年出会った。ヴァランダーは、それ以前は船会社で働くヘレーナという娘と一年あまり付き合っていた。ところがある日ヘレーナは突然、これであなたとはおしまいよと言った。他の人が現れたからと。ヴァランダーは呆然としてしまった。一週間以上アパートに閉じこもってふさぎ込んだ。嫉妬《しっと》で気が狂いそうになった。ようやく気持ちが落ち着くと、気を取り直して中央駅の中にあるパブに行き、意識がなくなるほど酔っ払った。ようやく家にたどり着くと、また落ち込み、嘆いたのだった。いまでも中央駅のパブの前を通ると、全身が震える。二度とその店には入りたくなかった。

その後数ヵ月は、ヘレーナに戻ってきてもらおうと懸命に働きかけたが、彼女はきっぱりと拒絶した。しまいにヴァランダーのしつこさに腹を立て、警察に通報すると言い放った。そう言われて初めてヴァランダーは敗北を認めたのだった。不思議なことに、それをきっかけに気持ちの整理がついた。ヘレーナは新しい男と付き合えばいい、自分はもう関係ない、と思うことができた。それはある金曜日のことだった。その晩、ヴァランダーはコペンハーゲンからマルメに戻る船の中にいた。隣の席で女の子が一人、編み物をしていた。それがモナだった。

ヴァランダーは考えに沈みながらマルメの町を散歩し、モナたちはいまごろ何をしているのだろうと思った。それからこの一週間の仕事を思い浮かべた。デモが暴徒化したのだった。いや、もしかするとヴァランダーの所属する警察隊が状況を正しく判断できなかったのかもしれない。ヴァランダーは臨時に結成された機動隊に所属していた。その隊は予備隊として後ろに控えていた。デモが拡大したときに呼ばれて出動したのだが、逆に混乱を引き起こしてしまったのだった。

ヴァランダーが本気で政治について話した相手は、父親だけだった。六十歳になり、いまスコーネの東部のウステルレーン地方に引っ越そうとしていた。気分屋でエキセントリックなところのある男で、息子のヴァランダーは毎回父親がどういう反応を見せるか、わかったためしがなかった。とくにあることをきっかけに猛烈に腹を立て、息子と縁を切ると言って以来、二人の関係は冷え切っていた。それは数年前にヴァランダーが警察官になると告げたときのことだった。父親はいつもどおりコーヒーと絵の具の匂いの充満したアトリエにいた。息子に絵筆を投げつけると、失せろ、二度と戻ってくるなと言い放った。家族の中に警察官がいることなど、絶対に受け入れられないと言った。激しい言い争いになった。ヴァランダーは譲らなかった。警察官になりたいというのは本気だった。どんなに絵筆を投げつけられてもこれだけは取りやめることはできないと言い返した。すると父親は急に黙り込み、ヴァランダーには一瞥もくれずにイーゼルの前に座り、雛形《ひながた》を見ながらライチョウを描きだした。父親の絵はいつも同じモチーフだった。森の景色にときどきライチョウを描き込む。

父親のことを思って、ヴァランダーは顔をしかめた。あれ以来、完全には仲直りしていない。だが、いまは少なくとも話はするようになっていた。ときどき彼は母親のことを思う。警察学校に通っている間に亡くなったが、母は父のことを本当はどう思っていたのだろう。姉のクリスティーナは賢くも、義務教育期間が終わるとすぐに家を出て、いまはストックホルムで暮らしている。

十時になった。柔らかい風がマルメの町を吹き抜ける。ヴァランダーはNKデパートのそばのカフェに入った。コーヒーとサンドウィッチを注文して、アルベーテット紙とスィードスヴェンスカ紙を手に取った。両紙共にデモ行進に対する警察の行動を褒めたり非難したりする記事を載せていた。そそくさとその紙面を読み飛ばす。読むのが苦痛だった。早くデモ隊を制御する仕事が終わればいいと思った。自分は刑事課で働きたいのだ。最初からそのつもりだったし、それは隠さずにことあるごとに言っていた。あと数ヵ月もすれば刑事課に回され、重大犯罪までも取り扱うようになるかもしれない、と期待していた。

突然、目の前に人が立ちはだかった。コーヒーカップを持ったまま見上げると、十七歳ほどの髪の長い女の子が立っていた。青ざめた顔で彼を睨《にら》みつけている。前かがみになって髪の毛をだらりと前に下げ、少女はうなじを指差して言った。

「ここ」と少女は言った。「あんた、ここをぶったのよ」

ヴァランダーはコーヒーカップを下に置いた。なんのことかまったくわからなかった。

少女は体を起こした。

「なんのことか、全然わからない」ヴァランダーが言った。

「あんた、警官でしょ？」

「そうだけど？」

「デモのとき、みんなを警棒で殴りつけたでしょ？」

ようやく話がわかった。この少女は自分が制服を着ていなくても、警官だとわかったのだ。

「ぼくは誰のことも殴ったりしていない」とヴァランダーは言った。

「あんたが警棒を持っていたかなんて、どうでもいいのよ。あんたは警官で、デモ隊を殴りつけたあの場にいた。だからあんたもあたしたちを殴りつけたことになるのよ」

「あんたたちはデモ行進に関する規則に背いた」と言ったものの、自分の言葉がなんとも空虚に聞こえた。

「警察官なんて大っ嫌い。ここでコーヒーを飲むつもりだったけど、他で飲むことにするわ」

そう言うと、少女は店を出て行った。後ろに立っていたウェイトレスが嫌な顔をしてヴァランダーを睨みつけた。あんたのせいで客を一人失ったと責めている目つきだった。

ヴァランダーは金を払って店を出た。サンドウィッチは食べかけのまま皿の上に残した。少女の言葉は鋭く胸に突き刺さった。急に通りの人が皆自分を睨んでいるような気がした。制服を着ていないのに、着ているような気がした。紺のズボンと白っぽいシャツと緑色のジャケットを着ているのに。

もう通りに出るのはやめよう、と思った。署の建物の中で、パトロール課にいて、現場に向かうだけにしたい。デモの取り締まりはもうこりごりだ。命令が出たら、仮病を使おう。

足取りが早くなった。ローセンゴードの自宅までバスで行くつもりだったが、やめにした。運動しなくては。それにいまは人に見られたくなかった。知っている人間にも会いたくなかった。

そう思っていたのに、なんということか、彼は父親に会ってしまった。フォルクパルケン公園の脇で。父親は茶色い包装紙に包んだ自分の絵を持って通りを歩いてきた。ヴァランダーは下を見て歩いていたために、ぶつかりそうになるまで父親に気がつかなかった。隠れるにはすでに遅すぎた。父親は頭におかしな帽子のようなものをかぶり、厚手のコートを羽織り、その下にはジャージのようなものを着込んで、ソックスを履かずに素足にスニーカーを履いていた。ヴァランダーは腹のなかでうなった。まるで浮浪者のようじゃないか。少なくとも着るものぐらいはちゃんとしてほしいものだ。

父親は絵を下に置くと、大げさにため息をついた。

「なぜお前は警察官の制服を着ていないんだ？」とあいさつもせずにいきなり言った。「もう警官は辞めたのか？」

「今日は休みなんだ」

「ふーん。警官も休みをとるのかね？　おれたち善良なる市民を守るために休みなしで働いているとばかり思ったが」

ヴァランダーはなんとか怒りを抑えた。

「なぜ冬のコートなんか着てるんだ？」と代わりに訊いた。「二十度はあるというのに」

「そうかもしれんな」と父親は平然と答えた。「だがわしは汗をかくことによって健康を保とうと思っているんだ。お前もやってみるといい」

「夏に冬のコートで出歩くなんて、変だってことだよ」

「そうか、それじゃお前は病気になっていればいいさ」

「おれ？　おれは病気になることなんてない。知ってるじゃないか？」

「まだ、な。いまに病気になるさ」

「自分がどんな格好しているか、わかってるのか？　父さん」

「おれは自分の姿を鏡に映してみるほどひまじゃない」

「ふつう、毛糸の帽子を六月にかぶるか？」

「これを取れるものなら取ってみろ。おれはお前を虐待罪《ぎやくたい》で訴えてやる。お前、昨日のデモで市民を殴っただろう、知ってるぞ」

父親にまでこんなことを言われるのか？　あり得ない。親父は政治になどまったく関心がない人間じゃないか。おれが政治の話を仕掛けても乗ってきたことがないのに。

だが、どうもそれは間違いだったらしい。

「ちゃんとした人間なら誰だってあの戦争を認めるべきではないんだ」父親はきっぱりと言った。

「人は誰でも自分の任務を果たさなければならないんだよ」とヴァランダーはなんとか言い返した。

「お前はおれが言ったことがわかっているはずだ。お前は絶対に警察官になどなってはだめだったんだ。だが、お前はおれの言うことを聞かなかった。いま、お前がやっていることを見ろ。罪もない若者たちを棍棒《こんぼう》で殴っているではないか！」

「おれは生まれてから一度も人を殴ったことなどない」突然ヴァランダーは怒りを抑えきれず、叫んだ。「それにその棍棒というのはやめてくれ。警棒だ。父さん、その絵を持ってどこへ行くつもりなんだ？」

「この絵を加湿器と交換してもらうんだ」

「加湿器など、何に使うんだ？」

「それを新しいマットレスと交換してもらうのさ。いまおれが寝ているマットレスはもうおしまいだ。背中が痛くてかなわん」

ヴァランダーは父親がおかしな取り引きをしていることは知っていた。本当にほしいものが手に入るまで、物々交換を繰り返すのだ。

「運ぶの手伝おうか？」とヴァランダーは訊いた。

「いいや、警察の世話になどならん。それはそうと、近いうちにポーカーをしに来い」

「わかった。行くよ。時間があるときに」

カードゲーム。おれと親父の間に残っている唯一の絆だ。父親は絵を持ち上げた。

「なぜおれに孫をくれないんだ？」

そう言うと、答えも待たずにすたすたと行ってしまった。

ヴァランダーは父親の背中を見送った。ウステルレーンに引っ越すって？　大いに賛成だ。同じ町に住んでいなければ、こうして出くわすこともないはずだからな。


ヴァランダーはローセンゴードにある古い建物に住んでいた。その辺一帯は常に区画整理で一掃される危険にさらされていたが、彼はその土地が気に入っていた。だが、モナからは、あたしと結婚するつもりならここから引っ越して、ときっぱりと言い渡されていた。ヴァランダーのアパートは一部屋とキッチン、それに狭いバスルームがすべてだった。それは彼が親元から独立して初めて手に入れた独り住まいで、家具は競売やインテリア小物の店で買ったものばかり。壁には花や南方の島の景色のポスターがかけられていた。父親がたまにやってくるため、仕方なく父親の絵も壁にかけていた。ライチョウのないほうの絵である。

だが、この部屋で一番大切なものは、レコードプレーヤーだった。彼はまだ少ししかレコードを持っていなかったが、すべてオペラばかりだった。たまに警察官の仲間が部屋に遊びにくることがあると、彼らは決まってなんでこんなに退屈な音楽を聴くのかと不思議がった。それで、二、三枚他のジャンルのレコードも持っていたが、彼としてはなぜみんなが例えばロカビリーのロイ・オービソンに熱狂するのか、まったく理解できなかった。

一時過ぎ、昼食を食べ、コーヒーを飲み、部屋をざっと片付けた。その間ずっとユッシ・ビユルリングのオペラを聴いていた。初めて買ったレコードで、すでに聴くに堪えないほど傷がついていたが、もし火事になったら、一番先にこのレコードを持ち出すつもりだった。

もう一度聴こうと、かけ直したとき、階上からドンドンという音が響いた。レコードのボリュームを下げた。上の部屋に住んでいるのは、昔花屋をやっていたというリネア・アルムクヴィストという年取った女性で、音楽の音が大きすぎるときはいつも床をドンドンと鳴らして知らせてくる。それを聞くと彼は素直に音量を下げるというのが習慣になっていた。窓が開いているので風が入ってくる。モナがかけてくれたカーテンが風になびき、ヴァランダーはベッドの上に横たわった。疲れてもいたが怠けたい気持ちもあった。写真誌『レクチュール』をめくってみた。モナが訪ねてくるときは必ずしっかりと見つからないように隠しておく雑誌だ。そうしているうちにいつのまにかまどろみ始めた。

バンと大きな音がして、彼は飛び起きた。音がどこから来たものかわからなかった。キッチンに行ってみた。何かが床に落ちたのかもしれないと思ったのだが、何も異状はなかった。部屋に戻り、窓から外を見た。家と家の間の空き地はいつもどおり人影もなく静かだった。青い作業ズボンが洗濯ロープに吊るされ、風に揺れていた。ヴァランダーはまたベッドに横になった。さっきまで夢を見ていたのだ。カフェで会った少女もその夢に出てきたが、混沌としていてどんな話か思い出せなかった。

立ち上がって、時計を見た。午後三時四十五分。二時間以上も眠っていたことになる。キッチンのテーブルに向かい、買い物のメモを書き出した。モナはコペンハーゲンから酒を買ってくると言っていた。メモした紙をポケットに入れると、上着を着て部屋を出た。

ヴァランダーは薄暗い廊下に出ると、そのまま立ち止まった。隣室のドアが半開きになっている。それがおかしいと思ったのだ。隣室の男はいつも引きこもっていて、用心深く、二つ目の錠前を五月に取り付けたばかりだった。ヴァランダーはおせっかいかもしれないと思ったが、念のためドアをノックしてみた。隣室に住んでいるのは昔船員をしていたアルツール・ホレーンという老人だった。ヴァランダーが引っ越してくる前からそこに住んでいた。廊下で出会ったらあいさつを交わす程度で、ほとんど付き合いはなかった。彼の知るかぎり、訪ねてくる人間を見かけたことはないし、話し声を聞いたこともなかった。音といえば朝はラジオ、夕方はテレビの音が聞こえてくる程度で、それも十時にはぴたっと静かになる。ヴァランダーはときどき、自分の部屋の音がどれほど彼に聞こえているのか、とくに夜モナが訪ねてくるときなど、どれだけ聞こえるのかと気になったが、もちろん隣人に訊いたことはなかった。

もう一度ノックしてみた。応えはない。ドアをさらに開けて名前を呼んでみた。静かだった。ためらいながらも玄関に入った。閉め切った家の中にこもる、老人特有の臭いがした。ヴァランダーはもう一度呼んでみた。

外出のときにドアを閉めて鍵をかけるのを忘れただけかもしれない、と思おうとした。考えてみれば、彼は七十歳近いのだから、忘れっぽくなっているとしても不思議はない。

キッチンのほうに目をやった。コーヒーカップのそばのビニールのクロスの上にくしゃくしゃに丸められたサッカーの賭けくじがあった。次に、玄関と部屋との仕切りのカーテンを開けた。ぎくっとして身を引いた。ホレーンが床に倒れていた。白いシャツが血に染まっている。片手のすぐそばに回転式拳銃《リボルバー》があった。

さっきのバンという音。あれは銃声だったのだ、とヴァランダーは思った。

気分が悪くなった。死んだ人間はいままで何度も見てきた。溺死した人間、首吊りをした人間。焼死した人、交通事故で形もないほど体がバラバラになった人間。何度見ても、決して慣れるものではない。

部屋の中を見回した。ホレーンの部屋はヴァランダーの部屋と作りが同じだった。部屋にはなんの飾りもなく、花一輪、置物一つなかった。ベッドにはカバーもなく、万年床に見えた。ヴァランダーはそのまましばらく隣人の遺体を見ていた。ホレーンは自分で胸を撃ったに違いなかった。そして間違いなく死んでいた。脈拍《みゃくはく》に触る必要もなかった。

そのあとすぐに自室に戻り、警察に電話をかけた。自身警察官であることを告げ、名前を言い、見たものを告げた。それから通りに出て、警察の車が来るのを待った。

警察の車と救急車がほぼ同時に到着した。ヴァランダーは車を降りた警官たちにうなずいてあいさつした。全員が顔なじみだった。

「お前、何を発見したんだ?」と無線車の警官の一人が言った。ランズクローナ出身で、名前はスヴェン・スヴェンソンというのだが、空き巣狙いの泥棒を追いかけていたとき、トゲの密生した藪に嵌《はま》り、下腹部がトゲでひっかかれたエピソード以来誰も本名では呼ばず、いつもトゲ《タッゲン》というあだ名で呼ばれていた。

「隣の部屋の男だ。ピストル自殺したようだ」

「ヘムベリがこっちに向かっている。これは刑事課の担当だからな」

ヴァランダーはうなずいた。そうだと思っていた。家庭での死の場合、どんなに自然な死に見えても、警察が一応捜査することになっている。

ヘムベリはとかく噂の多い人物だった。良い評判ばかりではなかった。すぐに怒りを爆発させるし、同僚の警察官たちに対してかなり意地の悪いことを平気で言うらしかった。だが、警察官としては非常に優秀だったので、誰も歯向かわない。ヴァランダーはかなり神経質になっていた。何か自分は間違いを犯しているだろうか？　もしそうなら、ヘムベリは到着するなり怒鳴りまくるだろう。それに、もしヴァランダーの希望が通れば、これから働く部署は刑事課の犯罪捜査官ヘムベリ刑事のところなのだ。

ヴァランダーは通りに立って待った。黒っぽいボルボが路肩に停まり、ヘムベリが現れた。一人だった。ヴァランダーに気づくのに数秒かかった。

「お前、こんなところで何している？」

「ここに住んでいるんです。自殺したのは私の隣室の男で、通報をしたのは私です」

ヘムベリは面白い、というように眉を上げた。

「その男を見たのか？」

「見たとは？」

「その男が自分をリボルバーで撃つのを見たのかと訊いているんだ」

「いえ」

「それじゃ、なぜ〝自殺したのは〟などと言えるのだ?」

「ピストルがそばにありましたから」

「それで?」

ヴァランダーはどう答えていいかわからなかった。

「いいか、正しい質問をすることを覚えるんだ。刑事課で働くつもりなら。ちゃんと考えることができない警官なら、もうすでにごまんといるんだからな。もう一人そういうやつはほしくない」

そう言うと、ヘムベリは調子を変えて言った。

「お前が自殺だというのなら、きっとそうなんだろう。それで、遺体はどこにある?」

ヴァランダーはアパートの入り口を指差した。二人は中に入った。

ヴァランダーはヘムベリの仕事をまばたきもせずに観察した。ヘムベリはひざまずいて検死医と一緒に銃弾の射入口創を調べ、ピストルの位置を観察し、体の位置、手の位置を調べた。そのあとアパート内を見て歩き、タンスの引き出しの中身を調べ、クローゼットの衣服を調べた。

一時間も経たないうちに捜査は終わった。ヘムベリはヴァランダーを手招きし、キッチンへ行った。

「うん、まあ、これは間違いなく自殺だろうな」と言うと、ヘムベリは上の空の様子でテーブルの上のサッカーの賭けくじのしわを伸ばし始めた。

「バンという音が聞こえたんです。ピストルを撃った音だったと思います」ヴァランダーが言った。

「他には何も聞こえなかったのか？」

ヴァランダーは考えたが、ここは正直に話すほうがいいと思った。

「昼寝をしていたんです。爆音で目が覚めました」

「そのあとは？　階段を駆け下りる音とか、聞こえなかったのか？」

「はい、聞こえませんでした」

「隣人の男とは付き合いがあったのか？」

ヴァランダーは知っているかぎりのことを言った。

「家族は？」

「私の知るかぎりいないと思います」

「それは調べればわかるだろう」

ヘムベリはしばらく黙って考えた。

「家族の写真はなかった。タンスの上にも壁にも飾られていないし、引き出しの中にもない。あったのは古い船員の身分証が二つだけ。唯一おれの目を引いたのはガラス瓶に入った極彩色のカブトムシだ。クワガタよりも大きい。お前、クワガタを知ってるか？」

ヴァランダーは知らなかった。

「スウェーデンで一番大きな甲虫類だ」ヘムベリが言った。「ま、いまじゃ絶滅に瀕している がな」

ヘムベリはサッカーの賭けくじから手を離した。

「遺書もない。何もかも嫌になって、一気にピストルでズドンとやってしまったというわけか。検死医によれば、心臓をきれいに撃ち抜いているとさ」

警官が一人キッチンに入ってきて、ヘムベリに財布を渡した。開けてみると、中に郵便局が発行した身分証明書が入っていた。

「アルツール・ホレーン」ヘムベリが読み上げた。「一八九八年生まれ。昔の船乗りには普通だった刺青《いれずみ》を身体中に彫り込んでいる。船ではどんな仕事をしていたか、知ってるか?」

「機関士だったと思います」

「船員身分証の一つによれば、ホレーンは機関士だったとあるが、もう一つの古いほうの身分証には一般乗組員とある。つまり船ではいろいろな仕事をしていたのだろう。若いころルシアという名前の女と付き合っていたんだろうな、胸と右肩にその名前を彫った刺青がある。ロマンティックな見方をすれば、その名前を銃弾が撃ち抜いているんだ」

ヘムベリは書類カバンの中にホレーンの船員身分証二冊と財布を入れた。

「検死医の報告書を待たなければならないし、一応規則どおり武器と銃弾も調べることになるが、ま、自殺と見て間違いないだろうな」

ヘムベリはもう一度テーブルの上のサッカーの賭けくじのほうに目を走らせた。

「イギリスのサッカーのことを何も知らなかったんだろうな。この賭け方を見るかぎり、まるでデタラメだ。これで勝ったら、おそらく、勝者はホレーンだけだろうよ」

ヘムベリは立ち上がった。同時に遺体も運び出された。布がかけられた担架《たんか》が狭い玄関を抜けていった。

「よくあるんだ」ポツリとヘムベリが言った。「老人が自分で命を絶つことが。だが、ピストル自殺などはめったにない。ましてやリボルバーでの自殺などおれは聞いたこともない」

そう言うと、ヘムベリは急にヴァランダーに興味深げな目を向けた。

「お前はもちろん気づいているんだろうな？」

ヴァランダーは突然訊かれて戸惑った。

「何に？」

「ホレーンがリボルバーを持っていたのは不自然だと思わなかったのか？　引き出しの中も調べたが、銃器所持のライセンスを持っていなかった」

「船で出ていたときに、外国で買ったのでしょうか」

ヘムベリは肩をすぼめた。

「おそらくな」

ヴァランダーは通りまで一緒に行った。

「お前は隣人なんだから、ホレーンの鍵を持っているといい」ヘムベリが言った。「調べが終わったら、お前に鍵を渡すように言っておこう。確かに自殺だということがはっきりわかるまで、外部の人間の立ち入りは禁止だぞ」

ヴァランダーはアパートに戻った。階段のところで一階上のリネア・アルムクヴィストにばったり会った。ゴミを捨てに行くところだった。

「ずいぶん騒々しいね。いったい何が起きたの?」苛立った声で言った。

「残念なことに人が亡くなったのです」ヴァランダーは言葉に気をつけて言った。「ホレーンさんです」

リネア・アルムクヴィストはショックを受けたようだった。

「あの人、とても孤独だったと思うよ。何度かコーヒーでも、と誘ったんだけど、いつも時間がないからと言って断られたわ。でも時間だけはたっぷりあったんじゃないかと思うけどね」

「さあ、私はほとんど付き合いがなかったので」

「心臓麻痺《まひ》?」

ヴァランダーはうなずいた。

「ええ。おそらくそうでしょう」

「とにかく私としては、騒がしい若者があとに入ってこないことを望むだけよ」

そう言うと、リネア・アルムクヴィストはゴミを捨てに行った。

ヴァランダーはホレーンの部屋に戻った。遺体が運び出されているので、さっきほど気が滅入らなかった。鑑識の係官が片付けをしていた。リノリウムの床の血痕が黒っぽく変色していた。タッゲンというニックネームのさっきの警官が所在なさそうにまだそこにいた。

「ヘムベリから鍵を預かるように言われた」とヴァランダーが言った。

タッゲンは引き出しの上にあるキーホルダーを指差した。

「家主は誰かな。おれ、部屋を探している女の子を知ってるんだ」

「ここは壁がすごく薄いんだ。言っとくけど」ヴァランダーが言った。

「ウォーターベッドというものができたってこと、知らないのか？　あれ、音を立てないんだってよ」


六時十五分。ようやくヴァランダーはホレーンの部屋の鍵を閉めることができた。モナを迎えに行くまでにまだ数時間あった。部屋に戻ってコーヒーをいれた。風が強くなった。窓を閉めて、キッチンに座った。食料を買い出しに行くひまがなかったが、もう店は閉まっている。夜も開いている店は近所にはない。仕方がない、モナとレストランで食べることにするか。キッチンのテーブルの上に財布があった。中身を調べ、外食をするだけの金があるのを確かめた。モナはレストランで食べるのが好きだが、ヴァランダー自身は、それは金を捨てるようなものだと思っていた。

コーヒーメーカーが鳴った。カップに注いで、角砂糖を三個入れ、そのまま少し冷めるのを待った。

なぜか落ち着かなかった。

その原因がなんなのか、わからなかった。

突然、不安が強くなった。

なぜかはわからないながらも、それがホレーンと関係があることだけはわかった。今日起きたことを頭の中で反芻《はんすう》してみた。

バンという音で目が覚めたのだった。隣のドアが少し開いていて、部屋の床に死体が横たわっていた。自殺したのか。

やっぱり何かがおかしい。落ち着かない。ヴァランダーはベッドに行って横たわった。頭の中で銃声を思い出してみた。他にも何か音がしただろうか？　あの銃声の前、それともあと？　夢の中で何か音を聞かなかったか？　思い出してみたが、何も思い浮かばなかった。それでも確かに何かある、自分は何かを見逃している、と思った。懸命に思い出そうとした。だが、何も思い当たらない。ただ静寂があるばかり。起き上がってまたキッチンへ行った。コーヒーはすっかり冷めていた。

おれは勝手に想像しているだけだ、とヴァランダーは思った。第一におれは見たではないか、隣室の老人が自分で人生にけじめをつけたのを。ヘムベリも見たし、他の者たちも見た。

そう考えてもやはり彼は、自分は何かを見逃しているという気がしてならなかった。

もしかするとヘムベリが見逃した何かを自分は気づいたのかもしれないと思うだけで興奮した。もし本当に見つけたら、おれは思ったよりも早く刑事課で働くことができるかもしれない。

時計を見た。まだモナが帰ってくるまでにじゅうぶんな時間がある。コーヒーカップを流しに置くと、ホレーンの部屋の鍵を手に、彼は隣室へ向かった。

部屋に入った瞬間、さっきホレーンの遺体を見つけたときとそっくり同じだ、と思った。あのときとの違いは一つだけ、遺体がないことだ。部屋にはなんの変わりもない。ヴァランダーはゆっくりと部屋の中を見回していった。どうやったら目に見えないものを見つけることができるのだろう？

何かあることは確かだった。それは確信していた。だが、それは目には映らないのだ。

何も見えなかった。

キッチンへ行って、さっきまでヘムベリが座っていた椅子に腰を下ろした。サッカーの賭けくじがまだテーブルの上にあった。じつはヴァランダーはサッカーのことは皆目わからなかった。何かに賭けるとすれば、コインでこするくじくらいなもの。他の賭け事は何も知らなかった。

その賭けくじの結果は次の土曜日にわかると印刷がある。ホレーンはそのくじに名前と住所まで書き込んでいた。

次にホレーンの寝室に入った。窓のそばに立って、そこからベッドを眺めた。さっきとは違う角度から室内を見渡した。ベッドの上で目が留まった。床に倒れていたときのホレーンは、服を着ていた。だがベッドは乱れていた。それ以外はすべてきちんと片付いているのに。なぜベッドをきちんと整えなかったのだろう？　まさか、服を着たまま眠り、目を覚まして、そのままリボルバーを撃って死んだのだろうか？　それになぜ今週の土曜日に当たり外れがわかるサッカーの賭けくじにチェックを入れ、名前と住所まで書いたものがテーブルの上にあるのだろう？

なんだかおかしい。だが、べつに意味はないのかもしれない。ホレーンは突発的に自殺したくなったのかもしれない。もう死ぬというときにベッドを整えることなどどうでもいいと思ったのかもしれない。

ヴァランダーは部屋に一脚だけある肘掛け椅子に腰を下ろした。座面は穴が開いていて、ぺしゃんこだった。おれはいろいろ想像しすぎだ。検死医はきっとこれは自殺だと断定するだろう。鑑識もきっと銃と銃弾は一致していて、ホレーン自身が銃を握って自らを撃ったのだと鑑定するに違いない。

ヴァランダーは自分の部屋に戻ることにした。シャワーを浴び、服を着替えてモナに会いに行かなければ。だが、何かが気になる。タンスに近寄って引き出しを開け始めた。すぐに船員身分証が二冊出てきた。若いころのアルツール・ホレーンはかなりハンサムだった。金髪をなびかせて大きく笑っている。この写真の若者と、ここローセンゴードで静かに余生を送っていた老人が同一人物とはとても思えなかった。この写真からは、人生最後に自殺することになる人物とはとても思えなかった。もちろん、そんなことは自分の勝手な思いだということは知っていた。自殺者に共通の特徴などまったくないのだから。

極彩色のカブトムシがあった。明るい窓のそばに持っていって見ると、箱の下に〈メイド・イン・ブラジル〉と書かれた文字がかろうじて読めた。船乗り時代にホレーンが買った土産物だろう。そのまま続けて引き出しの中のものに目を通した。中身の半分ほど見たときに色の変わった古い封筒が出てきた。中を見ると古い写真が入っていた。結婚写真だ。写真の裏に一八九四年五月十五日という日付とともに写真店《アトリエ》の名前が記されていた。アトリエの住所はヘルヌーサンドだった。そこには〝マンダとの結婚記念日に〟という書き込みもあった。写真はホレーンの両親だろう。この四年後に息子が生まれたことになる。

引き出しを見終わると、今度は本箱に目を移した。驚いたことに、ドイツ語の原本が数冊あった。開いて見るとどれもページが擦り切れるほど読み込まれていた。他に、ヴィルヘルム・モーベリの本も二、三冊、スペイン語の料理本、それに模型飛行機製作の機関紙のようなものもあった。ヴァランダーは首を振った。よくわからない。ホレーンの人物像は思ったよりも複雑なようだった。本箱を離れてベッドの下を覗き込んだ。何もなかった。次にクローゼットを開けた。服はきちんとハンガーにかけられていた。下によく磨かれた靴が三足あった。寝乱れたままのベッド。それだけがきちんとした部屋の様子とはそぐわなかった。

クローゼットのドアを閉めようとしたときにドアベルが鳴った。ヴァランダーは飛び上がったが、そのまま動かず耳を澄ました。もう一度ベルが鳴った。自分はいてはならない場所にいるという思いが胸にあった。沈黙を続けた。だが、三度目にベルが鳴ったとき、彼は玄関へ行き、ドアを開けた。

灰色のコートを着た男がドアの外に立っていた。首を傾げてヴァランダーを見た。

「部屋を間違えたでしょうか？　ホレーンさんに会いに来たのですが？」と男が訊いた。

ヴァランダーは勤務中の警官の声を装った。

「あなたは誰ですか？」この場にふさわしい、厳しい口調で言った。

「そちらこそ、誰ですか？」男が目を剝いて言った。

「警察の者です」ヴァランダーは言った。「刑事課のクルト・ヴァランダー警部補です。名前と、なんの用事でここに来たかを言ってもらいましょう」

「私は百科事典のセールスマンで」と男はおとなしく答えた。「先週こちらに来て百科事典の説明をしたんです。アルツール・ホレーンさんから別の日に、つまり今日もう一度来るようにと言われました。すでに契約を交わし、第一回の配本分の支払いは頂戴しているんですよ。今日は第一回目の百科事典と、契約をされたお客様に無料で差し上げる本を持ってきたんです」

そう言うと、男はカバンの中から本を二冊取り出して見せた。いまの話を証拠立てるように。

ヴァランダーは男の訪問の理由《わけ》を聞いて、おかしな話だと思った。一歩下がって、本を持参した男をホレーンのアパートの中に入れた。

「何かあったんですか？」男が訊いた。

ヴァランダーは問いには答えず、男をホレーンのキッチンに案内し、テーブルのそばの椅子を勧めた。

そのときになってヴァランダーは初めて、自分はこれから人の死を伝えるのだということに気がついた。彼がいつも恐れ、怯えていたことだった。だが、今回は遺族に告げるのではなく、単に仕事でやってきた書籍販売者にすぎないと思い直した。

「アルツール・ホレーンは亡くなりました」とヴァランダーは言った。

向かいに座っている男はなんのことかわからないという顔をした。

「いやしかし、私は今日、しかもさっき、彼と話したのですよ」

「さっき？　先週会ったと言いませんでしたか？」

「ええ、言いました。そして今日の午前中、今晩来てもいいと確認の電話をもらったのです」

「ホレーンはなんと言っていましたか？」

「今晩待っていると。そうでなければ、私が来るはずない。歓迎されない家に押しかけるのは、私の性に合わない。訪問販売する人間が人にどう扱われるか、あなたは知らないかもしれませんがね」

男が嘘をついているようには見えなかった。

「もう一度初めから話してもらいましょうか」

「その前に、いったい何があったんです？」

「アルツール・ホレーンは亡くなりました」とヴァランダーは繰り返した。「いまのところ、私にはそれしか言えません」

「いやしかし、警察が関与しているのなら、何か事件が起きたのじゃありませんか？　それとも交通事故でも起きたのですか？」

「いまのところ、これ以上は言えません」

そう言いながらもヴァランダーは、自分はなぜこんなに思わせぶりな話し方をするのだろうと腹の中で思った。

それから、目の前の男に順序立てて話してくれと頼んだ。

「私の名前はエミール・ホルムベリ。中学校で生物学の教師をしています。でも副業で百科事典を売っているんです。ボルネオへ行くお金を貯めるために」

「ボルネオ？」

「ええ。熱帯植物に関心があるので」

ヴァランダーはうなずいて、話を促した。

「この付近には先週来て、ドアをノックして回ったんです。アルツール・ホレーンさんは興味を示し、中に入るように言ってくれました。このキッチンで説明をしたんですよ。私が訪問販売している百科事典について説明し、値段を言い、サンプルを見せました。三十分ほどで、ホレーンさんは契約書にサインをしてくれました。それで、今日電話をもらったので、今晩本を届けに来たのです」

「先週の何曜日に来たのですか？」

「火曜日。午後四時から五時半の間でした」

その時間自分は勤務していたとヴァランダーは思った。じつは自分はこの建物に住んでいる隣人なのだと伝える必要はないと判断した。とくに刑事課で働いていると言ってしまったいまは。

「こちらでは、興味を見せたのはホレーンさんだけでした。上の階の女性は、私がうるさくセールスして回っていると文句を言っていました。そういうこともあるかもしれませんが、めったにありません。この付近ではベルを押しても応える人はいませんでしたから」

「ホレーン氏は第一回の支払いを済ませたと言いましたね？」

男は領収書を入れていたカバンを開けて領収書を見せた。日付は先週の金曜日になっていた。

ヴァランダーは考えた。

「百科事典はどのくらいの期間払い続けることになっているんです？」

「二年間です。全二十巻分を払い終わるまで」

これはおかしい。話が変だ。自殺しようとする男がこれから二年間払う契約を結ぶはずがない。

「ホレーン氏の印象はどうでしたか？」

「質問の意味がわかりませんが？」ホルムベリが言った。

「彼の様子はどうでしたか？　落ち着いていたとか、元気だったとか、何か心配ごとがありそうでしたか？」

「あんまり話をしませんでした。ただ、百科事典にはとても興味を持っていたようでした。それは確かです」

質問はそれ以上思いつかなかった。キッチンの窓枠に鉛筆が置いてあった。ポケットに手を入れて何か書き付ける紙を探したが、買い物リストを書いた紙しかなかった。その裏に連絡先の電話番号を書いてくれとホルムベリに頼んだ。

「電話をかけるようになるとは思えませんが、念のために」と言った。

「ホレーンさんはまったく元気な様子でしたがね。いったい何が起きたのか、それに、うちとの契約はどうなるんですかね?」

「契約を続けたいという親族でもいないかぎり、この契約はこれでおしまいでしょう。とにかく、アルツール・ホレーンが亡くなったことだけは確かです」

「それについては、それ以上は話してもらえないんですね?」

「はい、残念ながら」

「なんともはや、まったく恐ろしいことだ」セールスマンは首を振った。

ヴァランダーは立ち上がって、話は終わったということを知らせた。

ホルムベリはカバンを持ったままその場に立ち尽くした。

「巡査さん、あなたは百科事典に興味はありませんかね?」

「警部補です」とヴァランダーは言い直した。「いや、百科事典はいらないな。とにかくいまは」

ヴァランダーはホルムベリを道路まで送り出した。自転車に乗った姿が見えなくなると、またホレーンのアパートに引き返した。キッチンのテーブルに向かい、ホルムベリから聞いたことを頭の中で繰り返した。唯一わかるのは、ホレーンが自殺したのは突発的だったということだけ。罪のない百科事典セールスマンをからかうほど意地の悪い人間ではなかっただろうから。

どこか遠くから電話の鳴る音がした。自分の電話だと気がつき、ヴァランダーは飛ぶように自分のアパートに戻って電話を取った。モナだった。

「迎えに来てくれるんじゃなかったの？」ムッとしたような言い方だった。

腕時計を見てヴァランダーはうなった。十五分前に船着場に行っているはずだったのだ。

「急に事件が起きて、仕事していたんだ」と彼は言い訳をした。

「え、今日は休みじゃなかった？」

「いや、残念ながら、休日返上になってしまった」

「あなたの他に警官っていないの？　これからもずっとこうなるってこと？」

「いや、今日は例外だと思う」

「買い物はもうしたの、食事の？」

「いや、時間がなかった」

不満そうな声が聞こえた。

「これから迎えに行くよ。タクシーで行く。そして今日は外で食べよう」

「そんなこと信じられる？　また呼び出しがかかるんじゃない？」

「できるだけ早くそっちに行くから。約束するよ」

「ここのベンチに座って二十分だけ待つわ。二十分以内に来なかったら、歩いて家に帰るから」

ヴァランダーは電話を切るとすぐにタクシー会社に電話をかけた。通話中。ようやく十分後に電話が通じた。電話をかけながら大いそぎでシャツを着替えた。

デンマークからのフェリーボートの船着場に着いたのは三十三分後だった。すでにモナの姿はなかった。彼女はスードラ・フースタガータンに住んでいるので、ヴァランダーはすぐにグスタフ・アドルフ広場まで歩き、公衆電話から電話をかけた。誰も出ない。五分後にまた電話をするとモナが出た。

「二十分だけ待つと言ったでしょ」と言った。

「タクシーステーションがずっと話し中で通じなかったんだ」

「私、今日は疲れてるの。他の晩に会いましょ」

ヴァランダーはなんとか説得しようとしたが、彼女は頑として受け付けなかった。しまいには二人とも喧嘩腰になり、モナのほうが先に電話を切った。ヴァランダーは受話器を叩きつけるように置いた。ちょうど通りかかったパトロール警官が二人、ジロリと彼を睨みつけた。見覚えのない顔だった。

ヴァランダーは広場に出店を出しているソーセージスタンドへ行った。近くのベンチに座って食べ、パンの端切れを争うカモメを見るともなしに眺めていた。

モナとはしょっちゅうケンカするわけではなかったが、少しでも言い争いになると、彼は不安になった。明日になれば、何事もなかったように話ができることはわかっていた。いつものモナに戻るだろう。だがそれでも不安な気持ちを鎮めることはできなかった。

アパートに帰ると、キッチンのテーブルに向かって隣室で起きたことを順を追って書き出してみることにした。ところがなかなかペンが進まない。何より、よくわからなかった。そもそも犯行現場の捜査と分析はどのようにするものなのだろうか？　警察学校で学んだにもかかわらず、基本的な知識がまったく足りないことに気がついた。三十分も格闘して、とうとう彼はペンを投げ出してしまった。確実なことが何もない。ホレーンはきっと自殺したのだろう。サッカーの賭けくじや百科事典はその想定を変えるものではない。自分はもっと隣人とふだんから付き合っているべきだったと後悔した。もしかすると孤独感がホレーンを自死に追いやってしまったのだろうか?

　通りから車が往来する音が聞こえてきた。車の窓が開いているのか、音楽もときどき聞こえてくる。〈朝日のあたる家〉のメロディーが聞こえた。数年前に大ヒットした曲だった。このグループの名前が思い出せない。キンクス?　そういえばこの時間帯はいつも隣のホレーンの部屋からテレビの音が聞こえてきた。いまは何も聞こえない。

　ヴァランダーはソファに座り、両足をテーブルに乗せた。父親のことが頭に浮かんだ。冬のコートにおかしな帽子、靴下なしで靴を履いていた。時間がこんなに遅くなかったらいまからでも出かけて父親とカードをしてもよかったのだが。だが、まだ十一時前にもかかわらず、疲れを感じ、やめることにした。テレビをつけた。いつもどおりの討論番組だ。テーマは、いずれやってくる、いや、スウェーデンが呑み込まれてしまうのは時間の問題であるコンピューター時代についてだった。ヴァランダーはうんざりしてテレビを消した。そのまま少しの間ベッドに座っていたが、ようやくおもむろに着替えてベッドに潜り込んだ。

　まもなく眠りに入った。

　なぜ目を覚ましたのか、あとで考えてもまったくわからなかった。とにかく突然目が覚めてヴァランダーは耳を澄ました。明るい夏の夜。何かの音で自分は起こされたのだと確信した。排気管が壊れている車が管を引きずって高い音を立てながら通り過ぎたのか？　少し開けていた窓のカーテンがかすかに揺れていた。彼はふたたび目をつぶった。

また音がした。今度は頭のすぐ近くで。

ホレーンのアパートの中に人がいるのだ。息を止めて耳を澄ました。また音がした。何か大きなものを動かすような音だ。続いて引きずるような音が聞こえた。家具を動かしているのだ。ベッドサイドテーブルの上の時計を見た。二時四十五分。ヴァランダーは壁に耳を当ててみた。やはり気のせいだったのかと思ったとき、また音がした。いや、間違いなく、人間が動き回っている音だ。

起き上がって、これからどうするべきか考えた。電話して同僚たちを呼ぶか？　ホレーンに親族がいなかったら、夜中に人が部屋を動き回るなどということは異常である。警察はホレーンの家族についてはまったく何も知らなかった。もし家族がいたら、ホレーンが合鍵を預けていたということは考えられることだった。

ヴァランダーはベッドから立ち上がると、ズボンを履き、シャツを着た。それから裸足のままそっと廊下に出た。ホレーンの部屋のドアは閉まっていた。手にはホレーンの部屋の鍵を握っていた。ところが急に、どうしていいかわからなくなった。考えられるのは順当にドアベルを押すことだ。なんと言ってもヘムベリから鍵を預かっているのだから、責任がある。ベルを押し、待った。中からはまったく物音がしない。もう一度鳴らした。なんの反応もない。そのとき、部屋の窓から外に出られることを思い出した。地面までは二メートルもない。彼は慌てて外に出た。ホレーンの部屋は角部屋だった。ヴァランダーは角を曲がってみた。人影はない。しかし、ホレーンの部屋の窓の一つが大きく開いていた。

ヴァランダーはまた中に入ってホレーンの部屋に行き、ドアを鍵で開けた。中に入る前に一応声をかけたが、もちろん誰もいなかった。玄関の明かりをつけて部屋に入った。タンスの引き出しが全部開けられていた。侵入者が何かを探していたことは明らかだった。窓に近寄り、ガラスが割られているかを見たが、何も壊れていなかった。このことから二つのことがわかる。一つは侵入者はこの部屋の鍵を持っていたということ。もう一つは見つかりたくなかったということ。

明かりをつけて、部屋の中から何かなくなっているものはないか見回した。だが、昼間見たものの印象がはっきりしていなかった。昼間目を引いたものはそのまま残っていた。ブラジル産のカブトムシ、船員の身分証、そして古い写真。だが、写真は封筒から出されて床に落ちていた。ヴァランダーはしゃがみこんで封筒を手にとって見た。侵入者はこの中にあった写真を出している。考えられることは、侵入者は探し物がこの封筒の中に入っているかもしれないと思ったということだ。

立ち上がって、あたりをもう一度見回した。シーツはベッドから引き剝がされ、クローゼットのドアは開けっ放しだ。ホレーンのスーツが一着、床に落ちていた。

何を探していたのだろう。おれがベルを鳴らしたときには、探し物は見つかっていたのだろうか？

キッチンへ行ってみた。戸棚の扉が開いていた。床に鍋が一つ落ちている。これが落ちた音で自分は目を覚ましたのだろうか？　さて、侵入者が探し物を見つけたかどうかだが、これは明白なことだと思った。もし見つけていたら、侵入者はきっと姿を消していただろう。その場合は、窓からではなく、ドアから立ち去っただろう。つまり、探し物はまだこの部屋にあるということだ。そもそも探し物がこの部屋にあるのかどうかはわからないが。

また部屋に戻って、床の血痕を眺めた。

どういうことだ？　これは本当に自殺なのだろうか？

部屋の中をもう一度じっくり探してみた。だが、明け方四時十分になったとき、引き上げ、自室に行ってベッドに入った。眠る前に目覚まし時計を七時に合わせた。朝一番にヘムベリと話をしなくてはならない。

翌朝、ヴァランダーは雨の中をバスの停留所まで走った。眠りが浅く、目覚まし時計が鳴るよりずっと前に目を覚ましてしまった。自分は他の者たちよりも警戒心が強いことでヘムベリを感心させることができるかもしれない、いつか自分は刑事課の優秀な刑事になれるかもしれないと胸を膨らませた。これからはモナにもっと強い態度で出ることにしようと思った。警察官は個人生活で時間を守ることを第一義にはできないのだと。

七時四分前に警察署に着いた。ヘムベリの出勤時間はかなり早いと聞いていたが、受付で尋ねるとやはりヘムベリはすでに来ていることがわかった。六時過ぎに来たという。ヴァランダーは刑事課の階まで急いだ。まだほとんどの部屋に人の姿が見えなかった。まっすぐヘムベリの部屋へ行ってドアをノックした。返事があったので、ドアを開けて中に入った。ヘムベリは来訪者用の椅子に座って爪を切っていた。入ってきたのがヴァランダーだとわかると、眉を寄せた。

「この時間に会うと決めていたか？　思い出せないが？」

「いいえ。ただ、報告したいことがあります」

ヘムベリは爪切りを鉛筆などが並べてある机の上に置くと、自分の椅子に移った。

「五分以上かかるのなら、椅子に座ってよし」

ヴァランダーは立ち続けるほうを選び、昨夜の報告を始めた。まず百科事典のセールスマンのこと、それから夜中の出来事を話した。ヘムベリが関心を持って聞いたかどうかはわからなかった。その顔にはなんの変化も見られなかった。

「以上です」とヴァランダーは話を締めくくった。「これらのことを少しでも早く報告しなければならないと思いました」

ヘムベリは顎で椅子を示し、ヴァランダーを座らせた。それから大判のノートを取り出すと、ペンを手にとって百科事典のセールスマン、ホルムベリの名前と電話番号を書き記した。ヴァランダーは大判のノートをしっかり記憶に収めた。大判ノートか。ヘムベリは適当なメモ帳とか署にあるレポート用紙は使わないいんだ。

「夜中の訪問者は確かにおかしい」とヘムベリが言った。「だが基本的には何も変わらない。ホレーンは自殺したとおれは確信している。解剖報告と、鑑識からの鑑定が来たら、それで決定的なものになる」

「問題は夜中に来たのは誰かということです」

ヘムベリは肩をすくめた。

「それにはお前自身が答えているじゃないか。鍵を持っているやつだ。その人物は、男か女かわからんが、どうしても手に入れたいものがあるらしい。警察は来るわ救急車は来るわで、ホレーンが死んだということはすぐにまわりに知れ渡っただろうからな」

「でも、夜中にやってきた人物が窓から逃げたというのは、どうしてもおかしいと思うんですが」

ヴァランダーの言葉を聞いてヘムベリはニヤリと笑った。

「お前を空き巣狙いの泥棒と思ったんじゃないか？」

「ドアベルを鳴らす泥棒ですか？」

「それは人の家を訪ねるときに普通人がとる手順だからな」

「夜中の三時でも？」

ヘムベリはペンを机に投げ出し、椅子にぐいとふん反り返った。

「ふん、おれの言葉を信じていないようだな」ヴァランダーに苛立っていることを隠そうともせずに言った。

ヴァランダーはすぐに行き過ぎたとわかり、退散し始めた。

「もちろんあれは自殺です。他は考えられません」

「よし」とヘムベリは言った。「それじゃここまで。報告してくれたのはよかった。捜査で散らかした部屋を片付けるために、何人か巡査を送り込もう。あとは検死医と鑑識の報告を待つんだ。報告が来たら、ファイルに閉じて、この事件はおしまいというわけだ」

ヘムベリは電話機に手をかけて、これで終わりだというサインを送り、ヴァランダーは部屋を出た。自分が愚か者に感じられてならなかった。暴走した馬鹿者。いったい何を考えていたのだろう？ 殺人事件の手がかりを摑んだとでも思ったか？ 自分の部屋に戻り、ヘムベリは正しいと思った。ホレーンのことは全部忘れて、巡査の日常の仕事に戻ろう。


その晩、モナがローセンゴードの彼のアパートに来た。夕食を食べながら、ヴァランダーはこの間のこと、自分の決心については一言も言わなかった。代わりに昨晩迎えに行くのが遅れたことを謝った。モナは機嫌よく謝罪を受け入れ、その晩は泊まっていくことにした。二人は長いことベッドでしゃべり、七月になったら一緒に二週間の夏休みをとる計画を立てた。モナは美容院で働いていて、給料はさほど多くなかった。夢は、いつか自分の美容院を開くことだった。ヴァランダー自身も安月給だった。正確にいえば一ヵ月千八百九十六クローナだけだった。車もなかったし、しっかり節約しないと、とても旅行には行けなかった。

ヴァランダーはスウェーデンの北へ旅行して、山歩きをしようと提案した。彼はストックホルムよりも北へ行ったことがなかった。だがモナはどこか暖かいところへ行って、泳ぎたいと言う。貯金も全部叩《はた》いてマジョルカ島へ行くだけの金があるかどうか計算したが、どうしても足りなかった。それなら、とモナが提案したのはデンマークのスカーゲンだった。子どものとき親と何度か行ったことがある、いまでも忘れられないところだと言う。スカーゲンなら安いペンションもあるし、調べてみたらまだ部屋がありそうだと言う。眠る前に二人は、夏休みはデンマークのスカーゲンで過ごそうと決めた。明日になったら、モナはペンションの部屋を予約する、ヴァランダーはコペンハーゲンからの列車の時刻を調べるということになった。

翌日六月五日の夜、モナはスタファンストルプに住む両親を訪ねていった。ヴァランダーは数時間父親とポーカーをして過ごした。めずらしく父親は機嫌がよく、息子が警察官になったことを愚痴《ぐち》らなかった。ポーカーで五十クローナも息子に勝ったときには、すっかり上機嫌になり、コニャックの瓶を取り出してきたほどだった。

「わしはいつかイタリアへ行くんだ」乾杯をしたあと、父親が言った。「それともう一つ、いつかピラミッドを見にエジプトへ行くつもりだ」

「それはまた、どうして?」

父親はしばらくヴァランダーの顔を見てから、こう言った。

「お前はまた、ずいぶんバカなことを訊くな。死ぬ前にローマに行ってみたいというのは、誰でも思っていることじゃないか。ピラミッドにしても同じだ。普通の人が抱いている夢と言っていいだろう」

「エジプトへ行くほどの金を持っている人間など、いったいこのスウェーデンに何人いると思ってるの?」

父親は息子の言葉を無視した。

「まだわしは死ぬつもりはないがね」と、代わりに彼は言った。「だが、引っ越しはするよ、ルーデルップに」

「そう? それで、家を買う話を進めているの?」

「ああ、それはもう終わってる」

「はあ? 終わってるって、どういうこと?」

「家はもう買った、支払いも済んでるってことさ。スヴィンダーラ十二番地の二十四というのが住所だ」

「おれがまだ見てもいないというのに?」

「住むのはお前じゃない。おれだ」

「父さんは実際に見たのか、その家を?」

「ああ、写真でな。それでじゅうぶんだ。おれは無駄に出かけたりしない。仕事の時間がなくなるからな」

ヴァランダーは腹の中でうなった。家を買うにあたって、父親は絶対に騙されたに違いない。絵を売るときと同じように。不動産屋なんて昔からいつも父親の絵を買い付けに来た、あの大きなアメ車に乗った怪しげな男たちと同じような輩に違いないんだ。

「そう、家を買ったなんて知らなかった。それで、いつ引っ越すつもり？」

「来週の金曜日にトラックが一台やってくる」

「え？　もう一週間で引っ越すの？」

「いま言ったじゃないか。次にポーカーをするときはスコーネの田舎のど真ん中というわけだ」

ヴァランダーは仕方がないというように両腕を広げて首をすくめた。

「それで、いつ荷造りするんだ？　ここはこんなに散らかりっぱなしじゃないか？」

「お前には時間がないだろうと思ってな。クリスティーナに手伝ってくれと頼んだ」

「それじゃ、今晩おれがカードをしに来なかったら、おれには何も知らせなかったということ？　次におれがカードをしようと思ってここに来たら、空き家になっていたということ？」

「ああ、そういうことだ」

ヴァランダーはもっとコニャックをもらおうと思ってグラスを差し出した。父親はケチってグラスの半分までしか注いでくれなかった。

「ルーデルップ？　それがどこなのかさえ、おれは知らない。それはイースタの向こう側、それともマルメとイースタの間にあるの？」

「シムリスハムヌの側にある」

「はあ？　ちゃんと答えてよ」

「答えてるじゃないか」

父親は立ち上がって、コニャックの瓶をしまいに行った。それからカードを指差した。

「どうだ、もう一勝負やるか？」

「もう金がないよ。でも、引っ越しまではできるだけ仕事のあとこっちに来て、荷造りの手伝いをするよ。いったいいくら払ったんだ、その家に？」

「それはもう忘れた」

「そんなはずはない。それとも、そんなにたくさん金を持ってたのか？」

「いいや。ただ金に関心がないだけだ」

ヴァランダーはこれ以上訊いても答えは得られないと思った。すでに十時半になっていた。帰って眠らなければ。だが、ここから帰るのも後ろ髪を引かれる思いがした。彼はここで子ども時代を過ごした。生まれたのはクラーグスハムヌという別の土地だったが、そこにはなんの記憶もなかった。

「ここにはこれから誰が住むのかな？」

「この建物は取り壊されるらしい」

「ここに愛着がないんだね？　いったいどのくらいここに住んだんだ、父さん」

「十九年。じゅうぶんと言っていいさ」

「少なくとも父さんはセンチメンタルじゃないね。でも、ここはおれにとっては子ども時代を過ごしたところだってこと、わかってる？」

「建物は単に建物にすぎない。マルメにはもうじゅうぶんに住んだ。おれは田舎で暮らしたい。誰にも邪魔されずに絵を描いて、エジプトとイタリアへの旅を計画することができるだろうよ」

ヴァランダーはローセンゴードまで歩いて帰った。曇っていた。父親が引っ越すということ、そして自分が子ども時代に住んだ家が取り壊しになるかもしれないと聞いたことで憂鬱《ゆううつ》な気分だった。

おれはセンチメンタルだ、とヴァランダーは思った。だからおれはオペラが好きなのだろうか？　センチメンタルな性格でも、いい警官になれるだろうか？

翌日ヴァランダーは夏の休暇のために列車の時間を調べた。モナはペンションの一室を予約した。気持ちのいいところらしかった。その日は一日中、マルメ市内をパトロールして歩いた。どこに目をやっても、数日前に激しく自分を責めた少女の姿を見たような気がした。早くこの巡査の制服を着なくてもいい日が来るように祈った。どこを歩いても、とくに同年輩の若者たちから軽蔑や反発の視線を感じた。一緒にパトロールしたのはスヴァンルンドという太った、動作の鈍い男で、一年後に定年退職したらヒューディクスヴァルの先祖代々伝わる家に引っ越すのだとそればかり言っていた。ヴァランダーはうんざりして気のない返事を繰り返した。その日は、公園で酔いつぶれていた男たちを追い払った以外には、足が痛くなったことぐらいしか事件はなかった。そんなことはパトロール巡査の任務を始めて以来、初めてだった。これはおれが早く刑事課で働きたいと強く願っているせいだろうか、と彼は思った。家に帰ると、大きなたらいに湯を張って足をつけた。身体中に心地よさが広まった。

目をつぶって、楽しみな夏休みのことを考えた。モナと一緒にこれからのことを存分に話し合うんだ。まもなく巡査の制服を脱ぎ、ヘムベリと同じ課で働けるようになる。

気がつくと湯に足をつけたままうたた寝をしていた。窓が少し開いていた。誰か、焚き火をしているのだろうか。かすかに煙の臭いがした。いや、乾いた枝が燃える音か。かすかにぱちぱちと火が跳ねるような音がした。

ヴァランダーはハッとして目を覚ました。誰が建物の裏で焚き火をしているというのだ？ ここには裏庭なんてないのに？

そのとき煙に気がついた。

玄関から入ってくる。ドアのほうに走り出そうとして、たらいの湯をこぼしてしまった。通路には煙が充満していた。それでも火がどこで燃えているかはすぐにわかった。

ホレーンの部屋から炎が見えた。

2

あとで思い返してみると、そのときヴァランダーは学んだとおりに行動して模範的な動きをすることができた。まず自室に駆け込み、消防に通報した。それから階段を駆け上がって、二階のリネア・アルムクヴィストのドアを叩いて、彼女を通りに引っ張り出すことに成功した。もちろん抵抗されたが、彼は有無を言わさず彼女の腕を取って走った。アパートの入り口を出たとき、ヴァランダーは片方の膝に大きな傷ができていることに気がついた。消防に通報するために部屋に戻ったとき、たらいにつまずいて転びかけ、テーブルの角に思い切り膝をぶつけたのだった。

膝から血が流れていることにそのとき初めて気がついた。

鎮火は早かった。ヴァランダーが煙の臭いに気づき消防に知らせるのが早かったためだった。消防隊の隊長に、いまの段階で出火の原因がわかるかと訊くと、うるさいと言われ、追い払われた。腹を立てて自分のアパートに戻って警察の身分証を持ってきて突きつけた。消防隊長はファローケルという名前で、赤ら顔の、威圧的な声で話す六十前後の男だった。

「最初から警察の人間だと言えばよかったじゃないか」とファローケルが言った。

「自分はここに住んでいる。消防に通報したのは自分です」

火元の住人、ホレーンについて簡単に話した。

「本格的な火事になったらとんでもなく大勢の人間が死ぬところだった」とファローケルが確信を持って言った。

ヴァランダーはこの思いがけないコメントを聞いて、どう解釈していいのかわからなかった。

「玄関口から出火したようだ」ファローケルが言った。「この火事は放火じゃないかと思う」

ヴァランダーは眉をひそめて消防隊長を見た。

「いまの時点でそんなことがわかるんですか？」

「長いことこの仕事をやってれば、少しはわかるもんさ」と隊員にあれこれ命令を伝えながらファローケルは言った。

「あんたもそのうちにわかるようになる」と言い、古いパイプにタバコを詰め始めた。

「もしこれが放火なら、刑事課を呼ばないといけませんね？」とヴァランダーが言った。

「やつらはもうこっちに向かってる」

ヴァランダーは野次馬の整理をしている巡査たちの手伝いを始めた。

「今日二件目の火事だ」とヴェンストルムという巡査が言った。「今朝、リンハムヌ近くでも木材貯蔵所が焼けたからな」

ヴァランダーはまさか父親が放火したわけじゃないだろうなと思った。もうここから引っ越すから用はないとばかりに家に火をつけたとか……。そんなことはないだろう。

そのとき歩道に一台の車が乗り上げて停まった。車から降りたのがヘムベリなのを見て、ヴアランダーは驚いた。ヘムベリが手招きする。

「無線の知らせを聞いたのさ。本当はルンデンの受け持ちなんだが、おれはここを知っているから、代わろうと言ったんだ」

「消防隊長は放火ではないかと疑っているようです」

ヘムベリは顔をしかめた。

「人は勝手なことを想像するもんさ。おれはファローケルを十五年も知っている。やつにとっては、煙突の中で火が燃えようが、車のエンジンが火を噴こうが、すべて放火ということになる。一緒に来い。勉強になるぞ」

ヴァランダーはヘムベリの後ろについていった。

「あんたの意見は？」ヘムベリがファローケルに訊いた。

「放火だね」

ファローケルはきっぱりと言った。この二人の間には動かしがたい不信感がありそうだとヴァランダーは感じた。

「あの部屋の住人はもういないんだ。住む人間がいないところに誰が火をつけるというんだ？」

「それを捜すのがお前さんの仕事じゃないか。おれの仕事は放火だというところまでだ」

「もう中に入ってもいいか？」

ファローケルは消防隊員の一人に声をかけ、ＯＫのサインを得た。火は鎮火され、煙はほとんど出ていなかった。ホレーンの部屋の玄関は黒く焼け焦げ、ドアの外側まで焦げていた。だが火はそのアパートのたった一つの部屋と玄関を仕切るカーテンまでしか至っていなかった。

ファローケルは郵便受けを指差した。

「ここから始まっている。最初はくすぶり、すぐに燃えだした。ここには電線もないし、それ自体から発火するようなものは一切ない」

ヘムベリはドアのそばにしゃがみこんだ。それから鼻をクンクン鳴らして臭いを嗅いだ。

「今回ばかりはお前さんの言うことが正しいかもしれんな」と言って、立ち上がった。「何かが臭う。ガソリンかもしれん」

「いや、ガソリンなら、火はもっと勢いがついたはずだ」

「郵便受けから何かを投げ入れた者がいるということだな?」

「たぶんそうだろう」

ファローケルは靴の先で玄関マットの上の燃えカスを指した。

「紙じゃないな。おそらく布の切れ端だろう。あるいは糸くずか」

ヘムベリはため息をつきながら首を振って言った。

「死んだ人間の家に火をつけるなんて、まったく恐ろしいことをする者がいるもんだ」

「ああ。だがここからはお前の仕事だ、おれのじゃない」

「まず鑑識に見てもらおう」

ヘムベリは少しためらったように見えたが、ヴァランダーのほうを見ると言った。

「コーヒーをもらえるか?」

二人はヴァランダーの部屋に行った。ひっくり返っているたらいと床の水を見てヘムベリが声をあげた。

「なんだ、お前、自分で火を消そうとしたのか?」

「いいえ。足湯をしてたんです」

ヘムベリが興味を示した。

「足湯?」

「はい、ときどき足が痛むので」

「お前、足に合わない靴を履いているんじゃないか? おれは十年以上も外回りをしたが、一度も足が痛くなったことなどないぞ」

ヘムベリはキッチンに腰を下ろし、ヴァランダーはコーヒーをいれた。

「何か聞こえたか? アパートの入り口の階段を登る足音とか、ホレーンの部屋の前でとか?」

「いえ」

ヴァランダーは今日もまたうたた寝をしていたとはとても言えなかった。

「何か、人の気配はしなかったのか?」

「ここの建物の入り口に人が入ってきたら、ドアの閉まる音がバタンとするはずなんです。入った人がドアを押さえていないかぎり」

ヴァランダーはクッキーを出した。コーヒーと一緒に出せるものがそれしかなかった。

「何か、おかしいな。まずホレーンが自殺した。同じ日の夜中、何者かがホレーンの部屋に忍び込んだ。そして三日後の昼間、同じくホレーンのところから不審火が出た」

「もしかして、自殺ではないのかも？」

「おれは今日検死医と話をした。どこから見てもこれは自殺だということだ。ホレーンは手元が安定していたらしく、まっすぐに心臓をぶち抜いていたという。まったくぶれていないそうだ。検死はまだ終わっていないらしいが、自殺以外の原因を探る必要はない。なぜならそれ以外は考えられないからだ。問題はむしろ、夜中に忍び込んだ人間が何を探していたのかだ。また、なぜアパートを燃やそうとしたのか？　おそらくこれは同一人物だろうな」

ヘムベリはもう一杯コーヒーをというようにヴァランダーを促した。

「お前は何か、考えがあるのか？」突然ヘムベリが訊いた。「何か考えがあるのなら、言ってみろ」

自分の意見など訊かれるとは思ってもいなかったヴァランダーは慌てた。

「夜中に忍び込んだ人間は何かを探しに来たのだが、見つからなかった」と彼は話し始めた。「なぜなら、お前がやってきたから？　もし探し物が見つかっていたら、とっくに姿を消していたはずだから、か？」とヘムベリ。

「はい」

「何を探していたのだろう？」

「わかりません」

「そして今度はアパートに放火した人間がいる。おそらく同じ人間だろう。これはどういうことだと思う?」

ヴァランダーは考え込んだ。

「時間をかけて考えるんだ」ヘムベリが言った。「優秀な犯罪捜査官は順序立ててしっかり考える。ゆっくり考えるのと同じ結果になることが多い」

「もしかするとその人間は、探しているものが自分以外誰も見つけることができないように火をつけた、とか?」

「もしかすると、か?」ヘムベリが言った。「なぜもしかすると、なんだ?」

「他にも何か理由があるかもしれないからです」

「例えば?」

ヴァランダーは懸命に他の理由を考えたが、どうしても思いつかなかった。

「わかりません。他の説明は思いつきません。とにかくいまは」

ヘムベリはクッキーを一つ口に運んだ。

「おれも同じだ。ということは、部屋に忍び込んだり放火したりした原因は、我々が見つけていないだけで、まだあの部屋の中にあるとも考えられる。夜中に忍び込んだ者がいるというだけだったら、鑑識と検死医の報告を受けてこの件を閉じることができただろう。だが、このボヤで、もっと深く調べなければならなくなった」

「ホレーンには本当に親戚はいないんですか?」ヴァランダーが訊いた。

ヘムベリはコーヒーカップを前に押し出すと立ち上がった。

「明日の朝、おれの部屋に来い。報告書を見せてやろう」

ヴァランダーはためらった。

「その時間はないかもしれません。明日の朝はマルメ中の公園を一斉手入れすることになっています。麻薬の件で」

「お前の上司に話しておく」ヘムベリが言った。「心配するな」


六月七日の朝八時過ぎ、ヴァランダーはヘムベリの部屋でホレーンに関する個人情報をすべて読んだ。すべてと言っても情報はごくわずかしかなかった。財産はまったくなかったが、借金もなかった。年金だけで暮らしていた。記録されていた唯一の親族である姉は一九六七年にカトリネホルムで死んでいた。両親はそれより前に他界していた。

ヴァランダーが報告書を読んでいる間、ヘムベリは会議に出ていたが、八時半過ぎに戻ってきた。

「どうだ、何か見つけたか?」

「本当に天涯孤独だったんですね」

「ああ、そうらしい。だが、それはなんの答えにもならない。さて、またアパートに行ってみるか」

午前中いっぱい、鑑識課がホレーンの部屋を徹底的に調べた。鑑識の捜査を指揮しているのはシュンネソンという小柄な無口な男で、鑑識にかけてはスウェーデン警察ではずば抜けて優秀という評判だった。

「何かあれば、シュンネソンなら必ず見つける」ヘムベリが言った。

ヘムベリは他の用事ができて途中で一旦いなくなった。

「イェーゲルスローで首吊り事件があったんだ」と戻ってきたヘムベリが言った。と言ったかと思うと、また彼はいなくなり、次に戻ってきたときは、髪の毛がさっぱりと刈られていた。床屋に行っていたらしかった。

午後三時、捜査が打ち切られた。

「ここには何もない。隠し金も麻薬もない。きれいなもんだ」シュンネソンが言った。

「それじゃここに何かあると思った人間の間違いということだな。ここはもういいことにしよう」ヘムベリが言った。

ヴァランダーはヘムベリの後ろから外に出た。

「捜査においてはいつ終わらせるか、けじめをつけることが大切だ。もっとも大切なことかもしれないほどだ」

ヴァランダーは自分の部屋に戻り、モナに電話をかけ、夜会うことにした。女友達から車を借りたのでドライブに出かけようと言う。七時にローセンゴードに迎えに来てくれることになった。

「ヘルシングボリまで行かない？」モナが言った。

「なぜヘルシングボリ?」

「なぜって、いままで一度も行ったことないから」

「おれもそうだ。七時には仕事から帰ってきていると思う。そしたら、今晩はヘルシングボリへ行こう!」

だが、その晩ヴァランダーはヘルシングボリへは行かなかった。六時ちょっと前、ヘムベリが電話してきた。

「いますぐおれの部屋に来い」

「あの、今晩は他に予定があるんですが」

そうヴァランダーが言っている間にも、ヘムベリは話しだした。

「お前は隣人の身に何が起きたのか、関心があると思ったのだが? こっちに来い。見せたいものがある。時間はとらせないから」

ヴァランダーの好奇心がうずいた。モナの家に電話をかけたが、すでに出かけたあとだった。きっと七時には戻れるだろう。タクシーで行くなんて贅沢《ぜいたく》は本当はできないのだが、いまは仕方がない。紙袋の一部を裂いて「七時には戻る」と書いた。次にタクシー会社に電話をかけた。今回はすぐに通じた。メモを部屋のドアに貼り付けると、タクシーで警察署へ行った。ヘムベリは両足を机の上にあげて椅子に座っていた。

座れ、というように、顎をしゃくった。

「おれたちは間違っていた。一つ、まったく思いつかなかったことがあった。シュンネソンの間違いじゃない。彼はいつもどおりきちんと仕事をした。ホレーンの部屋には確かに何もなかった。だが、本当はあったんだ」

ヴァランダーはヘムベリが何を言っているのか、わからなかった。

「おれもまったく騙されていたんだ。だが、アパートにはあるものがあった。そしてホレーンがそれを持っていってしまったのだ」

「持っていった？　でも、ホレーンは死んでますよね？」

ヘムベリはうなずいた。

「検死医から電話があった。解剖は終わったと。そしてホレーンの腹の中にじつに興味深いものを見つけたと」

ヘムベリは両足を下ろした。机の引き出しを開けると、中から布に包まれたものをそっと取り出してヴァランダーの前に置いた。

石だった。宝石だろうか。ヴァランダーはその石が何なのか、わからなかった。

「さっきまで宝石鑑定士がこの部屋に来ていた。簡単な鑑定をしてもらった。これはダイヤモンドの原石だそうだ。おそらく南アフリカの鉱山から掘り出されたものだろうと言う。一財産の価値があるものだそうだ。ホレーンはこれを呑み込んでいたんだ」

「腹の中に、ですか？」

ヘムベリはうなずいた。

「どんなに探してもなかったわけだ」

「でも、ホレーンはなぜこれを呑み込んだんですかね？　それに、いつ？」

「いつ、というのが重要なことだろう。検死医によれば、自殺する二時間ほど前だそうだ。まだ胃や腸が正常に動いていたときということだな。これはどういうことだと思う？」

「怖かったのでは？」

「そうだろうな」

ヘムベリはダイヤモンドを包んだ布を傍《かたわ》らにずらして、また両足を机の上にあげた。臭い足だ、とヴァランダーは思った。

「さあ、このことをまとめてみせてくれ」

「そんなこと、私にはとてもできないと……」

「やってみろ！」

「……ホレーンがダイヤモンドを呑み込んだのは、誰か他の人間に盗まれるのを恐れたため。そしてそのあと、自殺した。夜中に忍び込んだ人間はダイヤモンドを探していたんだと思う。しかし、火事のことは説明できません」

「他の見方はできないか？」ヘムベリが訊いた。「ホレーンは怖かったから自殺したという動機を変えてみたらどうなる？」

ヴァランダーは突然ヘムベリの意図するところがわかった。

「そうか。ホレーンは怖かったわけではなかった。ただ、絶対にダイヤモンドを他の人間に渡したくなかったということでしょうか？」

ヘムベリはうなずいた。

「もう一つ、ここでわかったことがある。ホレーンがダイヤモンドを持っていることを知っている人間がいるということだ」

「そしてホレーンもまた、そのことを知っていた」

ヘムベリはいいぞ、というようにうなずいた。

「わかったようだな。少し時間がかかったが」

「でも、火事の説明はつきません」

「いいか、いつも何がもっとも重要かを捜すんだ。ことの核はどこにある？　どこが中心なのか？　火災はこの場合人の目をそらすためだったかもしれない。あるいは怒っている人間が衝動的にやったとも考えられる」

「そんな人間がいるんですか？」

ヘムベリは肩をすくめた。

「そんなこと、わかるはずないじゃないか。ホレーンは死んでいる。どうやってダイヤモンドを手に入れたか、おれたちにはわからない。これを持って検事のところに行ったところで、笑われるだけだろうよ」

「このダイヤモンドはどうなるんです？」

「国庫のものとなる。そして我々は書類にハンコを押して、ホレーンの死に関する報告書とともに地下深いところにあるアーカイブに送り込むってわけだ」

「ということは、火事は捜査されないってことですか？」

「一応形だけのものになるだろうな。べつに念入りに調べなければならない理由もないだろう」

ヘムベリは立ち上がると部屋の片隅にあるキャビネットのほうへ行った。ポケットから鍵を出して、キャビネットを開けた。ヴァランダーのほうを見て、来いというように合図した。ひとかたまりになっているいくつかのホルダーを指差した。ホルダーはバンドでくくられていた。

「これはいつもおれの頭にある事件だ。三件の殺人事件だよ。どれも未解決であり、時効になっていないものだ。べつにおれの担当ではない。一年に一度、未解決事件に目を通すことになっている。あるいは新たな捜査項目があればそれを実施する。ここにある書類はオリジナルではなく、コピーだ。おれはときどきこれらを読む。夢に見ることもある。しかし、たいていの警察官はそんなことはしない。仕事が終わったら家に帰って、仕事のことは忘れるんだ。だが、別のタイプの警官もいる。おれのようなやつがな。未解決の事件のことがどうしても頭から離れないという警察官だ。おれは休暇でどこかへ行くときに、この書類を持っていくこともある。三つの殺人事件。一つは一九六三年に起きたアン＝ルイス・フランセンという十九歳の娘の殺害事件。マルメ市の北へ向かう道路口の藪の中で絞殺死体で見つかった。次にレオナルド・ヨアンソン、同じく一九六三年に石で頭蓋骨の後ろを砕かれて殺された。十七歳だった。マルメ市の南の海岸で見つかった」

「その少年のことは憶えてます」ヴァランダーが言った。「確か女の子のことでケンカがあったとか？」

「そう、女のことが原因だった。我々はそのケンカ相手を何年にも渡って取り調べたが、確固たる証拠が見つけられなかった。それにおれは、犯人はその男ではないと思っている」

そう言うと、ヘムベリは最後のホルダーを指差した。

「もう一つ、レナ・モショという二十歳の娘が一九五九年に殺された事件だ。おれがここマルメに配属された年のことだ。両手首が切断されてスヴェーダーラ方面へ向かう道路沿いに埋められていた遺体を犬が掘り出した。強姦されていた。イエーゲルスローに両親と一緒に暮らしていた娘だった。優秀な子で、大学で医学を勉強中だったそうだ。四月のある日、新聞を買いに外に出たまま戻らなかった。五ヵ月後、ようやく遺体が発見されたという事件だった」

ヘムベリは首を振った。

「お前はどっちのグループに属するようになるかな」と言いながら、キャビネットを閉めた。

「忘れてしまうグループか、忘れないグループか」

「まだ自分が刑事課の犯罪捜査官になれるかどうかもわからないです」

「いや、なりたいんだろう？」ヘムベリが言った。「それは始まりとしてはなかなかいい」

ヘムベリは上着を着た。時計を見ると七時五分前だった。

「私はもう行かなければなりません」ヴァランダーが言った。

「車で送ってやるぞ。ゆっくりしろ」

「いや、少し急いでいるもので」

ヘムベリは肩をすぼめた。

「これでお前も知ったわけだ。ホレーンの腹の中にあったものが何か」

署の外で運よく空《から》のタクシーを拾うことができた。ローセンゴードに着いたとき、時計は七時九分をまわっていた。モナが遅れているといいと思ったが、自室のドアに貼ったメモを見たときそうではないことがわかった。

これからもずっとこうなの？　とモナの字で書き込まれていた。

ヴァランダーはメモ用紙を外した。画鋲が廊下に落ちた。彼は探してまで拾おうとはしなかった。うまくいけば、二階のリネア・アルムクヴィストの靴底に刺さるだろう。

これからもずっとこうなの？　ヴァランダーはモナの苛立ちが痛いほどよくわかった。彼女は自分ほど仕事に野心を抱いていなかった。彼女自身の美容室を開くことはまだまだ先に違いなかった。

部屋に入ってソファに座ると、良心が痛んでならなかった。もっとモナと一緒に過ごす時間をつくらなければ、と思った。自分が遅れるたびに彼女に理解を求めるのは勝手すぎる。いま彼女に電話しても仕方ない。すでに借りた車に乗って、ヘルシングボリへ向かっていることだろう。

なぜか急に、何もかも間違っているような気がした。自分は本当にモナと一緒に生きることをしっかり考えただろうか？　彼女と子どもをもうけ、一緒に暮らしていく人生を？

いいや、と彼は首を振った。これはスカーゲンでゆっくり話せばいい。そのときはたっぷりと時間がある。海岸でゆっくり時間を過ごすのだ。いつも待ち合わせに遅れるような日常はそこにはないはずだ。

時計を見た。七時半。テレビをつけた。いつもながら、どこかで飛行機事故が起きたというニュース。いや、列車の脱線事故か？　キッチンへ行って、テレビのニュースを聞くともなしに聞いていた。ビールを探して冷蔵庫を開けたが、半分飲みかけの甘いジュースしかなかった。何かもっと強いものが飲みたいと思った。街に出かけてどこかのショットバーで一杯飲みたいという気持ちが湧き上がったが、やめることにした。金がなかった。まだ月が始まったばかりだというのに。

その代わりに残っていたコーヒーを温めて、ヘムベリのことを考えた。キャビネットに未解決事件のホルダーを入れているヘムベリ。自分はあのようなタイプの警官になるのだろうか？あるいは家に帰ったら頭を切り替えるタイプになるのだろうか？　モナのためには、そうならざるを得ないだろう。さもないと彼女は間違いなく怒るだろうから。

ポケットの中のキーホルダーが椅子に当たった。取り出して、なんの考えもなくテーブルの上に置いた。そのときふと頭に浮かんだことがあった。ホレーンに関係することだ。

二つ目の鍵があったはず。少し前にホレーン自身が注文して手に入れたという。これをどう解釈すればいいのだろう。恐怖、なんらかの恐れがあったということか？　なぜ最初にホレーンの部屋に行ったとき、ドアが斜めに開いていたのだろうか？

わからないことが多すぎる。ヘムベリははっきりとこれは自殺だと言い切っているが、ヴァランダーにはそう言い切れないためらいがあった。

ホレーンの自殺の裏には、自分たちがまだ気づいてもいない何かが隠されていると思えてならなかった。自殺かどうか、それ以外にも何かがあるという気がした。

キッチンの引き出しからノートを取り出すと、気になる点を書き出してみた。まず二つ目の鍵のことがある。それからサッカーの賭けくじ。斜めに開いていたドア。夜中に忍び込んで、おそらくはダイヤモンドを探していたと思われる人物は誰か？　そして誰がなぜ放火したのか？

それから船員身分証に書かれていたことを思い出そうとした。リオデジャネイロと書かれていたと思う。だがそれは船名として書かれていたのか、それとも地名のリオデジャネイロか？ヨーテボリとベルゲンという地名も見た。セントルイスという地名も見たと思う。どこにあるのだろう？　部屋に行ってクローゼットの奥から昔の地理の教科書を持ってきた。だが、調べようとして急にスペルがわからなくなった。身分証に見たのはSaint Louisだったか、Saint Luisだったか？　それはアメリカのセントルイスか、それともブラジルの？　地図をめくって見ていくと、突然São Luisという地名が目に入った。これだと思った。

もう一度、いま書いたメモに目を通した。ここに何か気づくものはないか？　関係、説明、あるいはヘムベリの言うところの核がないか？

何も見つけられなかった。

コーヒーが冷たくなっていた。イライラしながらまたソファに戻った。テレビではまた討論番組をやっていて、今回は長髪の男たちが新しいイギリスのポップ・ミュージックの話をしていた。テレビを消して、レコードをかけた。そのとたん、上の階のリネア・アルムクヴィストが床をドンドンと鳴らした。本当は最大量まで音を上げてやりたいところだったが、レコードを止めた。

その瞬間、電話が鳴った。モナだった。

「ヘルシングボリに着いたわ。フェリーの発着所から電話してるの」

「間に合わなくてごめん」

「もちろん呼び出されたのよね」

「うん、本当に電話がかかってきたんだ。刑事課から。まだ刑事課に配属されてもいないのに」

感心してくれるといいと思ったのだが、それどころか、彼女はヴァランダーの言葉をまったく信じていないようだった。沈黙が受話器を握っている二人の間に流れた。

「帰りに寄ってくれないかな？」ヴァランダーが訊いた。

「わたしたち、少しの間会わないほうがいいと思うの。一週間とか」

ヴァランダーは全身から血が引くような気がした。モナは自分と別れようとしているのだろうか？

「それがいいと思うの」モナは繰り返した。

「夏休み、一緒に過ごすんじゃなかったの？」彼は訊いた。

「もちろんよ。あなたの気が変わってさえいなければ」

「もちろん、ぼくの気持ちは変わっていないさ」

「そんなに大声で言う必要ないわ。一週間経ったら電話して。その前はダメよ」

引きとめようとしたときには、すでに電話は切れていた。

言いようもない不安に駆られ、ヴァランダーはその晩パニックに陥った。彼にとって、じつは人から関係を絶たれる、捨てられることほど恐ろしいことはなかったのだ。夜中に電話をかけたくてたまらなかったのだが、必死に堪《こら》えた。横になってもすぐに起き上がった。決して暗くなることのない北欧の夏は威嚇的だった。卵を焼いて少し食べようとしたが、何も喉を通らなかった。

五時近くになってようやく眠りに落ちた。

が、すぐにガバッと起き上がった。

頭をがーんと殴られたような感じがした。

サッカーの賭けくじ。

ホレーンはいつも賭けくじをどこかの窓口に渡していたに違いない。おそらく毎週同じ窓口に。ホレーンはだいたいいつも家にいたから、おそらくこの近所のタバコ屋の一つだろう。

それを見つけたところでなんの役に立つのかわからなかった。きっと関係ないだろうという気がした。

それでも探してみようという気になった。少なくともそれをしていればモナのことでパニックに陥らなくてもすむかもしれない。

そのあとも数時間不安な浅い眠りを繰り返した。

翌日は日曜日だった。ヴァランダーはその日は一日何もしないで過ごした。

六月九日月曜日の朝、ヴァランダーはそれまで一度もしたことがないことをした。職場に電話をかけて病気欠勤すると知らせたのだ。インフルエンザが胃にきたと言った。それは前の週モナがかかったものだった。驚いたことに、まったく良心の痛みを感じなかった。

朝の九時過ぎに家を出たとき、空は曇っていたが、雨は降っていなかった。風があって、空気も昨日よりは冷たかった。まだ本格的な夏とは言えなかった。

家の近くにはサッカーくじを扱うタバコ屋が二軒あった。そのうちの一軒はすぐ近くの横丁にあった。店に入ったとき、ホレーンの写真を持ってくればよかったと思った。カウンターの中の男はハンガリーからの移民だったが、一九五六年のハンガリー動乱のときにスウェーデンに移住したにしては、じつに下手なスウェーデン語を話した。だが、ときどきこの店でタバコを買うヴァランダーのことは憶えているらしかった。ヴァランダーはタバコを二箱買った。

「ここではサッカーの賭けくじも扱っているんだね？」

「へえ、サッカーくじ？ あんたはスクラッチタイプのしかやんないと思ってたがね？」

「アルツール・ホレーンはここでサッカーの賭けくじを渡していたかね？」

「誰？」

「この間、火事で死んだ近所の男性だが」

「へえ、火事があったんだ?」

ヴァランダーはちょっと説明した。だがホレーンの姿格好を聞いて、店主は首を振った。

「うちには来たことないね。どこか、他の店に行ってたんじゃないか?」

ヴァランダーはタバコの金を払い、礼を言って店を出た。雨が降り始めていた。急ぎ足で歩きながら、心の中ではずっとモナのことを考えていた。

次のタバコ屋もホレーンのことを知らなかった。ヴァランダーはひさしが突き出ている家の前に立ち止まって、自分はいったい何をしているんだろうと思った。ヘムベリが知ったら頭がおかしいんじゃないかと言われるだろう。

それからまた歩きだした。次のタバコ屋までは一キロほどあった。レインコートを着てくるべきだったと悔やんだ。小さなスーパーマーケットのそばのタバコ屋は混んでいて、ヴァランダーは待たされた。レジ係はまだ若い、自分と同年輩の娘だった。ヴァランダーはオートバイ雑誌の特別号をくれと言う客に応えようと棚の上を探すその娘から目を離さなかった。ヴァランダーはいつもきれいな娘に弱く、すぐに勝手に恋に落ちてしまう習癖があった。モナのことを心配していたことなどすっかり忘れてしまった。すでに二箱もタバコを買っていたのに、もう一箱タバコを買うことにした。この娘はおれが警察官だと知ったら、嫌な顔をするだろうかと考えながら。それともこの娘は大多数のスウェーデン人と同じように警察官は必要な存在で大事な仕事をしていると思っているだろうか。彼は後者に賭けることにした。

「少し訊きたいことがあるんだ」と金を払ってから言った。「私は警部補で、クルト・ヴァランダーという」

「あら、そうなの」と娘は応えた。どこか別の土地の発音だった。

「この土地の生まれじゃないね？」

「それがあなたが訊きたいことなの？」

「いいや」

「あたし。レンホーヴダから来たのよ」

レンホーヴダ？　どこにあるんだろう？　ブレーキンゲ県だろうか？　だが、それは訊かずに、直接にホレーンとサッカーの賭けくじのことを訊いた。娘は火事のことは聞いていた。ヴァランダーはホレーンの外見の特徴を言った。娘は考え込んだ。

「もしかすると、知ってるかも」と言った。「その人、ゆっくり話す？　ゆっくり、静かに話す人？」

ヴァランダーは記憶を呼びさまし、それからうなずいた。確かにホレーンはゆっくり、静かに話す人だった。

「たぶん小規模な数の試合にしか賭けなかったんじゃないかと思う」とヴァランダーは言った。「三十二行の試合数のほうだったんじゃないかな」

娘はまた少し考え、それからうなずいた。

「ええ、その人、来たわ、週に一度。三十二行の試合数と六十四のと、交互に賭けてた」

「着ていたものを思い出せる？」

「青い上着」

ヴァランダーはホレーンを家の近くで見かけたときは必ずと言っていいほど、前開きのジッパー付きの青いジャンパーを着ていたことを思い出した。

店員の娘の記憶に間違いはなかった。好奇心のほうも負けず劣らずだったが。

「その人、何かしたの?」

「いや、我々の知るかぎり何も」

「自殺だったと聞いたけど?」

「そのとおり。しかし火事のほうは放火だった」

これは言うべきじゃなかった、とヴァランダーはすぐに思った。まだ確定はしていなかったはず。

「その人、いつもきっちりとお釣りなしのお金で払ってた。その人がここにサッカーの賭けくじを持ってきたかをなぜ知りたいの?」

「いや、単なる形式上の質問ってとこだよ。この男について、まだ何か憶えていることあるかな?」

店員の娘の答えは思いがけないものだった。

「ここに来ると、いつも決まって電話を借りたわ」

電話は各種の賭けくじが置いてある棚のすぐそばの小さな棚の上にあった。

「彼、しょっちゅう電話を借りに来たの?」

「賭けくじを出しに来たときは必ずね。まず賭けくじを出してお金を払うの。それから電話をかけて、その後また電話代を払いに来る。いつも決まってたわ」

そう言うと、娘は唇を噛んだ。

「それがね、その人、電話をかけるとき、決まってちょっと変だったのよ。わたし、なぜそうするんだろう、と考えたことがあったから、憶えてるの」

「何が？」

「その人、他のお客さんが店に入ってくるのを待ってから電話をかけたのよ。わたしだけしか店にいないときは絶対に電話をかけなかったの。変でしょう？」

「きみに電話の内容を聞かれたくなかったのかな？」

娘は肩をすくめた。

「他の人に邪魔されたくなかったのかもしれない。電話するときって、みんなそうでしょう？」

「きみは彼が電話で何を言ってるか、聞いたことがないんだね？」

「お客さんがいるときだって、何を言ってるか、聞こうと思えばいつだって聞けるわ」

この子の好奇心は役に立ちそうだ、とヴァランダーは思った。

「なんと言っていたか憶えている？」

「そんなにしゃべらなかった。通話はいつもとても短かった。時間を言ってたと思う。たくさんしゃべんなかったわ」

「時間？」

「相手と時間を決めていたんだと思う。通話の間、よく時計を見てたから」

ヴァランダーは考えた。

「決まった曜日に来たの？」

「ええ、いつも水曜日の午後だった。二時と三時の間。も少し遅いときもあったわ」

「何か買い物もした？」

「いいえ」

「こんなにはっきり憶えているのはなぜ？　客はとても多いだろうに」

「わかんない。でも、人って、自分が思うよりもけっこうたくさん憶えているもんじゃない？　訊かれたら、どんどん出てくるわ」

ヴァランダーは娘の手を見た。指に婚約指輪はない。食事に誘ってみようかという考えがちらっと頭に浮かんだが、すぐに打ち消した。とんでもないことだ。

まるでモナに見張られているような気がした。

「他にも何か憶えている？」

「ううん。でも、その人がしゃべっていた相手は女の人だったと思う」

ヴァランダーは驚いた。

「そんなこと、どうしてわかる？」

「なんとなくわかるもんよ」

「つまり、ホレーンは電話で女の人と会う時間を決めていたということ？」

「驚くようなことじゃないでしょう？　確かに歳はとっていたけど、そんなの、関係ないじゃない？」

ヴァランダーはうなずいた。もちろん彼女の言うことは正しい。それに、彼女の直感が正しければ、重要なことを知ったことになる。ホレーンには女がいたということだ。

「いいね。他にも何か憶えてることある？」

彼女が答える前に、客が店に入ってきた。ヴァランダーは待った。次に小さな女の子が二人入ってきて、キャンディーの袋にいろいろなキャンディーを詰め込むと、小さな五ウーレ硬貨を数えて払った。とんでもなく時間がかかった。

「電話を受けたほうの女性の名前、たぶんアで始まる名前だったと思うわ」客がいなくなると店員は話を続けた。「その男の人、いつも小声で話してた。さっきも言ったわよね。もしかすると相手の女の人の名前、アンだったかも。いえ、ダブルネームで、アで始まる名前だったかも。アンなんとか……。とにかくアで始まる名前だったと思うわ」

「確信ある？」

「ううん。でも、たぶんそうだと思う」

最後にヴァランダーはこう訊いた。

「彼はいつも一人で来たのかい？」

「ええ、いつも一人」

「協力してくれてありがとう。とても役に立ったよ」

「なぜこんなことを訊いたのか、教えてくれない?」

「悪いが、それはできない。警察は質問をするが、なぜその質問をするかという問いには答えられないんだ」

「あたし、もしかすると警察官になるのがいいのかも。いつまでもこのタバコ屋で働くつもりはないのよ」

ヴァランダーはレジのそばにあったメモ用紙にさっと自分の電話番号を書いた。

「いつか電話して。会ってもいいよ。警察官はどんな仕事をするのか話してあげるよ。じつはこのすぐ近くに住んでいるんだ」

「ヴァランダー、って言ったわね?」

「ああ。クルト・ヴァランダー」

「あたしはマリア。でも変なこと考えちゃだめ。あたしにはボーイフレンドがいるんだから」

「べつに変なことなんて考えてないさ」ヴァランダーは笑って言うと店を出た。

ボーイフレンドなんていつだってやっつけてやる。そう思ったとたん、ぱたっと足を止めた。この娘が本当に電話をかけてきたら? それもモナが部屋に来ているときに? なんということをしてしまったのだろう。そう思いながらも心のどこかにある種の満足感もあった。

いい気味だ。マリアという娘に電話番号を教えたこと、しかもマリアはきれいな女の子だということ、モナはやきもちを焼けばいいんだ。

そう思ったヴァランダーを罰するかのように、急に空が曇ってにわか雨が降りだした。家に着いたときには全身びしょ濡れだった。買ってきたタバコを三箱、キッチンのテーブルの上に置き、服を脱いで裸になった。マリアがここにいて体を拭いてくれたらなあ。モナは美容室で客の髪の毛でも切っていればいい。

ガウンを羽織ると、テーブルに向かいノートを取り出してマリアから聞いたことをすべて書き出してみた。ホレーンは毎週水曜日、女性に電話をかけていた。その女性の名前はアで始まる名前だったらしい。とにかくそれはその女性の家族名ではなくファーストネームのほうだったに違いない。これで年取った孤独な男ホレーン、というイメージが崩れたわけだ。これは何を意味するのか。

そのまま、昨日書き付けたことを読み返してみた。そしてふとあることに気がついた。ホレーンは長年船員をしていた。どこかにその記録があるに違いない。何年間、どの船に乗っていたかの記録があるはずだ。

一人、手伝ってくれるかもしれない人間を知っている。前の恋人のヘレーナだ。彼女は船会社で働いている。少なくとも、どこを探せばいいかぐらいはわかるはずだ。ただし、おれの声を聞くなり電話を切ってしまわなければの話だが。

まだ十一時前だ。キッチンの窓から、すでに空が晴れているのが見える。ヘレーナはいつも十二時半からランチに出かける。いま会いに行けば、間に合うはずだ。

ヴァランダーは服を着て、中央駅までバスで出かけた。ヘレーナの働く船会社は港の近くのビルだ。ヴァランダーはエントランスホールに入った。受付係が彼の姿を見てうなずいた。顔見知りの女性だった。

「ヘレーナはいる?」

「いま、電話中。でも、上にあがっていいわよ。彼女の部屋は知っているでしょう」

ヴァランダーはそのまままっすぐ三階へ上がった。ヘレーナは怒るかもしれない。だが、まず最初に驚きが顔に表れるだろう。そうしたらこっちのものだ。仕事上の用事で彼女に会いに来たと言うだけの時間ができるだろう。前に付き合っていたボーイフレンドのクルト・ヴァランダーではなく、まもなく刑事課で働くことになる警察官クルト・ヴァランダーが会いに来たのだと。

〈ヘレーナ・アーロンソン アシスタント〉という名札のついたドアの前まで来た。ヴァランダーは深く息を吸い込んでノックした。中から声が聞こえ、彼はドアを開けた。電話は終わっていて、彼女はタイプライターに向かっていた。思ったとおりだった。その顔には驚きが表れたが、怒りはなかった。

「あなたなの? 何しに来たの?」

「仕事で来たんだ。きみに協力してもらえるかと思って」

ヘレーナは立ち上がった。その顔にはすでに拒絶の表情があった。

「本当なんだ」ヴァランダーは力を込めて言った。「プライベートなことじゃない」

ヘレーナはまだ警戒を解いていない。

「わたしにどんな手伝いができるというの?」

「座ってもいいかな?」

「短く話せるのなら」

ヘムベリと同じ強気のやり方だ、とヴァランダーは思った。立っているほうは立場が弱く感じさせられるんだ。座っているほうは力があるという構造だ。だがここで彼は椅子に腰を下ろして、向かい側の女性を見た。この女性に恋していたなんて信じられないと思った。いま思えば、この人はいつも冷たくて否定的な態度しか見せなかった。

「わたし、とても快適に暮らしていますから。それを訊くんでしたら、初めから答えておきますけど」

「それはぼくのほうも同じだ」

「それで、なんの用事?」

そのそっけない言い方に、ヴァランダーは胸の内でため息をついたが、とにかく用件を話した。

「きみは船会社で働いているから、このホレーンという男がどんな仕事をしていたのかを調べるにはどこに行ったらいいのか、わかるんじゃないかと思ったんだ。どの船会社に、どの船に乗っていたかなどということだけど」

「わたしの仕事は貨物の輸送に関するもの。例えばコックムス社やボルボ社が大きな貨物を運ぶために船会社に手配する仕事。他のことは知りません」

「誰に訊いたらいいのかな。知っている人がいるんじゃないか?」

「警察って、こんなこと、他の方法で調べられないの？」

こう訊かれると思った。想定内の問いには想定内の答えを用意しておいた。

「この捜査はちょっと主流から外れているから、それはできないんだ。理由は言えないけど」

おれの話、眉唾だと思って聞いているな、と思った。半分は信じているかもしれないが、本気で聞いていないことは確かだ。

「誰か、同僚に訊いてあげてもいいわ。高齢の元船長もいるから。でも、わたしが手伝ったら、代わりにあなたは何をしてくれるの？」

「何がほしい？」とヴァランダーはできるかぎり友好的に訊いた。

ヘレーナは首を振った。

「何も」

ヴァランダーは立ち上がった。

「おれの電話番号は変わっていないから」

「そう。わたしは変えたわ。でも、教えない」

外に出て初めてヴァランダーは汗をかいていることに気づいた。ヘレーナとの再会は、自分で思っていたよりもずっと緊張を強いられるものだった。そのままその場にしばらく立ち、これからどうしようと考えた。金があったら、マルメを出てコペンハーゲンに行きたいところだった。いや、自分は今日は病欠届けを出しているのだと思い直した。誰かが電話してくるかもしれない。長時間家を離れていることはできない。それに、死んだ隣人のためにこれ以上時間を使うことはそろそろ限界まで来ていると思った。デンマーク行きのフェリーボート発着所前のカフェに入り、〈今日のランチ〉を頼んだ。もちろん、注文する前にポケットの中にいくら金があるか、そっと数えた。明日は銀行へ行かなければ、と思った。まだ銀行に千クローナある。月末までその金で暮らさなければ。牛肉のシチューが運ばれてきたが、飲み物は水で我慢した。

一時。ヴァランダーはふたたび街に出た。南東から暗雲が空を覆い始めていた。家に帰ろうと思った。だが、そのとき父親の家のほうへ向かうバスが来たので、それに飛び乗った。少しは父親の引っ越しの手伝いをしようという気持ちになったのだ。

家の中は足の踏み場もないほど荷物で溢れていた。父親は穴のあいた麦わら帽子を頭にのせて、古新聞を読んでいたが、息子を見ると驚いて目を上げた。

「お前、やめたのか？」

「やめた？　何を？」

「ようやく分別がついて、警察官を辞めたのかと訊いているんだ」

「今日は休みだよ。それに、そのことについては話しても無駄だ。おれは絶対に父さんの言うとおりにはしないから」

「見ろ、一九四九年の新聞を見つけたんだ。じつに面白いことが書いてある」

「父さん、二十年前の新聞など読んでるひまないだろう？」

「当時はそんなものを読んでるひまはなかった。なにしろ家には一日中ギャーギャー泣いてばかりいる赤ん坊がいたからな。だからいま読んでいるわけだ」

「荷造りを手伝いに来たんだよ」

テーブルの上に磁器の食器が重ねられていた。

「箱の中にあれを入れてくれ。ただし、気をつけるんだぞ、割らないようにな。一枚でも割れているものがあったら、弁償させるぞ」

そう言うと父親はまた新聞を読み始めた。ヴァランダーは上着を脱いで、磁器の食器を新聞で包み始めた。子ども時代からの懐かしい皿だった。また、少し上が広がった形をしている、とくに思い出深いコーヒーカップもあった。後ろで父親が新聞をめくった。

「どんな気分？」ヴァランダーが訊いた。

「どんなとは？」

「引っ越すことだよ」

「なかなかいい。気分転換になる」

「それで、まだ家は見ていないんだ？」

「ああ。だがきっといい家に決まっている」

おれの父親は狂っているか、ボケ始めているかのどっちかだ。おれには何もできない。

「クリスティーナが手伝いに来るのかと思ったけど」

「ああ、来てるよ。いまは買い物に出かけてるが」

「姉さんには会いたいな。どう、元気なの？」

「ああ、元気だ。それになかなかいい男に出会ったらしい」

「その人も来てるの？」

「いいや。だが話からわかる。じつにいい男だということが。あの男ならもうじきおれに孫をプレゼントしてくれるだろう」

「なんという名前？　仕事は？　あのさ、いちいち訊かなきゃ教えてくれないのかい？」

「名前はイェンス。透析研究者だそうだ」

「はあ？　何、それ？」

「腎臓の透析だ。聞いたこともないのか？　イェンスは研究者なんだ。趣味は狩猟だそうだ。じつにいい男のようだ」

次の瞬間、ヴァランダーは皿を一枚床に落とした。皿は真っ二つに割れてしまった。父親は新聞から目も上げずに言った。

「高くつくぞ」

いい加減にしてくれ、とヴァランダーは思った。上着を摑むと、何も言わずに父の家を出た。ウステルレーンの引っ越し先になど絶対に行くもんか。親父の住む家になど二度と足を踏み入れない。あんなじじいにいままで我慢できた自分が信じられない。もうこれっきりだ。

自分では気づかないまま、大声で罵《ののし》っていたらしい。向かい風に背中を丸めて走ってきた自転車に乗った男が驚いたように顔を上げた。

ヴァランダーはアパートに戻った。ホレーンの部屋のドアが開いていた。ヴァランダーは中をのぞいた。鑑識官の一人が焼け跡の灰を掻き集めていた。

「もう全部終わったんじゃなかったんですか？」驚いてヴァランダーが訊いた。

「シュンネソンは細かいから」鑑識官が言った。

それ以上の言葉のやりとりはなく、ヴァランダーは廊下に出て、自分の部屋の前に立ち、鍵を開けようとしたとき、アパートの玄関口からリネア・アルムクヴィストが中に入ってきた。

「恐ろしいことね。かわいそうに。あの人、本当に一人ぼっちだったから」

「いや、女の人がいたみたいですよ」ヴァランダーが言った。

「それは絶対に考えられない」とリネア・アルムクヴィストはきっぱり言った。「もしそうだったら、わたしが気づいたと思うから」

「そうでしょうね」とヴァランダー。「だけど、ホレーンはその人とここで会ってたとはかぎらないんじゃないですか」

「死んだ人の悪口を言うのは良くないわ」と言って、彼女は階段を登り始めた。

ヴァランダーは、死んだ人にもしかすると付き合っていた女性がいたかもしれないということが、なぜ悪口を言うことになるのだろうか、と思った。

部屋に戻ると、これ以上モナのことを考えずにいることはできないと思った。電話したかった。いや、もしかすると、彼女のほうから今晩にでも電話してくるのではないだろうか？　不安な気持ちを抑えるために、ヴァランダーは部屋を片付け、古新聞をまとめたりした。そのあと、浴室に入った。思ったよりも浴室は汚れが溜まっていた。三時間以上もかかって浴室をすっかりきれいにした。すでに夕方の五時になっていた。ジャガイモを茹で、玉ねぎを刻んで夕食の用意を始めた。

そのとき電話が鳴った。モナに違いない。心臓が高鳴った。

だが電話から聞こえてきたのは、知らない女の声だった。マリアと名乗った。ヴァランダーはすぐにはわからなかったが、話しているうちにタバコ屋のあのレジの女の子だとわかった。

「お邪魔でなければいいんだけど」とマリアは話しだした。「あたし、あなたからもらったメモをなくしちゃって。でも、あなたは電話帳に名前出してないでしょ？　番号案内に電話してもよかったんだけど、あたし警察署に電話しちゃった」

ヴァランダーはギクリとした。

「なんて言ったんだ？」

「クルト・ヴァランダーという警察官を探していると言ったの。大事な情報を持っていると。警察は簡単にあんたの電話番号を教えてくれなかったわ。でも、あたし、絶対に電話番号を教えてくれって頑張ったの」

「きみは警部補のヴァランダーと言ったのかい？」

「ううん、あたし、警察官のクルト・ヴァランダーの電話番号を教えてくれと言ったの。べつに、違いないでしょう？」

「そう、違いない」と答えて、ヴァランダーはほっとため息をついた。警察内では、噂はあっという間に駆けめぐる。ヴァランダーが刑事課の警部補と名乗っていると知られれば、どんなに皆の笑いものになることか。刑事課でのキャリアをそんなふうに始めたくはなかった。

「お邪魔じゃないかと訊いたんだけど？」マリアが訊いた。

「うん、大丈夫」

「あたしね、考えたの。ホレーンのサッカーの賭け方のこと。あの人、一度も勝ったことがないのよ」

「きみ、どうして知ってるの？」

「あたしね、面白いから、あの人がどう賭けるかをいつも見てたの。ま、あの人のだけじゃなく、他の人のも見てるけど。とにかく、あのホレーンっていう人、イギリスのサッカーのこと、なんにも知らないのよ」

ヘムベリと同じことを言うと思った。これに関しては疑いの余地はないらしい。

「それで、あの人の電話のことを考えたんだけど。あの人、その女の人以外にも何度か電話をかけていたのを思い出したの」

ヴァランダーは耳をそばだてた。

「どこへ？」

「タクシー会社」

「どうしてわかる？」

「だって、タクシーを呼ぶのが聞こえたもの。うちのタバコ屋の住所を言って、店の前まで来てくれって」

ヴァランダーは考えた。

「何度ぐらい電話をかけたか、わかるか？」

「三、四回かな。いつもまず先にいつもの電話をしてからだったわ」

「きみは行先までは知らないよね？」

「だって、あの人、言わなかったもの」

「すごい記憶力だな」とヴァランダーは正直に言った。「でも、彼が電話をかけたのはいつかまでは憶えていないよね？」

「水曜日だと思うわ」

「最後に彼が電話をかけたのはいつだった？」

マリアはきっぱりと言った。

「先々週よ」

「確かかい？」

「決まってるじゃない。あの人、先々週の水曜日に電話をかけたわ。五月二十八日よ、正確に知りたければ」

「いいね。すごくいい」ヴァランダーがうなった。

「役に立つかしら？」

「ああ、きっと役に立つと思う」

「でも、なぜこんなことを知りたいのかは教えてくれないのね？」

「できないんだ。たとえ教えたくても」

「でも、あとで教えてくれるわね？」

きっとそうするとヴァランダーは約束した。そして電話を切り、いま聞いたことを考えた。これはどういうことだろう？　ホレーンには付き合っていた女性がどこかにいた。その人に電話をかけてから、彼はタクシーを呼んだという。

ジャガイモの茹で上がり具合を見た。まだ固い。ふと、マルメでタクシーの運転手をしている友だちを思い出した。小学一年生からの友だちで、ずっと連絡を取り合ってきた仲のラーシュ・アンダーソンという男だ。彼の電話番号は電話帳の内側に書き込んである。

電話番号を見つけて電話した。女性の声が応えた。ラーシュの妻だ。ヴァランダーは何度か会ったことがあった。

「ラーシュいる？」

「いまは仕事よ。でも今日は昼番なの。あと一時間ほどで戻るわ」

帰ってきたら、電話をしてほしいと頼んだ。

「子どもは何人になったの？」とラーシュの妻が訊いた。

「子ども？　おれ、子どもはいないけど？」ヴァランダーは驚いて答えた。

「それじゃあたしの聞き間違いね。あんたんとこに、男の子が二人いるってラーシュが言っていたと思ったのよ」

「残念ながら」とヴァランダー。「まだ結婚もしていない」

「結婚してなくても子どもはできるわ」ラーシュの妻が言った。

ヴァランダーはジャガイモと玉ねぎに戻り、冷蔵庫にあった残り物で食事をすませた。相変わらずモナからの電話はない。また雨が降りだした。どこからかアコーディオンのメロディーが聞こえてきた。自分はいったい何をしているのだろうと思った。隣人のホレーンが自殺した。死ぬ前に彼はダイヤモンドの原石を呑み込んだ。何者かがその石を探しに忍び込み、そのあと腹立ち紛れにか、ホレーンのアパートに火をつけた。愚かな人間は大勢いるもの。欲深な人間と同じだ。だが自殺は犯罪ではない。欲深も同様だ。

夕方の六時半になったが、ラーシュ・アンダーソンは電話してこなかった。七時まで待ってみよう。それで電話がなかったら、こっちからまたかけてみようとヴァランダーは思った。

七時五分前、ラーシュ・アンダーソンから電話がきた。

「雨が降ると客が多くなるんだ。電話をくれたか？」

「うん。いま、ある捜査をしているんだが、手伝ってもらえないかと思って。先々週の水曜日に客を乗せたタクシーの運転手を捜しているんだ。午後の三時ごろ、おれの住んでいるローセンゴードからだ。客の名前はホレーンというんだが」

「事件か？」

「いまは何も言えない」と答えたが、ヴァランダーはちゃんと答えることができないことにもどかしさを感じた。

「たぶんわかるよ。マルメの無線センターはしっかりしているからな。もっと詳しく話してくれ。わかったらどこに知らせればいい？　警察か、お前のところか？」

「おれに電話してくれ。おれが担当しているから」

「お前、自宅で仕事してるのか？」

「うん、いまはそうだ」

「調べてみるよ」

「時間、どのくらいかかるかな？」

「運が良かったら、すぐにわかる」

「おれはうちにいるから」

知っていることをアンダーソンに教えてから電話を切り、コーヒーを手にキッチンに座った。モナからは依然として電話がない。姉のクリスティーナのことを思った。父親はおれがすぐに帰ってしまったことをどう姉に説明したのだろう。いや、そもそも親父はおれが引っ越しの手伝いに来たと姉に言っただろうか。クリスティーナはたいてい親父の味方をする。それは父親がすぐにカッとなることを知っているから、それを恐れているためではないかとヴァランダーはかねてから思っていた。

テレビをつけてニュースを見た。自動車産業が好調で、スウェーデン経済は上昇していると言う。次に犬の品評会のニュースが続いた。ボリュームを下げた。外は相変わらず雨が降っている。遠くで雷が鳴っているようだ。いや、ブルトフタ空港でメトロポリタン機が着地しようとしている音だろうか？

九時十分過ぎ、アンダーソンが電話してきた。

「おれの思ったとおり、マルメの無線センターはきちんと記録してたよ」

ヴァランダーは大判のノートを引き寄せ、ペンを手に取った。

「いいか。行先はアルルーヴだった。客の名前の記載はない。運転手はノルベリという名前だ。必要ならこの男に連絡をとって、客の外見などを話してもらおうか?」

「到着した場所に間違いはないか?」

「先々週の水曜日の午後にローセンゴードに呼び出されたタクシーは他にない」

「そして行先がアルルーヴだったということも確かなんだな?」

「さらに言えば、住所はアルルーヴのスメーズガータン九番地だ。砂糖工場のすぐ隣だよ。古くからの戸建ての住宅地域だ」

「つまり高層住宅じゃないってことだな。独り住まいか、戸建ての家に一家族が住んでいる地区ということか」

「ああ、そうだろうな」

ヴァランダーは大判ノートにメモをとった。

「ラーシュ、礼を言うよ」

「いや、もっと役に立てると思う」アンダーソンは答えた。「頼まれたわけではなかったが、わかったことがあるんだ。翌日の朝、客はスメーズガータンから町に戻ってる。時間は朝の四時だ。このときの運転手はオッレという。オッレにいま会って話を聞くことはできないよ。なにしろマジョルカ島で休暇中ときているからな」

ふーん、タクシーの運転手はそんなに金があるのか、とヴァランダーは思った。時間外にも闇で仕事をしているんだろうか？　もちろん彼はそんな疑いを友だちに漏らしたりはしなかった。

「うん。しかし訊いてみるだけの価値はありそうだ」

「お前、相変わらず車ないのか？」

「うん、まだ」

「アルルーヴへ行くつもりか？」

「ああ」

「警察の車、使えるんだろうな」

「ああ、もちろん」

「おれが運転してやろうか。他に用事があるわけじゃないから。久しぶりだしな」

ヴァランダーはすぐに頼むと返事をし、ラーシュ・アンダーソンは三十分後に迎えに行くと言った。

ヴァランダーはすぐに電話局に電話をかけて、アルルーヴのスメーズガータン九番地の電話契約者の名前を訊いた。だが、その契約者は名前と番号を非公開にしているという答えだった。

雨が激しくなった。ヴァランダーはゴム長靴をはいてレインコートを羽織った。キッチンの窓の前に立って待っていると、ラーシュ・アンダーソンの車がアパートの前に乗りつけるのが見えた。車の屋根にタクシーの表示がない。アンダーソンは自分の車で来てくれたのだ。

とんでもない悪天候の日にとんでもない無茶な行動だな、と思いながら、外に出てドアに鍵をかけた。だが、このほうが、モナの電話を心配しながら待つよりよっぽどいいとも思った。そして、もし彼女が電話してきたら、少しいい気味だという気もする。おれは電話に出ないんだから。

ラーシュ・アンダーソンはすぐに昔の話を始めた。ヴァランダーは話のほとんどに記憶がなかった。アンダーソンは学校時代の話をまるで人生最良の時代のように話す。ヴァランダーはそれがときどき嫌になることがあった。彼にとって学校時代は灰色の毎日で、地理と歴史がなかったら、まったく面白くなかった。だが、アンダーソンはそれでもいいやつで、ヴァランダーは好きだった。アンダーソンの親はリンハムヌでパン屋をやっていて、一時期二人はとても仲が良かった。ラーシュ・アンダーソンはヴァランダーにとって信頼できる友だちで、常に友だち付き合いを大切にする男だった。

車はマルメを出てアルルーヴに向かった。

「アルルーヴ方面にはよく客を乗せるのか？」ヴァランダーが訊いた。

「うん、まあね、ときどき。たいていは週末だが。マルメとかコペンハーゲンで酒を飲んで楽しんだあと家に帰る連中だ」

「ひどい目にあったことはないのか？」

「ひどい目？」

「うん、強盗とか、脅しとか、いろいろあるだろう？」

「いや、一度もない。金を払わずに逃げようとしたやつを追いかけて捕まえたことはあるが」

車はアルルーヴの集落の中に入った。ラーシュ・アンダーソンは聞いたとおりの住所にまっすぐに行った。

「ここだ」と言って、アンダーソンは濡れたフロントガラスを通して指差した。「スメーズガータン九番地」

ヴァランダーは窓を下げ、降りしきる雨を通してその家を見た。九番地は六軒の家の区画の一番端の家だった。窓の一つから明かりが見えた。中に人がいるのだ。

「家に入らないのか？」アンダーソンが驚いたように言った。

「いや、見張りの仕事なんだ」とヴァランダーは避けるように言った。「もう少し前に行ってくれないか。そしたら降りて覗き込むことができる」

「一緒に行こうか？」

「いや、その必要はない」

ヴァランダーは車を降り、レインコートのフードを深くかぶった。おれはここで何してるんだ、と自問した。ベルを鳴らして、ホレーン氏が先々週の水曜日、午後三時から翌日の朝四時まで滞在したのはここでしょうかと聞くわけにはいかない。もしかすると不倫の関係かもしれないではないか？　出てくるのが女性の夫だったらどうする？

愚かなことをしていると思った。無意味で、子どもっぽい、時間の無駄だ、と思った。唯一おれがここで証明できるのは、アルルーヴには実際にスメーズガータン九番地という住所があるということだけだ。

　そこまでわかっていても、ヴァランダーは道を渡ってその家に近づいた。入り口に小さな表札がかかっていた。そこに書かれている名前を読もうとしたが読めなかった。ポケットにタバコ用のマッチを持っていることに気づき、火を灯して近づけ、そこにある文字を読んだ。掠れた文字で読みにくかったがなんとか読めた。

〈アレクサンドラ・バティスタ〉と読めた。タバコ屋のマリアの言ったとおりだ。ファーストネームは確かにアで始まっている。ホレーンはアレクサンドラという名前の女性に電話していたのだ。問題は、彼女はここに一人で住んでいるのか、あるいは家族と一緒かだ。家の周りを囲む垣根の中をのぞいて、子どもの自転車とか何か、生活をうかがわせるようなものを捜したが、何も目につかなかった。

　家の周りをぐるりと回った。家の裏側は空き地だった。垣根の向こうに錆びた大きなゴミ容器のようなものが重ねられていた。他には何もなかった。家の裏側は真っ暗だった。明かりは表側のキッチンの窓からしか漏れていなかった。まったく無意味なことを始めてしまったなと思いながらも、こうなったら最後までやるしかないと思った。低い垣根をまたいで、庭の芝生の上を走って家のひさしの下まで行った。いまの自分を人が見たら、きっと警察に電話をかけるだろうと思った。そしたらおれは捕まる。警察官のキャリアはここで一巻の終わりだ。

　ここまででいいことにしよう、お手上げだと思った。このバティスタという人物の電話番号を明日調べよう。電話をかけて、もし女が出たら、いくつか質問するんだ。もし男が出たら、電話を切ればいい。

雨足が弱くなった。ヴァランダーは濡れた顔を拭いた。戻ろうとしたとき、バルコニーのドアが半開きになっていることに気づいた。猫を飼っているのだろうか？　夜、勝手に出入りできるように少し開けておくのだろうか？

同時に、何かがおかしいと感じた。何かはわからなかったが、その感じが次第に強くなった。そっとドアに近づき、中の様子に聞き耳を立てた。雨はほとんど止んでいた。遠くから大型トラックが通り過ぎる音が聞こえ、また静かになった。家の中からは何も聞こえない。ヴァランダーはバルコニーから玄関のほうへ回った。

まだ窓から明かりが見える。窓はやはり半開きだ。ヴァランダーは壁にぴったり体をつけて中の様子に耳を澄ました。すべてが静まり返っている。そっと爪先で立って、窓の中をのぞいた。

ぎくっとして体がのけぞった。椅子に座った女性が彼をまっすぐに見ていた。彼は飛びはねて通りに戻った。次の瞬間にも中から人が出てきて、誰か助けて、誰か来て！　と叫ぶのではないかと思った。いや、警察の車が来るかもしれない。アンダーソンの車に飛び乗った。

「何かあったのか？」

「いや、車を出してくれ。すぐにだ」ヴァランダーが言った。

「どこへ？」

「とにかくここから出るんだ。マルメに戻る」

「誰か人がいたのか?」

「訊くな。エンジンをかけろ。すぐ出発するんだ」

ラーシュ・アンダーソンは言われたとおりにした。車はマルメに向かう国道を走った。ヴァランダーはこっちを大きな目を開けて睨《にら》みつけていた女のことを思った。

何かがおかしい、という感覚が戻ってきた。

「次のパーキングに入ってくれ」

アンダーソンは言われたとおりにし、パーキングに入って車を停めた。ヴァランダーは何も言わない。

「あのさ、いったい何がどうなっているのか、話してくれてもいいんじゃないか?」アンダーソンが静かに言った。

ヴァランダーは答えなかった。あの女の顔。何かある。何かが変だ。だが、どうしてもわからない。

「戻ってくれ」

「アルルーヴへか?」

そう訊き返すアンダーソンの声に苛立ちがあった。

「あとで説明する」とヴァランダーは付け加えた。「さっきの家にもう一度戻ってくれ。この車に料金メーターがついているのなら、有料にしてくれ。あとで支払うから」

「友だちから金を取れるはずがないじゃないか」アンダーソンはムッとして言った。

アルルーヴへ戻る途中、二人は口をきかなかった。雨はすっかり止んでいた。警察の車は来ていない。家の中の動きもない。静かだ。キッチンの窓から明かりが見えるのもさっきと同じだった。

ヴァランダーはそっと音を出さないように門を開けた。窓のところまで戻った。爪先立って中を覗き込む前に、深く息を吐き出した。

もし自分の推量どおりなら、とんでもなく不愉快なことが待っているはずだ。

爪先立ちをして、窓の外枠を摑み、中を覗き込んだ。女はさっきと同じように椅子に腰掛けて、表情も変えずにまっすぐ彼のほうを見ていた。

ヴァランダーは家の周りをぐるりと回って、バルコニーへ行き、ドアを開けた。街灯の明かりでテーブルの上に電灯があるのが見えた。それを点けると、長靴を脱ぎ、キッチンへ入った。

女性は椅子に座っていた。だが、ヴァランダーのほうは見ず、まっすぐ窓のほうを見続けていた。

彼女の首に自転車のチェーンがきつく巻かれていた。

ヴァランダーは胸が締めつけられたように感じた。

次の瞬間、玄関の脇にあった電話に飛びつき、マルメ署へ電話をかけた。

時間は十時四十五分になっていた。

ヘムベリと話したいと言ったが、交換手はヘムベリは六時ごろに帰宅したという。

ヘムベリの自宅番号を教えてもらい、すぐに電話をかけた。

ヘムベリが電話に出た。その声からすでに寝ていたところを起こしたとわかった。

ヴァランダーは事実をそのまま説明した。

アルルーヴの戸建ての家で女が一人死んでいる、と。

3

ヘムベリは夜中の十二時過ぎにアルルーヴに到着した。すでに鑑識課の捜査が始まっていた。ヴァランダーはラーシュ・アンダーソンにじゅうぶんな説明もせずに引き上げてもらった。そうしてから垣根のそばに立って、ヘムベリが来るのを待った。その少し前に刑事課のステファンソンという同年輩の男と言葉を交わした。

「あんた、この女性を知ってたのか?」

「いや」

「それじゃなんでここにいたんだ?」

「それはヘムベリに話すつもりだ」

ステファンソンは何も言わず、嫌な顔をしてヴァランダーを見た。

ヘムベリは到着するなりまっすぐにキッチンへ行った。ドアのところに立ち、じっと女の姿を見た。その目はキッチン全体を一つ一つ確かめるように見ている。しばらくそうしてから、振り返り、ステファンソンに言った。

「この被害者の身元はもうわかっているのか?」

三人はリビングに移った。ステファンソンはカバンを開けて、中から身元を示す書類を取り出した。

「アレクサンドラ・バティスタ＝ルンドストルムです。スウェーデン国籍ですが、生まれはブラジルです。一九二二年生まれ。第二次世界大戦後に移住してきたと思われます。身元書類から判断すると、ルンドストルムというスウェーデン人と結婚したのですが、離婚届があるのでっていました。そのあと夫の姓のルンドストルムは名乗っていません。ポストスパルバンク銀行にバティスタ名で口座を持っています。ルンドストルム名では何もありません」


一九五七年に離婚したと思われます。ただ、その時点ではすでに彼女はスウェーデン国籍にな

「子どもは？」

ステファンソンは首を振った。

「いずれにせよ、ここには一人で住んでいたようです。近所の人たちによれば、この家が建てられた当初から、ここに住んでいたとのことです」

ヘムベリはうなずき、今度はヴァランダーに向かって話した。

「それじゃ、二階に行って話を聞こうか。ここでは鑑識の邪魔になるから」

ステファンソンも一緒に来ようとしたが、ヘムベリが止めた。二階には部屋が三つあった。アレクサンドラ・バティスタ本人の寝室とみられる部屋、シーツ類を入れているクローゼットの役割を果たしているだけの空《から》っぽの部屋、それに客用の寝室だった。寝室のベッドに腰を下ろすと、ヘムベリは隅にある椅子を指差し、ヴァランダーに座るように言った。

「おれには一つの問いしかない。それはなんだと思う？」

「私がここで何をしていたかということでしょうか?」ヴァランダーが訊いた。

「もう少し強い表現をするべきだな。一体全体なんでお前がここにいるはめに陥ったんだ?」

「長い話になりますが」

「短く話せ」ヘムベリが言った。「だが何も省くな」

ヴァランダーは説明した。サッカーの賭けくじのこと、ホレーンのかけた電話のこと、ホレーンがタクシーでここの住所に乗りつけていたこと。ヘムベリはじっと床を睨《にら》みつけたまま話を聞いた。ヴァランダーの話が終わっても、そのまましばらく何も言わなかった。

「お前は人が一人殺されていることを発見した人間だ。そのことについてはよくやったと言おう。お前のその一度食らいついたら放さないという頑固さはじつにいい。だが、それ以外はまったくダメだ。警察は個人による勝手な秘密裡の捜査というものを許さないんだ。いいか、これは一回しか言わんぞ」

ヴァランダーはうなずいた。

「他にも何かあるのか? お前をアルルーヴに来させた以外のことで?」

ヴァランダーは船会社に勤めているヘレーナに接触したことを言った。

「それ以外は?」

「ありません」

ヴァランダーは叱責《しっせき》を覚悟していたのだが、ヘムベリは返事を聞くと立ち上がり、ついてこいというように合図した。

階段で立ち止まると、振り返ってヴァランダーに話しかけた。

「昼間、お前に連絡しようとした。銃の鑑識検査が終わったということを教えようと思ってな。検査の結果は何も不審なところはなかったそうだ。だが、お前は今日、病欠と言われたよ」

「今朝、腹が痛かったんです。インフルエンザだと思います」

ヘムベリは皮肉な笑いを浮かべた。

「ずいぶん短いインフルエンザだったな。だが、もう元気になったようだから、このまま捜査に加わってよろしい。ただし、なんにも触るなよ。話しかけてもダメだ。すべて頭に刻み込んだ」


夜中の三時半、アレクサンドラ・バティスタの遺体が運び出された。その前の一時過ぎ、シュンネソンがアルルーヴに到着した。真夜中だというのにこの人はちっとも疲れて見えない、どうしてだろう、とヴァランダーは思った。ヘムベリ、ステファンソン、それともう一人の警官が家の中を手順良く調べていった。クローゼットや引き出しの中から書類を出し、次々にテーブルの上に並べていった。またヴァランダーはヘムベリと検死医のユルネの間に交わされる会話にも聞き耳を立てた。バティスタが絞殺されたことは間違いない。ユルネはまた初見で、絞殺だけでなく女性の後頭部には殴打の跡があることを発見していた。

ヘムベリは何よりもまず、女性の殺された時間を知りたいと言った。

「ま、殺されてから数日はこの椅子に座った形でいただろうな」ユルネ医師が言った。

「正確に、何日?」

「私は推量はしない。解剖が終わるまで待ってくれ」

ユルネと話し終わると、ヘムベリはヴァランダーのほうを見て言った。

「なぜいまの質問をしたのか、わかるな?」

「ホレーンが彼女よりも前に死んだかどうか、知るため?」

ヘムベリはうなずいた。

「そうだ。もし彼女がホレーンよりも前に死んでいたら、なぜホレーンが自殺したかの説明がつくかもしれないからだ。殺人を犯した者が自殺することはよくあることだからな」

ヘムベリは居間のソファに腰を下ろした。ステファンソンは玄関口で警察のカメラマンと話をしていた。

「一つだけ、はっきりしていることがある」しばらく沈黙したあと、ヘムベリが言った。「アレクサンドラ・バティスタはキッチンの椅子に座っているところで殺された。何者かが後頭部を殴打した。血は床とテーブルの上に飛散している。その上彼女は首を絞められている。これでいくつかの想定が成り立つ」

そういうと、ヘムベリはヴァランダーを見た。

おれはテストされているんだ、とヴァランダーは思った。ヘムベリはおれが使いものになるかどうかを見ているんだ。

「女性は殺人者を知っていた?」

「そう、それが一つ。他には？」

ヴァランダーは考えた。他にも何かあるだろうか？　思いつかなかった。

「目を使え」ヘムベリが言った。「よく見るんだ。テーブルの上に何かあったか？　コーヒーカップなどがあったか？　あったとすれば一個か、それとも複数か？　女性は何を着ていたか？　いまお前は、彼女は犯人を知っていたと言ったな。いま単純にそれが男だったとしよう。彼女がどうしてその男を知っていたとわかる？」

なるほど、とヴァランダーは思った。最初からヘムベリが言っていることがわからなかった自分に腹が立った。

「彼女がパジャマとモーニングガウンを着ていたから。人が訪ねてきたとき、それが知らない人だったら、そんな格好ではいませんから」

「彼女の寝室の様子は？」

「ベッドは片付けてありませんでした」

「つまり？」

「アレクサンドラ・バティスタは犯人と男女の関係があったということ」

「他に？」

「テーブルの上にはコーヒーカップなどはなかった。でも調理台の上に使った跡のある皿が数枚ありました」

「それはあとで調べよう。彼らは何を飲んだか？　グラスに指紋が残っているか？　空のグラスからじつにいろんなことがわかるものなのだ」

そう言って、ヘムベリは重い腰を上げた。疲れているんだな、とヴァランダーは思った。

「つまり我々は大量の情報を持っているんだ。何も盗まれていないことから強盗ではない、何か個人的な関係からの殺人だと考えられる」

「でもそれだけでは、ホレーンのアパートの放火まで説明することはできません」ヴァランダーは声をあげた。

ヘムベリはその彼をジロリと見た。

「お前はせっかちだな。我々はゆっくり、順を追って捜査しているんだ。我々はいくつかのことはおそらく百パーセントわかっている。だが、いくつかは漠然としかわかっていない。そういうものには手をつけずに待つんだ。いいか、まだパズルのピースの半分が箱の中に残っているときに、ピースを正しい場所に置くことはできないんだぞ」

二人は玄関に下りた。ステファンソンはカメラマンと話し終わって、電話をかけていた。

「お前、どうやってここに来た?」ヘムベリが訊いた。

「タクシーで」

「おれの車で送ってやろう」

マルメへの帰路、二人は話をしなかった。外は霧が立ち込め、小雨も降っていた。ローセンゴードまで来ると、ヘムベリはヴァランダーを降ろして言った。

「明日、おれに連絡しろ。腹の具合がよくなったら」

ヴァランダーは自分のアパートの中に入った。もうすでにすっかり夜が明けていた。霧も晴れ始めていた。服も脱がずにベッドの上に横たわり、すぐに眠りに落ちた。

ドアベルの音でパッと目が覚めた。寝ぼけまなこで玄関までよろよろと出て行ってドアを開けると、姉のクリスティーナが立っていた。

「お邪魔？」

ヴァランダーは首を横に振り、姉を中に入れた。

「一晩中働いていたんだ。いま何時？」

「七時よ。今日パパがルーデルップへ引っ越す手伝いをするの。でもその前にあんたに会おうと思って来たのよ」

ヴァランダーは姉にコーヒーを作ってくれと頼むと、バスルームに行って体を洗い、服を着替えた。長いこと冷たい水で顔を叩いた。キッチンに戻ったときには、長い夜の疲れはほとんど消えていた。クリスティーナは弟を見てにっこり笑った。

「いまどき長髪じゃない男子って、めずらしいわね」

「おれ、似合わないんだ、長髪。もちろんやってみたさ。顎髭も似合わない。ほんと、馬鹿面《ばかづら》になるんだ。モナはおれの長髪と顎髭を見たとき、そんなの続けたら、もう付き合わないからと言ったよ」

「そう。モナは元気なの？」

「うん」

本当のことを話そうか、と思った。いま二人の間に流れる沈黙のことを。両親の家にいたころ、姉弟は信頼しあっていた。しかし、それでもやっぱり話さないことに決めた。彼女がストックホルムに移ってからはめったに会わなくなり、関係も希薄になってきていたから。

ヴァランダーはキッチンテーブルに向かい、どう、元気？　と訊いた。

「ええ、元気よ」

「親父はあんたが腎臓の仕事をしているやつと付き合ってるって言ってたよ」

「ええ、エンジニアで、透析のための機械を作っているの」

「おれ、あまりよくわからないけど、なんだかすごく新しいことに取り組んでいるように聞こえるな」

姉は何か話があって来たのだろうという気がした。それは彼女の顔に表れていた。

「あのさ、どうしてだかわかんないけど、おれ、姉さんが何か言いたいときって、わかるんだよな」

「あたし、あんたがなぜパパにあんな仕打ちをするのか、わからない」

ヴァランダーは仰天した。

「え、なんのこと？」

「わかってるでしょ。引っ越しだというのに荷造り一つ手伝わないじゃない。パパの引っ越し先の家だって、見に行こうともしない。街で会っても、知らんふりするそうじゃないの」

ヴァランダーは首を振った。

「それ、親父から聞いたの？」

「もちろん。とても怒っていたわ」

「いまの話、全部嘘だよ」

「第一、あたしがこっちに来てからだって、一度も会いに来ないじゃない。引っ越しは今日なのよ」

「親父はおれが引っ越しの手伝いをしに行ったってこと、話さなかったんだ？　そしておれのことをほとんど叩き出したんだってことも？」

「ええ、聞いてない」

「親父の言うこと、全部鵜呑みにしちゃダメだよ。とにかくおれのことに関しては」

「本当じゃないの？」

「本当じゃないさ、全部嘘だよ。まず、おれは親父から家を買ったという話を聞いてもいなかった。親父はその家をおれに見せたくなかった。その家をいくらで買ったかも話してくれなかった。おれが引っ越しの手伝いに行ったとき、古い皿を一枚落として割ってしまった。すると親父はひどいことを言った。それと、街で親父に会ったとき、おれはちゃんと話しかけたよ。ときどき信じられないような格好をしているけどさ」

姉はおれの話を信じていない、とヴァランダーは感じた。悔しかった。だが、それよりもっと悔しいのは、姉がわざわざやってきて説教するその態度だった。母親とそっくりだった。そして前に付き合っていたヘレーナとも同じだった。自分にああしろこうしろと指図する女は大キライだ。

「姉さん、おれの言うこと信じていないな。でも信じてくれよ。姉さんはいいさ、ストックホルムに住んでいるんだから。でもおれは、いつだって親父の近くにいるんだ。これはちょっとした違いだよ」

電話が鳴った。七時二十分。受話器を取ると、相手はヘレーナだった。

「昨夜電話したのよ」

「昨夜は夜通し仕事だった」

「誰も出ないから、番号が間違っているんだと思って、モナに電話をかけて訊いたわ」

ヴァランダーは受話器を落としそうになった。

「いまなんと言った？」

「モナに電話してあなたの電話番号を訊いたと」

ヴァランダーは結果がどうなるのか、はっきりわかった。もしヘレーナがモナに電話をかけたのなら、モナの嫉妬《しっと》は地球の大きさほどに膨らんでいるに違いない。二人の関係は完全におしまいだ。

「もしもし？」

「うん、ここにいる。でもいまは客がいるんだ。姉が会いに来ている」

「わたしはもう職場にいるから、あとで電話して」

ヴァランダーは電話を切り、キッチンに戻った。クリスティーナが変な顔をしていた。

「あんた、病気なの？」

「いや、違う。でも、もう仕事に出かけなくちゃ」

二人は玄関に出た。

「信じてよ、クリスティーナ。親父の言うことすべてが本当じゃないってこと。とにかく親父にはできるだけ早く引っ越し先の家を見に行くって伝えてくれ。もし親父がおれを歓迎してくれるなら、だけど。そして、その住所を教えてくれたらの話だけど」

「ルーデルップの村のはずれよ。村に入ったら、食料品店があるからそれを通り過ぎるの。そのあと柳の並木があるからそこを通ると、村のはずれの左側に家が一軒見える。道路側に石の塀があるからわかるわ。屋根が黒くて、なかなかすてきな家よ」

「じゃ、姉さんはもう行ったんだ？」

「ええ、昨日最初の荷物を運んだときに」

「その家に親父いくら払ったのか、知ってる？」

「それは聞いてない」

クリスティーナは帰った。ヴァランダーはキッチンの窓から手を振った。父親に対する怒りは無視することにした。それより、ヘレーナの言ったことのほうが気になった。電話をかけた。いま彼女は他の電話に出ていると聞いて、ヴァランダーは電話を受話器に叩きつけた。めったに我を失うほど怒るとか興奮するとかいうことはなかったが、いまがまさにそれに近かった。

もう一度電話をかけた。ふたたび通話中。モナはきっとおれとの付き合いをやめるだろう。おれがまたヘレーナと付き合いたがっていると思うに決まっている。おれがなんと言っても聞く耳をもたないだろう。聞いたところで信じないだろう。もう一度ヘレーナに電話をかけてみた。今回は通じた。

「なんの用事?」

ヘレーナはピシャリと答えた。

「ずいぶん不機嫌だこと。わたし、あなたからの依頼に応えるために電話したんだけど」

「モナに電話するなんて、どういうことなんだ?」

「彼女、わたしがあんたに関心ないってこと、知ってるわよ」

「そうかい? きみは彼女のことを知らないからそう言うんだ」

「あなたの電話番号を確かめるために彼女に電話したこと、わたし、悪いと思っていないし、謝るつもりはないから」

「それで、用事は何なんだ?」

「ヴェルケ船長の協力を得ることができたのよ。うちの会社に高齢の元船長がいるって言ったでしょ、この間」

ヴァランダーは憶えていた。

「いまわたしの手元に過去十年間のスウェーデンの船舶で働いた船員と機関士のリストがあるの。けっこうな人数よ。あなたの言っている男、スウェーデン籍の船だけで働いたの? それは確か？」

「いや、わからない」ヴァランダーが答えた。

「このリスト、取りに来たらいいわ。都合のいいときに。ただ、午後はわたし会議の予定が入っているけど」

ヴァランダーは午前中のうちにもらいに行くと言い、電話を切った。いま自分がするべきことは、モナに電話をかけて説明することだと思った。が、彼はそうしなかった。そうする勇気がなかった。

八時十分前、出かけることにし、上着を着た。

また一日パトロールするのだと思うと気分がふさいだ。

ドアを開けて出かけようとしたとき、また電話が鳴った。モナだ、と思った。いま彼女はカンカンに怒っていて、地獄へ行けと言って、電話を叩きつけるのだ。ヴァランダーは深く息を吸って受話器を取った。

「腹の調子はどうだ？」とヘムベリの声が響いた。

「いま署に出かけるところでした」

「そうか。まっすぐおれの部屋に来い。ローマンとは話をつけておいたからな。お前は実際今回の証人なんだ。しっかり話を聞いておかんとな。今日はパトロールをしないでいい。それに、麻薬狩りの奇襲にも出なくていいぞ」

「わかりました」

「十時におれの部屋に来い。アルルーヴの殺人事件の捜査会議に同席してもらうからな」

通話が終わり、ヴァランダーは時計を見た。船会社へ行ってヘレーナから書類をもらう時間がありそうだ。キッチンの壁にローセンゴードから町まで行くバスの時刻表が貼ってある。それを見て、間に合いそうだと思った。

アパートの正面玄関を出ると、モナが立っていた。思ってもいなかったことだった。そのあとに起きたこともまたまったく予想もつかないことだった。モナはつかつかと近づいてくると、ヴァランダーの頰を思いっ切り叩き、そのまま行ってしまった。

ヴァランダーは驚きのあまり、呆然としてまったく反応できなかった。頰が燃えるように熱く痛かった。ちょうど家から出て車に乗り込もうとしていた男が好奇心丸出しでこの光景を見ていた。

モナの姿はすでになかった。彼はトボトボとバスの乗り場へ向かって歩いた。だが、腹の中には握りこぶしを作っていた。モナのやつ、こんな手に出るとは。怒りをこんな形で爆発させるとは。

バスが来て、ヴァランダーは町へ向かった。霧はもうすっかり晴れていたが、どんよりとしていて、早朝の小雨がまだ続いていた。バスに座ったものの、頭の中は空っぽで何も考えられなかった。昨夜の事件のことはすっかり頭から消えていた。椅子に座ったまま殺されていた女性のことはまるで夢のように感じられた。唯一の現実は、つかつかと近づいてきて彼の頰を思いっ切り叩いたモナだった。何も言わず、迷いなしに。

モナと話をしなくては、と思った。いまはだめだ。彼女が興奮している間は無理。今晩、彼女が落ち着いたころにしよう。

バスを降りた。頬がまだヒリヒリと痛かった。思いっ切り張り倒された。店のガラスドアに顔を映してみた。頬が真っ赤だった。

その場に立ち尽くした。これから何をしていいかわからなかった。アルルーヴまで運転してくれたラーシュ・アンダーソンに電話して礼を言い、少し説明をしなければならないと思った。それから父親がルーデルップに買った、まだ見てもいない家のことを思い、子ども時代家族で過ごしたリンハムヌの家を思った。

ここに突っ立っていても、何も始まらないと思い、歩きだした。

船会社に行き、ヘレーナが受付に預けた大きな封筒を受け取った。

「ヘレーナと会わなければならないんだけどな」とヴァランダーは受付嬢に言った。

「時間がないそうです。この封筒を渡すように言われました」

今朝の電話のことで腹を立てているのだ。だから会いたくないのだろう。無理もないとヴァランダーは思った。

マルメ警察署に着いたのはまだ九時五分だった。巡査詰所に行くと、誰もいなかったのではっとした。今朝のことが気になってならなかった。いま美容室に電話をかけても、モナは出ないだろう。どっちみち夜まで待たなければならない。

封筒を開けて驚いた。ヘレーナは相当数の船員と機関士の名前のリストを集めてくれたのだ。

だが、アルツール・ホレーンの名前はどこにもなかった。もっともそれに近い名前が二つあった。一人はグレンゲスという船会社で船員として働いたホーレ、もう一人はジョンソン・ラインで機関士として働いたハレンだった。ヴァランダーはリストを脇に押しやり、考えた。もしこのリストがここ十年間スウェーデン籍の船で働いた船員と機関士の全員を網羅しているとしたら、アルツール・ホレーンは外国籍の船で働いたということか。もしそうなら、見つけるのは無理というものだ。そもそも自分はなぜこの情報がほしかったのだろう？　何を証明しようとしたのだったか？

　リスト全体に目を通すのにおよそ四十五分かかった。

二階へ行く時間になった。廊下で上司のローマンに出会った。

「今日はヘムベリのところで働くんじゃなかったのか？」

「はい、いま行くところです」

「お前はアルルーヴで何をしていたんだ？」

「いろいろあって、その話をこれからヘムベリに話すところです」

ローマンは不満そうに首を振ると、廊下を渡っていった。ヴァランダーはその日麻薬常用者が取引をする公園などを奇襲する手入れに参加しなくてもすむことにほっとした。

ヘムベリは自室で書類を読んでいた。いつものように両足を机の上にあげている。ヴァランダーが姿を現すと、声をかけた。

「どうした、その顔は？」と、ヴァランダーの頬を指差した。

「ドアにぶつかったんです」ヴァランダーが答えた。

「暴力亭主に殴られた妻たちが亭主らをかばって言うセリフそのものだな、知ってるか？」と言って、ヘムベリは椅子に座り直した。

ヴァランダーは見透かされていると感じた。ヘムベリが何を考えているか、ヴァランダーにはまったくわからなかった。彼の言う言葉には二重の意味があるようで、聞く者は常に言葉の裏にあるもう一つの意味を推測しながら聞かなければならないのだ。

「まだ検死医から最終的な結果が報告されていない。けっこう時間がかかるんだ。女が殺害された時間が確定されないうちは、ホレーンが彼女を殺してから自殺したという仮説をもとにした行動ができないというわけだ」

ヘムベリは書類を持って立ち上がった。ヴァランダーはその後ろからついていった。会議室は廊下の突き当たりにあって、すでに数名の刑事課の捜査官が座っていた。中にステファンソンがいて、不愉快そうにヴァランダーをジロリと見た。シュンネソンは指の爪の垢をとっていて、周りの人間に関心なさそうだった。ヴァランダーは捜査官の中に顔見知りを見つけた。その一人はフルネル、もう一人はマッツソンだった。ヘムベリはテーブルの短いほうの席に腰を下ろし、隣の椅子を引いてヴァランダーを座らせた。

「ふん、巡査が刑事課の手伝いをすることになったんですか？」ステファンソンがせせら笑った。「彼らは市民のデモを警戒するので手一杯じゃないんですかね？」

「いや、べつにパトロール課に手伝ってもらうわけじゃない」ヘムベリがピシャリと言った。

「ヴァランダーはアルルーヴの女性の遺体発見者だ。証人として来てもらっただけのことだ」

ヴァランダーの同席が気にくわないのはステファンソンだけのようだった。他の者たちは快くうなずいてあいさつした。きっと人員が増えて歓迎しているのだろう、とヴァランダーは思った。シュンネソンが爪を掃除していた楊枝《ようじ》を投げ捨てると、その合図を待っていたかのようにヘムベリが話し始めた。ヴァランダーは刑事課の仕事が一つ一つ順を追って的確に進められていくことに目を見張った。すでに存在する事実を土台にして捜査を組み立てていく。それと同時に彼らは、とくにヘムベリは、そこから自由に話を展開する。なぜアレクサンドラ・バティスタは殺されたのか？　ホレーンとの関係は？　他に何か手がかりはあるか？

「ホレーンの腹のなかにあったダイヤモンド原石だが」会議の終わりごろヘムベリが言った。「宝石商に見てもらった。十五万クローナの価値があるそうだ。大きな金額だ。この国ではそれよりもっと少ない金のために人が殺されているからな」

「うん、数年前にタクシーの運転手が鉄棒で殴られて殺されたとき」シュンネソンが口を挟んだ。「運転手のポケットにあったのは二十二クローナだけだった」

ヘムベリが一同を見渡して言った。

「隣人たちに聞いて回ったか？　何か見たか、何か聞いたか？」

マッツソンが手帳をめくりながら言った。

「いやそれが、誰も何も見ていない。バティスタは隣人たちと付き合わなかったらしい。買い物以外めったに表に出なかったらしいし、客もなかったという」

「だが、ホレーンの姿は誰か、見たものがいるんだろう？」

「いや、それもないらしい。すぐ隣の人間は一般的スウェーデン人と言っていいのだがね。つまり、好奇心だけは旺盛だということ」

「それで、最後にバティスタが見かけられたのはいつ？」

「それが、いろいろなんだ。だが、おれがまとめたところによれば、数日前というところだろうな。それが二日前か、三日前かはわからないが」

「バティスタはなんで生計を立てていたんだ？」

今度はフルネルが答えた。

「銀行の利子のようだ。その一部は出所不明だ。ポルトガルの銀行から送金があるが、その銀行の本店はブラジルにある。銀行送金はとんでもなく時間がかかるものだ。だが彼女は働いていなかった。クローゼット、冷蔵庫、パントリーにあるものを見ると、それほど金のかかる生活はしていなかったようだ」

「だが、あの家は？　あれは彼女のものか？」

「ああ、そうだ。ローンはない。前の夫が現金で買ったらしい」

「前の夫はどこにいるんだ？」

「墓の中です」ステファンソンが言った。「数年前に亡くなっています。カールスコーガの墓地に埋葬されている。再婚していて、現在の妻という女性と話しました。残念ながら、ちょっと気まずい会話になりました。男は再婚ということを妻に話していなかったらしく、現在の妻はアレクサンドラ・バティスタという女性の存在を知りませんでした。とにかくバティスタと前夫の間には子どもはいなかったようです」

「なるほど」と言って、ヘムベリは次にシュンネソンに話を促した。

「いま検査中だ」とシュンネソン。「グラスについていた指紋を。飲んでいたのは赤ワインと思われる。スペイン産の。キッチンにあった空のボトルにある指紋と照合しているのだ。ホレーンの指紋とも照らし合わせなければならない」

「うん、彼の指紋はインターポール（国際刑事警察機構）にも問い合わせなければならないな。インターポールの返事は時間がかかるが」

「バティスタが犯人を家の中に入れたと見て間違いないだろう」シュンネソンが言った。「窓にもドアにもこじ開けた形跡はない。もしかすると合鍵を持っていたのかもしれんな。念のため我々はホレーンの鍵束も見てみたが、そこには合鍵はなかった。バルコニーのドアがはすに開いていたことはここにいるヴァランダーが教えてくれたとおりだ。バティスタは犬も猫も飼っていなかったことを思えば、ドアが開いていたのは、夜の空気を部屋の中に入れるためだったのだろう。つまりそれはすなわちバティスタは何も警戒していなかったことを意味する。あるいは、犯人はそのドアから出て行ったのかもしれない。家の裏手のほうが人目につかないからな」

「他には？」

「とくに報告するようなことはない」

ヘムベリは目の前の書類を押しやって言った。

「それじゃあとは捜査を続けるのみだ。検死医には急いでもらおう。ホレーンがこの殺人事件の犯人ならことは簡単なのだが。個人的にはそうではないかとおれは思っている。とにかく我我は隣人たちの証言を得ること、事件の背景を探ることに集中しよう」

そう言うと、ヘムベリはヴァランダーに言った。

「何か、言いたいことがあるか？」

ヴァランダーは首を振った。口の中がカラカラに乾いていた。

「何もないのか？」

「はい、いま話された以外のことは何も」

ヘムベリは机の上を指でポロンポロンと叩いた。

「それじゃこれでお開きだ。今日の食堂のランチメニュー、誰か、知ってるか？」

「イワシだよ。いつもけっこううまいぞ」

ヘムベリはヴァランダーに一緒に食堂に行こうと合図したが、ヴァランダーは断った。食欲はなかった。一人になって考えたかった。上着を取りに巡査詰所に戻った。窓の外を見ると小雨はすでに止んでいた。部屋を出ようとしたとき、巡査の一人が入ってきた。入ってくるなり制帽を机に叩きつけた。

「もう、うんざりだ！」と叫んで、椅子に倒れこんだ。

ユルゲン・ベイルンドという男で、ランズクローナの農家出身だった。ヴァランダーはときどき彼の方言がわからなかった。

「今日は麻薬常用者の溜まり場を二ヵ所手入れした。そのうちの一ヵ所で、十三歳の女の子数人を見つけた。数週間前から家出をしていた子たちだった。中の一人は臭くて、おれたちはまさに鼻をつままなければならないほどだった。他の一人はつまみ出されると、ペーソンにかみつきやがった。この国はいったいどうなってるんだ？　それに、おい、お前はなぜ今日一緒に行動しなかったんだ？」

「ヘムベリに呼び出されたんだ」ヴァランダーは答えた。もう一つの問い、いったいスウェーデンはどうなっているんだ、に関しては、答えられなかった。

上着を摑んで、部屋を出た。受付のところで、受付係に呼び止められた。

「伝言を預かってるわ」と言って、彼女はガラスの囲いから手を伸ばしてメモを渡した。電話番号が書かれていた。

「これ、何？」ヴァランダーが訊いた。

「遠い親戚という人から電話があったの。自分のことを憶えていないかもしれないと言ってたわ」

「名前は言わなかったの？」

「ええ。でも、かなりのお歳のように聞こえたわ」

ヴァランダーは電話番号を見た。0411という市外局番が頭についている。まさか。父親が遠い親戚と称して電話してきたのか？　おれが憶えていないかもしれないほど遠い親戚だと?

「ルーデルップはどこにある?」

「イースタ署の管内よ」

「いや、それを訊いてるんじゃない。ルーデルップの市外局番は?」

「イースタと同じ番号よ」

ヴァランダーはメモをポケットにねじ込んで外に出た。もし車があったら、まっすぐ父親のところに乗りつけて、いったいなんの真似だと怒鳴りつけてやりたいところだった。父親がそれに答えたら、こう言ってやるのだ。これからは一切あんたとは付き合わない。絶交だ。ポーカーもしないし、電話もかけない。葬式には出てやろう。それが早くなることを望むばかりだ。それ以外は絶交だ、と。

ヴァランダーはフィスケハムヌスガータンの通りまで行った。そこでスロットガータンに曲がり、クングスパルケン公園に入った。二つ問題がある。一番大きな、大事な問題。それはモナだ。そしてもう一つは父親。この両方とも、できるだけ早く解決しなければならない。

公園のベンチに腰を下ろし、水たまりで遊んでいるスズメをしばらく眺めた。酔っ払いが木の陰に寝転がっていた。本来ならおれはこの男を起こして椅子に座らせ、さらに警察に電話をかけてこの男を一晩留置所で眠らせてやるべきなのだと思った。しかしいまはその気力がない。見て見ぬふりをしておこう。

ベンチから立ち上がり、スズメをあとにして歩き続けた。公園を出て、レゲメントガータンの通りに入った。依然として腹は空《す》いていない。それでもグスタフ・アドロフ広場のソーセージスタンドでパン付きのソーセージを一個買って食べた。それから警察署に戻った。

すでに一時半になっていた。ヘムベリはいなかった。自分が何をしていいかわからなかった。本当は、上司のローマンに自分は午後何をするべきか、訊きに行けばいいのだ。だが、そうはせずに、ヘレーナからもらった船員リストに目を落とし、ふたたび目を通していった。どんな顔、どんな暮らしをしていた男たちなのだろうと想像を巡らせた。船員たちと機関士たち。ヴァランダーはリストから顔を上げた。廊下からバカにしたような大笑いが聞こえた。

ホレーンのことを集中して考えようと思った。まず自分の隣人であること。サッカーの賭けくじをあとに残していった。新たに鍵を取り付け、その後、リボルバーで自殺した。ヘムベリの推測はおそらく合っているのだろう。ホレーンは何かの理由でアレクサンドラ・バティスタを殺害し、そのあと自殺した。

推測はそれ以上進まなかった。ヘムベリの推理はロジカルで明白だった。それでも、穴がいくつもあるようにヴァランダーには思えた。全体像はこのとおりなのだ。だが、内容はどうだ？依然として多くのことが不明だ。とくに、ヴァランダーがそれまで隣人に関して抱いていた印象と違いすぎるのだ。情熱的とか暴力的とかいうような印象はまったくなかった。もちろんおとなしい人間も切羽詰まると凶暴になることはある。だが、あのホレーンが関係をもっていた女性を殺すなんてことがあり得るだろうか？

何かが違う。全体像の中身が空っぽなのだ。もっと深く考えようとしたが、それ以上先に進まなかった。ぼんやりしながら、机の上のリストを眺めた。どこからその考えが来たのかわからなかったが、いつのまにか彼は右側の欄に書かれている生年月日を読み始めていた。ホレーンは何歳だったか？　一八九八年生まれだったことは憶えていた。だが何月生まれだったか？　交換台に電話をかけて、ステファンソンに繋いでくれと頼んだ。ステファンソンはすぐに電話に出た。

「ヴァランダーだけど、ホレーンの生年月日、すぐにわかるか？」

「なんだ？　誕生日祝いでもやるってか？」

この男はおれを嫌っている、と思った。だが、いまに見てろ。おれのほうがずっと優秀な犯罪捜査官であることを見せてやる。

「ヘムベリから調べるように頼まれたんだ」とヴァランダーは嘘をついた。

ステファンソンが受話器を置いた。ページをめくる音がした。

「一八九八年九月十七日だ。他には？」

「いや、それだけだ」と言ってヴァランダーは電話を切った。

三枚目の書類に、捜すともなく捜していたものに目が留まった。一八九八年九月十七日生まれの機関士、アンダシュ・ハンソン。アルツール・ホレーンとイニシャルが同じだ、とヴァランダーは思った。

最後の紙まで目を通した。生年月日が同じ人間が他にもいないか、調べた。一九〇一年九月十九日生まれの船員を見つけたが、それが一番近いものだった。電話帳を引っ張り出して、教会の住民登録課の番号を調べた。ホレーンと自分は同じアパートに住んでいたのだから、教区も同じに違いないと思った。番号に電話をかけて、相手が電話に出るのを待った。ヴァランダーはやはりここでも刑事課の警察官だということにしようと思った。

「私はヴァランダーという警察官です。数日前に死亡した人間について捜査をしているのですが」

ホレーンの名前、住所、そして生年月日を言った。

「何を知りたいのですか?」と女性の声が響いた。

「このホレーンという人物が以前別の名前を名乗っていたかどうか知りたいのです」

「つまり、苗字を変えたかどうかですね?」

そうか、まずいな、とヴァランダーは思った。人はファーストネームは変更できないんだ。変更登録は苗字に限られるんだった。

「見てみます」女性が言った。

これは失敗だな、とヴァランダーは思った。ちゃんと考えてから電話するべきだったのに、早まったことをした。

このまま電話を切ってしまおうかとも思ったが、相手は電話が途中で切れたと思って警察に電話をかけてくるかもしれない。それはまずい。待つことにした。しばらくしてから、相手は電話口に戻ってきた。

「その件はちょうどいま死亡を登録するところでした。それで時間がかかってしまったのです。

でも、あなたの言うとおりでしたよ」

ヴァランダーは椅子に座った姿勢を正した。

「その人は以前はハンソンと名乗っていました。苗字変更届けは一九六二年に出されています」

やっぱり。しかしそれでも、間違いは間違いだ。

「ファーストネームのほうはどうですか?」

「アンダシュ」

「アルツールではないのですね?」

女性の答えは思いがけなかった。

「いえ、アルツールという名前でもあるのです。両親に愛された子はたくさん名前があるという言い伝えがありますが、この人もきっと親に愛された子どもだったのでしょう。いえ、それとも、両親の間でどの名前にするか、決定できなくて全部の名前を登録したのでしょうか。彼の名前はエリック・アンダシュ・アルツール・ハンソンでした」

ヴァランダーは息を呑んだ。

「ありがとうございました」と言って、電話を切った。

すぐにでもヘムベリに連絡したかったが、できなかった。自分が見つけたこの情報にどれだけの価値があるかわからなかったからだ。自分でもう少し調べてからヘムベリに伝えようと思った。べつになんの意味もない情報なら、人に知らせなくてよかったということになる。

ヴァランダーは大判のノートを引き寄せてメモを書き付けた。自分は何を知ったのか？　アルツール・ホレーンは七年前に名前を変えている。ホレーンは一九六〇年代の初めに引っ越してきたとリネア・アルムクヴィストから聞いたことがある。時期的には合う。

ヴァランダーはペンを持ったまましばらく考えたが、もう一度教会の住民登録課に電話をかけた。受けたのは同じ女性だった。

「すみません、一つ訊き忘れたことがあります。ホレーンがローセンゴードに移住したのはいつでしょうか？」

「ハンソンのことですね？　見てみましょう」

今回は女性はすぐに戻ってきた。

「一九六二年の一月一日です」

「その前の住所はどこでしょう？」

「それはここではわかりません」

「え？　それは書類に書いてあると思ったのですが？」

「外国に住んでいたとあります。どこにという記載はありません」

ヴァランダーは受話器に向かってうなずいた。

「そうですか。わかりました。ありがとうございます。以上です」

ふたたびノートに戻った。ハンソンは一九六二年にどこかの国から移り住み、同時に名前もホレーンに変えた。数年後、彼はアルルーヴに住む女性と付き合い始めた。それ以前からの知り合いだったかどうかはわからない。それからさらに数年後女性は殺害され、ホレーンは自殺した。ホレーンの自殺がそれより前かもしれないが、いまのところまだそれはわからない。だが、ホレーンが自分で引き金を引いたのは確かだ。サッカーの賭けくじの紙に印をつけ、ドアに二重鍵をつけたあとで。その前にダイヤモンドの原石を呑み込んでいる。

ヴァランダーは顔をしかめた。依然としてこれでは何を調べるべきか、どっちに進むべきかわからない。人はなぜ名前を変えるのだろう？　行方をくらますために？　人に探し出されないため？　自分が誰かを知られたくないから？　あるいは以前の自分を知られたくないから？

これだ、と思った。自分が誰かを知られたくないから、あるいは以前の自分を知られたくないから。

ヴァランダーは考えた。誰もホレーンを知らない。彼は人と付き合わなかった。だが、アンダシュ・ハンソンという名前の人物なら知っているという人はいるかもしれない。問題はその人をどうやって見つけるかだ。

そのとき、前の年にあったある事件が脳裏に浮かんだ。もしかするとそのとき会った人物が役に立つかもしれないという気がした。水中翼船《ホバークラフト》の乗り場で酔っ払いのケンカがあり、ヴァランダーも駆けつけた。ケンカの当事者の一人がデンマークの船乗りでホルゲル・イェスペルセンだった。言いがかりをつけられてケンカに巻き込まれただけということがわかり、ヴァランダーはそのことを同僚にも説明した。イェスペルセンは確かに関係なかったことが判明したので、他の者たちは警察署に連行されたが、彼だけはその場で家に帰された。その後、ヴァランダーはすっかりこのことは忘れていたのだった。

数週間後、イェスペルセンが突然ヴァランダーの住むローセンゴードに現れて礼だと言ってデンマークのアクワヴィットを一瓶持ってきた。どうやって住所を探し出したのかわからなかったが、とにかく中に入れと言い、家の中に入れたのだった。イェスペルセンは周期的なアルコール依存症だった。アルコールを飲まないときは海に出て、船のエンジン部門で働いている船員だった。外国の港町のみやげ話が得意で、この五十年間北欧の船舶で働いた船員のことなら一人残らず知っていると豪語していた。陸にいるときはコペンハーゲンの船乗りの溜まり場の地区ニーハヴンのバーにたむろしていると言っていた。飲まない周期のときはコーヒーを、飲む周期のときはビールと決まっていた。いつも決まって同じバーで、同じ席に座っていると。もしそこにいなければ、海に出ているのだと。

その男のことを思い出した。イェスペルセンならアンダシュ・ハンソンを知っているかもしれない。知らないとしても、ヒントをくれるだろう。

すぐに肚《はら》を決めた。運がよければイェスペルセンはコペンハーゲンにいるかもしれない。そしてこれまた運がよければ、いまはアルコールから離れている時期かもしれない。まだ午後三時前だ。これからコペンハーゲンに出かけても今日中に戻れるだろう。署では自分がいなくても誰も気づかないだろう。だが、出かける前に一つ電話をかけなければならないところがある。コペンハーゲンに出かけると決めたことで、電話をかける理由ができたような気がした。ヴァランダーはモナの働いている美容室へ電話をかけた。

電話を受けたのは美容室の経営者のカーリンという女性で、数回会ったことがあった。疲れた様子だったが、好奇心だけは旺盛だった。しかし、モナは親切な経営者だと言っていた。ヴァランダーは名乗って、モナに伝えてほしいことがあると言った。

「自分で話してくださいな。わたしは手が離せないので」

「じつはいま会議中なんです」とヴァランダーは小声で言った。「一つだけ伝えてほしいんです。今晩、遅くとも十時までにぼくのほうから電話すると」

カーリンは伝えると約束してくれた。

その短い電話でヴァランダーは全身に汗をかいた。それでも、電話をかけてほっとした。それからすぐに警察署を出て、水中翼船の乗り場に急ぎ、三時出発の便に間に合って乗り込んだ。ヴァランダーはそれまで何度もコペンハーゲンに行ったことがある。最近はモナと一緒のこともあったが、その前はいつも一人で出かけた。コペンハーゲンはマルメよりずっと大きく、都会だった。オペラの上演があるときは、王立劇場にもよく行った。

本当のことを言うと、彼は水中翼船はあまり好きではなかった。運行時間が短すぎるのだ。昔ながらのフェリーボートだとスウェーデンとデンマークの間には距離があって、海峡を渡るという雰囲気があり、外国に出かけるという気分になった。コーヒーを飲みながら窓の外を眺めた。いつかコペンハーゲンとマルメを繋ぐ橋ができるだろう。だが、おれが生きているうちはそういう日は来ないだろう。

コペンハーゲンではまた雨が降りだしていた。船はニーハヴンに着いた。イェスペルセンは行きつけのバーを教えてくれたが、ヴァランダーは足を踏み入れたこともない怪しげな界隈をかなり緊張して歩いた。時間はまだ午後の三時四十五分。目的のバーを見つけ、薄暗い中を覗き込むと、いくつかのテーブルに人が座ってビールを飲んでいるのが見えた。ラジオの音が聞こえた。いや、レコードだろうか？　デンマーク語でセンチメンタルに歌う女の声が流れていた。テーブルについている男たちの中にイェスペルセンはいないようだ。カウンターの中のバーテンダーは新聞を広げてクロスワードパズルをやっている。店に入ってきたヴァランダーの姿を目に留めた。

「ビール」と注文した。

バーテンダーはツボルグを彼の前に出した。

「イェスペルセンを探しているんだが」

「ホルゲルか？　やつならあと一時間ほどしたら来る」

「そうか。いまは海に出ていないんだな？」

バーテンダーはニヤリと笑った。

「海に出てたらあと一時間で来るはずないだろう。あいつが来るのはたいてい五時ごろだ」

ヴァランダーはテーブルについて待つことにした。さっきのセンチメンタルな歌声は、これまたセンチメンタルな男の声に変わっていた。イェスペルセンが五時ごろに来たら、マルメに戻ってゆっくりモナに電話する時間がじゅうぶんにある。モナになんと言うか。平手打ちについては何も言うまい。ヘレーナに電話した理由を言えばいいのだ。モナが信じてくれるまで話せばいいのだ。

隣のテーブルの男が居眠りを始めた。バーテンダーは相変わらずクロスワードに向かっている。時間がゆっくり過ぎていく。ときどきドアが開いて外の明かりが店の中に入る。人が入ってきては出て行く。ヴァランダーは時計を見た。五時十分前。まだイェスペルセンは現れない。空腹になって、ソーセージとビールを注文した。バーテンダーは自分がここに入ってきたときと同じワードに引っかかっているように見えた。

五時になった。イェスペルセンは依然として姿を見せない。今日は来ないんじゃないか、とヴァランダーは不安になった。ちょうど今日、また飲み始めたんじゃないか。

女が二人店に入ってきた。一人がスナップスを注文した。もう一人はカウンターの中に入った。バーテンダーはようやく新聞を閉じ、棚の上の瓶をチェックし始めた。女は店で働いているらしい。時計を見ると五時二十分。ドアが開き、イェスペルセンが入ってきた。ジーンズジャケットを羽織り、ハンチング帽をかぶっている。まっすぐカウンターに行って、バーテンダーに声をかけた。バーテンダーはすぐにコーヒーをカップに注いでイェスペルセンに出し、ヴァランダーの座っているテーブルを指差した。コーヒーカップを手にしたイェスペルセンはそれがヴァランダーとわかると笑顔になった。

「これはまた、めずらしいな」と下手なスウェーデン語で言った。「スウェーデンの警察勤務者がコペンハーゲンのバーにいるとは」

「警察勤務者はないだろう。巡査とか捜査官とか言ってくれ」

ど「れも同じだろうが」

イェスペルセンはクックックと笑い、コーヒーに角砂糖を四個入れた。

「いや、そんなことはどうだっていい。とにかくよく来てくれたな。ここに来る連中はみんな友だちだ。何を飲むか、何を話すかまで知ってる。むこうもおれのことを知っているやつばかりだ。ときどき他の店に行こうとも思うんだが、結局はここに来てしまうんだ」

「なぜ?」

「おれが聞きたくないようなことを言うやつがいるかもしれないからさ」

ヴァランダーはイェスペルセンの話が全部理解できたかどうかわからなかった。デンマーク語ともスウェーデン語とも言えないまぜこぜの言葉だったからだが、言葉を全部途中で呑み込んでしまうので何を言っているのかよくわからないのだ。

「あんたに会うためにやってきたんだ。少し手伝ってもらおうと思って」

「これがあんたでなかったら、警察勤務者など糞食らえと言って追い払うところだが、あんたは別だ。なんだ、その手伝ってほしいことってのは?」

ヴァランダーは簡単に説明した。

「そんなわけで、アルツール・ホレーン、アンダシュ・ハンソンとも名乗っていたかもしれない男を捜してるんだ。機関士でもあったし単なる船員でもあったらしい」

「どの船会社で働いていた?」

「サレーン船舶」

イェスペルセンはゆっくり首を振った。

「名前を変えた船乗りがいたら、おれの耳に届いたはずだ」と首を振った。「そんなことはめったにないことだからな」

ヴァランダーはホレーンの姿格好を説明した。そうしながらも、船員身分証にあったホレーンの写真のことを思った。人は変わるものだ。もしかすると、ホレーンは意識的に外見を変えたのではないか、名前を変えたときに。

「何かもっと説明はないのか」イェスペルセンが訊いた。「その男は船員でもあり、機関士でもあった？　そのこと自体、船員はめったに身分を変えないからめずらしいことではあるがな。立ち寄った港の名前とか、乗っていた船の名前とか、わからないか？」

「たぶん、ブラジルには何度も行ったと思う」とヴァランダーはためらいながら言った。「例えば、リオデジャネイロに。またサオ・ルイスとかいう港にも」

「それは北ブラジルにある」イェスペルセンがうなずいた。「一度、行ったことがある港町だ。全部船会社持ちで、豪華なホテルに泊まったものだ。たしかカサ・グランデとか言ったな」

「これ以上は話せない」ヴァランダーが言った。

イェスペルセンはまたもう一つ角砂糖をコーヒーに入れながら、ヴァランダーの顔を見つめた。

「それで、あんたの知りたいのは、その男を知っていた人間がいるかどうかか？　アンダシュ・ハンソンだか、アルツール・ホレーンだかを？」

ヴァランダーはうなずいた。

「わかった。今日のところはここまでだな。聞いて回ってみよう。ここコペンハーゲンとマルメで。さ、メシを食べに行こう」

ヴァランダーは時計を見た。五時半。まだじゅうぶんに時間がある。九時の水中翼船に乗れば、家に帰ってからゆっくりモナに電話ができる。それに何より腹が減っていた。ソーセージ一本じゃ腹がいっぱいになるはずもない。

「ムール貝だな。ムール貝を食べに行こう。アンネ＝ビルテの店がいい」

ヴァランダーは飲み代を払った。イェスペルセンはもう店を出てしまったので、彼のコーヒー代まで払わなければならなかった。

アンネ＝ビルテの店はニーハヴンのはずれにあった。まだ夕方だったので、客はまばらで、すぐにテーブルに案内された。ヴァランダーはムール貝が食べたいというわけではなかったが、イェスペルセンはムール貝と決めていたので、付き合って食べた。ヴァランダーはここでもビールを飲んだが、イェスペルセンは黄色いレモンジュースに変えた。

「おれはいま禁酒中なんだ。だがあと何週間かでまた飲み始めるぞ」

ヴァランダーはイェスペルセンが長年話してきたに違いない船乗りの経験談を聴きながらムール貝を食べ、八時二十分過ぎに食べ終わった。

金が足りるかどうかが心配だった。というのも、イェスペルセンは初めからおごられると決めているようだったからだ。だが、心配は無用だった。

二人は店の前で別れた。

「調べてみるよ」イェスペルセンが言った。「わかったら連絡する」

ヴァランダーは水中翼船の船着場へ行って、列に並んだ。九時きっかりに舫綱《もやいづな》が解かれ、乗船すると彼はすぐに目をつぶり、そのまま眠りに入った。

あたりが急に静かになったので、目を覚ました。船のエンジンの音が聞こえない。不審に思い、あたりを見回した。船はちょうどデンマークとスウェーデンの真ん中にあった。そのときスピーカーから船長の声が響いた。機械の故障で船はコペンハーゲンに引き返さなければならないという。ヴァランダーは飛び上がり、乗務員に電話があるかと訊いた。電話は船に備わっていないという。

「コペンハーゲンには何時に着くんだ?」

「申し訳ありませんが、数時間はかかります。その間、お客様にはフリーでサンドウィッチと飲み物をお出しします」

「サンドウィッチなどいらない。電話がほしいんだ」

航海室まで行って無線を使わせてくれと航海士にまで詰め寄った。航海士は船が緊急事態にあるときに個人に無線を使わせるわけにはいかないとにべもなく断った。

ヴァランダーは席に戻った。

モナ。彼女はおれがどう説明したって信じないだろう。水中翼船が故障した? 頭から信じるはずがない。これでおれたちの関係も終わりだ。

結局マルメに着いたのは二時半だった。その前に、コペンハーゲンに戻った時間は夜中の十二時過ぎ。その時間にはすでにヴァランダーはモナに電話するのを諦めていた。マルメは激しい雨だった。金がなかったのでタクシーに乗れず、ローセンゴードの自宅まで歩いた。部屋の鍵を開け、中に入ったとたん、気分が悪くなり、次の瞬間嘔吐した。熱も出た。

ムール貝だ、と思った。これで腹を壊したというのは本当になったわけだ。

その時間から朝まで、ヴァランダーは何度もトイレに行った。腹の具合が悪いと言って病欠してから、まだ治ったという知らせは出していない、つまりまだ自分は病気欠勤状態になっているのだと気がついた。明け方ようやく少し眠ることができた。だが九時ごろになると、またトイレに駆け込んだ。この状態では電話することはできなかった。希望的な観測をすれば、モナは何かが起きたのだと思うかもしれない。例えば彼が病気になったとか。だが、向こうからの電話はなかった。誰からの電話もない。

夜になって、少し落ち着いた。だが、すっかり弱っていたので、食べ物を作ることはできず、ようやく紅茶をいれた。眠りにつく前に、イェスペルセンはどうしているだろうかと思った。ムール貝を食べようと誘ったのはイェスペルセンだったから、彼も腹を壊していればいいと思った。

翌朝、ゆで卵を食べようとしたが、やっぱりダメで、まっすぐにトイレに走った。その日は一日ベッドに横たわっていた。腹の具合はゆっくり回復に向かった。

午後五時の少し前、電話が鳴った。ヘムベリだった。

「探したぞ」

「具合が悪くて寝てました」

「インフルエンザが腹にきたか」

「いや、ムール貝です」

「貝を食べたのか？　いまどきそんなやつがいるか、危険とわかっているはずなのに」

「食べました。それでひどい目に遭ったんです」

ヘムベリは話を変えた。

「検死医のユルネが結果を発表した」ヘムベリが言った。「おれたちの想定とは違っていた。ホレーンが自殺したのは、アレクサンドラ・バティスタが殺される前だった。つまりおれたちは捜査の方向を変えなければならない。バティスタ殺しは別人だってことになった」

「もしかすると、関係ない、偶然のことなんじゃありませんか？」ヴァランダーが言った。

「バティスタが殺されたことと、ホレーンが自殺したことがか？　腹の中にダイヤモンドの原石を呑み込んでか？　そんなことは他のやつに言うんだな。わからないのはこの二つの事件の関係だ。もっと簡単に言えば、二人の人間の間で繰り広げられていたと思われるドラマが、じつは登場人物は三人だったということだ」

ヴァランダーはヘムベリにホレーンの名前変更について話したかったが、どうしても吐き気が我慢できず、トイレに走った。

「明日、もし腹の具合が良くなったら、おれの部屋に来い。水をたくさん飲め。それが一番大事なことだ」

急いで話を済ませ、またトイレに駆け込んだあと、ヴァランダーはベッドに横たわった。その日の夕方から夜は、ウトウトしては目を覚まし、またウトウトする状態だった。吐き気は次第に収まったが、身体中から力が抜けて、ひどく疲れた。モナの夢を見た。ヘムベリの言ったことを考えたが、深く考えるだけの力がなかった。

朝になると、少し気分が良くなっていた。パンをトーストし、薄いコーヒーを飲んだ。腹の調子は大丈夫。窓を開けて外の空気を入れた。雨雲が姿を消し、気温は上がったようだ。ランチタイムになって、ヴァランダーは美容室に電話をかけた。電話に出たのはまたカーリンだった。

「モナにぼくが今晩電話すると伝えてくれますか？　体の具合が悪かったので」

「ええ、わかったわ」

カーリンの声に皮肉が込められているかどうか、わからなかった。モナは私生活のことを話したりしているのだろうか。そうではないといいのだが。

一時になり、ヴァランダーは警察署に出かける用意をした。念のため、ヘムベリが部屋にいるかを確かめるために電話をかけた。部屋にはいなかったため、ヘムベリのいそうなところ数ヵ所に電話を回されたが、どこでも捉まえることができなかった。出かけるのはやめて、食べ物の買い物に行くことにした。そして午後は家にいて、今晩モナに電話をかけるときにどう話すかを周到に用意することに決めた。モナとの話は簡単に終わるはずがなかった。

夕食にはスープを作り、食事のあとはゆっくりソファに横たわり、テレビを見た。七時を少し回ったころ、ドアベルが鳴った。モナだ。おれの様子が変だということがわかって、来てくれたんだ！

ドアを開けると、イェスペルセンが立っていた。

「ムール貝のおかげでひどい目にあった」とヴァランダーは声を荒立てて言った。「二日も腹を壊して仕事を休んだぞ」

イェスペルセンは顔をしかめた。

「おれは平気だった。貝のせいじゃないだろう」

この話はこれ以上話しても無駄だと思った。イェスペルセンを中に入れ、キッチンに座った。

「なんだか変な臭いがするな」

「それはそうさ。この部屋の住人はなにしろ四十時間もトイレに座りっ切りだったんだから」

イェスペルセンは首を振った。

「いや何か、他のことが原因だよ、きっと。アンネ＝ビルテのムール貝で当たるはずがない」

「あんたの用件は何なんだ？　わざわざ来てくれたからには、何か用事があるんだろう？」ヴァランダーが話題を変えた。

「コーヒーがもらえたらうれしいんだがな」とイェスペルセン。

「コーヒーはちょうど切れてるんだ。あんたが来るとは思ってもいなかったしな」

イェスペルセンはうなずいた。気を悪くした様子はなかった。

「貝で腹を壊すとひどい目に遭うらしいな。だが、それとは関係ないことで、いま何か心配ごとがあるように見えるがな?」

ヴァランダーは驚いた。この男は人を見抜いている。一番弱いところ、自分がモナのことで悩んでいることをズバリ見抜いているんだ。

「ああ、あんたの言うとおりかもしれない。だが、それについてあんたと話すつもりはないんだ」

イェスペルセンは肩をすくめた。

「わざわざ来てくれたからには、何か用事があるんだろう?」ヴァランダーが繰り返して言った。

「おれが、あんたの国の大統領オーロフ・パルメに絶大な尊敬の念を抱いているってこと、話したことがあったかな?」

「パルメは大統領じゃない。まだ首相でもないんだ。まさか、それを言うためにわざわざ来たんじゃないだろう?」

「いやいや、それでもこれだけは言っておかなければならないことだ」イェスペルセンは譲らない。「だが、他の用事で来たというのは正しい。コペンハーゲンに住んでる人間がわざわざマルメに来るなんてことは、用事がないかぎりないことだからな。わかるだろうが」

ヴァランダーはいい加減、イライラしながらうなずいた。イェスペルセンは回りくどい話し方をする人間だった。例外は、海に出たときの話をするとき。そういうときの彼はじつに話上手なのだが。

「コペンハーゲンの船乗り仲間に少し訊いて回ったんだが、なんの収穫もなかった。それでマルメに来て、同じように訊いて歩いた。こっちは少し反応がよかった。昔船の電気技師をやっていて、世界中の海を航海したという男と話をした。名前はユングストルムという。いまは高齢者のホームに住んでいる。ホームの名前は憶えていないが。足が弱っていてほとんど自力では立てないんだが、記憶のほうはしっかりしていた」

「それで、なんと言ってた、その男は？」

「そのじいさん自身はあんたの捜している男のことは知らなかったが、フリーハムヌの港にいる男に訊いてみたらいいと教えてくれた。それで、フリーハムヌにいる男を訪ねて、ハンソンだかホレーンだかと名乗っていた男を知っているか訊いてみると、なんと、その男、『忙しいこった』と言ったんだ」

「忙しいこった、とは？」

「どういう意味だと思う？　あんた、警察官だろう？　おれたち普通の人間よりも話を読むのが早いんじゃないのか？」

「その男の言った言葉をそのまま言ってみてくれ」

「たしか『その二つの名前の男のことで、なんとも忙しいこった』と言ったな」

ヴァランダーはうなずいた。

「他にもその二つの名前の男を探している人間がやってきた、という意味じゃないか？」

「イエス！」

「誰だろう？」

「じいさん、名前は憶えていなかった。だが少し〝不潔な〟男だったという言い方をしていた。不潔って、なんだ？　たぶん、髭を剃っていないとか、着ているものが汚かったとかだろう。酒の臭いがしたとも言っていたな」

「その男が来たのは、いつだって？」

「一ヵ月ほど前か、と」

それはホレーンがもう一つドアに鍵をつけたころの話だとヴァランダーは思った。

「その男の名前、じいさん、知ってたか？　おれが直接フリーハムヌに行って、そのじいさんと話をしてみようか？　じいさんの名前は？」

「いやあ、じいさん、警察とは話したくないとさ」

「なぜ？」

イェスペルセンは肩をすくめた。

「港にはいろいろ警察にほじくり出されたくないこともあるんだろうよ。酒瓶の入っている箱が壊れるとか、コーヒーの荷が急になくなるとかさ」

ヴァランダーも確かにそういうことは聞いていた。

「だが、おれはもう少し嗅ぎ回った。それで、たしか、おれの記憶に間違いがなければ、この町の浮浪者連中がときどき町の真ん中にあるなんとかいう公園に集まって酒を飲み回しているということを聞きつけた。なんという公園だっけかな？　たしかPで始まる公園だったが」

「ピルダムスパルケン？」

「うん、それだ。じいさんの話では、ホレーンを、いやハンソンか、探していた〝不潔な〟男は片方のまぶたが垂れ下がっていたそうだ」

「どっちの目だ？」

「知るか。見ればきっとわかるだろうよ」

「その男、一ヵ月ほど前にホレーンかハンソンという名前の男を探し回っていたというんだな？　そしてもしかするとピルダムスパルケン公園にいるかもしれないと？」

「コペンハーゲンに戻る前に、あんたとおれでその公園に行ってみようじゃないか。そしたらどこか途中でコーヒーが飲めるかもしれないな」

ヴァランダーは時計を見た。七時半。

「いや、今晩は無理だ。予定がある」

「それじゃおれはコペンハーゲンに戻ることにする。アンネ＝ビルテにムール貝のことを話しておくよ」

「他のことが原因かもしれないが」

「ああ、そのようにアンネ＝ビルテに話すつもりだ」

二人は玄関口に出た。

「わざわざ来てくれてありがとう。協力してくれてありがとうな」

「いやいや。あんたがあのときいなかったら、おれは関係ないケンカに巻き込まれて引っ張られていたと思うから」

「それじゃあまた。今度はムール貝なしで」

「よし。ムール貝なしでな」

ヴァランダーはキッチンに戻り、いま聞いた話をノートに書き記した。ホレーン／ハンソンについて訊いて回っている人間がいる。だいたい一ヵ月ほど前のことだ。そのころホレーンは入り口のドアにもう一つ鍵をつけた。ホレーンのことを訊き回っていた男は片目のまぶたが垂れ下がっていたという。浮浪者のような格好をしているらしい。ピルダムスパルケン公園にたむろする連中の一人かもしれないという。

ヴァランダーはペンを置いた。これについてもヘムベリに報告しよう。これは実際の話、しっかりした手がかりではないか。

急にイェスペルセンに訊いておくべきだったことを思い出した。彼の周辺で、アレクサンドラ・バティスタという女性の名前を聞いたことがある者はいないか、訊いてもらうんだった。自分の手落ちに腹が立った。おれはまだ手落ちなくものごとを考えることができない、と思った。これはまったくばかばかしい手落ちだ。

午後の八時になった。ヴァランダーはアパートの中をぐるぐる歩き回った。腹の具合はよくなったのに気分が落ち着かない。ルーデルップに引っ越した父親の新しい電話番号に電話してみようかと思ったが、電話したらすぐにケンカになるような気がしてやめた。険悪な関係はモナだけでじゅうぶんだった。時間つぶしにアパートの外に出て近所を歩くことにした。ようやく夏がやってきたようで、夕方でも空気が優しかった。スカーゲンで過ごす夏休みはどうなるんだろう、と思った。

八時半にアパートに戻った。キッチンテーブルに向かって座り、腕時計を前に置いた。まるで子どものようだ、と自分でも思ったが、そうするより他にどうすればいいかわからなかった。九時きっかりに、モナに電話をかけた。すぐにモナが電話に出た。

「切らないで。説明したい」と瞬間的にヴァランダーは言った。

「あたしが切ると言った？」

ヴァランダーはとたんにどうしていいかわからなくなった。しっかり準備をしていたから、何を言うべきか用意はできていたのに。代わりにモナが話しだした。

「ええ。説明してほしいわ、どういうことか。でも、いまは聞きたくない。あたしたち、会って話すべきだと思うわ」

「いま？」

「ううん、今晩じゃなく、明日。明日は都合悪い？」

「いや、大丈夫」

「じゃ、あたしがそっちに行くから。でも九時過ぎにならないとダメ。ママの誕生日だから、あたし、顔を出すと言ったから」

「食事作っておこうか？」

「いらない」

ヴァランダーは用意していた説明をし始めたが、モナはそれをさえぎって言った。

「それは明日聞くわ。いまはいい。電話で聞くのは嫌なの」

一分も経たないうちに通話は終わった。まったくヴァランダーの考えどおりにはいかなかった。思っていたのとはまったく違う方向へ行った。ずっといい方向だ。けれども、そこにはまだ暗雲が立ち込めている。会ってもどうなるかは依然としてわからない。

今晩このあとの時間をどう過ごしたらいいかわからなかった。まだ九時を少し回ったばかりだ。これからピルダムスパルケン公園まで散歩に出かけてもいい。うまい具合に、まぶたの垂れ下がった男にばったり会うかもしれないとヴァランダーは思った。

本棚の本の中に何枚かの札に分けて金が百クローナほどあった。それを集めて財布に入れると、上着を着て外に出た。風はなく、まだ空気が暖かかった。バス停まで歩きながら鼻歌を歌った。歌劇『リゴレット』の一節だった。バスの姿が見え、彼は走りだした。

ピルダムスパルケンまで来て、こんなことをしてもしようがなかったのではないかという気がした。この公園はやたらに大きい。それになんと言っても、彼が捜そうとしている男は殺人者である可能性があるのだ。警察官は絶対に一人で行動してはならないという大原則を思い出した。だが、誰だって散歩ぐらいしてもいいはずだ。制服を着ているわけでもない。おれが警察官だということは誰にもわからないはずだ。おれは単に目に見えない犬を連れて散歩している男にすぎないんだ。

ヴァランダーは公園の中の小道を歩きだした。大きな木の下に数人の若者たちが輪になって座っていた。ギターを弾いている者がいる。ワインボトルも数本見える。この瞬間、彼らはいくつ犯罪を犯していることになるのだろうとヴァランダーは考えた。これが上司のローマンだったら、きっときびきびと若者たちの中に入って仕切るだろう。だが、ヴァランダーは何もせず、そばを通り過ぎた。これが数年前なら、彼自身木の下に座ってワインを飲んでいた一人だっただろう。だがいまは警察官だ。強い酒《スプリット》やワインを公共の場所で飲むことは軽犯罪であるという法律に従って、若者たちを逮捕することもできるのだ。ヴァランダーは首を振った。刑事課で働くのが待ち遠しくてたまらない気分だった。こんな若者たちを逮捕するために警察官になったのではない。この夏初めての夏らしい日に、公園に集まって酒を飲みながら歌う若者たちを逮捕するために警察官になったわけではないのだ。本物の犯罪者たちを捕まえるために警察官になったのだ。暴力、詐欺《さぎ》窃盗《せっとう》、麻薬の密輸販売。大きな犯罪を犯す者たちを逮捕するために。

ヴァランダーはどんどん公園の奥に入っていった。道路を行き交う車の音が遠くになった。若い恋人たちがしっかり抱き合っているそばを通り過ぎた。モナのことを思った。きっと大丈夫だ。もうじきスカーゲンで二人で休暇を過ごすのだ。これからは絶対に約束の時間に遅れたりするまい。

ヴァランダーは立ち止まった。すぐ近くで数人の男たちが強い酒《スプリット》を回し飲みしていた。中の一人がシェパードを繋いだ紐を引いて、座ろうとしない犬をおとなしくさせようとしていた。

ヴァランダーはゆっくり近づいていった。男たちは彼のほうを見ようともしない。まぶたの垂れ下がっている男はいないようだ。突然一人が立ち上がって、グラグラ体を揺らしながらヴァランダーの前に立ちはだかった。屈強な男で、シャツのボタンを腹の上まで外している。

「十クローナくれよ」

ヴァランダーは断ろうとした。十クローナは大きな金額だ。だがすぐに思い返した。

「友だちを探してるんだ。まぶたが垂れ下がっているやつだ」

簡単に引っかかる者がいるとは思わなかった。だが、思いがけずすぐに反応があった。

「ルーネはいねえよ。今日はどこにいるのか、誰も知らねえんじゃねえか」

「そう、ルーネ」ヴァランダーが繰り返した。

「お前、誰だ?」体をふらつかせながら男が訊いた。

「クルトだ。昔からの知り合いだ」

「いままで見たことねえな」

ヴァランダーは男に十クローナ渡した。

「ルーネに会ったら言ってくれ。クルトが探してるって。ルーネの苗字、なんというんだっけ?」

「苗字?　あいつに苗字なんかあるのか?　ルーネはルーネだよ、前っから」

「どこに住んでいるんだ?」

男は揺れていた体を止めた。

「お前、ルーネの友だちだと言ったな。友だちなら住んでるところぐらい、知ってるだろうが?」

「あいつ、しょっちゅう宿を変えるから」

男はベンチに座っている他の連中に言った。

「誰か、ルーネがいまどこに住んでるか、知ってるか?」

皆がいっせいにしゃべりだした。まず、ルーネと言ってもどのルーネかということになった。次に、まぶたの垂れ下がったルーネなら、どこに住んでいるか、という話になった。定宿のようなものがルーネにあるか? ヴァランダーはじっと待った。ベンチのそばのシェパードはこの間ずっと吠えっぱなしだった。

筋肉男が戻ってきた。

「誰もルーネの宿を知らねえんだ。だが、あんたが探してるってことは伝えとくよ」

ヴァランダーはうなずき、急ぎ足でその場を離れた。まぶたが垂れ下がっている男というだけで、捜している男がそんなに簡単に見つかるはずがない。ルーネというのは別人だということもじゅうぶんに考えられる。それでもこの手がかりは正しいという気がしてならなかった。すぐにもヘムベリに連絡して、この公園を監視下に置くように頼もうかと思った。もしかして、警察にまぶたの垂れ下がったルーネという男の記録があるのではないか?

だが、急に不安になった。自分は急ぎすぎる。まず、ヘムベリとしっかり話をするべきだ。ホレーンが名前を変えていること、イェスペルセンから聞いたことをきちんと報告するべきだ。

そのあと、ヘムベリがどういう方向で捜査するべきかを決める。そういう手順なのだ、と思った。

ヘムベリと話すのは明日にしよう。一晩休める。

まだ腹を壊したあとの体力が回復していないためか、家に帰るとすぐに眠りについた。

翌朝七時、ヴァランダーはじゅうぶんに眠って、気持ちよく目を覚ました。腹の具合は大丈夫なようなので、試しに湯を一杯飲んでみた。その後、警察の電話交換台からもらっていた電話番号に電話をかけてみた。

呼び出し音が何度も繰り返されてから父親がようやく電話に出た。

「なんだ、お前か」と不機嫌そうに父親が言った。「電話がどこにあるかわからなかった」

「なぜ警察に電話をかけて、遠い親戚だなどと言ったんだ？　父親だと言えばいいじゃないか」

「警察とは一切関係をもちたくないのだ」と父親は言った。「お前はなぜここにあいさつに来ない？」

「父さん、おれは父さんの新しい番地さえ知らされてないんだ。クリスティーナからおよその説明はあったけど」

「自分で調べればいいじゃないか、怠け者めが。それがお前のダメなところだ」

ヴァランダーは話にならないと思った。あとは少しでも早く話を終わらせることだ。

「二、三日中に行くよ。電話してから行くから、そのときに道を説明してくれればいい。それで、住み心地は？」

「いい」

「それだけ？　いい、としか言えないの？」

「いまはまだ散らかってるが、すべて片付いたら素晴らしいところになる。古い納屋を造り直してアトリエにするつもりだ」

「それじゃ。必ず行くから」

「それはお前がここに来るまではわからん。警察の言うことはめったに信用できんからな」

ヴァランダーは電話を切った。親父のやつ、これから二十年は生きるだろう。そしておれはずっと頭を押さえつけられたままだろう。親父から逃げることはできない。これは覚悟しなければならないことだ。いま気難しい親父がこれから優しくなることはあり得ない。もっとひどいことになるのは間違いない。

ようやく食欲が出てきたのでサンドウィッチを食べ、バスに乗って警察署へ行った。八時過ぎ、ヘムベリの部屋のドアをノックした。中から大声がして、ヴァランダーは中に入った。今日のヘムベリは足を机の上にあげてはいなかった。窓のそばに立って、朝刊をめくっていたが、部屋に入ってきたヴァランダーを見て、うれしそうな顔をした。

「貝か。貝はよっぽど注意しないとな。貝は海の底にあるゴミというゴミを吸い上げているんだから」

「他のものが原因かもしれませんが」ヴァランダーは言い訳がましく言った。

ヘムベリは新聞をそばに置いて、椅子に腰を下ろした。

「話さなければならないことがあります」ヴァランダーが言った。「五分以上かかります」

ヘムベリは椅子を顎で示した。

ヴァランダーは自分の発見を報告した。ホレーンは数年前に名前を変えているということ。ヴァランダーはヘムベリがすぐに集中して聴き始めたことに気がついた。次に前の晩イェスペルセンから聞いたことを報告した。そしてそのまま昨夜ピルダムスパルケンに散歩に出かけたことも付け加えた。

「片目のまぶたが垂れ下がっているルーネという男がいることがわかりました。苗字はわかりません」

ヘムベリはヴァランダーから聞いたことを吟味《ぎんみ》しているようだった。

「苗字のない人間はいないさ」としばらくして言った。「また、片目のまぶたが垂れ下がっている男がこの小さなマルメにそう多くいるはずもない」

そういうと、ヘムベリはひたいにしわを寄せた。

「お前には前にも一度、決して一人で行動してはならないと言っておいたはずだ。それに、お前は昨晩のうちにおれかこの課の他の者に連絡するべきだった。公園でお前が会ったという男たちをしょっぴくべきだった。酔いが覚めたころに細かく聞き出せば、たいていのことは思い出すものなんだ。その男たちの名前は訊いたのか？」

「いえ。私は自分が警官だと名乗りませんでした。ルーネと友だちだと言って近づきました」

ヘムベリは首を振った。

「そんなふうに進めちゃダメなんだ。よっぽどの理由がないかぎり、おれたち警察は身分を明かして行動しなければならない」

「その男、金がほしいと言って近づいてきたんです」ヴァランダーは言い訳をした。「そうでなかったら、自分は通り過ぎていたと思います」

ヘムベリは探るような目でヴァランダーを見た。

「それじゃ、ピルダムスパルケンでお前は何をしていたんだ?」

「散歩です」

「単独で捜査をしていたんじゃないというんだな?」

「腹の具合が良くなったので、体を動かしたかったんです」

ヘムベリの顔には強い疑いの表情が浮かんだ。

「つまりなにか? ピルダムスパルケン公園を散歩の目的地に選んだのは偶然だったというのか?」

ヴァランダーは答えなかった。ヘムベリは椅子から立ち上がった。

「これから数人の捜査官をこの問題に当たらせる。いまは全面的に幅広く捜査を展開するべきときだ。おれはバティスタを殺したのはホレーンだと思い込んでいた。が、残念ながら間違いだったようだ。そういうときは初めからやり直すことだ」

ヴァランダーはヘムベリの部屋を出て階下へ行った。上司のローマンに会わないようにと願ったのだが、まるで時間を計ったように、コーヒーカップを手に会議室からローマンが現れた。

「ちょうどよかった。お前はどうしたかと思っていたところだった」

「病欠していました」ヴァランダーが答えた。

「それなのに、来たのか？」

「いや、もう治りました。腹の具合が悪かっただけです。貝を食べたためだと思います」

「今日のお前の予定は町のパトロールだ」とローマンは言った。「ホーカンソンと話すことだ」

ヴァランダーは巡査がその日の予定を知らされる部屋へ行った。ホーカンソンは太った大男で、いつも汗をかいている。テーブルに向かって週刊誌をめくっていたが、ヴァランダーの姿を見ると声をかけてきた。

「町の中央部担当だ。ヴィットベリが九時から三時までパトロールする。彼と一緒に行け」

ヴァランダーはうなずいて、更衣室へ行った。ロッカーから自分の制服を取り出して着替えた。着替え終わったときにヴィットベリが入ってきた。三十歳前後で、いつかレーサーになるのを夢見ている男だ。

九時十五分、二人は警察署を出て、パトロールを始めた。

「夏らしい天気になると、たいてい町は静かになるんだ。騒がしい事件は起きない。だから今日はきっと何もない日になるぞ」とヴィットベリは言った。

ヴィットベリの言葉どおり、その日は一日中静かだった。三時過ぎに更衣室のロッカーに制服を戻したとき、本当に何もない日だったとヴァランダーは思った。あったのは一つだけ、自転車道路で反対側を走っていたので、自転車に乗っていた者に注意したことぐらいだった。四時にはすでに家に戻っていた。バス停から家まで帰る途中、彼は食べ物を買っておいた。もしかして、モナが気分を変えるかもしれない。家に来たときモナはお腹が空いて死にそうと言うかもしれない、と思った。

四時半、シャワーを浴びて着替えた。モナが来るまでまだ四時間半もある。ピルダムスパルケン公園まで散歩して帰ってくることがじゅうぶんにできる時間だ。目に見えない犬を連れて。いや、犬を連れているふりをして。

少し迷いもあった。ヘムベリからはっきり単独行動厳禁と言い渡されている。

しかしそれでもヴァランダーは外に出た。五時半、彼はピルダムスパルケン公園の中の、昨日と同じ小道を歩いていた。木の下でワインを飲みギターで歌っていた若者たちの姿はなかった。酔っ払った男たちがたむろしていたベンチにも誰もいなかった。ヴァランダーはあと十五分だけ歩いてみようと思った。そのあとは家に帰るつもりだった。坂を下って、大きな池で泳いでいるアヒルを眺めた。どこかで鳥が鳴いていた。あたりには初夏の香りが漂っていた。年配の夫婦がゆっくり通り過ぎた。「かわいそうな妹よ！」という言葉が耳に入った。誰のことなのだろう、なぜかわいそうなのかと思ったが、言葉はそれ以上聞こえなかった。

引き返そうとしたとき、木の茂みの陰に何人か人がたむろしているのが見えた。酔っ払っているかどうかはわからなかった。そのうちの一人の男が立ち上がり、よろよろと歩きだした。木の下に座っているほうの男がうなずいた。あごを胸まで落としてうなだれている。ヴァランダーは近づいて男を見たが、前日の連中の一人ではないようだった。男は汚れた格好をしていて、足の間にウオッカの瓶が倒れていた。

ヴァランダーはかがみこんで、男の顔をよく見ようとした。そのとき後ろの砂利道から足音が聞こえてきた。振り向くと、若い娘が二人そこに立っていた。その一人の娘の顔に見覚えがあったが、どこで見たのかわからなかった。

「……それでね、デモをしていたあたしに警官の一人が棍棒《こんぼう》で殴りつけてきたの」

その瞬間にヴァランダーは思い出した。先週、カフェで自分を怒鳴りつけた女の子だった。ヴァランダーは立ち上がった。その瞬間、彼の背後を見たもう一人の女の子の顔に恐怖が浮かんだ。彼は素早く振り返った。さっき木にもたれかかっていた男は眠ってはいなかった。立ち上がって、手にはナイフを握っていた。

すべてがあっという間に起こった。女の子たちが悲鳴をあげて駆けていったのは憶えている。ヴァランダーは片腕を上げてナイフを避けようとした。だが、遅すぎた。ナイフが振り下ろされるのが一瞬早かった。ナイフはヴァランダーの胸に突き刺さった。次の瞬間、暖かい暗闇が彼を包みこんだ。

砂利道の上に倒れる前に、記憶はすでに止まっていた。

そのあとはすべてが霧に包まれていた。いやむしろ、どろりと波打つ、真っ白で静まり返った海だったかもしれない。

ヴァランダーは四日間まったく意識がなかった。複雑な手術が二度行われた。ナイフは心臓のすぐそばに突き刺さった。本当に間一髪と言っていいほどすぐそばだったが、彼は生き延びた。そしてゆっくりと白い霧の中から戻ってきた。五日後の朝、目を開けたとき、何が起きたのか、いま自分がどこにいるのかわからなかった。

だがベッドのそばに見慣れた顔があった。

彼にとっては何ものにも代えがたいもの。モナの顔だった。

そしてモナは優しく微笑《ほほえ》んでいた。

エピローグ

九月初めのある日、ヴァランダーは医師から一週間後に仕事を始めてよいという許可をもらい、ヘムベリに電話をかけた。その午後、ヘムベリはローセンゴードに住むヴァランダーのアパートまでやってきた。ちょうどゴミを捨てに外に出たヴァランダーは入り口でヘムベリにばったり会った。

「すべての始まりはここだったな」と言ってヘムベリはホレーンの部屋のドアのほうに顔を向けてうなずいた。

「まだ部屋には誰も住んでいません」ヴァランダーが答えた。「家具はそのまま、ボヤの跡も片付けられていません。外出するたびに、あるいは外から帰ってくるたびに、煙の臭いが鼻をつくんです」

二人はヴァランダーの部屋のキッチンに座り、コーヒーを飲みながら話をした。九月になっていたがいつもよりずっと空気は冷たかった。ヘムベリはオーバーの下に厚いセーターを着込んでいた。

「早くも秋が始まったようだな、今年は」ヘムベリが言った。

「昨日、親父に会いに行きました」ヴァランダーが言った。「父はマルメからルーデルップに引っ越したんです。地形がなだらかでじつにきれいだった」

「泥だらけの田舎に自ら進んで住むなんて、おれには考えられないことだがな」とヘムベリが首を振りながら言う。「まもなく冬になる。そうなったら雪に閉じ込められるんだ」

「親父は気に入ってるようでしたよ。それに父は暑さ寒さにはまったく頓着しないんです。朝から晩まで絵を描いてるんですよ」

「お前の親が画家だとは知らなかったな」

「親父はいつも同じ絵を描いているんですよ。田舎の景色です。ライチョウがついている絵と、ついていない絵と」

そう言ってヴァランダーは立ち上がり、隣の部屋にヘムベリを招いた。壁に絵がかかっている。

「これか。おれの隣人の部屋にもこれが飾ってあるよ。人気がある絵なんだな」

二人はキッチンに戻った。

「お前は今回間違ったことばかりした」ヘムベリが話し始めた。「これについてはすでに釘を刺しておいたはずだ。いいか。捜査活動は決して単独で行ってはならない。必ず二人以上の人間で行うこと。お前はあと一センチで死ぬところだったんだぞ。今回のことから学んでほしい。少なくとも、どのような行動をしてはならないかを」

ヴァランダーは黙ってうつむいていた。もちろんヘムベリは正しかった。

「だがお前は食いついたら放さなかった」ヘムベリが続けた。「ホレーンが名前を変えていることを見つけ出したのはお前だ。おれたちも早晩それを知っただろうがな。おれたちはルーネ・ブロムを見つけたぞ。お前の考えたとおりだった。お前はよく考え、行動した」

「電話をしたのは、どうなったか知りたかったからです」ヴァランダーが言った。「私の知らないことがたくさんありますから」

ヘムベリは話した。ルーネ・ブロムは自白した。アレクサンドラ・バティスタ殺害もまた彼の仕業であることは鑑識の捜査からも証明された。

「すべては一九五四年に始まっている。ブロムが詳しく話した。ブロムとホレーンは、いや当時はまだハンソンと名乗っていたが、ブラジルに向かう船の乗組員をしていた。サオ・ルイスで二人はダイヤモンドの原石数個を手に入れた。ブロムの話では、その石の価値を知らない、酔っ払った男から二束三文で手に入れたというんだが、おそらく二人も石の正体を知らなかったんじゃないかとおれは思っている。二人が本当に石を買ったのか、それとも盗んだのかは今となってはわからない。とにかく彼らは石を売って分けあうことにした。だがその後、ブロムは殺人を犯したためブラジルの刑務所に入れられてしまった。その機会をホレーンは逃さなかった。石を持っていたのは彼だった。名前を変え、数年後船員生活もやめ、ここマルメに隠遁した。そしてバティスタと出会った。ホレーンはブロムが一生ブラジルの刑務所で過ごすことになると思った。だが、長いこと刑務所暮らしをしたあとブロムは出所した。そしてホレーンを探し始めた。ホレーンはブロムがマルメに出没したということをどこからか聞きつけた。そしてホレーンは、怖くなって、自宅のアパートのドアを二重鍵にした。そしてバティスタとは付き合い続けた。ブロムはずっとホレーンを探していた。ブロムの話では、彼がホレーンの住処を探し当てたその日にホレーンは自殺したという。おそらくおれに追いかけられていると知ってホレーンは怖くなって自殺したのではないかとブロムは言っている。それについては疑問があるがね。なぜホレーンはブロムに原石を渡さなかったんだろう？　なぜ石を呑み込んで拳銃自殺などしたんだろう？　少しばかり価値がある石だとは言え、なぜそれを渡すことより、死ぬことを選んだのだろう？」

ヘムベリはコーヒーを飲み、重い視線を窓の外に向けた。雨が降っていた。

「そのあとは、知ってのとおりだ。ブロムは原石を見つけられなかった。それでバティスタが持っているに違いないと思った。バティスタを訪ね、ホレーンの友人だと言ったので、彼女は疑いもせずに彼を中に通した。そしてブロムは彼女を殺した。もともとが凶暴な性格なのだ。それは以前にも示されている。酒を飲むと人が変わったように暴力的になる。彼の前歴を見るといくつも事件を起こしていることがわかる。ブラジルでの殺人事件だけじゃない。それがバティスタ殺しにまた発揮されてしまった」

「ブロムはなぜホレーンのアパートに戻って火をつけるなんてことをしたんでしょうか？　見つかるリスクがあるのに」

「ブロムは石が見つからないので腹が立ったとだけ言っている。まあ、本当かもしれない。じつに不愉快な男だが、自分の名前がどこかに書き付けてあるんじゃないかと不安になったと言ったのは信じられる。それを探しに行ったわけだが、探している最中にお前が来たから最後まで探せなかったわけだ。お前の言うとおり、見つかるリスクを冒してまでも、自分の名前が出るのを恐れたんだな」

ヴァランダーはうなずいた。全体像がはっきりした。

「これは不愉快な殺人と、貪欲な男の自殺という小さな事件にすぎない。こんな事件ばかりだ、刑事課が扱う事件は。刑事になったら、何度もこんな事件を扱うようになるぞ。同じ事件は二つとないが、同じような動機はごまんとあるんだ」

「それなんですが、自分は今回多くの間違いを犯したので……」

「ああ、それは心配するな。お前は十月一日から刑事課で働くようになる。だが、それより前はダメだ」

ヴァランダーは耳を疑った。腹の中で歓声をあげたが、顔には見せずただうなずくだけにした。

ヘムベリはそのあと少しヴァランダーのアパートに留まったあと、まだ雨が降り続いている中、帰っていった。ヴァランダーは窓辺に立って、車が走り去るのを見送った。いつのまにか手で胸の傷を撫でていた。

そのとき急にどこかで読んだ言葉が浮かんだ。どんな関係で目にした言葉だったのだろうか。

死ぬのも生きることのうち。

おれは今回は死を免れた。運がよかったのだ。

この箴言を決して忘れまいと思った。

死ぬのも生きることのうち。

人生に素晴らしい時があるように、死ぬにもふさわしい時がある。


雨が窓に激しく降り注いだ。

八時を回ったころ、モナが来た。

その晩二人は、今回実現できなかったスカーゲンでの夏休みを来年こそは必ず実行しようと遅くまで話し合った。

裂け目

Sprickan

ヴァランダーは時計を見た。午後四時四十五分。場所はマルメ警察署の自室である。一九七五年のクリスマスイブの日だった。他にステファンソンとフルネルがこの部屋を一緒に使っているが、その日は二人とも休暇をとっていた。あと一時間ほどで勤務時間が終わる。ヴァランダーは立ち上がり、窓辺に立った。雨が降っていた。今年もホワイトクリスマスにはならないなと思いながらしばらく見るともなしに外を眺めながらその場にたたずんでいた。窓が湯気でふたたび曇り始めた。大きなあくびをした。すると、顎のあたりでカクッと変な音がした。そっと気をつけて口を閉める。大きなあくびをするとときどき顎の下の筋肉がひきつるようなおかしな感じがあるのだ。

ふたたび机に戻った。机の上にはいますぐに片付ける必要がない書類が重ねてあった。椅子の背にゆっくりと寄りかかって、これから始まる休暇のことを思った。ほぼ一週間休める。大《おお》晦日《みそか》の日に仕事に戻ればいいのだ。机の上に両足をあげ、タバコを取り出して火をつけた。が、すぐに咳き込んでしまった。禁煙を誓っていた。いや、新年の決心に向けてではない。自分のことはよく知っていた。生半可な決心で禁煙などできるはずはないと。長い準備期間が必要なのだ。そしてある朝目を覚まして、今日のこの日からもうタバコは吸わないと自ら思う。それしかない。

ふたたび時計を見た。もう帰ってもいい時間になっている。今年の十二月は例年とは違って静かで穏やかなものだった。マルメの刑事課はいま差し当たってすぐに解決しなければならない凶悪犯罪を抱えていない。クリスマスの祝日前後に必ず発生する家庭内暴力は他の者が担当することになる。

ヴァランダーは足を下ろして家に電話をかけた。モナはすぐに電話に出た。

「クルトだ」

「遅くなるって言わないで」

気がついたときには苛立った声で反応していた。隠すことなどできなかった。

「電話したのは、少し早いが帰宅できると言おうとしたからだが、しないほうがよかったのかな、もしかして？」

「なぜそんなに機嫌が悪いの？」

「機嫌が悪い？」

「聞こえたでしょ。繰り返さないで」

「ああ、聞こえたさ。そっちこそ、おれの言うことが聞こえてるのかと言いたいよ。もうじき帰ると言うために電話したんだ。そっちが嫌でなければの話だが」

「運転に気をつけて」

電話が切られた。ヴァランダーは受話器を持ったままだった。次の瞬間、彼は電話を叩きつけるように置いた。

おれたちはもう電話でさえ普通に話すことができない、と思った。モナは少しでも気にくわないことがあれば文句を言う。向こうもこっちのことをそう思っているだろう。

椅子に腰掛けたまま、揺れながら天井に上がっていくタバコの煙を眺めた。自分はモナとの関係を考えまいとしている、と気がついた。言い争いが日常になってしまっていることもできるだけ無視しようとしている。だが、それはもはやできないことだ。気がつくと、いつのまにか一番避けたいと思っていることを考えている。五歳になっている娘リンダだけが二人の関係を繋いでいるのだということ。だがそれでも彼はためらっていた。モナとリンダのいない暮らしなど、考えることもできないからだ。

自分はまだ三十歳にもなっていないことを思った。優秀な警察官になる土台はすでにできていると知っていた。自分が望めば、警察内でかなりの出世をすることができるだろう。警察官になってからの六年間で彼は早くも警部補になっていた。自分自身はまだ未熟だと思っていたが、能力があることもまた自分でも認めるところだった。だが、自分はこのような人生を望んでいるのだろうか? モナはしょっちゅう、仕事を変えたらどうかと訊く。近ごろスウェーデンでも流行《はや》ってきている警備会社に転職したらどうかと勧める。募集広告を切り抜いて彼に見せ、ほら、ここのほうがずっと給料がいいじゃない、と言う。勤務時間も安定しているようだし、と。

だが、ヴァランダーは彼女の本心は警備会社のほうが給料がいいとか勤務時間が安定しているとかいうことではないと知っていた。モナは怖いのだ。またあんな危険なことがおきるのではないかと恐れているのだ。

ヴァランダーはまた窓辺に立ち、曇ったガラスを通してマルメの街を眺めた。

この冬がマルメで働く最後の冬になる。夏にはイースタ署に移ることになっている。じつはすでに今年の九月にイースタに引っ越し、町の中央部のマリアガータンにアパートを借りて住んでいるのだ。田舎の小さな町に移ることはキャリア上は必ずしも良いわけではなかったが、二人は躊躇《ちゆうちよ》なく転勤を受け入れた。マルメよりも小さな町でリンダを育てたいというのがモナの希望だった。ヴァランダー自身、環境を変えたかった。何年か前に父親がウステルレーン地方に引っ越していることも、イースタに住むことをよしとした理由の一つだった。何より決定的だったのは、モナが美容室を安く手に入れることができたことだった。

すでにイースタ警察には何度か足を運んでいて、もうじき同僚となる警察官たちと顔見知りになっていた。中でもリードベリという年長の捜査官には敬意を感じていた。

リードベリについては人付き合いが悪いとかそっけないとかいう良くない噂が伝わっていた。だが、ヴァランダーは最初に会ったときから別の印象を受けていた。リードベリが一匹オオカミであることは説明されるまでもなくすぐにわかった。だが、ヴァランダーが注目したのはリードベリが捜査において言葉少なに正確に説明し分析するその能力だった。

ヴァランダーはふたたび机に戻り、タバコをもみ消した。五時十五分になっていた。もう帰宅していい時間だ。壁にかけてあるジャケットを手に取った。ゆっくり注意深く運転して帰ろう。

自分では気づかなかったが、もしかするとさっきの電話で自分は不機嫌で冷たかったのかもしれない。疲れている。休暇が必要だ。ゆっくりしてから説明すれば、きっとモナもわかってくれるだろう。

ジャケットのポケットに触って、プジョーの鍵が入っているのを確かめた。

自室のドアのそばに小さな鏡がかけてある。ヴァランダーは鏡に映る自分の顔を見て、悪くない、と思った。もうじき三十歳になるのだが、鏡に映った顔はせいぜい二十二歳ぐらいにしか見えない。

次の瞬間ドアが開いて、ヘムベリが部屋に入ってきた。刑事課での直属の上司である。ヴァランダーはたいていの場合、この上司とはうまくいっていた。うまくいかないときはヘムベリの腹の虫の居所が悪いときにかぎられていた。

ヴァランダーはヘムベリがクリスマスも年末年始も勤務することを知っていた。ヘムベリは独身なので、家族持ちの者たちのために祝日に出勤することにしているのだ。

「まだいるかなと思って、来てみたんだ」

「いや、いま帰るところでした」ヴァランダーが答えた。「三十分ぐらい繰り上げて帰ってもいいかと」

「おれはかまわんよ」とヘムベリ。

だがヴァランダーはすぐに、ヘムベリは何か用事があって部屋にやってきたに違いないと思った。

「何か、用事があるんですね？」

ヘムベリは両肩をすぼめた。

「お前はイースタにもう引っ越してるんだよな。それで、帰る途中、ちょっと気になるところに寄ってほしいんだ。いま人員が足りないもんでな。ま、きっとなんでもないと思うんだが」

ヴァランダーは話の続きを待った。

「今日の午後、女性の声で数回電話があったんだ。イェーゲルスローのそばの環状交差点の一歩手前に家具センターがあるだろう。そのそばの小さな食料品店の店主なんだ。ＯＫというガソリンスタンドの隣だ」

ヴァランダーはその店の位置がわかった。ヘムベリは手に持っていたメモに目を落とした。

「女店主の名前はエルマ・ハーグマン。声から察するにかなり年配だろう。電話によれば、今日の午後、店の周りをおかしな人物がフラフラ歩き回っていると言うんだ」

ヴァランダーは話がもっと続くのかと思った。

「それで？　それだけですか？」

ヘムベリは両腕を広げて肩をすぼめた。

「ああ、そうなんだ。ちょっと前もまた電話をかけてきた。それでお前のことを思い出したんだ」

「つまり、自分がそこを通るとき、車を停めて中に入って、その店主と話してくれということですか？」

ヘムベリは時計をちらりと見た。

「店は六時に閉めるのだそうだ。ちょうど間に合うというところだな。心配は女主人の思い過ごしじゃないか。ま、きっと何もないだろうから、ゴー・ユール！　とでも言って、安心させてやれ」

ヴァランダーは頭の中で時間の計算をした。店の中に入って安全を確認するのに十分もあればじゅうぶんだろう。

「店の主人に声をかけてみますよ。それに自分は勤務中ですからね、六時までは」

ヘムベリはうなずいた。

「ゴー・ユール！　それじゃ大晦日の日に！」とヘムベリはクリスマスのあいさつをした。

「今晩は何事もないといいですね」ヴァランダーが言葉を返した。

「酒を飲んでの騒ぎはいつもクリスマスイブの夜中に起きるんだ」ヘムベリが顔をしかめて言った。「羽目を外しすぎないといいがな。何より、クリスマスを楽しみにしている子どもたちが、親のどんちゃん騒ぎで何ももらえなくなることだけは避けてほしいもんだ」

二人は廊下で別れた。ヴァランダーは今日にかぎって警察署の表側に駐車しておいた車を出した。雨は激しくなっていた。カセットテープを入れてボリュームを最大限にした。マルメの街はクリスマスイルミネーションで賑やかに明るく輝いている。ユッシ・ビュルリングの素晴らしいテノールの声が車を満たした。ヴァランダーはこれからの休暇が本当に楽しみになった。イースタへ向かう道に入る最後の環状交差点まで来て、その近くの食料品店に寄ることをすっかり忘れていたことに気づき、急ブレーキを踏んで車線を変えた。家具センターのところで曲がった。家具センターはすでに閉まっていた。ガソリンスタンドにも人影がない。だがその先の食料品店には明かりがついていた。ヴァランダーは停車し、車を降りた。車の鍵はそのまつけておいた。ドアを中途半端に閉めたので、車内灯がついたままになっていたが、それもかまわずそのままにしておいた。二、三分で戻るのだから、と思った。

雨は相変わらず強く降っていた。あたりを見回したが、人影はない。遠くから車の音だけが聞こえる。ヴァランダーはぼんやりと、こんなひとけのない、家具店や小さな町工場ばかりのところで食料品店などやっていけるんだろうかと思った。それに対する答えを思いつく前に、雨の中を走って食料品店に入った。

店に入ったとたん、何かがおかしい、と思った。

何かが変だ。まったく尋常じゃない。

なぜそう感じたのかはわからなかった。店の中に一歩足を踏み入れた体勢で、ヴァランダーはそのままその場に立ち尽くした。店の中に人はいなかった。まったくひとけがない。静まり返っている。

静かすぎる、と思った。

静かすぎ、何もかもが息をひそめて止まっている。店主のエルマ・ハーグマンはどこにいるのだ?

ヴァランダーはそっとカウンターのほうに近づいた。体をせり出してカウンターの内側を覗き込んだ。何もない。レジの引き出しは閉まっている。耳がキーンとするほどの静けさだ。おれはいまこの店にいるべきじゃない、と本能的に思った。車に無線は取り付けていないので、公衆電話を探して電話をかけなければならない。応援部隊を呼ばなければ。これ以上行動することは違反とみなされる。少なくとも警察官は二人以上でなければならない。一人での行動は禁じられている。

何かがおかしいと感じたのは気のせいだと思うことにした。自分の直感だけに頼ってはならないと思った。

「誰かいますか? ハーグマンさん?」

応答はなかった。

カウンターをぐるりと回って、中に入った。奥にドアが一つあった。閉まっている。ドアをノックしてみた。今度も応答がない。ドアノブを握り、ゆっくりと押してみた。鍵はかかっていなかった。そっとドアを開けた。

そのあとは、すべてが一度に、あっという間に起きた。部屋の中に女性がうつむきに倒れていた。そばに椅子が転がっている。反対側を向いている女性の顔のあたりから血が流れ出ていた。ヴァランダーはのけぞり返った。何かがおかしいという感じが初めからしていたにもかかわらず、のけぞるほど驚いた。あたりの静寂が重苦しく感じられたそのとき、自分の後ろに人が立っているのがわかった。振り返りながら、一瞬、後ろに立っている人物の影を見た。が、次の瞬間、すべてが真っ暗になった。

目を開けた瞬間に、いる場所がわかった。頭が痛み、吐き気がした。カウンターの内側の床の上だ。気を失ったのは短時間だったに違いない。黒い人影が近づいてきて、強く後頭部を殴られたのだ。それで気を失った。そこまではっきりと憶えていた。立ち上がろうとして、縛られていることに気がついた。両手両足が後ろできつくロープで縛られていた。後ろを振り返ることができなかった。

ロープに見覚えがあった。よく見ると、それは自分がいつも車のトランクに入れている牽引《けんいん》用のロープだった。

その瞬間、記憶が蘇《よみがえ》った。自分は奥の部屋で女性の死体を見つけたのだ。それは店主のエルマ・ハーグマンに違いなかった。そして何者かに頭を殴られ、気を失った。そしていま自分のロープで縛られている。あたりを見回した。何も聞こえない。近くにいるに違いない。人を殺し、自分を殴りつけ縛り上げた人間が。恐怖が襲ってきた。吐き気が波のように押し寄せる。ロープを緩められるか？　これを解《ほど》くことができるか？　この間、ヴァランダーはずっと耳を澄ましていた。静まり返っていたが、最初に店に入ってきたときとは別の静けさだった。縛られている手を動かしてみた。それほどきつくはない。だが、手足がねじれた形で縛られているので、力が入らなかった。

何より怖くてならなかった。すぐ近くに人殺しがいる。自分を殴りつけ、縛り上げた人間がすぐ近くにいるのだ。ヘムベリの言葉を思い出す。『店の周りをおかしな人物がフラフラ歩き回っていると女店主が言っている』。ヴァランダーは落ち着けと自分に言い聞かせた。自分が帰宅するところだということはモナが知っている。帰ってこなければ不安になって、マルメ署に電話をかけるだろう。ヘムベリはすぐにエルマ・ハーグマンの店に寄ってくれと言ったことを思い出すはずだ。そうなったら警察の車がこの店にやってくるまで時間はかからないはずだ。

ヴァランダーは耳を澄ました。静まり返っている。体を伸ばして、レジの引き出しが開いているかどうかを見ようとした。これは強盗殺人事件以外に考えられないと思ったからだ。金の入っている引き出しが開いていれば、強盗はすでに金を持って逃げたに違いない。背中を伸ばしてレジを見ようとしたが、どうしてもそれ以上体を伸ばすことができなかった。ただ一つ、その静寂から、店の中にはいま自分と死んだ女店主しかいないんではないかという気がした。女店主を殺し、自分を殴った何者かは、すでに逃亡したのだ。車にキーをさしたままにしておいたから、おそらく自分の車を使ったに違いない。

ヴァランダーはロープを解くことに集中した。ロープが少し緩むと、左の足のロープを解くことに集中すればいいことがわかった。その足を中心に手と足が縛られていた。そしてそのロープは壁に回されて、彼の体を壁に繋いでいた。

汗が流れた。ロープを解く体の動きのためか、恐怖のためか、わからなかった。六年前、まだ警察官になったばかりのころ、彼はナイフで刺されたことがある。それはあっという間のできごとで、避けるひまもなかった。ナイフの刃は心臓のすぐそばを突き刺した。あのときは恐怖があとから襲ってきた。だが、今回は恐怖が初めから存在していた。ヴァランダーは、もう何も起きはしない、と自分に言い聞かせた。もうじきこのロープを解くことができる。早晩、警察が駆けつけてくれる。

そう思って、一瞬、左足を縛り付けているロープを解く手を休めた。そのとたん、いま自分がどういう状況に置かれているかがはっきりわかった。クリスマスイブの日に老齢の女店主が閉店直前に店の中で殺されたのだ。その残酷さに震え上がった。そんなことがこのスウェーデンで起きるはずがない。しかもこともあろうにクリスマスイブの日に。

ふたたびロープを解くことに集中した。ゆっくりとしか進まなかったが、少し締めつけが緩くなったような気がした。ねじり上げられた腕を少しずつ戻すと、腕時計を読むことができた。六時九分。そろそろモナがおかしいと思うころだ。三十分もしたら心配しだすだろう。遅くとも七時半にはマルメ警察に電話するだろう。

音がして、ヴァランダーの推測は中断された。息を詰めて周りの音に神経を集中させた。もう一度音がした。引っ掻くような音だ。音に聞き覚えがあった。店の入り口のドアだ。店に入ったときに聞いた音だった。何者かが店に入ってきたのだ。音も立てずにこっちに向かって歩いてくる。

男が現れた。

カウンターの前に立ち、ヴァランダーを覗き込んでいる。

黒い目出し帽をかぶり、厚いパーカー、手には手袋をはめている。背は高くない。体は細身だ。まったく身動きしない。ヴァランダーは男の目を見ようとしたが、天井の蛍光灯の光が邪魔をして顔はまったく見えなかった。目の部分に穴が二つ開いているだけだ。

男の手に鉄棒が握られていた。いや、レンチかもしれない。

男は身じろぎもしない。

ヴァランダーは恐怖で金縛りになりもうダメだと思った。体が動かないいま、できるのは大声をあげることだけだったが、そんなことをしても無駄だろう。この時間、このあたりはひとけがない。叫び声を聞く者は誰もいない。

帽子をかぶった男は無言でヴァランダーを見下ろしている。

だが男は急に後ろを向き、ヴァランダーの視界から消えた。

心臓が割れそうに激しく鼓動していた。ヴァランダーは耳を澄ました。男はまた外に出たのだろうか？　音は？　だが何も聞こえなかった。男はまだ店の中にいるのだ。男はまだ頭の中で激しく問いがせめぎあっている。なぜ男は出て行かないのか？　なぜいつまでもここにいるのだろう？　何かを待っているのか？

男はいま外から来たのだ。そして店の中に入り、おれが縛られたままここに座っているのを確かめた。

答えは一つしかない。誰かを待っているのだ。来るはずの人間を待っているのだ。

ヴァランダーは男の動きに耳を澄ましながら、冷静に考えようとした。

目出し帽をかぶり手袋をはめて正体を隠した男が強盗を企てた。あたりにひとけのないエルマ・ハーグマンの食料品店に入ることにした。なぜ女店主を殺したのかはわからない。彼女が抵抗したとは思えない。男は神経が立っているようにも、ドラッグをやっているようにも見えない。

強盗そのものはもう終わっているはず。それなのにまだ男はここに残っている。逃げ出す様子もない。人を殺すことになるとは、思ってもいなかったのかもしれない。あるいは、クリスマスイブの日の閉店直前に、人が、おれが、入ってくるなどとは思ってもいなかったに違いない。それでも男はここにとどまっている。なぜだ？

何かがおかしい。これは普通の強盗事件ではない。なぜ男はここにとどまっているのだろう？　考えることも動くこともできなくなったのか？　その解答を得ることが肝心だと思えた。だがどう考えても答えを思いつかない。

もう一つ、肝心なことがあった。それは自分が警察官だということを男が知らないことだ。男は自分を閉店直前に店に入ってきた客だと思っているに違いない。それがいいのか、悪いのか、ヴァランダーにはわからなかった。

ヴァランダーは左足のロープを解くことに集中した。カウンターの端のほうに気を配りながら。目出し帽の男はそのあたりにいるに違いなかった。男の動きはまったく伝わってこない。ロープが解けてきた。汗が背中を流れている。ようやく片足が自由になった。だが、そのまま立ち上がらずにいた。ロープの端は建物の壁の棚にくくりつけられている。自由になるには、ロープを強く引っ張って壁の棚ごと倒すしかない。自由になったほうの片足を使って、もう一方の足を縛っているロープを少しずつゆるめていった。時計を見るとまださっきから七分しか経っていない。まだモナはマルメに電話をかけていないだろう。そもそも彼女はおれのことを心配しているだろうか。ヴァランダーはロープ解きに集中した。いまやもう、少しでも早くロープを解くしか助かる道はない。もし男がおれのしていることに気づいたら、何もかもおしまいだ。

音を立てずに少しでも早くロープを解かなければ。もう片方の足も左腕も自由になり、残りは右の腕だけになった。これが解けたら立ち上がれる。そうしたら、どうするか？　武器は何もない。相手が向かってきたら素手で立ち向かうよりほかはない。だが、目出し帽の男の骨格はたくましくない。その上、こちらが奇襲をかけるとは、思っていないに違いない。奇襲こそ、いや、奇襲だけがおれの持っている武器だ。とにかく少しでも早くこの店を出て、ヘムベリに応援を頼むことだ。

右腕も自由になった。解いたロープを脇に置いた。縛られていた手足の筋肉がこの間に強張ってしまっていた。ゆっくり膝で立ち、カウンターの端のほうをうかがった。

目出し帽の男はこっちに背中を向けて立っていた。

ヴァランダーはいま初めて男の全身を見た。最初の印象どおり、男はかなり痩せていた。黒っぽいジーンズに白いスニーカーを履いている。

男は身動きもせずに立っていた。ヴァランダーとの間に三メートルもない。飛びかかって後頭部を思い切り殴ることができそうだ。少なくとも店から飛び出すだけの時間は稼げるだろう。だが、ヴァランダーは迷った。

次の瞬間、男のそばの棚に鉄棒が置いてあるのが目に入った。

迷いが消えた。男は武器がなければ抵抗できないだろう。

ヴァランダーはそっと立ち上がった。男の反応はない。

背中をすっかり伸ばし切ったとき、男が急にこちらを見た。ヴァランダーは飛びかかった。男は脇に避けた。ヴァランダーはパン棚にぶつかったが、転ばず、バランスを保って男のほうに向き直った。まさに男を捕まえようとしたとき、ヴァランダーの動きが止まった。男の手にピストルがあった。

男はぴたりとヴァランダーの胸に銃口を向けている。

銃口がゆっくりと上に向き、ヴァランダーのひたいでピタリと止まった。

一瞬、これでおしまいだと思った。ナイフで刺されたときはかろうじて免れたが、ひたいを撃たれたらおしまいだ。外れるはずがない。ここで死ぬのだ。クリスマスイブの晩に、マルメの町外れの食料品店で。まったく無意味な死だ。モナとリンダはこれからずっとそう思って生きることになるだろう。

無意識のうちにヴァランダーは目をつぶった。何も見たくないためか、それとも自分の存在をなくすためか。しばらくして彼はまた目を開けた。何も起きない。ピストルはまだ彼のひたいに向けられていた。

自分の息遣いが聞こえる。息を吐き出すたびにまるでため息をついているように聞こえた。ところがピストルを構えている男の息遣いはまったく聞こえない。まるでこの状況にまったくなんの影響も受けていないようだ。目出し帽の穴の奥もまったく見えない。

ヴァランダーは戸惑った。この男はなぜここにとどまっているのだろう？　何を待っているのか？　何より、なぜ一言も発しないのか？

ヴァランダーはピストルを睨《にら》み、穴の奥の見えない目を睨みつけた。

「撃たないでくれ」と言ったが、その声は震えていた。

男は何も言わない。

ヴァランダーは両手のひらを前に出した。武器は何も持っていない、相手を攻撃するつもりもないことを見せるためだ。

「買い物するために店に入っただけだ」と言って、店の棚のほうを手で指した。意識してゆっくり手を動かした。

「帰宅の途中なんだ。うちでは家族が待っている。五歳の娘がいる」

男は答えなかった。まったくなんの反応もない。

ヴァランダーは必死で考えた。もしかすると帰宅途中の客だと言ったのは間違いだったかもしれない。もしかすると、本当のことを言うほうが良かったのではないか。自分は警察官で、エルマ・ハーグマンが店の周りを怪しい男が歩き回っていると警察に通報してきたので、様子を見に来たのだと言うべきだったのではないか？

わからなかった。考えがぐるぐる頭の中を回った。だが、そのどれもが最終的に同じ答えに至るのだった。

なぜこの男は逃げない？　何を待っているのだ？

そのとき男が突然一歩後ろに下がった。ピストルでヴァランダーの頭にピタリと狙いをつけたまま。足で小さなスツールをたぐり寄せると、今度はピストルを動かしてその椅子を指し、ふたたび頭に狙いを定めた。

座れと言っているのだと思った。もう一度縛るつもりだろうか。ヘムベリがやってきて銃撃戦になったときに縛り付けられているのだけは嫌だ。

ヴァランダーはゆっくりと前に進み、スツールに腰を下ろした。男は二、三歩後ろに下がった。ヴァランダーが座るのを見て、男は銃を腰のベルトに差し込んだ。

おれが女店主の死体を見たのをこの男は知っている。おれはまだわからなかったが、あのときこの男は店の中にいたに違いない。だからおれをここにとどめているのだ。外に出すのが心配だから、それでおれを縛り上げたのだ。

この男に飛びかかって殴り倒して逃げることはできないだろうか？　いや、相手はピストルを持っている。それにこの男は店の入り口を施錠したに決まっている。

飛びかかるのはダメだ。男はまったく落ち着いている。

この男はいままで一度も口をきいていない。人は声を聞くとだいたい相手がどんな人間かがわかるもの。だがこの男は石のように押し黙っている。

ヴァランダーはゆっくりと首を動かした。首筋を伸ばすような格好になったが、じつは腕時計を見るためだった。

六時三十五分。そろそろモナはおかしいと思い始めたかもしれない。心配もし始めたかもしれない。だが、きっとまだ電話をかけてはいないだろう。いつもおれが帰宅すると言った時間より遅く帰ることに慣れているからだ。

「なぜおれを引き留めておくのだ？　なぜおれを帰してくれない？」ヴァランダーが訊いた。

男は首をすくめたが、何も言わない。

一瞬感じなかった恐怖心がふたたび戻ってきた。

この男は少し頭がおかしいに違いない。クリスマスイブの日に強盗に入り、罪のない店の主人を殺しただけでもじゅうぶんに狂った行為だ。その上、おれを縛り上げ、ピストルで脅かしているのだ。

何より、この男は動こうとしない。殺人を犯した現場に居座っている。

レジのそばの電話が突然鳴りだした。ヴァランダーは飛び上がったが、帽子の男は平然としている。まるで何も聞こえないようだ。

電話のベルは鳴り続けた。男はまったく動かない。ヴァランダーは電話をかけているのは誰だろうと思いを巡らせた。なぜエルマは帰ってこないのかと心配している家族だろうか？　おそらくそうだろう。この時間はもうとっくに店を閉めているはず。しかも今日はクリスマスイブだ。家で家族が待っているに違いない。

突然怒りが爆発しそうになった。あまりの激しさに恐怖感さえ飛んでしまった。なぜあんなに残酷に殺すことができるのだ？　年寄りの、罪のない女性を？　いったいスウェーデンはどうなってしまっているのだろう？

これはいつも署で昼食時やコーヒーブレイクのときに皆が話題にすることだった。残酷な、とんでもなく過激な事件が発生するようになった。いったい何が原因なのか？　犯罪の内容はいままでも常に変化してきた。同僚の一人がいつかこう言っていた。

「昔はよくレコードが盗まれたものだ。だが、当時はカーステレオが盗まれることはなかった。なぜならそんなものは存在しなかったからな」

だが、いま社会にあいた裂け目は、過去のものとは異質のようだ。暴力が激しくなっている。事件の規模と残酷性が釣り合わないとでも言ったらいいのか。

ヴァランダー自身いままさにその裂け目に嵌《はま》ってしまっている。こともあろうにクリスマスイブの日に。目の前には目出し帽をかぶった男がピストルを持って立っている。わずか数メートル離れたところにはこの男に殺された人間が横たわっている。

まるでデタラメだ。犯罪が起きたあと、よく考えれば犯人の行動がやむを得なかったとうなずける場合もあるが、こればかりはデタラメだ。なんの理由もなく、人の店に入って、主人を鉄棒で叩き殺すなんてことが許されるはずがない。たとえひどく抵抗されたとしてもだ。

何より、殺人を犯したあと、顔を隠してその場に居座り続けるなんてことをする人間がいるだろうか？

電話がふたたび鳴りだした。これは家族に違いない。帰ってこないエルマ・ハーグマンを心配して電話をしているのだとヴァランダーは確信した。

この男は何を考えているのだろう。

男は相変わらず無言で、身動きもしない。両腕も下げたままだ。

電話のベルの音が止まった。天井の蛍光灯の一つがチカチカと不安定になった。

急に娘のリンダを思い出した。自分がマリアガータンのアパートの入り口に立っていて、リンダが走って迎えに来る光景が目に浮かんだ。

この状況は狂っていると思った。こんなスツールに座らされて、後頭部に大きな青痣《あおあざ》を抱え、吐き気をもよおしながら、恐怖に震えているなんて。

この季節に人が頭にかぶるのは、サンタクロースの赤い帽子だけだ。目出し帽など、あり得ない。

また首をひねって時計を見た。六時四十一分。そろそろモナが電話している時間だ。彼女は簡単には諦めない。頑固なタイプだ。しまいにはヘムベリに電話が繋がれ、ヘムベリはすぐに緊急出動の声を発する。彼のことだ、絶対に自分で指揮をとるに違いない。警察官の命に危険がある場合、必ず緊急出動になることはわかっている。今度もためらいなくそうなるに違いない。

新たに吐き気がしてきた。トイレにも行きたい。

ここに至ってヴァランダーはこれ以上黙っていることはできないと思った。状況を変えるための出口は一つしかない。目出し帽の奥に隠れているこの男に話しかけることだ。

「私服を着ているが、自分は警官だ」とヴァランダーは話し始めた。「いまあんたにできることは武器を捨てて降伏することだ。もうじき警察がやってくる。大勢の警官がこの店を取り囲むだろう。無駄な抵抗はやめなさい。これ以上悪いことにならないように」

ヴァランダーは一語一語をゆっくり、はっきりと言った。しっかりした口調で落ち着いて話した。

「ピストルを置きなさい。この場にいてもいいし、逃げてもいい。とにかくピストルを渡しなさい」

男は依然として何も言わない。

この男、口がきけないのだろうか。それとも動転していて、こっちの言うことが理解できないのだろうか？

「胸のポケットに警察官身分証がある。それを見れば、私が警察官だということがわかる。武器は持っていない。丸腰だ。それはもうわかっているだろうが」

そのときついに変化が起きた。突然だった。舌打ちするような音だった。唇を鳴らしたのかもしれない。あるいは歯茎《はぐき》に舌を当てて鳴らしたのか。

それだけだった。男はそのまま立ち続けている。

一分ほど時間が経った。

男は突然片手を上げ、ゆっくりと帽子を脱いだ。

ヴァランダーの前に男の暗い顔と疲れた両眼が現れた。

あとになって、あのとき自分は何を見ると思っていたのだろうと自問した。自分はあの日出し帽の下にどのような顔を想像していたのだろう？　はっきりわかっているのは、あのとき自分はあの顔を見ることになるとは思っていなかったということだ。

彼の前に現れたのは黒人だった。褐色の肌でも銅色の肌でもない、混血でもない、黒人だった。

まだ若い。二十歳にもなっていないかもしれない。

ヴァランダーの頭に様々な思いが浮かんだ。自分がスウェーデン語で話したことはまったくわからなかったのかもしれない。ヴァランダーは下手な英語でいま言ったことを言い直してみた。今度はわかったようだ。ゆっくりと話した。事実をそのまま話した。自分は警察官であること。まもなくこの店は大勢の警察官に取り囲まれること。諦めて降伏するのが一番だということ。

男はかすかに首を振った。疲れ切っているようだ。帽子を外したいま、それがはっきり見えた。

この男が年取った女店主を殺した男だということを忘れてはならない、とヴァランダーは改めて肝《きも》に銘じた。この男はおれを殴って、後ろ手に縛り上げたのだ。おれの頭に向けてピストルを構えたのだ。

いまのような状況下でどのように行動するべきか、自分は訓練を受けている。まず落ち着くこと。急な動きや相手を興奮させるようなことを言ってはいけない。静かに、同じテンポで話すこと。忍耐強く、優しく話しかけること。会話を交わすように仕向ける。自制心を失ってはいけない。何よりそれが大切だ。自制心を失ったら、状況がコントロールできなくなるからだ。

ヴァランダーはまず自分の話をしようと思った。名前を言った。今日はクリスマスイブで、自分はイブを祝うために妻と娘が待つ家に帰るところだと言った。男が耳を澄ましているのがわかった。

自分の話がわかるか、と訊いてみた。男はうなずいたが、依然として言葉はなかった。時計を見た。いまはもう確実にモナは電話をかけたはずだ。ヘムベリはきっともうこっちに向かっているだろう。

いまの状況をそのまま話すことにした。

男は耳を傾けた。男の耳には早くもサイレンの音が聞こえているのかもしれないとヴァランダーは思った。

話し終わってヴァランダーは男に優しく問いかけた。

「きみの名前は?」

「オリバー」

その声は震えていた。諦めが聞こえたように思った。この男は誰かを待っていたのではないのだ。誰かが自分のやったことを説明してくれるのを待っていたのだ。

「きみはスウェーデンに住んでいるの?」

オリバーはうなずいた。

「きみはスウェーデン国籍なのかい？」

これは適切な問いではなかったということがすぐにわかった。

「違う」

「出身国は？」

男は答えなかった。ヴァランダーは待った。きっとこの男は答えるはずだと思った。この店の前にヘムベリや同僚の警察官たちが押しかける前に知っておかなければならないことがたくさんあった。だが急がせてはならない。この男がピストルをふたたびおれの頭に向け、撃ち放すことはまだ大いにあり得るのだ。

後頭部がふたたび痛みだした。が、それを無視して彼は話し続けた。

「誰にでも生まれた国はあるものだ。アフリカか？　アフリカと言っても広い。昔、学校の授業で地理の時間、アフリカについて学んだことがある。地理はぼくの一番好きな授業だった。砂漠があり大きな川がある。そしてアフリカと言ったら太鼓だ。夜になったら太鼓が聞こえると読んだ」

オリバーは静かに聞いていた。緊張と用心が少し解かれていくような感じがあった。

「ガンビアにはスウェーデン人観光客がたくさん訪ねる。休暇でね。ぼくの同僚もずいぶん行くよ。もしかするときみはガンビアの出身？」

「南アフリカ」

素早く、はっきりとした答えが来た。きつい口調だった。

ヴァランダーは南アフリカで現在どんなことが起きているのか、あまりよく知らなかった。彼の知識は、そこにはアパルトヘイト（人種隔離制度）があって、近ごろではそれがいままで以上に厳しく行われている、そして人々の抵抗もいっそう激しくなっている、ということぐらいしかなかった。新聞でヨハネスブルグとケープタウンで爆弾が炸裂《さくれつ》したと読んだことがあった。それと、南アフリカからスウェーデンに逃れてきている人々がいるということも新聞で読んだことがあった。黒人の抵抗運動に参加したため、捕まれば私刑《リンチ》される恐れのある人々だという。

ヴァランダーは素早く考えた。オリバーという名前のこの若い南アフリカ人がエルマ・ハーグマンを殺した。自分の知っていることはそれだけだ。それ以上のことは何も知らない。これが本当に起きたこととは誰も信じないだろう。こんなことは起きない。スウェーデンで、しかもクリスマスイブの日に起きるはずがない。

「女は叫んだ」オリバーが言った。

「怖かったんだろう。男が帽子を深くかぶって店に入ってくれば、誰だって怖くなる。手にピストルを持っていれば、いや、鉄棒を持っていればなおさらだ」

「叫ぶべきじゃなかった」オリバーがつぶやいた。

「きみは彼女を叩き殺すべきじゃなかった。そんなことをしなくても、彼女はきっと金をくれただろう」

オリバーは突然ピストルをベルトから外した。素早い動きで、ヴァランダーは動くこともできなかった。ふたたび銃口は彼のひたいに向けられた。

「彼女は叫ぶべきじゃなかった」とオリバーは繰り返した。その声は興奮と恐怖で震えていた。

「おれはあんたを殺せるんだぞ」

「ああ、わかっている。だが、なぜだ？　なぜおれを殺すんだ？」

「彼女は叫ぶべきじゃなかったんだ」

ヴァランダーは理解した。この男は落ち着いてなどいないのだ。正気を失うギリギリのところにいるのだ。男の中で何が壊れかけているのか、ヴァランダーにはわからなかったが、いまやヘムベリが店に入ってくるときのことが本当に心配になった。大惨事になるに違いない。

この男から銃を取り上げなければならない、とヴァランダーは思った。それが一番肝要なことだ。ピストルをまたベルトに戻すように説得しなければならない。この男はその時が来たら、銃を乱射しかねない。ヘムベリはもう近くまで来ているに違いない。まさかこんな状況だとは思ってもいないだろう。何かが起きているとは思っているかもしれないが、こんなことになっているとは夢にも思っていないはずだ。大惨事になりかねない。

「スウェーデンに来てからどのくらい経った？」ヴァランダーはまた話しだした。

「三ヵ月」

「三ヵ月だけ？」

「西ドイツから来た。フランクフルトから。そこにはいられなかった」

「なぜ？」

オリバーは答えなかった。この男が目出し帽をかぶってさびれた街角の店を襲ったのはこれが初めてではないのだろうとヴァランダーは思った。もしかすると西ドイツの警察から逃げているのかもしれない。

そうだとすれば、この男はスウェーデンに不法に滞在しているということになる。

「いったい何が起きたんだ。いや、西ドイツではなく、きみの国、南アフリカで。なぜ国を出たんだ？」

オリバーはヴァランダーに一歩近づいた。

「あんた、南アフリカの何を知ってる？」

「あまりよく知らない。黒人がひどい扱いを受けているということぐらいしか」

しまった、と思った。黒人という言葉を使ってよかったのだろうか？ 差別的な言葉ではないだろうか？

「親父は警官に殺された。やつらは親父をハンマーで殴り殺して、片手をなたで切り落とした。その手はガラス瓶の中でアルコール漬けにされて、サンダートンかヨハネスブルグの白人らの住んでるところのどこかに陳列されてるそうだ。土産品として。親父がなんでそんな目に遭ったか。ＡＮＣ（アフリカ民族会議）のメンバーだったからだ。親父のやったことはたった一つだけ、抵抗と自由について仲間と話しただけだったのに」

この男は真実を話しているとヴァランダーは思った。このような状況でも声は落ち着いていた。嘘の入り込む余地はなかった。

「警察はおれのことも捜し始めた。おれは逃げた。毎晩違うところで寝た。しまいにナミビアまで逃げて、そこからヨーロッパに渡った。着いたのはフランクフルトだった。それからスウェーデンに来た。おれはまだ逃亡者だ。この国にもいないことになっている」

オリバーは話し終わった。ヴァランダーはサイレンの音がそろそろ響くころだと思い、耳を澄ました。

「金が必要だったんだな。この店を選んで中に入って、女主人を殴り殺してしまった」ヴァランダーが言った。

「やつらは親父をハンマーで殴り殺した。親父の手はアルコール漬けにされてるんだ」

この男は錯乱《さくらん》している、とヴァランダーは思った。孤独で、錯乱し、わけがわからなくなってしまっているのだ。

「自分も警官だ。あんたはおれを殴ったが、おれは一度も人の頭を殴ったことはない」

「あんたが警官だとは知らなかった」

「あんたにとってはおれが相手だったのはラッキーだった。いいか。警察はいまおれを捜し始めている。おれがこの店にいることを知っている。静かに一緒にここを出よう」

オリバーは首を振った。

「おれを捕まえようとしたら撃ち殺してやる」

「そんなことをしても無駄だぞ」

「どっちみちおれはもうおしまいなんだ」

そのとき突然ヴァランダーの頭にこの話をどう続けるべきかがひらめいた。

「あんたの親父さんがいまあんたのしたことを見たら、なんと言うと思う？」

その言葉はオリバーの体を落雷のように貫いた。若者は一度も考えたことがなかったに違いないとヴァランダーは思った。いやそれとも、何度も考えたことだったのだろうか？

「警察はあんたを絶対に殴らないと約束する。絶対に保証する。だがあんたは一番重い罪を犯してしまった。あんたは人を殺した。あんたにできることは降伏することだけだ」

オリバーが答える前に、近づいてくる車の音が突然はっきり聞こえた。急停車し、車のドアの開け閉めがいくつも大きく響いた。

チクショーとヴァランダーは胸の内で叫んだ。もう少し時間が必要だったのに。それからゆっくりと片手をオリバーのほうに差し出した。

「ピストルをこっちに渡しなさい。大丈夫、何も起きはしない。誰もあんたを殴ったりしない」

店のドアをドンドンと叩く音が響く。ヘムベリの声が聞こえた。オリバーはおどおどとヴァランダーと店の入り口を見比べた。

「さあ、ピストルを渡しなさい」

「ヴァランダー、いるか？」と叫ぶヘムベリの声が響く。

「待ってくれ！」と大声で応え、それから英語で同じ言葉を繰り返した。

「異状ないか？」心配そうなヘムベリの声が聞こえる。

異状大いにありだ。これはもう悪夢としか言いようがない。

「ああ。待ってくれ。何もするな」と言い、これもまた英語で繰り返した。

「さ、ピストルを渡しなさい。いますぐ、ピストルを渡すんだ」

突然オリバーは銃口を天井に向け、撃ち放した。耳が潰れるほどの轟音《ごうおん》が響き渡った。

次の瞬間、オリバーは店の入り口に銃口を向けた。ヴァランダーはヘムベリに伏せろと叫びながらオリバーに飛びかかった。二人は床に倒れながら新聞の棚を倒した。ヴァランダーは必死にオリバーからピストルを取り上げようとした。オリバーが顔に殴りかかってきた。ヴァランダーにはわからない言葉を叫んでいる。オリバーが耳を狙って殴りかかってくるのを見て、ヴァランダーの怒りが爆発した。自由になった片方の手でオリバーの顔面を思い切り殴りつけた。ピストルは勢いで床の上を滑って倒れた棚から落ちた新聞の中に紛れ込んでしまった。そこに手を伸ばそうとしたヴァランダーの腹にオリバーの握りこぶしがドスッと入った。ヴァランダーの息が止まった。オリバーが銃に飛びつくのが見えた。ヴァランダーは身動きができなかった。オリバーは散らばった新聞の中に座り込み、ヴァランダーに向かって狙いを定めた。

その晩二度目、ヴァランダーはもはやこれまでと目を閉じた。いま自分は死ぬ。もう何もできない。店の外では、さらに警察の車が増え、近づくサイレンの音が聞こえてくる。興奮した声のやりとりが聞こえる。

自分が死ぬだけだ。それだけのことだ、とヴァランダーは思った。

鼓膜が破れるほどの銃声が響いた。ヴァランダーは後ろにのけぞり返った。息が止まった。

次の瞬間、自分は撃たれていないとわかった。目を開いた。目の前の床の上にオリバーが体を伸ばしていた。頭を撃ったのだ。体のそばにピストルがあった。チクショー！　なぜだ？　なぜこんなことになってしまった？　次の瞬間、ドアが破られ、警官がドッと入ってきた。ヘムベリの姿が見えた。ヴァランダーは自分の手を見た。両手がわなわなと震えていた。全身が震えていた。

ヴァランダーはコーヒーを一杯もらい、傷の手当てをしてもらった。そして事の次第を短くヘムベリに報告した。

「そんなことになっているとは思いもしなかった。店に立ち寄ってみてくれと言ったのはおれだったのに」

「いや、それは誰にもわからなかったと思う。こんなことが予測できるなんてはずはないですから」

ヘムベリはヴァランダーの言葉を嚙み締めているようだった。

「何かが起き始めていることは確かだ」ヘムベリが言った。「不安が国境を越えて我が国に押し寄せているんだ」

「いや、スウェーデン自身が不安を生み出してもいるんです」ヴァランダーが言った。「確かに、オリバーは南アフリカからやってきた不幸で不安を抱えた若者だった。しかし、スウェーデンでも内側から何かが起きているんです」

ヘムベリは体を硬直させた。ヴァランダーから聞きたくもないことを聞いたというように構えた。

「不安を抱えた若者ねえ……」とつぶやくように言った。「おれはただ、外国から国境を越えて我が国に犯罪者が入ってくるのが嫌なんだ」

「それだけじゃないでしょう」ヴァランダーが言った。

静かになった。ヘムベリもヴァランダーもそれ以上話を続ける気がしなかった。意見が一致しないことは二人とも知っていた。

ここにも裂け目がある。さっきおれはまさに裂け目の中に落ちた。だがいまは別の裂け目の中にいる。ヘムベリとおれの間にできている裂け目だ。

「あの男、なんで店の中にとどまっていたんだ？」ヘムベリが訊いた。

「どこに行けたと思うんです？」

二人とも黙り込んだ。

「奥さんが電話してきたんだ」しばらくしてヘムベリが言った。「なんで帰ってこないのかと。お前はもうじき帰ると電話したそうだな？」

ヴァランダーはあの短い電話のことを思い出した。苛立った口調も。だが、いまは疲れと虚しさしか感じなかった。彼は首を振った。

「うちに電話するほうがいいんじゃないか？」ヘムベリが静かに言った。

ヴァランダーはヘムベリを見た。

「なんと言えばいいんです？」

「遅くなると。ただ、おれだったら詳しくは説明しないな。家に帰ってからにする」

「あなたは独身、じゃなかったですか？」

ヘムベリは笑顔になった。

「それでも、家で待っている者がどんな気持ちでいるかはわかるさ」

ヴァランダーはうなずいた。しばらくして重い体を持ち上げ、椅子から立ち上がった。身体中が痛む。吐き気も襲ってきた。

シュンネソンら、他の警官たちが後始末をしている中を通り、出口に向かった。外に出ると、冷たい空気を思い切り肺の中に吸い込んだ。それから警察の車の一台に近づいた。前席に座り、無線電話を見、それから自分の腕時計を見た。八時十分過ぎ。

一九七五年、クリスマスイブ。

雨で濡れているフロントガラスを通して、ガソリンスタンドが見え、その片隅に公衆電話があるのが見えた。車を降りて、そこまで歩いた。おそらく壊れていて使えないだろう。だがそれでも試してみたかった。

犬を連れた男が一人、雨の中に立ち止まり、警察の車の群れと明かりのついている食料品店のほうを見ていた。

「何か起きたのかね？」男が訊いた。

そして傷だらけのヴァランダーの顔を見て眉を寄せた。
「べつになんでもないです。事故です」とヴァランダーは答えた。
男はヴァランダーの言葉が本当ではないとわかったようだったが、何も言わなかった。
「ゴー・ユール！」と言っただけだった。
「ありがとう。あなたにもゴー・ユール！」ヴァランダーが応えた。
それからモナに電話をかけた。
雨が激しく降りだした。
風も強くなった。
北からの強い風だ。

海辺の男

Mannen på stranden

一九八七年四月二十六日の午後、イースタ警察署刑事課刑事、クルト・ヴァランダーはぼんやりと自室の机に向かっていた。時刻はすでに午後の五時を回っている。今日の仕事、際限なく続いているポーランドへ高級車を密輸する犯罪集団の追跡を、ついさっき切り上げたところだった。この追跡は、途中何度か中断しながらも、すでに記念すべき十周年を迎えている。ヴァランダーがイースタ署に配属された直後に手掛けた仕事で、この分だと定年退職を迎えるまで続くのではないかという気さえしていた。

机の上はいつになくきれいだった。長い間整頓されないまま積み重ねられていた書類などが今日きれいさっぱり片付けられたのだ。天気が悪いことを理由に署に残っていたが、じつはモナとリンダが留守のための暇つぶしだった。

数日前から母娘はカナリア諸島で二週間の休暇を過ごしていた。じつはヴァランダーは二人の計画をまったく知らされていなかった。モナがこの休暇のために貯金していたことも、リンダがそれに協力していたことも。リンダは両親の反対にもかかわらず、高校をやめてしまっていた。最近の彼女は怒りっぽく、いつも疲れていて、ふてくされた態度だった。ヴァランダーはマルメのスツールップ空港に二人を車で送った帰り道、二週間一人で過ごすのも悪くないなと思った。モナとの結婚生活にはひびが入っていた。原因はなんなのか、二人ともわからなかった。だが、この数年間、自分たちを繋ぎとめていたのはリンダであることは確かだった。学校をやめたいま、リンダが自分の暮らしを自分の手で築き始めたら、親である二人はどうなるのだろう？

立ち上がって窓辺に行った。通りの向かい側の木に強風が吹きつけていた。雨も降っている。温度計は四度を示していた。まだ春は遠い。

ヴァランダーは上着を着て自室を出た。受付にいた週末の受付係にはただうなずいてあいさつし、車を出してイースタの町の中心街に走らせた。マリア・カラスのカセットテープをかけながら、今晩の食事は何にしようかと考えた。

いや、買い物をする必要などあるのだろうか？　自分はいったい今晩何を食べたいのだろう？　何も決められない自分に苛立った。しかし、ハンバーガーショップで適当なものを食べる昔の悪い習慣には戻りたくなかった。モナはことあるごとに太りすぎを注意する。内心彼女が正しいとわかっていた。数ヵ月前のある朝、ヴァランダーはバスルームの鏡に映った自分の顔を見て、青春は間違いなく終わったのだと思い知らされた。もうじき四十歳になる。だが、鏡に映った自分の顔はそれよりも老けて見えた。少し前までは実年齢よりも若く見えていたのに。

車をマルメ方面に走らせ、大きなスーパーマーケットの前で停めた。車のドアを閉めたとき、中で電話が鳴る音が聞こえた。一瞬、無視しようと思った。誰か他の人間が引き受ければいいのだと。いま自分は個人的問題で手一杯なのだから。だが、気を変えてドアを開け、電話に応えた。

「ヴァランダー？」と確かめる同僚のハンソンの声が聞こえた。

「そうだ」

「いまどこだ？」

「買い物に出かけるところだ」

「それはちょっと待って、こっちに来てくれ。いま病院にいるんだ。外で待っている」

「何が起きた？」

「電話で説明するのはややこしい。とにかくこっちに来てほしいんだ」

これで通話は終わった。何か重大なことが起きたのでなければ、ハンソンは電話をかけてこないとヴァランダーは知っていた。病院までは一、二分だった。ハンソンは広いエントランスホールで待っていた。寒そうだった。何事が起きたのかとヴァランダーは気になった。

「なんだ？　何が起きた？」ヴァランダーが訊いた。

「中でステンベリというタクシー運転手が待っている。いまコーヒーを飲んでいるが、ショックを受けているようだ」

怪訝《けげん》に思いながらヴァランダーはハンソンの後ろに続いた。

病院のカフェテリアは右手にあった。廊下でリンゴをゆっくり噛んでいる車椅子の老人のそばを通り過ぎてカフェテリアの中に入った。ヴァランダーはステンベリという運転手に見覚えがあった。どこで会ったのかは憶えていなかったが、五十がらみででっぷりとした体型、そして頭は禿げ上がっていた。鼻が潰れている。若いときボクサーだったのだろうか。

「ヴァランダー刑事を知っているかな?」ハンソンが訊いた。

ステンベリはうなずき、立ち上がってあいさつした。

「いや、どうぞ座って。何が起きたのか、話してくれればありがたい」

ステンベリの目がおどおどと落ち着かない。この男はものすごく心配なことがあるのか、怖がっているのかのどちらかだろうとヴァランダーは思った。

「スヴァルテからイースタまでの注文があった」とステンベリは話しだした。「客は村の中を通る道路に出ているということだった。アレキサンダーソンと名乗った。村に入ると確かに男が一人道路脇に立っていた。そして、車に乗り込むとすぐに、イースタまで行ってくれと言った。イースタに着いたら広場で降ろしてくれと。バックミラーに男が目をつぶった姿が映った。眠ったのだろうと思った。イースタに入って広場に着いたとき、声をかけたんだ。男はまったく反応しなかった。それで自分は車を降りて後部座席のドアを開けて、客の体をそっと揺すった。それでも男は目を開けなかったので、具合が悪いのかもしれないと思って病院へ車を回した。そう、イースタ病院の緊急搬入部に。するとなんと、もう死んでると言うじゃないか」

ヴァランダーは眉を寄せた。

「死んでる?」

「ああ、そうらしい。心肺蘇生《そせい》処置などずいぶんやったようだが、生き返らなかったと言っていた」ハンソンが口を挟んだ。

ヴァランダーは考えをまとめた。

「スヴァルテからイースタの町までは、せいぜい十五分ほどだろう。タクシーに乗り込んだとき、客は具合が悪そうだったのか？」

「具合が悪そうだったら、私は気づいたはずだ」ステンベリが言った。「それに何より本人が病院へ行ってくれと言っただろうよ」

「外傷はなかったのだろうか？」

「なかったね。スーツを着て、明るいブルーの夏のコートを腕にかけていた」

「手には何も持っていなかったのかね？　カバンとか何か？」

「何も持っていなかった。とにかく私は警察に連絡するのが一番と思った。いや、それは本来は病院のやることだったのかもしれないが」

ステンベリは迷いなく答えた。ヴァランダーはハンソンに訊いた。

「男の身元は確かめたか？」

ハンソンは手帳を取り出した。

「ユーラン・アレキサンダーソン。四十九歳。エレクトロニクス企業の社長。ストックホルム在住。財布には多額の現金とクレジットカードが何枚も入っている」

「変だな」ヴァランダーが言った。「心臓発作でも起こしたんだろう。医者はなんと言ってるんだ？」

「死因については解剖しないとわからないそうだ」

ヴァランダーはうなずき、立ち上がった。

「故人の会社にタクシー代を請求することができるよ」とステンベリに言った。「他にも何かあれば、こちらから連絡する」

「じつに不愉快なことだったが、死人を運んだ料金を請求するつもりはないね」と言って、運転手ステンベリは立ち上がり、病院を出て行った。

「アレキサンダーソンの遺体を見ておこう」ヴァランダーがハンソンに言った。「一緒に来なくてもいいが、どうする？」

「いや、おれはやめとく」ハンソンが首を振った。「遺族のほうに連絡を入れなくては」

「そもそもこの男はイースタで何をしていたんだ？　それも調べなければならないな」ヴァランダーがボソッと言った。

緊急搬入部の一室に置かれていた遺体を見に行った。死人の顔からは何も読み取れなかった。衣服を点検した。高級なものだった。靴も同様だった。もし犯罪が行われたのなら、鑑識が徹底的に衣類を調べ上げるはずだ。財布を見た。すでにハンソンから聞いている以上のものはなかった。そのあと緊急搬入部の医者に話を聞いた。

「自然死のように見える」と医者は言った。「暴力の痕跡はない。傷もない」

「タクシーの後部座席に乗っている男を誰が殴れると言うのかね？」とヴァランダーは皮肉っ

た。「ま、とにかく解剖結果をできるだけ早く見たい」

「遺体はこれからルンドの検死医のもとに運ばれる」医者が言った。「警察に異存がなければだがね」

「ない。反対するはずがないじゃないか」

警察署に戻った。ハンソンの部屋に行くと、ちょうど通話を終わらせるところだった。待っている間、自分の腹に手をやり、ベルトの上に出かかっている腹を押した。

「ストックホルムのアレキサンダーソンの会社の人間と話したところだ」受話器を置くとハンソンが言った。「彼の秘書と直属の部下と。もちろんショックを受けた様子だった。アレキサンダーソンは十年前に離婚して現在独り身だそうだ」

「子どもは？」

「息子が一人」

「それじゃ、息子と話そう」

「いや、それはできない」

「なぜだ？」

「もう死んでるからだよ」

ヴァランダーはときどきハンソンのもって回った話し方に腹を立てる。いまの話し方もまさにその一例だった。

「死んでる？　なんだ、その死んでるとは？　一つひとつ、聞き出さなければ言わないつもりか？」

　ハンソンはメモを見た。

「一人息子は七年ほど前に死んでいる。何かの事故に遭ったらしい。はっきりとはわからなかった」

「その息子に名前はないのか？」

「ベングト」

「アレキサンダーソンがイースタに、あるいはスヴァルテになんの用事で来たかは訊いたのか？」

「ただ一週間の休暇をとるとしか言わなかったらしい。ホテル・クングカールに泊まるということは部下に伝えていた。四日前にこっちに来たらしい」

「そのホテルに行ってみようじゃないか」

　一時間以上もアレキサンダーソンの滞在した部屋を捜索したが何も見つからなかった。あったのは空《から》っぽの旅行カバン、クローゼットにかかっている数枚の衣服、それに替えの靴だけだった。

「紙一枚、本一冊もない」ヴァランダーが眉をひそめた。

　部屋の電話を使って、フロントに繋いでもらい、アレキサンダーソンが外部に電話をかけたか、外部から連絡があったか、あるいは訪問客があったかを訊いた。フロントはすぐに、アレキサンダーソンは電話をかけなかったし、外からの電話も受けていない、二一一号室を訪れた客もいなかったと答えた。

「イースタに宿泊していた彼が、スヴァルテからタクシーを呼んだ。どうやってスヴァルテまで行ったのか、調べよう」

「タクシーのほうはおれが調べる」ハンソンが言った。

二人は警察署に戻った。ヴァランダーは自室の窓の前に立ち、イースタの町のウォータータワーをぼんやりと眺めた。いつのまにかモナとリンダのことを考えていた。きっといまごろはどこかの屋外レストランで夜の食事をしていることだろう。何を話しているのだろう？　おそらくリンダがこれからどうするかについてだろう。その会話の内容を想像してみようとしたが、暖房の室内機の音がうるさくて何も考えられなかった。ハンソンがタクシー会社と話をしている間に自分は簡単なメモを記しておこうと思った。その前に食堂へ行って、コーヒーを飲み、誰かが食べ残したクッキーを二、三枚失敬した。ハンソンが部屋のドアをノックしたのは八時を回ったころだった。

「アレキサンダーソンは四日間のイースタ滞在中、四度スヴァルテにタクシーで行っていることがわかった。いつもスヴァルテの村の入り口でタクシーを降りた。毎朝早くイースタを出発し、午後にスヴァルテ村から電話でタクシーを呼んだという」

ヴァランダーはぼんやりしたままうなずいた。

「そのこと自体には不審な点はないな。スヴァルテ村に恋人でもいたんだろうか？」

立ち上がってまた窓の前に立った。風が強くなっていた。

「前歴をチェックしてみよう」しばらくして言った。「おそらく何もないに違いないが、一応やってみるんだ。そして解剖結果を待とう」

「心臓発作じゃないのか?」ハンソンが言い、立ち上がった。

「うん、おそらくそうだろう」ヴァランダーが答えた。

車で家に帰り、缶詰の食事を温めた。すでに頭の中にはユーラン・アレキサンダーソンのことはなかった。味気ない夕食を済ませたあとはテレビの前で居眠りした。

翌日、ヴァランダーの同僚のマーティンソンがユーラン・アレキサンダーソンの前歴をコンピューターにかけて検索をした。何も出てこなかった。マーティンソンは刑事課では一番若く、新しいテクニックにも長けている。

ヴァランダーはその日も続けてポーランドに密輸された高級車の追跡作業を行い、夜はルーデルップに父親を訪ねて数時間カードをして遊んだ。だが、しまいにはどっちがどっちにいくら勝っているかで意見が合わず、口喧嘩に終わってしまった。帰り道、運転しながら、自分も年取ったら父親のようになるのだろうかと思った。いや、もしかして自分はすでに父親に似始めているのかもしれない。怒りっぽく、ガミガミ言い、不機嫌? 誰かに訊かなければ。モナ以外の人間に訊いてみよう。

四月二十八日の朝、ヴァランダーの部屋の電話が鳴った。電話の主はルンドの検死医だった。

「ユーラン・アレキサンダーソンという人間のことだが」と医者が言った。検死医の名前はユルネと言い、ヴァランダーがマルメ時代から知っている人物だ。

「原因はなんだった？　脳出血か心臓麻痺《まひ》か？」

「どっちでもない。自殺か、それとも殺されたかだな」

ヴァランダーは驚いた。

「殺された？　どういうことだ？」

「いま言ったとおり」ユルネが答えた。

「いや、それは考えられない。タクシーの後部座席で殺されたはずがない。タクシー運転手のステンベリは人を殺したりする人間ではないし、わざわざタクシーの中で自殺などする人間がいるだろうか？」

「どう行われたかは自分の知るところではない」ユルネは落ち着いている。「自分に言えることは、彼は毒で死んだということだ。飲み物か、食べ物に混ぜられた毒だろう。これが死因であることは間違いない。もちろん、これから先はあんたたちの仕事だ」

ヴァランダーは無言だった。

「これからファックスで解剖結果を送る。もしもし、聞こえているか？」

「ああ、聞こえている」ヴァランダーが答えた。

礼を言って電話を切り、たったいま聞いたことを考えた。それからインターフォンを押して、ハンソンにすぐに来るように伝えた。大判ノートを引き寄せて、ページに一語だけ書いた。

ユーラン・アレキサンダーソン。

外は風が強くなってきていた。すでにその風力は嵐の勢いにまで強まっていた。


強風はスコーネ地方全体に吹き荒れていた。ヴァランダーは自室で机に向かい、おととい夕クシーの中で死んだ男のことを考えていた。依然として何もわからないままだった。午前九時半、会議室の一室に向かい、中に入った。すでにハンソンとリードベリがいた。リードベリの姿を見て、ヴァランダーは驚いた。背中の痛みを理由に欠勤をしていたが、出勤するとの知らせはなかったからだ。

「具合はどうなんです？」ヴァランダーが聞いた。

「ここに来ている」とリードベリは質問を避けて言った。「何なんだ、このタクシーの中で殺害されたという事件は？」

「初めから話そう」とヴァランダーは言い、それから部屋の中を見渡して言った。「マーティンソンはどこだ？」

「喉が痛いから欠勤との連絡が電話であったそうだ。代わりにスヴェードベリはどうかな？」

「必要があればそうしよう」そういうと、ヴァランダーは手元の紙を取り上げた。ルンドからの解剖報告だ。

「当初は単純な死のように見えたこの件は、我々が思ったよりずっと面倒な事件になりそうだ。

タクシーの中で男が一人死んだ。ルンドの検死医は、男の死因は毒だと断定した。いまのところ、死の何時間前に男の体に毒が入ったかがわかっていない。二日以内に知らせてくれるとのことだ」

「他殺か、それとも自殺か？」リードベリがつぶやいた。

「他殺だと思う」ヴァランダーがきっぱりと言った。「自殺する人間が、毒を飲んでから電話でタクシーを呼ぶなどということは考えられない」

「間違って服用してしまったという可能性は？」ハンソンが言った。

「それもまずあり得ないだろう」ヴァランダーが言った。「なぜなら、医者の説明では、この毒は本来存在しないものなのだそうだ」

「はあ？　それはどういう意味なんだ？」ハンソンが訊いた。

「専門家だけが調合できるものなのだという。医者、化学者、生物学者とかだ」

三人ともここで押し黙った。

「つまり、これは殺人事件だとみなすべきだということだ」ヴァランダーが続けた。「この人物、ユーラン・アレキサンダーソンについて、いま我々が掴んでいる情報は？」

ハンソンが手帳をめくった。

「実業家で、ストックホルムに二ヵ所、営業所を構えている」ハンソンが説明した。「一つはヴェストベリヤ、もう一つはノルツルに。オースーガータンのアパートに独り住まい。家族はいないようだ。別れた妻は現在フランスに住んでいる。息子は七年前に死んでいる。話をしてくれた従業員たちは皆アレキサンダーソンのことを同じ言葉で表現していた」

「同じ言葉とは?」ヴァランダーが苛立って言った。

「親切な人と」

「親切?」

「そう、誰もが彼を親切と言っていた」

ヴァランダーはうなずいて話を促した。

「他には?」

「毎日単調な生活をしていたようだ。秘書は、切手集めが趣味だったのではないかと言っている。というのもオフィスに定期的に切手のカタログが送られてきていたからと。親しく付き合っていた人間もいなかったようだ。少なくとも会社の人間は知らなかった」

沈黙が流れた。

「ストックホルム警察にアレキサンダーソンの住居の捜索を頼もう」重い沈黙を破ってヴァランダーが言った。「別れた妻という女性から話を聞かなければならない。おれはこの男がイースタとスヴァルテで何をしていたか、誰に会ったかを探ることにする。午後またここで今日の捜査の結果を話し合うことにしよう」

「一つだけ、知りたいことがある」リードベリが声をあげた。「本人が知らないうちに毒を盛られて殺されたということはないだろうか?」

ヴァランダーがうなずいた。

「さすが、いい着眼点だ。例えば、誰かがユーラン・アレキサンダーソンに毒を盛り、一時間後にその毒が効果を現したということだね。ユルネに訊いてみる」

「ユルネがその質問に答えられるかどうかはわからないが」リードベリが言った。

会議は終わり、三人は仕事を分担しあって別れた。ヴァランダーは自室に戻り、コーヒーカップを手に窓辺に立ち、仕事の手順を考えた。

三十分後、車をスヴァルテへ向けて出した。風はようやく静まった。雲の切れ目から日の光がこぼれている。ようやく春の兆しが感じられた。今年初めてのことだ。スヴァルテ村の入り口で車を停め、外に出た。

ユーラン・アレキサンダーソンはここに来たのだ。朝ここでタクシーを降り、午後ここからタクシーでイースタに戻った。それを三度繰り返し、四度目に毒を飲み、帰りのタクシーの中で死んだ。

ヴァランダーは村の中を歩き始めた。海岸側の家々は夏まで閉ざされていて、人っ子一人いない。どれもサマーハウスなのだ。

村の中に入り、あたりの家々を見ながらゆっくり歩を進めたが、ほとんど人の姿がなかった。急に人けのない静けさに耐えられなくなり、ヴァランダーは踵《きびす》を返し、急ぎ足で車へ戻った。エンジンをかけ、まさに出発しようとしたとき、車のすぐそばの家で庭の手入れをしている高齢の女性の姿に気がついた。ヴァランダーはエンジンを切り、車を降りた。エンジンの音が止まったとき、女性が彼のほうを見た。ヴァランダーは垣根に近づいて、手を上げてあいさつした。

「お邪魔でなかったら、少し話を聞きたいのですが」

「ここでは、邪魔なんていうことはないのよ」と言って、女性は興味深げにヴァランダーを見上げた。

「私はクルト・ヴァランダーというイースタ署の警察官で……」

「ああ、あなたを見たことあるわ、テレビで。何かの討論番組に出ていなかった?」

「それは私ではないでしょう、きっと。でも、ときどき新聞に写真が載ることはある、不本意なことですが」

「アグネス・エーンよ」と女性は名乗り、手を伸ばした。

「一年中ここに住んでいるんですか?」

「いいえ、半年だけ。四月の初めにここに来るの。そしてそのまま十月までいるのよ。十月から三月までの半年間はハルムスタの家にいるんですけどね。夫が三年ほど前に亡くなって」

「ここはきれいだ。そして静かだ。近所の皆さんはよく知っている仲なんでしょう?」

「さあ、それはどうかしら。人によってはお隣が誰かも知らない人たちもいると思うわ」

「もしかしてあなたは、先週この村にタクシーでやってきて、午後になるとタクシーで戻っていった男を見かけませんでしたか? ま、そんなことはきっとないでしょうが」

老女の答えはヴァランダーを驚かせた。

「その人、私の家の電話を借りてタクシーを呼んでたのよ。四日続けて。その人のことじゃないかと思うけど？」

「その男、名乗りましたか？」

「とても礼儀正しかった」

「それで、名前は？」

「名前を言わなくても礼儀が守れる人はいるものよ」

「それで、その男、電話を借りたいと言ったのですね？」

「ええ、そうよ」

「他には？」

「何か起きたの？」

ヴァランダーはこの際隠す必要はないと思った。

「その男、亡くなったのです」

「なんということ！　いったい何が起きたの？」

「わかりません。いまのところわかっているのは、彼は死んだということだけです。その男がここスヴァルテで何をしていたか、あなたは知っていますか？　誰を訪ねてきたのか？　どっちの方向へ行ったか？　誰か他の人間に会ったか？　なんでも思い出せたら言ってください」

女性はまたきっぱりと答え、ヴァランダーを驚かせた。

「その男の人は海岸へ行ったわ。向かいの家の横に海岸へ出る小道があるの。その道に入って、西のほうに向かって歩いていったわ。そして午後に戻ってきました」

「海岸を歩いていた？　一人でしたか？」

「それは知りません。海岸は途中で曲がっているのよ。もしかすると人に会っていたかもしれないけど、ここからは見えないの」

「その男、何か手に持っていましたか？　カバンとか、何か荷物を？」

女性は首を振った。

「不安そうに見えましたか？」

「私の見たかぎり、そんなことはなかったわね」

「おとといもあなたの電話を借りた、ということですね？」

「ええ」

「何か、とくに気がついたことは？」

「親切で、優しい人のように見えましたよ。どうしても電話代を払わせてくれと言ってきかなかった」

ヴァランダーはうなずいて礼を言った。

「協力に感謝します」そう言って、彼は名刺を差し出した。「何か思い出したら、ぜひ連絡をしてほしいのです」

「なんという悲劇でしょう。あんなに優しい人が」

ヴァランダーはうなずき、通りを渡って反対側に行き、そこから小道を海岸に下りた。そして水際までまっすぐに行った。人影はまったくなかった。振り返って見ると、アグネス・エーンが彼の姿を目で追っているのがわかった。

ユーラン・アレキサンダーソンはここで誰かに会ったに違いない。きっとそうに違いない。問題は、それが誰かということだ。

イースタ署に戻った。廊下でリードベリが話しかけてきた。リヴィエラに住んでいるアレキサンダーソンの別れた妻の連絡先がわかったという。

「だが、誰も電話に出ないんだ。またかけてみる」

「そうしてくれると助かる。電話が通じたら、結果を教えてほしい」

「マーティンソンがさっき来たんだが、鼻が詰まっていて、何を言ってるのかまったくわからなかった。家に返したよ」

「それでいい。ありがとう」

自室に戻ると、アレキサンダーソン、と名前だけを書いた大判ノートを取り出した。誰なんだ？　と頭の中で訊いた。あんたが海岸で会ったのは、いったい誰なんだ？　どうしてもそれを知らなければならない。

午後一時、ヴァランダーは空腹になった。上着を着て部屋を出ようとしたとき、ハンソンが入ってきた。

何か重大なことを摑んだとその顔に書いてあった。

「なんだ？」

「前にも言ったとおり、アレキサンダーソンには七年前に死んだ息子がいた。いま、死因がわかったんだが、これが撲殺だった。もひとつわかったんだが、犯人は挙げられず、未解決のままになっているんだ」

ヴァランダーは何も言わずにしばらくハンソンから目を離さなかった。

「そうか」とようやく声が出た。「よし、それを追跡しよう。どういうことになるのかわからないが」

少し前まであった空腹感は吹き飛んでいた。


午後一時半過ぎ、リードベリがヴァランダーの部屋の半開きのドアをノックした。

「アレキサンダーソンの前妻と連絡がついた」と言って部屋に入ってきた。椅子に腰をかけたとき、その顔が歪《ゆが》んだ。

「背中はどんな具合なんだ？」ヴァランダーが訊いた。

「わからない。だが、何か、おかしいんだ」

「朝、もっとゆっくりしてもいいのでは？」

「ベッドに横たわって天井を見ていたって、よくなるわけじゃない」

それでリードベリの背中の話はおしまいになった。ヴァランダーはリードベリに家に帰って休むように言っても無駄なことはわかっていた。

「それで、前妻はなんと？」と、代わりに訊いた。

「もちろん、ひどく驚いていた。一分ほど沈黙が続いたと思う」

「電話代が高くつくな、国にとって」とヴァランダーが軽口をたたいた。「それで？　その一分後はどうなった？」

「いったい何が起きたのかと訊かれた。事実をそのまま伝えたが、話が理解できないようだった」

「無理もない」ヴァランダーがうなずいた。

「とにかくわかったのは、元夫婦は現在まったく連絡を取り合っていないということだ。前妻が言うには、離婚の理由は元夫がどうしようもないほど退屈だったからとのことだった」

ヴァランダーはひたいにしわを寄せた。

「退屈？　どういうことだろう？」

「思うに、それが離婚の理由ということはよくあるんじゃないか。退屈な人間と一緒に暮らすのはおれもうんざりだな」

ヴァランダーはゆっくりうなずいた。モナも同じように思っているのだろうか。いや、自分はどうなんだ？

「前夫を殺すような人間に心当たりがあるかと訊いたが、まったくないという答えだった。それからもう一つ、彼がここスコーネにどんな用事があったのか、思い当たるふしがあるかと訊いたがこれまた答えはノーだった。それで全部だ」

「死んだ息子については何も訊かなかったか？　ハンソンの話では、殺されたということだが」

「もちろん訊いた。が、彼女はそれには答えたくないと言った」

「それはちょっとおかしくはないか？」

リードベリはうなずいた。

「ああ、おれもそう思った」

「もう一度連絡して訊いてくれないか」

リードベリはうなずいて部屋を出て行った。ヴァランダーはいま聞いたことを考え続けた。いつかモナに、おれたちの問題は二人の仲が退屈になったためなのかと訊いてみようと思った。そのとき電話が鳴って、考えが中断された。受付係のエッバだった。ストックホルム警察からヴァランダーと話したいという電話だという。大判ノートを引き寄せて、相手の言葉に耳を傾けた。レンダルという名の、まったく知らない捜査官だった。

「オースーガータンのアパートを見てきた」レンダルが言った。

「何か見つかったか？」

「捜し物が何かを聞いていないときに、見つけるのはむずかしいもんだ」

レンダルが苛立っているのがわかった。

「どんなアパートだった？」とヴァランダーは、できるだけ感じよく尋ねた。

「きちんとしていて清潔な感じだった。よく掃除されているというか。いかにも独り者の住まいという感じがした」

「実際、そのとおりだからな」ヴァランダーが言った。

「郵便物に目を通した。ここ一週間ほど不在にしていたらしい」

「それもそのとおり」

「留守番電話が設置されていたが、電話をかけてきた者はいなかった」

「応答にはなんと録音されていた？」

「普通の、一般的なあいさつだ」

「そうか。いや、協力に感謝する。また何かあったら、連絡するのでよろしく」

ヴァランダーは時計を見た。まもなく捜査班の午後の会議の時間だった。会議室に行くと、すでにハンソンもリードベリも席についていた。

「たったいま、ストックホルムと話したばかりだ」と言いながらヴァランダーも席についた。

「オースーガータンのアパートからは何も出なかった」

「前妻にもう一度電話をかけた」リードベリが言った。「依然として息子のことは話したがらなかった。それで、我々は彼女に帰国して警察に出頭することを正式に求めることもできるのだというと、少し態度を和らげた。息子はストックホルムの街中で殴り殺されたらしい。まったく無意味な、偶然の、通り魔的な殺害だったらしい。盗難にあったわけでもなかったと」

「その件については、少し調べた」とハンソンが口を挟んだ。「それほど前の事件ではないので、まだ時効が成立していないんだ。だが、ここ五年ほどは誰もこの事件の追跡をしていない」

「容疑者はいないのか？」ヴァランダーが訊いた。

ハンソンが首を振った。

「一人も。まったく手がかりがないんだ。容疑者も目撃者も。何もない」

ヴァランダーは大判ノートを脇に置いて言った。

「いまと同じだな。我々にもまったく手がかりがない」

三人とも黙り込んだ。ヴァランダーは何か言わなければならないような気がした。

「アレキサンダーソンの経営する二ヵ所の営業所の人間たちに聞き込みをする必要がある。ストックホルム警察のレンダル捜査官に電話をかけて、協力を依頼してくれ。明日また会議をしよう」

それぞれ担当を決めて、ヴァランダーは部屋に戻った。父親に電話をかけて、昨夜の喧嘩を謝るべきだと思ったが、やめにした。ユーラン・アレキサンダーソンのことが頭から離れなかった。何もかも辻褄が合わず、なんの合理性もなかった。経験から、殺人犯罪は、いやどんな犯罪でも犯罪には必ず合理的な核というものがあると知っていた。しかるべき事柄をしかるべき順序で調べていけば必ずそれが見つかると確信していた。

五時ちょっと前にイースタ署を出てスヴァルテに向かって車を走らせた。今回は村の中まで入って車を停めた。車のトランクからゴム長靴を取り出して履き替え、海岸へ行った。遠くに貨物船が西の方向へ向かうのが見えた。

海岸を歩き始め、右手に見える家々を眺めた。およそ三軒に一軒の割合で家に人がいるように見受けられた。そのまま歩き続け、スヴァルテ村の端まで来た。そこで踵を返して海岸を戻り始めた。そのとき急に、モナがこっちに向かって歩いてくるような気がした。いや、それを自分が望んでいると思った。スカーゲンへ行ったときのことを思い出した。あれは二人の一番いいときだった。話したいことがたくさんあった。それまで時間がなくて話せなかったことが思い切り話せた。

悲しい気持ちになったが、いまはユーラン・アレキサンダーソンに集中しようと思った。この海岸を歩きながら、いままでのことをまとめてみよう。

まず、ユーラン・アレキサンダーソンについて何を知っているか？　ストックホルムにエレクトロニクス企業の営業所を二ヵ所に置いていて、年齢は四十九歳。イースタまでやってきてホテル・クングカールに滞在していた。会社の従業員には休暇をとると言っていた。ホテルでは外部からの電話も訪問客もなかった。彼自身もホテルの電話を一度も使わなかった。毎朝タクシーでスヴァルテまで出かけ、海岸を散歩し、午後遅くアグネス・エーンの家の電話を借りてタクシーを呼び寄せてイースタに戻った。四日目にスヴァルテからイースタに戻る途中、タクシーの中で死んだ。

ヴァランダーは足を止め、あたりを見回した。海岸には相変わらず人影がなかった。ユーラン・アレキサンダーソンの姿はきっと人目についただろう。だが、この海岸のどこかで、彼の姿が見えなくなったのではないか。そしてあの日、ふたたび姿を現してから数時間後にタクシーの中で死んだのだ。

アレキサンダーソンは誰かに会ったはずだ。いや誰かと会う約束をしていたに違いない。人は偶然に会った相手を毒殺したりはしない。

海岸を歩き続けた。海岸沿いに立ち並ぶ家々に注目した。明日からいっせいにこれらの家のドアを叩いてしらみつぶしに調べよう。アレキサンダーソンの姿を見た者が必ずいるはずだ。彼が誰かに会っているのを目撃した人間がいるに違いないのだ。

そのときヴァランダーは海岸にいるのは自分一人ではないことに気がついた。年配の男がこっちに向かって歩いてくる。黒いラブラドール犬が男のそばを踊るようにはしゃいだ足取りでついてくる。ヴァランダーは立ち止まってその犬を見た。このところ何度も彼は犬を飼おうかとモナに提案しようと思っていたのだ。だが、そうしなかったのは、自分の勤務時間が定刻どおりに終わることがめったにないことがわかっていたからだ。犬を飼ったらきっと散歩の時間が守れないことでむしろ良心が痛むことのほうが多いに違いない。

ヴァランダーの前まで来て、初老の男はハンチング帽を上げてあいさつした。

「本当に春はやってくるんですかね？」と男が言った。ヴァランダーはその発音がスコーネ弁でないことに気づいた。

「いや、今年もくると思いますよ」ヴァランダーが応えた。

うなずいて、そのまま通り過ぎようとした男に、ヴァランダーが声をかけた。

「ここを毎日散歩するんですね？」

男は立ち並んでいる家々の一軒を指差した。

「年金生活者になってから、ここに住んでいるものでね」

「ヴァランダーと言います。イースタ警察の者です。ひょっとしてあなたはここ数日間、この海岸を散歩していた五十がらみの男性を見かけませんでしたか？」

男の目はきれいなブルーだった。ハンチング帽の下から白髪がのぞいていた。

「いや」と言って、微笑《ほほえ》んだ。「誰のことです？　ここを散歩するのは私しかいない。五月になって暖かくなれば、人が大勢やってきて賑やかですがね」

「そうですか。誰も見かけなかったのですね？」

「一日三回犬を散歩させるからここを歩くが、いままで、いやあなたが来るまで他の人間は一度も見かけなかった」

ヴァランダーはうなずいた。

「いや、お邪魔しました」

そのまま歩きだし、しばらくして振り返ったときにはすでに男の姿はなかった。

その考えが、いや、考えというより思いが、どこからやってきたものか、あとで考えてもまったく見当がつかなかった。それでもヴァランダーはその瞬間、確信した。一人で海岸を歩く男を見かけなかったかと聞かれたとき、老人の顔に、その目に、かすかな翳《かげ》りがよぎったのを見た、と。

あの老人は何かを知っている。問題はそれが何かだ。

ヴァランダーは再度あたりを見渡した。

海岸にはふたたび人っ子ひとりいなくなっていた。

ヴァランダーはそのまましばらくその場に立っていた。

それから車に戻り、イースタへ向かった。

四月二十九日水曜日、その日、スコーネはようやく春を迎えた。ヴァランダーはその日いつものように早起きした。寝汗をかいていた。悪い夢を見たのだ。なんの夢かは憶えていなかった。いつものように雄牛に追いかけられる怖い夢だったかもしれない。それとも、モナが家を出てしまう夢だったか？　コーヒーを飲み、ぼんやりとイースタアレハンダ紙に目を通した。六時半、早くもヴァランダーは職場の自分の部屋にいた。晴れ上がった青空から太陽が輝いている。マーティンソンの風邪が早く治って、ハンソンの受け持っている業務を引き受けてくれればいいのにと思った。彼ならもっと早く、もっといい仕事をしてくれる。マーティンソンが出勤してくれれば、ヴァランダーとしてはハンソンと一緒にスヴァルテ村の聞き込みに出かけたいと思っていた。だが、いま一番急がれるのは、ユーラン・アレキサンダーソンという人物像をはっきり掌握することだ。マーティンソンはハンソンよりも情報収集をする能力に長けている。もう一つ、ヴァランダーはアレキサンダーソンの息子のベングトが七年前に撲殺されたときの状況を徹底的に調べなければならないと思っていた。

七時、ヴァランダーはユーラン・アレキサンダーソンの解剖を行った検死医ユルネに電話をかけたが、まだ出勤していなかった。気分が落ち着かないことに気がついた。タクシーの後部座席で死んだ男ユーラン・アレキサンダーソンのことが頭を離れない。

全員が会議室に集まったのは八時二分前だった。マーティンソンは今日もまだ熱と喉の痛みに悩まされているとリードベリが報告した。ウィルス恐怖症のマーティンソンがそんな具合になっているのは皮肉なことだとヴァランダーは思った。

「それじゃ、私と一緒にスヴァルテ村の家々を回ってくれないか」とヴァランダーはリードベリに言った。「ハンソンは残って調べ物を続けてくれ。アレキサンダーソンの息子の死について、もっと詳しく知りたい。ストックホルム署のレンダル捜査官の協力を得てくれ」

「例の毒のことについては、何か新たにわかったのか?」リードベリが訊いた。

「いや、朝から連絡しているのだが、まだなんの知らせもない」

会議は短時間で終わった。ヴァランダーはアレキサンダーソンの運転免許証の写真の拡大コピーを頼んだ。そのあと、署長のビュルクの部屋へ行った。ヴァランダーは、ビュルクはだいたいにおいて、一人一人の警察官が自由に行動して仕事をするのを認める良い上司だと思っていた。だがときどき、突然仕事の進捗状況を知りたがる。そういうときは報告をしなくてはならない。

「車の密輸団のほうはどうなっている?」と言って、ビュルクは簡潔な返事を求めるように両手を前にパッと突き出した。

「うまくいってません」ヴァランダーは正直に言った。

「いま具体的に逮捕の対象となっている者はいるのか?」

「いません。いまの段階で検事局に持ち込んだら、笑い物になるだけでしょう」

「ま、諦めないことだな」とビュルクが慰めともつかない言葉をつぶやいた。

「もちろん、続けます。いまのこの、タクシーの後部座席で死んだ男の件さえ解決したら」

「ハンソンから聞いている。なんだか奇妙な事件だな」

「ええ、確かに」とヴァランダー。

「その男、殺されたのは確かなのか？」

「検死医はそう言っています。今日、スヴァルテ村の住民に聞き取りを行います。絶対に誰か、男を見かけた人間がいるはずですから」

「報告してくれ」と言ってビュルクは、話は終わったというように椅子から立ち上がった。


ヴァランダーはリードベリを乗せて出発した。

「スコーネはきれいだな」ポツンとリードベリがつぶやいた。

「うん、今日のような日は、とくに。だが、秋にはひどいことになる。道がぬかって土が靴にべっとりつくし」

「天気の悪い秋のことなど、いまから考えることはないさ。心配を先取りすることはない。心配しなくたって、その時はそうなるのだから」

ヴァランダーは答えなかった。ちょうどトラクターを追い越すところだった。

「村に着いたら、海に面する西側の家々から始めよう。それぞれ両端から初めて、真ん中で会おう。ひとけのない家の住人の名前も書き留めよう」

「捜しているものはなんだね？」リードベリが訊いた。

「解決だ」とヴァランダーはズバリ言った。「アレキサンダーソンを見た人間が必ずいるはずだ。浜辺を歩く彼の姿を見た者がいるはずなんだ。彼が誰かに会うのを見た者がいるに違いない」

村に入り、車を停めた。リードベリにはアグネス・エーンの家から始めてもらった。ヴァランダー自身は車の無線電話で検死医のユルネに連絡を入れたが、今回もまた連絡がつかなかった。車を村の反対側まで走らせ、そこに停めて東に向かって歩きだした。最初の家は古いけれどもよく手入れされているスコーネ地方独特の造りの田舎家だった。垣根の中に入り、ドアベルを押した。応答がなかったので、もう一度ベルを押した。諦めて立ち去ろうとしたとき、ドアが開き、汚れた作業着を着た三十歳ほどの女性が顔を出した。

「仕事中、邪魔されたくないのよ」と言い、ヴァランダーを睨《にら》みつけた。

「こちらも仕事ですから仕方がない」と言って、ヴァランダーは警察官の身分証を見せた。

「なんの用事？」

「変なことを訊くと思われるかもしれないが、ここ数日間、空色のコートを着た五十がらみの男を海岸で見かけませんでしたかね？」

女性は眉を上げて、面白そうにヴァランダーの顔を眺めた。

「カーテンを引いて絵を描いているので、何も見ていないわ」

「絵描きさんですか」ヴァランダーが言った。「絵を描くには光が大事かと思ったが」

「私は違うのよ。でも、そんなことで罰せられはしないわよね？」

「あなたは何も見なかった、と言うんですね？」

「ええ、何も。いまそう言ったはずよ」

「お宅には他に人はいませんか？　何か見かけたかもしれない人が？」

「窓辺に寝そべっている猫がいるわ。もしかするとあの子が何か見てるかもしれないわね」

ヴァランダーはむかっとした。

「警察はときにどうしても訊いて回らなければならないことがある。好き好んでこんなことを訊いて回っているわけじゃないんです。邪魔をしました」

女が戸を閉めた。内側からいくつも鍵をかける音がした。

次の家を訪ねた。それは比較的新しい二階建ての家で、庭に噴水がしつらえてあった。玄関ドア脇のベルを鳴らすと、家の中で犬が吠えだした。そのまま待った。

犬が静かになったのとドアが開いたのが同時だった。前日に海岸で会った年配の男が立っていた。直感的にヴァランダーは、この男は自分を見ても驚いていないと感じた。来るのを予測していたに違いない。緊張しているとも感じた。

「あ、またあなたか」男が言った。

「はい。海岸沿いの家を一軒一軒訪ねて歩いているのです」

「私は昨日何も見なかったと言ったと思うが」

ヴァランダーはうなずいた。

「ええ。ただ、あとから何か思い出すことがよくあるのですよ」

男は一歩下がってヴァランダーを中に入れた。ラブラドール犬が匂いを嗅ぎに来た。

「ここには一年を通して住んでいるのですか？」ヴァランダーが訊いた。

「そう。ニーネスハムヌで二十二年間診療所の医者をしていた。年金生活者になったとき、ここに引っ越してきたのだ。妻と一緒に」

「もしかして、奥さんは何か見たかもしれませんね。もし、ここにおられるのなら」

「妻は病気なのだ。何も見ていない」

ヴァランダーはポケットからメモ帳を取り出した。

「名前を訊いてもいいですか？」

「私はマーティン・ステンホルム。妻の名はカイサだ」

二人の名前を書くと、ヴァランダーはまたポケットにしまった。

「これで失礼します」とヴァランダーは礼を言った。

「いや、どうも」マーティン・ステンホルムが応えた。

「数日後にもう一度来て、奥さんから直接話を聞くことになるかもしれません。直接話を聞くと、意外なことがわかったりするものですよ」

「いや、今度ばかりはそうはならないと思う」ステンホルムが言った。「妻はじつは非常に弱っている。がんにかかっていて、もう長くないのだ」

「そうですか」ヴァランダーがうなずいた。「それではお邪魔するのはやめましょう」

マーティン・ステンホルムが玄関ドアを開けた。

「奥さんも医者ですか？」ヴァランダーが訊いた。

「いや、彼女は法律関係の仕事をしていた」

ヴァランダーは表に出た。それからまた三軒ほど回って同じ質問をしたが、なんの答えも得られなかった。道の真ん中まで来てリードベリに会うと、ヴァランダーはすぐに車を取りにいき、アグネス・エーンの家の前でリードベリを拾うことにした。リードベリは車に乗り込むと、なんの結果も得られなかったと言った。ユーラン・アレキサンダーソンを海岸で見かけた者は一人もいなかったと。

「田舎の人々は、とくに外から来た者に対して、好奇心を抱くものだとよく聞くがね」リードベリが首を振った。

二人はイースタへ戻った。イースタ署に着くと、ヴァランダーはリードベリにハンソンを呼んで、三人でこれから会議をしようと言った。そのあとユルネ検死医に電話をかけると、今度はつかまえることができた。ちょうど通話が終わったとき、ハンソンとリードベリが部屋に入ってきた。ヴァランダーはまっすぐにハンソンに聞いた。

「どうだ、何かわかったか？」

「いや、特に目新しいものはないね」ハンソンが答えた。

「ようやくユルネをつかまえることができた。彼によれば、アレキサンダーソンが気づかないうちに毒をなんらかの形で摂取したことは考えられるそうだ。毒が回るまで正確にどれくらいの時間が経ったかはわからないが、ユルネの推測では少なくとも三十分はかかっただろうということだ。体に毒が回ったあとはすぐに死に至るそうだ」

「つまり、ここまでは我々の推察どおりということだな」ハンソンが言った。「それで、アレキサンダーソンの摂った毒の名前は？」

ヴァランダーはいま電話で聞いたばかりのややこしい化学記号を読み上げた。

その後、スヴァルテに住むマーティン・ステンホルムという医者と交わした話を報告した。

「これと言うことはできないのだが、なぜかおれはあの医者に何かあるような気がしてならないんだ」

「ふーん。なるほど。医者は毒物のことも知っているしな。うん、そこから始めるか」

「前科の記録を見てみるか？」ハンソンが言った。「マーティンソンがいないのが残念だな。あいつならすぐに調べられるのに」

ヴァランダーはうなずいた。それから、急に思いついたように付け加えた。

「ステンホルムの妻の記録も見てくれ。カイサ・ステンホルムだ」

四月三十日と五月一日の祭日は捜査も休みになった。ヴァランダーはその両日ともほとんどの時間を父親のところで過ごしたが、数時間だけ自分のアパートのキッチンの剝げた塗装の塗り直しをした。リードベリに電話をかけもした。リードベリも同様に一人だということを知っていたからだが、電話に出たリードベリは酔っていたため、通話は短いものになった。

五月四日月曜日、この日もヴァランダーは早朝に出勤した。ハンソンからの報告を待っている間、いつものように盗難車についての調べを続けた。ハンソンからの報告は翌日五日の午前十一時になった。

「マーティン・ステンホルムについては何も見つからなかった。つまり彼は一生の間、何も悪いことはしなかったということだ」

ヴァランダーは驚きはしなかった。この調査はもうじき行き詰まるという感じがしていたからだ。

「それで、妻のほうは？」

ハンソンは首を振った。

「これもまた同じだ。長い間ニーネスハムヌで検事をしていた」

そう言うとハンソンはヴァランダーの机の上に記録の入ったファイルを置いた。

「おれはもう一度タクシーの運転手たちに当たってみる。何か思い出した者がいるかもしれないからな」

一人になるとヴァランダーはハンソンの置いていったファイルを取って読み始めた。しっかり読み上げるのに一時間ほどかかった。ハンソンは今度ばかりはなんの手抜かりもなかった。それでもヴァランダーはあの年配の医者がこの事件に関係しているという気がしてならなかった。なんの証拠もないのだが、何かあるという直感のようなものがあった。いままでも何度もあったことだった。直感を信じているわけではなかったが、いままで何度もそれに助けられたことがあった。リードベリに電話すると、すぐにやってきた。ヴァランダーはハンソンの集めた資料のファイルを渡しながら言った。

「これを読んでもらいたい。ハンソンもおれも不審な点を見つけることができなかった。だが、何かおかしいところがあるはずだという気がしてならないんだ」

「ハンソンの言うことにはこだわらなくていい」とリードベリは同僚についてにべもない言い方をした。

その日の午後遅く、リードベリがファイルを返しに来た。彼もまた何も見つけられなかったのだ。

「振り出しに戻るしかないな」ヴァランダーが言った。「明朝ここに集まって、捜査をどう進めるか話し合おう」

そのあとヴァランダーは署を出て、一人でスヴァルテに向かった。村に着くと車を降り、またもや海岸をゆっくり歩いた。人の姿はまったくなかった。車に戻るとハンソンの用意したファイルにもう一度目を通した。ここに何が隠されているのか？　おれに見えないものは何か？　あの医者とユーラン・アレキサンダーソンとは何か関係があるはずだ。おれに見えないだけなのだ。

イースタに戻り、ファイルをそのまま家に持って帰った。ヴァランダーは十二年前にイースタに引っ越してきたときと同じ三部屋のアパートにまだ住んでいた。

休もうとしたが、ファイルが気になってならなかった。夜遅く、ほとんど真夜中近くになって、ヴァランダーはファイルの中の書類をキッチンテーブルの上に広げ、もう一度しっかり目を通した。

疲れ切っていたにもかかわらず、ヴァランダーの目はある一ヵ所で止まった。特別なものではないのかもしれないとは思った。が、それでも翌朝一番に調べることに決めた。

その晩はよく眠れなかった。

翌朝七時前にヴァランダーはイースタ署に着いた。霧雨が降っていた。これから会う男は自分同様、ふだん朝が早い。警察署の中にある検事局の建物へ行き、ペール・オーケソン検事の部屋のドアをノックした。中に入ると、いつもどおりの乱雑さだった。オーケソンとは長年一緒に仕事をしてきた仲で、互いに相手の判断力に大いに敬意を抱いていた。オーケソンは読書メガネをひたいの上にあげて部屋に入ってきたヴァランダーを見た。

「ヴァランダー？　どうした、ずいぶん早いじゃないか？　よほど重要なことがあるんだな？」

「重要かどうかわからないが、あんたの協力が必要なんだ」

来客用の椅子の上にあった書類の山を床に移して、ヴァランダーは椅子に腰掛けた。それから手短にユーラン・アレキサンダーソンの死について話した。

「なんだか妙な話だな」話を聞き終わると、オーケソンが言った。

「うん。だが、妙な話はよくあるものさ。それはあんたも知ってのとおりだ」

「しかしあんたはまさかこんな話をするために朝の七時にやってきたわけじゃないだろう？　まさか、その医者の逮捕状を取りに来たわけじゃないよな？」

「ああ、違う。おれはその医者の妻のことであんたの協力がほしいんだ。その妻というのがあんたと同じく検事だった。カイサ・ステンホルム。長年ニーネスハムヌで仕事をした。だが、数回、彼女はニーネスハムヌの仕事を休んで短期間の代替検事として他の地域で働いたことがある。そのうちの一つが、七年前のストックホルムでの臨時の仕事だった。その時期はちょうどアレキサンダーソンの息子がストックホルムの路上で襲われ殺された時期と重なっている。そこで、あんたの協力を頼みたい。カイサ・ステンホルムがストックホルムで代替の検事として働いていた時期とアレキサンダーソンの息子の殺害事件になんらかの関係があるか、調べてほしい」

先に進む前に、ヴァランダーは手元の書類に目を落とした。

「息子の名前はベングト。ベングト・アレキサンダーソン。死んだのは十八歳のときだ」

ペール・オーケソンはしばらくひたいにしわを寄せたままヴァランダーを見つめていた。

「あんたの推理といったものがあるのか？」

「わからない」とヴァランダーは答えた。「ただ、この二つに関連があるかどうか、知りたいのだ。カイサ・ステンホルムとベングト・アレキサンダーソンの死に接点があるかどうか」

「そしてその答えは少しでも早くほしい、というところか？」

ヴァランダーはうなずいた。

「おれのせっかちな性格なら、もう知っているだろう？」

「ま、どこまで調べがつくかわからんが、できるだけのことはやってみよう」オーケソンが言った。「あんまり期待するな」

警察の建物に戻り、入り口でエッバに会うと、ハンソンとリードベリが出勤してきたらすぐに自分の部屋に来るように伝えてくれと頼んだ。

「このごろ、どうなの？　よく眠れているんですか？」エッバが訊いた。

「ああ、もちろん。眠りすぎてるんじゃないかと思うほどだよ」とヴァランダーは答えた。エッバは受付でいつも署で働く全員の健康状態に目を配っている。ヴァランダーはときどきその親切心に辟易することがあった。

八時十五分、まずハンソンが、その後すぐにリードベリが部屋に入ってきた。ヴァランダーは言葉少なに昨夜〝ハンソン・レポート〟の中に発見したことを二人に話した。

「ペール・オーケソンからの連絡を待とう。もしかするとおれが発見したと思ったことは意味がないのかもしれない。だがもしカイサ・ステンホルムがベングト・アレキサンダーソンの殺害と同じ時期にストックホルムで検事として働いていたとしたら、つまり捜査に関係していたとしたら、この捜査は別の段階に入ることになる」

「カイサ・ステンホルムは重病人ではなかったか？」リードベリが訊いた。

「ああ、夫のマーティン・ステンホルムによれば。おれはまだ本人には会っていないが」

「あんたがいくつもの複雑な事件の捜査に辣腕を振るってきたことは認めるが、今回ばかりはちょっと射程距離が遠すぎはしないか？」ハンソンが言った。「いま仮にあんたの推測が正しいとしよう。カイサ・ステンホルムが若いベングト・アレキサンダーソンを殺した犯人捜査に検事として関わっていたとして、それが、いま、今回のユーラン・アレキサンダーソンの死とどう関係するんだ？　がんの末期患者である彼女が過去から突然やってきた男を殺したとでもいうのか？」

「いや、おれの推測は確かにまったく漠然としたものだ」ヴァランダーは認めた。「いまはとにかく、それが見当違いであるかどうか、オーケソンからの知らせを待とうじゃないか」

皆が引き上げたあと、ヴァランダーはしばらく他のことを考えた。モナとリンダはいまごろ何をしているのだろう、何を話しているのだろうと思った。九時半近くにコーヒーを飲みに食堂へ行き、その一時間後にもう一度コーヒーを飲んだ。部屋に戻ると電話が鳴っていた。ペール・オーケソンだった。

「思ったより早くわかったよ。書くものはあるか？」

「ああ、言ってくれ」

「三月十日から十月九日まで、カイサ・ステンホルムはストックホルムで検事として仕事をしている。ストックホルム地方裁判所の優秀な事務官の協力で、いまあんたが知りたがっている、カイサ・ステンホルムがユーラン・アレキサンダーソンの息子ベングト殺害事件の捜査に関与していたかどうかがわかった」

ここまでペール・オーケソンは一気に話し、息を継いだ。ヴァランダーは耳を澄ました。

「あんたの直感が当たったよ。この事件の担当検事は彼女で、これをお蔵入りさせたのも彼女だ。犯人は今日まで捕まっていない」

「ありがとう。これを追及してみる。また連絡するよ」

受話器を置くとすぐに窓辺に立った。ガラスはすっかり曇っていた。雨は朝よりもっと激しく降っていた。やるべきことは一つだけ。あの家に行って真相を明らかにすることだ。一緒に行くのはリードベリ一人でいい。インターフォンでリードベリとハンソンを呼び出した。オーケソンから聞いたばかりのことを話した。

「驚いたな」ハンソンがうなった。

「一緒に来てくれないか」とヴァランダーがリードベリに言った。「三人行く必要はないと思う」

ハンソンはうなずき、引き下がった。

二人はヴァランダーの車でスヴァルテへ向かった。二人とも沈黙したままだった。ヴァランダーはステンホルムの家から百メートルほどのところに車を停めた。

「おれの役割はなんだ？」雨の中、家に向かって歩きながらリードベリが訊いた。

「ただ一緒にいてくれればいい」とヴァランダーは答えた。

そのとき、ヴァランダーはリードベリが自分のアシスタントになるのは初めてであることに気づいた。いままではその反対だった。リードベリはいままで一度も表立って自分がボスであるという態度は見せなかった。いつもヴァランダーと横並びの姿勢で働いてきた。だが、ヴァランダーがイースタ署に転勤して以来、リードベリは事実上の指導官の役割を果たしてきた。現在ヴァランダーが捜査官として働けているのは、リードベリのおかげと言ってよかった。

二人は門の中に入り家の玄関まで行った。ヴァランダーがベルを押した。まるで待っていたかのようにすぐにドアが開き、中に老医者が立っていた。ヴァランダーは一瞬、ラブラドール犬が出てこないのはおかしいと思った。

「お邪魔でなければいいのですが」ヴァランダーが言った。「だが、どうしてもお訊きしなければならないことがあるのです。それも即急に」

「何について？」

いままでの丁寧な口調ではなかった。恐れと苛立ちの混じった声だった。

「ここの海岸を歩いていた男についてです」

「私は誰も見かけなかったと言ったはずだ」

「奥さんのカイサ・ステンホルムにも直接訊かなければならないことがあります」

「妻はいま死の床についていると言ったはずだ。ベッドに横たわっている彼女に、何が見えたというのだ？　なぜそっとしておいてくれないのだ！」

ヴァランダーはうなずいた。

「わかりました。今日のところは引き上げますが、近いうちにまた来ます。そのときはどうしても中に入れてもらわなければならない」

リードベリを促して、門のところまで戻った。後ろで大きく音を立ててドアが閉まるのが聞こえた。

「なぜこんなに簡単に引き下がったのだ？」リードベリが不審そうに訊いた。

「これもあんたから教わったことだ」ヴァランダーが言った。「相手に考える時間を与えることも大切だと。それに何より家宅捜索令状をオーケソンからもらわなければ、家の中に入って正式な捜査をすることができない」

「ユーラン・アレキサンダーソンを殺したのは彼だと思うのか?」リードベリが訊いた。

「ああ、絶対にそうだと思う。彼に間違いない。ただ、なぜあの男がそうするに至ったのかがわからないのだ」

同じ日の午後にオーケソンから許可が下りた。ヴァランダーは翌日に決行することにした。念のため、ビュルク署長に頼んでステンホルム家に翌朝まで見張りをつけることにした。

翌日五月七日の明け方に目を覚まし、ロール・カーテンを開けてみると、外はあたり一面霧だった。シャワーを浴びる前に、電話帳をめくってマーティン・ステンホルムとカイサ・ステンホルムの名前があるかどうか確かめた。前の晩にし忘れたことだった。電話番号案内に電話をかけて訊くと、この二人の電話番号は非公開であることがわかった。ヴァランダーはやっぱりというようにうなずいた。

コーヒーを飲みながら、リードベリに同行してもらうか、それとも一人で出かけるかを考えた。車に乗り込んだとき、ようやく一人で行くと決めた。霧は海岸沿いの道をもすっかり覆っていた。

ヴァランダーはゆっくり運転した。八時ちょっと前にステンホルム家のすぐ近くに車を停めた。門の中に入り、玄関ベルを押した。三回目に鳴らしたとき、ドアがようやく開いた。ヴァランダーの顔を見たとたん、マーティン・ステンホルムはドアを閉めようとしたが、ヴァランダーの足先のほうが速かった。

「どんな権利で人の家に押し入るのだ？」と老人はしゃがれ声で言った。

「押し入ったりはしません。家宅捜索令状があるのです。邪魔しないことです。まず、座って話をしたい」

マーティン・ステンホルムの体から力が抜けたようだった。ヴァランダーは壁が本で埋まっている部屋に通された。革の肘掛け椅子に腰を下ろすと、老人は彼の正面に座った。

「本当に何も知らないのですか？」ヴァランダーが訊いた。

「ああ、本当だ。浜辺を歩いていたという男のことなど、知りはしない。それはいま死の床についている妻にしても同様だ。いま彼女はこの上の部屋に横たわっている」

ヴァランダーは率直に話すことに決めた。これ以上待つ必要はなかった。

「奥さんは検事でしたね。一九八〇年、奥さんはほぼ一年間ストックホルムで代替検事として働いた。彼女の扱った事件の中に、十八歳のベングト・アレキサンダーソン殺害事件があった。そして事件発生の数ヵ月後にこの事件を未解決のまま閉じたのもまた奥さんだった。この事件のことを憶えていますか？」

「もちろん知らない」ステンホルムが即座に答えた。「仕事の話を家庭に持ち込まないようにというのが我が家のルールだった。彼女は事件について、私は患者について家で話すことは決してなかった」

「ここの海岸を歩き回っていたのは、殺された青年ベングト・アレキサンダーソンの父親でした。この父親はタクシーの中で死にました。死因は毒でした。これは偶然だと思われますか？」

ステンホルムは答えなかった。ヴァランダーの目の前に事件の全景が広がった。

「退職してからあなた方はニーネスハムヌからスコーネ地方に移住した」ヴァランダーはゆっくり話し始めた。「それも目立たない、小さな村に。あなた方の電話番号は電話帳に載っていない。もちろんそれはあなた方が誰にも知られずにひっそりと暮らしていくためでしょう。だが別の理由も考えられる。それは誰かの目につかないようにという配慮からではないですか？そう、たった一人の息子が意味もなく殺された事件を、よく調べもせずにお蔵入りにされてしまったことに不服を抱く父親の追及を逃れるために。あなた方は引っ越しをしたが、父親はとうとうあなた方を見つけ出した。どうやって見つけたかは、天のみぞ知る、というところでしょう。突然父親はこの海岸に現れた。あなたは犬の散歩のときに男に海岸で出くわした。もちろん、あなたは愕然としたことでしょう。父親はあなた方を責めたはずです。もしかすると脅かしもしたかもしれない。二階では奥さんが死にかけている。むずかしい状況であったことは想像がつきます。海岸で会った男は毎日やってきた。責めはますます激しくなった。男の追及を逃れるすべはなかった。どうしようもなかった。あなたは彼を家の中に入れた。奥さんと会わせるとでも言ったのでしょう。毒を入れた飲み物を勧めた。そして、明日もう一度来るように言った。妻は今日は痛みに耐えられないから、明日来てくれ、今日のところは帰ってくれと。もちろんあなたは、彼にはもう明日はないということを知っていた。問題は解決した、アレキサンダーソンは心臓発作と思われるもので死ぬことになる、と。あなたとアレキサンダーソンが一緒にいるのを見た人間はいない。二人の間に関係があることを知る者はいない。そういうことではなかったですか？」

ステンホルムは身動きもしなかった。

ヴァランダーは待った。窓の外の景色は依然として濃い霧に覆われていた。ようやく男は頭を上げて話しだした。

「妻は過ちを犯しはしなかった。だが、時代が変わり、犯罪は頻発し、しかもどんどん過酷なものになってきた。警察官も検事も、裁判官も、とっくに疲労困憊《こんぱい》の極限に達している。あなたも警察官だからそれはわかっているだろう。だから、アレキサンダーソンが息子の事件が解明されなかったと言って妻を責めるのはじつに見当違いな話だ。あの男は七年もの長きに渡って私たちを探し、脅迫し、苦しめた。あの男は姿を隠して、決して自分がどこにいるかが我々にわからないようにして、我々を脅し続けたのだ」

ステンホルムは口を閉じた。それから立ち上がって言った。

「二階へ行って妻に会ってください。彼女の口から聞くといい」

「いや、もうそれは必要ありません」

「私には必要なのです」とカイサ・ステンホルムの夫は言った。

二人は階段を上がって二階へ行った。カイサ・ステンホルムは明るく大きな部屋のベッドに横たわっていた。すぐそばにラブラドール犬がうずくまっていた。

「妻は眠っていないから、どうぞ、そばに行って、何なりと訊くといい」

ヴァランダーはベッドに近づいた。顔の肉がすっかり落ちていて、骨ばかりが目立った。その瞬間、彼女が死んでいるのがわかった。ヴァランダーはパッと夫のほうを振り返った。老人はドア口に立ったままだったが、その手にはピストルが握られていた。銃口がヴァランダーに向けられている。

「きっとあんたは戻ってくるだろうと思った。だからカイサには死んでもらうほうがいいと思ったのだ」

「ピストルを置きなさい」ヴァランダーが言った。

ステンホルムは首を振った。ヴァランダーは恐怖でまったく動けなかった。

それからはすべてが一瞬のうちに起きた。ステンホルムは銃口を突然自分のこめかみに向けて、引き金を引いた。爆発音が大きく響き、老人は後ろにのけぞった。血しぶきが壁に飛び散った。ヴァランダーは一瞬気を失いそうになったが、倒れず、よろよろと階段を下りて一階へ行き、警察へ電話をかけた。電話を受けたのはエッバだった。

「ハンソンかリードベリにすぐ繋いでくれ」

リードベリが電話口に出た。

「終わった。スヴァルテに一斉出動してくれ。ここに二人死人がいる」

「あんたが殺したのか、二人とも？　何が起きたんだ？　怪我は？　なぜ一人で出かけたんだ？」

「わからない。とにかくすぐに来てくれ。おれは無事だ」

ヴァランダーは外に出て待った。

海岸はすっかり霧に包まれて真っ白になっていた。老医師の言葉を思い出していた。犯罪は頻発し、しかもどんどん過酷なものになってきた。ヴァランダー自身何度もそう思ったことがある。自分は古い時代の警官だと思う。まだ四十歳にすぎないが、すでにそう思っている。もしかして今の時代はもっと違うタイプの警察官が必要なのではないか？

霧の中に出て、イースタから来る者たちを待った。気分が悪かった。またもや自分の意思に反してこのような悲劇に加担してしまった、と思っていた。自分はあとどのくらい保《も》つだろうか、と。

警察の車が到着し、最初に車を降りたのはリードベリだった。真っ白い霧の中にヴァランダーが黒い影となって見えた。

「いったい何が起きたんだ？」

「タクシーの後ろの席で死んだ男の一件は解決したよ」とだけヴァランダーは言った。

リードベリが言葉の続きを待っているのがわかったが、それ以上言うつもりはなかった。

「それだけだ。それだけのことだ」

そう言うとヴァランダーは背中を向け、海岸に下りていった。まもなくその姿は霧に包まれて見えなくなった。

写真家の死

Fotografens död

早春、毎年のように繰り返し見る夢がある。空を飛ぶ夢だ。彼は来る年も来る年もその夢を見る。薄暗い明かりの中、階段を登っていくと、突然屋根が開く。そして彼は階段の先は木の梢《こずえ》であることに気づく。これから世界を支配するかのように下を見ると草原が広がっている。彼は両腕を翼のように広げて飛ぼうとする。その瞬間に目が覚めるのだ。その夢はいつもそこで終わる。何年も同じ夢を見ているが、まだ一度も本当に木のてっぺんから飛んだことはない。

その夢は繰り返される。そしていつも飛ぶ瞬間で終わる。

彼はイースタの町を歩きながら、その夢のことを考えていた。前の週のある晩、またその夢を見た。そしていつものように、まさに飛ぶ瞬間に目を覚ましたのだった。これからしばらくはその夢を見ることはないだろう。

それは一九八八年の四月の中ごろのことで、まだ春の暖かさは感じられなかった。街を歩きながら、彼はもう少し厚いセーターを着てくればよかったと悔やんでいた。しかも少し前にひいた風邪がまだ治り切っていなかった。時刻は夜の八時を少し回ったところだ。街中にひとけはほとんどなかった。遠くで急発進する車の音がしたが、その後は、また静かになった。彼はいつも同じ道を歩いた。自宅のあるラヴェンデルヴェーゲンからテニスガータンに出る。マルガレータパルケン公園のところで左に曲がりスコッテガータンを歩いて町の中心部に向かう。次の角をまた左に曲がり、クリシャンスタヴェーゲンを横切ってサンタ・イェートルーズトリィ広場まで来ると、そこに彼のフォトスタジオがある。もし彼がまだ若く、イースタでこれから写真家としてやっていこうというときなら、この場所は最適とは言えなかったに違いない。だが彼がここにアトリエを構えてすでに二十五年になる。顧客はほぼ決まっている。記念写真を撮りにやってくる客ばかりだ。結婚式のときや、最初の子どもが生まれたとき。それに思い出となるような記念行事のときに。二代に渡って結婚式の写真を撮ったことも幾度かある。初めてそのことに気づいたとき、自分も年取ったものだと思った。それまではあまり年齢のことなど考えたことはなかったのだが、突然自身も五十歳になっていることに気づいたのだった。それは六年前のことだった。

商店の窓ガラスに映る自分の姿を眺めた。人生がそのまま映っている。べつに不満はない。あと十年か十五年、このまま続けることができればいい。

人生を振り返るのはそこまでにして、彼はまた歩きだした。風の勢いが強くなった。ジャケットの前を閉めてしっかりした足取りで前に進んだ。その歩調は早くも遅くもなかった。べつに急ぎの用事もなかった。彼は週に二回、夕食のあと、フォトスタジオへ行くのを習慣としていた。それは彼の生活における神聖な時間と言ってよかった。週に二回、アトリエの奥の小部屋で彼は自分の撮った写真と一緒に過ごすのだ。

ようやくフォトスタジオに着いた。店の扉を鍵で開ける前に、不満と苛立ちの混じった複雑な気持ちで、写真が飾ってあるショーウィンドーを眺めた。本来ならずっと前に中の写真を取り替えるところだ。新しい客を呼び寄せる効果はないかもしれないが、二十年以上も前に始めた習慣を続けるべきなのだ。一ヵ月に一度、写真を取り替えること。いまの写真はもう二ヵ月も飾ってある。まだ店員を雇う余裕があったころは、ショーウィンドーに飾る写真を選ぶだけの余裕もあった。だが、最後に店員を解雇してからもう四年にもなる。とても雇いきれなかったのだ。なんと言っても仕事の量は彼一人分しかなかった。

鍵を開けて中に入った。店の中は薄暗かった。週に三回、清掃人がやってくる。清掃の女性は店の合鍵を持っていて、朝の五時にやってくる。その日の午前中雨が降ったので、床がいつもより汚れていた。彼は薄汚れた感じが大嫌いだった。それで明かりをつけずにアトリエのドアを開け、さらにその奥の、写真を現像するための小部屋に入り、ドアを閉めて明かりをつけた。ジャケットを脱いで壁にかける。それから小さな棚の上のラジオをつけた。常にクラシック音楽の局に合わせてある。それからコーヒーメーカーをセットして、カップを洗った。快適な気分が胸の内に広がっていく。アトリエの奥のこの小部屋は彼の聖堂《カテドラル》だった。ここは聖なる部屋だった。この部屋に入るのは彼自身と清掃人だけだ。他の誰も入れはしなかった。ここで、彼は世界の中心にいる。ここでは彼は唯我独尊。独裁者だった。

コーヒーができるまでの間、これからすることを考えた。彼はいつもあらかじめ、その日の仕事を決めておく。仕事を偶然とか、なんとなく、に委ねはしない。

その晩はスウェーデンの首相の番だった。本当のところ、いままであの人物を取り上げなかったこと自体、自分でも意外だった。だが、とにかく準備は整っていた。一週間以上もかけて、使う写真を探していくつもの新聞に目を通していた。そして夕刊のタブロイド紙にまさにこれだと思えるものをついに見つけた。その写真は彼が求めるものすべてを備えていた。彼はその新聞の写真を数日前に自分のカメラで改めて撮っていた。それがいま、鍵のかかっている机の引き出しの中にあった。コーヒーを注いで、ラジオから流れている曲を軽くハミングした。ベートーベンのピアノソナタだった。彼はベートーベンよりもバッハのほうが好きだった。何より好きなのはモーツアルトだったが、ベートーベンのピアノソナタも美しい。それを否定する気はなかった。

机に向かい、照明を正し、机の左袖の書類引き出しを開けた。すぐにこの国の首相の写真が見えた。写真はいつものように拡大してある。A四判よりも少し大きなサイズだ。それを机の上に置き、コーヒーを一口飲み、首相の顔を眺めた。どこから始めようか？　どこをどう歪《ゆが》めようか？

写真の首相の顔は左を向いて笑っている。その眼差しには多少の心配と不安が入り混じっている。写真家は目から始めることにした。少し斜視にしよう。そしてもう少し小さく。拡大機を少し斜めにすれば顔が長く伸びる。また、拡大機にかける用紙を少し丸めれば、顔の形を変形させることもできる。どんな効果が現れるか。そのあとはカットし、ペーストすれば、口をなくすことができる。もちろん、口を縫い合わせることもできる。政治家はしゃべりすぎるから。

コーヒーを飲み干した。壁の時計は八時四十五分を示していた。外から若者たちのはしゃぎ声が聞こえ、一瞬だが音楽の音が掻き消された。

コーヒーカップを片付けて、ゆっくりと顔に変化をほどこす作業を始めた。顔は少しずつ形を変え始めた。

全部で二時間以上かかった。それがこの国の首相の顔であることは、修正されているにもかかわらず一目でわかる。だが、何がどのように変わったのか？　彼は立ち上がり、その写真を壁にかけ、ランプの明かりを写真に当てた。ラジオからは別の音楽が流れ出した。ストラヴィンスキーの『春の祭典』だ。劇的な旋律は、仕上げた仕事を見るのにぴったりだ。顔はもはやすっかり変わっていた。

いまはもっとも肝心なことが残っている。この仕事でもっとも痛快な部分だ。写真を縮小するのだ。小さく、軽い、意味のない存在にしてしまうのだ。写真をガラス板の上にのせてライトを当てた。写真は見る間に小さくなっていく。細部も縮まっていく。だがぼやけはしない。シャープなままだ。顔が見分けがつかないほど小さくなる手前で、彼は縮小を止めた。

これでいい。

机の上に完成品をのせたのは、十一時半だった。首相の歪んだ顔は、いまやパスポート写真大になっていた。これでまた彼は、権力を持つ人間の一人をその人間にふさわしいサイズに縮めた。偉大な男たちを卑小なものにしたのだ。写真家にとって、自身よりも偉大な人間はいなかった。世の偉大な男たちの顔を作り直し、小さくし、滑稽《こっけい》にし、貧弱な意味のない虫けら同然のものにしてしまうのだ。

書類引き出しにしまってあるアルバムを取り出し、空いているページまでめくった。そこにいまできたばかりの写真を貼り付けた。万年筆で今日の日付を書き込む。

そして椅子に深く腰をかけ、背中を預けた。またこれでもう一枚の写真が完成し、アルバムに収められた。いい晩になった。写真の出来映えは申し分ない。邪魔は入らなかった。不安に駆られることもなかった。今晩は、すべてが安寧と平和に満ちた聖堂での一夜となった。

写真家はアルバムを机の袖の引き出しにしまい、鍵をかけた。ストラヴィンスキーの『春の祭典』がヘンデルに変わっていた。次の曲目に移るとき、必ずしも静かにすみやかに行われないことに彼はときどき腹を立てる。

立ち上がってラジオを消した。家に帰る時間だった。

その瞬間、何かがおかしいと感じた。そのまま体を動かさずに耳を澄ました。静かだった。きっと感違いだろうと思った。コーヒーメーカーをオフにし、明かりを消した。そのとき彼はまた耳をそばだてた。何かがいつもと違う。アトリエから物音が聞こえたような気がした。突然恐怖が襲ってきた。何者かが店の鍵を壊して中に忍び込んだのか？　アトリエに通じるドアに行って、耳をすます。なんの音もしない。静かだった。気のせいだ、とふたたび彼は思った。売り物のカメラさえ置いていないようなフォトスタジオに入る間抜けな泥棒がいるか？

彼はまた耳を澄ました。何も聞こえない。ジャケットをハンガーから外して着込んだ。壁の時計は十一時四十一分を示していた。すべてがいつもどおりだ。だいたいいつもこの時間に彼はこの聖なる小部屋を閉めて家に帰るのだ。

最後の明かりを消す前にもう一度小部屋の中を見渡した。それからドアを開けた。アトリエの中は薄暗かった。明かりをつけた。やっぱり思ったとおり、誰もいなかった。明かりを消して店のほうへ進んだ。

そこからはすべてがあっという間に起きた。

突然何者かが暗闇の中から現れた。アトリエで撮影するときに使う幕の後ろに隠れていたのだ。彼にはそれが誰か見えなかった。その影は外に通じる道をふさいでいたので、彼は小部屋に戻るしか逃げ道がなかった。奥の小部屋に戻って鍵をかけるのだ。小部屋には電話もある。助けを求めることができる。

彼は後ろを向いた。が、ドアまでたどり着くことはできなかった。影の動きのほうが早かった。後ろから頭を殴られた。あっという間に白い閃光が走り、次の瞬間真っ暗になった。

彼は床に倒れ落ちる前にすでに死んでいた。

時刻は夜中の十一時四十三分だった。

清掃人の名前はヒルダ・ヴァルデーンといった。早朝五時過ぎに、彼女はシーモン・ランベリのフォトスタジオにやってきた。その店から彼女の朝の仕事が始まる。自転車をスタジオのドアの前に停めて、頑丈にチェーンを巻いて鍵をかけた。小雨が降っていてかなり寒かった。ぶるぶる震えながらバッグの中からこの店の鍵を取り出した。まだまだ春にはならないわとつぶやきながら。ようやくドアを開けて中に入った。前日の悪天候のため、床が汚れていた。レジの前の小さなテーブルの上にハンドバッグを置き、そのそばにある椅子の上にコートを置いた。

アトリエの中の掃除道具用の小さなロッカーには掃除道具と一緒に掃除用の上っ張りも掛けてある。新しい掃除機を買ってもらわなければならないわとヒルダは胸の内でつぶやいた。いまのは古くなって、まったく埃を吸い込まないんだから。

アトリエに入ったとたん、床の上に倒れているランベリを見つけた。すぐに死んでいることがわかった。体の周りが血の海だった。

ヒルダは店の外に飛び出した。ちょうどそのとき、医者から毎日散歩をするように勧められている銀行の元理事が朝の散歩をしていた。悲鳴をあげて飛び出してきた女性を見て彼は驚いたが、なんとか落ち着かせることができた。

清掃人のヒルダの話を聞いた銀行の元理事はすぐに角の公衆電話に走り、警察に緊急通報した。その間、ヒルダ・ヴァルデーンはガタガタ震えていた。

時刻は朝の五時二十分。

小雨が降り、南西の強い風の吹く朝のことだった。

マーティンソンの電話でヴァランダーは叩き起こされた。六時三分過ぎだった。経験から、朝の六時に電話があったら、間違いなく緊急の用件だということはわかっていた。その時間、彼はまだ深く眠っていて、まさに叩き起こされたという感じだった。まだ寝ていたのは、前の晩、奥歯が割れて痛みだし、夜通しほとんど眠れなかったせいだった。痛み止めを飲むために何度も夜中に起き、明け方の四時ごろようやく痛みが治まり眠りについたのだった。受話器に手を伸ばしたとき、痛みがまだ引いていないことに気がついた。

「起こしてしまいましたか？」マーティンソンが訊いた。

「ああ」と答えてから、いつもと違って本当のことを話している自分に気がついて驚いた。

「じつを言うとそうだ。何か起きたのか？」

「宿直係からの電話で、今朝の五時半ごろ、サンタ・イェートルーズトリィ広場の付近で他殺死体が見つかったという通報があり、パトロール巡査が急行したそうです」

「それで？」

「残念ながら、通報は本当だったと確認されました」

ヴァランダーはベッドの上に起き上がった。通報が来てから三十分も経っていることになる。

「それで、お前も現場に行ってみたのか？」

「そんなこと、できるわけないじゃないですか。電話が鳴ったとき、自分はもう起きていましたが、着替えているところでしたよ。とにかく、ヴァランダー捜査官に知らせるのが一番だと思ったんです」

ヴァランダーはうなずいた。

「犠牲者は誰か、わかっているのか?」

「広場に店のある写真屋らしいです。ええと、名前は……」

「ランベリじゃないか?」ヴァランダーがひたいにしわを寄せて言った。

「そう、そのとおり。シーモン・ランベリ。自分の聞いたことが正しければ、死体を見つけたのは店の清掃人らしいです」

「どこで?」

「は?」

「死体は店の中にあったのか、外にあったのか?」

「中らしいです」

ヴァランダーは考え込んだ。ベッドのそばの目覚まし時計に目を走らせた。六時七分過ぎ。

「十五分後に会うか?」

「はい」とマーティンソン。「パトロール巡査によれば、ひどい現場らしいです」

「殺人現場はみんなそうだ。いままでおれはずいぶんたくさんの殺人現場を見てきたが、一つとして残酷でない現場などなかった」

と言って、ヴァランダーは受話器を置いた。

ベッドの上に起き上がったまま体が動かせなかった。マーティンソンの知らせで嫌な気分になった。もしこの知らせに間違いがなかったら、殺されたのはヴァランダーの知っている人間ということになる。シーモン・ランベリにはいままで何度も写真を撮ってもらったことがある。ランベリのフォトスタジオで写真を撮ってもらった記憶がヴァランダーの頭に浮かんでは消えた。一九七〇年の暮れにモナと結婚したときの記念写真を撮ったのはランベリだった。それはアトリエの中ではなく、サルトシューバーデンのホテルの近くの浜辺での撮影だった。そこはモナの望んだ場所だった。ヴァランダー自身はずいぶん面倒だと思ったものだ。そもそもイースタで結婚するというアイディアも、モナが昔マルメで通った教会の牧師がいまはイースタの教会にいるというだけの理由だった。ヴァランダーはマルメの市役所で結婚登録するだけでいいと思っていた。だが、それにはモナは絶対に反対だった。ヴァランダーは冷たい風の吹きつける海岸で記念写真を撮ってもらうなど、本当は嫌でたまらなかった。ヴァランダーにとってはロマンティックな写真のためにわざわざ不愉快な思いをしたという記憶しかなかった。ランベリは子ども時代のリンダの写真も何度か撮っているはずだ。

ヴァランダーは立ち上がった。今日はシャワーを浴びないですぐ服を着ることにしようと思った。浴室に行って鏡の前で口を開けた。昨夜、何度こうやって口の中を見たことか。そうするたびに割れた歯が元どおりになっているようにと祈りながら。

強く嚙んだために歯が割れてしまったのだ。それは左の下の奥歯だった。口の端を指で引っ張って開けると、奥歯の半分がなくなっているのが見える。そっと歯を磨いた。割れた歯の根元にブラシが当たると飛び上がるほど痛かった。

浴室からキッチンへ行った。流しに汚れた皿が山と積まれている。外に目をやると、風が強く雨も降っていた。街灯が風に揺れている。温度計は四度を示している。ヴァランダーは顔をしかめた。春はまだ遠い。アパートを出ようとしたとき、急に思いついて居間に戻った。本棚に結婚写真があった。

別居したときはランベリに写真を撮ってもらわなかったな、と思った。それについてはなんの証拠も残っていない。それでいいと思った。そのときのことに思いを巡らせた。数ヵ月前に、いきなりモナは別居したいと言い出した。別れて住んで、これからどうしたいか考えたいと言った。ヴァランダーは驚いて口もきけなかった。心の奥ではまったく予想もつかないことではなかったにせよ。二人は気持ちがずれてしまっていた。めったに話もしなくなっていたし、エロティックな喜びもなく、しまいには二人の間を繋ぐものは娘のリンダしかなくなってしまっていた。

ヴァランダーは反対した。懇願したり脅したりしたが、モナの決意は固かった。そしてマルメに戻っていった。リンダも一緒に行きたいと言った。大都会は魅力的なのだ。結局そういうことになった。いまでもヴァランダーはまた三人一緒に暮らす日が来ることを望んでいたが、それが実現するかどうかはまったくわからなかった。

写真を棚に戻して、首を振って思い出を振り落とし、アパートを出た。いったい何が起きたのだろう？　あのランベリという男は何者だったのか？　思い出せるだけでも四、五回写真を撮ってもらったにもかかわらず、個人的には何も知らなかった。そう考えて、ヴァランダーは驚いた。まったくなんの印象も残っておらず、顔さえもよく思い出せないことに気づいた。

サンタ・イェートルーズトリィ広場までは車でほんの数分だった。フォトスタジオの前に警察の車が二台停まっていた。数人の野次馬が、店の前に集まって中の様子をうかがっていた。店の入り口に巡査が立ち入り禁止のテープを張ろうとしていた。ヴァランダーの到着と同時にマーティンソンもやってきた。めずらしくマーティンソンは寝起き顔で髭も剃っていなかった。

二人は揃って立ち入り禁止のテープが張られた入り口に向かった。夜勤の警官が一歩前に出た。

「ひどい光景です。被害者は床にうつ伏せに倒れていて、あたり一面血の海です」

ヴァランダーはうなずいて、警官の話をさえぎった。

「殺されたのは写真家のランベリであることは間違いないんだな?」

「清掃人がそう言ってます」

「ひどいショックを受けていることだろう。車で署まで乗せていって、コーヒーを出していてくれるか。おれたちもできるだけ早く引き上げるから」

フォトスタジオのドアの前まで来た。

「ニーベリにも連絡しました」マーティンソンが言った。「鑑識課がこっちに向かってます」

二人はフォトスタジオの中に入った。静まり返っていた。ヴァランダーが先に、マーティンソンはその後に続いた。カウンターのそばを通って、アトリエに入る。確かに悲惨な光景だった。男は、床の上に広げられた紙の幕のようなものの上にうつぶせに倒れていた。それは写真用の幕として使われる白い紙だった。被害者の頭の周りに流れ出ている血の色がくっきりと浮かんで見えた。

ヴァランダーはそっと近づいた。靴を脱ぎ、ソックスの状態で死者のそばにひざまずいた。清掃人の言うとおりだった。確かにそれはシーモン・ランベリに間違いなかった。ヴァランダーは一目見てすぐにわかった。顔がねじれていて、片方の頬が上向きになっていた。両眼とも開いたままだった。

ヴァランダーは表情を読み取ろうとした。苦痛と驚き以外のものが表れているか？　確かなことは何もわからなかった。

「直接の死因は疑いがないな」と言って、指差した。

後頭部が大きく凹《くぼ》んでいた。マーティンソンがそばに座り込んだ。

「後頭部全体が打ち砕かれている」と不快そうに顔を歪めた。

ヴァランダーはマーティンソンに目を移した。いままで数回、マーティンソンが殺人現場で気分が悪くなったことがあった。だが、今回は大丈夫そうだ。

二人は同時に立ち上がった。ヴァランダーは部屋の中を見回した。荒らされた形跡はない。凶行の前にもみあったようには見えなかった。凶器も見当たらない。被害者のそばを通って、奥の部屋のドアを開けた。明かりをつける。その小部屋はランベリの事務室として使われていたようだ。またここで写真の現像もされていたらしかった。小部屋はきちんとしていて、荒らされた様子はない。机の天板の下の引き出しは閉まっていて、袖引き出しも壊されていない。

「強盗じゃないようですね」マーティンソンが言った。

「それはまだわからない」ヴァランダーが言った。「ランベリは結婚していたか？」

「清掃人はそう言ってます。住所はラヴェンデルヴェーゲンだそうです」

ヴァランダーはその通りを知っていた。

「奥さんにはもう知らせたか？」

「いや、まだでしょう」

「それじゃ、そこから始めよう。スヴェードベリに任せることにする」

マーティンソンが驚いて顔を上げた。

「ご自分で知らせるんじゃないんですか？」

「スヴェードベリにだってできるだろう。電話をかけてくれ。牧師と一緒に行くのを忘れるなとだけ言ってくれ」

六時四十五分になっていた。マーティンソンは店のカウンターの上の電話を使ってスヴェードベリに電話をかけた。ヴァランダーはアトリエに残ってあたりにゆっくり目を移していった。ここで何が起きたのか、想像してみた。時間的なことがまったくわからない中で想像するのはむずかしかった。何よりもまずやらなければならないのは、清掃人と話すことだった。死体の発見者だ。その前にいろいろと想像しても意味がなかった。

マーティンソンが戻ってきた。

「スヴェードベリは署のほうに向かっています」

「我々もそうしよう。まず清掃人と話をしたい。もう落ち着いていることだろうから」

マーティンソンの後ろからニーベリの顔が見えたので、ヴァランダーはうなずいてあいさつした。ニーベリは経験豊かで非常に優秀な鑑識官だ。多分に短気なところもあるが。ヴァランダーはニーベリのおかげで数え切れないほどの複雑な事件を解決してきた。

そのニーベリがマーティンソンの後ろから死体を見て顔を歪めた。

「写真家だな」

「ああ、シーモン・ランベリだ」とヴァランダーが応えた。

「ここで二、三年前にパスポート写真を撮ってもらったことがある。まさか、この男が撲殺されるとはなあ」

「彼はここでフォトスタジオをずいぶん長いことやってきた。何代も前からここにあったわけじゃないが、けっこう長いことここで仕事をしていた」

ニーベリは上着を脱いだ。

「さて、いまわかっていることは？」

「今朝五時過ぎに清掃人が発見した。それだけだ」ヴァランダーが答えた。

「つまりまだ何もわからないということだな」

マーティンソンとヴァランダーはフォトスタジオをあとにした。ニーベリは他の鑑識官たちとともに集中して仕事にあたる。徹底的に頼むぞ、とヴァランダーは心の中でつぶやいた。

署まで車で急いだ。ヴァランダーは受付でエッバに歯医者に電話をかけて予約してほしいと頼み、歯医者の番号と名前を告げた。

「痛むんですか？」エッバが訊いた。

「ああ、痛む。これから写真家のランベリの遺体を発見した清掃人に話を聞くんだが、たぶん一時間ほどで終わるだろう。その後大急ぎで歯医者に行きたいんだ」

「ランベリ？ 写真家のランベリが死んだの？」

「そうだ。殺されているのが今朝発見された」

エッバは椅子に倒れるように座り込んだ。

「ランベリのところには何度も行ったわ。孫の写真は全部彼が撮ったのよ。どの子も、一人ずつ」

ヴァランダーはうなずいたが、何も言わなかった。

それから自分の部屋に向かって廊下を歩きだした。

ランベリに写真を撮ってもらった者は多い。この町の住人なら一度は彼のカメラの前に立ったことがあるにちがいない。だがどうだろう？ みんなおれと同じように、ランベリに関してぼんやりしたイメージしかもっていないのだろうか？

時計は七時五分を示していた。

数分後、ヒルダ・ヴァルデーンが部屋に入ってきた。驚いたことに、彼女からはほんの少ししか情報が得られなかった。ヴァランダーはそれが、彼女が驚いて取り乱しているせいばかりではないことにすぐに気づいた。十年以上もランベリのフォトスタジオで清掃をしてきたにもかかわらず、彼女はランベリをほとんど知らなかったためだ。

ハンソンに案内されて部屋に入ってきたヒルダ・ヴァルデーンをヴァランダーは優しく迎えた。手を伸ばして握手し、椅子を引いて座らせた。ヴァルデーンは六十歳前後で、顔がひどく痩せていた。きっと働き通しに働いてきたに違いないとヴァランダーは思った。ハンソンが部屋から立ち去ると、ヴァランダーは引き出しにたくさんある大判ノートの中から一冊を取り出して、机の上に置いた。まず、残念なことが起きたと悔やみを言い、そのあと、動揺していることはじゅうぶんに理解している、だが、捜査は一瞬も待つことができない、残酷な犯罪が行われたからだ、我々警察としては少しでも早く犯人を特定し、その動機を明らかにしなければならない、と言葉を続けた。

「最初から話してくれますか？　あなたはシーモン・ランベリのフォトスタジオの清掃をしてきたのですね？」

ヴァルデーンの声は小さく、ヴァランダーは机の上に身を乗り出さなければその声が聞き取れなかった。

「あそこでは十二年と七ヵ月働いてきました。一週間に三回です。月、水、金と」

「今朝、店に着いたのは何時？」

「いつもどおり、五時ちょっと過ぎに。朝、掃除する店は四軒あるんです。ランベリさんのところはたいてい一番最初に掃除してました」

「鍵を持っているんですね？」

ヴァルデーンは驚いたようにヴァランダーを見上げた。

「そうじゃなかったら、どうやって中に入れるんです？　ランベリさんの店は十時に開くんですよ」

ヴァランダーはうなずき、問いを続けた。

「道路側から店に入ったんですね？」

「裏口はないですから」

ヴァランダーはメモをとった。

「今朝、店のドアには鍵がかかっていた？」

「ええ」

「鍵が壊れたり、傷がついたりしていませんでしたか？」

「私には何も見えませんでした」

「それで？」

「中に入って、ハンドバッグを置いて、コートを脱ぎました」

「何か、おかしいところはなかったですか？」

ヒルダ・ヴァルデーンが懸命に思い出そうとしているのがわかった。

「すべていつもどおりでした。昨日の朝は雨だったんです。それで床がいつもより汚れていた。

それで雑巾とバケツを取りに行ったん……」

急に言葉が途切れた。

「そのとき、ランベリを見つけたんですね？」

ヴァルデーンは口をつぐんだままうなずいた。一瞬、ヴァランダーは彼女が気絶するのではないかと思った。だが、深く息を吸い込むと、ヴァルデーンはしっかりと座り直した。

「ランベリ氏を見つけたのは何時でしたか？」

「五時九分でした」

ヴァランダーは驚いて聞き直した。

「そんなに正確に憶えているんですか？」

「アトリエの壁に時計がかかっていていつも見るので、そのときもすぐに時計に目をやったんです。死んだ人のことを見たくなかったから。それと、私の人生で一番怖い思いをした時間をしっかり憶えていたかったからかもしれません」

ヴァランダーはうなずいた。よくわかると思った。

「それで、その後どうしました？」

「通りに飛び出しました。もしかすると悲鳴をあげてたかもしれないけど、憶えてません。そのとき男の人がやってきて、角の公衆電話から警察に通報してくれました」

ヴァランダーはペンを置いた。ヒルダ・ヴァルデーンからの証言を得て、これで時間の確認ができた。彼女の言葉がいい加減だとは思わなかった。

「そんなに朝早くなぜランベリがアトリエにいたのか、わかりますか?」

彼女はすぐに、しかも正確に答えた。前もって考えていたに違いないとヴァランダーは思った。

「ときどき、ランベリさんは夜にお店に行くことがあったんです。夜中までいたらしいです。殺されたのは今朝ではなくて夜中だったんじゃないですか?」

「彼が夜仕事場へ行ったというのを、あなたはどうして知っていたんですか? あなたの仕事時間は朝だったのに」

「何年か前に、財布をランベリさんのところの仕事着のポケットに忘れて帰ったことがあったんです。それで夜、それを取りに戻ると、ランベリさんがいました。そのとき、週に二回、夜ここに来るとランベリさんが言ってましたから」

「仕事をしに?」

「奥の小部屋で事務仕事をしてたんじゃないかと思います。ラジオをつけてました」

ヴァランダーはうなずいた。ヴァルデーンは正しいに違いない。殺されたのは今朝の早い時間ではなく、前の晩の遅い時間だろう。

ヴァランダーはまた質問を続けた。

「誰がこんなことをやったか、心当たりはありますか?」

「いいえ」

「ランベリに敵はいましたか?」

「は？　わたし、ランベリさんという人を全然知らなかったんですよ。敵がいたか、友だちがいたかなんて、知りません。わたしはただあの店のお掃除をしていただけですから」

ヴァランダーはしかし、さらに質問を重ねた。

「しかし、ヴァルデーンさん、あなたはあの店を十年以上も掃除していた。この間、ランベリさんのことを少しは知ったでしょう？　いいことも悪いことも」

答えはやはり迷いなくきた。

「いいえ、わたしはランベリさんのこと、全然知りません。すごく引っ込み思案な人だったわ」

「ランベリのことを説明してみてください」

「あんなに目立たない人、他に知りません。まるで壁の中にそのまま溶け込めそうな人でしたからね」

「確かに」とヴァランダーは相槌を打った。「そう言えるかもしれない」

大判ノートを脇に置いてから、質問を続けた。

「最近何か気づいたことはなかったですか？　ランベリさんのことで」

「わたし、あの人には一ヵ月に一度しか会わなかったんです。支払いを受けるときだけ。でも、べつに、いつもどおりでしたけど」

「最後に会ったのはいつ？」

「二週間前です」

「そのときはいつもどおりだった？」

「ええ」

「心配そうとか、落ち着かない様子はなかった？」

「ありませんでした」

「店の様子もいつもどおりだった？　何か変わったことは？」

「とくには」

この女性は理想的な証人だとヴァランダーは思った。ためらいなく答え、しっかり観察している。彼女の記憶が正しいかどうかを考慮する必要もないほど。

事情聴取はわずか二十分で終わった。ハンソンに電話をかけ、ヒルダ・ヴァルデーンを家まで送り届けるように頼んだ。

その後ヴァランダーは一人窓際に立ち、雨の景色を眺めた。いつになったら春になるのだろうとぼんやり考えた。そして、モナのいない春を自分はどう過ごすのだろうかと思った。急に歯のことを思い出した。時計を見た。まだ早すぎる。歯医者は開いていないだろう。スヴェードベリのことを急に思い出した。死の知らせを家族に告げること。これは警察官の仕事の中でもとりわけみんなが嫌がることの一つだった。突然の残酷な殺人の被害者の場合はとくに。だが、スヴェードベリなら手抜かりなくやっただろう。彼はいい警察官だから。特別優秀というわけではないが、きれいに片付いた机を見ればわかる、きちんとした仕事ぶりだった。その意味では、ヴァランダーがいままで一緒に働いた警察官の中でももっとも優秀な警察官と言える。その上、スヴェードベリはいつでもヴァランダーの意見を疑わず支持してくれる。

を外から考えた。

部屋を出て食堂へ行き、コーヒーを一杯持ってきた。自室に戻りながら、今回の事件のこと
まずシーモン・ランベリという男。写真家で、年齢は五十代後半。フォトスタジオを持っていて、堅信礼を受けた十代の若者たちや結婚式のカップル、子どもの記念写真などを撮っていた。店の清掃をしていたヒルダ・ヴァルデーンによれば、ランベリは週に二回、夜、アトリエに行っていたという。奥の小部屋で書類の整理をし、ラジオを聞いていたとか。真夜中の十二時前に家に帰ったという。

ヴァランダーは自室に戻った。コーヒーカップを持ったまま窓辺に立ち、降りしきる雨を眺めた。

ランベリはなぜアトリエに行ったのだろうか？　夜の時間にアトリエに行ったということ自体に興味が湧いた。

時計を見た。同時に電話が鳴った。エッバだった。歯医者に連絡がつき、いますぐ来るようにとのことだった。

すぐに行くことに決めた。この殺人事件の指揮をとるのなら、歯痛を抱えていてはできない。マーティンソンの部屋に行った。

「昨晩奥歯が割れてしまった。これから歯医者へ行くが、一時間ほどで戻る。そしたら会議を開こう。スヴェードベリは戻ってきたか？」

「さあ、戻ってきたとは聞いてないです」

「ニーベリにも少しの間でいいから出席してくれるよう頼んでくれ。彼が最初に受けた印象を聞きたい」

マーティンソンはあくびをして椅子の上で伸びをした。

「年老いた写真家を殴り殺して面白がっているやつがいるとはね。空き巣狙いの仕事じゃないらしい」

「年老いた？　まだ五十六だぞ。ま、それ以外は同感だがね」ヴァランダーが苛立った声を出した。

「ランベリは店の中で襲われた。犯人はどうやって店の中に入ったんですかね？」

「鍵を使ったか、ランベリ自身が中に入れたかだな」とヴァランダー。

「ランベリは後ろから殴られたんですよね」

「それに関してはきっといろいろな説明がつくんだろう。我々はまだ一つの想定もできていないが」

ヴァランダーは警察署を出て歯医者へ行った。歯科医院はストールトリエット広場のすぐ近くで、家電の店の隣にあった。子どものころは嫌々歯医者に行ったものだ。大人になってから恐怖はなくなった。いまはただこの痛みから少しでも早く解放されたいという思いだけだった。歯が割れたり砕けたりするのは老いの一つの兆候であると知っていた。自分はまだ四十歳だったが、早くも老いが現れたということか。

歯医者に着くとすぐ案内されて治療室の椅子に座らされた。歯医者は若く、治療も手早く済ませた。三十分ほどで治療は終わり、痛みは鈍いものに変わった。

「痛みはすぐになくなりますが、ヴァランダーさん、また来院してください。歯石を取らなければなりません。歯の磨き方が正しくないんですよ」

「きっとそうでしょう」とヴァランダーは言った。

二週間先の時間を予約して、警察署に戻った。十時に同僚を会議室に集めて会議を始めた。スヴェードベリもすでに戻っていた。ニーベリも来ていた。ヴァランダーはいつものように会議室の長方形のテーブルの短いほうに腰を下ろし、ぐるりと同僚の顔を見回した。いままで何度このように犯罪捜査開始の席についたことだろう。年を追うごとに捜査はむずかしく手数のかかるものになってきている。だが、どの捜査も、腹をくくって始めなければならないと彼は知っていた。残忍な殺人事件を解決しなければならないのだ。ためらっている時間はない。

「リードベリはどこにいるのかな。誰か知っているか？」

「背中が痛いらしいです」マーティンソンが答えた。

「残念だな」とヴァランダー。「いまリードベリが必要なのに」

それからニーベリに始めてくれと合図した。

「まだ何を言うにしても早すぎるが、これは押し込み強盗の仕業ではないだろう。ドアが壊されていない。盗まれたものはない。少なくともいまの段階では。全体がじつに奇妙な事件だ」

ヴァランダーはこの段階でニーベリが何か決定的な観察結果を言うとは思っていなかった。それでも、ニーベリの同席は必要だった。

スヴェードベリに言葉を促した。

「エリサベート・ランベリはもちろんひどいショックを受けている。夫婦の寝室は別なので、夫が夜出かけた場合、何時に帰ってきても気がつかないのだそうだ。二人は六時半ごろ夕食を食べ、八時ちょっと前にシーモン・ランベリはアトリエに出かけたそうだ。夫人は十一時過ぎに床につき、すぐに眠ったと言う。夫を殺した人間にはまったく心当たりがないそうだ。彼に敵がいたかという問いには、即座にノーと答えた」

ヴァランダーはうなずいた。

「つまり、現在我々が知っていることは、写真家が一人殺された、ということだけになるな」

これが何を意味するか、その場にいた人間は皆知っていた。これから辛抱《しんぼう》強く足を使って聞き込み捜査を始めるということだ。

それがどの方向に自分たちを導くことになるか、それは神のみぞ知る、というところか。

シーモン・ランベリ殺害事件に関する第一回の捜査会議は短いものになった。いつもながら、調べなければならないお決まりの仕事があった。またルンドの検死医の解剖結果を待たなければならなかったし、ニーベリと鑑識課の連中が殺人現場の捜査結果を出すのも待たなければならない。いま、捜査班が調べなければならないのは、シーモン・ランベリという人物と彼の人生だった。また、隣近所に聞き込みもしなければならないし、他に何か知っているかもしれない者たちの話も聞かなければならない。もちろん、初期段階で何か決定的な通報があって、事件は何日も経たないうちに解決するという希望がないわけではなかった。だが、ヴァランダーはすでにいまの段階で、この事件は面倒なものになりそうだという予感がしていた。手がかりは少ししか、いやまったくないと言ってよかった。

席に座ったまま、ヴァランダーは不安を感じていた。歯痛はすでに消えていた。が、不安のほうはむしろ強くなっていた。

ビュルク署長が部屋に入ってきて、ヴァランダーがいまの段階でわかっていることと時間的な経緯を説明するのを聴いていた。質問する者はいなかった。いまの時点での最優先事項を分けあい、散会した。ヴァランダーはその日の午後、ランベリの妻と話す予定にした。だがその前に犯行現場を自分の目で隅から隅まで見ておきたかった。ニーベリは、あと数時間でアトリエ部分と奥の小部屋の捜査が終わるからそのあとで、とヴァランダーに言った。

会議室にはヴァランダーとビュルク署長だけが残った。

「つまりあんたは、強盗に入った人間が見つけられて逆襲した結果だとは思わないってことだな?」ビュルクが言った。

「そうです。もちろん、私が間違っているかもしれない。逆上した強盗という筋書きはあり得ないとは言わない。ですが、あのフォトスタジオになにか価値のあるものがあったというんです? 強盗が盗みに入るに値するようなものが」

「カメラがあっただろう?」

「いや、ランベリは機材はまったく売っていなかった。あの店でやっていたのは撮影だけです。

せいぜい写真の額縁とアルバムぐらいなものですよ、店にあったのは。そんなものを盗るために強盗が入りますか？」

「それじゃ、他にどんな動機が考えられる？」

「わからない。スヴェードベリによれば、妻のエリサベート・ランベリは、夫には敵と言えるような人間はいなかったと言っているそうです」

「そうか。精神がおかしくなった人間の仕業でもないんだな？」

ヴァランダーは首を振った。

「なんの手がかりもないんです。だが、いまの段階で、三つの推測が可能です。まず犯人はフォトスタジオにどうやって入ったのか？　窓も入り口のドアも破られていない。ランベリは窓やドアに鍵をかけ忘れたりする人間ではなかった。清掃人のヒルダ・ヴァルデーンによれば、いつも戸締まりはしっかりしていたそうですから」

「ということは、犯人は合鍵を持っていたか、あるいはシーモン・ランベリがドアを開けて中に入れたか」

ヴァランダーはうなずいた。そのとおり。そして話を進めた。

「次に、ランベリは強烈な一打を後頭部に受けて死んでいるが、これは意図的なものであると推測できる。あるいは犯人の激しい怒りの結果かもしれない。かなりの力がかかっている。この二つ、つまり意図的あるいは激怒から、力一杯殴られたということが直接の死因です。このことから二つのことがわかる。ランベリは相手がまさかそんなことをするとは思ってもいなかったということ。もう一つは、逃げようとしたということ」

「もしランベリ自身が殺した男を店の中に入れていたとすれば、背中を見せたことも理解できる」ビュルク署長が言った。

「ええ、もう一つの推測も可能です」ヴァランダーが言った。「そもそも、相手が良い関係の人間でなかったら、ランベリは店の中に入れたか、ということです」

「他には?」

「清掃人の話では、ランベリは週に二回、夜フォトスタジオに行ったそうです。曜日は決まっていなかったらしい。だが、おそらく犯人は、夜彼がアトリエにいることがあるのを知っていた人間でしょう。我々はランベリの習慣を知っていた人間を捜し出すところから捜査を始めるつもりです」

「つまり、まったくお手上げではないということだな」

ヴァランダーは顔をしかめた。

「いや、まったくお手上げも同然ですよ。リードベリがいたら、と思います」

「リードベリの背中のことが気になる。なんだか原因は背中以外にあるような気がしてならないんだ」

「他になんだと?」

ヴァランダーは驚いて署長を見た。

「何か他の病気じゃないだろうか。背中が痛いということは、筋肉とか背骨が原因とはかぎらないからな」

ビュルクの姉の夫は医者だったとヴァランダーは思い出した。ビュルクは自分がひどい病気にかかっていると思いがちだから、それをいまリードベリにも当てはめているのではないかとヴァランダーは思った。

「リードベリは具合が悪くても、いつも一週間ほどで治ってますよ」ヴァランダーが言った。

二人は会議室を出、ヴァランダーは自室に戻った。写真家が殺されたという噂はすでに街に広まったらしく、ジャーナリストたちがいつ記者会見が開かれるのかと訊いているとエッバが知らせてきた。他の者たちに相談することもなく、ヴァランダーはその場で今日の午後三時に記者たちの質問に答えるとエッバに伝えた。

そのあと一時間ほど、いままでのところをメモに書き下ろした。ちょうどそれが終わったころ、ニーベリから電話があり、奥の小部屋は終わったからヴァランダーが入ってもいいと言ってきた。いままでのところ、とくに証拠となるようなものは見つかっていないとのことだった。検死医からもランベリの死因は後頭部の強打ということ以外報告はなかった。凶器はなにかと訊いたが、まだその問いには答えられないと断られた。ヴァランダーはそのまま机に向かって、リードベリのことを考えた。自分の教官であり指導者、いままで会ったうちでもっとも優れた警察官であるリードベリ。理論を多方面から検討し、思いがけない視点をもつことの大切さをヴァランダーは彼から学んだのだった。

いまこそリードベリの助けが必要だ、とヴァランダーは思った。今晩にも電話してみよう。

食堂へ行って、またもう一杯コーヒーを飲んだ。乾パンも一枚そっと嚙んだ。歯の痛みは再発しなかった。

昨夜はよく眠れなかったので体がだるく、サンタ・イェートルーズトリィ広場まで歩くことにした。いつになったら春が来るのだろうと思った。スウェーデン中の人が四月になるといつ春が始まるのかと気を揉む。春は決してきまったときにはやってこない。冬は必ず早くやってきて、春は必ず遅くやってくるのだ。

ランベリのフォトスタジオの外に人が集まっていた。ヴァランダーはその中の数人の顔に見覚えがあった。うなずいてあいさつしたが質問には答えなかった。立ち入り禁止のテープをくぐって店の中に入った。ニーベリが魔法瓶からコーヒーを飲みながら、鑑識課の係官を叱りつけていた。ヴァランダーが入ってきても、やめなかった。小言を最後まで言い終わってからようやくヴァランダーのほうを向いた。そしてアトリエを手で示した。遺体はすでに運び出されていた。床の上の幕に大きな血痕が残っていた。ビニール布で臨時の通路が敷かれていた。

「行ってみてくれ。かなりの数の写真がアトリエの中にある」

ヴァランダーは靴の上にビニールのカバーをつけ、ビニール手袋を一対ポケットに突っ込んで事務室兼現像室になっていた小部屋の中に入った。

ヴァランダーは十四、五歳のころ、写真家になりたかったことを急に思い出した。何か大きな事件や行事があったら、自分は最前列にいて写真を撮り、その自分の姿を他のみんなが後ろから写真に撮る夢を見たものだ。

店の奥の小部屋に入りながら、あの夢はどこへ行ってしまったのだろう、と思った。いま持っているカメラは一番簡単なインスタマティックで、それもめったに使わない。十七、八歳になると、今度はオペラ歌手になりたくなったのだがその夢もまたいつのまにか潰《つい》えてしまった。

上着を脱いで部屋の中を見渡した。アトリエから、ニーベリがまた小言を言う声が聞こえる。二つの足跡間の距離の測定がいい加減なことを怒っているらしい。ラジオをつけてみた。クラシック音楽が聞こえてきた。シーモン・ランベリはときどき夜アトリエに仕事に出かけたとヒルダ・ヴァルデーンが言っていた。仕事をし、ラジオを聴いていたと。クラシック音楽だったのか。ここまでは不審な点はない。ヴァランダーは仕事机に向かって腰を下ろした。机上のものはすべてきちんと整理して置かれていた。デスクマットのグリーンの下敷きの下にも何もない。立ち上がり、隣室にいたニーベリに鍵束はあったかと訊いた。ニーベリはうなずき、渡してくれた。ヴァランダーはビニールの手袋をはめて、机の袖の引き出しに合う鍵を一本一本試して見つけた。一番上の引き出しには税金の申告書やフォトスタジオの税務関係の書類が入っていた。ヴァランダーは注意深く書類に目を通した。とくに捜しているものがあるわけではなかったが、それだけに、一つ一つが重要であり得た。

一つの引き出しが終わると、同じように次の引き出しを調べた。不審なもの、さらに調べたいと思うようなものはなかった。シーモン・ランベリの生活はこれまでのところきちんとしていて、秘密もなく、思いがけないものもなかった。だが、それでもまだヴァランダーは表面を撫でているにすぎなかった。深くかがみこんで一番下の鍵を開け、引き出しを引っ張り出した。

中に一冊のアルバムが入っていた。表紙は高級ななめし革でできていた。ヴァランダーはそのアルバムを取り出して、机の上に置き、表紙をめくった。最初のページの真ん中に写真が一枚貼り付けてあるのを見て、眉間にしわを寄せた。それはパスポートサイズの小さな写真だった。机の引き出しのどこかに拡大鏡があったことを思い出した。それを手に取り、机の上の二つのランプを両方とも点けて写真をよく見た。

それはアメリカ合衆国の大統領ロナルド・レーガンの写真だった。だが、写真は歪められていた。顔が引き伸ばされたり縮められたりしているのだ。それでもロナルド・レーガンだということはわかった。だが、異なるものになっている。しわの多い老人の顔が気味の悪いモンスターに変わっている。写真のすぐそばに日付が記されていた。一九八四年八月十日。

ヴァランダーは眉をひそめたままページをめくった。ここでもまた同じだった。ページの中央に小さな写真が一枚だけ貼られていた。それはスウェーデンの以前の首相の顔だった。同じく歪められ、細部の寸法が変えられた写真だった。そして日付が万年筆で書き込まれていた。

一つ一つの写真を細部まで見ずに、ヴァランダーはゆっくりとページをめくっていった。どれも、ページの真ん中に一枚の写真が貼り出されていた。恐ろしく歪められた男たちの顔。そこに貼り出されているのは男だけ、それも気味の悪いモンスターと化した男の顔ばかりだった。スウェーデン人もいるし、外国人もいる。たいていは政治家だが、中には企業家もいるし作家も、また数人はヴァランダーの知らない顔もあった。

これらの写真は何を物語るのだろう? なぜシーモン・ランベリはこの異形のフォトアルバ

ムを作っていたのか？　なぜ彼は写真を歪めたのだろう？　彼が夜アトリエで過ごしたのは、このアルバムを作るためだったのか？　ヴァランダーは神経を集中させた。シーモン・ランベリの平穏な顔の裏には、何か別のものがあったのだ。少なくとも彼は有名な男たちの顔を意図的に歪め、壊していた。

次のページを開いたとき、ヴァランダーはハッと息を呑んだ。激しい不快感に襲われた。いま自分の目が見ているものが本当とは信じられなかった。

そのとき、スヴェードベリが部屋に入ってきた。

「これを見てみろ」とヴァランダーがうなるように言い、写真を指差した。スヴェードベリが彼の後ろから、写真を覗き込んだ。

「これ、あなたじゃないですか」スヴェードベリが驚いて言った。

「ああ、そうだ。おれだ。いや、たぶんそうだろう」

もう一度写真を見た。新聞に載っていた写真らしい。それは自分の顔だったが、それでいて自分ではなかった。不気味な、恐ろしい化け物のような顔になっていた。

ヴァランダーは自分がいままでこれほど激しいショックを受けたことがあっただろうかと思った。歪められた自分の顔を見て、吐きそうになった。犯人逮捕のときに、犯人から悪態をつかれたり、唾を吐きかけられたりすることはいままで何度もあった。だが、誰かがこのように憎悪にあふれた自分のイメージを何時間もかけて作り出したと考えると恐ろしくなった。スヴェードベリはそんなヴァランダーの反応に気づき、隣室からニーベリを呼んできた。三人は一緒にフォトアルバムをめくっていった。最後のページは前日に作られたものだった。スウェーデンの現首相の顔がぐしゃっと歪められていて、そのそばに万年筆で日付が書き込まれていた。

「これを作った者が誰にせよ、頭がおかしいに違いない」とニーベリが言った。

「こんな写真を作成したのが、シーモン・ランベリであることは疑いない。一人、夜遅く、じっくりと作り上げていたのだ」とヴァランダーが言った。「おれが知りたいのは、このとんでもない写真集の中になぜおれが含まれているのかだ。その上、イースタの人間はおれ一人だ。首相と大統領の間にだぞ。気分が悪いことこの上ない」

「それに、目的はなんだろう?」スヴェードベリが言った。

誰もその問いには答えられなかった。

ヴァランダーは気分が悪くなった。スヴェードベリにあとは頼むと言って、外に出た。これからジャーナリストたちを対象に会見を開かなければならない。外に出ると、吐き気は少しおさまった。テープをくぐって車へ行き、そのまままっすぐ署に車を走らせた。まだしとしと雨が降り注いでいた。吐き気はおさまっても、気分は悪いままだった。

シーモン・ランベリは夜になるとアトリエにやってきて、クラシック音楽を聴いた。そして様々な有名人、とくに政治家の顔を歪め、気持ちの悪い肖像画を作る作業に取り組んだ。その中になぜかイースタの犯罪捜査官である自分も含まれている。ヴァランダーは頭をフル回転させてその理由を考えたが、何も思いつかなかった。一人の人間が二重生活をし、狂気を隠し、そのまったく普通の生活を送ることはそれほどまれなことではない。犯罪史を紐解くと、そのようなケースはよく出てくる。だが、なぜ自分があのアルバムに含まれているのだろうか？　他の写真の男たちと自分の共通点はなんだろう？　なぜ彼らとはまったく共通点のない自分があのアルバムの中に入っているのだろう？　そのわけは？

自室にまっすぐに行ってドアを閉めた。机に向かって座り、自分が不安に駆られていることに初めて気がついた。シーモン・ランベリは死んだ。何者かが凶暴な力で彼の後頭部を叩き割った。理由は？　わからない。そして彼の机の引き出しの中には歪められた顔の男たちの写真が美しいなめし皮のアルバムに収められていた。

ドアにノックの音がして、考えが中断された。ハンソンが顔を出した。

「ランベリが死んだ」とまるで新しいニュースを知らせるような口調で言った。「おれの堅信式の記念写真を撮ったのはランベリだった。ずいぶん前のことだが」

「あんたは堅信式をあげていたのか？」ヴァランダーが驚いて言った。「神の力など信じない一人だと思っていたが」

「ああ、そのとおり、信じてないさ」とハンソンは即座に答えた。指で耳をほじくっている。「だが、記念の時計はほしかった。それと、生まれて初めてのちゃんとしたスーツもな」

そう言うとハンソンは後ろを指して言った。

「ジャーナリストたちだ。何が起きたのかを一応知っておくため、おれも記者会見に立ち会うよ」

「何が起きたかならたったいま、ここで話せる。昨夜、八時から十二時の間に、何者かがランべリの頭蓋骨を後ろから叩き割った。強盗ではないと見える。だいたいこんなところだ」

「つまり、まだ何もわかっていないんだな。スカスカだ」

「そうだ」と言って、ヴァランダーは立ち上がった。「こんなに手の内に何もないことはめったにない」

ジャーナリストたちとの会見は短いものになった。何が起きたのかを簡単に説明し、そのあと質問に答えた。全体で三十分もかからない記者会見となった。終了したのは午後の三時半。腹が減ったと思ったが、シーモン・ランベリのアルバムが頭から離れなかった。疑問が頭の中で大きく響く。なぜおれがあの中に入っていたのか？　強く歪められ、押し付けられた顔。これは頭がおかしくなった人間の仕業だからどうでもいいと言えるか？　なぜランベリはおれを選んだのか？　その理由は？　問いがぐるぐる回っていた。しかし答えは出ない。なぜおれなんだ？


三時四十五分、ヴァランダーはランベリ夫妻の家のあるラヴェンデルヴェーゲンへ行くことにした。車で署を出ると、雨は止んでいたが、風はむしろ強くなっていた。スヴェードベリと一緒に行くかと迷ったが、やめにした。エリサベート・ランベリには一人で会いたいという気持ちがあった。彼女にはたくさん訊きたいことがあったが、そのうちの一つの質問はとくに彼個人にとって重要だった。

ラヴェンデルヴェーゲンを探し当てると、車を降りた。その家は庭の奥まったところにあって、庭にはまだ花は咲いていなかったが、よく手入れされていた。ドアベルを押すとすぐにドアが開かれた。中に五十歳ほどの女性が立っていた。ヴァランダーは握手の手を伸ばして名乗り、あいさつした。女性は少し下がった。

「わたしはエリサベート・ランベリじゃありません。友人でカーリン・ファールマンといいます」と言うと、女性はヴァランダーを中に通した。

「エリサベートは休んでいます。もう一度あとで来ていただくことはできませんか？」

「残念ながら。犯人を捕まえるには一刻も早く話を聞かなければならないのです」

女性はうなずき、ヴァランダーを居間に案内して姿を消した。

ヴァランダーは部屋の中を見渡した。最初に気づいたことは、静けさだった。時計の音も道路からの車の音も聞こえない。窓から外で遊んでいる子どもたちが近くに見えるが、笑い声や呼びあっている声がまったく聞こえない。窓に近づき、その造りを見た。二重窓で、特別に音が遮断される造りになっているようだ。特別注文したものだろう。部屋の中をゆっくり見回した。控えめにしつらえてある。派手でなく、豪華でもなく。古い家具と新しいものが調和のとれた形で置かれていた。古い木版画の再販版がいくつか飾られていて、壁は一面本棚で、本がぎっしり詰まっていた。

いつのまにかエリサベート・ランベリが居間にいた。まったく気がつかないうちに、ヴァランダーの後ろに立っていた。ぎくっとして思わず彼は一歩下がった。ランベリ夫人の顔は真っ青だった。まるで白く塗っているような血の気のない顔。短くカットした黒い髪。この人は若いころはさぞ美しかったに違いないとヴァランダーは思った。

「お休みのところ邪魔をして、申し訳ない」と言って、ヴァランダーは握手の手を差し出した。

「あなたのことは知っています。あなたがどうしても待てないこともわかっています」とエリサベート・ランベリは言った。

「このたびは、残念なことで……」

「はい」

懸命に応対しようとしているのがわかった。この女性はあとどのくらい、保《も》つだろうか？すぐにも倒れてしまうかもしれない。

二人は腰を下ろした。次の間にカーリン・ファールマンと名乗った女性の姿が見えた。エリサベートの様子をうかがうためにいるのだろう。この会話をどのように始めるか、一瞬、ヴァランダーは迷った。が、そのとき思いがけずエリサベート・ランベリのほうが最初の質問をした。

「犯人の見当はついているのですか？」

「いいえ、残念ながら、手がかりがないのです。ただ、おそらく押し込み強盗ではないでしょう。ということは、ご主人がドアを開けてその人物を中に入れたか、その人物が合鍵を持っていたかということになります」

彼女は激しく首を振った。ヴァランダーの話に異論を唱えるように。

「シーモンはいつもとても注意深い人でした。絶対に知らない人を中に入れたりしません。夜遅くならなおさらのこと」

「もしかして、知っている人だったのでは？」

「誰？　誰だというんです？」

「わかりません。友だちなら。誰にでも友だちはいますからね」

「シーモンは月に一度、ルンドへ行きました。天文学愛好者の集まりで。彼はそこの委員をしていたんです。わたしの知るかぎり、あの人が付き合っていたのは、そこの人たちだけです」

そのとき、ヴァランダーは、重要なことを忘れていたことに気づいた。

「お子さんは？」

「一人。マチルダがいます」

その答え方にヴァランダーは違和感を覚えた。声の調子がわずかに変わった。まるでこの質問が心配を呼び起こしたかのように。ヴァランダーは慎重に問いを進めた。

「娘さんは何歳ですか？」

「二十四です」

「もう一緒に住んではいないのですね？」

エリサベート・ランベリはヴァランダーの目をしっかりと見据えて答えた。

「マチルダには生まれつき重度の障害があるのです。四歳までここに一緒に住んでいましたが、そのあとは家で育てることができませんでした。いまは施設で暮らしています。すべてのことに助けが必要なので」

ヴァランダーは驚いた。何か特別な回答を予測していたわけではなかったが、こういう答えが返ってくるとは思わなかった。

「それは……むずかしい決断だったでしょうね」と相槌を打った。「不可能な決断でしょう。施設に送るというのは」

エリサベート・ランベリはヴァランダーから目を離さなかった。

「わたしの決断ではないのです。シーモンがそれを望んだのです、わたしではなく。このようになったのは彼が決めたこと」

一瞬、ヴァランダーは彼女の心の底まで見えたような気がした。このことを話すのはいまでも痛みが伴うことなのだとわかった。

ヴァランダーはしばらく何も言わずに座っていた。

「ご主人を殺したいと思っていた人間に心当たりがありますか？」

次の答えもまた彼を驚かした。

「あのとき以来、彼はもうわたしの知らない人です」

「二十年経っても？」

「決して忘れられないことってあるものです」

「しかし、お二人はまだ結婚していますよね？」

「同じ屋根の下に住んでいます。それだけ」

ヴァランダーはしばらく考えてから、こう言った。

「つまり、犯人にはまったく心当たりがないということですか?」

「ええ」

「動機も考えられませんか?」

「はい」

ヴァランダーはここで一番重要な質問を発した。

「あなたに会ったとき、最初にあなたは私を知っていると言いましたね? ご主人が私について何か言っていたのですか?」

エリサベート・ランベリは驚いたように目を上げた。

「なぜそんなことを訊くのですか?」

「それは言えません。ただ、重要な問いです」

「わたしたち、あまり話をしませんでした。あなたの話をしたという記憶はありませんね」

ヴァランダーは質問を続けた。

「アトリエで、アルバムが見つかったのです。各国首相の顔や有名な人物の写真でした。何かの理由で、私の顔もその中にあったのです。そのアルバムのこと、知っていましたか?」

「いいえ」

「確かですか?」

「はい」

「写真は変形されていました。私を含めてどの顔も歪められモンスターのように形成されていたのです。ご主人は人の顔を変形させ壊すことに何時間もかけていたのです。それも知らないということになりますね?」

「ええ。おかしな話ですね。理解できないわ」

彼女は本当のことを言っているとヴァランダーは感じた。本当に自分の夫のことを知らないのだ。二十年もの間、知らない人として夫に接してきたのだ。

ヴァランダーは立ち上がった。これから多くの疑問点を質さなければならなくなることはわかっていたが、いまはこれでいい。

エリサベート・ランベリは玄関まで見送りに出た。

「夫は秘密の多い人でした」と突然彼女は言った。「でも、わたしは何も知りません」

「あなたがご存じないのなら、誰に訊けばいいのでしょうかね?」

「そんなこと、わかりません」と彼女はほとんど懇願するような口調で言った。「でも、誰か知っている人がいるんじゃありませんか?」

「秘密とは、なんですか?」

「わたしは何も知らないと言いました。でも、シーモンは秘密の多い人でした。わたしは何も知らないし、知りたくもないのです」

ヴァランダーはうなずいた。

車に戻り、しばらくそのまま考えた。外はまた雨が降りだした。

彼女は何を言いたかったのだろう? シーモンは〝秘密の多い人でした〟? まるでアトリ

エの奥の部屋はその一つにすぎない、他にもまだある、と言いたいようだ。

ゆっくりと車を出し、署に向かった。前から感じていた不安感はさらに強くなっていた。

その電話は真夜中の十二時四分前にきた。ヴァランダーは寝ぼけまなこで受話器を取った。男の声で、自分はいま散歩をしているのだが、とまず言い、その日の朝清掃人のヒルダ・ヴァルデーンを介抱した者だと自己紹介した。

「たったいま、男が一人、ランベリのフォトスタジオに忍び入ったのを見た」と男は低い声で言った。

ヴァランダーはガバッと起き上がった。

「確かですか？　警察官ではなかった？」

「影がするりとドアの中に入っていった。私は心臓は悪いが、目は確かでね」

電話がそこで切れた。故障だろうか。ヴァランダーはベッドの上に起き上がり、受話器を持ったままの状態で呆然とした。自宅に、警察以外の人間から電話を受けることはめったになかった。とくに真夜中に。もちろん電話帳に番号登録はしていない。きっと今朝の混乱の中で、警察の者が電話番号を教えてしまったのだろう。

それからベッドを出て、急いで着替えた。

時刻はちょうど十二時を過ぎたところだった。

ヴァランダーはフォトスタジオのすぐそばの広場に着いた。すぐ近くなので、急ぎ足で、いや、自宅のあるマリアガータンから走ってきた。ほんの少しの距離なのに、息切れしていた。広場に着くと男が一人少し離れたところに立っているのが見えた。急いで近づき、取り急ぎあいさつし、フォトスタジオの店のほうからは見えないけれども、こっちからは店がよく見える近くの物陰に移動した。電話してきた男は七十歳前後で、ラーシュ・バックマンと名乗った。ハンデルスバンケン銀行の元理事と自己紹介した。古い銀行名のスヴェンスカ・ハンデルスバンケンとバックマンは言った。

「私はオーガータンに住んでいる。朝早くと夜遅くに散歩をする。医者の勧めでね」

「何を見たのか、説明してください」

「フォトスタジオのドアから中に入り込む男を見たのだよ」

「男？　電話では〝影〟と言いましたね？」

「いや、無意識に男と言ったまでだ。もちろん、女かもしれない」

「それで、誰もまだ中から出てきていないんですね？」

「ずっと見張っていたから、大丈夫。誰も出てきていない」

ヴァランダーは公衆電話まで走り、ニーベリへ電話をかけた。三度目の呼び出し音でニーベリが電話に出た。眠っていたのかもしれない、とヴァランダーは思ったが、それは訊かず、ただ簡単に状況を説明した。ニーベリはヴァランダーが一番知りたいことにすぐに答えた。フォトスタジオの鍵束はどこにあるのか。ニーベリが持っていた。それを署に返さずに彼は自宅に持って帰っていた。朝早く現場に戻って作業を続けるつもりだったからだ。できるだけ早く来てくれと言ってヴァランダーは電話を切った。この段階でハンソンたちに電話するかどうか迷った。ヴァランダーは一人で現場に向かわないという原則を頻繁に破る。今回もまた、電話して他の者を呼ぶのはやめにした。ニーベリも警察官だ。彼が来たときにこれからどうするかを決めればいい。ラーシュ・バックマンはまだフォトスタジオのすぐそばにいた。ヴァランダーは丁重にここから先は自分たちの仕事だと言って、帰宅を促した。追い払われたと憤慨することもなく、ラーシュ・バックマンはうなずいて引き上げていった。

寒かった。ジャケットの下にはワイシャツしか着ていなかった。風が強まった。空の雲が割れて散り散りになっている。きっといまの気温は二、三度しかないだろう。フォトスタジオの入り口を見た。バックマンが見間違ったということはあるだろうか？　いや、それはきっとないだろう。店の中に明かりがついているかどうか目を凝らして見たが見えなかった。車が一台通り過ぎ、その後また一台通り過ぎた。そのあと、広場の反対側にニーベリの姿が見え、ヴァランダーは途中まで迎えに出た。二人は風を避けて建物の壁の陰に立った。ヴァランダーはこの間ずっとフォトスタジオの入り口から目を離さなかった。そうしながらも、ニーベリに経緯を説明した。ニーベリは顔をしかめた。

「何かあったら、おれたち二人で踏み込むつもりなのか？」

「あんたに電話したのは、鍵のことを訊くためだ。裏口はないんだな？」

「ない」

「つまりあのスタジオには、表のあのドアからしか入れないということだな?」

「そのとおり」

「それじゃ夜のパトロール班を呼ぼう。そして表のドアを開けて、中にいる者に外に出ろと言うんだ」

フォトスタジオの店のドアから目を離さずにヴァランダーは公衆電話に行き、署に電話をかけた。夜のパトロール班の一人がすぐに現場に来ることになった。ニーベリとヴァランダーはフォトスタジオのドアに向かって歩きだした。時刻は十二時三十五分になっていた。あたりには人っ子一人いない。

そのときフォトスタジオのドアが開いて、男が一人出てきた。顔が陰になっていて見えない。男もこっちの二人も同時に互いの姿に気づき立ち止まった。動くな、とヴァランダーが叫ぼうとしたその瞬間に、男はノラ・エングガータンを猛烈な勢いで走りだした。ヴァランダーはニーベリにパトロール警官を待てと言って、走りだした。男の足は速かった。ヴァランダーは全力で走ったが、とても敵わなかった。ヴァスガータンで男は右に曲がり、フォルクパルケン公園に向かった。走りながらパトロール警官はどこにいるのかとヴァランダーは思った。相手が逃げおおせる可能性はすでに大きかった。男はまた右に曲がり、アウリンガータンに入った。ヴァランダーは歩道の小石につまずいて転んでしまった。膝を強く打ち、ズボンが切れた。立ち上がり走り出したが足の痛みのために、男との距離はますます広がってしまった。ニーベリとパトロール警官はどこにいるんだ? ヴァランダーはうなった。心臓が早鐘のように鳴っている。男はギウデスグレンドの通りに姿を消した。ヴァランダーからはもはやその姿は見えなかった。通りに着いたとき、ここで止まってニーベリたちを待とうと思った。が、止まらず、そのまま走り続けた。

男は角で待ち伏せていた。ヴァランダーは顔に強い一撃を食らい、次の瞬間、真っ暗になった。

目を覚ましたとき、ヴァランダーはどこにいるかまったくわからなかった。星の輝く夜空が頭上にあった。背中が冷たかった。手で体の下に触れてみた。冷たいアスファルトだった。そのとたん、何があったか記憶が戻った。起き上がった。左の頬が痛む。殴られたところだ。今日、手当てをしてもらったばかりの歯が痛い。彼はゆっくりと立ち上がった。膝が痛む。頭が割れるように痛い。あたりを見回した。男の姿はもちろん見えなかった。片足を引きずりながらアウリンガータンをスールブルンスヴェーゲンまで戻った。一瞬のことだったので、男の顔は見えなかった。通りの角を曲がったときに一発大きく殴られたのだ。

警察の車がオーガータンからやってきた。すぐに見つけられるように、ヴァランダーは道の真ん中を歩いていた。車を運転している警官は顔なじみだった。ペータースといい、ヴァランダー自身と同じ時期にイースタに配属された男だ。ニーベリが車から飛び出してきた。

「いったいどうしたんだ?」

「やつはギウデスグレンドの角を曲がった。あとを追って曲がったところで一発ガーンと殴られた。やつはもうこの辺にはいないだろうが、一応捜してみよう」

「病院に行くほうが先だ」とニーベリが言った。

ヴァランダーは頰に触ってみた。手のひらに血がべったりとついた。そのとたんめまいがして体がぐらついた。ニーベリが肩を貸して、ヴァランダーを車に乗せた。


朝の四時、ヴァランダーはようやく病院を出ることができた。すでにスヴェードベリもハンソンも来ていた。パトロールカーが何台も出て、ヴァランダーを殴った男を捜し回っていた。だが、逃げた男の特徴が漠然としていて、黒か紺のハーフコートを着ていたというだけでは、もちろん捕まえることはできなかった。ヴァランダーは傷の手当てを受けた。頰を殴られて完全に抜けてしまった奥歯の手当ては午後改めてすることになった。頰は腫れ上がり、口から髪の毛の生え際までまだ血で濡れていた。

病院を出たヴァランダーは、すぐにフォトスタジオに行かなければならない、後回しにはできないと言い張った。ハンソンもスヴェードベリも反対し、まず家に帰って休むべきだととりなした。だが、ヴァランダーは一歩も引かなかった。スタジオにやってくると、すでにニーベリが仕事を始めていた。店中の電気をつけ、全員がアトリエに集まった。

「なくなったもの、位置が変わったものは一つもない」ニーベリが言った。

ヴァランダーはニーベリが細かいところまで見逃さない優秀な鑑識官であることは、じゅうぶんに知っていた。だが、男はもしかすると、普通人が気がつかないようなものを探していたのではないかという気がしてならなかった。そもそも男がなぜ夜中にアトリエに来たのか、どうしてもわからなかった。

「指紋はどうだ?」ヴァランダーが訊いた。

ニーベリはまず床を指差した。踏んではならないところが丸で囲まれている。それから指紋の説明をした。

「ドアの取っ手をチェックしたが指紋はない。男は手袋をはめていたと思われる」

「入り口ドアは?」

「壊されていない。男が合鍵を持っていたことは間違いないだろう。おれは昨晩引き上げるときに確かに鍵を閉めたからな」

ヴァランダーは同僚たちに目を移した。

「ここは見張りをつけておくべきではなかったか?」

「見張りをつけないと決めたのは自分だ」ハンソンが言った。「そんなことをする理由がないと思ったのだ。人員不足のイースタ署ではとくに」

ハンソンの言い分はもっともだとヴァランダーは思った。自分もそれを決定する立場にいたら、きっと同じ決断をしたに違いないと思った。

「我々にできること、それは侵入者の正体を暴くことだ。そしてなぜこの店にやってきたのかを探り出すこと。ここは、一見警察が監視しているようには見えなくても、いつ我々が戻ってくるかわからない犯罪現場だ。それなのに敢えて、ふたたび忍び込んだ理由は何か。それともう一つ、誰かラーシュ・バックマンという元銀行理事の男と話をしてほしい。彼は夜中におれの自宅に電話をかけてきただけでなく、昨日の朝、清掃人のヒルダ・ヴァルデーンがアトリエから飛び出してきたときに手を貸してくれた男だ。判断力のある人物のように見える。もしかすると彼は無意識のうちに何か見ているかもしれない」

「朝の四時に?」スヴェードベリが目を見張って言った。「いま、電話していいんですか?」

「ああ、きっともう起きているだろう。昨日の朝は、五時に散歩していたんだからな。早起きで、しかも宵っ張りというわけだ」

スヴェードベリはうなずいて出て行った。

「朝になったら、この件は徹底的に検証しよう」ヴァランダーが言った。「みんな、いまのうちに眠ることだ。おれは少し残るが」

「無理するなよ。さっきのことをもう忘れたのか?」ハンソンが顔をしかめて言った。

「無理かどうかわからないが、そうせずにはいられないんだ」

ニーベリがヴァランダーに鍵束を渡した。ハンソンとニーベリが出て行ったあと、ヴァランダーは表のドアにしっかり鍵をかけた。疲れていたし、傷はまだ痛んだが、頭が冴えていた。静寂に耳を澄ました。何も変わっていないように見える。奥の小部屋に行って、同じように見渡し耳を澄ました。目を引くものは何もない。だが男は理由があってここに忍び込んだのだ。急いでいたに違いない。待てなかったのだから。どうしてもここから持ち出さなければならないもの、しなければならないことがあったに違いない。ヴァランダーは机に向かって座った。

引き出しの鍵穴はこじ開けられていない。引き出しの鍵を開け、一つ一つ引っ張り出して中を点検した。例のアルバムは元の場所にあった。なくなっているものは何もないようだ。男はどのくらいの時間ここにいたのだろう。数えてみた。バックマンから電話があったのは十二時四分前だった。十二時十分に自分はここのフォトスタジオの前に来た。バックマンとニーベリと話した時間を合わせても数分だ。それで時間は約十二時十五分過ぎだ。ニーベリは十二時半に来た。男はフォトスタジオの中に四十分いたことになる。男はフォトスタジオを出たとき、おれがいたので驚いた。それは、彼が店を出てきたのは逃げ出すためではなく、用事が済んだから、ということを意味する。

用事が済んだ、とはどういうことか？

ヴァランダーはふたたび小部屋の中を見回した。今回はさっきより丁寧に一つひとつしっかりと見た。この部屋のどこかに変化があるに違いないのだ。それが見つけられない。何かを持ち出したのだろうか？　あるいは持ってきて、ここに置いていったのだろうか？　隣室のアトリエにも行って、同じように一つひとつチェックした。最後に　レジのある店の部分も、しっかりと見た。

何もない。また奥の小部屋に行った。この部屋に違いないと本能的に思った。ここここそがシーモン・ランベリの秘密基地なのだ。ヴァランダーは椅子に座り、壁、机、そして本棚をしっかり観察した。立ち上がって、小さな現像室に入った。赤いランプをつけた。すべて前に記憶したとおりだった。化学薬品のかすかな匂い。空《から》っぽの大きなプラスティック製の洗浄容器。

拡大機。

ふたたび机に戻った。が、今度は座らなかった。自分でもその衝動がどこからきたのか、わからなかったが、ヴァランダーは壁の棚のほうに行って、そこにあったラジオを点けた。耳をつんざくような爆音が聞こえた。

クラシック音楽ではない。暴力的なほどに大きな音のロックだった。

ニーベリがこんなことをするはずがない。鑑識課の他の連中も局を替えるはずがない。仕事上、どうしてもそうしなければならない場合以外、彼らは絶対にそこにあるものを変えたりはしない。

ヴァランダーはハンカチを取り出して、ラジオを消した。一つしか答えはない。

ラジオの局を替えたのは、あの男だ。

クラシック音楽を流す局から、ロック専門の局に替えたのだ。

なぜだろう?

午前十時、ようやく捜査会議が始まった。遅れた理由はヴァランダーが歯医者からなかなか戻らなかったためだ。いま彼は走って戻ってきた。応急手当てをしてもらったのだが、頰は腫れ上がり、頰から髪の付け根にかけて大きな絆創膏《ばんそうこう》が貼られていた。睡眠不足のため極端に疲れていたが、それよりヴァランダーを煩わせているのは胸にわだかまる不安感だった。

清掃人のヒルダ・ヴァルデーンがシーモン・ランベリの遺体を発見してから一日と数時間が

過ぎていた。ヴァランダーは捜査の現状を話すところから説明を始めた。そのあと、夜中の経験を詳しく話した。

「この男が誰なのか、そしてフォトスタジオの中で何をしていたかを探り出さなければならない。これは非常に重要なことだ。だがおれの意見を言わせてもらえば、単なる空き巣の仕業ではないことは百パーセント確かだと思う」

「ラジオの局が替えられていたのは奇妙ですね」スヴェードベリが言った。「もしかして、ラジオそのものに何か細工があったんですかね」

「それはすでに調べた」ニーベリが言った。「ラジオの本体を開けるには八つのネジをドライバーで外さなければならない。が、ネジは触られていない。あのラジオは工場で組み立てられたときのままだった。ネジの頭は出荷されたときのペンキで塗られたままで、一つとしてドライバーが当てられた跡はなかった」

「奇妙なことが他にもある」ヴァランダーが言った。「あの気味の悪い写真集も忘れてはならない。奥さんの話ではシーモン・ランベリは秘密の多い男だったらしい。おれたちがこれからやるべきことは、いったいランベリはどういう人物だったのかを徹底的に調べ上げることだ。人の目に映る姿と中身は違っていたのかもしれない。礼儀正しい、物静かな、善良な市民である写真家はじつはまったく別の人格の人物だったのか？」

「問題は、彼について知っている人間がどこにいるかということですよ」マーティンソンが言った。「友だちもいない。彼を知っている人物はいないんでしょう？」

「天文学愛好者たちがいるそうだ。ルンドに」ヴァランダーが言った。「まず彼らに接触してみよう。それと以前店で働いていた者たちを捜し出すんだ。イースタのような小さな町で、生涯誰にも知られずに、誰とも付き合わずに暮らせるはずがない。それにまだ妻のエリサベート・ランベリを正式に事情聴取していない。まだ調べられることがたくさんある。すべて同時進行でやろう」

「元銀行理事のバックマンと話しました」スヴェードベリが入ってきて言った。「やはり起きてました。アパートに行ってみると、奥さんまでもうすっかり服を着てましたよ。まだ朝の四時を過ぎたばかりだというのに、まるで昼間のような感じでした。残念ながら、バックマンは夜中の男のことはほとんど見ていなかったようです。紺色のハーフコートを着ていたようだということだけですね、彼が憶えていたのは」

「体つきは？　背格好は？　髪の毛の色は？」

「いや、あっという間のことだったので、見えなかったらしい。バックマンは確かなことしか言いたくないと言ってました」

「一つだけわかっていることがある」ヴァランダーが言った。「やつはおれよりも足が速かった。おれの感じでは、平均的な背丈でかなり体格がいい。さらに、おれよりはるかにコンディションがいい。漠然とした感じではあるが、おれと同じくらいの年齢だと思う。もちろんこれはそんな気がするというだけで確かなものではないから、単に参考までにだが」

まだルンドの検死医から解剖の初期報告を受けていなかった。ニーベリとリンシュッピングにある犯罪技術研究所（ＫＴＬ）が連絡を取り合うことになっている。犯罪者記録に登録されている指紋とも照合しなければならない。

やらなければならないことが山ほどあった。ヴァランダーは会議を短く切り上げたかった。十一時、全員が引き上げた。ヴァランダーが部屋に入るやいなや、机上の電話が鳴った。受付のエッバだった。

「面会者が来ています。グンナール・ラーソンという男性で、シーモン・ランベリについて話したいことがあるそうです」

ヴァランダーはランベリの妻のエリサベートに会うためにまさにこれから出かけるところだった。

「誰か他の者に回してくれないか？」

「でも、あなたと会いたいそうですよ」

「誰なんだ、その男？」

「ランベリのところで以前働いていたそうです」

ヴァランダーはすぐに会うことにした。エリサベート・ランベリに会うのはあとでいい。

「よし、いまそっちに行く」と言って、立ち上がった。

グンナール・ラーソンは三十歳ほどの男だった。ヴァランダーは自分の部屋に男を迎え入れて、コーヒーはどうかと訊いたが、ラーソンは断った。

「わざわざ来てくれてありがたい」とヴァランダーは礼を言った。「いずれ、あなたの名前は事情聴取の対象者として浮かび上がったに違いないが、来てもらえれば、時間が省けるから」
ヴァランダーは大判ノートを手元に用意した。

「ぼくはランベリのところで六年間働きました」グンナール・ラーソンが話し始めた。「四年ほど前に解雇されたんです。たぶんぼくのあとは誰も雇わなかったんじゃないかな」

「解雇の理由は？」

「人を雇う余裕がなくなったと言われたんです。それは本当だと思う。じつはいつかそう言われるだろうと思っていたんですよ。ランベリのところの仕事は、彼一人でじゅうぶんでしたから。カメラなどの売り物はなかったし、売り上げははっきり言って少なかった。不況時には、人は写真など撮ってもらいに行きませんからね」

「だがきみはあそこで六年間働いたんだね？　ランベリをよく知るだけの時間がじゅうぶんにあったわけだ」

「イエスとも言えるし、ノーとも言える」

「それじゃ、イエスのほうから聞こうか」

「彼はいつも礼儀正しく、丁寧でした。誰に対しても。ぼくだけでなく、客に対しても。例えば、子どもには、本当に親切だった。それとなんでも几帳面にきちんとする人だった」
急にある問いが浮かんだ。

「シーモン・ランベリは腕のいい写真家だったと思う？」

「独創性というものはなかったですね。彼の写真は昔風でした。お客さんが、なんというかなあ、決まり切った写真を求めるからかもしれないけど。どの写真も型どおりの、似通ったものになっていました。そういう写真を撮るのは上手だった。手抜きはしなかった。でも、オリジナリティはなかった。客からそういうものは求められなかったんだと思う。それに彼には芸術的野心というものがなかったんじゃないかな。少なくともぼくには感じられなかったです」

ヴァランダーはうなずいた。

「つまり、親切だがあまり個性のない人間ということになる？」

「ええ」

「それじゃ、ノーと言った理由は？」

「あんなに自分を出さない人にぼくは会ったことがない」

「自分を出さないとは？」

「まず、自分のことをまったく話さないんです。自分の気持ちを話すということがなかった。意見を言うのを聞いたことがなかった。でも、勤めて最初のころは、そんなことはわからなかったから、ぼくは普通の会話をしようと思って話しかけてましたけど」

「例えば？」

「天気のこととか季節のこととか。でも、そのうち、やめてしまいました」

「社会で起きることに関して、何かコメントしたりすることはなかったのか？」

「あの人は保守的だったと思いますよ。それもかなり」

「なぜそう思う？」

グンナール・ラーソンは首をすくめた。

「ただそう感じたんです。でも、どうだろう、彼は新聞など読まなかったんじゃないかな?」

それはあんたの間違いだ、とヴァランダーは腹の中でつぶやいた。シーモン・ランベリはおそらく世界中の政治家についてつぶさに読んでいたに違いない。そして自分の意見を世の中があっと驚くような形でアルバムに収めていた。

「もう一つ、おかしなことがあった」とグンナール・ラーソンは続けた。「あの店で働いた六年間、ぼくは一度もシーモン・ランベリの奥さんに会わなかった。家に招ばれたこともなかったし。どこに住んでいるのかと思って、ある日曜日に家の近くまで行ったことがあるけど」

「それじゃきみはランベリの娘さんにも会ったことがないんだね?」

グンナール・ラーソンは訝しげにヴァランダーを見返した。

「え、あの二人に子どもがいるんですか?」

「知らなかった?」

「ええ」

「彼らにはマチルダという娘がいる」

重度の障害をもつ子だとは言わないことにした。だがグンナール・ラーソンがその子の存在をまったく知らないのは明らかだった。

ヴァランダーはペンを持つ手を止めた。

「彼が殺されたと聞いたとき、きみはどう思った?」

「どういうことなのか、わからなかった。まったく、どういうことなのか」

「彼の身に何かが起きると想像することができた？」

「いや、全然。いまでもそんなことは考えられない。彼を殺すなんて、なんのために？」

「それこそ、我々がいま調べているところだ」

そのとき、ヴァランダーはグンナール・ラーソンが何か言いたそうにしていることに気づいた。言いたいことがあるのだが、言っていいものかどうか迷っているように見えた。

「何か、言いたいことがあるんだね？」とヴァランダーは静かに訊いた。

「噂を聞いたことがあるんです」とラーソンは迷いながら言った。「シーモン・ランベリは賭けると」

「何を？　賭けるとは、何に？」

「賭博ですよ。大金を獲得する賭け事ですよ。イェーゲルスローの競馬場で姿を見たという話を聞いたんです」

「イェーゲルスローに行くことがなぜ噂になるのかね？　競馬はそんなに特別のことだとは思えないが」

「闇のカジノクラブによく出入りするとも聞いたことがある。マルメだけでなくコペンハーゲンでも」

ヴァランダーはひたいにしわを寄せた。

「きみはどうしてそんなことを知っているのかね？」

「イースタのような小さな町に住んでいると、噂はすぐに伝わってくるんです」

ヴァランダーは経験からそれは本当だと知っていた。

「彼は大きな負債を抱えているという噂もあるし」

「本当か？」

「ぼくがあの店で働いていたころは、そんなことはなかったです。帳簿を見ればわかりますからね」

「個人的に莫大なローンを抱えていたことはあり得る。高利貸しから借りて借金が膨れ上がったりすることはあるからね」

「それについては、ぼくは何も知らないけど」

ヴァランダーは考えた。

「噂はどこから来たのかな？」

「ずいぶん前のことだから」ラーソンが言った。「どこで、いつ聞いたのかは思い出せないけど」

「きみはランベリが机の引き出しに鍵をかけてしまいこんでいるアルバムのこと、知っているの？」

「引き出しに何をしまっているかなんて、見たことなかったなあ」

この若者は嘘を言っていないとヴァランダーは感じた。

「ランベリのフォトスタジオで働いていたとき、きみは合鍵を持っていたのかね？」

「ええ、もちろん」

「店を辞めたとき、その鍵はどうした?」

「もちろん、返しましたよ」

ヴァランダーはうなずいた。他にはもう訊くことはなかった。シーモン・ランベリという男は、無個性と言っていいような人物に思えたが、ランベリの妻とこのグンナール・ラーソンの話を聞くと不気味に謎に包まれた人間のように思えてきた。電話番号と住所を控えて面会を終え、ラーソンを玄関まで送り出すと、ヴァランダーはコーヒーを食堂から持ってきて、ふたたび自室の机に向かった。電話の線を抜いて集中して考えた。解決するためにはどの方向へ進んだらいいのだろう? どの方向も行き止まりのように見える。何度振り払っても、あのアルバムにあった歪められた自分の顔が脳裏に浮かんでくるのを止めることができなかった。いくつか見つけた手がかりもバラバラで、組み合わせることができない。

時計を見た。まもなく正午。空腹に気がついた。外を見ると、風はさらに強まっているようだ。出かける前に電話を元に戻した。すぐに電話が鳴り、新しい発見はなかったがニーベリたち鑑識の調べは終わったと教えてくれた。これでヴァランダーたち捜査官は他の部屋も含めて調べることができる。

出かけるのをやめてふたたび机に向かった。ニーベリの報告を受けてもう一度初めから順を追って考えてみた。頭の中でリードベリと対話を続けた。彼がここにいないことが悔やまれた。いま、どんな行動をとるか? これからどの方向へ進むか? まるでハンドルが浮いている自転車に乗ってその場でグルグル回っているような気分だった。

書いた記録を読み返して見た。何か手がかりがあるのではないかと注意して読んだが何もなかった。苛立ってノートを閉じた。

すでに一時十五分になっていた。いまできるのは食事に出かけることぐらいだ。そのあと、エリサベート・ランベリにもう一度会いに行こう。

自分でも忍耐力がないと思った。必要以上に苛立っている。考えてみれば、まだシーモン・ランベリが殺されてから一日しか経っていないのだ。頭の中でリードベリもそう言っていた。自分の我慢が足りなすぎるのだ。

上着を着て出かける用意をした。

そのとき、ドアが開いた。マーティンソンが立っていた。ヴァランダーはその目を覗き込んだ。

何か重大な知らせがあるようだ。

「昨日の晩、捜査官が追いかけた男はまだ見つかってません。だが、市民から目撃情報が寄せられました」

マーティンソンは部屋に入り、壁に貼りだしてあるイースタの町の地図の前に立った。

「男はここアウリンガータンとギウデスグレンドの角で捜査官を殴り倒した。そのあと、おそらく彼はヘレスタズガータンを進んでから北に曲がった。捜査官を殴った直後に、男が一人そのすぐ近くのティンメルマンスガータンで目撃されています」

「目撃されているとは？」

マーティンソンはポケットから手帳を取り出し、ページをめくった。

「シモヴィックという若いカップルの妻にです。妻はその時間起きてました。生まれたばかりの赤ん坊に授乳するために。庭に人影を見たような気がしてすぐに夫を起こした。夫は窓から庭を見たが、人の姿はなかった。きっと気のせいだと言われて、妻はそうだったのかもしれないと思い直し、そのあと眠り、すっかり忘れていたそうです。そしてさっき、庭に出たとき、昨夜のことを思い出し、人影を見かけたと思った場所に行ってみた。彼女はシーモン・ランベリが殺害されたというニュースをすでに聞いていた。イースタは小さな町だから、シモヴィックというこの若い夫妻もまた、赤ん坊が生まれたときにランベリに記念写真を撮ってもらっていました」

「いやしかし、おれが夜中に男を追いかけたということは、外には漏れていないはずだ」

「そのとおり！」マーティンソンが勢い込んで言った。「だから、シモヴィックが通報してきたことがありがたいんです」

「何か特徴を言ってたか？」

「いや、人影しか見えなかったようです」

ヴァランダーは顔をしかめた。

「それじゃ、この通報はあまり役に立たないんじゃないか？」

「そのとおり。ただ、彼女は庭の地面に落ちていたものを見つけているんです。それで、いまそれを署に届けてくれたんですよ。それがいま自分の部屋にあります」

ヴァランダーはマーティンソンと一緒に彼の部屋へ行った。

机の上に賛美歌集があった。

ヴァランダーは信じられない思いでマーティンソンを見た。

「これか？　これが地面に落ちていたというのか？」

「ええ、賛美歌集です。スウェーデン国教会の」

ヴァランダーは考え込んだ。

「なぜシモヴィックはこれを届けてきたんだろう？」

「まず殺人事件があったわけです。夜中に彼女は庭で人影を見た。夫に気のせいじゃないかと言われて、そうかもしれないと思ったが、昼間庭に出てみるとこれが地面に落ちていた、それで警察に届けてくれた、ということです」

ヴァランダーはゆっくり首を振った。

「人影とこの賛美歌集の持ち主とが同じとはかぎらないだろう」

「いや、自分はそうだと思います。第一この小さな町イースタで夜中に他人の庭に入り込む人間などいますか？　あたりはパトロールカーが走り回ってあなたを殴り倒した男を捜しているときですよ。自分は昨夜捜索した警官の一人と話したんですが、何度かティンメルマンスガータンに入ったそうです。人の庭に入り込めば確かに追跡を逃れることができるんですよ」

ヴァランダーはそのとおりかもしれないと思った。

「賛美歌集か」とつぶやいた。「夜中に賛美歌集など持ってうろつく人間がいるものだろうか?」

「そして人の庭でそれを落としてしまう、それも警察官を一人殴り倒してから」とマーティンソンが付け加えた。

「ニーベリにその賛美歌集を渡してくれ。そしてシモヴィック夫妻には礼を言ってくれ」

マーティンソンの部屋を出るとき、ふと思いついたことがあった。

「いま、市民からの通報の整理は誰の担当だ?」

「ハンソンですが、まだいくつも入っていないようです」

「これからも来るかどうか、だな」ヴァランダーは暗い顔で言った。

バスターミナルまで車で行って、近くの喫茶店でサンドウィッチを食べた。賛美歌集のことを考えた。賛美歌集が人の庭に落ちていた? シーモン・ランベリ殺人事件と関係があるようには到底思えなかった。お手上げだと思った。手がかりを求めて、ウロウロしているにすぎないような気がした。

喫茶店のあと、ヴァランダーはラヴェンデルヴェーゲンへ車を走らせた。今度もまたドアを開けてくれたのは友人のカーリン・ファールマンだったが、今回は、エリサベート・ランベリは休んではいなかった。居間のソファに座ってヴァランダーを待っていた。またしてもヴァランダーは彼女の顔が真っ白であることに目を見張った。その白さは彼女の体の内から出てきているような気がした。それは夫のシーモンが殺害されたことに起因しているわけではないように思われた。

ヴァランダーはエリサベート・ランベリの真向かいに腰を下ろした。その彼にランベリ夫人は探るような目を向けてきた。

「何も進展していないのです」とヴァランダーが話しだした。

「全力で捜査してくださっていると思っています」と彼女は答えた。

ヴァランダーは心の中で、これはどういう意味だろうと思った。警察の仕事に対する皮肉だろうか？　それとも正直な気持ちだろうか？

「今日は二度目の訪問ですが、今後も何度か訪問させてもらうことになるかと思います。疑問が出てくるたびに」

「もちろん、いつでもどうぞ」

「今回は質問だけでなく、ランベリ氏の個人的所有物に目を通させてもらいます」

エリサベート・ランベリは何も言わずにうなずいた。

ヴァランダーは単刀直入に質問することにした。

「あなたの夫、シーモン・ランベリには負債がありましたか？」

「いいえ、わたしの知るかぎり何も。この家の返済は終わっていますし。スタジオのほうもここ数年改築などしていません」

「あなたのご存じないローンはどうでしょう？」

「もちろん、わたしが知らないだけで、何か借りていたかもしれません。前にもお話ししたように、あの人とは同じ屋根の下に住んでいるだけですから。生活は別ですし、とても隠し事の多い人でした」

ヴァランダーはその最後の言葉をとらえた。

「隠し事が多いとは、どういうことなのでしょう？　私にはそこがよくわからないのですが」

「隠し事の多い人とはどういう人か、と訊いてらっしゃるのね？　心を開かない人というほうがいいかもしれません。彼の言うことを言葉どおりに受け取っていいかどうかいつもわからなかった。もしかすると言ったこととはまったく別のことを考えているのではないかと思ったものです。すぐそばにいるのに、存在感が薄く、ずっと遠くにいるような気がしました。微笑《ほほえ》みを浮かべても、心から笑っているのかわからない。彼が本当はどういう人なのか、全然わかりませんでした」

「なるほど。でも、最初からそうだったわけではないでしょう？」

「ええ、彼はずいぶんと変わりました。マチルダが生まれたころからですけど」

「というと、二十四年前ごろから？」

「直後からというわけではないかもしれませんが。二十年ぐらい前からかしら。最初は悲しみのあまり彼は変わってしまったのかと思ったのです。マチルダの将来を悲観してのことかと。でもその後はわからなくなってしまいました。もっとひどくなったので」

「ひどくなった？」

「ええ、七年ほど前に」

「何が起きたのです？　七年ほど前に」

「さあ、何が起きたのでしょう」

ヴァランダーはここで質問を止めて、話を繰り返してみた。

「いまのお話では、七年前に何かが起きたらしいですね。何かが起きて、ランベリ氏は急に大きく変わったということでしょうか？」

「ええ」

「それが何か、まったく見当がつきませんか？」

「もしかすると、と思うことはあります。毎年春になると彼は店員に店を任せて二週間の休暇をとるんです。たいていはバスツアーでヨーロッパへ出かけていました」

「あなたは行かなかった？」

「あの人は一人になりたかったのです。わたしも一緒に行きたいとは思いませんでした。旅行するのなら、女友達とのほうがいいですから。行く先もあの人とはまったく別のところへ」

「それで、七年前に何が起きたのですか？」

「その年、彼の目的地はオーストリアでした。でもそのバス旅行から帰ってくると、彼はまったく別人のようになってしまったのです。興奮していましたし、悲しげでもありました。どうしたのとわたしが訊くと、ものすごく怒りました。いままで一度も見たことがないほど、激しく怒ったのです」

ヴァランダーはメモ帳を取り出していた。

「正確に言うと、何年の何月ごろでしょうか?」

「一九八一年のことです。二月か三月ごろ。このバス旅行はストックホルム発でしたが、シーモンはマルメから乗りました」

「そのバス会社の名前を憶えてはいませんか?」

「たぶん、マルクトラベルだと思いますよ。いつもその会社を利用していましたから」

ヴァランダーはその旅行会社の名前を書いて、メモ帳をポケットにしまった。

「家の中を見せてもらえますか。とくにご主人専用の部屋を中心に」

「あの人は部屋を二つ使っていました。一つは寝室、一つは書斎です」

両方とも二階にあった。寝室はちらりと見て、クローゼットのドアを開けて中をのぞくだけにした。エリサベート・ランベリは後方に控えていて、ヴァランダーの動きを見ていた。次に書斎へ移った。大きな部屋で、四方の壁が本棚になっていて、本がぎっしりと詰まっていた。かなりの量の蔵書、それに使い古された読書用の肘掛け椅子、そして大きな書斎机が置かれていた。

ふと、訊きたいことが頭に浮かんだ。

「ご主人は信心深かったですか?」

「いいえ」と彼女は即座に答えた。「そんなことは考えられません」

ヴァランダーは本の背表紙を目で追っていった。原語で書かれた文学書が数多くあったが、専門書の数も多かった。いくつもの棚が天文学についての本でいっぱいになっていた。ヴァランダーは机に向かって腰を下ろした。鍵の束はニーベリから預かっていた。エリサベート・ランベリは肘掛け椅子に座った。

「お邪魔でしたら、部屋の外におりますけど」

「いや、どうぞ。ここにいてもかまいません」ヴァランダーが答えた。

書斎の中のものに目を通すのに、二時間ほどかかった。その間ずっとエリサベート・ランベリは椅子に腰を下ろしてヴァランダーの動きを目で追っていた。しかし捜査を前進させるようなものは発見できなかった。

オーストリアへの旅行で何かが起きたのだ、七年前に。問題はそれが何かということだ。

五時半近くになり、ヴァランダーはもうこれ以上捜しても意味がないと思った。シーモン・ランベリの生活は完璧に密封されたものだった。どこをどう捜しても入り口はなかった。ふたたび一階に戻った。カーリン・ファールマンはまだそこにいた。さっきと同じようにすべてが静まり返っていた。

「捜し物は見つかりましたか？」エリサベート・ランベリが訊いた。

「ご主人を殺害したのが誰なのか、その動機は何なのかを教えてくれる手がかりがあればと思ったのですが、見つかりませんでした」

ヴァランダーはそこからまっすぐイースタ署に向かった。まだ外気は寒く、ヴァランダーはまたもや、いつになったら春が来るのだろうと胸の内でつぶやいた。

署の入り口でペール・オーケソン検事にばったり会った。玄関ホールに入りながらヴァランダーはオーケソンに捜査状況を説明した。

「そうか、つまりまだ確固たる手がかりはないんだね？」話を聞き終わってオーケソンが言った。

「そうなんだ。まだまったく方向が定まらない。コンパスの針がぐるぐる回っている状態だよ」

オーケソンが検事局側に姿を消したあと、ヴァランダーは廊下で今度はスヴェードベリにばったり遇った。ちょうど彼を呼び出すところだったので、ヴァランダーは自室で話をすることにした。スヴェードベリはガタのきている来客用の椅子に腰を下ろした。椅子の腕の片方がいまにも取れそうだ。

「新しい椅子に取り替えてもらったらどうですか？」

「そんな金、あると思うか？」

ヴァランダーはメモ帳を机の上に置いた。

「頼みたいことが二つある。一つは、ストックホルムにマルクトラベルという旅行会社があるかどうか調べてほしい。シーモン・ランベリは一九八一年の二月か三月にその旅行会社を使ってオーストリアへバスで観光旅行に行っている。そのときの旅客名簿が手に入ればありがたい。こんなに年月が経ってからでは無理かもしれないが」

「なぜそれが重要なんですか？」

「その旅行中、何かが起きたと夫人が言っているからだ。ランベリは帰ってきたとき、まったく別人になっていたというんだ」

スヴェードベリはメモに控えた。

「もう一つは、ランベリの娘マチルダがどこにいるのか捜し出すことだ。重度の障害者のための施設に入っているらしいが、それがどこにあるのかわからない」

「それ、訊かなかったんですか、ランベリの奥さんに？」

「いや、思いつかなかったんだ。昨夜殴られたことが、自分で思っているよりこたえているかもしれないな」

スヴェードベリは立ち上がった。

「調べます」

スヴェードベリは部屋を出るところで、入ろうとしていたハンソンとぶつかりそうになった。

「何かわかったかもしれないぞ」ハンソンが言った。「記憶を辿ってみたんだが、シーモン・ランベリがいままで犯罪を犯したことがないのは確かだ。だが、おれはどこかで彼の名前を見たという気がしたんだ」

ヴァランダーとスヴェードベリは続きを待った。二人とも、ハンソンがときに人並み外れた記憶力を発揮することを知っていた。

「それがわかったんだ。ランベリは数年前、警察に苦情を言う手紙を送ってきた。ビュルク署長宛にだ。内容は直接イースタ署に関係するものではなかったんだが。ストックホルムでの、カイサ・ステンホルム検事の仕事のいい加減さを責めたものだった。刑事事件の取り扱いが非常に悪い、前の年の秋ベングト・アレキサンダーソンという若者が殺された事件で、そのことが明らかになったと、検察と警察をごちゃまぜにして批判する手紙を送ってきた。その事件はあんたが担当した別の事件に密接に関係していた。もしかするとあの気持ちの悪いフォトアルバムにあんたの顔があった理由はそれかもしれないと思うんだ」

ヴァランダーはうなずいた。あり得る。だが、それがわかったところで、なんの進展もない。お手上げだ、捜査をどう進めていいかわからないという気持ちがますます強くなった。犯人の姿は依然として見えない。

捜査三日目、初めて空が晴れた。五時半にヴァランダーが目を覚ましたときには、太陽が部屋の中に差し込んでいた。キッチンの外の窓に貼り付けてある寒暖計がプラス七度を示している。もしかすると、本格的に春の到来かもしれない、という期待を抱かせる。

ヴァランダーは浴室の鏡に顔を映した。左頬が腫れ上がり、青く大きな痣《あざ》ができている。髪の付け根から絆創膏を剝がすと、すぐに血が流れ出した。新しい絆創膏を探して貼りつけた。それから舌で昨日治した歯の付け根を探ってみた。まだ違和感がある。シャワーを浴びて着替えた。汚れた衣類が山のようにあった。ヴァランダーは苛立って、コーヒーができるまでの間、地下の洗濯室に予約時間を書きに行った。この間洗濯したばかりなのに、こんなに洗濯物が増えていることが不思議でならなかった。別居するまでは洗濯はモナの係だった。そう考えたとき、胸が痛くなった。部屋に戻ってキッチンテーブルに向かい、その日の新聞を読んだ。ランベリが殺された事件は大きく報道されていた。ビュルクが取材を受けていた。読みながらヴァランダーはうなずいた。ビュルクは上手に話していた。事実のみを話し、臆測はしないやり方だった。

六時十五分、ヴァランダーはアパートを出て署まで車で向かった。捜査班は一日の仕事を分担し、夕方捜査会議を開くことにした。シーモン・ランベリの習慣、経済、交際、過去について徹底的にチェックしていくには、時間がかかる。ヴァランダー自身は以前ランベリのフォトスタジオで働いていたグンナール・ラーソンから聞いた噂をチェックすることにした。シーモン・ランベリが違法賭博《とばく》をしていたという噂である。賭け事に詳しい人間に当たってみることにした。ここ四年ほど会っていないが、だいたいどこにいるかは見当がつく。ヴァランダーは警察の受付に行き、自分への伝言を聞いて、どれも急ぎの用事ではないと判断した。マーティンソンの部屋に行ってみた。彼もまた朝型の人間で、コンピューターの前に座って検索していた。

「どうだ?」

マーティンソンは首を振った。

「このシーモン・ランベリという男ですが、まったく清廉潔白とはこの男のことを言うんですね。立派なもんですよ。汚点ひとつない。駐車違反キップさえ切られていない」

「この男が賭博をしていたという噂がある。違法賭博だ。それで莫大な借金を抱え込んだとか。

おれはこの線を当たってみる。これからマルメに行ってくる」

「いい天気になりましたね」とマーティンソンは画面から目を離さずに言った。

「ああ。このまま春になってくれるといいのだが」

ヴァランダーはマルメに向かって車を走らせた。気温がさらに上がっていた。これからマルメまでよい景色を見ながら運転することを思い、少し気分が軽くなった。が、すぐにいま取り組んでいる殺人事件の捜査責任者であることを思い出し、そんな気分は吹き飛んだ。依然としてどの方向に進むべきか、決まっていない。殺人の動機がわからない。シーモン・ランベリの殺害は不可解なままだ。静かな生活を送っていた写真家。重度の障害を持った娘がいる。妻とは同じ屋根の下で別居生活をしていた。これらはどれも、頭を砕かれるほど強烈な一撃を受けて殺される原因にはなり得ない。

一つだけ、妻のエリサベート・ランベリによれば、七年前のオーストリアへのバス旅行のあと、夫に劇的な変化が起きたという。

ヴァランダーは外の景色を見ながら運転した。自分に見えないランベリの実像とはどういうものなのだろうと思った。シーモン・ランベリには霞のようなものがかかっている。彼の人生、彼の性格はなぜかとらえどころがない。

八時少し前にマルメに着いた。まっすぐホテル・サヴォイの裏の駐車場へ回った。そこからすぐにホテルに入り、レストランへ行った。

探していた男はレストランの一番奥の席に座っていた。熱心に朝刊を読んでいる。ヴァランダーはテーブルまでまっすぐに進んだ。男は目を上げ、驚いた表情を見せた。

「クルト・ヴァランダー。マルメまで来るほど腹が空《す》いてるってか？」

「相変わらず、変なこじつけをするね」と言って、ヴァランダーは腰を下ろした。コーヒーを一杯注いだ。いま向かい側に座っているこの男、ペーテル・リンデルに初めて会ったときのことを思い出した。もう十年以上前のこと。一九七〇年代の中ごろで、ヴァランダー自身はちょうどイースタ警察で働き始めたころだった。ヘーデスコーガ郊外の荒れた一軒家で違法賭博をしているところに踏み込んだのだった。ペーテル・リンデルが元締めであることは誰の目にも明らかだった。大金が彼の懐に収まった。だが裁判で彼は罰せられなかった。弁護士たちが検事の用意した書面に過ちを見つけ、リンデルは釈放された。彼の懐に入った金も、そのまま彼と一緒に消えたのだった。釈放後数日経って、リンデルはヴァランダーに会いたいとイースタ署にやってきた。そして裁判所で不当な扱いを受けたと文句を言った。ヴァランダーは怒った。

「あんたが元締めだということは、誰もが知っている」と応じた。

「ああ、そうだ。私だよ」とペーテル・リンデルは答えた。「だが、あの検事の連中は私を捕まえられるほど腕が良くなかったということさ。だが、そのことと、私が不当な扱いを受けたと苦情を言う権利を奪われることとは別問題だ」

その図々しさにヴァランダーは返す言葉がなかった。それからしばらく、リンデルはヴァランダーの前から姿を消した。

ところがある日、ヴァランダーに、イースタで違法賭博をやっているところがあるという匿名の手紙が送られてきた。そして警察は一斉手入れをし、そのとき賭博をやっていた男たちを一人残らず捕まえたのだった。ヴァランダーはその手紙の送り主はペーテル・リンデルだとすぐにわかった。リンデルは初めてヴァランダーを訪ねてきたとき、どういう了見からか、「いつもサヴォイ・ホテルで朝飯を食べる」と言い残していた。ヴァランダーが行ってみると、リンデルは笑いを浮かべて「いやあ、私はそんなことはしない」と否定したが、それが嘘であることは互いにわかっていた。

「写真家が狙われるらしいな、イースタでは」とリンデルが新聞を横目で見て言った。

「いやべつに、他の町より危険ということはないだろう」とヴァランダーが答えた。

「賭博場は？」

「いまのところ、静かにしてるようだ」

ペーテル・リンデルはにんまり笑った。青い目が光った。

「またイースタあたりで仕事をしようと思っているんだ。どう思う？」

「こっちの意見は承知のはずだ。今度イースタに来たら絶対に逃しはしないさ」

ペーテル・リンデルは首を振った。またにんまりと笑う。ヴァランダーはそれに苛立ったが、態度には表さなかった。

「いや、実のところ、まさにその殺された写真家の話をしにあんたに会いに来たのだ」

「私はここマルメに住む王室写真家にしか撮ってもらわない。前の王様の時代にヘルシングボリのソフィエロー城を撮った男だ。じつに腕のいい写真家だ」

「あんたはただ、訊かれたことに答えればいいのだ」ヴァランダーが話をさえぎった。

「これはなんだ、事情聴取か？」

「いいや。だが、ひょっとしたら手伝ってもらえるような気がして、わざわざ来たんだ。あんたが喜んで手伝ってくれるような気がしてね。気のせいかな？」

ペーテル・リンデルは両手を広げてヴァランダーを歓迎するそぶりを見せた。

「シーモン・ランベリ」とヴァランダーは話し始めた。「噂があるのだ。賭博をやっていたと。それも大金を賭けていたという噂だ。もちろん、違法賭博だ。ここマルメとコペンハーゲンで。首まで借金に浸かっていたらしい。すべて人の噂だが」

「噂が信憑性をもつには、少なくとも五十パーセントは本当でなければならない。どうなんだ？」

「それはあんたが答えられることだ。この男のこと、何か聞いたことがあるか？」

ペーテル・リンデルは一瞬考えた。

「いや」とペーテル・リンデルは答えた。「ないね。もし半分でも本当なら、その男の話が私の耳に届かないはずがない」

「あんたが、なんらかの理由で聞き逃したということはないか？」

「いや。それはあり得ない」ペーテル・リンデルは即座に答えた。

「つまり、あんたはなんでも知っているんだな？」

「南スウェーデンでの闇賭博のことで私が知らないことはない。それと、古典哲学と道徳概念についてなら少し知っている。それ以外のことは何も知らんがね」

ヴァランダーは否定しなかった。昔、この男が大学で驚くべきキャリアを達成したことを知っていたからだ。その後、突然アカデミー界を捨てて、あっという間に賭博の闇社会の帝王となったのだ。

ヴァランダーはコーヒーを飲み干した。

「何かわかったら、ぜひまた匿名の手紙を送ってくれ」

「コペンハーゲンで少し訊いてみよう。だが何も見つからないと思うよ」

ヴァランダーはうなずいて立ち上がった。握手するほどペーテル・リンデルと親しくするつもりはなかった。

十時ごろ、ヴァランダーはイースタ署に戻った。署の建物前で数人の警官が陽だまりでコーヒーを飲んでいた。ヴァランダーはスヴェードベリの部屋をのぞいたが、いなかった。ハンソンも同じ。マーティンソンだけが相変わらずコンピューターに向かって座っていた。

「マルメはどうでした？」

「噂は残念ながら真実ではなさそうだ」

「残念ながら？」

「ああ。もし本当なら動機になり得たからだ。借金、取り立て屋、おれたちがほしい動機に」

「スヴェードベリが事業登録関係からマルクトラベルはもう存在しないことを突き止めたようですよ。五年前に他の会社と合併したとか。それもまた最近倒産したらしい。スヴェードベリは昔の乗客リストなど手に入れるのは無理、ただし、運転手を捜し出すことはできるかもしれない。まだ生きてるなら、と言ってます」

「その男の行方はわかるのか?」

「知りません」

「いまハンソンとスヴェードベリはどこにいる?」

「スヴェードベリはランベリの経済関係を調べてます。ハンソンは近隣の聞き込み。ニーベリは鑑識の若い者が足跡の一つをなくしたと怒ってました」

「足跡をなくした? なんだ、それは?」

「いや、なくしたんでしょう。庭で賛美歌集をなくす人間もいますからね」

マーティンソンは正しいかもしれない。人間はものをなくす動物だ。

「一般からの通報は、何かあったか?」

「いや、シモヴィックが賛美歌集を届けてきた以外は何も。他にも二、三ありましたが、その場で見当違いとわかるようなものばかりでした。でも、これからもまだ来ると思いますよ。思い当たるのに時間がかかることはよくありますから」

「元銀行理事のバックマンは?」

「信用できます。しかし何も新しいことは言ってきていない」

「清掃人のヒルダ・ヴァルデーンは？」

「何も言ってきていません」

ヴァランダーは戸口に寄りかかった。

「いったい誰なんだ、ランベリを撲殺したのは？　動機はなんなんだ？」

「ラジオの局を替えたり、夜の夜中に賛美歌をポケットに走り回り、人の庭に隠れたりするのは？」とマーティンソンが続けた。

問いは宙にぶら下がったままになった。ヴァランダーは自室に戻ったが、落ち着かず、不安な気持ちだった。ペーテル・リンデルに会い、違法賭博の世界でシーモン・ランベリという名前を聞いたことがあるかと訊き、答えが否定的だったことから、借金取りに追われて殺されたのかもしれないという線は望めなくなった。他に何がある？　机に向かい、改めてまとめを書いてみた。一時間ほどかかったが、書いたものに目を通して、夜中に訪れてきた男を店の中に入れたのはランベリ自身に違いないという確信が生まれた。それはランベリが知っている人間で、しかも信頼していた人間だったに違いない。妻のエリサベート・ランベリの知らない人間だろう。そこまで考えたとき、ノックの音が聞こえた。スヴェードベリだった。

「どこに行っていたか、わかりますか？」

ヴァランダーは首を振った。そんな当てっこゲームをする余裕はなかった。

「マチルダ・ランベリはリーズゴードの近郊にある施設に入ってましたよ。近いので、行ってみようと思い、いま行ってきたところです」

「マチルダに会ったのか？」

スヴェードベリは真顔になった。

「深刻な障害でしたよ。何もできないんです」

「詳しく話さなくていい。わかると思うから」

「おかしなことがありました」スヴェードベリが話を続けた。「施設長と話したんです。こういう人がこの世にいるのはありがたいと思えるような立派な人でした。その人にシーモン・ランベリはしょっちゅう娘に会いに来たのかと訊いたんです」

「答えは？」

「一度も来たことがないというんです。一度もですよ。こんなに長い間、一度も」

ヴァランダーは何も言わなかった。なんとも不愉快な気分になった。

「奥さんのほうは週に一回必ず来るそうです。たいてい土曜日に。しかし、他におかしなことを聞きました」

「なんだ？」

「施設長の話では、他にもう一人女性がマチルダを訪ねてくるというんです。決まった曜日ではないそうですが。ときどき突然やってくると。名前も言わないし、正体もわからない女性だそうです」

ヴァランダーは眉をひそめた。

名前も言わない女。

突然、ひらめくものがあった。どこからそれがきたのかわからなかったが、それでも彼は確信した。これは手応えがある。ついに手がかりをつかんだのだ。

「いいね、じつにいい。みんなを集めてくれ」


十一時半、捜査官たちが集まった。いい天気なので、皆機嫌がよかった。ヴァランダーは少し前に検死医から報告書を受け取ったばかりだった。それによれば、シーモン・ランベリは夜中の十二時より少し前に死亡したと判定された。後頭部の一撃は凄まじい勢いで打ち下ろされ、即死と見られる。凹んだ頭蓋骨の中に合金の金属破片が見つかったことから、凶器が特定できるだろう。おそらく合金の像のような鋳造されたものと思われるとあった。ヴァランダーはすぐにヒルダ・ヴァルデーンに電話をかけて、アトリエに何か合金でできたものはなかったか確かめた。答えはノーだった。これで、ヴァランダーはほしい答えを得た。シーモン・ランベリを殺しに来た男は、初めから凶器を携帯していたのだ。それはとりもなおさず、殺害は計画的だったことを意味する。喧嘩とか、突然の激昂の結果ではなかったということだ。

捜査官の間では、これは重要な手がかりとなった。あらかじめ殺人を企てて行動したことになるからだ。なぜ男が戻ってきたのか、それはわからない。何か現場に忘れたのかもしれない。だが、ヴァランダーは他に理由があるような気がしてならなかった。まだ自分たちの知らない何かが。

「なんだろう？」ハンソンが言った。「現場にものを忘れたのでなければ、なんだというんだ？　何かを置きに来たのか、取りに来たのではなく」

「それだって、同じじゃないですか。最初のときに忘れたってことですよ」とマーティンソン。

気になること一つ一つを念入りに点検していった。だがどうしても全体像が浮かび上がらなかった。まだ調査中で答えが出ていないものが多すぎた。あるいは様々な情報を整理し組み合わせることがまだできない状態だった。だがヴァランダーはいまの段階ですべてをテーブルの上に出してみたくて仕方がなかった。経験から、捜査班にいる全員が同じ情報を同時に手にすることが役に立つと知っていたからだ。警官としての自分の悪い癖は、問題を自分一人で抱えてしまうことだと知っていた。幸い年齢とともにその癖は治ってきていたが。

「指紋と靴跡はたくさんある」と、いつもながらヴァランダーに最初の発言者として指名されてニーベリが言った。「さらに、ありがたいことに賛美歌集にはっきりした指紋が一つついている。アトリエに残っていたたくさんの指紋の中にそれと合致するものがあるかどうかはまだわからない」

「賛美歌集については何かわかったか？」ヴァランダーが訊いた。

「よく使いこまれたものだということはわかる。だが名前は書かれていない。また教会や教区の印が押されているのが普通だが、そういうものは一切ない」

ヴァランダーはうなずき、次にハンソンを促した。

「近隣の聞き込み捜査はまだ終わっていない。いままでのところ、何か普通でない音を聞いたとか見たという者はいない。ふだんからあのフォトスタジオから夜騒音が聞こえたとか、アトリエの外で人影を見たという者もいない。あの晩についても同じだ。そして話を聞いた全員が口を揃えて、シーモン・ランベリはおとなしくていい人だったと言うんだ」

「一般市民からの通報はどうだ？」

「電話はひっきりなしにかかってくる。が、注目に値するものは残念ながらない」

ヴァランダーは数年前にランベリが書いたという警察を糾弾《きゅうだん》する手紙について訊いた。

「それはストックホルムのどこかに保管されているはずだ。いま、それをこっちに送ってくれと頼んである。我々の警察区に関する記載は一つしかなかったが」

「あのアルバムをどう考えていいかわからない」ヴァランダーが言った。「あれは重要なものなのか？　どうなんだろう？　自分自身があの中に入れられていたために、余計どう考えていいのかわからないのかもしれない。最初は不愉快なだけだったが、いまはなんとも言えない」

「何か権力者に文句を言いたいとき、ある者はキッチンテーブルで抗議の手紙を書く。ある者は、それが写真家なら、抗議のアルバムを作るということですかね。あそこの小部屋は彼にとってのキッチンテーブルだったんですよ、きっと」マーティンソンが言った。

「うん、その見方は正しいかもしれない。これについてはもっといろんなことがわかってからもう一度話し合おう」

「ランベリはきちんとした人という印象を誰にでも与えていた。親切で、控えめな。しかし別の面ももっていたに違いない。残念ながらそれがどういうものだったのかが我々にはわかりませんが」スヴェードベリの意見だ。

「そう。まだわからない。だが、もうじきはっきりする。最後にはいつも必ずそうなるからな」とヴァランダー。

ヴァランダー自身はペーテル・リンデルに会いにマルメへ行ったことを話した。

「シーモン・ランベリが違法賭博をしていたという情報は残念ながら信憑性がない。単なる噂にすぎないようだ」

「あのペーテル・リンデルの言うことを信用するんですか？ 信じられないな」とマーティンソンが声をあげた。

「あれは真実を言うべきときには真実を言う。不必要に嘘はつかない男だ」ヴァランダーがきっぱりと言った。

次にまたスヴェードベリが話した。ストックホルムにマルクトラベルという旅行会社はもはや存在しなかったが、一九八一年二月か三月にランベリが参加したというオーストリア旅行のバスの運転手を捜し出すことはできると思うと言った。

「マルクトラベルはアルヴェスタにあるバス会社を使っていた。その会社はいまでも営業している。それはすでに調べてあります」とスヴェードベリは言った。

「その線は本当に重要なのかな？」ハンソンが疑いの声を出した。

「うん、そう思う」とヴァランダー。「もしかするとそうではないかもしれないが、エリサベート・ランベリははっきり言った。その旅行から帰ってきたシーモンは別人のようだったと」

「恋に落ちたとか？」ハンソンがまぜっかえした。「団体旅行ではよくそんなことがあると聞くじゃないか?」

「ああ、もしかするとな」と言いながら、ヴァランダーは昨年モナがカナリア諸島へ団体旅行で出かけたときのことを思い出した。彼女にもそんなことがあったのだろうか?

それからまたスヴェードベリに向かって言った。

「運転手を捜し出してくれ。何かわかるかもしれない」

そのあとスヴェードベリはマチルダ・ランベリのいる施設を訪ねた話をした。父親のシーモン・ランベリが一度も娘をそこに訪ねたことがないと聞いて、部屋になんとも言えない重苦しい空気が流れた。正体不明の女がときどきマチルダを訪ねてくることに関心を示す者はいなかったが、ヴァランダーだけはこれは手がかりになるかもしれないと思っていた。どんな形でその女が関係しているのかはわからなかったが、正体がわかるまでは心に留めておこうと思った。

最後にシーモン・ランベリという人物について知り得たこと、聞いてきたことを皆が発表した。彼が人から後ろ指を指されるような人物ではないことは疑いがなかった。彼の経済状態も市民生活も、どこにも汚点がなかった。ヴァランダーはルンドの天文学愛好者クラブを調べなければならないことを思い出した。ランベリはそこのメンバーだった。ハンソンがその仕事を引き受けた。

マーティンソンはデータ検索の係だった。彼からは情報の確認が発表された。シーモン・ランベリはいままで一度も警察の世話になったことがない人物であると。

午後の一時を回った。ヴァランダーは捜査会議を終わらせた。

「これが我々の現在いる位置だ。依然として動機がわからない。犯人が誰なのかは皆目見当がつかない。重要なのは、この殺人事件は偶然発生したものではなく、綿密に計画されたものだということだ。犯人は凶器を携えてきた。これで、我々が最初に想定した、押し込み強盗の仕業ではないかという仮説が間違いだったことがはっきりしたわけだ」

会議が終わって皆が引き上げたあと、ヴァランダーはマチルダ・ランベリが入っているという施設を訪ねることにした。自分がこれから対峙することを思い、ヴァランダーはすでに気が重くなっていた。病気、苦しみ、生涯に渡る障害などは、彼がもっとも向き合うことができない、人生の苦手な側面だった。だが、いまどうしても正体不明の女のことが知りたかった。イースタの町を出て、スヴァルテヴェーゲンをリーズゴードへ向かって車を走らせた。海を左手に見ながら運転した。ウィンドーを下げてゆっくり行った。

突然娘のリンダのことが胸に浮かんだ。いま彼女はストックホルムで暮らしている。将来、何になろうかと迷っている。家具修理職人、理学療法士、あるいは突拍子もなく俳優になりたいと言い出す始末だった。ストックホルムのクングスホルメンで女友達と又借りのアパートに住んでいる。娘がどんな仕事をして暮らしているのか、じつはヴァランダーは知らなかった。ときどきレストランでウェイトレスをしていることは知っていた。ストックホルムにいないときは、マルメにいる母親モナのところに来ている。そんなとき、彼女はときどき父親に会いにイースタまでやってくることもある。

娘のことが心配でたまらなかった。だが、あの子は父親にはないものをじゅうぶんに持ち合わせている。胸の奥の奥では、あの子は自分で進む道を見つけて歩きだすだろうという確信のようなものがあった。だが、心配と不安が父親の胸を締めつける。それればかりはどうしようもなかった。

ヴァランダーはリーズゴードで車を停め、村のレストランで遅いランチを食べた。ポークステーキだった。後ろの席では土地の農家の人間と思われる男たちが新しい肥料噴霧機について大声で話し合っていた。ヴァランダーはただ食べることだけに集中した。これはリードベリに学んだことの一つだった。食べるときは目の前の皿の上にあるもののことだけを考えよ。食後はきっと頭がスッキリする。まるで長い間閉ざされていた家の中に新鮮な空気が入ってくるように。

施設はリンゲの近くにあった。スヴェードベリの教えてくれたとおりに車を走らせていくと、すぐに見つかった。建物の敷地内に入り、車を降りた。施設は古い建物と新しい建物から成っていた。中央の建物のエントランスホールに入った。どこからか大きな笑い声が聞こえた。女性が一人、花に水遣りをしていた。ヴァランダーはその女性に近づき、施設長に会いたいのだが、と言った。

「わたしです」と言って、女性は微笑んだ。「マルガレータ・ヨアンソンといいます。あなたがどなたかは存じていますよ。新聞でお顔を何度も見ていますから」

と言って、彼女は水遣りを続けた。ヴァランダーは自分についてのコメントは聞かなかったことにした。

「警察官は楽な仕事ではないでしょう？」と彼女は続けた。

「ええ、そうですね。しかし、個人としては、もし警察官がいなかったら、この国にはとても住めないと思うでしょう」

「きっとそうでしょうね」と言って、彼女はジョウロを下に置いた。「マチルダ・ランベリのことでいらしたんでしょう？」

「じつは、彼女に会うために来たのではないのです。彼女に会いに来る女性のことを知りたい。マチルダの母親ではないほうの女性です」

マルガレータ・ヨアンソンはヴァランダーを見上げた。その目に心配そうな色が浮かんでいる。

「彼女がマチルダの父親の殺害事件に関係しているのですか？」

「それはないでしょう。ただ、私は彼女の正体が知りたいのです」

マルガレータ・ヨアンソンは半開きになっている事務室のドアを指してヴァランダーに言った。

「中に入ってお話をうかがいましょう」

コーヒーを勧められたが、ヴァランダーは断った。

「マチルダを訪ねてくる人はわずかです。私が十四年前にこの施設に来たとき、マチルダはすでにここに六年いました。彼女を訪ねてくるのは母親だけでした。たまに親戚が来ることもあったかもしれませんが。誰が来ても、マチルダにはわからないのです。目が見えないし、耳もほとんど聞こえません。周りで起きることに反応しないので。それでも私たちは、ここにいる人たちに訪問者が来るように、できれば一生にわたって人が訪ねてくるようにと願っているのです。彼らが、このような状況にあるにもかかわらず、他の人たちと同じ大きな社会に属していると感じられるように」

「その女性はいつからここに来るようになったのですか？」

マルガレータ・ヨアンソンは考えた。

「七、八年前からでしょうか」

「よく訪ねてくる？」

「それが、決まっていないのです。半年ほど来ないこともあります」

「名前を名乗らないのですね？」

「ええ。一度も。ただマチルダに会いに来るのです」

「母親のエリサベート・ランベリにはこのことを話しているのですね？」

「もちろんです」

「どう反応しました？」

「驚いていました。いったい誰なのだろうと。その人が来たらすぐに電話してほしいと頼まれているのですが、問題はその女性はいつもほんの少ししかいないことなのです。ランベリさんは一度も間に合ったことがありません」

「その女性はここにどうやってくるのですか？」

「車でです」

「自分で運転して？」

「さあ、それは一度も考えたことがなかったわ。誰か別の人が車を運転していたのかもしれませんね。誰も気がつかなかったけれど」

「どんな車だったか、登録ナンバーを控えるとか、そういうことをした人もいなかったのですね？」

マルガレータ・ヨアンソンは首を振った。

「その女性の外見を話してくれますか？」

「四十代で、五十歳近いと思います。ほっそりしていて、背は高くありません。いつもシンプルだけれど趣味のいい服を着ています。髪は金髪で短く、お化粧はしていません」

ヴァランダーはメモをとった。

「何か、他に気がついたことは？」

「ありません」

ヴァランダーは立ち上がった。

「マチルダには会わないのですか？」施設長が訊いた。

「時間がないのです」ヴァランダーは顔をそむけて言った。「しかしまた来ます。その女性がまた現れたら、すぐにイースタ署に電話してください。最後に彼女が来たのはいつですか？」

「二ヵ月ほど前です」

施設長は出口までヴァランダーを見送った。車椅子に乗った若者が毛布の下で体を動かしている姿が見えた。

「春が来るとみんな調子が良くなるのですよ」マルガレータ・ヨアンソン施設長が言った。「それは自分の世界に閉じこもっているここの患者さんたちにも言えることなのです」

ヴァランダーはあいさつをして車に戻った。エンジンをかけたとき、施設長の部屋で電話が鳴った。スヴェードベリという人からですよと知らせる声を聞いて、ヴァランダーは車を降りて戻った。

「例の運転手、見つかりました。思ったより簡単でしたよ。アントン・エークルンドという男です」

「いいね」ヴァランダーが言った。

「もっといいニュースがあるんです。なんだと思います？　その運転手、バス旅行の乗客リストをとっておく習慣があったんです。それだけじゃない、乗客たちの写真も持っていた！」

「シーモン・ランベリが撮ったものか？」

「そうですよ！　どうしてわかったんです？」

「当然だろう、写真家だ」

「このアントン・エークルンドという男は引退してトレレボリに住んでいます。我々の訪問を待っていると言ってます」

「よし、行こう。できるだけ早く」

だがその前にヴァランダーにはやらなければならないことが一つあった。これもまた待てないことだった。

リンゲからまっすぐエリサベート・ランベリの家に行く。

すぐに答えがほしいことがあった。


エリサベート・ランベリは庭にいた。花壇の花の上にかがみこんで、低くハミングしていた。夫の死はそれだけのこと。深い悲しみと言えるものではなかったのだろうとヴァランダーは思った。ヴァランダーが庭の戸を開けると、彼女はまっすぐに立って姿勢を正した。手に小さなシャベルを持っていた。太陽が眩しそうで、目を細めている。

「また邪魔をして申し訳ない。一つ、少しでも早く訊かなければならないことがあるのです」

エリサベート・ランベリはシャベルをすぐそばの籠の中に置いた。

「中に入りましょうか?」

「いや、その必要はありません」

エリサベート・ランベリはすぐそばにある折りたたみ式の庭椅子を指差し、二人は腰を下ろした。

「いまマチルダの入っている施設の施設長に会ってきました」とヴァランダーは話を始めた。

「マチルダに会ったのですか?」

「残念ながら、時間がなかった」

事実をそのまま言うことはできなかった。自分には、重度の障害者に会うことは耐えられないほどつらいことでとてもできないのだと。

「名前を言わずにマチルダに会いに来る女性の話を聞きました」

エリサベート・ランベリはサングラスをかけたので、表情がまったく見えなかった。

「前にマチルダの話を聞いたとき、あなたはその女性の話をしなかった。なぜでしょうか？それで私は興味をもったのです。それだけじゃない、おかしいとも思いました」

「大事なこととは思わなかったからですよ」

ヴァランダーはこのまままっすぐに問い質すべきか、迷った。なんと言っても、この女性の夫はつい二、三日前に惨殺されたばかりなのだ。

「あなたはまさか、この女性が誰だか、知っているのではありませんよね？　何か理由があって、この女性の正体を話したくないのでは？」

ランベリ夫人はサングラスを外してヴァランダーをまっすぐに見返した。

「その女性が誰か、わたしは知りません。わたし自身、知りたいので探しているのですけど、わからなかったのです」

「どう探したのですか？」

「できることは一つしかありませんでした。その女性が現れたらわたしに電話をしてくれと、施設の人に頼んだのです。施設のほうも電話してくれました。でもいつも間に合わないのです」

「あなたは施設の人に、その女性を中に入れないよう頼むこともできたはずです。あるいは名前を告げなければ、マチルダに会うことを許さないと強い態度をとることもできたはず」

エリサベート・ランベリは合点のいかない顔でヴァランダーを見返した。

「その女性は名前を言いましたよ、最初に施設を訪れたときに。施設長から聞かなかったのですか？」

「ええ、聞いていないですね」

「シーヴ・スティーグベリと名乗っているんです。ルンドに住んでいると。でも、その名前の人物はルンドにはいない。それはわたし、自分で確かめました。全国の電話帳でその名前を探してもみました。北部スウェーデンのクラムフォーシュに同じ名前の女の人が一人います。モーターラにも一人。わたし自分で電話をかけてその人たちと話しました。二人ともなんの話かわからないということでした」

「つまり、偽名を使ったということですね、その女性は。だから施設長は何も言わなかったのでしょうか」

「ええ。でも、わたしには理解できませんけど」

ヴァランダーは考えた。エリサベート・ランベリは嘘をついていないように思えた。

「どうもおかしいですね。なぜあなたは最初からこの話をしなかったのですか？」

「すべきだったといまは思っています」

「あなた自身、その女性の正体を知りたいでしょう？　なぜマチルダを訪ねてくるのか」

「もちろんです。だから施設長にその女性がマチルダに会いに来るのを禁じないでとお願いしたのです。次は彼女がまだいるうちに必ず間に合うように来るからと」

「その女性、マチルダに会って、何をしているのですかね？」

「短い時間しか滞在しないようです。ただマチルダを見ているだけだと施設の人は言ってます。でも決して言葉をかけないと。マチルダは話しかければわかるんですよ」

「ご主人に、その女性のことを話したことはないんですか？」

返事をする彼女の声は苦々しかった。

「なぜそんなことをしなければならないんです？　あの人はマチルダにはまったく関心がなかった。彼にとってあの子は存在していなかったんですから」

ヴァランダーは立ち上がって言った。

「わかりました。ご協力ありがとうございました」

ヴァランダーはまっすぐイースタ署に戻った。急がなければならないと気持ちが焦る。すでに午後も夕方にかかっている。スヴェードベリは部屋にいた。

「トレレボリに行こう。運転手の住所は知っているのか？」

「トレレボリの中心街に住んでいます」スヴェードベリが答えた。

「電話して、家にいるかどうか訊くほうがいいのじゃないか？」

スヴェードベリは電話番号を探した。エークルンドはすぐに電話に出た。

「すぐに来ていいそうです」と短い電話を済ませてスヴェードベリは言った。

ヴァランダーの車よりも新しくて快適なスヴェードベリの車で行くことにした。スヴェードベリは運転がうまく、スピードも出た。ヴァランダーがイースタから海岸通りを行くのは今日二度目だった。マチルダのいる障害者施設とエリサベート・ランベリに会った話をした。

「どうしてもその女が怪しいと思えてならないんだ。必ずシーモン・ランベリと何かあるという気がする」

二人はしばらく黙っていた。ヴァランダーはぼんやりと海の景色を眺めた。少し居眠りもした。頬を殴られた痕はまだ少し色が残っていたが、痛みは消えていた。歯も応急処置だったにもかかわらず、もう痛まなかった。

スヴェードベリは一度道を尋ねただけで、すぐにアントン・エークルンドの住所を見つけた。町の中央にある赤い煉瓦《れんが》造りの集合住宅だった。エークルンドは二階に住んでいた。二人が来るのを窓から見て、ドアを開けて待っていた。体の大きな男で、髪には白いものが交じっていた。

握手したとき、その手は大きく頑丈で、ヴァランダーは手が潰れるのではないかと思うほどだった。小さなアパートに通された。コーヒーが用意されていた。この男は独り住まいだとなんとなくわかった。きれいに掃除されていたが、ここは男一人の世帯だと感じた。腰を下ろし話し始めると、すぐにそれが確認された。

「三年前に妻に先立たれたので、私はここに移ってきたんだ。年金暮らしを始めて一年目だったのに。ある朝起きて見たら、かみさんはそばのベッドで冷たくなっていた」

誰も何も言わなかった。何も言うことがなかった。エークルンドが菓子をすすめたので、ヴァランダーは小さなシュガーケーキを一つ取った。

「一九八一年の三月、あなたはバスをオーストリアまで運転しましたね」とヴァランダーは話を始めた。「旅行を主催したのはマルクトラベル。出発はストックホルムのノラバントリエット。目的地はオーストリアだった」

「そう。ザルツブルクとウィーンが目的地だったね。乗客は三十二名。それにガイドが一名、そして運転手の私だった。バスはスカンニア製の新車だったな」

「ヨーロッパ大陸へのバス旅行は、一九六〇年代で終わったのではなかったのか」とスヴェードベリが言った。

「ああ、一旦は終わったんだが」エークルンドが話を引き取って言った。「また始めたんだよ。マルクトラベルという名前は旅行会社にとってはヘマな名前だよね。しかし、狙いは当たったんだ。飛行機で旅行するのはどうしても嫌で、マルク、つまり地面を旅行したいという人間がいるもんなんだ。旅行はどうしてもしたい、だが飛行機は嫌だという連中には、バスで旅行することができるのはうれしいもんさ」

「当時の乗客名簿を持っていると聞いたのだが?」ヴァランダーが訊いた。

「ああ、乗客名簿を集めるのがおれの趣味のようなものになってしまった」エークルンドが言った。「ときどき出して眺めるんだ。乗客のことはほとんど憶えていないんだが、たまに憶えていることもある。たいていはいい人たちだったな。もちろん中には忘れたいと思う輩もいたがね」

エークルンドは立ち上がると、棚の上からファイルを持ってきて、ヴァランダーに差し出した。乗客三十二名の名前があった。すぐにランベリの名前が目に入った。ヴァランダーは名簿にゆっくり目を通していった。いままでの捜査では浮かび上がらなかった名前がずらりとあった。三十二名の約半分は中部スウェーデンからの参加者だった。それと、ヘルヌーサンドから一組のカップル、ルレオから女性が一人、そして南スウェーデンからは七名だった。ハルムスタ、エスルーヴ、そしてルンドからの参加だった。ヴァランダーはスヴェードベリにリストを渡した。

「このときの写真もとってあるんだね？　ランベリが撮ったという？」

「なにしろ、あの男は写真家だっていうもんだから、それじゃ写真は彼に頼もうってことになったんだな。ほとんど全部、彼が撮ったと思うよ。写真がほしい者は名前を書いて注文してたな。みんな受け取ったはずだよ。あの男は約束どおり送ってくれた」

エークルンドは新聞を持ち上げた。その下に写真の入った封筒があった。

「おれはこれ全部、ランベリからただでもらったよ。向こうが適当に選んでくれたものだ。おれが選んだわけじゃない」

ヴァランダーはゆっくり写真に目を通した。全部で十九枚あった。ランベリが写真に写っていないことは承知していた。撮影者は常に彼だったのだから。だが、最後の一つ手前の写真はグループ写真で、その中にランベリが写っていた。写真の裏にザルツブルクとウィーンの間の休憩所で、と書かれていた。運転手のエークルンドまで写っている。きっと自動シャッターで写したに違いない。もう一度最初の写真から目を通した。細部と、一人一人の顔を注意深く見た。そして、一人の女性の顔が繰り返し映されていることに気がついた。その女性はいつもレンズをまっすぐに見ていた。そして微笑んでいた。その顔を見て、ヴァランダーはどこかで見たことがあるような気がした。見覚えがあるが、よくわからないといった感じだった。

スヴェードベリにも写真全部に目を通すように言った。

「この旅行で、ランベリのことで何か、憶えていることがあるかな？」

「初めはあまりランベリは目立たなかった。だがそのあとはドラマチックになったからなあ」

スヴェードベリが写真から目を上げた。

「ドラマチック？　何が？」ヴァランダーが訊いた。

「こういうことは話しちゃいけないのだろうが」とエークルンドはつぶやいた。「だが、もうランベリはいないからな。彼は同行の女といい仲になっちまったんだ。それがまたややこしいことで」

「ややこしい？」

「ああ。女は結婚していたからな。それだけじゃない。ダンナも一緒だったんだ」

言葉がゆっくりヴァランダーの腹の中に落ちていった。

「もう一つ、ことをむずかしくした理由があるんだ」

「ん？」

「その女は既婚者だというだけじゃない。牧師と結婚してたんだ。そう、牧師の妻というわけさ」

エークルンドはその二人を指差した。ヴァランダーの頭の中に賛美歌集が浮かんだ。汗がじっとりとひたいに浮かんだ。スヴェードベリに目を移した。彼もまた同じくヴァランダーを見ていた。

ヴァランダーは写真の束をスヴェードベリの手から摑み取り、カメラに向かって微笑んでいる女性の写真を抜き取って、エークルンドの前に置いた。

「この女性か？」

エークルンドはうなずいた。

「ああ、そうだ。ルンド郊外の教区の牧師の妻と言っていた」

ヴァランダーはまたスヴェードベリと目を合わせた。

「それで？　どういう結末になった？」

「それは知らない。それにおれは、果たして牧師が、そんなことになっていると気づいていたかどうか知らない。なんだか世間知らずの男のように見えたな。あの旅行はそんなわけで、なんだかおかしなものになっちまった」

ヴァランダーは女性の写真をよく見た。そして急にそれが誰かわかった。

「この牧師たちの名前は？」

「ヴィスランダー。牧師はアンダシュ、妻はルイース」

スヴェードベリは乗客名簿から彼らの住所を書き写した。

「写真を借りてもいいかな。もちろんあとで全部返すと約束する」とヴァランダーが言った。

エークルンドはうなずいた。

「余計なことを言ってしまったんでなければいいが」

「いや、それどころか、大いに礼を言う。ありがとう」

コーヒーの礼を言い、二人は外に出た。

「この女性はマチルダを訪ねてくる女性と外見が似ている」ヴァランダーが言った。「それをいますぐ確認したい。なぜこの女性がマチルダを訪ねてくるのか、それはまたあとのことだ」

二人は車に急いだ。トレレボリを出発する前に、車を停めて電話ボックスからイースタ署に電話をかけ、マーティンソンに繋いでもらった。ヴァランダーは事情を簡単に説明し、ルンドの近郊でヴィスランダーという牧師がまだ仕事をしているか調べてほしいと頼んだ。リンゲの施設に寄ってから、すぐにイースタに戻ると言って電話を切った。

「犯人は彼女だと思いますか？」スヴェードベリが訊いた。

ヴァランダーはしばらく何も言わずに考えた。

「いや。だが、彼かもしれない」

スヴェードベリはヴァランダーの顔に目を走らせた。

「牧師、ですか？」

ヴァランダーがうなずいた。

「あり得ないと思うのか？　確かに牧師は牧師だ。だが、彼らも人間だ。犯人が牧師であることはじゅうぶんに考えられる。そういえば、教会には合金の飾り物やしつらえ物があるんじゃないか？」

リンゲにはほんの数分だけ停まった。施設長はヴァランダーが見せた写真にうなずいた。その女性に間違いなかった。二人はイースタへ直行し、まっすぐマーティンソンの部屋へ行った。ハンソンも待機していた。

「アンダシュ・ヴィスランダーはいまでもルンド郊外で牧師をしていますよ」マーティンソンが言った。「ただ、いまは病気で休んでいるようです」

「なぜだ？　理由は？」ヴァランダーが訊いた。

「個人的に不幸なことがあったためとのことです」

ヴァランダーは眉をひそめてマーティンソンを見返した。

「なんだ、その個人的不幸とは？」

「一ヵ月前に妻が死んだらしい」

部屋の中が静まり返った。

ヴァランダーは大きく息を吸って吐き出した。確かなことは何もないのだ。それでもいま彼は確信した。答えはルンドのアンダシュ・ヴィスランダー牧師に会えば得られる。いますべてが繋がった。

全員が会議室へ移った。ニーベリもやってきた。会議中ヴァランダーには迷いがなかった。当面、他のことはすべてやめ、アンダシュ・ヴィスランダーと彼の死亡した妻に集中する。今晩から明日まで、この二人についてできるかぎりの情報を集める。ヴァランダーは全員に、できるかぎり慎重に、騒ぎ立てないように注意を促した。ハンソンが今晩にもヴィスランダーに接触するほうがいいのではないかと言ったことに対してはきっぱり反対した。明日まで待てる。いまは可能なかぎり情報を集めることだと。

情報分析すると言っても肝心の情報は乏しかった。実際にはすでに知っていることを確認し、アンダシュ・ヴィスランダーとその妻ルイースをシーモン・ランベリの死に関してわかっている状況とすり合わせをする作業になる。

全体像はまもなく出来上がった。スヴェードベリは新聞記者の知り合いを通じてスィードスヴェンスカ紙に載ったルイース・ヴィスランダーの死亡告示を手に入れた。四十七歳で死亡とあった。〝長い、辛抱強い闘病生活のあと〟と書かれていた。この一文の意味について、しばらく意見が交わされた。自殺ではないことは確かだった。がんを患《わずら》っていたのかもしれない。死亡記事には遺族の中に二人の子どもの名前があった。それからしばらく、ルンドの警察にいまの段階で連絡をとるべきかについて議論が交わされた。ヴァランダーは最初迷っていたが、次第に確信をもち、まだ早すぎると判断した。

夜八時過ぎ、ヴァランダーはニーベリに本来は彼の業務ではないことを頼んだ。自分の班の者たちが手一杯であると知っていたので、ニーベリに頼むしかなかった。ヴィスランダーが戸建ての家に住んでいるのか、集合住宅に住んでいるかを知りたかった。ニーベリはうなずいて出て行った。一同はふたたび席につき、会議を続けた。途中、ピザが届けられた。食事をしながらヴァランダーは、アンダシュ・ヴィスランダーがシーモン・ランベリ殺害の犯人という自分の見立てを皆に話した。

反対意見が多かった。シーモン・ランベリとルイース・ヴィスランダーの間にあったという恋愛ごとは遠い昔のことだ。しかも彼女はもう死んでいる。いまごろになってアンダシュ・ヴィスランダーがこのことに反応したというのか？　彼が殺人者であることを示す証拠があるのか？　ヴァランダーは皆の意見ももっともだと思った。彼自身迷ったのだが、次第にこの推測は確信に変わった。

「明日我々がすることは一つだけだ。ヴィスランダーに会いに行くこと。それですべてがわかる」

ニーベリが戻ってきた。ヴィスランダーはスウェーデン教会所有の戸建ての家屋に住んでいることがわかった。現在疾病休暇をとっていることから、おそらく家にいるだろうとヴァランダーは思った。解散する前に、明日は自分とマーティンソンだけがルンドへ行く、二名以上は必要ないと皆に伝えた。

家に帰るのは夜中近くになった。春の闇の中を車を走らせ、サンタ・イェートルーズトリィ広場のそばを通った。すべてが静まり返っていた。ヴァランダーは憂鬱《ゆううつ》な気分だった。世界は病気と死ばかりのような気がした。そしてモナがいない空虚さと。だがそれでも春はやってきたと思い直した。体を揺すって気分を変えようとした。明日、ヴィスランダーに会う。犯人がわかり、問題解決となるかどうかがわかる。

その夜、ヴァランダーは長いこと起きていた。リンダにもモナにも電話したいという気持ちを抑えた。夜中の一時、キッチンへ行き、卵を数個茹でて、その場で立ったまま食べた。ベッドにつく前、ヴァランダーは浴室の鏡に映る自分の顔を見た。頬はまだ変色したままだった。床屋に行かなければ、と思った。

夜中に何度も目が覚めた。五時にはすでに起きて用意した。マーティンソンが迎えに来るまでの間、洗濯物を片付け、部屋中に掃除機をかけた。コーヒーを数杯飲んでは、キッチンの窓辺に立ってシーモン・ランベリ殺害現場を細部に渡って思い出し吟味《ぎんみ》した。

八時、下の通りに出て待った。きれいに晴れ上がった日になりそうだった。マーティンソンはいつものように時間どおりに来た。ヴァランダーは車に乗り込み、二人はルンドに向けて出発した。

「めったにないんですが、昨夜はあまり眠れませんでした。なんだか嫌な予感がして」

「嫌な予感、どんな？」

「いや、どんなと言われても……」

「春の陽気のせいじゃないか？」

マーティンソンが意外なことを言うというように、ちらりとヴァランダーに目を走らせた。

「春の陽気のせい？」

ヴァランダーは答えず、何か口の中で低くつぶやいた。

ルンドには九時半前に着いた。マーティンソンはいつもながらブレーキの踏み方が下手で、車を揺らして運転した。だが、地図は頭に入っていたらしく、迷いなくヴィスランダーの家のある通りに入った。その家は十九番地だったが、通り過ぎてしばらくしてから、家から見えないところに車を停めた。

「それじゃ行くか」ヴァランダーが言った。「話はすべておれに任せてくれ」

大きな家だった。おそらく二十世紀初頭の建物だろうとヴァランダーは思った。敷地に入ってすぐ、手入れされていないとわかった。マーティンソンも同じことに気づいたようだった。ヴァランダーがベルを鳴らした。これから始まることを思い緊張が高まった。返事がない。もう一度鳴らした。応答なし。三度目も同じことだった。ヴァランダーは素早く判断した。

「ここで待っててくれ。敷地内ではなく、道路で。教会はここから遠くない。車を借りるぞ」

ヴァランダーは前の晩、教会の場所を調べておいた。スヴェードベリが地図で教えてくれた。五分で教会に着いた。人の気配がまったくない。失敗したと思った。アンダシュ・ヴィスランダーはここにもいない。だが教会の扉を押してみると、鍵がかかっていなかった。薄暗い教会の玄関ホールに入って、そっと扉を閉めた。静かだった。分厚い土壁で外部からの音は完全に遮断されている。ヴァランダーは教会の大きな聖堂に向かって進んだ。そこは入り口より少し明るかった。ステンドグラスを通して日の光も入っている。

最前列のベンチに人の姿が見えた。祭壇にもっとも近いところだ。ヴァランダーは真ん中の通路をゆっくり前に進んだ。男が一人そこにうずくまり、一心に祈っていた。ヴァランダーが最前列まで来たとき、初めて男は頭を上げた。すぐにヴァランダーは男が誰かわかった。アンダシュ・ヴィスランダー。ヴィスランダーが写っていたたった一枚の写真の顔と同じだった。アン髭は伸び放題で、目が爛々《らんらん》と光っていた。ヴァランダーは嫌な予感がした。一人でここに来たことを後悔した。

「アンダシュ・ヴィスランダー?」とヴァランダーは声をかけた。

男は硬い表情で睨《にら》みつけた。

「お前は誰だ?」

「クルト・ヴァランダーという警察の者です。できれば少し話を聞きたいのですが」

突然ヴィスランダーは荒々しい声で叫んだ。

「私はいま喪に伏しているのだ。邪魔をするな。一人にさせてくれ」

ヴァランダーはますます嫌な気分になった。ベンチに座っている男はいまにも暴れだしそうだ。

「奥さんが亡くなったことは知っています。その件で少し話を聞きたいのです」

ヴィスランダーは突然立ち上がった。精神が普通でないことがはっきりわかる動きだった。

ヴァランダーはあとずさりした。

「お前は私の邪魔をしている。出て行けと言っても動こうとしない。それではお前の話を聞こうではないか。奥の部屋に行こう」

ヴィスランダーが先に立ち、祭壇前の円形空間を左に曲がった。ヴァランダーは後ろから歩きながら、男が屈強な体格であることに気がついた。あの晩自分が追いかけ、その後殴りかかってきた男と同一人物であるとしてもおかしくない。

奥の部屋にはテーブルが一つと椅子が数脚あった。ヴィスランダーは腰を下ろすと、他の椅子を指差した。ヴァランダーは椅子を引き出しながら、どう話を進めるかを考えた。ヴィスランダーの目がぬめっと光った。ヴァランダーは部屋の中を眺めた。別のテーブルの上に大きな燭台《しょくだい》が二つ立っている。ヴァランダーの目はその一つの燭台に引きつけられた。暗くてよく見えなかったが、燭台のろうそく立ての枝の一つが折れている。そして燭台は、合金でできていた。ヴィスランダーを見ると、すでにヴァランダーが見ているものに気づいていた。次の瞬間の攻撃は、まったく予期せぬものだった。ヴィスランダーはヴァランダーに突進してきた。両手を首に回すと一気に締めつけてきた。その力は尋常なものではなかった。ヴァランダーは必死に抵抗した。ヴィスランダーはこの間ずっと奇声をあげ続けていた。だが、ヴァランダーにはそれはシーモン・ランベリを呪う言葉であるとわかった。殺してやるという狂気の叫びだった。そのあと自分はアポカリプス、人類の滅亡を救う騎士だなどとわめきながらヴァランダーの首を締めつけてきた。必死の力でその手を逃れたと思ったとたん、ヴィスランダーが全身で飛びかかってきた。燭台の立っているテーブルの下に二人の体が投げつけられたとき、ヴァランダーの手が燭台を摑んだ。一気にヴィスランダーの顔の上に振り下ろすと、相手は動かなくなった。ヴァランダーは殴り殺してしまったのかもしれないと思った。ランベリが殺されたのと同じやり方で、今度は自分が牧師を殺してしまったのかもしれない。だが、すぐにヴィスランダーが呼吸していることがわかった。

ヴァランダーは椅子の上にへなへなと座り込んだ。顔が切り裂かれ、血が幾本もの筋になって流れていた。治療していた歯はついに三度目に完全に口から飛び出してしまった。

ヴィスランダーは床の上に伸びていた。ゆっくりと意識が戻っているようだ。そのときヴァランダーの耳に教会の扉が開く音が聞こえた。

マーティンソンに違いない。ヴァランダーは奥の部屋から、彼を迎えるために聖堂へ向かった。マーティンソンは危機を察知して、ヴィスランダーの隣人に電話を借りてタクシーを呼び、駆けつけてきたのだった。

あっという間の出来事だったが、これですべてが終わったとヴァランダーは思った。イースタで殴りかかってきた男の正体もこれでわかった。あのとき顔を見てはいなかったが、ヴィスランダーに間違いなかった。それに関してはなんの迷いもなかった。

数日後、ヴァランダーは捜査班の同僚たちを会議室に集めた。午後のことで、窓が一つ開いていた。春は間違いなくやってきている。ヴァランダーはアンダシュ・ヴィスランダーの事情聴取が終わったところだった。ヴァランダーの調子は非常に悪く、医師からこれ以上の聴取はやめるようにと忠告を受けた。だが、これまでの聴取ですでに事件の全貌は明らかになっていた。同僚たちを集めたのも、その報告のためだった。

「全体に、じつに暗く悲しい話としか言いようがない。あのバス旅行のあと、シーモン・ランベリとルイース・ヴィスランダーは密会を続けた。夫は何も知らないままだった。それも最近、つまりルイースが死ぬ間際まで。肝臓がんだった。だが、死の床で、彼女は告白したんだ。夫を裏切ってきたことを。それを聞いたヴィスランダーは狂ってしまったとしか言いようがない状態に陥った。妻の死と、妻の裏切りが一度に彼を襲った。ランベリのあとをつけ始めたのもこのときだ。ヴィスランダーにとっては、妻が死んだのもランベリのせいになった。彼は教会には疾病届けを出して、ほとんどの時間をイースタで過ごすようになった。そしてフォトスタジオを見張った。自身はこの町の小さな宿泊所に泊まった。そしてランベリのところに通う清掃人のヒルダ・ヴァルデーンを尾行し始めた。ある土曜日のこと、彼はヴァルデーンのアパートに忍び入り、鍵束を盗み、合鍵をこしらえた。そして彼女が帰宅する前に、鍵束を返した。そして、フォトスタジオに入り込み、ランベリを重い燭台で殴り殺した。頭が混乱しているヴィスランダーは、まだランベリが生きていると思って、もう一度次の晩アトリエに忍び込んだ。賛美歌集は逃げているときに落としたものだった。ラジオをつけて放送局を替えたのは、おかしな話としか言いようがない。神の声がラジオから聞こえると思ったというのだ。神は彼の行為を許してくれる。その言葉を聞くためにラジオをつけた。だが、聞こえてきたのはやかましいロック・ミュージックだけだったわけだ。あの気持ち悪いアルバムのことだが、あれはまったくランベリだけのもので、事件とは関係なかった。おそらくランベリは政治家や権力者たちを憎悪していたに違いない。それと、彼は警察に不満を持っていた。不満の吐け口だったのだ、あのフォトアルバムは。人の顔を歪めることで世の中を制覇したつもりだったのだろう。とにかく今回の事件はこれで解決した。おれとしてはヴィスランダーが気の毒に思えてならない。彼の世界が崩壊したわけだからな。正気を保つことができなかったのだろう」

全員が静まり返った。

「ルイース・ヴィスランダーはなぜ、重度の障害をもつランベリの娘を訪ねていたのだろう？」ハンソンが訊いた。

「おれもそれは考えた。バス旅行で、シーモン・ランベリと彼女は何か宗教的な意味合いのある情熱に駆られたのだろうか？　マチルダのために二人で何か宗教的な儀式をしていたとか？　そのあとルイースは施設に行って、なんらかの効果が現れているかどうかを確かめるためにマチルダに会っていたということはないだろうか？　あるいは、マチルダは、生まれる前の両親の罪深い生活の犠牲者だとか？　これに関してはまったくわからない。それはシーモン・ランベリとルイース・ヴィスランダーがなぜ惹かれあったのかと同様、我々にはわからないことだ。すべてが明るみに出るということはないものだ。いつもどこかが暗闇になる。それでいいのかもしれない」

「ヴィスランダーのことはさらに一歩進めて考えられる」リードベリが言った。「もしかすると、ヴィスランダーはランベリが自分の妻を宗教的な意味で惹きつけたことに怒りを感じたのかもしれない。エロスではなく。普通の嫉妬《しっと》よりも激しいものがあったのではないか」

一同はふたたび沈黙した。そのあとはランベリのアルバムの写真の話に移った。

「ある意味、ランベリも狂っていたと言えるんじゃないか？」ハンソンが言った。「夜の時間を有名人たちの顔を歪めることに使っていたなんてなあ」

「いや、他の説明もできるんじゃないか？」リードベリが言った。「もしかすると、現在、力がないと感じる人間たちは、いわゆる民主的な話し合いに参加せず、一人で勝手な儀式を挙げているのではないか？　もしそうなら、我が国の民主主義は危機的状況にあることになる」

「そこまで考えたことはなかったが、もちろん、それはあり得る」ヴァランダーが言った。

「もしそうだとすれば、おれはリードベリの意見に賛成だ。スウェーデンは危ないところにいることになる」

会議は終わった。ヴァランダーは疲れて、落ち込んでいた。春のいい天気であるにもかかわらず。そして彼はモナの不在が寂しかった。

時計を見た。四時十五分。

歯医者に行く時間だ。

これが何度目になるのか、彼にはもうわからなかった。

ピラミッド

Pyramiden

プロローグ

その飛行機はモスビー海岸の西側から低空飛行でスウェーデン領空に入った。沖は濃い霧で覆われていたが、陸に近づくにつれてもやが薄まり、海岸線と海岸近くの家々の輪郭《りんかく》はどうにか見えてきた。だがパイロットはこのルートの飛行はいままで何度も経験していた。彼は時計とコンパスだけで飛行する。スウェーデンの国境を越え、モスビー海岸とトレレボリへ向かう道路を照らす街灯の列を確認するが早いか、一気に北東に舵を切り、その後すぐに東に針路を定めた。軽飛行機パイパー・チェロキーはじつに操縦しやすい。パイロットは綿密に作成した航路を進んだ。人家のまばらな南部スウェーデンのスコーネ地方上空を通る、目に見えない空の道だ。それは一九八九年十二月十一日の朝五時のことだった。あたりはほぼ完璧な闇である。夜間飛行をするとき、彼はいつも初めての飛行を思い出す。ギリシャ籍の飛行機で、当時国際社会から制裁を受けていた南ローデシアからタバコを密かに運び出す飛行機の副操縦士を務めていたときのことだ。一九六六年と六七年。もう二十年以上も前のことになる。だがそのときあれば夜でも飛行できることを学んだのだった。

飛行機はいま、これ以上低く飛ぶことはできないほど低く飛んでいた。パイロットは、今回は目標を達成しないまま引き返すことになるかもしれないと思い始めていた。そういうことはいままでもあった。安全が第一。いま視界は開けていない。だがそのとき、まさにパイロットが決断しようとしたときに、霧が晴れた。時計を見る。あと二分で明かりが見えるはず。そこで積荷を落とすのだ。パイロットは後ろを向き、唯一の椅子に座っている男に声をかけた。

「あと二分!」

後ろの男は顔に懐中電灯の光を当ててうなずいてみせた。

パイロットは目を凝らして外の暗闇を見た。あと一分、と思ったとき、二百メートルほどの距離のスペースを照らす複数の光が目に入った。パイロットは後ろの男に準備しろと叫んだ。それから左へ曲がり、照らされている四角いスペースに西から近づいた。後ろの男が飛行機のドアを開けると、機内に冷たい空気が入り込み、機体が少し揺れた。そのあと、彼は後ろのキャビンの赤く光るシグナルランプのブレーカーへ手を伸ばした。可能なかぎり速度を落とし、今度は緑色のランプを押した。ここで後ろの男はゴム引きの袋に入った荷物を落としたはず。ドアが閉まり、冷たい空気の流れも止まった。パイロットはすでに南東へコースを切り替えていた。顔に満足そうな笑みを浮かべている。荷物は落下した。光に照らされていた地面に。あそこには人がいて、すでに荷物を回収したことだろう。光は消され、持ち去られる。その後は何事もなかったかのように元どおり真っ暗になるのだ。完璧なオペレーションだ。これが十九番目のオペレーションとなる。

パイロットは時計を見た。あと九分で海岸を越え海に出て、スウェーデン領空をあとにする。それから十分後、飛行機は高度を数百メートル上げる。座席のそばにコーヒーを入れたポットがある。海に出たら、コーヒーを飲むのだ。八時には、キール郊外にある彼が所有する滑走路に飛行機を戻し、車で自宅のあるハンブルクに向かっていることだろう。

突然機体が揺れた。さらにもう一度揺れた。パイロットは計器を見た。すべて異状なし。向かい風は強くなかったし、気流も激しくない。だが、飛行機はまた大きく揺れた。今回の揺れは大きかった。パイロットは舵をしっかり握った。だが機体は左に傾いている。必死に立て直そうとしたができない。計器は依然として平常値を示している。だが、パイロットはその豊かな経験から、何かがおかしいとわかった。機体を制御することができない。速度を増しているにもかかわらず、機体の位置は低くなっている。パイロットは落ち着いて考えようとした。何が起きたのだろう？　彼は飛行前に必ず機体を自分で点検する。夜中の一時に格納庫に行ったとき、三十分以上かけて点検した。機械整備士から渡されたチェックリストに目を通し、飛び立つ前に注意書きに書かれているすべての点をチェックした。

どうしても機体を水平にすることができなかった。機体は下へ下へと下がっていった。これは大変なことになる。速度をさらに上げ、補助翼《エルロン》を動かした。後ろの男がどうしたのだと叫んだ。パイロットは答えなかった。答えられなかった。機体を水平にすることができなかったら、数分内に墜落する。海上に出る直前に。心臓の鼓動が早鐘のように鳴り響く中、彼は必死に操縦した。だが、どうしようもなかった。猛烈な焦りと諦めとが同時に彼を襲った。次の瞬間、再び必死に操縦桿と足を動かしたが、すでに遅かった。

一九八九年十二月十一日午前五時十九分、飛行機は猛烈な勢いで地面に突っ込み、炎上した。だが、機上の男たちは自分の体が燃えだす瞬間を知らなかった。機体が墜落したと同時に、二人ともその衝撃で死んでしまったからである。

霧がふたたび海から伸びてきて、海岸を覆った。気温は四度、風はほとんどなかった。

1

十二月十一日、ヴァランダーは六時過ぎに目を覚ました。まぶたを開けたとたんにベッドサイドテーブルの目覚まし時計が鳴りだした。時計を止めて、そのまま暗闇を見つめていた。手足を伸ばし、指を動かしてみた。こうやって、寝ている間に手足が痺れていないかをチェックするのが、このごろの習慣になっている。それからゆっくり唾を呑む。喉が腫れ上がっていないかどうかを見るためだ。自分は病気恐怖症かもしれないと近ごろ思うことがある。だが今日も異状はないようだ。さらに加えて、久しぶりにぐっすり眠ったという実感があった。前の晩、彼は十時にベッドに入り、すぐに眠った。うまく眠りに入れさえすれば、ぐっすりと眠れるのだ。だが、すぐに眠れなければ、いつまでも眠れない。数時間経ってからようやく眠りに入るということもあるのだ。

起き上がってキッチンへ行った。窓の外の寒暖計がプラス六度を示している。この寒暖計はあまり正確ではないことを知っていたので、本当は四度くらいだろうと思った。空を見上げた。屋根の上を覆っていた霧がほぼ消えていた。この冬はまだスコーネ地方に雪は降っていない。もうじき雪が降り、本格的な冬が始まる。

コーヒーをいれ、パン数枚にバターを塗った。いつものとおり、冷蔵庫にはほとんど何もない。昨晩ベッドに引き上げる前に買い物リストを作った。それがいまテーブルの上にある。コーヒーができるまでの間洗面所へ行った。戻ってきて、買い物リストにトイレットペーパーと書き加えた。トイレブラシも必要だった。パンを食べながら、玄関の床に投げ込まれていたイースタアレハンダ紙をめくった。一気に最後の広告のページまでめくって目を通した。ヴァランダーの頭のどこかにいつも田舎の家がほしいという思いがあった。朝、目が覚めたらまっすぐ庭に出て、新鮮な空気を吸うのだ。犬も飼いたい。そしてこれはもちろん単なる憧れだが、鳩小屋も作って鳩を買いたいのだ。新聞の広告欄にいくつか売家が出ていた。だが、どれにもあまり興味が湧かなかった。同じページにラブラドール犬売りますという広告も出ていた。売り手はリスゴードに住んでいるらしい。順序が逆になってはいけないと彼は自分を戒めた。まず家を、それから犬だ。その逆はダメだ。犬を飼うなど、自分のように勤務時間がいつ終わるかわからない人間には無理なのだ。犬の散歩をしてくれる人がいれば別だが。モナが永久的に出て行ったのは二ヵ月前のことだ。彼はいまでも本当はモナと別れたことを受け入れられないでいた。だが、どうしたら彼女に戻ってきてもらえるのかも、まったくわからなかった。

七時、出勤の用意ができた。今日の服装は、いつも気温が零度から八度のときに着ると決めているセーターにした。気温によって着るセーターを決めているのだ。スコーネの湿気の多い冬は大嫌いだが、ヴァランダーは汗をかくのもまた嫌いだった。着るものによって、頭がうまく働いたり働かなかったりすることを自覚していた。今日はイースタ署まで歩いていくことに決めた。体を動かす必要がある。外に出ると、海のほうから微風が吹いてくることに気がついた。彼の住むマリアガータンから警察署までは、歩いて十分ほどだ。

歩きながら今日一日のことを考えた。昨日の晩から今朝までの間に何事も起きていなかったら、それは毎朝彼が祈りに似た気持ちで願うことだったが、今日は前の日に逮捕した麻薬の売人の尋問をする予定だった。加えて、机の上には、なんとかしなければならない捜査報告が常時うずたかく積まれている。ポーランドへの盗難車の密輸の取り締まりは永遠に彼の仕事となるようだ。

受付に行って、エッバに合図した。美容院に行って髪を切ってきたと見える。

「いつもながら美しいね」とおきまりの冗談を言った。

「歳だからと言ってられませんからね。でもクルト、あなたは気をつけたほうがいいわよ。それ以上太らないように。女に出て行かれた男によくあることよ、肥満は」

ヴァランダーはうなずいた。彼女の言うとおりだと思った。モナが出て行ってからはいい加減な食事しかしていない。毎日きちんとしようと思うのだが、そのままズルズルと日々を過ごしていた。自室へ行き、上着をかけて机に向かった。

次の瞬間電話が鳴った。マーティンソンだった。ヴァランダーは別に驚かなかった。マーティンソンと自分の二人がイースタ署で一番朝が早い捜査官であることは、いまでは誰もが知っている。

「モスビー海岸へ行かなくてはならないようです」

「なんだ？　何が起きた？」

「飛行機の墜落です」

ヴァランダーは胸にグサッとナイフを突き刺されたように感じた。スツールップ空港に着陸しようとした、あるいは離陸しようとした飛行機が事故を起こしたのだとすれば、一大事だ。死者も大勢出たかもしれない。

「小型の軽飛行機です」マーティンソンが付け加えて言った。

ヴァランダーは大きく息を吐き出した。同時にマーティンソンに腹が立った。なぜ最初からそう言わないのか。

「少し前に緊急通報がありました。消防車はすでに現場に到着しています。機体は黒焦げのもようです」

ヴァランダーは電話に向かってうなずいた。

「すぐに行く。他に誰か行くか？」

「いえ、誰も。自分の知るかぎり。その地区の巡査は行っていると思いますが」

「それじゃお前とおれがまず行こう」

受付で会うことにした。出かけしようとしたとき、リードベリがやってきた。リウマチの痛みで青ざめていた。ヴァランダーが手短に説明した。

「先に行ってくれ。トイレに行ってから駆けつける」

二人はマーティンソンの車で行くことにした。

「リードベリ、具合が悪そうですね」マーティンソンが言った。

「実際に具合が悪いんだ。リウマチだと言っているが、他にも何かあるのだろう。尿道炎かもしれない」

二人は海岸線を西に向かって走った。

「事故の詳細を話してくれ」ヴァランダーは外の景色を見ながら言った。まだ海面に霧が少し残っている。

「詳細も何もありませんよ。機体は今朝の五時半ごろ墜落したらしいです。近くの農家からの通報でわかった。墜落場所はモスビー海岸の北とのことです。海岸ではなく、畑に突っ込んだらしい」

「搭乗者は何人？」

「わかりません」

「スツールップ空港の管制塔が飛行機一機が消えたというアラームを発信しているはず。モスビーに落ちたというのなら、パイロットはスツールップの管制塔と連絡を取り合っていたはずだからな」

「ええ、自分もそう考えました。それで、まず先に管制塔に電話しました」

「なんと言ってた？」

「消えた飛行機など一機もないと言うんです」

ヴァランダーは驚いてマーティンソンの顔を見た。

「なんだ、それは？」

「わかりません。そんなことは不可能なはずなんです。スウェーデンの空を飛ぶのに、飛行プランを提出せず、国内のどこの管制塔とも連絡をとらないなんてあり得ないですから」

「スツールップの管制塔はアラームの知らせを受けなかったと言うのか？　問題が発生したらパイロットは管制塔に呼びかけるはずではないのか？　機体が墜落するまでに数秒はあるはずだからな」

「わかりません。聞いたのはこれだけです」マーティンソンが言った。

ヴァランダーは首を振った。これからの捜査手順を考えた。飛行機事故は初めてではない。前回のは小型飛行機で、パイロットは一人、機体はイースタの北に墜落した。パイロットは墜落時の爆発で死んだが、機体そのものは燃えなかった。

ヴァランダーはこれから自分が見るもののことを考えて、気分が悪くなった。今朝の祈りは聞き届けられなかったことになる。

モスビー海岸に着くと、マーティンソンは右へ曲がった。そしてフロントガラスの向こうを指差した。すでにヴァランダーは空高く昇る残煙に気づいていた。

数分後二人は現場に到着した。機体は百メートルほど農家から離れたところの畑地に落下していた。おそらくその農家の人間が警察に通報したのだろう。消防車がまだ泡を機体にかけていた。マーティンソンはトランクからゴム長靴を取り出した。ヴァランダーは苦い顔をして履いている革のブーツを見た。まだ買ったばかりだ。二人は畑地の中に入っていった。消火活動の責任者はペーテル・エドラー。ヴァランダーはいままで様々な火災現場でエドラーとは顔を合わせていて、好感を持っていた。一緒に仕事ができる男だった。消防車が二台と救急車が一台、他にパトカーが一台来ていた。ヴァランダーはパトカーで駆けつけた巡査のペータースにうなずいてあいさつした。それからまたペーテル・エドラーに向かって話した。

「それで、機体には何があった？」

「焼死体が二体」エドラーが答えた。「言っておくが、とんでもない光景だよ。人間の体がガソリンで焼けると、こうなるんだ」

「いや、おれに警告する必要はない。いままでも見たことがあるから」

マーティンソンがやってきた。

「通報した人間を捜し出してくれ」ヴァランダーが言った。「おそらく向こうに見える農家の人間だろうが。時間のことを訊いてくれ。それと、スツールップの管制塔と話をしなければならないな」

マーティンソンはうなずき、農家に向かって歩いていった。ヴァランダーは機体に近づいた。左側を下にして地面を深くえぐっていた。左翼が折れ、粉々になった翼が土の上に散乱していた。右翼は機体についてはいたが、翼の先端で折れていた。単発機であることがわかった。プロペラは曲がり、土中深くにめりこんでいた。機体の周りをゆっくり回って見る。黒焦げの機体の上に白い泡が吹きつけられている。ヴァランダーはエドラーに話しかけた。

「この泡、もう取ってもいいかな？　機体の本体と翼に名前とかマークがついているんじゃないか？　それが見たい」

「もう少しの間、泡をそのままにしておかなければならない。ガソリンが少しでもタンクの中に残っていると危険だからな」

ここはエドラーの言うとおりにしなければなるまい、とヴァランダーは思った。

機体の中の焼死体は黒焦げの状態で、顔はまったく判別がつかなかった。機体の周りをさらにもう一度回った。それから機体から離れたところに飛んでいる翼の一番大きな破片のそばにしゃがみこんだ。数字とかアルファベットの文字などは見えなかった。十二月の朝はまだ真っ暗だ。ペータースを呼んで懐中電灯を貸してもらい、光を当てて折れた翼をじっくりと点検した。翼下部分についている土を払った。翼は塗り直しされているようだった。これは飛行機の所有者を隠すためだろうか？

ヴァランダーは立ち上がった。またもや人の仕事に手を出してしまったという思いがあった。これは本来ニーベリと鑑識課の者たちの仕事なのだ。立ち上がって、農家のほうへ足を運ぶマーティンソンのほうを見た。野次馬がすでに数台道路に車を停めてこっちを見ていた。ペータースと他の巡査たちが交通整理を始めていた。さらに警察の車がやってきた。ハンソン、リードベリ、ニーベリが車から降りたので、ヴァランダーは彼らと合流した。手短に経過を説明し、ハンソンに周辺を立ち入り禁止にしてくれと頼んだ。

「機体の中に焼死体が二体ある」とヴァランダーはニーベリに声をかけた。

このあとは事故調査委員会が設けられ、そこで事故の原因究明がなされるはず。そこにはヴァランダーは参加する必要がない。

「もげた翼を見ると、塗り直されているようだ。機体の所有者が確認されるのを恐れたのだろうか？」ヴァランダーが言った。

ニーベリは黙ってうなずいた。彼はめったに不必要なことは言わない。

リードベリがヴァランダーの後ろに立った。

「おれの歳になったら、土の中を歩き回る必要はないだろう。リウマチが痛んで困る」

ヴァランダーはリードベリを振り返って言った。

「ここに来なくてもよかったのに。あんたなしでもできる仕事だ。あとは事故調査委員会の仕事になるのだから」

「おれはまだ死んどらんぞ」リードベリが苦々しそうに言った。「もっとも……」

リードベリは途中で言葉を呑んだ。その代わり、一歩前に出て機体のそばにしゃがみこんだ。

「こんなに黒焦げじゃ、死体の身元はわからんだろう」

ヴァランダーはリードベリにざっと説明をした。二人は呼吸が合ったので、特別にくわしい説明などいらなかった。ヴァランダーはイースタ署に配属されてからは、リードベリから仕事を教わってきた。警察官になりたてのころは、マルメでヘムベリに仕事の手ほどきを受けたものだ。そのヘムベリは去年、不幸なことに交通事故で亡くなった。ヴァランダーは葬式には決して出ないことにしていたが、このときばかりは通夜に出かけた。とにかく、ヘムベリのあとはリードベリがお手本だった。そして、長いこと一緒に組んで仕事をしてきた。ヴァランダーは経験からリードベリはスウェーデンでももっとも優秀な捜査官の一人ではないかと思っていた。彼は何一つ見逃しはしなかった。どのような前提も仮定も、リードベリの厳しいチェックを逃れることはできなかった。犯罪現場から情報を読み取る能力は常にヴァランダーを驚かせた。ヴァランダーは常にそのやり方を懸命に吸収してきたのだった。

リードベリは独身だった。交友関係はほとんどなく、またそれを望んでいるようには見えなかった。長いこと付き合っていても、ヴァランダーはリードベリが仕事以外のことに関心があるかどうかも知らなかった。

初夏の暖かい夜など、リードベリの自宅のバルコニーに座ってウィスキーを飲むことがたまにあった。たいていは二人とも何も言わず、気持ちのいい静けさの中で過ごした。ときどき、仕事のことでポツリとどちらかが意見を言うくらいのものだった。

「時間的経緯のことは、いまマーティンソンが調べている。自分としては、なぜスツールップ空港の管制塔が緊急警報を出さなかったのか、それを調べようと思っている」ヴァランダーが言った。

「いや、管制塔がではなくて、なぜパイロットが緊急警報を出さなかったか、だろう?」

「そう。そんな暇はなかったのだろうか?」

「緊急事態と叫ぶのに何秒もかかりはしない。だがお前さんの言うとおりだ。飛行機はあらかじめ許可された航路を飛んでいたに違いないからな。もちろん、不法飛行なら別の話だが」

「不法飛行?」

リードベリは肩をすくめた。

「噂を聞いたことはあるだろう？　夜中に空から飛行機の飛ぶ音が聞こえるとかいう話だ。低空飛行で、明かりもつけず、国境を飛び越える飛行機のことさ。少なくとも冷戦時代には本当にあったことだ。もしかすると、いまでも完全になくなったわけではないかもしれない。ときどき謎めいたスパイ活動に関する報告がくるからな。もう一つ、スウェーデンに入ってくる麻薬はすべてデンマーク経由で船で運び込まれるとはかぎらない。だが、我々はどのようなルートで麻薬がスウェーデンに渡ってくるか、とても調べ切れない。一つだけ言えるのは、空からの密輸もあり得るということ。低空飛行すれば、国防省のレーダーに引っかからないからな。もちろん管制塔のレーダーにも」

「よし、おれがスツールップへ行って調べてくる」ヴァランダーが言った。

「いや、おれが行く。年齢順だよ。泥土のここの調べはお前さんに任せる」

リードベリはそう言うと、その場を離れた。ようやく夜が明け始めた。鑑識官の一人が機体を様々な角度から写真に撮り始めた。ペーテル・エドラーは消火作業を終えて、仲間と一緒にイースタへ戻っていった。

ハンソンがジャーナリストらと話しているのが見えた。ヴァランダーは自分がやらずにすんでよかったと思った。そのとき、マーティンソンが泥土を踏みながら戻ってくるのが見えた。ヴァランダーはマーティンソンのほうへ数歩近づいた。

「思ったとおりでしたよ。あの家にじいさんが住んでました。名前はローベルト・ハーヴェルベリと言ってました。七十代で、九匹の犬と一人暮らしです。家中ひどい臭いでしたよ」

「それで、なんと言ってた?」

「飛行機の音がした、それから静かになった、少し経ってからまた飛行機が戻ってきた、と。だが、この二度目のときはエンジンの音というよりは、シューッと強い風が吹くような音だったと言ってます。そのあと爆発音がしたと」

マーティンソンの話はときどきわかりにくいことをヴァランダーは思い出した。

「もう一度初めから言ってくれ。そのローベルト・ハーヴェルベリという男は飛行機の音を聞いたんだな?」

「はい」

「それは何時だ?」

「ちょうど目が覚めたばかりのときだったと言ってます。五時ごろと」

ヴァランダーはひたいにしわを寄せた。

「ちょっと待て。飛行機が墜落したのは五時半ごろじゃなかったのか?」

「ええ。自分もじいさんにそう言いました。しかし、じいさん、頑として譲らなかった。まず最初は通り過ぎる飛行機の音を聞いた。低いところから聞こえたと。そのあと静かになった。それで彼はコーヒーをいれた。そしたら飛行機の音がまた聞こえて、そしてバーンという爆発音が聞こえたと」

ヴァランダーは考えた。このマーティンソンの報告は重要だった。

「最初の飛行機の音から爆発音までの時間は訊いたか?」

「だいたい二十分くらいだろうと」

ヴァランダーはマーティンソンを見据えて言った。

「どういうことだと思う？」

「わかりません」

「じいさんはボケてないのか？」

「ええ、もちろん。耳も悪くなかった」

「車に地図があるか？」

マーティンソンはうなずいた。二人は道路に戻った。ハンソンがまだジャーナリストたちに説明していた。中の一人がヴァランダーに気づいて近寄ってきた。ヴァランダーは手を振って断った。

「何も言うことはない」と言った。

マーティンソンの車に座り、地図を広げた。ヴァランダーは何も言わずに地図を見つめた。頭の中にリードベリの言葉が浮かんだ。不法飛行をしている飛行機、航路も知らせず、管制塔の指揮も受けない、闇を飛ぶ飛行機。

「一つ考えられるのは」ヴァランダーが言った。「低空飛行で海上からやってきた飛行機がここを通り過ぎて飛び去った。そのあとまたその飛行機が戻ってきた。そして墜落したということ」

「どこかで積荷を投下し、そして戻ってきたということですか？」マーティンソンが訊いた。

「ああ、あり得ると思う」

ヴァランダーは地図を畳んだ。

「まだ何もわからない。リードベリがスツールップ空港へ行った。その報告を待とう。我々はいまあの黒焦げの死体の身元を調べなければならない。もちろんあの飛行機本体の所有者もだ。いまできることはそのくらいか」

「自分は飛行機に乗るのが怖い。このようなことを見ると、余計怖くなる。しかし、最悪なのはいまテレースがパイロットになりたいと言ってることですよ」

テレースというのはマーティンソンの娘だった。息子も一人いる。マーティンソンは家族思いで、いつも家族の心配をしている。一日に何度も家に電話をかけて何事もないかと訊くほどだ。昼食を家に帰って食べることもしばしばある。ときどきヴァランダーは見るからに問題のなさそうなマーティンソンの家庭がうらやましくなる。

「ニーベリにおれたちは署に戻ると伝えてくれ」とマーティンソンに言った。

ヴァランダーは車に座ったまま待った。あたりは見捨てられたような灰色の景色だった。ブルッと身震いした。このまま人生は進むのか。おれは四十二歳になった。リードベリのような終わり方になるのか？　一人で、リウマチを抱えたまま終わるのか？

ヴァランダーはそんな思いを振り払った。

マーティンソンが戻ってきた。二人はイースタへ向かった。

十一時、ヴァランダーはイングヴェ＝レオナルド・ホルムという、麻薬売人と疑われる男の取り調べをするために部屋を出るところだった。そのときドアが開いてリードベリが入ってきた。リードベリはいつも決してノックをしない。ヴァランダーの部屋の訪問者用の椅子に腰を下ろし、早速話しだした。

「スツールップ管制塔のリッケという管制官に会ってきた。お前さんを知ってるそうだ」

「以前その男と話したことがある。なんのことだったかは忘れたが」

「とにかくリッケはきっぱりと言っていた。今日の朝五時にモスビーを通過する許可を与えた単発飛行機は一機もないと。また彼らは緊急事態を知らせる非常通報を一切受けていないと言っている。レーダーにも何も映っていない。通報なしに飛行してくる怪しげな機体がある場合は、それをキャッチするシステムがあるのだが、そこにも何も引っかかっていない。リッケの言葉どおりなら、墜落事故を起こした飛行機は存在しないということになる。とにかく彼らは国防省と、なんだか知らんが他にも政府関係機関にこのことを報告したということだ。税関かな」

「つまりあんたが正しかったということだ」ヴァランダーが言った。「何者かがスウェーデンの領空を不法飛行した。不法な目的で」

「いや、それはわからない。何者かが不法飛行をしたことまでは確かだが、不法な目的でかどうかは不明だ」

「不法な目的でなくて暗闇の中を飛行する者などいるだろうか？」

「突拍子もなく頭のおかしい人間がいるものさ」リードベリが言った。「お前さんだって知っているだろう」

ヴァランダーは首を振りながらリードベリを見た。

「こんなこと、あんただって本当は信じていないだろう?」

「ああ、信じていないさ。だが、あの黒焦げの人間たちが誰なのか、またあの飛行機が誰の所有物なのかを知るまでは、我々は動けない。これはインターポールに任せるべき仕事だ。あの飛行機は外国から来たものだとおれは思う。賭けてもいい」

そう言って、リードベリは出て行った。

ヴァランダーはいま聞いたことを反芻《はんすう》した。

そのあと立ち上がり、イングヴェ＝レオナルド・ホルムが弁護士と一緒に待っている取調室へ向かった。

テープレコーダーのボタンを押して尋問を始めたのは、きっかり十一時十五分過ぎだった。

2

一時間十分後、ヴァランダーはテープレコーダーを止めた。イングヴェ＝レオナルド・ホルムにはもうじゅうぶんうんざりした。その態度にもうんざりだったし、証拠不十分で彼を釈放しなければならないということにもうんざりだった。向かい側に座っている男が繰り返し、大量の麻薬密輸をしていることには確信があった。だが世界中どこを探しても今回調べた起訴内容でじゅうぶんと認める検察官はいないだろう。中でも、これからヴァランダーが書類を提出するペール・オーケソン検事は絶対に認めないだろう。

イングヴェ＝レオナルド・ホルムは現在三十七歳。ロンネビーで生まれたが、一九八〇年代からイースタに住民登録している。自称〝書物移動販売業者〟で、とくにマンハッタンシリーズ物を夏の青空市などで販売して回っていると言っている。ここ数年の税金申告額は限りなくゼロに近い。だがその彼が同時に、まさに豪邸としか言いようのない大きな屋敷を最近イースタ署の近くに建てた。その家屋には何百万クローナもの税金が課せられている。ホルムの言葉によれば、その家の建造にはギャンブルで勝った金を当てたという。イェーゲルスローとソルヴァラでの競馬で当てた金とドイツとフランスでの競馬で大儲けした金を充てたというのだ。もちろん、当たった金の金額を示す受け取りなどはない。彼個人の収入と支出を記載した帳簿をつけていたが、残念なことに火災が起きて全部焼けてしまった、という。唯一彼が提出できたのは数週間前のレースで勝った四千九百九十三クローナの受領書だけだった。ホルムは競馬に少しは通じているのかもしれない。だが、それ以上のことは何もわからなかった。本来ならここに座っているべきなのはハンソンなのだ、とヴァランダーは思った。彼も競馬が好きだから、ハンソンならホルムと馬の話ができただろう。

しかし、これらのことはヴァランダーの確信を変えるものにはならなかった。ホルムがスウェーデン南部における大量の麻薬密売ルートの元締めであるとの確信である。それを示唆するものはたくさんあったのだが、ホルム逮捕はじつになんともお粗末な次第だった。警察による奇襲が二ヵ所で同時に行われるはずだった。一ヵ所はホルムの自宅、もう一つは工場地帯にあるホルムの移動販売用の本の倉庫だった。警察の手入れのとき、ホルムは自宅でテレビを見ていた。警察が家宅捜索をしている間、ホルムは女を足元に侍らせてマッサージさせ、薄ら笑いを浮かべていた。もちろん何も見つけられなかった。税関から借りてきた麻薬犬が家中を嗅ぎ回ったが、ゴミ箱の中に捨てられていたハンカチを懸命に嗅ぎ、科学分析によって麻薬と接触したことがあったかもしれないという疑いがかすかに浮上しただけだった。ホルムは明らかに警察の手入れについてあらかじめ知っていた様子だった。ヴァランダーはこの男には違法活動をないものに装うだけの頭の良さと器用さがあると認めざるを得なかった。

「いいか、今回は帰してやろう。だがお前に対する嫌疑が晴れたわけではない。お前がスコーネにおける麻薬密売の元締めであるとおれは確信している。早晩捕まえてやるから待っていろ」

イタチのような顔つきの弁護士が首を伸ばした。

「これは私の依頼人に対する根拠のない言いがかりだ。法律に反する個人攻撃だ」

「ああ、そのとおり」とヴァランダーは言った。「告発状を私に対して出せばいい」

無精髭を生やしたホルムは、この状況に飽き飽きした様子で、弁護士を抑えた。

「警察は仕事をしているだけなんだ」と弁護士に言い、今度はヴァランダーに向かって言った。

「残念ながら、おたくはおれを疑うという間違いを犯した。おれは単なる一市民だ。競馬のこととポケットブックのことしか知らない男で、他のことはさっぱりだ。あ、そういえば、おれは毎年〈子ども救済財団〉に寄付してるよ」

ヴァランダーは部屋を出た。ホルムは釈放され、家に戻っていった。ヴァランダーはマッサージでもなんでも勝手にしてろという気分だった。これで麻薬はスコーネに流れ込み続けることになる。おれたちはこの戦いには決して勝てないだろう、とヴァランダーは廊下を渡りながら考えた。唯一の希望は次の世代が麻薬と距離を置くようになることだ。

十二時半になった。腹が減った。今日にかぎって車で来なかったのを後悔した。雨が降り始めているのが窓を通してわかる。みぞれになっていた。町の中央部までこの天気の中を歩くのは気が進まなかった。机の引き出しにピザ屋のメニューが入っている。注文すれば配達してくれる店だ。メニューを見たがどれがいいかわからない。しまいに目を閉じて指で指して、その品目を電話で注文した。そのあとふたたび窓の前に立って、通りの向かい側に見える町のウォータータワーを眺めた。

電話が鳴った。机について電話を取った。ルーデルップに住む父親だった。

「昨夜、お前はこっちに来ると約束したではないか？」

ヴァランダーはため息をついた。

「いや、そんな約束はしていない」

「いや、おれははっきり憶えている」と父親は言い張った。「お前、忘れっぽくなったな。警察官は報告書を書く紙を持っているだろう。おれを逮捕すると書いておいてはどうだ？　そしたら思い出すだろう」

ヴァランダーはあきれて腹も立たなかった。

「今晩ちょっとのぞいてみる。だが、昨日の晩行くという約束はしなかったよ」

「それじゃおれの間違いかもしれんな」と父親はあっさりと折れた。

「七時ごろになるだろう。いまはちょっと手が離せないんだ」

受話器を置いた。親父のやつ、芝居を打ってるな、と胸の内でつぶやいた。最悪なのは、そうとわかっていても、おれがいつも親父の言うなりになってしまうことだ。

ピザの配達が来た。ヴァランダーは金を払って、食堂にピザを持っていった。ペール・オーケソンがオートミールを食べていた。ヴァランダーは彼の真向かいに座った。

「ホルムのことを話しに来るかと思ったよ」オーケソンが言った。

「ああ、そうするつもりだった、おれも。だがやつは帰したよ」

「そうか。そう聞いても驚きはしない。あの手入れはどう考えても失敗だったからな」

「それについてはビュルクと話してくれ。おれは関係ない」

驚いたことに、オーケソンはヴァランダーの目の前でオートミールに砂糖ではなく塩をふりかけた。

「あと三週間で、おれはしばらく休職する」

「ああ、知ってる」ヴァランダーが相槌を打った。

「おれのあとを臨時で代行してくれるのは若い女性検事だ。アネッテ・ブロリンという。ストックホルムから来てくれる」

「あんたがいなくなるのは寂しいな。それにどうだろう。女性に検事なんて務まるだろうか？」

「え？　どんな問題があるというんだ、女性検事に？」

ヴァランダーは肩をすくめた。

「現場には偏見があるからな」

「休職は半年だ、すぐに戻ってくるよ。それに正直言って、少し仕事を離れるのはいいと思うんだ。考えなければならないことがあるから」

「昇進のために勉強するんじゃないのか？」

「ああ、それもする。だが、同時に今後のこと、将来のことも考えるつもりだ。おれは一生検察官の仕事をするのか？　あるいは、何か、もっとやりたいことがあるのか？」

「セーリングの技術を習って、一生帆船で漂流するというのもいいじゃないか」

オーケソンは激しく首を振った。

「いいや、そんなことは考えていない。考えているのは、外国に行こうかということ。本当に役に立つようなことをしたいんだ。もしかすると、まだ法律によって国が治められるシステムができていない国で立憲主義を確立するとか。例えばチェコスロヴァキアとかで」

「手紙を書いて、知らせてくれるとうれしいんだが」ヴァランダーが言った。「おれも将来のことは考えている。一生、引退するまで警察官でいるかどうか。あるいは他の仕事につくか」

ピザはまずかった。オーケソンはうまそうにオートミールを食べている。

「飛行機事故のほうはどうなった？」

ヴァランダーは知っている範囲を話した。

「おかしな話だな」最後まで聞いて、オーケソンは言った。「麻薬かな？」

「ああ、じゅうぶんにあり得る」と答えてから、さっきホルムに自家用機を持っているか訊くのだったと思った。豪邸を建てるほどの金があったら、自家用の飛行機など難なく買えるかもしれない。麻薬密売で儲ける金は天文学的数字らしいから。

二人は同時に食器洗いコーナーへ行き、食器を洗った。ヴァランダーはピザを半分残した。モナと別居してから、どうも食欲が戻ってきていない。

「ホルムは悪者だ。絶対に捕まえてやる」ヴァランダーが言った。

「おれはまだ確信が持てない」オーケソンが言った。「だがもちろん、あんたが正しいことを願ってるよ」

一時過ぎ、ヴァランダーは部屋に戻った。マルメにいるモナに電話したいという気持ちがあった。リンダがいま来ているはず。ヴァランダーはリンダと話したくてたまらなかった。最後に話したのは一週間も前のこと。いま十九歳で、何もかもうまくいっていない。最後に話したときには、やっぱり家具職人になろうかな、と言っていた。ヴァランダーは娘がまだ当分、仕事のことで悩むだろうという気がしていた。

結局マーティンソンに電話をかけ、来てくれと言った。そして、今朝の飛行機事故のことを話し合った。マーティンソンが報告書を書くことになった。

「スツールップからも国防省からも電話がありました」とマーティンソンが言った。「その飛行機、どうも怪しいらしい。どこにも記録がないと言うんです。そして確かに言われるとおり機体も翼も塗り直した痕跡があるとのことです」

「ニーベリの報告を待とう」ヴァランダーが言った。

「黒焦げの遺体はルンドに運ばれました。唯一、歯で身元確認ができるそうです。遺体は完全に炭化していて、担架《たんか》に持ち上げたとき、砕けてポロポロと落ちてしまったとか」

「とにかく、報告を待とう」ヴァランダーが言った。「ビュルク署長には、事故調査委員会にお前をイースタ署の代表として送り込むようにすすめるつもりだ。それでいいね?」

「ええ、また何か新しいことを学べますから」

一人になると、ヴァランダーは自分とマーティンソンとの違いについて考えた。ヴァランダーの野心はいつも、優秀な、仕事のできる犯罪捜査官になることだった。そしてそれには成功したと言っていい。だがマーティンソンは別のことを目指している。彼は警察署長になることを、それもそう遠くない将来になることを目指しているのだ。実際に事件捜査でいい仕事をするかどうかは彼のキャリアを達成するための一助にすぎない。

ヴァランダーはマーティンソンのことを考えるのはやめにして、あくびをしながら机の上の書類を手元に引き寄せた。ホルムに飛行機のことを訊かなかったことを苦々しく思い出した。少なくとも彼の反応を見たかった。いまホルムは家に戻ってプールで体を伸ばしていることだろう。いや、それともホテル・コンチネンタルで例の弁護士と豪勢なランチを食べているか。目の前の書類には手をつけなかった。このままビュルクのところへ行って、マーティンソンを事故調査委員会に送り込むように言おうと思った。それで一つ仕事が片付く。廊下の奥のビュルクの部屋まで行った。ドアが開いていて、ビュルクはまさに出かけるところだった。

「時間ありますか?」

「数分なら。教会へ行って話をすることになっている」

ヴァランダーはビュルクが様々な機会に演説するのをよしとすることを知っていた。人前で話をするのが好きらしい。それはまさにヴァランダーがもっとも苦手とすることで、例えば記者会見は常に苦痛以外の何ものでもなかった。ヴァランダーは早朝の飛行機事故について短く話した。ビュルクはすでに報告を受けていた。また、マーティンソンをイースタ署の代表として事故調査委員会に送り込むことにはまったく反対しなかった。

「飛行機は撃墜されたわけじゃないんだろう」

「事故のようです。それを否定する材料は見つかっていません。ただ、この飛行機の飛行に関しては、不明な点が多々あります」

「ま、我々としてはできることをやるまでだ」これで話は終わりだと知らせる語調だった。

「必要以上のことをすることはない。いまある仕事で手一杯だからな」

ビュルクはシェービングローションの香りを残して出て行った。ヴァランダーは自室に戻った。途中、リードベリとハンソンの部屋をのぞいたが、二人とも出かけていた。コーヒーを持ってきて、それから数時間、スクールップで起きた虐待《ぎやくたい》事件について報告書を読んだ。義姉に暴力を振るったという男を告訴する証拠が新たに見つかったとあった。ヴァランダーはその資料をまとめて、明日オーケソン検事に渡すものとして机の上に置いた。

四時四十五分になった。イースタ署はめずらしく静まり返っていた。ヴァランダーは家に戻って車で買い物に行くことに決めた。父親のところにはそのあと七時には行けるだろう。七時に少しでも遅れると、父親はいかに息子にないがしろにされているかと騒ぎ立てるに決まっている。

ヴァランダーは上着を着て署を出、家に向かって歩き始めた。雨に雪が交じっている。襟を立てて急いで歩いた。家に着いて車に座り込み、ポケットに買い物リストが入っていることを確かめた。車はなかなかエンジンがかからなかった。また買い替えなければならないと思った。車の買い替えだと？　どうやって金を捻出するつもりだ？　ようやくエンジンがかかり、車を出そうとしたとき、あるアイディアが浮かんだ。あまり意味のないことかもしれないと思いながらも、好奇心が湧き上がった。買い物は後回しにしよう。その代わりに、ウステルレーデンの方向にハンドルを切り、ルーデルップ方面に向かった。

頭に浮かんだアイディアというのは、じつに単純なものだった。ストランドスコーゲンの向こうにある家に、ヴァランダーが数年前に知り合いになった男が住んでいて、その男はいまは引退しているが、前は飛行場の管制塔で管制官をしていた。男の末娘とリンダがクラスメートだった。ヴァランダーはその男に、マーティンソンが農家の男から聞き出した話をして、この正体不明の飛行機の事故について意見を聞いてみようと思いついたのだ。男の名前はヘルベルト・ブローメルという。ヴァランダーがその家に着くと、ブローメルは梯子《はしご》に乗って家の樋《とい》を直しているところだった。車を運転しているのがヴァランダーだとわかると、ブローメルはゆっくりと梯子を下りてきた。

「私の歳になると、大腿骨骨折は命取りになるからね。リンダは元気かね?」

「ええ、元気ですよ。いまマルメの母親のところに来てます」

二人は家の中に入り、キッチンに腰を下ろした。

「今朝早く、小型飛行機が一機、モスビーに墜落したんですが」とヴァランダーが早速話し始めた。

ブローメルはうなずいて、窓辺に置いてある小さなラジオを指差した。

「機種は単発機パイパー・チェロキーでした」ヴァランダーは話を続けた。「あなたは管制官だっただけでなく、飛行機操縦のライセンスも持ってますよね」

「実際チェロキーで飛んだことも数回ある」ブローメルが言った。「じつにいい飛行機だよ」

「パイパー・チェロキーで飛ぶとして、ある地点から十分間飛んだら、どのくらいの距離が飛べるものですかね?」

「それは簡単な計算でわかることだ」ブローメルは言った。「地図を持っているかね?」

ヴァランダーが首を振ると、ブローメルは部屋を出て行った。数分後、丸めた地図を持って戻ってきた。二人はそれをキッチンテーブルの上に広げた。ヴァランダーは飛行機が墜落した畑の位置を探し出した。

「飛行機は海のほうからまっすぐに飛んできたとしましょう。ある時間にこの地点でエンジンの音がはっきり聞こえた。二十分後、同じ地点でまたエンジンの音が聞こえた。パイロットが行き帰り同じコースを飛んだかどうかはわからないが、いま仮に同じとすると引き返すまで、どのくらいの距離を飛んだだろうか?」

「チェロキーの平均飛行速度は時速二五〇キロメートルだ」ブローメルが言った。「通常の積荷なら」

「積荷のことはわからない」

「それでは最大積載量と平常風速で計算してみよう」

ブローメルは頭の中で計算した。そして、モスビーより少し北を指差した。それはシューボー付近だった。

「だいたいこの辺になる」とブローメルは言った。「いうまでもないが、これはあくまで概算だ」

「それでも、これでだいたいの見当はつく」とヴァランダーはつぶやいた。

そしてテーブルについたまま、しばらく何か考えているようだった。

「飛行機が墜落する原因にはどんなことが考えられますか?」

ブローメルはヴァランダーの問いに少し首を傾げたようだった。

「飛行機の墜落事故には二つと同じものはない。私はよくアメリカの航空機関紙で飛行機事故に関する報告書を読むのだが、どの事故にも原因として挙げられるものの一つに機体の電気系統の故障がある。ただし、ま、他にもあるかもしれないがね。飛行機事故は一つ一つ異なる原因で起きるものだ。ただし、いつも言えるのは、最終的にはパイロットの間違った判断によって起きるということだね」

「チェロキーが墜落する原因は?」

ブローメルは首を振りながら言った。

「エンジンの故障。メンテナンスがいい加減であること。今度の場合も事故調査委員会がどういう結論を出すか、見るといい」

「機体の認証番号が消されているんです。機体本体からも翼からも。これは何を意味するんですかね?」

「身元を知られたくない人間のやったことだね。飛行機にもブラックマーケットがあるんだよ、他のあらゆるもの同様にね」

「スウェーデンの上空は安全だと思いましたがね。だが、そうすると、飛行機が身元を隠して飛んでいるってことですね？」

「この世に完全に安全なんてことも、そんな場所もないんじゃないか？　これからもきっとそうだろう。金がじゅうぶんにあって、どうしてもそうしたいと望む人間たちは、いつだって国境を越えて好きなことをしているんだ。そして跡形もなく姿を消す」

ブローメルはコーヒーを飲んでいかないかと言ったが、ヴァランダーは断った。

「ルーデルップに住んでいる父親のところに行くことになっているので。少しでも遅れたら大騒ぎになってしまうんですよ」

「年取ると、孤独が身にしみるからねえ。私は管制塔が恋しくてならないよ。夢の中で自分が管制塔から飛行機を導くのを毎晩のように見るんだ。目が覚めると、雪が降っていてがっかりする。私にできるのはせいぜい樋の修繕ぐらいなものだ」

外に出て、庭で別れた。車を出してしばらく行き、ヘーレスタまで来て小さなスーパーで買い物をした。車を出してから、舌打ちした。買い物リストに書いてあったのに、またトイレットペーパーを買うのを忘れてしまった。

七時三分前、父親の家に到着した。雪は止んでいたが、どんよりした曇り空になっていた。外の小屋がアトリエで、そこから明かりが漏れていた。車を降りて新鮮な空気を胸いっぱいに吸い込みながら、敷地の中を歩いて小屋に行った。ドアは少し開いていて、父親はヴァランダーがやってきたことに気がついていた。古い帽子をかぶってイーゼルの前に座っていた。近眼なので、イーゼルに顔を近づけて絵の具を塗ろうとしていた。シンナーの匂いが、ヴァランダーにとっては幼いころからの家の匂いだった。おれの子ども時代の名残りはこれだけだ、とヴァランダーはいつも思う。シンナーの匂い。

「時間どおりに来たな」と父親は顔も上げずに言った。

「おれはいつだって時間どおりに来る」とヴァランダーは椅子の上にある新聞を下に置いて座りながら言った。

父親はライチョウのいる景色を描いていた。ヴァランダーがアトリエに入ってきたときはちょうど、雛型《ひながた》を画布の上に置き、抑えた色合いで夕焼けの空を書いているところだった。ヴァランダーは突然、ハッとしたように父親を見つめた。父は自分の前の世代の、自分に一番近い人間なのだと思った。親父がいなくなったら、おれが次の世代の最年長者になるのだ。

父親はペンと雛型を片付けて立ち上がった。

二人は母屋の中に入った。父親はコーヒーをいれ、強い酒《スナップス》のためのグラスを二つ取り出した。ヴァランダーは迷ったが、一杯だけならいいだろうと思った。

「この間、ポーカーをしたとき、父さんに十四クローナ貸したね？」

父親は息子を睨《にら》みつけた。

「お前はイカサマをする。だが、おれはお前の手口がどうしてもわからん」

ヴァランダーは開いた口が塞がらなかった。

「自分の父親を相手におれがイカサマポーカーをすると本気で思っているのか？」

父親はさすがにばつが悪そうな顔をした。

「いやあ、さすがにそれはないだろうな。だが、この前はお前が異常にツイテいたと思ったもんでな」

そのまま二人とも黙り込んだ。黙ったままコーヒーを飲んだ。父親はいつもどおり音を立ててコーヒーをすった。ヴァランダーはいつもながらこればかりは閉口だと思った。

「おれは旅行に出るぞ」父親が突然に言った。「遠くへ」

ヴァランダーは話が続くと思ったのだが、父親はそれきり何も言わなかった。

「どこへ？」しまいに彼は訊いた。

「エジプトだ」

「エジプト？　エジプトで何をするんだ？　イタリアじゃないのか、父さんが行きたいのは？」

「エジプトとイタリアだ。まったく、お前はおれの言うことを聞いていないんだな」

「エジプトで何をするんだ、父さん」

「スフィンクスとピラミッドを見に行くに決まってるじゃないか。そろそろおれも時間がない。いつまで生きるかわからんからな。だがおれはピラミッドとローマだけは、死ぬ前に見たいんだ」

ヴァランダーは首を振った。

「それで、誰と一緒に行くんだ？」

「あと何日かでカイロ行きの飛行機に乗る。エジプト航空でな。メナハウスホテルという豪華なホテルに泊まるんだ」

「まさか一人で行くんじゃないよね？　それ、団体旅行？　まさか、本気じゃないよな？」ヴァランダーは信じられないという声を出した。

父親はキッチンの窓辺に置いてあった切符をヴァランダーに見せた。それを見てヴァランダーは父親の言うとおりなのだとわかった。コペンハーゲンからカイロまで十二月十四日発の普通切符。

ヴァランダーは切符をテーブルの上に置いた。

今度ばかりは本当に驚いた。

3

十時十五分、ヴァランダーはルーデルップの父親の家を出た。厚い雲がちぎれていた。だいぶ気温が下がっていると気がついた。ということは、とりもなおさず愛車のプジョーはエンジンがかかりにくくなっていることを意味する。だが、気分が悪かったのはそのためではなかった。父親を旅行に出かけないように説得することができなかった。少なくとも自分か、ストックホルムに住んでいる姉が一緒に行けるときまで待ってくれと言っても、父親は聞く耳を持たなかった。

「父さんはもう八十じゃないか。そんな歳になって一人で旅行なんてするべきじゃない」とヴァランダーはやめさせようとした。

だが、自分でもそんな意見は勝手な押し付けだと知っていた。父親の健康にはなんの問題もなかった。服装がおかしいことは確かにときどきあったが、父親は様々な状況にちゃんと対応できたし、知らない人間と話をすることにもなんの苦労もなかった。さらに、空港からピラミッドの近くにあるホテルまでの送迎サービスも料金に含まれているのがわかって、心配は少し薄らいだ。父親がなぜピラミッドやスフィンクス、エジプトに憧れるのかはわからなかったが、よく考えてみると、父親はヴァランダーがまだ小さいころから、カイロ郊外のギザ高原にあるピラミッドとスフィンクスの話を何度も繰り返ししていた。

エジプト旅行の話のあと、二人はいつものようにポーカーをした。父親の勝ちだったので、ヴァランダーが今晩はこれで引き上げると言ったときも父親はまだ上機嫌だった。

ヴァランダーは車のドアに手をかけて、夜の空気を胸に吸い込んだ。

おれの親父は変わっている、と思った。これだけは間違いない。

十四日の朝は父親をマルメまで送っていくと約束した。メナハウスの電話番号を控えた。父親が旅行保険など無駄遣いだと言って入っていないことは知っていたので、ヴァランダーは翌朝エッバに父親のために旅行保険手続きをする手助けを頼むつもりだった。

車にはなんとかエンジンがかかった。外を見ると、父親の家のキッチンの窓から少し明かりが漏れていた。父親は昔から寝る前にゆっくりキッチンでくつろぐという習慣があった。それももう一度アトリエに戻って絵を描き続けない夜にはそうする、ということだったが。ヴァランダーはブローメルから聞いたことを思い出した。年取ると、孤独が身にしみる。だが父親の場合、いまの生き方は以前となんの変わりもない。同じ絵を繰り返し描いているのだ。父の周りにも父親自身にも何の変わりもないかのように。

十一時過ぎ、マリアガータンにある自宅に戻った。ドアの鍵を開けて中に入ると、ドアの郵便受けから手紙が投げ込まれていた。封筒を開ける前に、誰からの手紙かがわかった。エンマ・ルンディン。イースタ病院で看護師をしている女性だ。そうか、昨日電話をかけるとおれは約束していたんだ、とヴァランダーは思い出した。ドラゴンガータンに住んでいる彼女は、帰り道にヴァランダーの家の前を通る。手紙には、何かあったわけじゃないわね？　とあった。なぜ電話くれなかったの？　ヴァランダーは良心が痛んだ。エンマとは一ヵ月前に出会った。ハムヌガータンにある郵便局でたまたま話をした。そのあと数日経ってから今度はスーパーマーケットでばったり出会い、その数日後には個人的な関係になった。と言っても、どちらも特別に情熱的な気持ちをもっているわけではない（とヴァランダーは思っていた）。エンマはヴァランダーより一歳年下で、三人の子どもがいる。二人の関係は自分にとってよりも彼女にとって意味のあるもののようにヴァランダーは感じていた。関係をやめたいと思っているのだが言い出す勇気がなかった。家の中に入って玄関で彼女の手紙を見ながら、ヴァランダーはなぜ電話しなかったのか、自分でわかっていた。会いたいという気持ちがなかったからだ。キッチンテーブルの上に手紙を置いて、関係をやめなければならないと思った。これから一緒に暮らそうという気持ちも、付き合いを続けたい気持ちもなかった。一緒に話す話題も、一緒に過ごす時間もない。自分はまったく他のこと、他の人を求めているのだとヴァランダーは知っていた。自分は誰か、モナの代わりになる女性がほしいだけなのだ。そんな女性がそもそもいるのだろうか？　彼はまだモナが戻ってくるのを待っていた。

服を脱ぎ、着古したバスローブをまとった。またトイレットペーパーを買い忘れたことを思い出した。それからヘーレスタで買った食料品を冷蔵庫に入れた。電話が鳴った。十一時十五分。何か重大な事件が起きたのでなければいいがと思いながら、受話器を取った。娘のリンダだった。いつものように娘の声を聞いて、ヴァランダーはうれしくなった。

「どこに行ってたの？　夕方から何度も電話をかけてたのに」

「どこに行ってたか、わかるだろう？　じいさんのところに電話をかければよかったんだ」

「あ、それは気がつかなかったわ。だってパパはめったにおじいちゃんのところへ行かないじゃない？」

「なんだ、その、めったに行かないってのは？」

「おじいちゃんがそう言ってるから」

「言いたいように言ってるだけだ。じいさん、近くエジプトに行くそうだ。ピラミッドを見に」

「わあ、いいわね！　あたしもいっしょに行きたかったなあ！」

ヴァランダーは何も言わなかった。そのあとは黙ってこの数日間何をしていたか、賑やかに話す娘の話を聞いた。やっぱり壁紙貼りの職人になると言うのを聞いて少し安心した。モナはきっといま留守なのだろうと思った。娘が長く電話で話すといつも苛立つのを知っているからだ。留守にしていると思ったとたん、胸がチクリと痛んだ。別れているにもかかわらず、モナが他の男に会っているかもしれないと思うだけで嫉妬《しっと》に駆られる。

しまいにリンダは、祖父がエジプトに発つ日にマルメでヴァランダーに会い、一緒に見送るということになった。

夜中の十二時過ぎ、腹が減ってまたキッチンに戻り、唯一あるものですぐに作れるもの、オートミールを食べた。十二時半、ようやくベッドに戻り、すぐに眠りについた。

十二月十二日の朝、気温は零下四度まで下がった。七時ちょっと前、キッチンにいたとき電話が鳴った。ブローメルだった。

「寝ていたところを起こしたのでなければいいが」

「いや、起きてました」とヴァランダーはコーヒーカップを手に応えた。

「きみが帰ってから考えたんだが、私は警察官じゃないけれども、ちょっと思いついたことがあって、電話してもいいかと思ったんだ」

「なんでも言ってください！」

「モスビー近くで飛行機の音を聞いた人間がいるってことだが、もし本当にそうなら、機体はとんでもなく低く飛んでいたということになる。ということは、他にもこの時間に飛行機の音を聞いた人間がいるかもしれないということだ。そういう人間を捜すことによって、つまり音を聞いた人間のいる場所を明らかにしていくことで、飛行機がどの方向へ飛んだかを探ることができるのではないか。運が良ければ、飛行機が方向転換をした音を聞いた人間さえいるかもしれない。ほんの数分の間に二回飛行機の音を聞いた人間がいたら、どこらへんで飛行機が向きを変えたかまでわかるかもしれない」

ヴァランダーは、これはビッグニュースだと思った。代わりに自分で考えつくこともできたはずなのだ。しかしそうは言わなかった。

「ええ、その聞き込みはいましているところですよ」と彼は言った。

「それならよかった。お父さんは元気だったかな？」

「エジプトへ旅行するそうです」

「それはいいね」

ヴァランダーは何も言わなかった。

「だいぶ寒くなった。もうじき本格的な冬になるね」

「ええ、もうじき吹雪に困らされますよ」

キッチンに戻った。いまブローメルから聞いたことを考えた。マーティンソンか誰かにトンメリラとシューボーの警察区に、いや、念のためシムリスハムヌまで入れるほうがいいかもしれないが、聞き込みを依頼させよう。うまくいけばあの日朝早く起きていて飛行機の音を聞いたという人間を見つけることによって、飛行機の針路と目的地を明らかにすることができるかもしれない。中には二回聞いたという人間が本当にいるかもしれない。搾乳するために朝早く起きていた酪農家もいるのではないか。だが肝心なことがまだわかっていない。あの二人の黒焦げの人間は、いったいなんの目的で飛んでいたのか？　なぜ飛行機の身元がわかるものが何もないのか？

ヴァランダーは新聞にざっと目を通した。ラブラドールの幼犬はまだ売りに出されていた。だが興味が持てるような田舎家の広告は一つもなかった。

八時ちょっと前にヴァランダーはイースタ署に着いた。その日は零下五度以下のときに着るセーターを着ていた。エッバに父親の旅行保険のことを頼んだ。

「ああ、いいわね！　エジプトに行ってピラミッドを見るのは、私の一生の夢なのよ」

誰もが父をうらやましがっているようだ、とヴァランダーはコーヒーを取りに行って、部屋に戻りながら思った。まさか、と言って驚く人間もいない。何かが起きるのではないかと不安を感じるのはおれだけのようだ。もしかして、親父が砂漠で行方不明になるんじゃないかと。

机の上にマーティンソンが書いた昨日の飛行機事故報告書が置いてあった。ヴァランダーはざっと目を通し、マーティンソンはまだ無駄な言葉が多すぎると思った。この半分でじゅうぶんなはずだ。リードベリからいつか聞いたことがあった。電報のように短文で言い表せ。そうできないときは、じゅうぶんに考えられていないか、完全に見当違いかのどちらかだ、と。以来、ヴァランダー自身はいつも捜査報告を簡潔に表現するように心がけてきた。昨日、ヴァランダーはマーティンソンにビュルク署長との話を伝えた。マーティンソンは満足そうだった。

ヴァランダーは全員集まるようにとマーティンソンに伝えた。ブローメルの提案は試してみるに値する。八時半、マーティンソンはスヴェードベリとハンソンにも連絡してくれた。だがリードベリはまだ署に来ていなかった。四人は会議室に集まった。

「ニーベリを見かけなかったか?」とまずヴァランダーが訊いた。

その言葉と同時にニーベリがぬっと現れた。いつもながら、いま寝て起きたばかりのような顔をしている。髪の毛は寝癖がついたままだ。いつものように彼は皆から少し離れたところに腰を下ろした。

「リードベリはどうも具合が悪そうだ」とスヴェードベリが禿げかけた頭を鉛筆で掻きながら言った。

「実際に具合が悪いんだよ」ハンソンが言った。「坐骨《ざこつ》神経痛だろう?」

「いや、リウマチだ」とヴァランダーが訂正した。「まったく違うものだよ」

そう言ってから、ニーベリに話を促した。

「翼部分を調べた。そして消防のかけた泡を全部洗い流して、機体の胴体部分の破片を組み合わせてみた。数字とアルファベットは、上から灰色に塗りつぶされていただけでなく、その前に念のためか、削り取られていた。それがあまりうまくいかなかったんだな。だからその上から色を塗ったんだ。あの飛行機に乗っていた連中は絶対に追跡されないように万全を期したということだ」

「飛行機のエンジンにも製造番号がついているんじゃないか? それに、自動車と違って飛行機はそれほど製造台数が多くはないだろう」

「アメリカのパイパー・チェロキーの製造会社にいま連絡しています」マーティンソンが言った。

「まだいくつか調べなければならないことがある」ヴァランダーが続けて言った。「この機種はフルタンクにしてどのくらいの距離が飛べるものか? 予備のタンクも用意していたのか? この種の飛行機は最大何リットルの燃料を積んでいるのか?」

マーティンソンがメモをとった。

「調べます」

ドアが開き、リードベリが入ってきた。

「病院へ行ってきた。待ち時間が長いのが困る」

その顔が苦痛で歪《ゆが》んでいたが、ヴァランダーは何も言わなかった。

ここで彼は、飛行機の音を早朝に聞いた人間が他にいないか調べようと提案した。ブローメルのアイディアだということを皆に話さないことに少し良心の痛みを感じた。

「まるで戦時中のようだな」リードベリが言った。「戦時中は、スコーネでは誰もが飛行機の音に耳を澄ましていたものだ」

「聞いたという人間が現れないこともじゅうぶんに考えられる」ヴァランダーが言った。「だが、他の警察区でも調べてもらおう。おれとしてはこれは麻薬の運搬以外に考えられない。飛行機で運んでどこかに落としたに違いない」

「マルメ区に問い合わせよう」リードベリが言った。「麻薬取引量がおびただしく増えていたら、関係あるに違いない。おれが連絡を引き受ける」

他に意見はなかった。会議は九時に終わった。

その日の午前中は、スクールップでの虐待《ぎゃくたい》事件をペール・オーケソンに報告することに費やした。ランチタイムは街に出てグリル・ハンバーグを食べ、スーパーへ行ってトイレットペーパーを買った。途中、国営酒屋に寄ってウィスキーを一本、ワインを二本買い入れた。酒屋の出口でステン・ヴィデーンとばったり会った。すぐに酒臭いのとだらしのない格好であることが目に留まった。

ステン・ヴィデーンはヴァランダーのもっとも古い友人だった。大昔、オペラが共通の趣味で付き合いを始めた。ステン・ヴィデーンはシャーンスンドにある競馬馬の厩舎《きゅうしゃ》で働いていた。そこは彼の父親の経営する馬場だった。最近ではめったに会わなかった。ステンがアルコール漬けになっているのを知ってヴァランダーが敬遠していたのだ。

「おう、久しぶりじゃないか」ステン・ヴィデーンが言った。

ヴァランダーはその酒臭い息で、体を後ろに引いた。酒浸りであることは明らかだった。

「忙しくてな」ヴァランダーが言った。

そのあと二、三、言葉を交わした。二人とも少しでも早く相手から離れたかった。他の、ちゃんと約束したときに会いたかった。お互いに心の準備をしてから会うほうがいい、こんなふうにばったり会うのではなく。ヴァランダーは電話すると約束した。

「新しい馬を訓練しているんだ」ステン・ヴィデーンが言った。「ひどい名前をつけられてたもんで、おれは名前を変えてやった」

「それで、いまの名前は？」

「トラヴィアータ」

オペラの〈椿姫〉からとった名前だ。ステン・ヴィデーンはにんまりと笑い、ヴァランダーはうなずいた。二人はそこで別れた。

買い物袋を持ってマリアガータンまで一旦帰った。二時十五分、彼はまた警察署に戻った。相変わらず誰もいなかった。ヴァランダーは机の上の書類を片付けていった。スクールップでの虐待事件のあとは、イースタ市内のピルグリムスガータンで起きた押し込み強盗事件だった。

真っ昼間に民家の窓ガラスを叩き割り、貴重品をごっそり持ち去った事件である。スヴェードベリの報告書を読みながら、ヴァランダーは首を振った。近隣の人間が誰一人としてそれに気がつかなかったとあるが、本当だろうか？

スウェーデンでも市民の間に恐怖が広がり始めているのだろうか？ もっとも簡単な通報を、あるいは目撃したことを警察に話すのを、避けたがる。もしそれが事実なら、事態はおれが思っているよりもずっと悪いかもしれない。

ヴァランダーは報告書をよく読んでこれから行う尋問のためにメモをとった。またデータをチェックするための項目作りも行った。だが、よほど運がいいか、偶然の目撃情報でもないかぎり、この事件を解決するのはむずかしいだろうと思った。

五時少し前にマーティンソンがヴァランダーの部屋にやってきた。ヴァランダーはマーティンソンが口髭を蓄え始めていることに気がついたが、それについては何も言わなかった。

「飛行機の音を聞いた人間がシューボーにいました」とマーティンソンが言った。「逃げた子牛を一晩中探していたという男です。真っ暗な中でどうやって見つけるつもりだったのかと思いますが、とにかくその男がシューボー署に今日の午前中電話をかけてきて、今朝の五時ちょっと過ぎに空におかしな光を見た、そしてエンジンの音を聞いたと知らせてきた」

「おかしな光？ どういう意味だろう？」

「ええ。それで、シューボー署の連中にその男の話をよく聞いてくれと頼みました。その男の名前はフレーデルと言うんです」

ヴァランダーはうなずいた。

「光とエンジンの音、か？　飛行機が何かを落としたかもしれないということに繋がるな」

マーティンソンはヴァランダーの机の上に地図を広げた。マーティンソンが指差した。そこはブローメルが仮に丸をつけた場所に接近していた。

「いいね」ヴァランダーが言った。「これでもっと何かわかるかもしれない」

マーティンソンは地図を折りたたんだ。

「これが本当ならとんでもないことですよ。本当にスウェーデンは無防備なんだ。どこの国の飛行機だって簡単に国境を越えて我が国の領空に入り込むことができるし、麻薬を空から落とすことができるんだ、誰からも咎められずに」

「そういうことにおれたちも慣れなければならないということか。お前の言うとおり、とんでもないことだ」

マーティンソンは部屋に戻っていった。それからまもなくヴァランダーは署を出て帰宅した。久しぶりにちゃんと食事を作って食べ、七時半にコーヒーを手にテレビの前に座った。ニュース番組〈ラポート〉が始まる時間だった。主なニュースが始まったとき、電話が鳴った。エンマだった。いま病院から帰るところだと言う。ヴァランダーは自分の本当の気持ちがわからなくなった。また今晩も一人か、それともエンマと一緒に過ごすか。自分が本当に彼女に会いたいかどうかわからないまま、帰りにうちに寄るかと訊いた。彼女はイエスと答えた。それは彼女が夜中までいるという意味なのだとヴァランダーはわかっていた。夜中過ぎに彼女は帰る。

脱いだ服を着て。気持ちを強くするために、ヴァランダーはウィスキーを二杯続けざまに飲んだ。ポテトを茹でている間にシャワーを済ませた。ベッドのシーツを急いで取り替え、古いのはクローゼットの中に丸めて入れた。すでにそこには洗濯物が山となっていた。

エンマは八時ちょっと前に来た。その足音が階段に聞こえたとき、ヴァランダーは激しい後悔の念に襲われた。なぜおれはこの関係を終わらせることができないのか？　なんの未来もない関係なのに。

エンマがやってきた。ヴァランダーは中に招き入れた。亜麻《あま》色の髪、きれいな目をしていて、背丈は低い。彼は彼女が好きな音楽を選んでかけた。ワインを飲み、十一時少し前にベッドへ行った。ヴァランダーはずっとモナのことを考えていた。

そのあと二人とも眠りに落ちた。二人の間にはなんの会話もなかった。ヴァランダーは眠りに落ちる前、頭痛が始まる予感がした。エンマが起きて服を着始めたとき、ヴァランダーも目を覚ましたが眠っているふりをした。玄関ドアが閉まるとすぐ、キッチンへ行って水を飲んだ。またベッドに戻ってモナのことを考えた。そしてまもなく眠りに落ちた。

深い眠りの中で電話が鳴り始めた。パッと目を覚ました。電話の音が鳴り続けている。ナイトテーブルの上の時計に目を走らせた。二時十五分。つまり、異常事態が起きたということだ。ベッドから起き上がりながら受話器に手を伸ばした。

ネスルンドという夜番の警察官だった。「ムッレガータンで火事です。リラ・ストランドガータンとの角の家です」

ヴァランダーは町の地図を頭に描いた。

「燃えているのは？」

「エーベルハルズソン姉妹の手芸用品店です」

「それならまず消防とその地域の巡査が駆けつけるんじゃないか？」

ネスルンドは少し迷ってから言った。

「両方とももう現場に来てます。ただ、その店は爆破されたようなんです。そしてエーベルハルズソン姉妹はその店の二階に住んでいるんです」

「それで、姉妹は外に出たのか？」

「いや、それがまったく姿が見えないんです」

ヴァランダーは考える必要もなかった。答えは一つしかなかった。

「すぐ行く。他には誰に電話した？」

「リードベリに」

「彼には電話してほしくなかったな。スヴェードベリとハンソンに電話してくれ」

受話器を置いて、もう一度時計を見た。二時十七分。急いで服を着ながらネスルンドの言ったことを考えた。手芸用品店が爆破された？　なんだそれは？　想像することさえむずかしいのではないか。もしその店の上に住んでいるという老姉妹が救出されていないというのなら、これは大ごとだ。

外に出て、車の鍵を忘れたことに気がついた。自分に腹を立てながら階段を駆け上った。息切れがした。またスヴェードベリとバドミントンを始めなければと思った。四階まで一気に駆け上ることができないのでは。

二時半、ヴァランダーはハムヌガータンに着いた。その区域全体が通行止めになっていた。車のドアを開ける前から、あたり全体を包んでいる煙の臭いがした。火も煙も高く立ち昇っていた。町が所有する消防車全部が出動していた。ペーテル・エドラーに会うのはわずか二日の間に二度目だ。

「ひどい状態だ」騒ぎの中からエドラーがヴァランダーに大きく声をかけた。

建物全体が燃えていた。消防士たちはあたりの家に飛び火しないように周囲の建物全体に放水していた。

「姉妹は？」

エドラーは首を振った。

「どちらも外に出てきていない。もし今晩家にいたとしたら、二人ともまだ中にいるはずだ。近所の者たちによると建物が爆発したそうだ。それと同時に建物の数ヵ所から同時に火が上がったということだ」

エドラーは消火作業を指揮するために立ち去った。ハンソンがそばにやってきた。

「手芸洋品店に放火するやつがいるか？」

ヴァランダーは首を振った。考えられないことだった。

イースタに移り住んで以来、ここには手芸用品を売る店があった。一度モナと一緒にズボンのファスナーを買うためにこの店に入ったことがあった。

その老姉妹が中にいる。

そしてもしペーテル・エドラーの言うとおりだったら、店は放火されたことになる。老姉妹を殺すために？

4

一九八九年の十二月十三日、光の祭典〈ルシア祭〉の日。その日の早朝、ヴァランダーはいつものルシア祭とは違って火災現場の光で朝を迎えた。火事の現場で一晩過ごしたことになる。スヴェードベリとハンソンはだいぶ前に家に帰した。リードベリが姿を現したときには、必要ないと言ってすぐに帰した。夜の冷えと火の熱さは彼のリウマチにいいはずがなかった。リードベリはヴァランダーから老姉妹はおそらく眠ったまま焼死したのではないかという説明を受けて帰っていった。ペーテル・エドラーはヴァランダーにコーヒーを勧めた。ヴァランダーは消防車の一台の運転席に座って、なぜ自分は家に帰らずに火が完全に消されるまで現場に残っているのだろうと自問した。すぐに答えは出なかった。だが、心の中には前の晩のなんともやりきれないエンマとのことがあった。彼女との関係はヴァランダーにとってエロスとはまったく関係なかった。行為の前に交わした会話とも言えない会話の延長にすぎなかった。

これ以上こんなことをしていてはだめだ、と急に彼ははっきり自覚した。こんな暮らしはやめなければ。それもいますぐに。モナが出て行ってからの二ヵ月が、まるで二年のように長く感じられた。

明け方、火事は完全に鎮火した。建物は基礎まですっかり焼け落ちた。ニーベリがそばに来た。二人はペーテル・エドラーからの合図を待っていた。合図があれば、ニーベリは消防署所属の鑑識の連中と一緒に現場に立ち入ることができる。

傍《かたわ》らに突然ビュルク署長が現れた。いつもながらパーフェクトないでたち。この火災現場でも彼のつけているシェービングローションの匂いがはっきり感じられるほどだ。

「火事とはなあ。まったく残念なことだ」とビュルクは言った。「店主の老姉妹は亡くなったらしいな」

「まだわかりません」とヴァランダーは答えた。「だが、そうではないとする確証もない」

ビュルクは時計を見た。

「残念ながら、次に行かなければ。ロータリー・クラブで朝食会があるんだ」

ビュルクはいなくなった。

「ビュルク署長、スピーチ疲れでいまに倒れてしまうんじゃないか?」ヴァランダーがつぶやいた。

ニーベリが怪訝《けげん》そうな顔をした。

「署長は警察の仕事について何を、どう話すんだろう? 彼の講演とやらをあんた聞いたことがあるのか?」

「いいや、一度もない。だがきっと自分の仕事については話さないんじゃないか。そんな気がする」

二人は黙って待った。ヴァランダーは寒くて、疲れを感じていた。依然としてこの区域は立ち入り禁止で通行止めされていたが、アルベーテット紙の記者が一人、テープをくぐってヴァランダーに近づいてきた。彼はヴァランダーの言葉を忠実に記事にする記者の一人だった。ヴァランダーはいまの時点でわかっていることを控えめに話した。死傷者がいるかどうかはまだわからないと言った。記者はそれを聞いて満足したのだろうか、黙って引き上げていった。

それからさらに一時間経ってから、ペーテル・エドラーの合図があった。ヴァランダーは家を出るときにゴム長靴を履いて出てきたので、そのまま現場に足を踏み入れることができた。柱や崩れ落ちた壁などで現場の床は危険だった。ニーベリは数人の消防士とともに焼け跡の中に踏み入った。そして五分も経たないうちにヴァランダーに合図した。うなずいている。

焼死体が二体、少し間隔を置いて並んで横たわっていた。人相もわからないほど完全に焼けていた。ヴァランダーは四十八時間以内に二組の焼死体を見ることになった。

「エーベルハルズソン姉妹の遺体だな」と言った。「ファーストネームは何という？」

「アンナとエミリア」ニーベリが答えた。「だが本当に彼女たちなのか、まだ確かじゃない」

「他に誰だというんだ？」ヴァランダーが声をあげた。「あの家に住んでいたのは彼女たちだけだったじゃないか」

「それはいまにわかる。確認に二、三日はかかるかもしれない」とニーベリ。

ヴァランダーは後ろを振り向いた。道路でペーテル・エドラーがタバコを吸っていた。

「タバコ吸うのか？　知らなかったな」

「めったに吸わないがね。うんと疲れると吸いたくなるんだ」

「この火事は徹底的に調査されるだろうな」ヴァランダーが言った。

「もちろん。調査の前に意見を言うのは差し控えたいが、これは放火殺人事件だね。それ以外のことは考えられない。ただ、年老いた二人の姉妹を誰が殺したかったのかということが疑問だな」

ヴァランダーはうなずいた。ペーテル・エドラーが優秀な消防隊長であることは以前から知っていた。

「二人の高齢の独身女性」ヴァランダーがつぶやいた。「それもボタンやファスナーなど手芸用の小物を売っていたおばあちゃんたちだ」

もう火災現場に残っていなければならない理由はなかった。ヴァランダーは現場を引き上げ、車で家に戻った。朝食を食べ、窓の外を見ながら今日のセーターを選んだ。結局前日と同じものにした。九時二十分、署の駐車場に車を入れた。マーティンソンも同時にやってきた。彼にしてはめったにないほど遅い時間だとヴァランダーは思った。こっちが訊くより先にマーティンソンが自分で話しだした。

「十五歳になる姪が昨夜酔っ払って帰ってきたんですよ。こんなことはいままでに一度もなかったのに」

「何にだって初めての時があるものさ」ヴァランダーが慰めを言った。

昔彼自身が巡査をしていたときのことを思い出した。ルシア祭はいつもドンチャン騒ぎで大変だった。そういえば、数年前、リンダが酔っ払って帰ってきて吐いているという知らせを受けたことがあった。あれもルシア祭の晩だった。あのときモナはリンダに腹を立てたものだ。ヴァランダー自身は、自分でも驚いたことに、冷静だった。いま、署の玄関に向かって歩きながら、ヴァランダーはマーティンソンを落ち着かせようと声をかけた。だが、マーティンソンはまったく聞く耳をもたなかった。ヴァランダーは途中でやめて、黙った。

受付で足を止めた。エッバが駆け寄ってきた。

「噂は本当なんですか？　気の毒なアンナとエミリアが焼け死んだなんて！」

「うん、残念ながら」ヴァランダーが答えた。

エッバは首を振って言った。

「わたしは一九五二年からあの店で糸やボタンを買ってきたのよ。いつだってとても親切だったわ。何か特別なものがほしかったら、注文して取り寄せてくれた。でもだからと言ってその分高くお代を取ったりしなかった。こともあろうに、手芸用品を売っていたあんなお店の姉妹を、誰が殺したいなんて思うんです？」

同じ問いを二人から聞いた。さっきペーテル・エドラーから、そしていまエッバから。

「放火魔がうろついているんですかね？」マーティンソンが言った。「そうだとすると、放火するのに最適な晩を選んだわけだ」

「消防と鑑識の調査の結果を待とう」とヴァランダーが言った。「ところで、飛行機墜落事故の件は、何か新しいことがわかったか？」

「いや、何も聞いてません。でも、シューボー警察は、はぐれた子牛を一晩中探したという男から今日話を聞いてくれるらしいです」

「他の警察区にも電話して訊いてくれ、念のため。他にも朝早く飛行機の音を聞いた人間がいるかもしれない。あんな時間に低空飛行する飛行機がそう何機もあるわけはないからな」

マーティンソンは中に入り、ヴァランダーは受付に残ってエッバから書類を受け取った。

「お父さんのための旅行保険ですよ。こんなお天気から逃げて、暖かいところで観光するなんて、ほんとにうらやましいかぎりだわ」

ヴァランダーは書類を受け取って自室へ行った。上着をかけて机に向かい、ルーデルップの父親に電話をかけた。十五回も鳴らしたのに父親は電話に出なかった。きっと外のアトリエにいるのだろうと思い、ヴァランダーは受話器を置いた。明日出発だということを憶えているだろうか？　おれが六時半に迎えに行くということも？

明日はまた、リンダと数時間過ごせるということで、ヴァランダーは楽しみにしていた。いつも娘に会うと明るい気持ちになる。

ヴァランダーは前日やりかけた仕事を手元に引き寄せた。ピルグリムスガータンでの押し込み強盗の事件だった。だが、頭にはまったく別のことが浮かんだ。もしあの手芸用品店の火事が放火なら、放火魔がまた現れたということか？　ここ数年、放火魔は鳴りを潜めていたのに。雑念を振り払って、強盗事件に集中しようとした。が、十時半にニーベリが電話してきた。

「こっちに来てくれないか。そう、火災現場だ」

何か重大なことが起きたのでなかったら、ニーベリは電話してこないとヴァランダーは知っていた。電話でいろいろ聞くのは時間の無駄だった。

「わかった。すぐに行く」と言って、電話を切った。

上着を取り、署を出た。火事の現場まで車で数分だ。通行止めの範囲は小さくなっていた。それでもハムヌガータンの一部は迂回させられていた。

ニーベリはまだ焼煙の立つ現場の角に立っていた。そしてヴァランダーの姿を見るなり、ズバリ言った。

「姉妹は火事で死んだんじゃないんだ。殺人だよ」

「殺人？」

ニーベリはついてこいというように手を振って先に歩きだした。二つの遺体は火災現場の開けたところに置かれていた。その一つのそばにひざまずくと、ニーベリはペンで頭蓋骨を指差した。

「見ろ、銃弾の痕だ。射殺されていたんだ。この遺体が姉妹のうちの一人なら。それはおそらく間違いない」

二人は立ち上がり、今度はもう一つの遺体のそばに行った。

「これも同じ」と行って、ニーベリは指差した。「後ろ首に銃弾が撃ち込まれている」

ヴァランダーは信じられないというように首を振った。

「誰かに撃ち殺されたということか？」

「ああ、そういうことだ。しかもこれはまさに処刑だよ。首の付け根に銃弾を撃ち込まれているんだ、両方とも」

ヴァランダーはにわかにはニーベリの言うことが信じられなかった。あまりにも現実味がなかった。あまりにも残酷だった。同時に彼は、ニーベリは確証のないことは言わない人間だということを知っていた。

二人は道路に戻った。ニーベリはヴァランダーの目の前に小さなビニール袋を出してみせた。

「銃弾の一つは見つかった。頭蓋骨の中に残っていた。もう一つはひたいから外に飛び出し、おそらく火事の火に溶けてしまったのだろう。もちろん検死医が徹底的に調べてくれるに違いないが」

ヴァランダーはニーベリの顔を見ながら考えた。

「つまりこういうことか。これは火事で死んだように見せかけた、二つの殺人事件であるということ」

ニーベリは首を振った。

「いいや、違う。首の付け根に銃弾を撃ち込んで人を殺すような人間は、火事では骨が残るということを知っているはずだ。ここは斎場の焼却炉じゃないからな」

ヴァランダーはニーベリが言いかけていることは重要だと感じ、耳を澄ました。

「ということは？」

「殺人者は何か他のものを隠そうとしたんじゃないか？」

「例えば？　手芸用品の店に何を隠すというんだ？」

「それを見つけるのがあんたの仕事だろう」ニーベリが答えた。

「捜査官を集めよう。一時に会議を始める」

時計を見た。十一時だった。

「あんたも来てくれるか？」

「まだここの実況見分が終わっていない。が、とにかく会議には出よう」

ヴァランダーは車に戻った。信じられないという気持ちだった。誰が小さな手芸用品店を経営する高齢の姉妹を銃殺しようなどと思うだろう？　店にある売り物と言ったら、ボタンや糸や、ファスナーのような他愛もないものなのに？　どう考えても、理解不能だった。

警察署に着くと、まっすぐにリードベリの部屋に行った。が、彼はいなかった。食堂に行ってみると、リードベリはそこで乾パンを食べながら紅茶を飲んでいた。ヴァランダーは向かい側に腰を下ろし、ニーベリの発見を話した。

「それは良くないな」ヴァランダーが話し終わるとリードベリが言った。「まったく良くない」

ヴァランダーは立ち上がった。

「一時に会議を開く。当分の間マーティンソンには飛行機の墜落事故に集中してもらう。だが、ハンソンとスヴェードベリは会議に出るはずだ。それからオーケソン検事を呼んでくれ。いままでこのような事件の経験あるか？」

リードベリは考えた。

「いいや、思い当たらない。二十年前に男が食堂のウェイターの頭を叩き割った事件があった。

あれはたしか、三十クローナの代金が払えないことが原因だったな。それ以外には、知らないな」

ヴァランダーはすぐには立ち去らなかった。

「首根っこに銃弾を撃ち込むのは、スウェーデンのやり方じゃないな」

「スウェーデンのやり方なんてものがあると思うのか？　もう国境はないんだ。飛行機にせよ重大犯罪であるにせよ。昔、イースタは地方の小さな町だった。ストックホルムで起きることは、ここでは起きなかった。マルメで起きることさえ、この小さな田舎町イースタとは関係なかった。だが、そんな時代はもう終わるんだ」

「これからどうなる？」

「新しい時代には、その時代に合う警察官が必要になる。とくに現場においてはな。だが、お前さんやおれのような警察官は、つまり考えることができる警察官はいつの時代にも必ず必要なのだ」

二人は廊下を歩いていった。リードベリの歩き方はゆっくりだった。ヴァランダーはリードベリの部屋の前で別れた。

「一時だな」リードベリが言った。「二人のおばあちゃんの殺害事件。これからそう呼ぶか？　ばあちゃんたちの事件、のほうがいいか？」

「冗談はやめよう。おれはどうも気にくわないんだ。なぜ二人の罪のない老婦人が殺されたのか、どうしてもわからない」

「そこから始めようじゃないか。あの二人は本当に、みんなの思うような罪のない老婦人たちだったのか」

ヴァランダーは驚いて目を見張った。

「あんたは何が言いたいんだ?」

「べつに何も」と言って、リードベリは突然笑みを浮かべた。「いや、ときどきお前さんはやたらに簡単に結論を言うと思ってさ」

部屋に戻ると、ヴァランダーは町のウォータータワーの周りを飛ぶ鳩の群れを眺めた。もちろんリードベリの言うことは正しい。いつもながら、だ。目撃者がいないのなら、つまり、外から火事について話せる人間がいないのなら、我々は当然、本人たちを探ることから始めなければならない。老婦人、アンナとエミリアはどういう人間だったのか、ということだ。

一時、皆は会議室に集合した。ハンソンはビュルクにも連絡しようとしたが、どこにいるかわからなかった。だが、ペール・オーケソン検事は会議に参加した。

ヴァランダーは二人の姉妹がじつは火事の前に殺されていたことを話した。重苦しい雰囲気が流れた。誰もが一度は手芸用品店で買い物をしたことがあったのだ。ヴァランダーはニーベリに発言を求めた。

「我々はいま火災現場の焼け跡を調べている。だが、まだ何も見つけていない」

「火災の原因は?」ヴァランダーが訊いた。

「まだなんとも言えない。だが、隣人たちの話では、大きな炸裂音《さくれつ》があったそうだ。くぐもった爆発音のようだったという者もいる。その後建物は数分の間に燃え上がった」

ヴァランダーは捜査官たちの顔を見渡した。

「直接の動機が見つからないので、我々としては姉妹について調べるところから始めなければならない。この姉妹には親族はいないというのは間違いないか？　二人とも独身だったが、いままで結婚の経験はないか？　彼女たちの年齢は？　おれがこの町に引っ越してきたころはすでに老齢だったという記憶があるが、実際はどうだったんだろう」

スヴェードベリは、アンナとエミリアは結婚経験はなく、子どももいないと確信するが調べてみると言った。

「銀行預金は？」と、それまで静かだったリードベリが言った。「姉妹は金を持っていたのだろうか？　マットレスの下に隠していたとか、銀行預金があったとか？　金持ちだった、そういう噂がある。それが殺された原因かもしれない？」

「さあ、どうだろう。殺し方はまるで処刑さながらだ。後頭部に銃弾が撃ち込まれている」ヴァランダーが言った。「しかし、確かに金のことは調べなければならないな」

一同はいつものように仕事を分担した。事件が起きるたびにいつも、手順を追って、時間のかかる地道な捜査をするための作業だ。二時十五分になった。ヴァランダーは最後に一言言った。

「報道関係と話をしなければならない。もちろん、ビュルク署長も出てくれるだろう。だが、おれはできれば他の者にやってもらえればありがたい」

驚いたことに、リードベリが手を上げて、引き受けると言った。いつもなら、彼はヴァランダー同様、人前で話すことなど極力避けたいという人間なのだが。

会議は終わった。ニーベリは火事の現場に戻っていった。ヴァランダーとリードベリはそのまま残った。

「一般市民の通報を待とう。いつもよりもっと市民からの情報が必要だ。この老姉妹を殺すにはそれだけの動機があったはずだ。おれには金以外の動機は考えられん」リードベリが言った。

「そう、それはいままでの経験からも言えることだ。本当は金を持っていないのに、金持ちだと誤解されて殺されるというケースもあったな」

「ちょっと思いついたことがある」リードベリが言った。「みんなとは別に一人で探ってみるよ」

二人は会議室を出た。

「なぜ記者会見を代わってくれるんだ？」ヴァランダーが訊いた。

「お前さんをたまには休ませてやりたいからだ」と言って、リードベリは自室のほうに歩いていった。

ビュルクは家で休んでいた。偏頭痛だという。

「今日の五時、記者会見を開くことにしました」ヴァランダーが言った。「できれば同席してもらいたいのですが」

「わかった。たとえまだ偏頭痛が残っていても行くよ」

捜査活動はゆっくりと、しかしいつもの手順で間違いなく動きだした。ヴァランダーはもう一度、火災現場の焼け跡の中を這い回っているニーベリに会いに行き、話をした。それからまた署に戻った。だが、記者会見が始まったころには、署にはいなかった。六時には帰宅していた。今回は父親はすぐに電話に出た。

「もう旅支度は全部終わったぞ」

「本当に全部終わったのならいいが。それじゃ明日の朝、六時半に迎えに行くよ。パスポートと航空券を忘れないように」

その晩ヴァランダーは、昨夜からいままでの間に起きたことをすべて書き出してみた。ニーベリの家に電話して現場検証はどんな具合かと聞きもした。

ニーベリは時間がかかっている、明るくなり次第、すぐに作業を再開すると言った。ヴァランダーは署に電話をして夜番の警官に、一般からの通報はないかと訊いた。寄せられた通報を聞いて、重要なものはなさそうだと判断した。

その晩遅くベッドについたが、寝過ごすのを恐れて、電話局に目覚ましサービスを頼んだ。疲れていたにもかかわらず、なかなか眠れなかった。

老姉妹の殺され方が気になった。

解決に直結するようなよほど特別なものが発見されないかぎり、これは間違いなく時間がかかるむずかしい事件になる、という結論を出して、ようやく眠りについた。

翌朝、ヴァランダーは五時に目を覚ました。そして六時半きっかりにルーデルップの父親の家に着いた。

父親はすでに庭に出て、スーツケースの上に腰を下ろして待っていた。

5

薄暗い中、彼らはマルメに向かった。スコーネに住む人々がマルメに向かう朝の交通渋滞はまだ始まっていなかった。父親はスーツ姿で、頭にはジャングル探検にでも行くような、なんともおかしなヘルメット帽をかぶっていた。ヴァランダーはいままで見たこともなかった。おそらく蚤《のみ》の市かボロ市で買ったものだろうと思ったが、何も言わなかった。航空券とパスポートを忘れずに持ってきたかと訊くこともしなかった。

「いよいよだね」とだけ言った。

「ああ、いよいよだ」と父親は応えた。

父親は話をしたくないらしいとヴァランダーは感じた。おかげで運転と自分の考えに集中することができた。昨日起きた事件のことが頭を離れなかった。起きたことを理解しようとした。なぜあの老姉妹はあんな殺され方をしたのだろう？　どう考えても答えが出なかった。関連が見えない。説明がつかない。ただ残酷な、不可解な私刑《リンチ》としか思えなかった。

車がマルメからコペンハーゲンへの水中翼船《ホバークラフト》ターミナルに着くと、リンダの姿が見えた。ヴァランダーはリンダが先に祖父とハグするのを見て面白くなかった。サファリハットがすてき、とても似合うとリンダは褒めた。

「おれも親父のと同じくらいすてきな帽子をかぶってくればよかったと思うよ」と言いながらヴァランダーは娘を抱きしめた。ありがたいことに、今朝はリンダ自身はとんでもない格好はしていなかった。彼はいつも彼女の派手な格好に悩まされてきたからだ。突然ハッとした。リンダのその傾向は親父譲りなのではないか？　少なくとも、親父からヒントを得ているのかもしれない。

三人はターミナルの建物の中に入った。ヴァランダーは父親の切符を買い、父親は乗船した。父娘はまだ暗い外に立って船を見送った。

「わたし、年取ったらおじいちゃんのようになりたいわ」とリンダが言った。

ヴァランダーは何も言わなかった。父親のようになることこそ、ヴァランダーが何よりも恐れていることだった。

父娘は中央駅のレストランで食事をした。いつもながらヴァランダーは朝は食欲がなかったが、リンダに食事がデタラメだと言われるのを恐れて、トーストとハムなどを皿に取り分けて少し食べた。

ひっきりなしにしゃべっている娘を見た。古典的な美人とは言いがたいが、この娘にはどこか個性的で人を惹きつけるものがあると思った。この子は男に気に入られようとして機嫌をとるようなことはしない。だが、このおしゃべりはどうだろう。誰から受け継いだものか。モナも自分もどちらかといえば無口なほうだ。それでもヴァランダーはリンダのおしゃべりを聞くのが好きだった。気分がよくなった。やっぱり壁紙張り関係の仕事をしたいのだという。どんな可能性があるか、どんな困難があるか、徒弟制度がスウェーデンではほとんど消滅してしまっていることに腹が立つと言い、しまいには自分の店をイースタに出すのが夢だと言ってヴァランダーを驚かせた。

「パパもママもお金持ちじゃないのが残念だわ」とリンダは言った。「だって、フランスには徒弟制度が残っているから、お金があったらフランスへ行って、修業できるのに」

ヴァランダーは娘が金のない親を責めているわけではないとわかっていたが、それでもそんな気がしてならなかった。

「ローンを借りることができる。警官でも、そのくらいの信用はあると思うよ」

「でもローンって、返さなければならないじゃない。それにパパは単なる警官じゃないわ。犯罪捜査の刑事じゃない？」

それから話はモナのことに移った。ヴァランダーは娘がモナについて文句を言うのを、どこかいい気味だと思いながら聞いた。ママはわたしが何をしても文句を言う、とリンダは言った。

「それにわたし、ヨーアンが嫌いなのよ」と最後にリンダが言った。

ヴァランダーが不審そうな顔で言った。

「誰だって？」

「ママの新しい男」

「スーレンという男じゃなかったのか？」

「それはもう終わったの。いまはヨーアンという男。掘削機を二台持っているというのが自慢の」

「お前はその男が嫌いなんだ?」

リンダは肩をすくめた。

「だって、威張り散らすんだもの。それにあの男、生まれてから一度も本を読んだことないと思うの。土曜日には決まってマンガのファントムを買ってくるんだから。大人の男がよ。わかる?」

ヴァランダーは自分が今まで一度もマンガ本を買ったことがないのがうれしくなった。スヴェードベリがスーパーマンを買ってくることはたまにあった。一度それをめくってみたことがあったが、子どものころの興奮はまったく蘇《よみがえ》らなかった。

「それは良くないね。いや、その、お前とその男がうまくいかないというのは」

「それって、わたしとヨーアンの問題じゃないの」とリンダは言った。「ママがなんであんな男を選ぶかという問題なのよ。何考えてるんだか」

「うちに引っ越してくればいいじゃないか」とヴァランダーは瞬間的に言ってしまった。「お前の部屋はマリアガータンにそのままにしてあるよ。知っているだろう?」

「それも考えたわ。でも、それはあまり良くないと思うの」

「なぜ?」

「イースタは小さい町だから、あそこに住んだら、気が違ってしまうような気がする。もう少し歳がいってからならいいかもね。若いときに住める町じゃないと思うの」

ヴァランダーは理解できた。一人暮らしの四十代の男にもイースタは小さすぎる気がする。

「それで、パパはどうなの？」

「なんのことだ？」

「女の人のことに決まってるじゃない」

ヴァランダーは顔をしかめた。エンマ・ルンディンのことなど、話す気にもならなかった。

「パパは新聞の個人広告の欄に〝パートナー求む〟というのを出せばいいのに。きっとたくさん反応があるわよ」

「そうだろうな」ヴァランダーが言った。「それで会ってみると、互いに冷たい視線でジロジロ見合って、何も話すことがないという結末になるに決まってるさ」

リンダはまたもや父親を驚かすようなことを言った。

「一緒に寝てくれる女の人が必要なのよ、パパは。ただため息をついていてもしょうがないじゃない」

ヴァランダーは愕然とした。こんなことはいままで一度も言われたことがなかった。

「少しの付き合いはあるさ」と遠回しに言った。

「話してよ」

「話すようなことじゃないんだ。看護師で、とてもいい人だ。問題はおれよりも彼女のほうが熱心なことなんだ」

リンダはそれ以上訊かなかった。ヴァランダーは反射的に、リンダのセックスライフはどうなんだろうと思ったが、そう思っただけで嫌な気持ちになったので、敢えて訊きはしなかった。

二人は結局十時ごろまで中央駅のレストランで話し込んだ。モナの家まで送ろうとしたが、リンダは用事があると言い、駐車場で別れた。ヴァランダーは三百クローナの小遣いを渡した。

「必要ないのに」

「そうかもしれないが、黙って取っておけ」

リンダは町に向かって歩いていった。ヴァランダーはこれが自分の家族だと思った。一人は将来の道を探している。もう一人は暑いエジプトに向かって飛行機に乗っている。どっちにも、彼は複雑な気持ちを抱いている。二人とも予測もできない気分屋なのが共通点だ。

十一時半、ヴァランダーはイースタに戻った。車の中でこれからやるべきことを考えた。リンダに会ったことで、新たにエネルギーが湧いた。可能なかぎり広く捜査を進めようと思った。いまはそれしかない。イースタの町の入り口で車を停めて、ハンバーグを食べた。これでハンバーグを食べるのは終わりにするぞと決心しながら。イースタ署の受付を通り過ぎようとしたとき、エッバが心配そうな顔で出てきた。

「ビュルク署長が呼んでいますよ」

部屋に行って、上着を脱ぎ、ビュルクの部屋へ行った。すぐに入れという声がした。ビュルクは立ち上がっていた。

「私としてはこれ以上ないほど不満足だ」とビュルクは突然切り出した。

「なんのことですか？」とヴァランダー。

「いままでにないような大事件が起きているときに、しかもあんたがその捜査の責任者だというときに、マルメに、それも個人的な用事で出かけるとは」

ヴァランダーは耳を疑った。ビュルクが自分に向かって怒っているのだ。こんなことはいままで一度もなかった。これよりもずっと重要な理由で、文句を言われても仕方がないと思えるようなことがあったときも、決してこんなふうに言われたことはなかった。他の捜査官たちに知らせずに、一人で行動するようなことはいままで度々あったのだが。

「今回は正式な叱責《しっせき》ではないが、このようなことが起きたのはじつに残念なことだ。なんとも思慮の足りない行為だったな」

ヴァランダーはビュルクを睨《にら》みつけた。それから何も言わずに部屋を出た。一言も言わずに。だが、途中で踵《きびす》を返してまたビュルクの部屋に戻った。いきなりドアを開けると、ビュルクの顔を睨みつけて言った。

「あんたの文句などクソ食らえだ。そんなところでどうしようもない文句を言うくらいなら、正式の叱責とやらをもらおうじゃないか。あんたの御託など聞きたくもない」

言い終わると、さっさと引き上げた。全身に汗が吹き出した。だが後悔はなかった。爆発する必要があったのだ。それにヴァランダーはクビになることなどまったく心配していなかった。イースタ署での彼のポジションは磐石だった。

食堂へコーヒーを取りに行って、部屋に戻り机に向かった。ヴァランダーはビュルクが最近ストックホルムで開かれた署長対象のセミナーに参加したことを知っていた。おそらくそこで彼は職場を活気づけるためにときどき部下を叱るのがいいとでも聞いてきたのだろう。もしそうだとすれば、叱る相手を間違ったということだ。

しかしそれにしても、自分が父親をマルメまで車で送ったということをビュルクに告げ口したのは誰だろう？

何人かの名前が浮かんだが、誰に父親を送ることを話したかなどとても思い出せなかった。

唯一確かなのは、リードベリではないということだった。リードベリは以前からビュルクが署長になったのは人事上やむを得なかったのだと言っていた。仕方がないことで、それ以上でもそれ以下でもないと。またリードベリはいつも同僚を大事にした。彼の忠誠心は決して歪《ゆが》められたりしないだろうし、万が一にも、同僚が規則違反を犯したと責めるようなことは決してしないだろう。もし誰かがそんなことをしたことがわかったら、真っ先に抗議するだろう。

マーティンソンが現れたので、考えが中断された。

「いまいいですか？」

ヴァランダーはうなずいて、来客用の椅子を指した。

二人はまず手芸用品店の火事と老姉妹殺害の話を始めたが、ヴァランダーはマーティンソンが別の話をしたくて来たのだとわかった。

「例の墜落機のことですが、シューボー警察は早急に仕事をしてくれました。あの日の夜中、いや、明け方か、とにかく真っ暗い中に、スポットライトが照らされたという通報があったというのです。場所はまったく人家のないところだったそうです。そこに荷物を投下したのかもしれませんね」

「スポットライト？　つまり誘導灯ということか？」

「ええ、その可能性があります。それにその辺には網目のように細かい道があって、そこに行くのは簡単、そこから消えるも簡単という場所だそうです」

「ふん、我々の推測が当たっているかもしれないな」

「もう一つあります」マーティンソンが続けた。「シューボー警察は仕事熱心ですよ。その周辺の住人を調べたんです。たいていは農家ですが、一軒、まったく違う家があった」

ヴァランダーは耳を澄ました。

「ロンゲルンダという名の土地があるんです。そこにある家はここ数年シューボー警察を煩わせてきた。出入りする人間が、です。家の所有者がしょっちゅう替わって、いまは誰が所有者かわからない。そしてです、麻薬のことで一度シューボー警察が手入れをしているんですよ。見つかった量は多くなかった。しかし、麻薬は麻薬です。見つかっているんです」

マーティンソンはひたいを掻いた。

「自分が話をしたシューボー警察の警官はユーラン・ブルンベリというんですが、いくつか名前を読み上げてくれました。ぼんやり聞いていたんですが、電話を切ってから、気がついたことがあった。その中に聞き覚えのある名前があったんです。最近我々が扱った事件の中で」

ヴァランダーは背中を伸ばした。

「まさか、イングヴェ＝レオナルド・ホルムじゃないよな？　ホルムがそこに田舎の家を持っているんじゃあるまいな？」

マーティンソンがうなずいた。

「いや、そうなんです。その名前を思い出すのに、少し時間がかかってしまいましたが」

チクショー！　とヴァランダーは心の中で叫んだ。何かあると思ったんだ。飛行機を持っているかと訊くことまで思いついていたのに。だが、証拠不十分で釈放してしまった。

「すぐに捕まえよう」と言って、机を叩いた。

「その男だと気がついたときに自分もそう言ったんです、シューボー警察に。ところが、ロンゲルンダに行ってみると、ホルムはもういなかったそうです」

「いなかった？」

「ええ、姿を消した、いなくなった、どこにいるかわからないというんです。ホルムはそこに住んでいたらしい。ここ数年、彼はイースタに住民登録して、町の中央に豪勢な家を建てていますが、実際に住んでいたのはロンゲルンダだったらしい。シューボー警察の警官たちはそこにいた怪しげな連中と、いや、彼らが怪しげな連中と言ってたんですよ、話をしたらしい。その結果、ホルムは昨日はそこにいた。だがその後、いなくなった。その後は誰も彼の姿を見かけていない。そこで自分はここイースタにあるホルムの家に行ってみましたが、鍵がかかっていて、誰もいませんでした」

ヴァランダーは考えた。

「ホルムが姿を消すということは、よくあることじゃないんだな？」

「ロンゲルンダの家にいた連中は心配そうだったというんです」

「姿を消したとは、どういうことだろう？」ヴァランダーが言った。

「こんなことは考えられませんか？　あの墜落した飛行機に乗っていた一人がホルムだったとは？」

「あり得んだろう」と即座にヴァランダーは打ち消した。「それには、飛行機はどこかに着陸して彼を乗せたことになる。そんな場所は、シューボー警察は見つけていないだろう？　突然思いついて着陸地を用意したとでもいうのか？　それに時間的に合わないじゃないか」

「小型のスポーツ機ですよ。腕のいいパイロットなら小さい平らな土地があれば簡単に離着陸ができるんじゃありませんか？」

ヴァランダーは半信半疑だった。しかし、マーティンソンは正しいかもしれない。その一方において、ホルムがいままでとは比べ物にならないほどスケールの大きな麻薬の密輸入に関係しているとしても驚かないという気がした。

「これに関してはもう少し調べよう。残念なことに、例の火事と殺人事件でいまみんな手一杯で、お前一人に委ねることになるが」

「そっちの動機は見つかりましたか？」

「いや、いまのところ不可解な私刑としか思えないような老女二人の殺しと、爆発を伴ったと言われている火事の捜査で手一杯で、動機を調べるところまで至っていない。もし火事の残骸に何か見つかれば、ニーベリから報告があるはずだ」

マーティンソンは部屋に戻っていった。ヴァランダーはいつのまにか自分が墜落した飛行機のことと火事のことを繰り返し考えていることに気がついた。午後二時になった。父親がカイロに着いているころだ。コペンハーゲンからの出発に遅れがなかったら。そのあとビュルクの突然の叱責のことを思った。改めて腹が立った。同時にすぐに言い返してよかったと思った。

どうしても書類に集中することができなかったので、車に乗ってまた火災現場へ行った。焼け跡にニーベリが他の鑑識官と一緒に膝をついて綿密に調べていた。まだ焦げた臭いがあたりに漂っていた。ヴァランダーの姿を見て、ニーベリが道路に出てきた。

「猛烈な火力だったらしい。エドラーの配下の消防士たちが言っていた。すべてが溶けてしまった。同時にたくさんのところが燃えだしたことから、これは放火だという説が有力になった。ガソリンを吸わせたボロ切れを数ヵ所に置いたんじゃないか」

「犯人を必ず捕まえなければ」ヴァランダーが言った。

「そう、少しでも早く」とニーベリ。「放火魔のやったことじゃないだろうな」

「それどころかその反対。つまり何をしているか、はっきりわかっている人間の仕業ということ」

「おいおい、相手は手芸洋品店の二人のばあさんだぞ。なんでわざわざ狙ったのかね？」

ニーベリは信じられないというように首を振りながら、持ち場に戻った。ヴァランダーは、波止場まで歩いた。新鮮な空気が吸いたかった。零下二、三度で、風はほとんどなかった。途中、イースタ劇場前で立ち止まった。国立劇場から俳優が来て、アウグスト・ストリンドベリの『夢の劇―ドリームプレイ』が公演されるという看板が出ていた。ああ、これがオペラなら観るんだが、劇じゃなあ、とヴァランダーは思った。

小型船舶用の波止場に行った。すぐ近くにある大きな船着場からポーランド行きのフェリーボートがちょうど出帆するところだった。ぼんやりと船を見ながら、ヴァランダーはこの船に何台密輸車が乗せられているんだろうと思った。

三時半、彼はイースタ署に戻った。父親はもうホテルに着いたころだと思い、また不許可の外出をしたとビュルクから叱責を受けるのだろうかと苦笑いした。四時、皆を会議室に集めた。今日一日で集めた情報を確認しあった。依然として手がかりはほとんどない。

「こんなに何もないとはめずらしいことだ」とリードベリが言った。「イースタのど真ん中で店が一軒焼け落ちたというのに、目撃情報がこんなにないとはな」

スヴェードベリとハンソンがそれぞれ報告した。姉妹は二人とも一度も結婚経験なし、いとこや遠い親戚はいるが、イースタに住んでいる者はいない。手芸用品店は所得申告をしているが、その収入額はわずかなもの。銀行預金の額も決して大きくない。ハンデルスバンケン銀行に姉妹が借りていた金庫があることをハンソンが突き止めたが、鍵がないためオーケソン検事に錠前を破壊する許可命令を発してもらうことになり、明日それを実行すると言った。

そのあと、会議室は重い空気に包まれた。

「動機というものがあるはずだ」ヴァランダーが言った。「いずれ見つけると思うが、辛抱《しんぼう》強く捜すしかない」

「この姉妹にはどんな付き合いがあったのだろうか?」リードベリが言った。「友だちというものがいたはずだ。また、店が休みのときなど何をしていたのだろう。何かの趣味のクラブなどに入っていたか? 夏の家、田舎の家などをもっていたか? 休暇に旅行したか? まだまだ調べが足りないな」

リードベリの声に苛立ちが混じっていることにヴァランダーは気がついた。きっと痛みが強いのだろうと思った。本当はどこが悪いんだろう? きっとリウマチではないに違いない。

誰もリードベリの意見に反対する者はいなかった。捜査は継続、それも深く掘り下げて継続することになった。

ヴァランダーは八時近くまで仕事を続けた。二姉妹エーベルハルズソンに関してわかっている事実を書き出してみた。そして書き出したものを読んで、これほどわずかしかなかったのかと今更ながら驚いた。手がかりとなるものはほとんどないも同然だった。

家に帰る前にマーティンソンに電話をかけた。ホルムは依然として行方が分からないとのことだった。

ヴァランダーは警察署を出た。車になかなかエンジンがかからなかった。腹立たしいと思いながら、時間ができたら今度こそ車を買い替えようと思った。ローンを借りなければならない。

帰宅してまず最初に洗濯室に行って、洗濯機の予約をした。部屋に戻って、ハッシュドビーフの缶詰を開けた。温めた食事を皿に盛り付け、テレビの前に座ったとたんに電話が鳴った。エンマだった。帰宅途中に寄ってもいいかと訊いた。

「いや、今晩はダメだ。手芸用品店の火事のこと、二人の姉妹が殺されたニュースを聞いたと思うが、いまは二十四時間態勢で働いているんだ」

エンマはわかったと言った。ヴァランダーは電話を切ってから、なぜ正直に言わなかったのかと思った。もう彼女とは付き合いをやめたいのだと。だが、それを電話で伝えるというのは、臆病者のすることだ。彼女の家に行ってそう言わなければならない、そうしようと思った。それもできるだけ早く。

すっかり冷めてしまった食事をつついていたとき、また電話が鳴った。時刻はすでに九時になっていた。苛立って、皿をテーブルに置いて、電話に出た。

ニーベリだった。まだ火災現場にいて、パトカーの無線電話からかけてきたのだった。

「ついに見つけたぞ。なんだと思う？　金庫だよ。それも強い火力にも耐え得る防火タイプの頑丈な金庫だ」

「なぜいままで見つからなかったんだ？」

「いい質問だよ」とニーベリは怒りもせずに言った。「なぜなら金庫はあの家の地下にあったからさ。焼けた諸々のクズの重なっていた床に防火板があったんだ。それを取り除いてみたら、下に穴があった。そこに金庫があったんだ」

「もう開けたのか？」

「どうやって？　鍵などはもうないんだ。これがまたとんでもなく頑丈な金庫で、開けるのは至難の業だろうよ」

ヴァランダーは時計を見た。九時十分。

「そっちに行く。もしかすると、それは今回の事件解決の手がかりになるぞ。いや、きっとそうなる」

オンボロ車にどうしてもエンジンがかからなかった。諦めて、ハムヌガータンまで歩いていった。

九時四十分、ヴァランダーはニーベリと一緒に焼け跡に立ち、投光器が照らし出す金庫を見下ろしていた。

気温がぐんと下がり、東から強風が吹き始めた。

6

十二月十五日の夜中の零時過ぎ、ニーベリと部下の男たちはクレーンを使って金庫を地下から持ち上げ、そのままトラックの荷台に積み込み、イースタ署へ送った。ニーベリとヴァランダーは火災現場を引き上げる前に、金庫の入っていた地下の穴の中を調べた。

「これは家が建てられたときのものじゃないな。あとで掘られた穴だな」ニーベリが言った。

「金庫の隠し場所として作られた地下空間というわけだ」

ヴァランダーは黙ってうなずいた。頭の中にはエーベルハルズソン姉妹のことがあった。自分たちは姉妹が殺された動機を捜してきた。もしかすると金庫が見つかったことで動機が解明されるかもしれない。もちろん、金庫の中に何があるのかはまだ不明ではあるが。

誰か、金庫の存在を知っていた者、また金庫の中に何があるかを知っている者がいるのだろうか。

二人は焼け跡から離れ、道路に立った。

「金庫を壊せるのか？」ヴァランダーが訊いた。

「もちろん可能だ。ただ、特別な溶接技術が必要だ。通常の金庫破りにはできない仕事だよ」

「すぐにも開けなければ」

ニーベリはヤッケの襟を立てて、ヴァランダーを冗談じゃないという顔つきで見た。

「まさか、今晩中にということじゃないだろうな？」

「いや、できればそうしたい。なにしろ人が二人殺されているんだから」

「いや、それはできん。特別な溶接機械を持っている人間に連絡がとれるのは明日の朝だ」

「ここイースタにいるのか、そういう人間が？」

ニーベリは考えた。

「国防省に協力している下請け会社がある。そこならこの種のものに穴が開けられる機械があるかもしれない。たしか、ファブリシウスという会社でインドストリーガータンにあったと思う」

ニーベリは相当疲れている、とヴァランダーは思った。このまま続けろというのは無理だろう。自分だって明け方まで仕事をしていたら体がもたない。

「それじゃ明日の朝七時に」ヴァランダーが言った。

ニーベリは黙ってうなずいた。

車をどこに停めたか、という顔でヴァランダーはあたりを見回した。そして発車できなかったから置いてきたことを思い出した。ニーベリは車で送っていこうと言ったが、ヴァランダーは断って歩くことにした。風が冷たかった。ストーラ・ウステルガータンの通りのウィンドーに温度計がかけてあった。マイナス六度。冬はじわじわと近づいてきている。もうじき雪が降り始める。

十二月十五日の朝七時一分前、ニーベリはイースタ署のヴァランダーの部屋にやってきた。ヴァランダーは電話帳を机の上に置いて待っていた。すでにヴァランダーは、受付の隣の空き部屋に置いてある金庫を見てきた。宿直の警官が、この金庫を運び入れるためにフォークリフトが必要だったと話してくれた。正面入り口のガラスドアの金属製のドア枠の下部が曲がっているのがはっきりわかった。これはビュルクに文句を言われるぞと思った。だが、これは仕方がないと認めなければならないはずだ。ヴァランダーは曲がった部分に手を当てて平らにしようとしたが、できなかった。こんなに重い金庫の中にいったい何が入っているのだろうと改めて思った。いや、ひょっとして、何も入っていないのかもしれない。

ニーベリがインドストリーガータンにある溶接会社に電話をかけた。ヴァランダーはコーヒーを食堂から持ってきた。そのときリードベリが部屋に入ってきた。ヴァランダーが説明した。

「ふん、おれが思ったとおりだな。あの姉妹は謎に包まれている。我々は知らなすぎる」

「いま溶接の専門家を呼び寄せているところだ」ヴァランダーが言った。

「開ける前に教えてくれ。何が入っているか、見たいものだ」

ヴァランダーは自室に戻った。リードベリの調子は良さそうだと思った。

ヴァランダーがコーヒーを持ってきたとき、ちょうどニーベリは電話が終わったところだった。

「ルーベン・ファブリシウスと直接話をした。たぶん開けられるだろうということだ。三十分後に来るよ」

「来たらすぐに教えてくれ」

ニーベリが部屋を出て行き、ヴァランダーは一人になるとすぐに父親のことを考えた。あこがれのカイロで期待がすべて叶えられているといいが。メナハウスホテルと書いた紙を見つめた。電話番号も控えてある。電話をしてみようかと思ったが、時差があるのかどうかわからなかった。カイロへ電話をかけるのはやめて、受付のエッバに電話をして同僚たちの出勤状況を聞いた。

「マーティンソンから電話がありました。今朝はシューボーへ行くと。スヴェードベリはまだです。ハンソンは来てはいますが、いまシャワーの最中。家のシャワーが壊れているとかで」

「もうじき金庫を開ける。大きな音が出るかもしれない」ヴァランダーが言った。

「さっき行って見たわ。金庫、もっと大きいものかと思った」

「あのサイズでもけっこう入るらしい」

「なんてこと！」

エッバはなんのことを言っているのかとヴァランダーは思った。まさか、金庫の中に赤ん坊の死体が入っているなどとは思わないはず。それとも人の頭部だとか？

ハンソンがやってきた。頭がまだ濡れている。

「ビュルクと話をしたよ」と勢いよく言った。「夜中に正面ドアの角が壊れたと文句を言っていた」

ハンソンはまだ金庫のことを知らなかった。

「これで動機がわかるかな」とハンソン。

「ああ、うまくいけば」とヴァランダー。「最悪、中は空《から》っぽということもあり得るが。そうなったらお手上げだ」

「エーベルハルズソン姉妹を射殺した人間が持ち去っているかもしれないな」とハンソン。

それはヴァランダーも考えたことだった。しかし、なんの根拠もないが、そうではないという気がしてならなかった。

「一人を撃ち殺し、もう一人を脅して金庫を開けさせたとか?」

八時、ルーベン・ファブリシウスの指揮のもと、作業員たちが電動の特殊切断機を使って金庫を切断し始めた。ニーベリが恐れたとおり、容易に歯が立たないむずかしい仕事になった。

「これ、特殊鋼だよ」ファブリシウスが言った。「普通の金庫破りなら一生かかっても開けられないな」

「爆破はできないのか?」ヴァランダーが訊いた。

「できるさ。だが、この建物も一緒に吹き飛んじゃうよ。爆破させるのなら、まず金庫を表に出さなくちゃ。だが、金庫の壁が猛烈に硬いから、爆破剤もうんと多く使わなくちゃなんない。そうすりゃ、金庫そのものが爆発して、中に入ってるものも一緒に吹っ飛んでしまうよ」

ファブリシウスは背丈も横幅もある屈強な男で、話のあとに必ずアッハッハと短く笑う。

「こんな金庫は何十万クローナもするぞ、きっと。アッハッハ」

ヴァランダーは驚いた。

「そんなにするのか？」

「ああ、間違いなく。アッハッハ」

とにかく一つ確実に言えることがある、とヴァランダーは思った。昨日、エーベルハルズソン姉妹の経済状態をチェックしたとき、税務署に申告しているよりもずっと金を持っていることが明らかになった。申告していない金が銀行にあったのだ。だが、手芸用品店にどんな高価なものがあるというのだろう？　金の糸？　ダイヤモンドのボタン？

九時十五分、金庫を開ける作業が終わった。ファブリシウスはヴァランダーを見てうなずき、また笑った。

「終了！　アッハッハ」

リードベリ、ハンソン、スヴェードベリもすでに集まっていた。ニーベリは作業に終始立ち会った。ファブリシウスは電動の特殊切断機で壊された裏側をバールでこじ開けた。周囲にいた者全員が覗き込んだ。ヴァランダーはビニール袋に入った包みがいくつか見えた。ニーベリが一番上にあったものに手を伸ばし、金庫の外に出した。ビニール袋は白色で、テープで留められていた。中は……厚い札束だった。百ドル札の束が十束あった。一束が一万ドルほどか。

「これは、大金だ」ヴァランダーが言った。

ドル札を一枚抜いて、明かりにかざした。本物のようだ。

ニーベリは他の束も一つ一つ取り出して開いた。後ろに立っていたファブリシウスは束が出されるたびに笑い声をあげた。

「残りは会議室へ持っていこう」ヴァランダーが言った。

ファブリシウスと機械工たちには礼を言った。

「請求書を送ってくれ。あんたたちの協力がなかったら、この金庫は開けられなかった」

「いや、タダでいいっすよ」ファブリシウスが言った。「おれたちも面白いものを見せてもらった。その上うちの者たちにこんな教育の機会はめったにないからね」

「金庫の中に何が入っていたかは、人に言わないでほしい」とヴァランダーは柔らかく言ったが、本心は命令したいところだった。

ファブリシウスはまた笑い、今度は手を上げて敬礼の真似をした。それは、ふざけではなく、承知したというサインだとヴァランダーは思った。

会議室で包みから金がすべて出され、札が数え上げられた。ヴァランダーは全体をざっと見渡した。ほとんどがアメリカドルだったが、中にイギリスポンドとスイスフランが交じっていた。

「これは全部でおよそ五百万スウェーデンクローナに相当する。はした金じゃないぞ」

リードベリが言った。「ということは、もしこの金が老姉妹を殺した動機なら、犯人は肝心の金を持たないで立ち去ったということになる」

「それでもやはりこれを一つの動機と見ることができるのではないか」ヴァランダーが言った。

「この金庫は隠されていた。ニーベリによればこの金庫は数年前に地下に隠す形で設置されたものらしい。つまり、大きな金額の金を隠す場所が必要になったために、老姉妹がそこに隠し場所を作ったというわけだ。すべて新札、未使用の札だ。ということは、追跡が可能だということだ。合法的にスウェーデンに入ってきた金か、あるいは闇ルートか？　加えて我々は、この姉妹の交際範囲や習慣を調べることなど、捜査中のいくつかの課題に早急に答えを得る必要がある」

「いい習慣だけでなく、悪い習慣もな」リードベリが言った。「何か悪事に手を染めていたかもしれん。それも知らなくては」

会議の終わりごろにビュルクが顔をのぞかせた。机の上に積まれている金の束を見てぎょっとしたようだった。

「これは厳密に報告されなければならんぞ」とビュルクは、ヴァランダーが少々うんざりした様子で説明するのを聞いて、言った。「当然のことながら、金は一枚としてなくなってはならんからな。ところで、正面ドアの下部が壊れているのはどうしたのだ？　誰か、知らんか？」

「作業上発生したやむを得ない事故です」ヴァランダーが言った。「フォークリフトが金庫を署の建物内に入れようとしたときに」

その言い方が有無を言わさぬ口調だったので、ビュルクは一言も反論できなかった。

会議は終わった。ヴァランダーはビュルクと二人取り残されるのを恐れて、急いで部屋を出た。会議でヴァランダーが引き受けたのは、老姉妹の近隣の者が、姉妹のうちの一人エミリアが動物愛護協会のメンバーだったと言ったという話を確かめることだった。スヴェードベリからその協会のメンバーの名前を聞いた。ティラ・オーロフソン。住所を見て、ヴァランダーは思わず笑ってしまった。シャーリングガータン（〝ばばあ通り〟）十一番地。こんな名前を通りにつけるなんて町が、スウェーデン中を探してもイースタ以外にあるだろうか？

署を出る前に、アルネ・フルティグに電話をかけた。ヴァランダーが車を買い替えるときにいつも世話になる男である。いま乗っているプジョーの状態を説明すると、フルティグはいくつか代わりになる中古車を提案した。ヴァランダーはそのどれもが高すぎると思った。だがフルティグがヴァランダーのポンコツ車を安い値段で他のプジョーと交換する提案をしたとき、ヴァランダーは買い替えることに決めた。電話を切り、取引のある銀行に電話をかけた。いつもの行員と話すのに少し待たされたが、自分の番が来るとヴァランダーは二万クローナのローンを組みたいと申し入れた。すぐにオーケーが出て、翌日銀行で書類にサインをし、現金を受け取れることになった。

車を買い替えることを考えると、気分が軽くなった。なぜ自分はいつもプジョーにするのか、自分で思っているよりもそれまでの習慣にこだわる保守的な人間なのかもしれないと思いながら警察署をあとにした。出るときに、正面玄関のガラスドアの下角が大きく曲がっているのが目に留まった。あたりに人がいないのを確かめて、ヴァランダーはその部分を思い切り蹴った。凹《くぼ》み具合が大きくなった。足早に外に出て、冷たい外気の中を背中を丸めて歩いた。ティラ・オーロフソンにあらかじめ電話をかけて在宅かどうか聞くべきだったのだが、年金生活者だからきっと家にいるだろうと思い、直接訪ねていくことにした。

ベルを押すと、ドアがさっと開けられた。ティラ・オーロフソンは小柄で、分厚い近眼のメガネをかけていた。ヴァランダーは名乗って、警察官身分証を見せた。ティラ・オーロフソンはそれをメガネに擦り付けるように近くに持っていって見た。

「警察の人ね？　それじゃきっと、かわいそうなエミリアのことで来たんでしょう？」

「そのとおりです」とヴァランダーは言った。「お邪魔でなければいいのですが」

ティラ・オーロフソンはヴァランダーを中に通した。入るとすぐ、犬の臭いが鼻を衝いた。そのままキッチンへ案内された。キッチンの床に、ヴァランダーが数えただけでも十四個の餌皿があった。九匹の犬と住んでいるという、シューボー郊外に住むハーヴェルベリじいさんのところよりもひどい臭いではないかとヴァランダーは思った。

「犬たちは外で飼っているんですよ」とヴァランダーの反応を見てティラ・オーロフソンが言った。

これほどたくさんの犬を街の中で飼うことが許されているのだろうか、とヴァランダーは思った。ティラ・オーロフソンは、コーヒーはいかがと訊いたが、ヴァランダーは断った。空腹だったので、この仕事が終わったらすぐにも食事に行きたいと思っていた。キッチンテーブルに向かって、ペンを持ってこなかったことに気づいた。今日はめずらしくメモ帳を持ってきたのに、筆記用具を忘れてしまった。テーブルの上にあった鉛筆を取って質問を始めた。

「オーロフソンさん、あなたの言うとおり、不幸にも亡くなられたエミリア・エーベルハルズソンさんのことで来たのです。近所の人からエミリアさんが動物愛護協会で活動していたと聞いたのですよ。そしてあなたはエミリアと親しかったとも聞いたので」

「ティラと呼んでください。でもわたし、エミリアと親しかったとは言えないわね。そんな人、いなかったんじゃないかしら」

「エミリアの姉妹のアンナは一緒に活動しなかったんですね？」

「ええ」

「それはちょっとおかしくありませんか？　姉妹二人、二人とも独身で、一緒に暮らしていたわけですよね？　でも趣味は共通してはいなかったということでしょうか？」

「それは人の思い込みですよ」とティラ・オーロフソンははっきりと言った。「姉妹だって好みは違うもの。それにアンナとエミリアは全然性格が違いましたからね。わたしは生涯教師をしてきたので、人の性格の違いというものがよくわかるんです。それは小さいときからはっきりわかるものですよ」

「それでは、エミリアという人の性格は？」

「人を小馬鹿にしたような態度をとる人だったわ。自分がなんでも一番よく知っているという態度。私たち、とても不愉快でした。でも私たちの活動に献金してくれたのは彼女でしたから、来るのを断ることはできなかった。でも本当はそうしたかったんですよ」

ティラ・オーロフソンによれば、一九六〇年代にイースタの動物愛護協会は彼女自身と数人の動物愛好家たちが始めたのだという。活動はイースタ地域に限定したもので、もともとは夏の家を引き上げるときに可愛がっていた猫を捨てていく人々がいて、そういう猫に餌をやったのが始まりだったという。協会は小規模で、会員も少ない。一九七〇年代に入って、イースタアレハンダ紙で協会のことを読んだエミリア・エーベルハルズソンから連絡があった。それから毎月寄付があり、会議や集まりに参加するようになった。

「でもわたしが思うに、彼女は別に動物好きじゃなかったわ」と突然ティラ・オーロフソンは言い出した。「彼女は自分を善良な人間だと見せるために、この活動をしていたんだと思うのよ」

「それはあまり親切な見方じゃありませんね」とヴァランダーが言った。

テーブルの向かい側に座っていたティラ・オーロフソンの顔が硬くなった。

「警察は真実を知りたいんじゃないんですか？　わたしの思い違いですかね？」

ヴァランダーは話題を変えて、金のことを訊いた。

「彼女の寄付は毎月千クローナでした。私たちにとっては大きなお金だったわ」

「金持ちという印象でしたか？」

「着ているものは特別なものじゃなかったけど、いつもお金は持っていたわね」

「もちろんあなたは不思議に思ったでしょうね。小さな手芸用品店をやっていてなぜそんなにお金があるのかと」

「そう、それに一月千クローナの寄付だって、決して小さいお金じゃないですものね。私はそんなに好奇心のある人間じゃないんです。ひどい近眼のせいもあるけど。でもそんなお金どこから手に入れるのかしら？　あんなに小さな店でそれほど収入があるなんて信じられないことですよね」

ヴァランダーは一瞬迷ったが、事実を言うことにした。

「新聞で姉妹が焼死したと読んだでしょうが、本当はそうじゃない。あの二人は射殺されたんです。つまり火事になったとき、二人はもう死んでいたんですよ」

ティラ・オーロフソンは目を丸くした。

「年老いた女性を撃ち殺すなんて、いったい誰が？　自分が撃たれるのと同じくらい信じられないわ！」

「それこそ我々がいま全力で捜査していることです。それであなたに会いに来たのですよ。エミリアは敵がいるとか人に恨まれているとか言ってませんでしたか？　恐れているようなそぶりは見せませんでしたか？」

ティラ・オーロフソンはきっぱりと言った。

「エミリアはいつだって、自信たっぷりの人でした。自分の暮らしや姉妹二人の暮らしについては一言も話さなかった。旅行をしても、葉書一枚送ってこなかった。一度もよ。どこに行っても可愛い動物の絵葉書はたくさんあるのに」

ヴァランダーは眉を上げた。

「姉妹はしょっちゅう旅行に出かけていた？」

「ええ、毎年、二ヵ月も。九月と三月に。夏に行くこともありましたよ」

「どこへ行ったか、知ってますか？」

「スペインだと聞いたことがあるけど」

「留守の間は誰が店をやっていたんですかね？」

「いつも交替で休暇をとっていたようでしたよ。お互いからも休みをとりたかったんじゃないかしら」

「スペインですか？　他にどんな噂を聞きました？　どこから聞いた噂ですかね？」

「憶えていませんね。噂はあまり好きじゃないので。スペインのマルベーリャだったかも。でも確かなところはわからないけど」

　このティラ・オーロフソンという女性は本当に自分で言うほど噂ぎらいなのだろうか、とヴァランダーは思った。最後に一つだけ疑問が残った。

「エミリアを一番よく知っていたのは誰ですかね？」

「それはアンナでしょうよ」

　礼を言って、ヴァランダーは外に出た。風が強くなっていた。ティラ・オーロフソンから聞いたことを考えた。その声に意地悪な響きはなかった。正直に話してくれた。だが彼女の描いたエミリア・エーベルハルズソン像は決して甘いものではなかった。

　署に戻ると、エッバがリードベリが探していたと教えてくれた。ヴァランダーはまっすぐリードベリの部屋に行った。

「だいぶはっきりしてきたぞ。他の者たちを呼んでくれないか。会議を開こう。みんな署内にいるはずだから」

「なんだ？　何が起きた？」

リードベリは分厚い書類を手に持って振った。

「VPCからの情報だ。じつに興味深いことが書いてある」

一瞬VPCとはなんだ、とヴァランダーは思ったが、すぐに有価証券センターの略語であることを思い出した。そこに、例えば株主の名前などが登録されている。

「おれのほうは例の姉妹のうち少なくとも一人はじつに嫌なタイプだったという話を聞いてきたところだ」

「なるほどな。そう聞いても驚かないよ」リードベリが言った。「金持ちはたいてい鼻持ちならんものだからな」

「金持ちは？」とヴァランダーは聞き返した。

リードベリはすぐには答えなかったが、皆が集まったとき、話の続きをした。

「有価証券センターによれば、エーベルハルズソン姉妹は一千万クローナ（約一億四千万円）ほどの有価証券を持っていた。姉妹がなぜいままで資産税を払わずに済んだのかは謎だ。配当金にかかる税金ももちろん払っていないようだ。税務署にはこの件を追及するように依頼済みだ。また、アンナ・エーベルハルズソンはスペインに住民登録していることがわかった。これがどういうことを意味するのかは、いま調査中だ。とにかくこの姉妹は国内外でけっこうな財産を株券で所有していたことは確かだ。有価証券センターは外国で株主がどれほど有価証券を所有していたかまでは把握していない。ま、それは彼らの仕事ではないからな。だが、姉妹がイギリスの武器製造業と航空機産業の株券を購入していたことは把握していた。また姉妹は、かなり巧妙で大胆な株の売買をしていたらしい」

リードベリは書類を机の上に置いた。

「いま読み上げたことは氷山の一角にすぎないかもしれない。金庫にあった現金五百万クローナと有価証券一千万クローナの株券と債券。これらはここ数時間の間に我々が得た数字だ。一週間も調べたらどうなる? 何億クローナにもなるのではないか?」

ヴァランダーはティラ・オーロフソンから聞いたエミリア・エーベルハルズソンの人となりについて報告した。

次にスヴェードベリがもう一人の姉妹アンナ・エーベルハルズソンについて報告した。

「アンナについて聞いたことも、じつに手厳しいものだった。店のあったあの建物を五年ほど前に姉妹に売った不動産屋から聞いた話です。ちょうど不動産市場が動揺し始めたころのこと。それまで姉妹はあの家を借りていた、単なる借り手だった。交渉にはアンナが当たったらしい。エミリアには一度も会わなかったと不動産屋は言ってます。不動産屋によれば、あんなに面倒な客にはあとにも先にも会ったことがないとのこと。アンナはこの不動産屋が経済的に危機にあるという情報をどこからか手に入れて、ものすごい値引きを迫ったというのです。やり方が大胆で、不動産屋はほとんどゆすり取られたようなものだと言ってました」

スヴェードベリはここまで言うと首を振った。

「まさかあの、ボタンや針を売っていた二人のしわくちゃばあさんたちの実像がこういうものだったとは、誰に想像できただろう」

最後にヴァランダーが沈黙を破った。

「とにかくこれで、捜査は次の段階に入った。しかし我々はまだこの姉妹を殺した犯人の目星がまったくついていない。だが動機は見当がつくところまで来た。それももっともよくある動機だ。金目当ての殺人。さらに姉妹が税務署に申告しない隠し財産を持っていて、脱税の罪を犯していたことがわかった。我々は小さな手芸用品店を営んでいたこの姉妹がじつは金持ちだったことを知った。おれはこの姉妹がスペインにも家を持っていたとしてもおかしくないと思っている。他にも外国に財産を所有しているかもしれないと思う」

ヴァランダーはここで炭酸水の入ったグラスを手に取った。

「いま我々の知ったことをまとめると、次の二点になる。二つの問いだ。エミリアとアンナはどこからこれほどの額の金を手に入れたのか？　彼女たちが金持ちであることを知っていたのは誰か？」

グラスを上げて飲もうとしたその瞬間、リードベリの体がガクッと大きく動いた。何かに突かれたように見えた。

次の瞬間、リードベリの上半身がどさっと机の上に倒れた。

それはあまりに突然のことだった。

7

あとで思い出すと、あの瞬間、ヴァランダーは本当にリードベリが死んだと思ったのだ。あのときリードベリが倒れたのを見た誰もが、心臓が突然止まったと思ったのだ。最初に反応したのはスヴェードベリだった。彼はリードベリの隣に座っていて、まだ呼吸をしているとわかり、電話に飛びついて救急車を呼んだ。同時にヴァランダーとハンソンがリードベリを床に寝かせ、シャツのボタンを外した。ヴァランダーがリードベリの胸に耳をつけて心臓が半鐘を鳴らすように早く鼓動しているのを聞いた。救急車がきて、ヴァランダーはすぐ近くにあるイースタ病院へ同行した。手当てを受けてリードベリはすぐに意識を取り戻し、ヴァランダーは三十分もしないうちに心臓発作ではないと告げられた。リードベリが意識を失った原因はすぐにはわからなかった。ヴァランダーが話しかけると、リードベリは目を開けて、話したくないというようにかすかに首を振った。そのままリードベリは様子を見るために病院に残ることになった。症状が落ち着くと、待機していた車に乗ってヴァランダーは署に戻った。会議室にいた連中はそのまま残っていた。ビュルクまでそこにいた。ヴァランダーは大丈夫とみんなに伝えた。

「仕事がきつすぎるのだ」と言って、ヴァランダーはビュルクを見た。「仕事の量はどんどん増える。だが、人員は増えない。遅かれ早かれ、リードベリに起きたことは皆の身にも起きることなのだ」

「状況は厳しい。が、人員を増やすことはむずかしい」とビュルクが言った。

それからの三十分は事件の捜査の話ではなく、イースタ警察の労働状況の話になった。みんなが興奮して口々に文句を言った。ビュルクが部屋を出て行くと、ますます厳しい意見が出た。上から押し付けられる無理な計画、矛盾だらけの優先順位、そして常に不十分な説明に批判が集中した。

二時を過ぎると、ヴァランダーは事件の捜査会議を進めなければならないと思った。いまの目の前の事件を解決しなければ、自分まで倒れてしまう。リードベリが倒れたのを見て、次は自分の番だという思いが強くなった。あとどのくらい自分の心臓は重責に耐えられるか？　食生活もいい加減だ。ときどき眠れない夜が続く。その上別居のあと、うつ状態になっている自分なのだ。

「みんな、リードベリはいまのおれたちの様子を見たら喜ばないだろう。自分たちの状況を話すのに夢中になって、時間を無駄にしていると。このことはあとでしっかり話し合おう。いまはこの姉妹の殺害に集中しよう。少しでも早く解決しようではないか」

会議はそこで終わった。ヴァランダーは自室に戻り、病院に電話をかけた。リードベリは眠っているとのことだった。突然意識を失って倒れた原因についてはなんの説明もなかった。

受話器を置くのと同時にマーティンソンが部屋に入ってきた。

「リードベリがどうかしたんですか？　シューボーからいま来たんですが、エッバがひどく動揺していた」

ヴァランダーは説明した。マーティンソンは椅子に深く沈みこんだ。

「おれたちは働きすぎで死んでしまう。死んでも誰が感謝するんです？」

ヴァランダーは自分が苛立っているのを感じた。リードベリの身に起きたことはもうこれ以上考えたくないと思った。とにかくいまは。

「シューボーのことを話してくれ。何がわかった？」

「近くの農家で聞き込みをしました。例の光のことですが、スポットライトが数台置かれたと思われる場所を見つけました。だがどこにも肝心のスポットライトの置かれた跡がなかった。それに飛行機が着地してまた離陸したという痕跡も見つけることができなかった。それともう一つ、飛行機の身元がわからないことについてですが、なぜなのか、わかりましたよ」

「なんだ、それは？」

「その飛行機はそもそも存在しないんです」

「どういうことだ？」

マーティンソンは書類カバンの中から書類を出してめくった。

「パイパー機の工場に保管してあった記録によれば、この飛行機は一九八六年にベトナムで墜落したとある。当時の所有者はラオスの会社で、ラオス全土にある営業所にお偉いさん達を運ぶのに使われていたものらしい。公式発表によれば、この飛行機は燃料不足で墜落したらしい。

怪我人も死者も出なかったとある。ただし、飛行機そのものは廃棄されたとある。また保険会社の書類からも消去されたとある。この保険会社はロイズ系の保険会社らしい。これらの情報はエンジンについていたナンバーからわかったものです」

「しかし、廃棄されたというのなら、墜落した飛行機はその飛行機じゃなかったのか？」

「パイパー機の工場はもちろんこの件に非常に強い関心を示しています。彼らにとって、廃棄したはずの飛行機がまた飛んでいるなんて噂が飛び交ったら、信用に関わりますからね。また保険会社も黙っていないでしょう」

「それで、飛行機に乗っていた人間たちの身元はわかったのか？」

「いや、明らかになるのを待っているところです。インターポールが急いで調べてくれるそうです」

「飛行機がどこから飛んできたのか知りたいものだ」ヴァランダーが言った。

マーティンソンもうなずいた。

「もう一つ問題があります。もし予備のタンクがあったら、飛行機は長時間飛行できるわけですが、ニーベリは予備のタンクと思われる残骸が見つかったと言っています。まだ決定的じゃありませんが。もし予備のタンクがあったとしたら、この飛行機の出発点はイギリスから中央ヨーロッパまで、どこでもあり得ることになる」

「しかし、もしそうだったら、人に気づかれただろう？」ヴァランダーが首をひねった。「国境をそんなに簡単に見つからずに飛べるはずがない」

「自分もそう思います」マーティンソンが言った。「だから、出発点はドイツあたりじゃないかと思うんです。それだったら、バルト海を飛び越えれば、スウェーデンの領空に入れる」

「ドイツの航空局はなんと言っている？」

「まだ返事がありません。問い合わせ中ですが時間がかかるんです」

ヴァランダーは考えた。

「本当はお前にはこっちの殺人事件捜査に加わってほしい。いまやっている仕事の一部を誰か他の人間に任せて、こっちに入ってくれないか？　少なくともパイロットの身元がわかるまで、そしてドイツの航空局から返事が来るまで」

「自分もそう提案しようと思っていたところです」マーティンソンが言った。

ヴァランダーは時計を見た。

「ハンソンとスヴェードベリがいま担当している情報収集に入ってくれないか」

「エジプトに行った親父さんからは何か連絡ありましたか？」

「親父は不必要な電話をかけないんだ」

「自分の父親は五十五歳で死んだんですが」とマーティンソンは突然話しだした。「鋼工場を経営してたんです。貧乏ひまなしで、いつも働いてましたよ。そしてようやく一息つけるくらいになったときに死んでしまった。いま生きていたとしてもまだ六十七ですよ」

マーティンソンは部屋を出て行った。ヴァランダーはリードベリのことが気になって仕方がなかったが、できるだけ考えないようにした。その代わりに、いまわかっているエーベルハルズソン姉妹についてまとめてみようと思った。

動機はおそらく金だろうというところまではきたが、肝心の誰が彼女たちを殺したかの手がかりはまったくなかった。ヴァランダーは例の大判ノートに一行書いた。

エーベルハルズソン姉妹の二重生活？

ヴァランダーはノートを脇に押しやった。リードベリがいなくなったのは、要《かなめ》となる演奏者がいなくなったようなものだ。捜査陣をオーケストラにたとえれば、第一バイオリニストがいなくなったようなもの。そんなオーケストラが上手く演奏できるはずがない。

次の瞬間、ヴァランダーはやるべきことがわかった。姉妹の店の隣に住んでいる人間に会いに行って、アンナ・エーベルハルズソンについて話を聞くのだ。スヴェードベリはときどき気短で、人の話を最後まで聞かない。エーベルハルズソン姉妹について隣人が聞いたこと、見たことをおれが直接聞き出すのだ。もしかすると隣人の心の奥にあることまで聞き出せるかもしれない。隣人の名前を調べた。リネア・グンネル。今回の捜査で遭遇する人間はみんな女ばかりだ。電話番号を調べて電話をかけた。電話に出た女性はリネア・グンネル本人で、いまなら来てもいいと言った。建物の玄関ドアのコード番号を言い、ヴァランダーは書き控えた。

署を三時過ぎに出るとき、彼はまた正面玄関のガラスドアの金属の下枠を力いっぱい蹴った。凹《くぼ》みがもっと大きくなった。火災現場に来ると、ブルドーザーが焼け跡を片付けていた。まだ野次馬が数人家の周りに立って、焼け落ちた家の残骸を見ていた。

リネア・グンネルの住所はムッレガータンだった。ヴァランダーは入り口でコード番号を打ち込み、建物の中に入って三階へ行った。その建物は二十世紀の初めごろに建てられたもので、階段の壁は美しい模様に彩られていた。グンネルのドアには大きな文字で〈広告お断り〉と書かれた紙が張り出されていた。ヴァランダーはドアベルを鳴らした。ドアを開けたのは、ティラ・オーロフソンとはあらゆる意味で正反対の女性だった。背が高く、鋭い視線、声もはっきりしていた。案内されたアパートの中は世界中から集められた様々な装飾品で飾られていた。居間には帆船の船首に飾られた飾り物があった。ヴァランダーはしばらくそれを眺めた。

「それはバーク型帆船フェリシアの船首を飾った飾り物」リネア・グンネルが言った。「昔、ミドルズブラで安く買ったものよ」

「そうですか、船で働いていたんですね？」

「ええ。一生涯。最初はコックとして、そのあとはスチュワートとして」

この女性はスコーネ弁を話さない。スモーランドか、ウストユタの出身か。

「出身はどちらですか？」

「ウストユタランド県のシェニングです。海とはまったく縁のない内陸の」

「そしていまはイースタに住んでいる」

「叔母の遺産でここをもらい受けたんです。この窓から海が見えるわ」

コーヒーの用意があった。ヴァランダーはいまの腹具合から言って、コーヒーを飲むべきではないと思ったが、それでもコーヒーの勧めにイエスと言ってしまった。リネア・グンネルに最初から好感をもった。スヴェードベリの報告書に彼女の年齢は六十六歳と書かれていたが、実際にはずっと若く見えた。

「同僚のスヴェードベリが一度うかがったはずですが」とヴァランダーは話を切り出した。

リネア・グンネルは大きく笑いだした。

「あんなにひたいを掻く人、いままで見たこともないわ」

ヴァランダーはうなずいた。

「人は皆、変な癖を持っているものですよ」ヴァランダーが言った。「私は例えばいつも、最初に出した質問よりももっといい質問があったはずだと思うんです。いつも変な質問をしてしまう」

「スヴェードベリさんにはアンナの印象について話しただけでしたよ」

「そしてエミリアも？」

「あの二人は似てなかったわ。アンナは早口で、言葉もパッパッと短かった。エミリアはとても無口でしたよ。でも二人ともいい感じとは言えなかった。内向的でしたね」

「どんな付き合いだったのですか、あの二人とは？」

「付き合いなんてなかったわ。ときどき道で会うことがあったというくらいよ。会ったらあいさつをしたわ。でも無駄話は一切なし。わたしは刺繍が好きなので、彼女たちの店にはしょっちゅう行っていたんです。いつでもほしいものが見つかった。必要なときは注文してくれたけど、品物はすぐに届いたわ。でも個人的には決して感じのいい人たちじゃなかったわね」

「忘れたと思っていたことが記憶の表に出てくるまで、ときには時間がかかるものです」ヴァランダーが言った。

「例えばどういうことを言ってらっしゃるの？」

「それは私にはわからない。あなたが思い出すことですから。何か、思いがけないような出来事があったんじゃありませんか？　あの姉妹にはふさわしくないこととか、意外だったこととか」

リネア・グンネルは考え込んだ。ヴァランダーは飾りダンスの上に置いてある美しい合金のコンパスを眺めた。

「わたしは記憶力にあまり自信がないの。でもいまあなたの言葉を聞いて、去年のことを思い出しました。春だったと思います。でも季節のことはあまり確かじゃないわ」

「どんなことでもかまいませんよ」ヴァランダーが言った。

「ある午後、わたしは糸が必要になってあのお店に行きました。エミリアとアンナの両方がお店にいたわ。糸のお金を払おうとしたとき、店の中に一人の男の人が入ってきたの。その人、びっくりして足を止めたわ。まるで店の中に客がいるとは思わなかったというような顔をしてた。アンナは血相を変えた。そしてエミリアを殺しそうなほど恐ろしい目つきで睨《にら》みつけたのよ。そしたらその男は出て行ったの。手にカバンを持っていたわ。わたしは糸のお代を払って、店を出ました」

「その男、どんな格好をしてました？」

「いわゆる平均的スウェーデン人じゃなかったわ。浅黒く、背も低くて、黒い口髭を蓄えていたわね」

「服装は？」

「スーツでした。それもとてもいい仕立ての」

「カバンは？」

「普通の黒い書類カバンでした」

「他には？」

リネア・グンネルは一瞬考えた。

「他には何も思い出せないわ」

「一度しか見かけていないんですね、その男を？」

「ええ」

これは重要な情報だと思った。これがどういう意味を持つのかはまだわからなかったが、この男の出現で老姉妹が、意外な付き合いのある生活をしていたことがわかる。ようやく少し表面から中に探りを入れる入り口が見つかったような気がした。

ヴァランダーはコーヒーの礼を言って立ち上がった。

「いったい何が起きたんです？」玄関まで来てリネア・グンネルが言った。「わたし、夜中に火の気配で目を覚ましたんですよ。炎が大きかったので、自分の部屋が燃えていると思ったのよ」

「アンナとエミリアは火が出る前に殺されていたんです。犯人はそのあと火をつけたと思われます」

「誰がそんな恐ろしいことを！」

「それがわかっていたら、いまお宅を訪問することもなかったでしょう」

と言ってヴァランダーはリネア・グンネルと別れた。

外に出ると、焼け跡の前の道路に少し立ち止まり、ブルドーザーがトラックの荷台に火事の残骸を積み込むのをしばらく見ていた。そうしながら、どのようにことが起きたのかを想像してみた。それはリードベリが教えてくれたことだった。殺害現場に行ったら、事件を時間的にさかのぼって想像してみるのだ。だがここは殺害現場と言ってももうなんの痕跡もない、とヴァランダーは思った。そう、なんにも残っていないのだ。

ハムヌガータンを戻り始めた。リネア・グンネルの住んでいる建物の近くに、旅行会社が店を構えていた。そのウィンドーにカイロの写真が貼り出されていて、ピラミッドが写っていた。あと六日で父親は戻ってくる。自分は父親に対して公平ではなかったという気がした。昔からの夢を実現しようとした父親を、なぜ自分は気持ちよく送り出してやることができなかったのか？　他のポスターも目に入った。マジョルカ、クレタ、スペイン。

ある考えが浮かんで、ヴァランダーはその旅行会社のドアを開け、中に入った。店員は二人。二人とも接客中だった。ヴァランダーは待つことにした。若い女性店員——まだ二十歳にもなっていないのではないかと思えるほど——の前の席が空いたとき、ヴァランダーは立ち上がり、その席に座った。電話が鳴り、女性が応対し終わるまで待った。机の上に〈アネッテ・ベングトソン》という名札が立てかけてあった。電話が終わると、アネッテ・ベングトソンはにっこり笑って話しかけた。

「ご旅行ですか？　クリスマスと新年のころはもうあまり空席がありませんが」

「いや、私の用事は少し違う」と言って、ヴァランダーは身分証を見せた。

「向かいの建物で二人の老婦人が焼死したことは知ってますね？」

「ええ、恐ろしいこと！」

「その二人とは付き合いがありましたか？」

ヴァランダーは期待していた答えが得られた。

「ええ。お二人の旅行はうちが承っていましたから。お亡くなりになったなんて、本当に恐ろしいわ。エミリアは一月に旅行することになっていましたし、アンナは四月の予定でした」

ヴァランダーはゆっくりうなずいた。

「行先は？」

「いつもと同じ、スペインです」

「スペインのどこ？」

「マルベーリャです。そこに家を持っておいでですから」

その次の言葉がヴァランダーをさらに驚かせた。

「わたし、その家を見てきたんです。去年、うちの会社はそこで研修会を開いたので、それに参加したときのことですけど、旅行会社っていまとても競争が激しくて、大変なんです。ある日、時間がぽっかり空いたので、わたしアンナさんたちの家を見に行ったんです。住所は知っていたので」

「どんな家でした？」

「まるで宮殿のようだったわ。敷地も広くて。塀は高くて警備員が何人もいて」

「その住所を教えてください」と言いながら、ヴァランダーは興奮を抑えることができなかった。

アネッテ・ベングトソンは書類をめくって、住所を書き写した。

「エミリアは一月に旅行する予定だったと言いましたね？」

コンピューターを見ながら、ベングトソンは答えた。

「ええ、一月七日、午前九時五分、マドリード経由の便で」

ヴァランダーは机の上にあったペンを取っていま聞いたことを書いた。

「格安切符じゃないですね？」

「お二人ともいつもファーストクラスでした」

もちろんそうに決まってる、とヴァランダーは思った。この二人は〝お金持ち〟だったから。

さらにアネッテ・ベングトソンは二人が利用している航空会社も教えてくれた。イベリア航空だった。

「これ、どうなるんでしょう？　切符はお支払い済みですけど」

「それは問題ないでしょう。それで、二人の切符の支払い方法は？」

「いつでも現金でした。千クローナ札で」

ヴァランダーはメモを書いた紙をポケットに入れて立ち上がった。

「大変役に立つ情報を、ありがとう。次に私が旅行するときは、こちらにお願いしようと思う。もっとも私の場合は格安切符ということになるが」

すでに午後四時近かった。ヴァランダーは銀行のそばを通った。翌日書類にサインをして車を買うための金を受け取ることになっている銀行だ。広場を渡るとき、冷たい風が吹きつけた。

四時二十分、イースタ署に戻った。ヴァランダーは儀式のようにガラスのドアの下枠をまた蹴った。ハンソンとスヴェードベリは外出中だとエッバが教えてくれた。だが、エッバはもっと大事なことを伝えてくれた。病院に電話をかけ、リードベリ本人と話をしたというのだ。気分はいいが、今晩は病院に泊まるようにと言われたとのことだった。

「それじゃこれから行って、会ってこよう」とヴァランダーが言った。

「それなんですけど」とエッバがヴァランダーの言葉をさえぎって言った。「それだけはやめてほしいそうです。訪問も電話も受けたくないと。見舞いの花もいらないと言うのよ」

「ああ、わかるな。彼の性格を考えれば」とヴァランダーは言った。

「あなたたちは働きすぎ、食べすぎ、そして運動しなさすぎ」とエッバが言った。

ヴァランダーは体を乗り出してエッバの耳にささやいた。

「それはあんたも同じだよ。以前と比べたら、決して細くなったとは言えないからね」

エッバは大笑いした。ヴァランダーは食堂へ行って、誰かが残したパンの食べかけを見つけた。その上にバターを塗り、チーズやハムをのせて自室へ持って帰った。それからリネア・グンネルとアネッテ・ベングトソンから聞いたことをメモした。五時十五分。書き終わって、読み返した。この先どう進むべきかを考えた。老女たちの手元になんらかの方法で金が送られてきたわけだ。リネア・グンネルの話では男が店に入ってきたが、すぐに出て行った。姉妹とはなんらかの合図が取り決められていたに違いない。

問題はこれらの出来事の下に何があるのかということだ。何より、なぜこの老女たちは突然殺されたのか？　何かが起きたためにそれまでのシステムがストップした。何が起きたのか？　六時、ヴァランダーはもう一度同僚たちと会議を開こうと思った。が、唯一署内にいたのはマーティンソンだけだった。会議は翌朝八時に開くことに決めた。ヴァランダーは両足を机の上にあげて、もう一度事件を初めから考えた。だがどうしても進まなかった。これでは家でやっても同じことだとヴァランダーは思った。それに翌日中古車販売店に持っていくいまのプジョーの中も掃除しなければならない。

上着を着たとき、マーティンソンがやってきた。

「座ってください」とマーティンソン。

「いや、立ったままで聞こう。何が起きた？」

マーティンソンは困惑しているようだった。手にテレックスの紙を握っている。

「ストックホルムの外務省からきたものです」と行って、その紙をヴァランダーに渡した。ヴァランダーはそこにある文章を読んだが、なんのことかわからなかった。それから机のそばの椅子に腰を下ろして、そこにある一語一語をゆっくり読んだ。

ようやく意味がわかったが、信じられなかった。

「親父がカイロで警察に取り押さえられたとある。すぐに一万クローナに相当する罰金を払わなければ裁判にかけられるとも書かれている。理由は〈不法な侵入と不許可の登上〉とある。これはいったい、なんのことだ?」

「外務省に問い合わせました」マーティンソンが言った。「意味がわからなかったので。どうもお父さんはクフ王のピラミッドに登ろうとしたようなんです。もちろん禁止されていることなのですが」

ヴァランダーは信じられないというように大きく目を開いてマーティンソンを見つめた。

「カイロにお父さんを迎えに行かなければならないんじゃないんですか? 向こうのスウェーデン大使館も困り切っているようです」

ヴァランダーは首を振った。

信じられないという思いだった。

テレックスの着信時間は一九八九年十二月十五日午後六時とあった。

8

翌日の午後一時十分、ヴァランダーはスカンジナビア航空機DC九アグネ号に乗ってコペンハーゲンを出発した。座席番号はCの十九番。これから自分がフランクフルトとローマを経由してカイロに向かっているということがいまだに信じられなかった。カイロ到着は二十時十五分と書いてある。まだエジプトとスウェーデンの間の時差もわからないままだった。自分がいまコペンハーゲンの空港カストルップ発の飛行機に乗って離陸を待っていること、飛行機墜落事故と老姉妹殺害事件の捜査から離れてここに座っていることが、どうしても信じられなかった。

昨日の晩、ようやく外務省からのテレックスに書かれている文面の意味がわかったとき、ヴァランダーは完全に我を失ったのだった。イースタ署を一言も言わずに飛び出し、駐車場まで追いかけてきたマーティンソンが手伝うことはないかと親切に言ってくれていることも完全に無視した。

マリアガータンのアパートに帰ると、大きなグラスでウィスキーを立て続けに二杯飲んだ。それから手に握りしめていたテレックスを開いて、そこに書かれていることを繰り返し読んだ。これはデタラメだと、あるいは誰かが、もしかすると父親自身が、思いついた悪い冗談だと思いたかった。だがどう読んでも、ストックホルムの外務省からの真面目な文章だった。事実として受け止めるよりほかなかった。そこにはあの頭のおかしい親父がピラミッドを登りかけて捕まえられ、いまカイロの警察の留置所に入れられているとあった。

夜の八時過ぎ、ヴァランダーはマルメに電話をかけた。運のいいことに電話に出たのは娘のリンダだった。事情を話して、リンダの意見を訊いた。リンダの答えは迷いのないものだった。明日エジプトへ行って、おじいちゃんを留置所から出してくれとリンダはきっぱりと言った。ヴァランダーは行けないといい、その理由をいくつもあげた。だがリンダはその一つ一つを論破した。しまいにヴァランダーは娘の言うとおりだと思った。リンダはまた、明日のカイロ行きの航空便がいくつあるか調べると言う。

次第にヴァランダーは落ち着いた。明日は銀行へ行って二万クローナを借りる日だ。実際にその金が何に使われるかをチェックする者はいない。その金で航空券を買い、残りの金をイギリスポンドかアメリカドルに両替して父親の罰金を払うのだ。夜の十時にリンダが電話をしてきて、明日コペンハーゲンから十三時十分の便に乗ればカイロへ行けると言う。あの旅行会社のアネッテ・ベングトソンに切符の手配を頼もう。昼間あの旅行会社に入って、アネッテ・ベングトソンに会ったとき、次に旅行するときは彼女に頼もうと言ったが、まさかこんなに早くそうなるとは夢にも思わなかった。

夜遅く、旅行の用意を始めた。だが、カイロについて何も知らなかった。親父は時代遅れのサファリハットのようなヘルメットをかぶっていたが、あれは親父のスタイルで、あんな格好は自分にはできない。しまいに数枚の下着とシャツを旅行カバンに投げ込み、それでいいことにした。どっちみち、長い旅行ではないのだ。

そのあとまたウィスキーを何杯か飲んで、目覚まし時計を六時に設定してベッドに入った。不安な眠りが朝まで続いた。

翌朝の銀行で、ヴァランダーは最初の客だった。書類にサインして現金を受け取り、その半分をイギリスポンドに両替してもらった。車の代金をどうして半分はポンドで支払うのかと誰かが訊くのではないかとビクビクしたが、幸い誰にも訊かれなかった。銀行からまっすぐ旅行会社へ行った。アネッテ・ベングトソンは彼の姿を見て驚いたが、すぐに切符の予約を入れてくれた。復路はオープンにしてもらった。料金を聞いて驚いたが、黙って現金で支払い、旅行会社をあとにした。そしてそこからタクシーでマルメへ向かった。

いままで、酔っ払ってマルメからイースタまでタクシーで帰ったことはあったが、イースタからマルメまで、しかも素面《しらふ》でタクシーに乗ったことはなかった。

これで車の買い替えはできないと思った。モペードを買おう、いや自転車にするか、と心の中でつぶやいた。

リンダは水中翼船《ホバークラフト》のターミナルで待っていた。数分しか時間がなかったが、パパ、これで良かったのよと何度も言ってヴァランダーを落ち着かせた。パスポートは持ったかと訊いた。

「ビザが必要よ。でもそれはカイロの飛行場で取得することができるわ」

座席番号十九のCに座り、機体が滑走路を走って離陸し雲の中に入るのを見た。見えない空路を飛んでいる。だが同時に自分はまだイースタ署の自室にいて、戸口にマーティンソンが困惑した顔をして手にテレックスを持って立っている時点にいるような気もした。

途中着陸したフランクフルトの飛行場はどこまでも続く通路と階段ばかりだった。今度もヴァランダーは窓側に座り、ローマでもう一度着陸したときは、暑くなって上着を脱いだ。カイロの空港には予定より三十分遅れて着いた。不安と飛行恐怖症と神経過敏を鎮めるため、ヴァランダーは機内で酒を飲みすぎた。ムッとするような湿気のカイロ空港の外に出たとき、ヴァランダーは少し酔いが冷めていたが、まったく素面というわけではなかった。現金は布の袋に入れて、シャツの中に首から下げていた。疲れ切った様子の税関の役人が、彼を空港内の銀行に送り込んだ。そこで観光ビザを取得することができた。つり銭として薄汚れた紙幣の分厚い束を渡され、パスポートと税関を通って外に出た。大勢のタクシー運転手が待ち構えていて、乗れ、乗れと声をかけてきた。だがヴァランダーはメナハウスホテルという名前を憶えていたので、その看板をつけたミニバスを探した。父親が泊まっているそのホテルがこの旅の終着点だった。小さなバスに乗り込み、甲高いアメリカ女性たちの声が行き交う中に挟まれて、ヴァランダーはカイロの街を通り抜けてホテルへ向かった。暖かい夜の空気を頬に感じ、たぶんナイル川ではないかと思われる川を渡って、バスはようやくホテルに着いた。

ミニバスを降りるころには、酔いもすっかり冷めていた。ここから先は何も決まっていない。エジプトのカイロで、スウェーデンの田舎町の警察官はとても小さく感じられる、と豪華ホテルのエントランスホールに入りながらヴァランダーは思った。フロントデスクに行くと、丁寧な英語を話す若いフロントマンが手伝いましょうかと声をかけてきた。ヴァランダーは部屋の予約はないのだが、空き部屋はあるかと訊いた。親切な若者は一瞬心配そうな顔になり、首を振ったが、それでも一部屋見つけてくれた。

「こちらに私と同じ苗字の男性がすでに泊まっていると思うが」とヴァランダーが言うと、若いフロントマンはコンピューターを叩いて、うなずいた。

「私の父親なんだ」と言ってから、ヴァランダーは自分の英語の発音の悪さにうなってしまった。

「残念ながら、お父上の隣の部屋はすでに予約済みです。残っているのは小さな部屋で、ピラミッドが見える側ではありません」

「それでいい」とヴァランダーは言った。ピラミッドのことなど、いまは聞きたくも見たくもないと思った。

宿泊票に名前を書き入れ、鍵と小さな地図を受け取り、迷路のようなホテルの廊下を部屋番号を探して歩いた。長年の間に増築に増築を重ねてきた結果なのだろうと思った。ようやく部屋を見つけて、中に入り、ベッドの上に腰を下ろした。ルームクーラーのおかげで涼しかった。汗でびっしょりと濡れたシャツを脱いだ。バスルームの鏡に映る顔を見た。

「さあ、着いたぞ」と声に出して言った。「夜もずいぶん遅い。腹が減ったし、眠くてたまらない。できればすぐに眠りたいほどだ。だがそれはできない。あの気のふれたじいさんがこの町のどこかの留置所にぶち込まれているからな」

シャツを着替え、歯を磨いてからふたたびフロントに戻った。さっきの若いフロントマンはいなかった。いや、ヴァランダーが気づかなかっただけかもしれない。エントランスホールの人々の様子を厳しい顔で見ている、少し年配のフロントマンに近づいた。男はヴァランダーに気づき、笑顔になった。

「私は父にちょっと問題が起きたのでやってきた者です。父の名前はヴァランダー、数日前からこのホテルに滞在しています」とヴァランダーは言った。

「問題とは、どのようなことでしょうか？」フロントマンが言った。「病気になられたのですか？」

「いや、父はピラミッドに登ろうとしたらしいのです。父のことですから、おそらく一番高いピラミッドに登ろうとしたのではないかと」

フロントマンはゆっくりとうなずいた。

「確かに、そのことは聞いています。非常に残念なことです。警察も観光大臣も大変気分を害しているようです」

そう言うとフロントマンはいなくなり、すぐにまたもう一人、人を連れて戻ってきた。この男もまた年長者だった。二人は早口でちょっとの間話をした。それからヴァランダーに向かって言った。

「あなたはその老人の息子さんですか？」

ヴァランダーはうなずいた。

「それだけではなく、私は警察官なのです」

と言って、ヴァランダーは警察官身分証を二人に見せた。だが二人の男は顔をしかめて理解できないという表情をした。

「あなたはあの老人の息子ではなく、スウェーデンの警察官なのですか?」

「いや、老人の息子でもあり、スウェーデンの警察官でもあるのです。その両方です」

二人は考え込んだ様子だった。もう一人、手の空いているフロントマンもやってきた。三人はヴァランダーにはまったくわからない言葉を早口で話した。ヴァランダーは体全体から汗が吹き出すのがわかった。

しばらく待ってくれと言って、彼らは近くのソファを指差した。ヴァランダーはそこに行って腰を下ろした。すぐそばを長いベールをかぶった女性が通り過ぎた。まるでシェヘラザードの世界だ、とヴァランダーは思った。シェヘラザードが助けてくれたらいいのに。いや、アラジンでもいい。誰かアラブの世界の人の助けが必要だと思った。一時間経った。立ち上がってフロントデスクのほうへ行った。すぐさま男たちの一人が彼の動きを見て首を振り、ソファのほうを指差した。ヴァランダーは喉がひどく渇いていた。時計は夜中の十二時を過ぎていた。まだフロントデスクには人が並んでいた。アメリカのご婦人たちはとっくに旅行案内人とともに〝アラビアンナイト〟の体験に出かけたらしい。ヴァランダーは目をつぶった。誰かに肩を叩かれてビクッとして目が覚めた。見ると、さっきの年配のフロントマンが立っていた。その後ろに立派な制服姿の警察官がずらりと並んでいる。ヴァランダーは立ち上がった。壁の時計が一時半を示していた。制服に何本も金色の筋が入っている、ヴァランダーと同年輩と思われる男が敬礼した。

「貴殿はスウェーデン国家から派遣された警察官と理解しております」

「いや、そうではない」とヴァランダーは慌てて答えた。「私は警察官ではありますが、拘束されているヴァーの息子として来たのです」

敬礼した警察官はすぐにホテルのフロントマンのほうに向かって猛烈な勢いで話した。ヴァランダーはこれは時間がかかりそうだと思い、座って待つことにした。十五分ほどしてから、警察官は上機嫌でヴァランダーに話しかけた。

「自分はハサネイ・ラドワンという。状況は理解した。スウェーデンの警察官に会うことはじつに喜ばしい。さ、こちらに。一緒に行きましょう」

一同はホテルを出た。ヴァランダーは武器を携帯する警察官に囲まれて、犯罪者のように見えるだろうと思った。夜中でも外は暑かった。警察の車に乗ると、車は急発進し、サイレンを鳴らしながら走りだした。その瞬間、ピラミッドが突然現れた。スポットライトの強い光で照らし出されていた。車が猛スピードで走っていたのでよく見えなかったが、それはいままで何度も写真で見たピラミッドそのものに間違いなかった。このピラミッドのどれかに親父は登ろうとしたんだ、とヴァランダーは初めてことの重大さがわかった。

車は東に向かって走った。空港から来た道を戻っていることになる。

「父はどんな具合ですか?」

「お父上はじつに特別なユーモアをお持ちのようだ」とラドワンは言った。「しかし残念なことに、お父上の英語はとてもわかりにくい」

　親父は英語などまったく話せないはずだ、とヴァランダーはため息をついた。

　車は猛烈なスピードで町を通り抜けた。ラクダが重そうな荷物を乗せてゆっくりと優雅に歩くそばを通り過ぎた。シャツの内側に下げてある袋が車の揺れで皮膚をこする。ヴァランダーは汗が止まらなかった。車は橋を渡った。

「ナイル川ですか？」ヴァランダーが訊いた。

　ラドワンはうなずき、ポケットからタバコを取り出してヴァランダーに勧めた。ヴァランダーは首を振った。

「お父上はタバコを吸う」とラドワンが言った。

　親父はタバコを吸わない、とヴァランダーは胸の中でつぶやいた。そしてこれから会いに行く男は本当に親父なのだろうかという疑問が初めて浮かんだ。親父はいままで一度もタバコを吸ったことがない。ピラミッドに登ろうとした老人は、ひょっとして何人もいるのだろうか？

　車が急ブレーキを踏んだ。通りの名前はサデイ・バラニというらしい。そこは大きな警察署の正面で、高い門の前にいくつか小さな歩哨所があり、中に人が見えた。ヴァランダーはラドワンの後ろを歩いた。蛍光灯の光が強く照らしている部屋に着くと、ラドワンは椅子を指し、ヴァランダーは座った。これからどのくらい待つことになるのだろうと思った。ラドワンが部屋を出る前に、ヴァランダーは何か飲み物がほしいと言った。ラドワンは若い警察官を呼び止

した。

貨幣の区別がまったくつかないヴァランダーは、札束の中から一枚抜き取って若い警官に渡した。

「この男に頼むといい」と言って、ラドワンは出て行った。

めた。

「コカ・コーラを」と言った。

若い警官は戸惑った顔でヴァランダーを見たが、何も言わずに部屋を出て行った。少し経って、カートンにぎっしり詰まったコカ・コーラを持って戻ってきた。数えると十四本あった。ヴァランダーは二本だけ取ってペンナイフで王冠を開けると、残りをその警官に渡し、みんなで分けるようにと言った。

夜明けに近い、朝の三時半ごろ、一匹のハエがコカ・コーラの瓶の口にとまった。ラジオの音もどこからか聞こえた。ふと、ここカイロの警察署とイースタ署が似ているように思えた。夜明けの静けさ。何かが起きるかもしれないという不安と期待。あるいはその反対で、何も起きないという倦怠。新聞を読みふけっている警官は、馬券を持って今日のレースの予想を読んでいるハンソンと置き換えることができる。

ラドワンが戻ってきた。ヴァランダーについてくるように手招きした。くねくねと曲がった長い廊下をかなり歩いた先に警官が一人立って見張りをしている部屋があった。ドアが開けられ、ラドワンはうなずくと、ヴァランダーに向かって中に入れと合図した。

「三十分したら戻ってくる」と言って、ラドワンはいなくなった。

ヴァランダーは中に入った。蛍光灯で照らされた部屋に椅子が二脚とテーブルがあった。椅子の一つに父親が座っていた。シャツとズボン姿だったが、靴は履いていなかった。髪は乱れていた。ヴァランダーは急に父が哀れになった。

「やあ、父さん。どうだい？」

父親は驚きもせずに息子の顔を見た。

「抗議するつもりだ」と言った。

「何を？」

「ピラミッドに登らせないことを」

「それはちょっと待ってくれ。いま一番大事なのは、父さんをここから連れ出すことだ」

「おれは罰金など払わんぞ」と父親は言った。「おれはここで刑を受けるつもりだ。二年間だと聞いている。それくらい、すぐに過ぎるからな」

ヴァランダーはここで怒るべきかどうか、とっさに考えた。だが、ここでおれが怒ったら、親父は意固地になるに決まっている。

「エジプトの刑務所はひどいもんだろう」と彼は低い声で言った。「刑務所はどこだってひどいものに決まってる。それに何より父さん、やつらは監房で父さんが絵を描くことを許さないと思うよ」

父親は黙って息子をしばらく見つめた。明らかにそれは考えていなかったようだ。

それからうなずいて、立ち上がった。

「それじゃ、行くか。罰金の金は持ってきたか?」

「座ってくれ。そんなに簡単じゃないんだ。金を払えば出て行けるというわけじゃないんだ」

「なぜだ? わしは何も悪いことなどしていないぞ」

「聞いたところでは、クフ王のピラミッドに登ろうとしたというじゃないか」

「そのためにおれはエジプトに来たんだ。普通のツーリストはせいぜいラクダに乗ってピラミッドを見てればいい。だがおれは一番大きなピラミッドの頂上に登りたいんだ」

「それは禁止されている。それだけじゃない。危険なんだ。みんなが好きなようにピラミッドに登ったら、どうなると思う?」

「人のことなどどうでもいい。おれは自分が登りたいから登るんだ」

これはラチがあかないと思った。同時に父親の頑固さに感心もした。

「とにかくおれは父さんをここから出すために来たんだ。明日、いや、もう朝だから、あと何時間かしたら、もう一度来る。そしたら金を払って、手続きして、外に出られる。ホテルに寄って、父さんの荷物を持って、そのまま飛行場へ行こう」

「おれは二十一日まで部屋代を払ってるんだ」

ヴァランダーは忍耐強くうなずいた。

「そうか。それじゃおれはスウェーデンに帰る。父さんは残ればいい。だが、もう一度ピラミッドに登ったりしたら、今度は自分で始末をつけてくれ」

「おれはそんなに高くまで登れなかった。むずかしかった。傾斜も急だった」

「そもそもなぜピラミッドに登りたいんだ？」

父親は一瞬、迷ったようだった。

「ずっと胸に抱いてきた夢だったんだ。それだけだ。夢は大切にするべきだと思う」

話はそこで終わった。数分後ラドワンが戻ってきた。ヴァランダーの父親にタバコを勧めて、火をつけた。

「父さん、タバコも始めたの？」ヴァランダーが思わず訊いた。

「ああ、留置所に入れられたときだけな。他のときは吸わないさ」

ヴァランダーはラドワンに向かって訊いた。

「いま、父を連れて帰ることはできますか？」

「今日の午前十時に簡易裁判にかけられることになっている。裁判官はおそらく罰金で許すという結論を出すだろう」

「おそらく、ですか？」

「確実なことは何もない」ラドワンが言った。「うまくいくことを祈ろう」

ヴァランダーは父親にあいさつして留置所から出た。ラドワンは外の車まで見送ってくれた。ホテルまでその車がヴァランダーを送るという。すでに朝も五時になっていた。

「九時過ぎに車がホテルに迎えに行く。外国の同業者とは仲良くしたいものだ」

ヴァランダーは礼を言い、車に乗った。またもや急発進で、体が大きくのけぞった。サイレンを鳴らして警察の車はカイロの街をフルスピードで走った。

フロントに七時半に起こしてくれと頼み、裸になってベッドの上に倒れこんだ。親父をあそこから出さなければ、と思った。あのままいたら、親父は死んでしまう。

不安な眠りだったので、朝日が昇ると同時に目を覚ましてしまった。シャワーを浴びて、持ってきた最後のシャツを着た。

外に出た。夜中よりも涼しくなっていた。突然ヴァランダーは足を止めた。ピラミッドが目の前にあった。そのまま動けなかった。ピラミッドの大きさは圧倒的だった。ホテルからギザ高原に向かって上り坂を歩いた。途中ラクダかロバに乗らないかとしつこく誘いを受けたが断って歩き続けた。心の奥で、父の気持ちがわかった。

夢は大事にするべきだと思う。自分は何を大切にしてきただろう？

ギザ高原の入り口に立って圧倒的なピラミッドを見た。この急斜面を親父は登ろうとしたんだ、と思った。

しばらくそこに立ってピラミッドを見てから、ホテルに戻り、朝食をとった。

九時、ホテルの外に出て車を待った。数分後警察の車がきた。かなり渋滞していたが、警察車はサイレンを鳴らしてカイロの街を走り抜けた。ナイル川を渡ったのは四度目になった。ここは大都会なのだ、全体が見えないほど、非現実なほど大きな町なのだと思った。

裁判所はアル・アズハルという通りにあった。ラドワンは裁判所前の階段に立ってタバコを吸いながら待っていた。

「少しは眠れましたか？　睡眠がじゅうぶんでないことはよくありませんからな」

二人は裁判所の建物の中に入った。

「お父上はすでに中にいる」

「父には弁護人がついていますか?」ヴァランダーが訊いた。

「法律に関する補助者はいる。これは軽犯罪裁判なので」

「それでも悪くすると二年の刑期があり得ると?」

「いや、死刑と比べたら二年の刑期はなんでもない」とラドワンは意味深な答え方をした。

法廷に入った。用務員の男たちが掃除をしていた。

「お父上のは今日最初の裁判だ」ラドワンが言った。

父親が法廷に入ってきた。ヴァランダーは驚いて目を見張った。父親が手錠をかけられている。ヴァランダーは思わず涙がこみ上げた。ラドワンはそんな彼をちらりと見、肩を軽く叩いた。

裁判官が一人入ってきて、席についた。検事と思われる男がどこからともなく現れて、告訴状と思われるものを長々と読み上げた。ラドワンが体を傾けてきた。

「なかなか、良さそうだ」とささやいた。「お父上は年寄りで、ボケが始まっていると言っている」

誰も通訳をしないといいが、とヴァランダーは祈る気持ちだった。もし意味がわかったら、それこそ大変なことになる。

検事は席に座った。補助者が短く何か言った。

「罰金を払うようにと言っている」ラドワンが小声で言った。「私のほうから裁判官にあなたがここに来ていること、あなたは彼の息子で、警察官でもあることを伝えてある」

補助者は席についた。ヴァランダーは父親が何か言いたそうにしているのを見た。だが補助者は首を振った。

裁判官は木槌で机を叩き、何やら宣言するように言った。それからまた木槌で叩いて席を立ち、退席した。

「罰金を」とラドワンが言って、ヴァランダーの肩を叩いた。「ここで、この法廷で支払うことができる。そうすればお父上は自由放免だ」

ヴァランダーは首からシャツの中に下げていた袋をたぐり寄せた。ラドワンが先に立ってヴァランダーを案内した。男が一人机に向かっていて、差し出されたイギリスポンドをエジプトポンドに換算した。ヴァランダーの持ち金はほとんどなくなった。読めない文字で書かれた領収書を受け取った。ラドワンが父親の手錠を外させた。

「残りの日々が快適であることを祈る」と言って、ラドワンは父親とヴァランダーの両方と握手した。「ただ、お父上には二度とピラミッドには登らないようにくれぐれも伝えてくれ」

ラドワンはまたもや警察の車を手配してくれて、二人はホテルまで送られた。ヴァランダーはラドワンの住所をもらった。彼の手伝いがなければこのようにスムーズにはいかなかったことは確かだった。なんらかの方法でこの礼はしなければならないと思った。一番いいのは、ライチョウ入りの父親の絵を送ることかもしれない。

父親は上機嫌で、車の窓から見える景色を一つ一つ説明した。ヴァランダーは疲労困憊《こんぱい》の極限だった。

「さあ、お前にピラミッドを見せてやろう」ホテルに着いたとき、父親が言った。

「いや、いまはいい。何時間か眠らなければ。父さんもだ。それからピラミッドを見よう。帰りの便の予約をしてからな」

父親は真顔で息子を見た。

「お前には驚いたな。わざわざエジプトまで来て、おれを刑務所から出してくれるとはな。お前がそんなことをしてくれるとは思っていなかったよ」

ヴァランダーは答えなかった。代わりにこう言った。

「部屋に戻って少し眠ったらいい。ここで二時に会おう」


結局ヴァランダーは眠れなかった。一時間ほど寝返りを打っては眠ろうとしたが、諦めて、ロビーへ行き、帰りの航空便の予約をしようとした。ホテルの別の場所に案内され、そこで彼はとんでもなく美しく、そして素晴らしくきれいな発音で英語を話す女性に飛行便の予約を手伝ってもらった。それは翌日十八日の朝九時にカイロを出発する便だった。その便だとコペンハーゲンには早くも午後二時に着く。中継地がフランクフルト一ヵ所だけのためだった。ツーリストビューローを出たのはまだ一時だったので、ヴァランダーはロビーの近くのカフェに入り、冷たい水と濃いコーヒーを注文した。コーヒーには最初から砂糖がふんだんに入っていて、とんでもなく甘かった。二時きっかりに父親がやってきた。サファリハットをかぶっている。

二人は灼熱の中をギザ高原へ向かった。ヴァランダーは何度も気を失うかと思ったが、父親は暑さには一向に影響を受けないようだった。スフィンクスの近くまで来たとき、ヴァランダーはようやく小さな日陰を見つけた。父親が説明するのを聞きながら、ヴァランダーは父親が大昔ピラミッドや不思議なスフィンクスが作られた時代のことをつぶさに知っていることに、内心驚いていた。

ホテルに戻ったのは夕方の六時近かった。ヴァランダーが翌朝早く出発するので、二人は町には出ずにホテル内で夕食をとることにした。ホテルには様々なレストランが入っていた。父親の希望で二人はインド料理の店に予約を入れた。あとでヴァランダーはこれほど美味しい食事をしたことはめったに、いやいままで一度もないと思った。父親は一晩中機嫌がよく、ヴァランダーはこれで父親はピラミッドに登る夢は捨てたに違いないと確信した。

十時ごろになって、二人は別れた。ヴァランダーは翌朝六時にはホテルを出なければならなかった。

「もちろん、見送るよ」父親が言った。

「いや、それはいい。お互い、見送りは好きじゃないのだから」

「それじゃ、礼を言わせてくれ。お前の言うとおり、おれは刑務所で絵も描けずに二年間も過ごすことはできなかっただろうよ」

「本当に二十一日に帰ってきてくれよな、父さん。そしたら全部忘れてやるから」とヴァランダーが言った。

「次は一緒にイタリアへ行こうな」と言って、父親は部屋に引き上げた。

その晩ヴァランダーはよく眠れた。翌朝六時、タクシーに乗って空港へ向かった。七度目に、願わくばこれが最後となるようにと祈る気持ちだったが、ナイル川を渡った。航空機は予定時間に離陸し、コペンハーゲンにも遅延なく到着した。水中翼船のターミナルまでタクシーで急ぎ、そこからわずか三十分でマルメに着いた。マルメ中央駅まで走って、運よくすぐにイースタ行きの列車に間に合った。マリアガータンの自宅まで歩き、服を着替えてすぐにイースタ署に向かった。署に着いたのは夕方の六時半だった。正面ドアの下枠はきれいに直されていた。ビュルクには自分なりの優先順位というものがあるのだなとヴァランダーは苦々しく思った。マーティンソンとスヴェードベリの部屋は空《から》っぽだった。だがハンソンはまだいた。ヴァランダーは手短に旅行の話をした。それから何よりもまずリードベリの具合はどうだと訊いた。

「リードベリは明日出勤するらしいよ」とハンソンは言った。「マーティンソンによれば」

ヴァランダーは気持ちが軽くなった。もしかすると心配したほど深刻ではないのかもしれない。

「それで、捜査のほうは？」

「一つ重大なことが起きたよ」とハンソン。「例の墜落した飛行機の関連でだが」

「なんだ？」

「イングヴェ＝レオナルド・ホルムが見つかったんだ。シューボー郊外を飛行する音が地元の人間に聞かれている地点の近くの森の中で。殺されていた」

ヴァランダーは椅子に腰を下ろした。

「だがそれだけじゃない。単に殺されたというだけじゃないんだ。首根っこに弾が撃ち込まれていた。エーベルハルズソン姉妹とまったく同じなんだ」

ヴァランダーは息を呑んだ。

これは意外だった。墜落した飛行機と、焼け跡の中で殺された姉妹が見つかった事件がこれで繋がったことになる。

ヴァランダーは硬い表情でハンソンを凝視した。

これは一体どういう意味なのだろう？　ハンソンがいま言ったことはどういうことなのだろう？

カイロへの旅など遙か遠い昔のことのように思えた。

9

十二月十九日の午前十時、ヴァランダーは銀行へ電話をかけて、ローンをあと二万クローナ増やしてもらえないかと頼んだ。買おうと思っていた車が思ったよりも高かったと嘘をついた。銀行の貸付係は問題ないと請け合った。今日のうちに銀行に来てローン金額を書き換えれば、すぐにも現金を受け取ることができると言った。電話を切ると、すぐさま中古車販売店のアルネに電話をかけ、今日の午後一時にマリアガータンに約束のプジョーを持ってきてくれと依頼した。同時にアルネには古いほうのプジョーをできればそのまま牽引車《けんいんしゃ》で持っていってくれと頼んだ。

この二つの電話は、朝の会議が終わってすぐにかけたものだった。朝の会議そのものは七時四十五分から二時間も続いた。ヴァランダー自身はすでに七時に署に来ていた。前の晩、イングヴェ＝レオナルド・ホルムの遺体が発見されたと聞き、ホルムの殺害とエーベルハルズソン姉妹殺害とが関係あること、少なくとも同一犯人の可能性があることがわかると、ヴァランダーは頭が冴えてしまい、それから一時間もハンソンと一緒にいままで手に入った情報を整理したのだった。だがその後急に疲れを感じて家に帰った。ベッドの上にちょっと休むつもりで横になったのだが、服を着たまま一晩中ぐっすり眠ってしまった。朝の五時半に目が覚めたときには、頭がスッキリしていた。そのままベッドに横たわり、カイロ旅行のことを考えた。すでに遠い昔のことのように思えた。

イースタ署に行くと、すでにリードベリが出勤していた。二人は食堂へ行った。夜番を担当した警官たちがたむろしていた。リードベリは紅茶を飲み、乾パンを食べた。ヴァランダーはリードベリの真向かいに座った。

「エジプトに行っていたそうだな」リードベリが言った。「ピラミッドはどうだった？」

「壮大だった。じつに圧倒的だった」ヴァランダーが答えた。

「そして親父さんは？」

「刑務所に送り込まれるところだった。だがおよそ一万クローナもの罰金を払って、救い出したよ」

リードベリは笑いだした。

「おれの親父は馬の売買人だった」と言った。「話したことあったかな？」

「いや、あんたの親御さんの話はいままで聞いたことがない」

「親父は馬を売って歩いた。全国の馬市でね。馬の歯を見て値段を決めるんだが、べらぼうに高い値段をつけるんで有名だったらしい。〝馬の売買人の財布〟って表現があるが、実際本当だったらしい。親父の財布はいつも札束で盛り上がっていたらしいからな。それも千クローナ札でね。だが親父はエジプトがどこにあるかも知らなかったと思うよ。首都がカイロだってこともね。本当に何も知らなかった。一つだけできたのは馬の売り買いってわけだ。それと女。

お袋はいつも親父の女のことで苦労していたよ」

「どんな親でも親は親だからな」ヴァランダーが言った。「ところでどうなんだ、具合は？」

「何かがおかしいんだ」リードベリがきっぱりと言った。「リウマチであんなふうに倒れることはないだろう。何かが狂ってしまってる。だがその何かがわからない。だが、おれがいま知りたいのは自分自身のことではない。首根っこに弾を撃ち込まれたという例のホルムという男のことだ」

「ああ、それは一昨日の晩ハンソンから聞いたよ」とヴァランダー。

リードベリは紅茶のカップを片隅に押しやった。

「あのエーベルハルズソン姉妹がじつは麻薬取引に関与していたというのなら、これはもうビッグニュースだ。全国の手芸用品店はショックを受けるだろうな。刺繡はやめて、麻薬を売ろうとかいうことになるかもしれんな」

「いや、冗談でなくおれは実際そういうことだったと思っている」と言って、ヴァランダーは立ち上がった。「あとで会おう」

部屋に戻り、リードベリがあれほどはっきり自分の健康状態のことを言ったのは、きっと何かわかったからではないかとヴァランダーは思った。きっと深刻なことに違いない。

七時四十五分まで、留守中に積み上げられた机上の書類に目を通した。リンダとは家に着いたときに電話で話した。彼女はコペンハーゲンのカストルップ空港に祖父を迎えに行き、ルーデルップまで送り届けると約束した。その時点ではまだ、車を買い替えるだけの新たなローンを銀行から借りられるかどうか、そして交換した車で父親をマルメまで迎えに行けるかどうかわからなかったからだ。

留守中にステン・ヴィデーンから電話があったというメモを見つけた。それに姉のクリスティーナからも。この二つのメモは残した。もう一つ残したのはクリシャンスタの捜査官ユーラン・ボーマンから電話があったというメモだった。ボーマンとはときどき警察が用意するセミナーで顔を突き合わせる。他のメモは全部ゴミ箱に捨てた。

会議はヴァランダーが短くエジプト旅行の話をして、カイロでラドワンという警察官に世話になったと言って始まった。それから、スウェーデンでいつ死刑が廃止になったか、最後の死刑はいつだったかという話になった。みんなが口々に意見を言った。スヴェードベリは一九三〇年代までスウェーデンの死刑は銃殺だったと言ったが、これはみんなに却下された。マーティンソンが最後に死刑になったのはクリシャンスタで断首刑を受けたアンナ・モンスドッテルで、たしか一八九〇年代だったはずと言い張った。ハンソンがストックホルムに住む犯罪リポーターで競馬仲間の男に電話をかけて確認をとって、この話はケリがついた。

「一九一〇年だそうだ」とハンソンが言った。「アンデルという男がこのときスウェーデン初の、そして最後のギロチンにかけられたのだそうだ」

「それは気球に乗って北極へ行ったのと同じ男か?」とマーティンソンが訊いた。

「いや、それはアンドレだ」とヴァランダー。「この辺でこの話はおしまいにしよう」

リードベリはこの間一言も話さなかった。どこか上の空のようだとヴァランダーは思った。

それからホルムの話になった。彼は警察区上、ボーダーラインのケースだった。というのも、ホルムはシューボー警察区で発見されたのだが、そこから百メートル先からイースタ警察区が始まっているからだ。

「シューボーの連中は喜んでホルムを我々にくれるそうですよ。ま、遺体を百メートル動かせば、我々の区域ですからね。こっちはホルムの捜査を進めていたわけですから」

ヴァランダーは時間の経緯を訊き、マーティンソンが説明した。ホルムは飛行機が墜落した翌々日に姿を消した。ヴァランダーがカイロにいる間に、山中を歩いていた男がホルムの遺体を発見した。そこは山道の終点近くで、そこに車輪の跡が残っていた。ホルムの遺体には財布がそのまま残っていたことから強盗殺人ではないことがわかる。遺体についてそれ以上の一般からの通報はいまのところない。その付近はふだんはまったくひとけのないところである。

マーティンソンが話し終わったとき、会議室のドアが開き、係官がインターポールから知らせが入っていると知らせた。マーティンソンが受け取りに行った。彼が戻ってくるまでの雑談で、ビュルクがものすごい勢いで正面ドアを直したという話をスヴェードベリがしゃべった。

マーティンソンが戻ってきた。

「パイロットの一人の身元がわかった。ペドロ・エスピノーサ、三十三歳。マドリード生まれ。犯罪歴あり、スペインで詐欺《さぎ》行為、フランスで密輸で捕まっている」

「密輸か。なるほど」ヴァランダーが言った。

「もう一つ興味深いことがあります」とマーティンソン。「彼の現住所はマルベーリャです。

エーベルハルズソン姉妹が邸宅を構えているところですね」

一同は静まり返った。ヴァランダーは偶然だろうと思うことにした。今度の事件関係者の家がマルベーリャにあることと、パイロットの家がそこにあることとは単なる偶然にすぎないだろうと。だが、それでもやはりそんな偶然はあり得ない、大変な繋がりを見つけたぞと気持ちがはやるのを抑えることができなかった。どういう関係なのかはまだわからない。だがこれで少なくともこの方向に捜査を進めることができる。

ヴァランダーは一同を見回した。

「スペイン警察の協力を仰ごう。カイロで会った警察官ラドワンのように協力的かどうかはわからないが、彼らにエーベルハルズソンの屋敷を家宅捜索してもらうのだ。金庫を捜してもらおう。もちろん麻薬もだ。姉妹はマルベーリャでどのような付き合いがあったのかを知る必要がある。それも早急に」

「我々の誰かがマルベーリャに行く必要があるのでは?」ハンソンが言った。

「いや、まだそれはいい」ヴァランダーが言った。「日焼けするのは夏まで待つんだな」

一同は改めて全部の関係書類に目を通し、仕事を分けあった。何よりもいまは全員がイングヴェ＝レオナルド・ホルムに集中することにした。ヴァランダーは捜査のテンポが上がっていると感じた。

九時四十五分会議は終了した。ハンソンは翌日にホテル・コンチネンタルで警察の恒例クリスマスパーティーがあることを忘れるなとヴァランダーに言った。ヴァランダーはなんとか欠席の理由を見つけようとしたが、うまくいかなかった。

何本か電話をかけたあと、電話線を抜いてドアを閉めた。ゆっくりといままで集めた捜査資料に目を通していった。まず墜落した飛行機について、イングヴェ＝レオナルド・ホルムについて、そしてエーベルハルズソン姉妹についてだった。大判ノートに三角形を書いた。そしてこれら三つの事柄をそれぞれの角に書き込んだ。死んだ人間が五人いる。パイロットが二人、そのうちの一人はスペインに住んでいた。しかも飛んでいた飛行機はベトナムで墜落して廃棄されていたことになっていた代物で、その幽霊飛行機が夜スウェーデンの領空に飛んできてシューボーの南で引き返してモスビー海岸の近くで墜落したというのだ。シューボー付近の地点に光が灯されたというが、もしかすると飛行機から何かが投下されたのかもしれない。

これが三角形の一つの角だ。

二番目の角はイースタで手芸用品の店を経営していた二人の老姉妹。二人は後ろ首に銃弾を撃ち込まれて殺され、店の入っていた持ち家は放火され、全焼した。老姉妹はじつは大金持ちだった。家の地下に紙幣のぎっしり詰まった金庫があった。またスペインに大きな邸宅もあった。つまり三角形の二つ目の角は、二重生活をしていた老姉妹。

ヴァランダーはパイロットの一人ペドロ・エスピノーサと老姉妹を結ぶ線を書き入れた。この二つの角には共通点がある。マルベーリヤ。

三番目の角はイングヴェ＝レオナルド・ホルム。シューボーの森の中で殺された男だ。この男については麻薬取引で警察はマークしているが、巧妙に形跡が隠されて、いままで尻尾を摑んでいない。

だが、何者かがシューボーの郊外でこの男に追いついたというわけだ。

ヴァランダーは立ち上がって、いま書いた三角形を見下ろした。これは何を物語るか？　三角形の真ん中に一つの丸印を書き入れた。これが中央だ。そのままこの図を見つめ続けた。そして突然、これはピラミッドだと思った。ピラミッドの底は四角形だが、遠くから見ればその姿は三角に見える。

また机に向かって座った。いま目の前にあるこの図はある一つのことを語っていると思った。それは、この三角形を壊す何かが起きたということ。おそらくそのきっかけは飛行機の墜落事故だ。それによって三人が殺害された。いや三人が私刑《リンチ》されたのだ。

もう一度初めから考えた。ピラミッド、三角形という枠が頭から離れなかった。権力闘争が勃発してバランスが崩れたのか？　エーベルハルズソン老姉妹、イングヴェ＝レオナルド・ホルム、そしてパイパー機とその操縦士が三つの角をなす三角形。だが、真ん中に疑問符があるはず。それはなんなのか？

ゆっくりといま手元にある資料を検証していった。疑問を一つ一つ書き出していった。気がつくとすでに十二時になっていた。ペンを置き、上着を着てまっすぐ銀行へ行った。外はほぼ零度。小雨も降っていた。ローンの金額を書き直し、二万クローナを現金で受け取った。エジプトで払った金のことは考えたくもないと思った。父親の罰金のことは忘れよう。悔しいのはエジプトまでの航空便のチケット代だった。高すぎた。だが、姉に半分出せとは言えない。

一時ちょうどに中古車販売店のアルネが車を持ってきた。これもまたプジョーだ。いままでのプジョーはやっぱりエンジンがかからない。ヴァランダーは牽引車が来るのを待たずに、アルネが乗ってきたダークブルーのプジョーに乗り、一回りしてきた。車は古びていて中がタバコ臭かったが、エンジンは強かった。それがこの際一番大事なことだった。ヘーデスコーガに向かって車を走らせ、戻ろうとしたとき、急に、いや、このまま走らせようと思った。それはシューボーに向かう道でもあった。マーティンソンはホルムの遺体が見つかった場所を詳しく説明してくれた。その場所を自分の目で見たかった。そしてそのままホルムが住んでいたという家を見に行こうと思った。

ホルムの遺体が見つかった場所にはまだ立ち入り禁止のテープが張られていた。だが、警備の警官はいなかった。車を降りた。あたりは静かだった。立ち入り禁止のテープをくぐってあたりを見回した。人を殺すつもりならこの場所はうってつけだった。ここで起きたことを想像してみた。ホルムは誰か他の人間と一緒にここに来たわけだ。マーティンソンの話では、一台の車輪の跡しかなかったという。

ここで取引があったに違いない。一方が何かを渡し、一方が金を払う。そして何かが起こった。ホルムは後ろ首に銃弾をぶち込まれた。体が地面につく前に死んでいたに違いない。殺した者はそのまま車で消えた。

犯人は一人だ。いや、もしかすると複数か。エーベルハルズソン姉妹を殺したのと同一人物、いや、複数の人間か？

そのとき急に、自分は答えのすぐ近くまで来ているような気がした。もう一つ何か、関連していることがあるのだ。見つけるべき何かが。あと少しだ。あと少し考えればわかるはず。ここまでくれば、この事件全体は麻薬取引と関係があることは確かだ。たとえあの小さな、いかにも平和な手芸用品店が麻薬取引に関係していたとは考えにくいとしても。だが、リードベリはなんと言ったか？　あの二人は本当に、みんなの思うような罪のない老婦人たちだったのか。彼が最初にあの姉妹について言った言葉はまさに的を射ていたわけだ。

ヴァランダーは森を抜けて、そのまま車を走らせた。マーティンソンが見せてくれた地図がはっきり頭の中にあった。シューボーの町の外にある大きな環状交差点まできたら右に曲がる。二つ目の舗装されていない道を左に曲がり、右手にある最後の家がホルムの田舎家で、道路沿いにある赤い納屋が目印だ。片隅が釘から外れて垂れ下がっている青い郵便箱があるはずだ。納屋のそばには廃車同然の古い車が二台と錆びたトラクター。金網が巡らされた大きな犬用の庭の中に一匹吠えたてる犬がいる。雑種か。これだけ情報があれば難なく見つけられるはずだ。

車のドアを開けたとたんに犬が吠えたてる声が響いた。車を降りて敷地内に入った。家の板壁は色褪せている。樋《とい》が半分垂れ下がっていた。犬は声をかぎりに吠えたて、網に足をかけていまにも飛び出してきそうな勢いだった。この金網が倒れて犬が飛びかかってきたらどうなるだろう、とヴァランダーは思った。玄関に行って、ベルを押した。ベルから繋がる電線が切れていた。ドアをノックして待った。しまいに拳で叩いた。強く叩いたためにドアが開いた。鍵がかかっていなかった。中に入って、誰かいるかと声をかけた。返事がない。中に入るべきではない、と思った。このまま中に入れば警察官としてだけでなく一般市民にも禁じられている法を犯してしまうことになる。と思ったが、ドアを押し、中に入った。剝がれた壁紙、締め切った部屋の臭い、掃除されたことのない部屋。壊れたソファ、床の上のマットレス。だが一方では最新式のビデオ装置と大きなテレビ。もう一度声をかけて、耳を澄ました。返事はない。キッチンは言いようもないほどの散らかりようだった。流しには汚れた皿が山積み、床には紙袋、ビニール袋、ピザの空箱が積み重なっていた。

ネズミが走り去った。腐った臭い。ヴァランダーはさらに奥に進んだ。一つの部屋のドアに〈イングヴェの教会〉とスプレイが吹きつけられていた。ドアを押して中をのぞいた。大きなベッド。下のシーツと上掛けしかない。小ダンスと椅子が二脚。窓辺にラジオ。七時十分前で針が停止している目覚まし時計。ここがイングヴェ＝レオナルド・ホルムの根城だったわけだ。またホルムはイースタの街中にも大きな家を一軒所有していて、その住所を住民登録簿に載せていた。床の上にジョギングスーツの上着部分だけが脱ぎ捨てられていた。ヴァランダーが尋問したときに着ていたものだった。ヴァランダーはゆっくりベッドの端に腰を下ろした。ベッドが崩れるのではないかと恐れたのだ。それから部屋の中を見回した。イングヴェ＝レオナルド・ホルムはここで暮らしていたわけだ。人を生き地獄に送り込む麻薬の売買をしていた男だ。ヴァランダーは体をかがめてベッドの下をのぞいた。埃がいくつも玉になっていた。スリッパが片方とポルノ雑誌が数冊。立ち上がって、タンスの引き出しの中を見た。またまた脚を広げた裸の女たちの写真。中には明らかに子どもと見られるものもあった。他には下着と頭痛薬、それに絆創膏《ばんそうこう》。

次の引き出し。古いランプヒーター。魚船でモーターを起動させるために使われる加熱用のランプだ。最後の引き出しにはしわくちゃになった紙がいっぱい入っていた。学校の成績表だった。ホルムはヴァランダー同様地理が、地理だけが得意科目だったらしい。他は全部どれも平均以下だった。写真がいくつか。どこかのバーでビールジョッキを両手に持ったホルム。酔っ払っている。目が赤い。もう一枚の写真は海岸で水泳パンツ姿のホルム。大きく笑ってカメラをまっすぐ見ている。残りの一枚は道路に立つ一組の男女のモノクロ写真。裏に〈ボースタにて。一九三七年〉とある。ホルムの両親かもしれない。

紙くずの中をさらに捜した。航空券の表紙が出てきた。窓辺に持っていって見た。コペンハーゲン発マルベーリャ行き往復切符。一九八九年八月十二日往路、八月十七日復路。スペインで五日間。これは団体旅行切符ではない。エコノミークラスなのかビジネスクラスなのかはわからなかった。ヴァランダーはその航空券の表紙をポケットに入れた。ふたたび引き出しの中を数分捜してから閉めた。クローゼットの中には目を留めるようなものは何もなかった。もちろんここもまったくのカオスだった。ヴァランダーはまたベッドの上に座った。ここに住んでいるという他の人間たちはどこにいるのだろうと思った。また居間に戻った。テーブルの上に電話があった。ヴァランダーはイースタ署に電話をかけてエッバと話した。

「いまどこにいるんですか？」エッバが訊いた。「みんな探してますよ」

「みんなとは？」

「知っているはずですよ。あなたがいなくなると誰もがヴァランダーはどこだと、探し始めるんですからね」

「わかった。すぐ帰る」

ヴァランダーはエッバに、アネッテ・ベングトソンが働いている旅行会社を説明し、電話番号を調べてくれと言った。番号を記憶して、その番号に電話をかけた。電話に応えたのはもう一人の女性のほうだった。アネッテが電話口に出るまで数分待った。ようやく彼女の声が聞こえると、ヴァランダーは名乗った。

「カイロへの旅行はいかがでしたか？」

「よかったよ。ピラミッドは思ったよりだいぶ大きかった。じつに堂々として威厳があった。それに何より暑かったな」

「もっとゆっくりなさればよかったのに」

「別の時にそうしよう」

次に彼は本題に入った。アンナかエミリア・エーベルハルズソンのどちらかが、今年の八月十二日から十七日の間にマルベーリャへ旅行したかどうか調べてくれと言った。

「ちょっと時間がかかりますけど」

「かまわない。待つ」ヴァランダーが言った。

待っている間、ヴァランダーの目はまたもやネズミの姿をとらえた。前と同じネズミか、何匹もいるのか。冬になるとネズミは家の中に入ってくる。アネッテ・ベングトソンの声がした。

「アンナ・エーベルハルズソンが八月十日から九月初めまで行っていますね」

「ありがとう。エーベルハルズソン姉妹のこの一年間の旅行記録がほしいのだが」

「なぜです?」

「捜査上必要なのだ。明日取りに行くのでよろしく頼む」

アネッテ・ベングトソンは用意すると言ってくれた。受話器を置きながら、ヴァランダーはあと十歳若かったら、きっと彼女に恋をしていたに違いないと思った。いまではもう意味がない。もしそんな気を見せたら気持ち悪がられるだけだろう。ホルムの家を出ながら、ヴァランダーはアネッテ・ベングトソンと看護師のエンマ・ルンディンのことを交互に考えた。いや、アネッテ・ベングトソンは必ずしもネガティブには受け止めないかもしれない。いや、きっともうボーイフレンドはいるに違いない。だが左手に指輪はしていなかったな。

犬がまた狂ったように吠えだした。ヴァランダーは金網のそばまで行って静かにしろと声をあげた。犬は静かになった。背中を向けて車のほうに歩きだすと、犬はまた吠え始めた。リンダがこのようなところに住んでいなくてよかった、と思った。スウェーデンでどれほど多くの若者が、普通の人々が、道に迷い未来が見えない人々が、このような環境に暮らしているのだろう? 打ちひしがれて、途方にくれた、惨めな、貧しい暮らしに沈んでいるのだろう? 車に乗って、その家を離れた。いや、その前にヴァランダーは郵便受けを見た。ホルム宛の郵便が一つあった。開けて見た。それはレンタカー会社からの支払い請求書だった。ヴァランダーはそれをポケットに入れた。

署に着いたのは午後の四時だった。机の上に〈マーティンソンに電話〉とメモがあった。マーティンソンの部屋に行ってみた。彼は電話中だった。ヴァランダーの姿を見ると慌てて電話を切った。おそらく妻君と電話していたに違いないとヴァランダーは思った。

「スペイン警察が、マルベーリャの家を家宅捜索してます」とマーティンソンは言った。「フエルナンド・ロペスという捜査官と話をしました。高い地位の人のようでした。きれいな英語を話しましたよ」

ヴァランダーはホルムの田舎の家へ行ってきたこと、ホルムの切符を見つけたこと、旅行会社と話してエーベルハルズソン姉妹のスペインへの過去の旅行の記録を聞いたことを話した。

「ふん、あいつ、ビジネスクラスで飛んでいたんだ」とマーティンソン。

「不思議はないね」ヴァランダーが言った。「これで姉妹とホルムは関係があったとわかる。これが偶然だという者はいないだろうから」

五時に開いた捜査会議でもヴァランダーはこのことを言った。短い会議になった。ペール・オーケソンも捜査会議に参加したが、何も発言しなかった。彼はもう長期休職のモードに入っているんだ、とヴァランダーは思った。体はここにいるが、頭はもう遠くのことを考えているに違いない。

会議が終わった。それぞれが持ち場に、仕事に戻った。ヴァランダーはリンダに電話して、車を取り替えたから、明後日マルメの水中翼船《ホバークラフト》ターミナルへは自分が迎えに行くと伝えた。七時前に家に戻った。エンマ・ルンディンが電話をしてきた。今回は来てもいいとヴァランダーは答えた。彼女はいつものように夜中過ぎまで彼と過ごした。ヴァランダーはその間ずっとアネッテ・ベングトソンのことを考えていた。

翌日ヴァランダーは旅行会社を訪ねた。クリスマス休暇のための格安切符を求める客でごった返していた。ヴァランダーは少しでもアネッテ・ベングトソンと話したいと思ったが、彼女には時間がなかった。ヴァランダーは外に出て、旅行会社の向かいの手芸用品店跡にしばらくたたずんだ。焼け跡はきれいに片付けられていた。署に向かって歩きながら、初めてクリスマスが間近であることに気がついた。あと一週間もない。これはモナと別居してから初めてのクリスマスになる。

その日は捜査を進展させるようなことは何も起きなかった。ヴァランダーは自分で描いたピラミッドを見ながらぶつぶつつぶやいた。その日は一つだけその図に線を付け加えた。アンナ・エーベルハルズソンとイングヴェ＝レオナルド・ホルムを結ぶ線だった。

翌日の十二月二十一日、ヴァランダーはマルメへ車で父親を迎えに行った。水中翼船のターミナルから出てくる父親の姿を見て、彼は大きな安堵を感じた。

そのままルーデルップまで送り届けた。父親はずっと休みなく楽しかった旅行の話を語り続けた。警察に捕まって留置所に入れられたこと、ヴァランダーがそこへ行って罰金を払って父親を留置所の外に出したことなどはまったく憶えていないらしかった。

夜、ヴァランダーはイースタ署のクリスマスパーティーに出かけた。ビュルクとは同じテーブルに座らないようにした。だがビュルクの話はじつに面白かった。イースタ警察署の歴史を語ったのだ。話の選択がうまくて、話し方もじつによかった。ヴァランダーは何度か心から笑った。ビュルクは間違いなく話し上手だと思った。

すっかり酔っ払って帰宅した。眠る前にアネッテ・ベングトソンのことを考えた。そしてもうこれからは彼女のことを考えまいと決めた。

二十二日はいつもどおり仕事をした。何も新しいことは起きなかった。スペイン警察は老姉妹の家を捜査したが、何も見つけられなかったという。秘密の金庫はなかったし、他にも何も見つけられなかった。ヴァランダーたちは墜落した飛行機のもう一人のパイロットの身元が判明するのを待った。

午後、ヴァランダーは買い物に出て、自分のためのクリスマスプレゼントを買った。カーラジオだった。自分でそれを車に取り付けた。

二十三日、捜査班はいままでの捜査をまとめてみた。長い時間がかかった。ニーベリの報告には、ホルムが撃たれた拳銃の弾はエーベルハルズソン姉妹の後ろ首に残っていたものと同一種だったという報告があった。だが、まだ拳銃そのものは見つかっていなかった。ヴァランダーはまたエーベルハルズソン姉妹とホルムの間に線を引いた。関係は濃くなってきたが、まだ全部は繋がっていない。

クリスマス中も捜査は続けられることになった。だがヴァランダーは経験からすべてが停止するわけではなくても、仕事は何も進まないと知っていた。理由はどこも人がいないこと、従って情報が入手できないためだった。

クリスマスイブの日の午後は雨が降った。ヴァランダーは駅までリンダを迎えに行った。そしてルーデルップの父親の家へ行った。リンダは祖父へのプレゼントとして新しいマフラーを買ってきた。ヴァランダー自身はコニャックを用意した。リンダとヴァランダーがクリスマス料理を用意する間、父親はテーブルについてピラミッドの話をした。クリスマスイブはいままでにないほどうまくいった。それはリンダが祖父と仲がいいことと大いに関係があった。ヴァランダーは仲間外れにされているような気がしたが、それもかまわなかった。二人が話しているのを見ながら、ヴァランダーはいつのまにかあの老姉妹のことや、麻薬の密輸疑惑で尋問したホルムのこと、そして畑の中に墜落した飛行機のことを考えていた。

リンダと一緒にイースタに戻ると、ヴァランダーは遅くまで話をした。翌朝はゆっくり遅くまで寝ていた。リンダが泊まっているときは、彼はいつでも熟睡する。クリスマスの日は寒かったが晴れ上がったいい天気だった。二人はサンドスコーゲンに行って、長い散歩をした。リンダはこれからの計画を話した。ヴァランダーはクリスマスプレゼントとして約束した。もし彼女が家具職人の見習いをフランスですると決めたらその費用の一部を出してやろうと。午後遅く、駅までリンダを見送った。マルメまで車で送りたかったのだが、リンダは列車のほうがいいと言い張った。夜、ヴァランダーは孤独を感じた。古い映画をテレビで見、そのあとは『リゴレット』のレコードを聞いた。リードベリに電話をして、メリークリスマスと言おうと思ったが、遅かったのでやめにした。

クリスマスの翌日の朝七時、窓から外を見るとみぞれが降っていた。突然カイロの夜の暑さを思い出した。そしてラドワンに礼状を書いていなかったことを思い出した。キッチンテーブルの上にあったメモ帳に、大きくラドワンと書いた。そのあと、めずらしくちゃんとした朝食を用意した。

九時近くなって、イースタ署に着いた。昨夜パトロールをした警官たちと少し立ち話をした。今年のクリスマスはめずらしく静かだったとのことだった。クリスマスイブの晩はいつもどおり家庭内のケンカがあって、現場に出動したところもあったが、それも深刻なものはなかった。ヴァランダーはひとけのない廊下を渡って自室へ行った。

クリスマスが終わったいま、本気で殺人事件に取り組まなければならないと思った。まだ表面上は二つの殺人事件とされているが、彼はこの二つの事件は犯人が同じという意味で、関連していると思っていた。手芸用品店の二人の老女を殺したのとイングヴェ＝レオナルド・ホルムを殺したのは同一人物であると確信していた。動機は同じに違いなかった。食堂からコーヒーを持ってきて、例の手書きのピラミッドの上に覆いかぶさるようにしてその図を睨《にら》んだ。

三角形。その真ん中に大きな疑問符を書き入れた。親父はピラミッドの頂上に登りたかった。いま自分はこの三角形が何で繫がっていたのか、謎を解かなければならない。

二時間あまり考えた末、一つの確信を得た。何が何でも見つけなければならないのは、三つの角を繫ぐものだ。それがいま欠けている。その繫がりは、何かの組織かもしれないが、それは飛行機が墜落したときに切れてしまったに違いない。そのときに一人、あるいは複数の人間が闇から現れて行動を起こしたのだ。三人の人間を殺したのだ。

沈黙。それこそ本当の核心かもしれないとヴァランダーは思った。外に漏れてはいけないことを知っている人間を黙らせるということが。死人に口無し、だ。

きっとそうなのだ。いや、もしかすると違うかもしれない。確信はない。

これは解決まで時間がかかりそうだ、とヴァランダーは思った。

次の会議では、まずそれを言おう。

この事件の解決には時間がかかりそうだ、と。

10

十二月二十六日から二十七日にかけての夜中、ヴァランダーは悪夢にうなされた。カイロの法廷にいる夢だった。ラドワンはそばにいなかった。なぜか彼は検事と判事の話す言葉が通訳なしで全部わかった。父親は手錠をかけられたまま被告席にいて、信じられないことに判事は父親を死刑に処するとはっきり宣言したのだ。ヴァランダーは抗議の声をあげた。が、誰にもそれが聞こえないようだった。暴れたために夢から覚めた。全身が汗でびっしょり濡れていた。ヴァランダーはそのまま暗い中で動かずに天井を見つめた。

夢のせいでそのまま眠ることができず、起き上がってキッチンへ行った。窓の外は雪だった。街灯が風に揺れている。時計を見ると四時半。水を一杯飲み、そのまま流しに立っていた。そばにあるウィスキー瓶に手をかけた。が、飲むのはやめにした。リンダが夢はメッセージを運んでくるもの、と言っていたのを思い出したからだ。夢の登場人物が自分ではなく他の人間の場合でも、夢はまず第一に夢を見ているその人にメッセージを送っているのだと。ヴァランダーはいままで夢の解釈とか、夢のメッセージなどというものは本気で考えたことがなかった。だが、父親が死刑の宣告を受けたという夢が、自分にとってどんな意味があるというのだろう？　死刑宣告を受けたのは父親ではなく、自分だということか？　いや、もしかするとこれは自分がリードベリの健康状態に不安を感じていることと関係しているのかもしれない、と思った。もう一杯水を飲み、ベッドに戻った。

だが一向に眠りは訪れなかった。頭の中にいろいろな思いが浮かぶ。モナ、父親、リンダ、リードベリ。そしてやはり思いはいつも心に引っかかっているところに落ち着いた。仕事。エーベルハルズソン姉妹とイングヴェ＝レオナルド・ホルムの殺害。二人のパイロットの死。一人はスペイン在住だった。もう一人はまだ身元がわからない。自分で描いた図。真ん中に疑問符をつけた三角形。暗い部屋のベッドに横たわって、ヴァランダーはその三角形の角には一つだけでなくいくつかの異なるコーナーストーンがあると考えた。

寝返りを打っては事件について考え、眠れぬまま起きたのは六時だった。浴室へ行って浴槽に湯を張り、キッチンへ行ってコーヒーをセットした。朝刊がすでに配達されていたので目を通し、最後の広告のページに目を凝らした。だが興味を引くものは何もなかった。コーヒーを入れたカップを持って浴室へ行き、六時半まで温かい湯に浸かってまどろんだ。今日の天気を考えると憂鬱《ゆううつ》になった。冬はいつも道路はぬかるみだ。だが、少なくてもいまはすぐにエンジンがかかる車がある。いや、すぐにかかるはず。

七時十五分、車のキーを回してみた。すぐにかかった。イースタ署の駐車場まで行き、署の入り口にもっとも近いところに駐車して、そこからは走った。入り口の階段でほとんど転びそうになった。マーティンソンが入り口ホールに立ったまま新聞を読んでいた。警察の広報誌だ。ヴァランダーの姿を見てあいさつした。

「警察はすべての面で改善される、と書いてありますよ」と憂鬱そうに言う。「何よりも一般市民との関係をよりいっそう良いものにすると」

「素晴らしいじゃないか」とヴァランダーは言った。

ヴァランダーには繰り返し蘇《よみがえ》ってくる一つの記憶があった。二十年前にマルメで経験したことだ。カフェに座っていたとき、まだ少女のように若い女がやってきて、ベトナム戦争反対デモでヴァランダーが彼女を警棒で殴ったと叫んでなじったのだ。なぜか彼はそのことが決して忘れられなかった。そのあと、その女の子がいるところで、彼がナイフで胸を刺されて死にかけたことはそれほど重要ではなかった。その少女の顔に表れていたもの、全面的な軽蔑、それが彼には忘れられなかった。

マーティンソンはテーブルの上に新聞を投げた。

「辞めようと思ったことないんですか？　何か他の仕事につこうとか？」と訊いた。

「毎日思うよ」ヴァランダーが答えた。「ただ、それじゃ、なんの仕事ならいいか。それがわからないんだ」

「民間の警備会社なんかどうですかね？」とマーティンソン。

ヴァランダーは驚いた。いつもマーティンソンのことを警察で勤め上げて署長になることを夢見ている男だと思っていたからだ。

そのあとヴァランダーは、ホルムが住んでいたと思われる田舎の家を見てきた話をした。マーティンソンはその家には犬しかいなかったと聞いて、怪訝《けげん》そうな顔をした。

「あの家には少なくともあと二人、人間が住んでいたはずですよ。二十五歳ぐらいの女と男が一人。女のほうには会いませんでしたが、男はロルフ、ロルフ・ニーマンと名乗ってました」

「いや、犬しかいなかったな。やたら吠えたてたが、おれが叱りつけると小さくなっていた」

九時に全員で集まって会議を開こうということにした。スヴェードベリは来るかどうかわからないとマーティンソンは言った。前の晩、風邪をひいて喉が腫れているという電話をもらったと。

ヴァランダーは部屋へ行った。いつもどおり廊下の端からは二十三歩。何か変わったことが起きるといいのに、と思うこともある。廊下が急に長くなるとか短くなるとか。だが、それは決して変わることはなかった。上着を脱ぎ、椅子の背についている埃を払った。手で首と頭のてっぺんを触った。歳をとるごとに彼は頭の毛がなくなるのではないかという心配が大きくなってきた。そのとき廊下を走ってくる音がした。マーティンソンが手に持った紙を振りながら入ってきた。

「もう一人のパイロットの身元がわかりましたよ。いまインターポールから入ったんです」

ヴァランダーは髪の毛のことなどすぐに忘れた。

「アイルトン・マッケンナ、と読むんですかね」とマーティンソンが言った。「一九四五年ローデシア生まれ、とあります。一九六四年、当時の南ローデシア軍隊でヘリコプター操縦免許取得、六〇年代数回勲章を授与されたとあります。なんの勲章ですかね？ 大勢の黒人を殺した褒美とか？」

ヴァランダーはアフリカで以前イギリス領だった国々についてはあまり知識がなかった。

「南ローデシアというのはいまはなんという国になったんだ？　ザンビアか？」

「それは北ローデシアですよ。南ローデシアはジンバブエです」

「おれはアフリカのことは恥ずかしいほど知らないんだ。それで、報告には他にはなんと？」

マーティンソンは読み上げた。

「一九八〇年以降アイルトン・マッケンナはイギリスに移住し、一九八三年から一九八五年まではバーミンガムの刑務所に収監されていた。罪名は麻薬の密輸。一九八五年からはなんにも記録がなく、一九八七年に香港に現れます。そこでは中華人民共和国から人間を密航させた罪で捕まっています。香港の刑務所から看守二人を殺して逃亡し、それ以来ずっと国際手配されている。しかしこの身元確認は間違いないそうです。モスビー海岸でエスピノーサと一緒に墜落した飛行機に乗っていたのはこの男だとあります」

ヴァランダーは考えた。

「どういうことだ？　パイロットは二人とも前科者、二人とも密輸の経験あり。乗っていた飛行機はあるはずのない幽霊飛行機だ。スウェーデンの領空を短時間不法に飛行して、墜落したときこの飛行機は引き上げる途中だったと思われる。可能性は二つある。一つは何かをスウェーデンに運んできたこと。もう一つは何かをスウェーデンから運び出すこと。飛行機が着陸した形跡がないことから、おそらく彼らは何かをスウェーデン内に落としたと思われる。飛行機から落とすものとは何か？　爆弾以外に」

「麻薬、でしょう」

ヴァランダーはうなずいた。そして体を乗り出した。

「事故調査委員会は仕事を開始したか？」

「それがじつに遅いんですよ。しかし、この飛行機が撃ち落とされたという形跡はないんです。もしそれを心配しているのなら」

「いや」とヴァランダーは答えた。おれは二つのことが知りたい。あの飛行機には予備のタンクが積まれていたか？　つまり、どのくらいの燃料を積んでいたかによって、どこからきたかの見当をつけることができるからな。それともう一つ。あれは事故だったのかどうかだ」

「地上から撃墜されたのでなければ、事故しかないでしょう」

「いや、サボタージュかもしれない。つまり何者かが意図的に機器が動かぬように細工していたとか。もっともそれは考えすぎかもしれんが」

「いやあ、あの飛行機はとんでもなく古いものだった。それはわかってます。なにしろベトナムで墜落したことまではわかっているんですから。その機体を直して使っていたんでしょう。もうめちゃめちゃにガタがきていたはずですよ」

「事故調査委員会はいつ仕事を始めると言っているんだ？」

「二十八日です。つまり明日。事故機はもうスツールップ空港まで運ばれています」

「会議には初めから参加してくれ。燃料タンクのことは重要だからな」

「いやあ、あの飛行機がスペインから飛んできたということは、途中でガソリンを補給しないかぎりあり得ないんじゃないですか」マーティンソンが首を振った。

「おれもそう思う。ただ、バルト海の向こうから、例えばドイツから飛んできたことはあり得ると思うんだ。あるいはバルト三国のどこかから」

マーティンソンは出て行った。ヴァランダーはエスピノーサの隣にいまわかったもう一人のパイロット、マッケンナの名前を書き込んだ。スペルがどうだったか確かではなかった。

八時半、捜査会議が始まった。今日の参加者は少なかった。スヴェードベリはやっぱり風邪で来られなかった。ニーベリは九十六歳の母親に会うためにエクシューへ出かけていて、今日の午前十時に帰ってくる予定だったのだが、車がヴェクシュー近くで故障してしまい立ち往生していると知らせがあった。リードベリは疲れてげっそりしているように見えた。酒の臭いがするような気がするとヴァランダーは思った。おそらくクリスマス前後は一人で過ごし、その間ずっと酒を飲んでいたに違いない。酔っ払っていたというわけではなく——彼はめったに酔っ払わない——きっとずっとちびちびと飲んでいたのだろう。ハンソンはクリスマス中ずっと食べすぎてしまったとぼやいていた。ビュルクもペール・オーケソンも現れなかった。ヴァランダーは会議室に集まった三人の男を一人ずつ見ていった。テレビの警察官はこんなふうじゃない、と思った。若くはつらつとした警察官が事件を追っている姿が画面に映される。まあ、無理をして言えば、マーティンソンぐらいはまだそれらしい面影があるかもしれないが、他はおれを含めてはつらつと言うわけにはいかないな。

「ナイフを振り回す事件が昨晩あったよ」とハンソンが話しだした。「兄弟とその父親が大麻を吸った。酒に酔っ払ってもいた。兄弟の一人と父親がいま病院に入院している。手になにかの道具を持って殴りあったらしい」

「道具とは？　何だろう？」ヴァランダーが訊いた。

「ハンマーだろ。バールもドライバーも持ち出したらしい。父親には刺された痕があった」

「時間があるときに対処しよう。いまは三人の殺人事件で手一杯だ。いや、二つの殺人事件と言うべきかな。二人の姉妹を一件と数えれば」

「おれはさ、なぜシューボー警察がホルム殺害事件を担当しないのか、わからないね」とハンソンが苛立った声をあげた。

「なぜなら、ホルムはもともとおれたちが扱っていた人物だからだ」ヴァランダーもまた苛立って答えた。「もしそれぞれの警察区でばらばらに捜査していたら、この事件は決して解決できないだろう」

ハンソンはそれでも引っ込まなかった。その朝彼ははじめから機嫌が悪かった。

「ホルムがエーベルハルズソン姉妹と関係があったということははっきりしているのか？」

「いや」とヴァランダーが答えた。「だが、彼ら三人を殺したのは同一人物であることはわかっている。少なくともおれは、そのことがこの三人の捜査をイースタがまとめて行うという根拠になり得ると思っている」

「オーケソンがそう言っているのか？」

「ああ、そうだ」とヴァランダーが答えた。

それは本当ではなかった。ペール・オーケソン検事はこれについて何も言っていなかった。だがヴァランダーはオーケソンはきっと自分がそう言うのを許してくれるだろうと思った。

ヴァランダーはそう言うと、わざとはっきりハンソンとの話は終わったというように、リードベリのほうを向いた。

「麻薬市場のほうはどうなんだ？　何かわかったか？　マルメで何か変化はあったか？　闇の値段に変化は？　あるいは流通している麻薬の量に変化はあるか？」

「電話して訊いてみた。だが、クリスマス休暇中はみんな休みで、電話に出る者がいなかった」

「それじゃしばらくホルムに集中しよう」ヴァランダーが言った。「おれはどうもこの事件の捜査には長い時間がかかるという気がする。面倒な事件になるという気もしてならない。深く掘り下げなければならない。ホルムという男は何者だ？　彼と交際していた者たちは？　麻薬売買の世界での彼のポジションは？　いや、彼はそもそもなんらかのポジションなど持っていたのだろうか？　それにあの老姉妹は？　彼女たちはどんな役割を果たしていたのか？　おれたちは知らなすぎる」

「そのとおり」とリードベリ。「深く掘り下げれば、前に進む」

ヴァランダーはいまのリードベリの言葉を胸に刻んだ。

深く掘り下げれば、前に進む。

このリードベリの言葉を頭に響かせながら、三人は会議室を出た。ヴァランダーはアネッテ・ベングトソンと話すために旅行会社に出かけた。だがヴァランダーにとって非常に残念なことに、アネッテはクリスマス休暇をとっていた。同僚の女性がヴァランダー宛の封筒を預かっていた。

「手芸用品店のおばあさんたちを殺害した人間、まだ捕まらないんですか?」と女性が訊いた。

「そうなんだ。まだ手こずっている」とヴァランダーは答えた。

警察署に戻る途中、ヴァランダーは洗濯室に時間を予約したことを思い出した。途中自分のアパートに寄り、部屋の中から洗濯物を持ってきて地下の洗濯室に行くと、洗濯機が壊れて今日は洗濯ができないという張り紙が出ていた。ヴァランダーは猛烈に腹を立て、洗濯物全部を自分の車のトランクに叩き入れた。警察署にも一台洗濯機があるのだ。

レゲメントガータンの通りに入ったとき、フルスピードでやってきたオートバイとぶつかりそうになった。ヴァランダーは車を歩道に乗り上げて、停止し、目をつぶった。おれはストレスを感じている。洗濯機が壊れたぐらいで、セルフコントロールができないのなら、おれはどうかしているということだ。

その原因は何か、ヴァランダーは自分でわかっていた。孤独。好きでもないのにエンマ・ルンディンと過ごしてしまう夜。署に戻る前に、急に父親に会いたくなった。前触れもなく急に父を訪ねるのは、いつもリスクがある。だが、いま自分は油絵の具の匂いが嗅ぎたくてしょうがなくなった。前の晩の夢もまだ記憶にあった。灰色の景色を見ながら、自分の暮らしに変化をつけるにはどこから始めたらいいかと考えた。もしかすると、マーティンソンは正しいのかもしれない。自分は一生警察官で過ごしたいのかと自問する必要があるのだろう。ときどきペール・オーケソンは法廷で過ごす時間以外の人生を夢見ると語る。おれ自身の父親だって、おれにはないものを持っている。父親の家の庭に車を入れながら、ヴァランダーは思った。夢。夢に忠実でありたいと願ってきた人生。たとえそれが彼の一人息子になけなしの金を使わせたとしても。

車を降りて、アトリエのほうに向かって歩いた。半分開いているアトリエのドアから猫が一匹顔をのぞかせた。気難しそうな顔をしている。ヴァランダーが撫でようとして手を差し伸べると、猫は行ってしまった。ヴァランダーは開いているドアをノックして、中に入った。

「ああ、お前か。これはまた驚いたな」

「こっちのほうに来たからついでに寄っただけだよ。邪魔かな?」

父親は彼の問いには聞こえなかったふりをした。そしてエジプト旅行の話を始めた。まだ生々しい記憶であるようでいながら、遠い昔のことのように話した。ヴァランダーは古いソリの上に腰を下ろして、話を聞いた。

「あと残っているのはイタリアだけだな」と父親は言った。「そしたら、ゆっくり横になって死ぬことができる」

「その旅行は少し先にしてくれないか。少なくとも数ヵ月先に」とヴァランダー。

父親はふたたび絵を描き始めた。ときどき二人は言葉を交わしたが、静かな時が流れた。ヴァランダーはここでゆっくり休めたと思った。頭が軽くなったような気がした。三十分も経ったころ、立ち上がった。

「大晦日《おおみそか》に、また来るよ」

「コニャックを買ってきてくれ」と父親が言った。

ヴァランダーは警察署に戻った。相変わらずガランとしていた。人の姿がほとんど見えない。みんな大晦日に備えてゆっくりしているのだ。いつも大晦日は喧嘩や事件が頻繁に起きるから。自分の部屋に入り、机に向かってエーベルハルズソン姉妹のこの一年間のスペイン旅行の記録に目を通した。最後の年のスペイン旅行。ヴァランダーは自分が何を求めているのかわからないまま、彼女たちの行動にパターンがあるのではないかと疑った。一方、自分はホルムについて何も知らない。それはパイロットたちに関しても同じことだ。姉妹のスペイン旅行についてなんの情報も持っていない。唯一あるのが、ホルムがアンナ・エーベルハルズソンと同じ時期にスペインのマルベーリヤに行っていたということだけだ。

旅行会社からもらった資料を封筒の中に戻し、今回の三つの事件の資料ホルダーの中に入れた。それから父親のためにコニャックを買うのを忘れないようにメモに書いた。

すでに十二時になっていた。いまやソーセージをスタンドで食べるのが食事になっている。その悪習をやめようと思い、近くにある病院の食堂へ行ってサンドウィッチを食べた。そばに置いてあった週刊誌に目を通した。上演中に気絶した役者、有名人のパーティーの写真。ヴァランダーは週刊誌を投げ捨てて警察署に戻った。自分がイースタという囲いの中をのそのそと歩き回る象のような気がした。そろそろ何かが起きてもいいころだと思った。あの三人は誰の手によって、なんの理由で殺されたのか？

リードベリが受付のソファに座ってヴァランダーの来るのを待っていた。その隣に座ると、リードベリはいつものように前置きなく直接用件を言った。

「マルメではヘロインが大量に流れているそうだ。ルンド、エスルーヴ、ランズクローナ、ヘルシングボリも同じだ。マルメ警察の連中と話をしてきた。彼らによれば、最近大量の麻薬が市場に流されたのは間違いないそうだ。やはり飛行機から投げ落とされたのは、大量の麻薬の包みだと思って間違いないだろう。はっきりさせなければならない問題は一つだけだ」

ヴァランダーはうなずいた。

「誰が下にいてそれを受け取ったか」

「ああ、そうだ。そこでいろいろ考えてみた。まさか飛行機が墜落するとは誰も思わなかったはずだ。アジアで廃棄されたはずのオンボロ飛行機ではあったが。麻薬が大量に市場に流れたのは飛行機が墜落したためではないとなると、つまりそれ以前に麻薬が落とされたことを思うと、それは受け取った側に何かが起きたということだ。夜中に飛行機から落とされたものを受け取ったのが、本来とは別の人物だったか。あるいは餌に飛びついたのは一匹ではなく何匹かの動物だったか」

ヴァランダーはうなずいた。そこまでは彼自身も考えていた。

「何かがおかしい方向へ行った」リードベリが続けた。「その結果、まずエーベルハルズソン姉妹が、次にホルムが殺された。同じ拳銃で同一人物に、あるいは複数の人物に」

「それでもやっぱり腑に落ちない」ヴァランダーが言った。「アンナとエミリアが手芸用品店の優しいおばあさんたちではなかったというのは、いまでは間違いないだろう。しかしそれでも、彼女たちが大量の麻薬取引で何らかの役割を果たしていたというのは、飛躍しすぎじゃないか？」

「おれも本当はそう思う。だが、おれはもはや何にも驚かない。人間の欲というものは、一旦目覚めさせたら際限がないものだ。もしかすると、あの手芸用品店は赤字で潰れる寸前だったのではないか？　あの店の税金申告を調べればすぐにわかるはずだ。数字を見れば、何かが起きていたらきっとわかるに違いない。手芸用品店の収入が多くても少なくても関係なくなったのはいつか、売り上げの数字を見ればわかるに違いない。あのばあさんたちは太陽の輝く国で暮らしたかったのかもしれない。そんなことはボタンや手芸用品を売っているかぎり、夢でしかなかっただろう。ところが、何かが起きた。そしてばあさんたちは蜘蛛の糸に引っかかってしまった」

「いや、反対側からも同じことが言えるんじゃないか。手芸用品を売る店ほど隠れ蓑として最適なものはなかったんじゃないか。誰も思いつきはしないだろう。いかにもなんの罪もなさそうなばあさんたちだからな」

リードベリがうなずいた。

「ブツを受け取ったのは誰だ？」と繰り返した。「そしてもう一つ。陰で糸を引いているのは誰だ？」

「おれたちはまだ中心点がわかっていない。ピラミッドの中心が」

リードベリはあくびをしてゆっくり立ち上がった。

「早晩それはわかるだろう」

「ニーベリはもう戻ってきたか？」ヴァランダーが訊いた。

「マーティンソンによれば、まだティングスリードにいるそうだ」

ヴァランダーは自室に戻った。誰もが何かが起きるのを待っているようだ。ニーベリが四時に電話をかけてきた。ようやく車の修理が終わったとのこと。五時に会議を開いたが、新しい報告はなにもなかった。

その夜、ヴァランダーは夢を見ることもなく長い時間眠れた。翌日は快晴で、気温は五度。その日は車を置いて、署まで歩いていくことにした。だが、ちょうど半分ほどまで来たとき、後悔した。マーティンソンの話を思い出したのだ。ホルムが住んでいたという田舎家に部屋を借りているという男女のことだ。まだ七時十五分。朝の会議の前にあの家に二人に会いに行く時間があると思った。

七時四十五分、ホルムの田舎家に車を停めた。犬が金網の中で吠えていた。ヴァランダーはあたりを見回した。家は昨日と同じく、打ち捨てられた様子だった。ドアの前に立ち、ノックした。応答なし。ドアに触って見た。鍵がかかっている。昨日からいままでの間に誰か人が来たということだ。家の周りを見ようとして歩きだしたとき、後ろで音がした。ドアが開いて、男が一人立っていた。ぼろぼろのジーンズに下着のシャツ姿だ。ヴァランダーは近寄って名乗った。

「あんたがロルフ・ニーマンか？」

「ああ、そうだ」

「ちょっと話をしたいんだが」

男はためらった。

「家の中が汚いんだ。それに一緒に住んでいる女が具合が悪くて寝ている」

「おれの部屋も掃除してなくて汚いさ。それにその人のベッドの端に座って話をしようと言ってるわけじゃない」

ニーマンは脇に下がってヴァランダーを散らかりっぱなしのキッチンに通した。男は飲み物を勧める様子はまったくなかった。ただ、敵意は持っていないようだった。この散らかりようを恥じているのだろうとヴァランダーは思った。

「彼女はドラッグをやってたので、いま大変なんだ。やめようとしているもんで。おれはできることはなんでもして手伝おうとしているんだ。だが、むずかしい。じつに」

「あんた自身は？」

「一度もやったことがない」

「なぜホルムと同じところに住んでいるんだ？　おかしくないか？　彼女がドラッグをやめようとしているのなら。ホルムはクスリのディーラーだと知っているのか？」

ニーマンはすぐに答えた。なんのためらいもなかった。

「ホルムがドラッグと関係しているなんて、まったく知らなかった。ここに安く住まわせてもらってたんだ。ホルムはいいやつで、まさか麻薬のディーラーだなんて、夢にも思わなかった。ホルムは天文学を勉強してるとおれには言っていた。よく二人でここで夜になると星を見ていた。あいつは星の名前を全部言えたよ」

「あんた自身は何をしているんだ？　仕事は？」

「彼女が具合が悪い間は定職につけないんだ。いつもそばにいなくちゃなんないから。ときどき、ディスコで働いているけど」

「ディスコ？」

「ああ、レコードを回してるんだ」

「ディスクジョッキー《DJ》か？」

「そうだ」

ヴァランダーは男にいい印象をもった。この家のどこかに寝ているという女のことを気にかけている以外は、べつに不審な様子もなかった。

「ホルムとはいつ、どんなときに会ったんだ？」ヴァランダーが訊いた。

「ランズクローナのディスコで。しゃべっているうちにこの家の話になった。二週間ほどして、おれたちはここに引っ越してきた。最悪なのは、おれは掃除が好きじゃないってこと。それはホルムも同じだった。それでも最初のころはしてたんだ。でもいまは、彼女の世話に全部時間をとられてしまう」

「あんたは一度もホルムのやっていることを疑わなかったのか？」

「そうだ」

「ホルムに客は来なかったのか？」

「一度も。彼は昼間はいないんだ。しかし何時ごろに帰ってくるかを必ず言ってから出かけていた。最後の時だけだよ、彼が言っていた時間に帰ってこなかったのは」

「その日、ホルムは落ち着かない様子だったか？　何か変わったところはなかったか？」

ロルフ・ニーマンは考えた。

「いいや、いつもどおりだった」

「いつもどおりとは？」

「陽気だった。ときどき黙り込んでいたが」

ヴァランダーはどう話を続けるか考えた。

「ホルムは金を持ってたか？」

「いいや、べつに贅沢《ぜいたく》な暮らしはしていなかった。部屋を見せようか？」

「いや、必要ない。もう一度聞くが、彼を訪ねてくる人間はいなかったんだな？」

「そう。一度も」

「だが、電話はあっただろう？」

ニーマンはうなずいた。

「ああ。なぜか彼はいつも電話がかかってくるのを知っているようだった。電話の近くの椅子に座ると、すぐに電話が鳴った。いつもおれはそれが不思議でならなかった」

他に質問はなかった。ヴァランダーは立ち上がった。

「それで？　これからどうするんだ？」と訊いた。

「わからない。ホルムはこの家をウーレブローの人間から借りていると言っていた。おれたちは引っ越さないといけないんじゃないかな」

ロルフ・ニーマンは玄関までヴァランダーを送り出した。

「ホルムがエーベルハルズソンという老姉妹について話すのを聞いたことがあるか？」

「殺されたあの姉妹のことか？　いや、一度も」

最後に一つだけ質問が残っていた。

「ホルムは車をもっていただろう？　どこにある？」

ロルフ・ニーマンは首を振った。

「知らない」

「車種は？」

「黒のゴルフ」

ヴァランダーは手を差し出してあいさつした。車まで歩いても犬は吠えなかった。

ホルムは隠れてうまくやっていたに違いない。おれが尋問したときにうまくごまかしたのと同じだ、とヴァランダーは思った。

九時十五分前、ヴァランダーはイースタ署の駐車場に車を停めた。エッバはいつもの席から声をあげて、マーティンソンと他の連中が待っていると告げた。ヴァランダーは急いだ。ニーベリもすでに来ていた。

「何かあったのか？」とヴァランダーは席に座るより前に訊いた。

「ビッグニュースです」マーティンソンが言った。「マルメ警察がいままで彼らの知らなかった麻薬取引の元締めの家を急襲したらしい。そして三八口径のピストルを見つけたというんです」

マーティンソンはここでニーベリのほうを見た。

「鑑識課の動きは速くて、エーベルハルズソン姉妹もホルムも同じ三八口径の拳銃で撃たれていたとわかったんです」

ヴァランダーは驚いた。

「それで、その元締めの名前は？」

「ニルスマルク。でも、〝ヒルトン〟という通り名で呼ばれているらしいです」

「それは同じ拳銃なのか？」

「まだそこまではわかりませんが、おそらくそうでしょう」

ヴァランダーはうなずいた。

「いいね。これはなかなかいい。このままいけば、年が明ける前に事件は解決するかもしれないな」

11

大晦日《おおみそか》まで三日間、集中して働いた。ヴァランダーとニーベリはさっそく二十八日の午前中マルメへ行った。ニーベリはマルメ警察の鑑識課と話すために。ヴァランダーはマルメ警察の刑事課が〝ヒルトン〟という名で呼ばれているという麻薬取引業の元締め、ニルスマルクの取り調べに同席し、自分も尋問するために。ニルスマルクは五十がらみででっぷりと太った、不思議なことにじつに身のこなしの軽やかな大男だった。バリッとしたスーツにネクタイを締めて取調室に現れたヒルトンは、見るからに退屈そうだった。尋問の前にヴァランダーはマルメ警察の捜査官ヒットネルからヒルトンの前歴を聞いておいた。

ヒルトンは一九八〇年代の初めごろ、一度服役したことがある。ヒットネル捜査官は、当時の警察と検事局は彼の仕事のほんの一部しかつかめず、刑はごく軽いものだったとヴァランダーに説明した。ユンシュッピングの刑務所に入れられたヒルトンは、そこから違法な活動を部下たちに指図していたらしかった。彼が刑務所に入っている間、マルメ警察はスウェーデン南部における麻薬密売界の権力闘争はほとんどなかったと見ていた。

ヒルトンは出所するとそれまでの妻と離婚し、ボリビア出身の美女と結婚して、トレレボリの郊外にある大きな屋敷に移り住んだ。そしてマルメ警察は、今度はヒルトンがそれまでの市場に加えてイースタとシムリスハムヌに勢力を伸ばし、いまはまさにクリシャンスタに活動拠点を作ろうとしているという情報を摑んだ。十二月二十八日の早朝、マルメ警察は証拠はじゅうぶんに揃ったと見て検事に逮捕状を請求し、ヒルトンの住む屋敷に踏み込んだ。そこで三八口径のピストルを見つけたのだった。ヒルトンはその場で、拳銃所持の許可は得ていないと認め、拳銃を持っていた理由は人里離れた田舎に移り住んだため、護身用の武器が必要だったからと言った。そして、エーベルハルズソン姉妹とイングヴェ＝レオナルド・ホルムの殺害にはまったく関係ないときっぱり否定した。

ヴァランダーは長時間続いたその尋問に同席した。尋問時間の終わりごろ、ヴァランダーはヒルトンに、老姉妹とホルムの殺害されたときのアリバイを聞いた。エーベルハルズソン姉妹の場合は、日にちがはっきりしていたが、ホルムの場合は、確定していなかった。姉妹が殺害された日、ヒルトンはコペンハーゲンにいたと主張した。単独行動だったので、その主張を裏付けるには時間が必要ということになった。ホルムが姿を消してから死体となって発見されるまでの期間は、ヒルトンはあちこちで様々なことをしていたと主張した。

ヴァランダーはリードベリと一緒に来なかったことを後悔した。彼はたいていの場合、相手が嘘をついているかどうか、見抜くことができた。だが、ヒルトンに関しては自信がなかった。リードベリがいれば、互いの印象を照らし合わせることができたのだが。尋問が終わると、ヴァランダーはヒットネルとコーヒーを飲んだ。

「我々はいままで一度もヒルトンを重大な罪で捕まえたことがなかった」ヒットネルが言った。

「なぜなら、あの男は必要とみなせばいつも他の人間を使ってきたからだ。それもいつも同じ人間ではない。ときにはヨーロッパの他の国から人を雇って、脅迫させたり、危害をくわえさせたりしてきたんだ」

「もしあの拳銃がまさに三人を殺したものと判明したら、ヒルトンが使った人間たち全員を追おう」ヴァランダーが言った。

「だが、おれはどうもこの件の犯人はあの男ではないような気がしてならないんだ」とヒットネルが言った。「やつはちょっとタイプが違う。子どもにヘロインを売るようなやつだが、血液検査の採血のときに気を失うような男なんだ」

午後の早い時間にヴァランダーはイースタに戻った。ニーベリはマルメに残った。ヴァランダーはまだ確信はなかったが、捜査が最終段階にきているという気がした。

同時に、他の考えが彼の頭を悩ましていた。いままで見逃していたことがある。出すべき結論、いや予測すべきことがあったのだ。それがなんだったのか見つからず、苛立っていた。

イースタに戻る途中、ヴァランダーはシャーンスンドで高速を降りてヴィデーンの厩舎《きゅうしゃ》に寄った。ヴィデーンは馬小屋のほうにいた。馬場で訓練を受けている馬の持ち主の中年女性と一緒だった。ヴァランダーが行ったとき、女性はちょうど帰るところだった。ヴァランダーはヴィデーンと並んでＢＭＷが走り去るのを見送った。

「とても寛大な女性なんだ」とステン・ヴィデーンは言った。「だが、あの人が人に薦められて買う馬はみんな駄馬なんだ。おれはいつも馬を買う前におれに相談してくれと言うんだが、彼女にはそれなりにプライドがあって、自分には馬の良し悪しがわかると言い張るんだ。いま彼女から預かっている馬はジュピターというんだが、どんなに練習したって、レースには勝てないんだよ」

ヴィデーンはどうしようもないというように肩をすくめ、両腕を前で広げてみせた。

「だが、彼女は金払いがいいから、おかげでおれは食えてるというわけさ」

「トラヴィアータを見せてくれ」とヴァランダーは言った。

二人は馬舎へ行った。何頭かの馬が仕切りの中で足踏みをしていた。ステン・ヴィデーンはその一頭の前で立ち止まり、脚を撫でた。

「これがトラヴィアータだ。特別に品行不方正なわけじゃない。オス馬を怖がるんだ、こいつは」

「脚は速いのか?」

「ああ、いいところまで行くかもしれない。ただ後ろ脚が弱いんだ。まあ、どうなるかな」

二人はまた馬場のほうに来た。ステン・ヴィデーンの口からアルコールの臭いがかすかに感じられた。コーヒーはどうだと誘われたが、ヴァランダーは断った。

じられた。

「いま三重殺人事件を捜査している最中なんだ。新聞で読んでいるかもしれないが」

「おれはスポーツ紙しか読まない」とヴィデーンが言った。

ヴァランダーはシャーンスンドをあとにした。ステンとはいつかまた昔のような信頼関係を取り戻すことができるんだろうか、とヴァランダーは思った。

イースタ署に着くと、受付でビュルクとばったり会った。

「例の二重、三重殺人事件は解決したそうじゃないか」ビュルクが言った。

「いや」とヴァランダーはきっぱり言った。「何も解決してません」

「それじゃこれからも解決するようにと祈ることにしよう」

そう言って、ビュルクはドアを開いて出て行った。まるでこの間の言い合いなどなかったようじゃないか、とヴァランダーは思った。あるいはビュルクはおれよりも衝突が苦手なのか、あるいはおれほどこだわらないのか。

ヴァランダーは捜査班を集めて、マルメの報告をした。

「そのヒルトンとかいう男だと思うか?」リードベリが訊いた。

「わからない」とヴァランダーは答えた。

「ということは、あんたは彼じゃないと思っているんだな?」

ヴァランダーは答えなかった。ただ、肩をすくめただけだった。

会議が終わったとき、マーティンソンがやってきて、大晦日の当番を替わってもらえないかと訊いた。できれば自分は別の日にしたいのだと。ヴァランダーは考えた。家にいて一晩中モナのことを考えているよりも働いているほうがいいだろうと思った。だが、父親のところに行くと約束していた。それは変えられない。

「親父のところへ行く約束がある。他の者に当たってみてくれ」と言った。

マーティンソンが部屋を出て行ってからもヴァランダーは会議室に残った。マルメからの帰り道、何か気になったことがあったのを思い出した。窓辺に立って、外の景色を眺めた。雨の中、駐車場の向こうにイースタの町のウォータータワーが霞んで見えた。ゆっくりと、頭の中で事件の初めから一つ一つ順を追って思い出し、見逃したものをはっきりさせようとした。だがどうしてもわからなかった。

その日は何も起きず、全員がただ何かが起きるのを待っていた。ニーベリがマルメから戻ってきた。鑑識でもとくに銃に詳しい者たちが差し押さえた拳銃を徹底的に調べていると報告した。マーティンソンはネスルンドと大晦日の当番を交替してもらったようだ。ネスルンドはいま妻とうまくいっていないらしく、家にはいたくないとか。ヴァランダーは廊下を行ったり来たりしていた。そうしながらもひっかかったことはなんだったのかといろいろ頭の中で考えていた。はっきりわからないのが気になって仕方がなかった。小さなことだったに違いない。誰かが言った一言か。聞き逃してはならない、吟味《ぎんみ》しなければならなかった何かだ。

六時になった。リードベリは何も言わずにいなくなった。ヴァランダーとマーティンソンはイングヴェ＝レオナルド・ホルムについて知り得た情報をチェックしていった。ブルースアルプで生まれ、いままで一度も定職についたことがない。少年時代に犯した盗みから始まって次第に重い犯罪に手を染めていった。だが、暴力行為は犯していない。これはヒルトンと同じだとヴァランダーは思った。マーティンソンはそのうちに帰宅し、ハンソンが残ったが、部屋で競馬の予想をしていた。ヴァランダーが姿を現すとすぐに予想表を机の下に隠した。食堂に行って、大晦日の晩に大規模な交通違反の取り締まりをする交通係数人と軽く言葉を交わした。彼らはある裏道を中心に見張ると言っていた。〝酔っ払いの道〟と言われていて、酒を飲んだがどうしても自分で運転して家に帰りたい連中がこっそりと車を走らせる道だ。七時、ヴァランダーはマルメ警察に電話をかけ、ヒットネルと話した。何も起きていないらしい。ただ、ヘロインはヴァルベリの近辺まで多量に出回っているとヒットネルは言った。そのあたりはヨーテボリの管轄のはずだ。

ヴァランダーは車で家に帰った。洗濯機はまだ壊れたままだった。洗濯物を車のトランクに詰め込んだことをすっかり忘れていた。またまた腹を立て、車で署に戻り、署にある洗濯機に詰め込んだ。待ち時間に、大判ノートに落書きをしながら、ラドワンのことを思い出した。そしてあの圧倒的なピラミッドの姿も。乾燥機に入れた洗濯物を取り込んだときはすでに九時をとっくに回っていた。家に戻り、缶詰の料理を皿にあけ、テレビの前に座って食べた。昔のスウェーデン映画だった。たしか少年時代に女の子と並んで見た映画だ。その子は手を握ってもくれなかったっけ。

ベッドへ行く前にリンダに電話をかけた。今回はモナが電話口に出た。その声からヴァランダーはまずいときに電話をかけたのだとすぐにわかった。リンダは外出中だった。リンダによろしくと言ってすぐに電話を切った。電話はかけたとたんに終わった感じだった。

ベッドに入るやいなや、エンマ・ルンディンから電話がかかってきた。ヴァランダーは眠っていたふりをした。起こしてしまってすまないと彼女は謝った。

大晦日の晩はどうするのかと彼女は訊いた。父親の家で過ごすと答え、彼女とは新年最初の日に会おうと言った。そう言ったとたんに後悔したが、もう遅かった。

翌日、十二月二十九日は格別に何事も起きなかった。ビュルクが小さな交通事故に巻き込まれた以外は。それを伝えたマーティンソンの声にうれしそうな響きがあることにヴァランダーは気づいた。左に曲がろうとしたビュルクは対向車がやってくるのに気づくのが遅れたらしい。道路は凍っていて滑り、両方の車が軽い接触事故を起こしたのだった。

ニーベリはまだ銃の専門家たちからの報告を待っていた。ヴァランダーはその日は机に向かい、書類の整理に集中した。午後、ペール・オーケソン検事がヴァランダーの部屋にやってきて、今回の事件の経過報告がほしいと言った。ヴァランダーはありのままを言った。いま自分たちは間違いのない方向に向かっていることを願っているが、まだ基礎情報が足りないのだと。

その日はオーケソンが長期休暇に入る前日だった。

「留守の間におれの代わりに入ってくれるのは女性検事だ」とオーケソンは言った。「それはたしか話したな？　アネッテ・ブロリンというストックホルムの検事だ。喜んでいいぞ。おれよりよっぽどハンサムだからな」

「ふん、そうか。とにかく、あんたがいなくなるのは寂しいことだと思っている」

「だが、ハンソンは違うよ。あいつはおれのことが嫌いだからな。理由はわからん。スヴェードベリも同じだ」

「あんたがいない間に、理由を調べておくよ」

来年もよろしくと言い、互いに連絡しあおうと言った。

夜、ヴァランダーは電話で長時間リンダと話した。大晦日の晩はルンドで友だちと賑やかにカウントダウンするのだと言う。ヴァランダーは気落ちした。リンダもルーデルップで一緒に過ごすと、少なくともそうしてくれるといいと思っていたからだ。

「おじいちゃんたち二人と？」とリンダは優しく言った。「もっと面白く過ごせるのに」

電話を切ってから、父親に頼まれたコニャックを買っていないことに気づいた。それにシャンパンも買うつもりだった。メモを二つの紙に書いて、一つはテーブルの上に、もう一つは靴の中に入れた。夜、ヴァランダーは遅くまでマリア・カラスの『トゥーランドット』を聴いた。

翌十二月三十日の朝、イースタは真っ白い雪に覆われた。このままだとイースタは交通がマヒしてしまうとヴァランダーは思った。だが早くも十時ごろには晴れて、雪が溶けだした。なぜかステン・ヴィデーンの厩舎の馬たちのことを思い出した。三時になってようやく眠った。

なぜ銃の専門家たちが、ヒルトンの持っていた銃がエーベルハルズソン姉妹とホルムを殺害した拳銃と同じかを判定するのにこれだけ時間がかかるのだろうとヴァランダーは不思議でならなかった。ニーベリはそれを聞いて腹を立て、鑑識官たちは低い給料で一生懸命に働いているんだと声を荒立てた。ヴァランダーはすぐに謝った。ニーベリはそれを受け入れて、二人はそのあと警察官の不当に低い給料のことをぼやいた。

午後、捜査班は会議を開いた。重苦しい雰囲気だった。新しい報告が何もなかったからだ。マルベーリャの警察からは完璧な報告書が送られてきた。エーベルハルズソン姉妹の邸宅を家宅捜索した報告だった。写真も添付されていて、一同はそれを回して見た。まさに宮殿といっていいほど贅沢《ぜいたく》な屋敷だった。だが、報告には何も怪しいものは見つからなかったとあり、捜査を活気づけるものにはならなかった。

突破口は見つからない。ただひたすら待つのみだった。


三十一日大晦日の日、期待はしぼんでしまった。ニルスマルク通称〝ヒルトン〟の家で見つかった拳銃は、エーベルハルズソン姉妹とホルムを殺害したのとは別物だったという報告がマルメの鑑識から入ったからだ。結果がおそらくネガティブなものになるだろうと予測していたのはヴァランダーとリードベリだけだった。マルメ警察はさらにニルスマルクのコペンハーゲンへの旅行の証拠も手に入れた。これで老姉妹が殺されたとき、ニルスマルクがイースタにいなかったことが立証されてしまった。ヒットネルが言うにはニルスマルクはホルムについても関係ないという証拠を自らいま集めているところだという。

「つまり我々は振り出しに戻ったわけだ」ヴァランダーが言った。「年が明けたらすぐに、総出で捜査を続ける。改めて手持ちの資料を読み、深く掘り下げよう」

誰も異議はなかった。一月一日は、仕事はほとんどが休みになる。すぐに追いかけなければならない急ぎの捜査もなかったので、ヴァランダーは全員明日は休むのがいいと思った。そのあと良い年を、と声を掛け合って捜査員たちは家路についた。最後にヴァランダーとリードベリだけが残った。

「拳銃のことはわかっていたよな、あんたとおれは。ニルスマルクが犯人だとしたら、簡単すぎる。もしあれが人を殺した拳銃なら、あいつが手元に残しておくはずがないじゃないか。考えればすぐにわかることだ」

「ま、わかっていても一応調べなければならないわけだが」ヴァランダーが言った。「警察の仕事というのは無駄骨が多いものさ。初めから意味がないと思うことでも念のため調べなければならない。だがきっとお前さんの言うとおりなんだろう。すべての石を念のためひっくり返さなければならないってことだ」

そのあと二人は大晦日の話をした。

「マルメかストックホルムのような大都市の警官でなくてよかったよ」リードベリが言った。

「いや、ここだって、けっこう忙しくなるよ」

リードベリは今晩の予定は、と訊いた。

「ルーデルップに行くと約束したんだ、親父と。コニャックがほしいと言っている。一緒に何か食べて、カードをして、あくびしながら十二時になったら乾杯してハッピー・ニューイヤーと言う。そしたらおれは家に帰る」

「おれはその時間は起きていないようにする」リードベリが言った。「大晦日の夜はまるで幽霊さ。一年中でおれが睡眠薬をのむのはその夜だけだ」

ヴァランダーは具合はどうだとここで訊くべきだと思ったが、やめた。

二人は握手した。その日が特別であることの証拠だった。そのあとヴァランダーは自室へ行った。一九九〇年のカレンダーを飾り、机の引き出しを片付けた。これは数年前から習慣にしていることだった。大晦日には机の引き出しを片付け、古い書類を整理すること。あまりにもどうでもいい書類が多いことに我ながら驚いた。引き出しの中にあった糊のチューブの口が外れて、中身が出ていた。食堂へ行ってナイフを借りてきて、引き出しにこびりついた乾いた糊をけずった。どこかから酔っ払いの声がした。これからパーティーに行くんだから、こんなところにいるわけにはいかないんだとからんでいる。早くももう大晦日のどんちゃん騒ぎが始まっている、とヴァランダーは思った。食堂へナイフを返しに行き、糊のチューブはくずかごに捨てた。

七時、家に帰りシャワーを浴びて着替えた。八時過ぎにルーデルップに向かった。車の中で三日前から自分を悩ませている、正体のわからない、気になることが何なのかをまたもや考えたが、やはりわからなかった。父親は魚のグラタンを作って待っていてくれた。それが驚くほどうまかった。ヴァランダーは忘れずにコニャックを買ってきた。父親はヘネシーというラベルを見て満足そうにうなずいた。シャンパンも冷蔵庫に入れて冷やした。食事にはビールを飲んだ。大晦日に敬意を表して父親は古い背広を取り出して着込み、ネクタイを見たこともないような結び方にしてヴァランダーを驚かせた。

九時過ぎ、二人はポーカーを始めた。ヴァランダーは二度もカードが三枚揃った手があったが、どちらのときもカードを捨てて父親に勝たせた。十一時過ぎにヴァランダーは一度外に出て空を見上げた。晴れ上がって、気温もかなり下がっていた。星空がきらめき、星が降ってくるようだった。ヴァランダーはピラミッドのことを思った。あのときはスポットライトが強く当たっていたので、夜空が見えなかった。父親はすでに何杯かコニャックを飲んでいたので、すっかり酔っ払っていた。ヴァランダーは車を運転して帰るつもりだったので、ちょっと口をつけただけでやめた。交通班が今晩ネズミ捕りをどこに仕掛けるか知っていたが、それでもやはり警察官が大晦日に酒を飲んで車を運転するのは示しがつかない。いままでもそうしたことがなかったわけではないが、そのたびに二度とするまいと誓っていた。

十一時半ごろ、リンダが電話してきた。ヴァランダーは父親と交互に娘と話した。電話の背後から大音響で音楽が聞こえて、二人は受話器に向かって叫ばなければならなかった。

「こっちのほうがよかったのに」とヴァランダーは言った。

「そんなこと、パパにはわからないでしょ」とリンダは笑って言った。

三人は交互に良い年を！と電話に向かって叫びあった。父親はさらにもう一杯コニャックを飲もうと、グラスに注いだが、手元が不安定でこぼしてしまった。だが、父親は上機嫌だった。それがヴァランダーにとっては一番大切なことだった。

十二時、二人はテレビの前に座り、例年どおりスウェーデン一の俳優ヤール・クッレがスカンセン公園で年越しの詩〈新年の鐘〉を読むのを聴いた。ヴァランダーが横を見ると父親の目に涙が光っていた。自身は感激するどころか、眠くてしょうがなかった。心の隅で、明日はエンマ・ルンディンに会わなければならないと思い、気が重くなっていた。これはカードでいかさまをしているようなものだと思った。もし新年の誓いをするとしたら、少しでも早く彼女に事実を告げることだ。関係を続けたくないと。

だが、そんな誓いはしなかった。

一時過ぎ、ヴァランダーはマリアガータンへ向かって車を走らせた。だがその前に、父親をベッドに連れていき、靴を脱がせ、横にならせて、上掛けをかけてあげた。

「もうじき、一緒にイタリアへ行こうな」と父親が言った。

ヴァランダーは皿を洗い、キッチンを片付けた。父親のいびきが家中に響いていた。

一月一日、ヴァランダーは喉の痛みと頭痛で起き上がれなかった。十二時ごろ、エンマ・ルンディンが来たとき、そのとおりのことを言った。彼女は看護師だったし、ヴァランダーは熱があって顔色も悪かったので、彼女は疑いはしなかった。口を開かせて喉を見て言った。

「風邪ね。三日も寝てれば治るでしょう」

エンマは紅茶をいれてくれ、二人はリビングで紅茶を飲んだ。ヴァランダーは何度か自分の正直な気持ちを伝えようとしたが、三時ごろに彼女が帰るときまでに言葉を交わしたのは、気分が良くなったらヴァランダーが電話をかけるということだけだった。

そのあとは一日中寝ていた。何度か本を読もうとした。何冊も試してみたが、どうしても集中できなかった。大好きなジュール・ヴェルヌの『神秘の島』でさえ、読めなかった。ただ、本の登場人物の一人がアイルトンで、例の二人のパイロットのうちの一人と名前が同じことに気がついた。

長い時間うつらうつらしていた。何度も繰り返しピラミッドが夢の中に出てきた。父親がピラミッドの壁を登っては落ちる、あるいはヴァランダー自身が狭い通路にいて、巨大な石に頭を押さえられる夢。

夜、キッチンの引き出しに粉末状のスープの袋を見つけ、湯を注いで飲んでみたが、まずくてほとんど捨ててしまった。食欲がまったくなかった。

翌日もまだ具合が悪かった。マーティンソンに電話をして、今日は家にいると伝えた。マーティンソンは、大晦日の晩、イースタはめずらしく静かだったが、スウェーデン中大騒ぎで各地で警察が出動する始末だったらしいと言った。十時ごろ、ヴァランダーは出かけた。冷蔵庫にも食料棚にも食べ物が一切ない状態だったからだ。薬屋に行って頭痛薬も買った。喉はよくなっていたが、鼻水が出て仕方がなかった。頭痛薬の代金を払うとき、レジで大きなくしゃみをしてしまった。店員が嫌な顔をしてヴァランダーを睨《にら》みつけた。

家に帰り、ふたたびベッドに入った。すぐに眠りに落ちた。

突然体がビクッと動いて、目を覚ました。またピラミッドの夢を見たのだ。だが、今度はピラミッドに起こされたのではなかった。何か別のものだった。何か、ずっと気にかかりながら、それがなんなのか正体がわからない、あれだった。

いったい何なんだ？　おれが見えないものは何なんだ？　体を動かさず、じっと暗闇を睨んだ。ピラミッドと関係があるのだ。それと、ルーデルップの父親の家で過ごした大晦日の時間。父親の家の外に出て夜空を仰ぎ、きらめく星を見たこと。あのときあたりは真っ暗だった。カイロ郊外で夜ピラミッドを見たとき、あたりはスポットライトで煌々と照らされていた。スポットライトの強い明かりのために、星の輝きが見えなかった。

ようやく彼を悩ませてきた謎の正体がわかった。

スウェーデンの領空に侵入した飛行機は何かを投下した。野原の中に明かりがついたのを近隣の人が見ている。一定の場所が光によって照らし出されたのだ。投光器、なんらかのスポットライトのようなものがそこに運び込まれ、明かりをつけ、そしてまた運び去られたに違いない。

わからなかったものの正体は、スポットライトだったのだ。強い光を発することができる電気器具、スポットライト、を手に入れることができる人間は誰か？

ひらめいたことがあった。だが、飛躍しすぎていると思った。しかしこの直感は間違いないとヴァランダーは思った。ベッドに起き上がって、しばらく考えた。それから決心し、起きて、古いバスローブを着て、警察に電話した。マーティンソンと話したかった。探してもらって、数分後彼が電話口に出た。

「一つ頼みたいことがある。ロルフ・ニーマンに電話してくれ。例のシューボーの町外れにホルムの田舎家を借りている男だ。電話して、何かのついでのような口調で、聞き出してほしいことがある。普通の、ルーティンワークだと言ってくれ。ニーマンはおれにディスコでＤＪをしていると言っていた。どこで働いているんだと訊いて、なにげなく店の名前を聞き出してほしいんだ」

「なぜです？」

「いや、わからない。なんとなく知りたいだけだ。やってくれるか？」

マーティンソンはあとで知らせると言った。電話を切ると、ヴァランダーは自信がなくなった。ちょっといくらなんでも飛躍しすぎるんじゃないか。だが、リードベリの言ったとおり、全部の石をひっくり返してみなければならないのだ。

時間が過ぎ、午後になったが、マーティンソンは電話してこなかった。熱は下がったが、まだくしゃみは立て続けに出た。鼻汁もひっきりなしに流れる。

四時半になってようやくマーティンソンから電話があった。

「何度電話しても留守だった。いまようやく通じたんです。ニーマンはべつに変だとは思わなかったと思いますよ、働いているところを訊かれても。四ヵ所の住所がわかりました。二ヵ所がマルメ、一ヵ所がルンド、そしてもう一ヵ所がヘルシングボリです」

ヴァランダーはディスコの名前を書いた。

「いいね」

「訊いてもいいですか？　なぜそれに興味があるんです？」

「いや、まだアイディアにすぎない。明日話すよ」

ヴァランダーは電話を切った。そのまま、彼は服に着替えた。風邪薬を二個水に溶かして飲み、コーヒーを一杯飲んで、トイレットペーパーを一個手に持って車に行った。五時十五分、車を出した。

最初のディスコはマルメの自由港にある古い倉庫の中にあった。運よく、車を停めたときに男が一人ディスコから出てきた。ディスコはまだ開いていなかった。ヴァランダーが名乗ると、男はユハネンと名乗り、北部スウェーデンのハパランダ出身だと言った。このディスコ〈エクソダス〉のオーナーだという。

「ハパランダ出身か？　それがなんで遠い南のマルメになど落ち着いたんだ？」

男は笑顔になった。四十歳ぐらいだろうか。歯並びが悪いのが見える。

「女に出会ったからさ。移り住む理由はたいてい二つだ。一つは女、もう一つは仕事」

「じつはロルフ・ニーマンのことを訊きたいんだ」とヴァランダーは言った。

「何かあったのか？」

「いや、なんでもない。単に日常業務で、チェックしたいことがあってね。ロルフはあんたのところでときどき働いているね？」

「ああ。仕事ができる男だよ。ミュージックの好みは、ちょっと古臭いと思うけど。だが、仕事はできる」

「ディスコはラウドスピーカーとライトが必要だよな？」

「そうだ。おれはいつも耳栓をしているよ。そうしてなかったら、とっくに耳がダメになってただろうよ」

「ロルフ・ニーマンからライトを貸してほしいと言われたことはないか？　おたくで使っている強い光の」

「何に使ったと思ってるんだ？」

「いや、べつに。単に知りたいだけだ」

ユハネンはきっぱりと首を振った。

「おれは雇い入れた人間も、店の設備もバッチリ見ている。うちの店では何もなくならない。外に貸したりも絶対にしないんだ」

「そうか。それならいい。ただ、このことを誰にも話さないでくれるか？」ヴァランダーが言った。

ユハネンがニヤリと笑った。

「ロルフ・ニーマンには話すなということだろう？」

「そうだ」

「あいつ、何をしでかした？」

「何も。だがときどき人の秘密を探ることも我々の仕事なものでね」

ユハネンは肩をすくめた。

「何も言わないよ」

ヴァランダーは次のディスコへ車を走らせた。それはマルメの街中にあった。すでに店は開いていて、ドアを開けると轟音《ごうおん》がヴァランダーの耳をつんざいた。

このディスコは二人の男が経営していて、その一人は店に来ていた。ヴァランダーは男を店の外の道路に連れ出した。この男も首を横に振った。ロルフ・ニーマンにライトを貸したことはない、店の設備でなくなったものは何もないと言った。

ヴァランダーは車に戻って、鼻をかんだ。これは無意味だと思った。いまおれがやっていることは時間の無駄だ。こんなことを続けたら、風邪がひどくなって寝込んでしまうのがオチだ。

そのあと、ルンドへ行った。くしゃみが何度も出て、運転するのがむずかしいほどだった。汗が出てきた。また熱が出てきたに違いない。ルンドのディスコの名前は〈納屋《ラーゴン》〉といい、ルンドの東端にあった。ヴァランダーは何度か道を間違えた末、ようやくたどり着いた。看板に明かりはついていなかった。ドアも鍵がかかっている。〈ラーゴン〉は以前は牛乳製造所《メイヤリ》だったらしい。建物の表に昔の看板がかかっていた。ディスコの名前はそのまま〈メイヤリ〉でよかったんじゃないか、とヴァランダーは思った。ヴァランダーは周辺を見回した。この建物の近くには小さな工場のような建物があった。その向こうに植え込みがあり、その中に一軒、家が建っていた。ヴァランダーはその家に行って、門の中に入ってドアベルを押した。中からオペラの曲が聞こえた。

ヴァランダーが警察の身分証を見せると、男は彼を玄関の中に入れた。

「プッチーニの曲ですね？」とヴァランダーが言った。

男は意外なことを聞くという顔をした。

「そう。『トスカ』だ」と言った。

「いや、じつは私はまったく違う種類の音楽のことで来たんですよ」とヴァランダーは言った。

「突然ですが、向こうのディスコの所有者が誰か知ってますか？」

「これは驚いた。私がそんなことを知っているわけがない。私は遺伝子の研究者ですよ。ＤＪ

ではない」

「しかし、近所でしょう？」

「ここの警察に訊いたらいいじゃないですか。ときどき、いやしょっちゅう、あそこの表で人が喧嘩しているから、警察は知っているはずだ」

もちろん、そうに違いない、とヴァランダーは思った。

男は玄関先にある電話を指してうなずいたので、ヴァランダーはそれを借りてルンド署に電話をかけた。番号は暗記している。何人かと話をして、やっとディスコの経営者はボーマンという女性であることがわかった。自宅の住所と電話番号をもらってメモをした。

「彼女の自宅は簡単に見つけられますよ」と最後に話した警察官が言った。「ルンド駅の真ん前のアパートですから」

ヴァランダーは受話器を置いた。

「素晴らしいオペラですね。もちろん、音楽のことですけど。この曲をオペラで観たことは、残念ながら、ないので」

「私はオペラを観に行ったことはない。私には音楽だけでじゅうぶんだ」

ヴァランダーは礼を言ってその家を出た。そのあと車でルンド駅に行く道がわからず、かなり時間がかかってしまった。小さな道がたくさんあって、行き止まりの道も多かったのだ。車を駐車禁止のところに停めた。トイレットペーパーをたくさん手に巻き取ってポケットに突っ込むと、道を渡って建物の前に行った。ボーマンと書いてある玄関ボタンを押した。ジーッという音が鳴って、ヴァランダーは建物の中に入った。ボーマンという名前は四階にあった。ヴァランダーはエレベータを探したが見当たらない。ゆっくり階段を登ったが、それでも息が切れた。二十五歳にもなっていないように見える若い女性が、ドアを開けて待っていた。ほとんど丸坊主に見えるほど短く刈り込んでいて、耳には大きなピアスをいくつもつけている。ヴァランダーは名前を言い、身分証を見せた。ボーマンはそれを見ることもなく、彼を中に通した。ヴァランダーは中に入って、驚いてあたりを見回した。そのアパートには家具らしきものがほとんどなかった。壁もむき出しでなんの飾り物も絵もなく、あるのは必要最小限のものだけだった。

「イースタ警察の人がどうして私と話をしたいのかしら？　ここルンドの警察とじゅうぶんすぎるほどお付き合いがあるというのに」

彼女が警察との〝お付き合い〟を特別に好ましいものと思っていないことは、その口調ではっきりしていた。ヴァランダーの正面に座って、はいていないと言っていいほど短いスカートを身につけて足を組んでいた。ヴァランダーは彼女の顔近くの一点を見つめ、そこから下に視線を動かさないようにした。

「手短にロルフ・ニーマンの話を聞きたい」と言った。

「彼が何かしたんですか？」

「いや、何も。ただ、彼はおたくのディスコで働いていますね？」

「ニーマンには人が足りないときに臨時雇いとして働いてもらってるわ。雇っているＤＪが休みのときとかに」

「これから訊くことは、変に聞こえるかもしれないが、必要なことなので」

「どうしてあたしの目を見て話さないの？」とボーマンは突然訊いた。

「それはあんたのスカートが短すぎるからだ」とヴァランダーは率直に答えた。自分でもその率直さに驚いたほどだった。

ボーマンは大声で笑いだした。それから近くにあった膝掛けを手に取ると脚の上にかけた。

ヴァランダーは膝掛けを見、それから彼女の顔に視線を移した。

「ロルフ・ニーマンだが、おたくのディスコからスポットライトを何台か借りたことはなかったですかね？」

「ないわね」

ヴァランダーは相手の顔にほんの一瞬戸惑いが浮かんだのを見逃さなかった。そこで質問を繰り返した。

「一度も？」

ボーマンは唇を噛んだ。

「変なことを訊くのね。じつは一年ほど前、スポットライトが数台なくなったことがあるの。警察には盗難事件として届けたわ。でも警察は結局見つけられなかったらしいけど」

「それはいつのこと？ ニーマンがおたくで働きだしてからですか？」

ボーマンは考えた。

「ちょうど一年前ね。彼がうちで働き始めたころのことよ」

「誰か、おたくで働いている者の仕業とは思わなかった？」

「全然思わなかった」

ボーマンは立ち上がり、急いで部屋を出て行った。ヴァランダーは彼女の脚に目をやった。

ボーマンはしばらくして手帳を手にして戻ってきた。

「ランプがなくなったのは、去年の一月九日から十二日の間だったわ。いま、去年の手帳を見ると、その日付のころの当番はロルフだった」

「スポットライトとは、どういうものでしたか？」

「本当はディスコ用じゃないのよ。劇場用だったの。二千ワットの強烈な照明器具よ。スポットライト、六台。そのとき一緒にかなりの長さのケーブルもなくなったわ」

ヴァランダーはゆっくりうなずいた。

「なぜこのことを調べているの？」ボーマンが訊いた。

「いまは答えられない。一つだけ頼みたいことがある。命令と受け取ってもらってもいい。このことをロルフ・ニーマンには絶対に言わないでほしい」

「それじゃ、その代わり、ルンドの警察にうちのディスコの邪魔をしないでって言ってくれる？」

「言ってみよう。彼らがそのとおりにするかどうかはわからないが」

ボーマンは部屋の玄関まで送り出てきた。「ボーマンとしか聞いていないが、ファーストネームは?」

「リンダ」

「私の娘と同じ名前だ。とてもいい名前だね」

そのときくしゃみが続けざまに出た。リンダという娘は数歩後ろに下がった。

「あいさつの握手はやめとこう。だがきみは捜していた答えをくれたよ。ありがとう」

「でも、わたしが好奇心をくすぐられたのはわかるでしょう?」

「いつか答えてあげるよ。そのときが来たら」

リンダがドアを閉めようとしたとき、ヴァランダーはふとまだ一つ質問があることに気づいた。

「きみはロルフ・ニーマンの私生活のほうは、何か知っているかい?」

「なんにも」

「ガールフレンドが麻薬常習者で、クスリをやめようとして苦しんでいると聞いたことはない?」

リンダ・ボーマンはしばらくヴァランダーの顔を見て考えている様子だったが、ようやくこう言った。

「ドラッグを使うガールフレンドがいるかどうかは知らないわ」と前置きをした上で「でも、ロルフ自身がヘロイン中毒で苦しんでいるそうよ。どれだけ頑張れるかわからないけど」とボソッと言った。

ヴァランダーは表の通りに出た。すでに十時になっていた。夜は急激に冷える。
突破口を見つけたぞ、とヴァランダーは胸の内でつぶやいた。
ロルフ・ニーマン。やっぱりあいつだ。

12

ヴァランダーはイースタに着く少し手前で突然方向を変えた。イースタの町に入る二つ目の環状交差点で、町に入るのとは反対側の北に向かう出口を選んだ。時刻はすでに夜の十時五十分。鼻水はずっと垂れっぱなしだったが、好奇心を抑えることができなかった。自分がこれからやろうとしていることは、いままでも散々してきたことではあったが、警察官がやってはいけないもっとも初歩的な規則を破ることであると承知していた。警察官は危険な状況に決して一人で乗り込んではいけないという規則である。

ロルフ・ニーマンがホルムとエーベルハルズソン姉妹を殺害した犯人であるとすれば、危険な人物であることは間違いない。それだけでなく、彼はヴァランダーを騙したのだ。それも、意図的に、じつに巧妙に。ルンドからの帰り道ヴァランダーは、ニーマンが犯人だと仮定して、殺人行為に走らせた動機はなんだろうと考えた。何かがうまくいかなくなったのだ。答えは二つ考えられた。業界内の権力闘争、もう一つは麻薬取引に関する意見の相違。

ヴァランダーをもっとも不安にさせたのは、リンダ・ボーマンから聞いたニーマン自身のドラッグ中毒問題だった。彼自身がヘロイン中毒者であるということ。ヴァランダーはいままで麻薬売買の業者自身が麻薬中毒者であるというケースを知らなかった。このことが彼を悩ませていた。どこかおかしい。何かが欠けている。
ニーマンの住む田舎家の小道に入ると、ヴァランダーは車を停め、エンジンを切った。グラブポケットから懐中電灯を取り出し、車内灯を消してからそっと車のドアを開けた。耳を澄ましてあたりの様子をうかがい、それから音を立てないようにそっとドアを閉めた。そこからニーマンの住む家の敷地まではおよそ百メートルあった。手を懐中電灯の前に当てて、足元だけを照らしながら前に進んだ。風が冷たかった。もう少し暖かいセーターを引っ張り出す時期だ。気がつくと鼻水が止まっていた。家の敷地近くまで来て懐中電灯を消した。明かりが漏れている窓が一つだけあった。人が家にいるということか。犬に気をつけなければ。ヴァランダーはいま来た道を半分ほど戻って森の中に入り、ふたたび懐中電灯をつけた。家の裏手から近づくのだ。記憶が正しければ、いま明かりがついているのは通り抜けられる部屋で、家の表にも裏にも窓がある。

　ゆっくりと進んだ。枝を踏まないように気をつけた。家の裏側に着いたときには全身に汗が噴き出していた。自分はいったいこんなところで何をしているのかという気持ちになった。下手をすると犬が吠えだして怪しい者がいるとニーマンに告げることになる。しばらく体を動かさず、耳を澄ました。聞こえるのは森を吹き抜ける風の音だけだった。遠くにスツールップ空港に向かう航空機の音が聞こえた。呼吸が整うのを待ってから、そっと家に近づいた。腰をかがめ、地面からほんの数センチのところを懐中電灯で照らしながら。窓から漏れる明かりの輪の中に入る前に懐中電灯を消して、暗い壁面にぴったりと体をつけた。冷たい壁に耳をつけた。

音楽も声も聞こえない、音はまったくしない。それからそっと首を伸ばして中をのぞいた。ロルフ・ニーマンは部屋の真ん中にあるテーブルに向かって座っていた。何かを上から見ている。ヴァランダーには最初それが何か見えなかった。だがすぐにそれはソリティア、一人トランプゲームであることがわかった。ゆっくりと一枚一枚めくってはカードの上に置いていく。ヴァランダーは、自分はいったい何を想像していたのだろうと思った。男が一人白い粉を秤で量っている姿？　それともゴムひもで上腕を縛って注射をしている姿か？

おれは間違っているのかもしれない。初めから終わりまで間違った推測なのかもしれないという不安が頭をよぎった。

だが、それ以上にヴァランダーには否定できない確信があった。いまテーブルに向かって静かにソリティアをしているこの男こそ、三人を殺した張本人なのだ、冷酷に処刑した殺人者なのだという確信だった。

ヴァランダーが壁から体を離したとたん、表の金網の中の犬が吠えだした。ロルフ・ニーマンの体がビクッと動いた。顔がヴァランダーのほうに向いた。一瞬見つかったと思った。ニーマンは立ち上がり、ドアのほうへ行った。ヴァランダーはすでに森の中に足を踏み入れていた。もし犬を放されたら、大変なことになると思った。懐中電灯をつけて必死で走った。足を滑らせたとたん、小枝の先が頬を鋭くかすめた。後ろから犬が激しく吠える声が聞こえた。

ようやく車に着いた。途中懐中電灯を落としたが、拾うひまはなかった。鍵をひねってエンジンをかけた。これが以前の車だったらお手上げだったと思った。ギアをバックに入れてすぐに発車することができた。車に乗ったとき、主幹道路のほうから大型トラックが走ってくる音が聞こえた。自分の車が発する音があの大型トラックの音に吞み込まれれば、ロルフ・ニーマンに気取られずにここから出ることができる。ヴァランダーは静かに方向転換し、三にギアを入れて走り出した。主幹道路に入ると、大型トラックのテールランプが遙か前方に見えた。下り坂だったので、エンジンを切って転がした。バックミラーに映る車はなかった。追いかけてくる者はいなかった。頰に触ってみると、手に血がついた。トイレットペーパーがあったはずとあたりを見回した。脇見をしたその一瞬に、車が路肩に寄ってしまった。あわやというところでまた車線に戻すことができた。

マリアガータンに着いたのは、真夜中も過ぎた時間だった。小枝は頰を深く切っていた。病院の救急窓口へ行くべきだろうかと思ったが、自分で傷口を洗って大きな絆創膏《ばんそうこう》を貼るだけにした。それからコーヒーをいれてキッチンテーブルに向かい、いつもどおり大判のノートを引っ張り出した。ピラミッドになぞらえた三角の図を開くと、真ん中の疑問符を消してロルフ・ニーマンと書き入れた。彼を犯人とするには裏付けが足りなすぎるということはわかっていた。唯一ニーマンを犯人と疑うことができる理由として、彼がスポットライトを盗み、それを野原に置いて飛行機が荷物を投下できるように明るく照らしたと推量できるということだけだった。

それ以外にはなにがあるか？　何もないのだ。知らなければならないことがたくさんある。ロルフ・ニーマンとホルムの関係は？　飛行機とエーベルハルズソン姉妹と彼の関係は？　ヴァランダーはノートを脇に押しやった。これを前に進めるためには、徹底的な捜査が必要になる。それらの基礎証拠が固まったとしても、同僚を説得しなければならない。自分の直感で捜査を進めるということに彼らはどこまで理解を示してくれるだろう？　リードベリは理解してくれるだろう。もしかすると、マーティンソンも。だがスヴェードベリとハンソンは首を縦には振らないだろう。

夜中の二時、ようやくヴァランダーはベッドに入った。頬が痛んだ。

一月三日、スコーネは快晴だったが寒かった。ヴァランダーは朝早く起きて頬の絆創膏を貼り替え、イースタ署には七時前に着いていた。その日彼はめずらしくマーティンソンよりも早く出勤していた。受付で、一時間前にイースタで重大な交通事故が起きて、数人死亡、中に小さな子どももいたと聞いた。子どもが事故に巻き込まれたというニュースはいつもながら、警察官たちに特別に辛い思いを抱かせる。ヴァランダーは自室に向かいながら、自分がもはや交通事故の現場に駆けつける係ではないことに密かに感謝した。コーヒーを持ってきて、机に向かい昨夜から夜中にかけて得られた情報を考えた。

しかし、昨日感じた迷いもまだ自分の中にあった。ロルフ・ニーマンは真犯人が警察の注意をそらすための目くらましかもしれない。だが、いずれにせよ、徹底的に捜査するのにじゅうぶんな理由はある。あの家を見張らせることにしよう。ニーマンがいつ外に出るかを知るためにもそれは必要だ。これは本来地理的にはシューボー警察の仕事だが、彼らにはことの経過だけを知らせればいいとヴァランダーはすでに決めていた。仕事そのものはイースタ警察が独自にやると。

あの家の中に入る必要がある。だが一つ問題になるのはそこには女がいるということだ。誰も見たことがない、ヴァランダーが前にあの家に行ったときニーマンが寝ているからそっとしておいてほしいと言っていた女だ。

そのとき突然、本当に女はいるのだろうかという疑問が浮かんだ。ニーマンはいままでいくつも嘘をついている。ヴァランダーは時計を見た。七時二十分。この時間はディスコを経営している人間にとっては少し早すぎるかもしれない。だがルンドのディスコ経営者の電話番号はすでに持っている。彼女はすぐに応答した。寝ていたところを起こされたのだとわかる声だった。

「起こしたのでなければいいが」

「起きてたわ」とリンダ・ボーマンは即座に言った。

まるでおれそっくりだ、とヴァランダーは思った。電話で起こされたと言うのが嫌なのだ。寝ていたとしても決しておかしくない時間であっても。

「まだいくつか訊きたいことがあった」とヴァランダーは言った。「残念ながら、待てないのだ」

「五分したらもう一度電話して」と言って、彼女は電話を切った。

ヴァランダーは七分待ち、電話をかけた。応えた彼女の声は前のようにくぐもってはいなかった。

「今度もまたロルフ・ニーマンのことだが」

「でも今度も、なぜロルフに興味をもつのか言わないんでしょう？」

「まだ言えない。だが、事件が終わったら、きみに最初に話すと約束するよ」

「それはそれは。名誉なこと」

「ロルフはヘロインで苦しんでいると言ったんだね？」

「あんたにあたしがそう言ったことは憶えているわ」

「知りたいのは、なぜそれをきみが知っているのかということなんだ」

「なぜって、彼が自分でそう言ったからよ。それを聞いたとき、あたし驚いたわ。隠そうとしないということに。それではっきり憶えているの」

「ヘロインで苦しんでいるというのはロルフ自身の言葉なのか？」

「そう」

「ということは、きみはロルフがその問題を抱えているということにそれまで気がつかなかったということか？」

「そう。いつもきちんと仕事をしていたから」

「つまり、ヘロインの影響を受けている様子が見られなかったということ？」

「ええ、まったくそんなふうには見えなかったわ」

「神経質そうとか、不安そうということは？」

「他の人と比べてとくに目立つようなことはなかったわね。あたし自身は地元の警察がディスコのことで難癖をつけてくるときなど神経質にも不安にもなるけど」

ヴァランダーは一瞬黙った。ルンド警察にこのリンダ・ボーマンのことを訊くほうがいいのかもしれないと思った。リンダ・ボーマンは静かにヴァランダーの次の質問を待っているようだった。

「もう一度訊こう。きみはロルフ・ニーマンが麻薬の影響を受けているのを一度も見たことがないのだね？　自分はヘロイン中毒だと彼自身が言った、その言葉しかないのだね？」

「そう。この手のことで人が嘘をつくとは思わないので」

「私もそうだ」とヴァランダーは言った。「ただ、こっちの誤解ではなく、本当に彼自身が自分のことをそう言ったということに間違いないことを確かめたかったのだ」

「そんなことのために朝六時に電話してくるの？」

「いや、六時じゃない。七時半だ」

「あたしには同じことよ」

「もう一つ訊きたいことがある。ガールフレンドがいるとは聞いたことがないと言ったね？」

「ニーマンは誰かを連れてくるということもなかったか？」

「そう」

「一度も」

「彼がガールフレンドがいると言ったとしても、きみにはそれが本当かどうかわからないということかね？」

「ねえ、何が言いたいの？　質問がどんどんおかしくなってる。なぜ彼にガールフレンドがいちゃおかしいの？　他の男と比べてとくに変なやつだとは思わないけど？」

「いや、これでおしまいだ。もう質問はない。昨日頼んだことだが、今日のこの電話も同じだと思ってくれ」

「誰にも言うなってことでしょう。わかってるわ。もう寝るから」

「また電話するかもしれない。あ、もう一つ、ロルフには誰か親しい友だちがいたか？」

「知らない」

そこで通話は終わった。

ヴァランダーはマーティンソンの部屋に行った。彼は手鏡を使って髪を撫で付けているところだった。

「八時半に会議を開く。みんなにそう伝えてくれないか？」

「何か、起きたんですか？」

「ああ、もしかすると」ヴァランダーが言った。

今朝の交通事故についてマーティンソンが話してくれた。路面が凍った道路を、あろうことか逆走してきた乗用車が、ポーランドナンバーの大きな貨物トラックと正面衝突したということらしい。

八時半、集まった同僚たちにヴァランダーは、ディスコの店主のリンダ・ボーマンと電話で話したことと彼女の店から一年前にスポットライトが六台なくなっていることを話した。しかし、真夜中にシューボー郊外のロンゲルンダにある田舎家に行ったことについては何も言わなかった。予想どおり、リードベリはこれは重大な発見だと言い、スヴェードベリとハンソンは反対の意見を言った。マーティンソンは何も言わなかった。

「確かに彼だと決めるにはまだ弱い」彼らの意見を聞いてからヴァランダーが言った。「だがそれでもおれは、当面このロルフ・ニーマンに集中しようと思う。もちろんいままでどおり、一般の協力を得て広く捜査を続けることはそのままにしながら」

「検事はこれについてなんと言っているんです?」マーティンソンが訊いた。「そういえば、いまは誰が検事なんですかね?」

「アネッテ・ブロリンという女性検事だ。まだストックホルムにいる。来週からこっちに来るそうだ。だがおれはこの件はペール・オーケソンに話そうと思っている。もちろん、彼が正式にはもうイースタの検事ではないことは知っているが」

話を続けた。ヴァランダーはこのロンゲルンダにある田舎家を家宅捜索する必要があると思うと言った。ただし、ロルフ・ニーマン本人のいないときに。すぐに反対の声があがった。

「それはできない。それは法律違反だ」とスヴェードベリ。

「これは三人の殺人事件の捜査なんだ」ヴァランダーが言った。「おれの推測が正しければ、ロルフ・ニーマンが犯人である疑いは濃厚だ。だが確証がない。証拠を見つけるには彼に気づかれないように動かなければならないんだ。我々が知らなければならないのは、彼の行動パターンだ。いつ彼は家を出るか? 何をしているか? 家を離れるとき、時間は長いか、短いか？　何より、彼の言うところのヤク中のガールフレンドというのが本当にいるのかどうか、それを探り出すんだ」

「自分が煙突掃除人に扮装して行きますか？」マーティンソンが提案した。

「それはすぐに見破られる」とヴァランダーはマーティンソンにピシャリと言った。「おれは関接的に、誰か他の人間に協力してもらうほうがいいと思う。例えば郵便配達人だ。あの付近に郵便配達をしている人間を捜し出して協力してもらう。郵便配達人は人里離れた家まで郵便を配達する。彼らは驚くほど正確に一軒一軒の家に住んでいる人間の名前まで把握しているからな」

それでもスヴェードベリは食い下がった。

「いや、その女性にはまったく外から手紙など来ないかもしれない」

「いや、彼女が実際に手紙を受け取るかどうかの問題じゃない。郵便配達人ならその家に誰が住んでいるかを知っているということだ」

リードベリがそのとおり、というようにうなずいた。ヴァランダーはいつもながら彼のサポートをありがたく思った。それで強気で押し切った。ハンソンがその地域の郵便配達人を捜し出すと言った。マーティンソンは不承不承その家の見張り役を引き受けた。ヴァランダーはオーケソン検事に話を通しておくと約束した。

「みんな、できるかぎりロルフ・ニーマンについて情報を集めてくれ」最後にヴァランダーが言った。「ただし、目につかないようにな。おれが疑っているとおりに、もし彼が熊だとししたら、起こさないようにすることだ」

リードベリに目配せして、会議のあと部屋に来てもらった。

「確信してるんだな？」リードベリが訊いた。

「そうだ」ヴァランダーはうなずいた。「だが、同時にまったく見当違いということがあるかもしれないとも思っている。捜査をまったく間違った方向へ進めているかもしれないという恐れがないとは言えない」

「スポットライトの盗みはじゅうぶんな証拠となり得る」とリードベリ。「おれはそれで立件できると思う。よくスポットライトのことを思いついたな？」

「ピラミッドなんだ。カイロでピラミッドは夜、スポットライトに照らされていた。一ヵ月に一度、満月のときには消されるが、それ以外はいつも煌々と照らされている」

「そんなことをなぜ知ってる？」

「親父が教えてくれた」

リードベリは考え込んだようだった。

「麻薬の密輸は月の満ち欠けとは関係なく行われると思うがね。それにもしかするとエジプトの月はスウェーデンの月よりも光が弱いんじゃないのか？」

「おれがもっとも面白いと思ったのはスフィンクスだったね。半分人間、半分動物の姿だ。太陽が毎朝同じ方角から上がるのを監視しているのだそうだ」

「アメリカの警備会社でスフィンクスを会社のマークにしているところがあるよ」とリードベ

リが言った。

「それはぴったりだな。スフィンクスは見張っている。我々警察も同じだ。警察であろうが警備会社であろうが、我々は見張っているからな」

リードベリは吹き出した。

「おいおい、そんなことを新米の警察官に言ってみろ。バカにされるぞ」

「わかってるさ。だが、おれは本気なんだ。おれたちは本当に見張りをするべきなんだ」

リードベリは部屋を出て行った。ヴァランダーはペール・オーケソンの自宅へ電話をかけた。オーケソンはアネッテ・ブロリンに伝えると言ってくれた。

「どんな気分なんだ？　犯罪と関係ない状態に身を置くのは？」

「いいね」とペール・オーケソンは答えた。「思っていたよりもずっといい」


捜査班はその日二度目の会議を開いた。マーティンソンは例の家の見張りを組織した。ハンソンは郵便配達人と会うために出かけた。その間、一同はロルフ・ニーマンという人物についてできるかぎり情報を集めた。彼がそれまで一度も警察の世話になったことがないのが、皮肉にも情報収集に時間がかかる結果になった。ともかく差し当たりわかったことは、一九五七年トラーノスで生まれ、スコーネには一九六〇年の半ばに両親とともに引っ越してきて、最初はフールに、そのあとトレレボリに住んだ。父親は電力会社の工場のラインで働き、母親は主婦でロルフは一人っ子だった。父親は一九八六年に死亡し、母親はそれを機会にトラーノスに戻ったが、翌年死亡している。ヴァランダーは調べるうちに次第にロルフ・ニーマンは目立たない暮らしをしてきたのだとわかった。意図的に過去を消してきたようにも思えた。マルメ警察の協力を得て、ニーマンが麻薬を扱う裏社会で名を知られるような存在ではないこともわかった。あまりにも見えない存在だとヴァランダーはその午後何度も思った。人間は必ず足跡を残すものだ。が、ロルフ・ニーマンだけは違った。

郵便配達人と会ったハンソンが戻ってきた。エルフリダ・ヴィルマルクという配達人ははっきりと、あの家にはホルムとニーマンの二人しか住んでいないとハンソンに言ったという。その言葉に間違いがなければ、いまホルムの死後、そこにはニーマンしか住んでいないことになる。

夜七時、その日三回目の捜査会議を開いた。マーティンソンが得た報告によれば、ニーマンは一日に二回、犬に餌を与えるときしか家の外に出ないという。その家を訪ねてくる者もいない。ヴァランダーは見張りの者にニーマンの様子を訊くように頼んでいた。マーティンソンによればまったく神経質そうな様子やあたりをうかがうような様子は見られないという。郵便配達人から聞いたことも話し合った。結論として、その家にはロルフ・ニーマンしかいない、麻薬中毒のガールフレンドが一緒に住んでいるというのはニーマンがでっち上げた嘘に違いないという結論に達した。

ヴァランダーはその日のまとめを言った。

「ニーマン自身がヘロイン中毒だという証拠はまったくない。これがまず最初の嘘と思われる。

もう一つ、ニーマンはあの家に一人で住んでいる。ヤク中のガールフレンドがいるというのも嘘だ。我々が彼に気づかれずにあの家に入る道は二つある。一つは彼が外出するのを待つことだ。彼は早晩、そうするだろう。食べ物が底をつくはずだ。とんでもなく大きな食料庫を持っているのでなければ。そんなものがあるわけがない。もう一つはやつをおびき出すことだ」

もう少し待つことにした。少なくとも二、三日。それでも何も起きなければ、何か手段を講じると決めた。

一月四日と五日、捜査班は待った。ニーマンは二度外に出てきた。二度とも犬に餌を与えるためだった。特別に緊張しているようにも、用心しているようにも見えなかった。

この間、ヴァランダーを始め捜査班はロルフ・ニーマンの人生を調べた。だがニーマンはまるで、空《から》っぽの部屋で生きてきたかのようだった。税務署の書類から、ロルフ・ニーマンの職業はＤＪで、ずっと低収入と申告してきたことがわかった。低収入者がもらえる特別手当や控除を一度も受けたことがないのも奇妙だった。一九八六年にパスポートを申請している。一九七六年に運転免許を取得。付き合いや友人の存在は皆無だった。

一月五日の午前中、ヴァランダーはリードベリを部屋に呼んでドアを閉めた。リードベリはさらにもう二、三日待つ必要があると思うと言ったが、ヴァランダーはいい考えがあると言った。このアイディアを実行すれば、きっとニーマンをおびき出すことができると。リードベリは話を聞き、二人は早速計画に取りかかることにした。まずヴァランダーはルンドのディスコの所有者のリンダ・ボーマンに電話をかけて、翌日、つまり一月六日の夜はディスコは営業しているることを確認した。その晩はデンマークからDJがやってくることになっていた。ヴァランダーは計画を打ち明けた。リンダ・ボーマンは一つだけはっきりさせておきたいと言った。そのコペンハーゲンのDJとは年間契約をしているから、たとえ来なくても金を支払わなければならない。誰がその支払いをするのか、と訊いた。ヴァランダーは、実行した場合その請求書はイースタ警察に送ってくれ、実行するかどうかは数時間後に知らせると言った。

その日の午後四時、スコーネには強風が吹き荒れ、厳しい寒さに襲われた。雪交じりの寒冷前線が東からやってきて、おそらくスコーネの南端を通るだろうとの予報だった。その時刻にヴァランダーは捜査班を会議室に集めた。そして手短にその日の午前中リードベリと打ち合わせた話をみんなに伝えた。

「ロルフ・ニーマンをどうにかして燻《いぶ》り出さなければならない。彼が外に出るのが好きでないらしいことは、いままでの様子からわかる。まあ、ありがたいことにまだ向こうは何も疑ってはいないようだが」

「もしかすると、あんたの考えが見当外れだからじゃないのか?」とハンソンが口を挟んだ。

「もしかして彼は殺人とはまったく関係ないんじゃないかな?」

「その可能性がないとは言わない」とヴァランダーは認めた。「だが、いまはそう仮定して我々は行動している。そして我々は彼に気取られないようにしてあの家に入り込む手段を考えなければならない。まずやらなければならないのは、どうにかして彼を家から離れさせることだ。なんらかの、彼が疑わない理由をつけて」

それからヴァランダーは温めておいた考えをみんなに話した。リンダ・ボーマンがロルフ・ニーマンに電話をかけて、コペンハーゲンのＤＪが都合が悪くなって明日の晩来られなくなったと言う。そして、ロルフが代わりにできるかと訊く。彼がもしイエスと答えれば、あの家は一晩空き家になる。ボーマンはディスコの入り口に用心棒を立てて、中の者と常に連絡がとれるようにする。ロルフ・ニーマンが翌日早朝家に戻ったときには、我々はもう引き上げているというわけだ。我々がそこにいたということは、犬以外には誰も知らないことになる。

「ニーマンがコペンハーゲンの男に電話をかけてチェックすることも考えられるのではないか？」今度はスヴェードベリが訊いた。

「それも考えた。リンダ・ボーマンがそのデンマーク人に電話には出るなと特別に断りを入れることになっている。我々警察が彼のその日の手当を支払うことになっている。そのくらいは喜んで支払うことにしよう」

ヴァランダーは猛烈な反対があるだろうと思っていたのだが、誰もそれ以上は何も言わなかった。

「それじゃ、全員一致、ということでいいのだな？　おれは明日実行したいと思っている」

ヴァランダーは机の上の電話に手を伸ばし、リンダ・ボーマンに電話をかけた。

「実行する」電話に出たボーマンにヴァランダーは言った。「ロルフ・ニーマンにあと一時間後に電話してくれ」

受話器を置いて腕時計に目を落とし、マーティンソンに向かって言った。

「いまあの家を見張っているのは誰だ?」

「ネスルンドとペータースです」

「二人に電話して、五時二十分以降、特別に注意して見張ってくれと伝えるんだ。リンダ・ボーマンがニーマンに電話する時間だ」

「何か起きると思っているんですか?」

「いや、そういうわけではないが、用心しろと伝えたいだけだ」

そのあと、全体の計画を確かめた。リンダ・ボーマンはニーマンに電話をかけて、新しいレコードがあるから少し早めに、夜の八時に来てくれないかと言う。つまり、ニーマンは早くも七時過ぎにシューボー郊外のあの家を出ることになる。ディスコはそのあと、朝の三時まで営業する。ニーマンがディスコに姿を見せたらすぐに見張り役がヴァランダーたちに知らせる。ヴァランダーは自分の他にもう一人、リードベリに来てくれと頼んだが、リードベリは首を振り、マーティンソンを勧めた。これで、ニーマンの家に潜り込むのはヴァランダーとマーティンソンということになった。

「マーティンソンとおれが家の中に入る。スヴェードベリも一緒に来てくれ、外で見張り役を頼む。ハンソンはルンドのディスコの見張り役だ。他の者たちは署で待機してくれ。何かが起きたときのために」

「我々は何を捜すんですか?」マーティンソンが訊いた。

ヴァランダーが答えようとしたとき、リードベリが話し始めた。

「捜しているものがわかっているわけじゃない。何が見つかるかわからないが、ニーマンの尻尾を摑むんだ。ホルムとあの老姉妹を殺したのはニーマンだとはっきりわかる、動かしようもない証拠を」

「麻薬、ですかね？」とマーティンソン。

「拳銃、金、なんでもいい。エーベルハルズソン姉妹の店で買った糸でもいい。航空券のコピーでもいい。なんだっていいんだ、やつの尻尾が摑まえられるものなら」

しばらく会議が続いた。途中、マーティンソンはネスルンドたちに連絡するために中座した。戻ってくると、ヴァランダーにうなずき、また元の席に座った。

五時二十分、ヴァランダーは時計を手に持って腰を下ろした。

そして、リンダ・ボーマンに電話をかけた。通話中。

九分後、ふたたび電話をかけた。受話器を握りしめた。相手の言葉に聞き入り、それから受話器を置いた。

「ニーマンは引き受けたそうだ。さあ、歯車は動きだしたぞ。これでおれたちの見当が正しいか、間違いかがわかる」

会議は終わった。ヴァランダーはマーティンソンを引きとめた。

「拳銃を持っていこう」と言った。

マーティンソンは怪訝《けげん》な顔をした。

「ニーマンはルンドにいるんじゃないんですか？」

「念のためだ。用心に越したことはない」

吹雪はイースタを襲わなかった。翌日、一月六日、空はすっかり雲で覆われた。風が吹き、空気が湿っていまにも雪が降りそうだった。気温は四度。ヴァランダーは長いことどのセーターを着るかで迷った。夕方六時、会議室へ行った。ハンソンはすでにルンドへ向かっていた。スヴェードベリもすでにロンゲルンダの田舎家の見張り役についていた。リードベリは食堂でクロスワードパズルを解いていた。ヴァランダーは嫌々ながら拳銃を持ってきて、ホルスターに入れようとしたが、いつもながら手間取った。マーティンソンは上着のポケットに無造作に拳銃を突っ込んだ。

七時九分過ぎ、スヴェードベリから電話があった。鳥が飛んだ。警察の無線はいつも盗聴されている。ヴァランダーはリスクを冒したくなかった。ロルフ・ニーマンは車で家を出た、という暗号だった。

そのまま待ちの態勢に入った。八時六分前、今度はハンソンから連絡が入った。鳥が止まった。ロルフ・ニーマンはゆっくり運転をしたのだ。

マーティンソンとヴァランダーが席を立った。リードベリはクロスワードパズルから目を上げてうなずいた。

八時半、二人はニーマンの家に着いた。犬が吠えだした。家は暗闇にすっぽりと包まれていた。

「鍵は調べておいた」スヴェードベリが言った。「普通の道具で開けられる」

ヴァランダーとスヴェードベリが明かりを鍵穴に当てている間に、マーティンソンが鍵をこじ開けた。スヴェードベリはそのあとすぐに見張りの持ち場に戻った。

家の中に入ると、ヴァランダーは次々に明かりを点けた。マーティンソンは驚いた顔をしてヴァランダーを見た。

「ニーマンは当分帰ってこないんだ。さあ、始めるか」

二人はゆっくりと一つ一つ家の中のものを見ていった。ヴァランダーはまもなくこの家には女性は住んでいないと確信した。ベッドといえば前にホルムが使っていたものと、ニーマンがいま寝ているベッドしかなかった。

「麻薬犬を連れてくるんだったな」マーティンソンがつぶやいた。

「あいつ、家には何も置いていないな」とヴァランダー。

二人は三時間家の中を隈なく捜した。十二時ちょっと前、マーティンソンは無線電話でハンソンを呼び出した。

「ここはものすごい混みようだ」ハンソンが言った。「音楽の音で耳が潰れそうだよ。だからおれは外にいるんだが、寒くてしょうがない」

捜査を続けた。ヴァランダーは心配になってきた。麻薬はない。武器もない。ニーマンが事件に関係していたことを証明するものは何も見つからない。マーティンソンは地下と外の小屋まで徹底的に調べた。どこにもスポットライトがない。犬だけが激しく吠え続けている。ヴァランダーは苛立って何度も撃ち殺そうかと思ったくらいだった。だが、ヴァランダーは本当は犬好きだった。

一時半になり、マーティンソンがまたハンソンに電話した。まだ何も見つかっていないと。

「向こうはどうだって？」ヴァランダーが訊いた。

「外まで人が溢れていると」

二時になった。何も見つからない。ヴァランダーは自分の見当違いだと思い始めた。ロルフ・ニーマンはDJでしかなかった。ガールフレンドについての嘘は犯罪として取り上げられるものではない。それだけでなく、どこをどう捜しても、ニーマンを麻薬常習者であると疑わせるものは出てこなかった。

「もうやめましょう。何も見つけられない」マーティンソンが言った。

ヴァランダーは黙ってうなずいた。

「お前はスヴェードベリと一緒に帰れ。無線ラジオだけ置いてってくれ。おれはもう少し残る」

マーティンソンは無線ラジオをテーブルの上に置いた。

「よし。ここで中止だ。ただ、ハンソンだけはおれが連絡するまで残ってもらおう。だが、署に残っている者たちはもう帰ってもらっていい」

「一人で何を見つけるつもりなんです？」

ヴァランダーはマーティンソンの声に皮肉な響きを聞いた。

「いや、べつに。おれのせいで捜査を間違った方向に導いたことをちゃんと認識するため、と

「明日からまたやり直しましょう。仕方ないですよ」
でも言っておこうか」

マーティンソンは帰っていった。ヴァランダーは椅子に腰を下ろし、部屋を見渡した。犬はまだ吠えている。ヴァランダーは舌打ちした。確信があったのだ。ホルムとエーベルハルズソン姉妹を殺したのはロルフ・ニーマンに違いないと。だが証拠が見つからなかった。何も見つからなかった。ヴァランダーはそのまま座り込んでため息をついた。それからゆっくりと明かりを消して歩いた。

そのとき犬の吠え声が止まった。

ヴァランダーは立ち止まった。耳を澄ました。犬は吠えない。すぐに危険を感じた。恐怖が押し寄せた。ディスコは朝の三時まで営業するはず。ハンソンはまだ何も言ってこない。

そのとき彼は自分が明るく照らされた窓の前に立っていることに気がついた。まだ消していない照明が残っていた。とっさに彼は横に飛んだ。その瞬間に窓が割れた。ヴァランダーは床の上に体を伏せたまま動かなかった。撃ったのは誰だ？　困惑で頭がいっぱいになった。ニーマンはまだディスコにいるはずではないか？　そうでなかったらハンソンから電話があるはず。

ヴァランダーは体を床に押し付けながら、ホルスターから拳銃を抜いた。そうしながらも暗いほうへ這い進もうとしたが、反対に明かりのほうに近づいてしまった。窓を撃った人間はすでに窓まで来ているのではないか。明かりは天井から下がっている電灯だ。ヴァランダーは銃を電灯に向けた。撃ったとき、手が震えて弾が外れた。もう一度狙いを定め、両手で銃を持った。

弾が当たって、電球は粉々に飛び散った。同時に部屋の中が少し暗くなった。ヴァランダーは静止して耳を澄ました。動悸が激しく、心臓が口から飛び出しそうだった。いま必要なのは無線ラジオだ。だがそれは、三メートルも離れたテーブルの上にあった。しかもそのテーブルにも明かりがある。

犬は静かなままだった。ヴァランダーは耳を澄ました。そのとき玄関のほうでかすかな音がした。静かな足音だ。ヴァランダーは銃を玄関のほうに向けた。両手が震えている。だが、誰も姿を現さない。そのままどのくらい時間が経ったのかわからないほど緊張が続いた。一方でヴァランダーは状況を理解しようと必死で考えた。そのとき、無線が置いてあるテーブルが絨《じゅう》毯《たん》の上にあることに気がついた。そっと、銃を持ったままの手で、ヴァランダーは絨毯を引っ張った。テーブルは重かった。だが少し動いたのがわかった。ゆっくりと少しずつ手前に近づいてくる。だがラジオがまさに手の届くところまで来たとき、ふたたび銃声が響いた。銃弾がラジオに当たり、ラジオが破裂して飛び散った。ヴァランダーは部屋の角で体を縮めた。銃弾は入り口のほうから飛んできた。ヴァランダーは相手が裏口のほうに回ったら隠れる場所がないと思った。外に出なければ。ここにいたら必ず撃ち殺される。必死でどうすればいいか考えた。外の照明を撃つことはできない。もしそんなことをしたら、外にいる人間に先に撃ち殺されるだろう。いままでの射撃を見れば、かなり腕が確かであることがわかる。

これしかないと思う手段を考えついた。それは一番やりたくない方法だったが、それしかなかった。ヴァランダーは深く息を吸い込んで立ち上がると、入り口に向かって走り、玄関ドアを蹴り開けて横に飛びながら犬のいる金網のほうに銃を向けて三発撃ち放った。犬の悲鳴が聞こえたことから弾が当たったとわかった。ヴァランダーは次は自分が殺される番だと覚悟を決めた。が、犬の悲鳴で時間が稼げた。彼は素早く暗闇に逃げ込んだ。そのときロルフ・ニーマンの姿が目に入った。庭の真ん中に立っていた。一瞬、犬に向かって撃たれた銃弾に驚いて立ち止まったのだ。そしてその目がヴァランダーに移った。

その瞬間、ヴァランダーは目をつぶって二発撃ち放った。恐る恐る目を開けると、ロルフ・ニーマンが庭に転がっていた。ヴァランダーは立ち上がってゆっくり彼に近づいた。

ロルフ・ニーマンは生きていた。銃弾がわき腹に当たったのだ。ヴァランダーはニーマンの手から銃をもぎ取って、犬の金網に近づいた。犬は死んでいた。

遠くからサイレンの音が聞こえてきた。

全身震えながらヴァランダーは入り口の段に腰を下ろし、待った。

そのときようやく雨が降っていることに気がついた。

エピローグ

朝の四時十五分、ヴァランダーはイースタ署の食堂でコーヒーを前にして座っていた。手がまだ震えていた。いったい何が起きたのか誰もわからないまま右往左往した最初の混乱がなんとか静まると、ようやく全体が見えてきた。マーティンソンがハンソンに電話をしてヴァランダーの伝言を伝えてからスヴェードベリと一緒にロンゲルンダを引き上げたあと、ルンドでとんでもないことが起きた。何も知らないルンドの警察がリンダ・ボーマンのディスコを突然襲ったのだ。大勢の客がディスコの外で騒いでいるという近隣の苦情電話のためだった。その騒ぎの中で、ハンソンはマーティンソンからの伝言を誤解してしまい、全員がニーマンの家を離れたと思ったのだ。それだけではない。ディスコの中に入って見ると、ニーマンの姿がなかった。ハンソンはディスコに裏口があることを見逃していた。だが、ルンドの警察官にディスコの従業員たちはどこだと訊くと、全員が取り調べのためルンド署に連行されたという。ハンソンはその時点でニーマンも一緒にルンドに連行されたのだと思ってしまった。これ以上ルンドにいる必要がないと判断してイースタ署に戻った。彼はロンゲルンダの家は一時間以上も前に全員が引き上げて空《から》になっているから問題ないと思い込んでいたのだ。

その間ヴァランダーは床に転がり、天井の電球を撃ち、庭に飛び出し、犬を撃ち殺し、ニーマンの横腹を撃ったのだ。

ヴァランダーはイースタ署に戻ってから何度も怒りを爆発させそうになった。だが、その怒りを誰にぶつけたらいいのかがわからなかった。誤解の連続でとんでもないことになったかもしれなかった。犬だけでなく自分の命も危なかったのだ。だがそうはならなかった。たとえそれがじつに危機一髪だったとしても。

死ぬのも生きることのうちとヴァランダーは思った。これは昔若いころ、マルメでナイフを腹に刺されて死にかかったときに思ったことだった。この言葉をおまじないのように彼はずっと心の中で繰り返してきた。今度また自分はほとんど死ぬところだった。

リードベリが食堂にやってきた。

「ロルフ・ニーマンは大丈夫そうだ。深い傷ではないらしい。医者によれば早くも明日尋問を始めることができるそうだ」

「いや、撃ち損ねることもあったんだ。あるいはひたいの真ん中にとか。おれはなにしろ下手くそな射撃手だからな」

「たいていの警察官はそんなもんさ」とリードベリが言った。

ヴァランダーは熱いコーヒーを音を立ててすすった。

「鑑識のニーベリと話したよ」リードベリが話を続けた。「ニーマンの拳銃はホルムとエーベルハルズソン姉妹を殺害したのと同じもののようだ。ホルムの車が見つかったよ。シューボーの街中の通りに乗り捨ててあったそうだ。おそらくニーマンがそこに捨てたんだろう」

「これで一件落着となるのだろうが、我々は今回のこの事件の背景がなんなのかはわからずじまいだな」ヴァランダーが言った。

リードベリは黙ってうなずいた。

事件の全貌が暴かれるのに数週間かかった。ニーマンが話をするにつれて、大量の麻薬をスウェーデン国内に持ち込む巧妙な組織の実態が明らかになっていった。エーベルハルズソン姉妹はニーマンの巧妙なカモフラージュになった。組織はスペインに本拠地を置き、中東とアジアで生産した大麻を船でスペインまで運んだ。ホルムはニーマンの手先だった。ところがホルムとエーベルハルズソン姉妹は利益を横取りしようとある時点で手を組み、ニーマンに反旗を翻《ひるがえ》した。そのことに気づいたニーマンはすぐさま手を打った。同じ時期に飛行機事故があった。麻薬がマルベーリャからドイツ北部に運ばれ、キール郊外の個人所有の滑走路から夜スウェーデンへ麻薬を運ぶという秘密の運行が始まったのだが、最後の運行のときに墜落するという形で終わりになった。事故調査委員会は最後までその原因を明らかにできなかった。だが飛行機そのものが耐久年数をとっくに超していて、複数の原因が重なって事故が起きたのだろうというのが委員会の結論だった。

ヴァランダー自身がニーマンの最初の事情聴取を行った。だが、それからまもなく二人の老人が殺害される残虐な別の事件が発生したために、ヴァランダーはまもなくこの事件から手を引いた。それでもヴァランダーは最初の尋問のときにはすでに、ロルフ・ニーマンがこの麻薬密輸システムというピラミッドのトップにいる人間ではないとわかっていた。ニーマンの上に真の総元締めである、表には出てこない男たちがいて、善良な市民の面をかぶって裏でスウェーデンへの麻薬の流れが途切れないように指図しているにちがいなかった。

幾晩もヴァランダーはピラミッドのことを考えた。父親が登ろうとしたその頂点。またヴァランダーは、上に向かって登るという行為そのものが、自分の仕事のシンボルかもしれないと思った。彼自身は決して頂上まで行きつかないのだ。高いところ、手の届かないところには必ず陣取っている人間がいて、決してヴァランダーなどを寄せつけないのだ。

しかし、とにかくこの一月七日の早朝、ヴァランダーはただ疲れていた。

五時半になったときには、彼はもう疲労困憊《こんぱい》の極致だった。リードベリにだけ断って、車で自宅に戻った。シャワーを浴びてベッドに潜り込んだが、眠れなかった。起き上がって浴室の引き出しに睡眠薬を見つけてようやく眠りにつき、そのまま午後の二時まで一気に眠った。

その後はイースタ署と病院で過ごした。ビュルクがやってきて、事件解決おめでとうと声をかけたが、ヴァランダーは答えなかった。自分のやったことはほとんど全部間違いだったと思っていた。ロルフ・ニーマンを落とすことができたのは単なる運であって、決して自分たちの優秀さのためではないと思っていた。

そのあと、病院でニーマンと最初の尋問をした。ニーマンは青ざめていたが、落ち着いていた。ヴァランダーはニーマンがおそらく答えるのを拒むだろうと思っていたのだが、質問の一部には素直に答えた。

「エーベルハルズソン姉妹のことだが？」と最後にヴァランダーが訊いた。

ロルフ・ニーマンはニヤリと笑った。

「強欲ばあさんたちのことか。誰かが哀れな彼女たちの人生に光を灯し、冒険の香りを嗅がせてやった。それでもっとほしくなったんだ」

「いや、それだけじゃないだろう。やったことが大胆すぎる」

「アンナ・エーベルハルズソンは若いときはかなり派手な暮らしをしていたらしい。エミリアが手綱を握っていた。もしかすると、エミリアも本当は大胆な暮らしがしたかったのかもしれない。人間というものはわからないものだからなあ。弱い点はすぐにわかるものだがね。そうなんだ。人の弱点。これを見抜くのがおれの特技かな」

「どうやってあの二人に出会ったんだ？」

答えは意外なものだった。

「ファスナーを買いに行ったんだ。そのころおれは自分のものは自分で繕っていた。店に入ってあのばあさん姉妹を見たとき、とんでもないアイディアを思いついた。このばあさんたちは使えるぞ、隠れ蓑としてとね」

「それで？」

「それからおれはしょっちゅう店に行くようになった。世界中を旅していると、旅の話を聞かせた。金を稼ぐのはちょろいもんよ、人生は短いからな、と。だが、なんだって遅すぎるってことはない、と言ったら、二人とも目を爛々《らんらん》と輝かせて聴いていた」

「それで？」

ロルフ・ニーマンは首をすくめた。

「ある日おれは二人に提案したんだ。なんと言うんだっけ、人が抵抗できない提案のことを？」

ヴァランダーはもっと聞きたかったが、ニーマンはここで口を閉じた。

ヴァランダーは話題を変えた。

「ホルムは？」

「やつも強欲だったな。そして性格が弱かった。バカなやつさ、おれを騙すことができると思ったんだから」

「三人が何か計画をしているとどうしてわかったんだ？」

ロルフ・ニーマンは首を振った。

「これ以上は話さない」

病院からイースタ署まで歩いた。署に着くと、驚いたことに記者会見が行われていた。ヴァランダーは自分が話さなくてもいいことがわかってほっとした。

自室に入ると、机の上に包みが置いてあった。手書きで、この包みは何かの間違いで受付にずっとあった、というメモが添えてあった。包みを見ると、発信地がブルガリアのソフィアとあった。ヴァランダーは中身が何か、すぐにわかった。数ヵ月前にコペンハーゲンで警察の国際協力会議があった。そこで自分と同じくオペラを趣味とする人物に出会った。ヴァランダーは包みを開けてみた。中身は思ったとおりマリア・カラスの『ラ・トラヴィアータ』だった。

ヴァランダーはニーマンから聞き出したことをメモした。それから家に帰り、食事を作り、何時間か眠った。娘のリンダに電話をしようと思ったが、そこまでは至らなかった。夜、ブルガリアから送られてきたレコードを聴いた。いま自分に必要なのは、数日間の休みだと思った。

夜中の二時近くになって、ようやくベッドに行き、眠りについた。

その電話がイースタ署にかかってきたのは明け方の五時十三分と記録されている。一月八日のことである。それを受けたのは疲れ切った警官で、大晦日《おおみそか》の晩からほとんど休みなしで働きどおしだった。相手はほとんど言葉にならない言葉をつかえながら話したので、最初は少しボケた老人が電話してきたのだろうと警官は思った。それでも老人の声にただならぬ気配を感じて、彼はいくつか問い質した。通話が終わると一瞬考えたが、迷いなく、空で憶えている番号を押した。

電話が鳴ったとき、ヴァランダーはエロティックな夢を見ている真っ最中だった。

受話器に手を伸ばしながら時計に目を走らせた。交通事故かと一瞬思った。地面が凍結しているうえに、速度がオーバーだったとか。もしかすると死者が出たのかもしれない。あるいはポーランドから朝一番の船でやってきた移民がらみのトラブルか。

起き上がると、硬い髭が伸び始めた頬に受話器を押し当てた。

「ヴァランダーだ」

「起こしたのでなければいいのですが？」

「いや、起きていた」

なぜ嘘をつく？　なぜ正直に言わないんだ？　なぜいますぐにまた眠りの中に戻って夢の続きを見たいと言わない？

「知らせるほうがいいと思ったもので。レンナルプに住むニーストルムと名乗る老人からの電話で、隣の農家のかみさんが椅子に縛られて床に転がっているし、誰かが死んでいると言うんです」

ヴァランダーは素早くレンナルプの位置を頭の中で探った。たしかマースヴィンスホルムからさほど遠くない場所だ。スコーネにはめずらしく土地に起伏のある地方だ。

「なんだか恐ろしいことが起きているように聞こえました。それでお電話するのがいいと思ったんです」

「他に誰がいま動ける？」

「ペータースとノレーンがいまホテル・コンチネンタルの窓を破ったやつを捜しに出てますが、呼び出しましょうか」

「ああ、カデシューとキャットルーサの間にある交差点まで行って、おれを待てと言ってくれ。住所も教えておいてくれ。その電話はいつ入った？」

「二、三分前です」

「酔っ払いのいたずらじゃないだろうな」

「そうは聞こえませんでした」

ヴァランダーは起き上がって着替えた。あれほど望んでいた休みはこの分では当分お預けになりそうだ。

車を走らせてイースタの町を抜けた。町の出口に新しくできたばかりの家具センターの建物の前を通り過ぎると、遠くに黒い海が臨める道に出た。空は厚い雲で覆われていた。

豪雪は今年もくる、とヴァランダーは思った。

遅かれ早かれきっとくる。

それから、このあと自分が見ることになる光景を想像した。

パトカーが一台、カデシューへの曲がり道に停まっていた。

あたりはまだ暗かった。

訳者あとがき

久しぶりにスウェーデンの警察官クルト・ヴァランダー・シリーズをお届けする。今回の作品はシリーズ九作目で、五つの短編からなる。短編と言っても本のタイトルとなった最後の「ピラミッド」は原書で二三七ページもある中編だ。原書は一九九九年に発行されている。作者ヘニング・マンケルはこの本の発表当時五十一歳。ヴァランダー・シリーズは一九九一年発表の第一作『殺人者の顔』からこの第九作の『ピラミッド』まで、イースタというスウェーデン南部の小さな町の警察官クルト・ヴァランダーの目を通して現代のスウェーデン社会、さらにヨーロッパ全体、そしてアフリカまで、スウェーデンを取り囲む激動する世界を、そこに発生する犯罪を通して描いたものである。

前年に第八作『ファイアーウォール』を書き上げ、今回のまえがきにあるようにマンケル自身はこれでシリーズはおしまいにしようと思っていたらしい。だが、作者のその思いとは裏腹に、クルト・ヴァランダー刑事（のち警部）を主人公とするこのシリーズをもっと読みたい、とくに、『殺人者の顔』で描かれた一九九〇年より前のヴァランダーを知りたいという声が作家のもとに多く寄せられたという。この本はそうした読者の声に応えて、新米巡査時代からシリーズが始まる直前の四十二歳現在までのヴァランダーの活躍ぶりを五編の短編にまとめた、いわば番外編である。

とは言っても、世界中で累計二千五百万部も発行されているヴァランダー・シリーズが九作で終了できるはずもなく、マンケルはこの『ピラミッド』の五年後、*Handen*（手、二〇〇四年、未訳）を発表。これでヴァランダー・シリーズは十作になり、同じスウェーデンの警察小説のクラシック、『笑う警官』（新訳は拙訳で角川文庫刊）に始まるマルティン・ベック・シリーズ十作に倣って、これで打ち止めだろうと思われた。ところがそれから五年後の二〇〇九年、ヘニング・マンケルは大方の予想を裏切って*Den orolige mannen*（苦悩する男、未訳）を発表した。これら二作より前の二〇〇二年に、ヴァランダーの娘で警察官実習生のリンダを主人公に、ヴァランダーを脇役にした『霜の降りる前に』が発表されている（二〇一六年拙訳で東京創元社刊）。残念なことにヘニング・マンケルは二〇一五年十月五日にがんで死去したため、ヴァランダー・シリーズは十一作で本当に完了である。

このシリーズの主な舞台となっているのは、スウェーデン南部の、バルト海に面した港町イースタ。バルト海の向こう側にはポーランド、ドイツ、バルト三国そしてロシアが位置している。イースタはスコーネ地方では大きな町の一つではあるが、人口を見るとマルメ三〇万人、ヘルシングボリ一〇万人、ルンド八万七千人などに続いて九番目の一万八千人強（二〇一五年）で、シリーズの始まった一九九〇年当時のイースタの人口は一万五千人を超える程度だった。しかし、なんの変哲もないと思われる港町イースタで起きる事件は、どれも当時のスウェーデン社会の縮図だった。難民や移民への嫌がらせと迫害、女性に対する暴力、貧者に対する抑圧と差別、そして国際的な犯罪集団……。シリーズを通して三十年から二十年前のスウェーデンが、まるでいまの日本や世界の姿のようにまざまざと描き出されている。

最初の短編「ナイフの一突き」では、二十二歳の警察官クルト・ヴァランダーはナイーブで正義感の強い若者である。時はちょうど一九六〇年代後半で、アメリカがベトナムに軍事介入していたベトナム戦争たけなわの時代。若者という若者がアメリカを非難し、ベトナム支援を叫ぶデモに参加していた時代に、デモを規制する警察の側に身を置くことは若いヴァランダーにとっては辛いことだった。ヴァランダーは同年輩の若者たちから軽蔑や反発の視線を感じ、実際に同年輩の女の子に蔑みの言葉を投げつけられて、デモを制御する側にいることに葛藤を感じている。時代的にはスウェーデンが社民党のオーロフ・パルメ国会議員（のちに首相）を中心にアメリカのベトナム攻撃を批判、アメリカはスウェーデンから大使を引き上げ、二年間も両国の国交が断絶した時期と重なる。

ヴァランダー・シリーズを読んだことのある読者にはお馴染みだが、ヴァランダーの父親は大の警察嫌いである。息子が警察官になることに猛反対し、しばらく絶交状態が続いた後、なんとか付き合いを再開したが、基本的に、息子が警察官になったことに腹を立て、承服できないと言って決してヴァランダーの選んだ職業を認めない。息子は警察官、すなわち体制側に仕える人、自分は自由人、警察とは反対側にいる人間であるという認識で、これは全シリーズ中一貫して変わらない。（この父親になぜか作者マンケルはファーストネームをつけていない。いつも〈ヴァランダーの父親〉という名前で登場させている）。

この父親はかなりユニークな人であり、この本の、いやシリーズ全体のと言ってもいいが、もう一人の主人公である。この短編集では、一番目の「ナイフの一突き」から五番目の「ピラミッド」まで、父親その人、また父親に対するヴァランダーの気持ちがよく描かれている。親父とは今後一切付き合わない、葬式にだけは出てやると、父親のわがままな行為に腹を立て絶交すると決心したことさえあったのに、仕事のストレスとモナを失った悲しみ、孤独を、父親のアトリエに出かけて行って油絵の具の匂いを嗅ぐことで慰められ、安らぎを得るヴァランダーである。口下手でぎこちない父親と息子。アトリエでは何をするでもなく、「ときどき二人は言葉を交わしたが、静かな時が流れた」とだけある。このくだりの文章が限りなく優しい。本書は初めから終わりまで父親に対するヴァランダーの思いに溢れている。ポーカーをして勝ってわずかな金を息子から巻き上げて上機嫌になる、引っ越し先の住所も知らせずに引っ越す、ヴァランダーの姉のクリスティーナには訪ねてもこない冷たい息子だと嘘をついてグチをこぼす、引っ越しの手伝いで皿を割ったら弁償しろと言い放つ父親……。にもかかわらず、気持ちの底ではしっかりつながっている父親と息子である。日常的な愛情表現などまったくないが、二人の間には他の人間にはわからない強い絆がある。

この短編集の前、二〇一六年に私はマンケルの唯一の（?）自伝的エッセイ集『流砂』（二〇一四年）を翻訳刊行した。唯一の、に疑問符をつけたのは、マンケルは多作で二〇一五年に多臓器がんで死去するまでに四十五の作品を書いていて、私はまだその中の十三作しか訳していないし、作品すべてを読んではいないので、ほかにエッセイがあるのかどうか、よくわからないからである。『流砂』を読んでヘニング・マンケルという無口な巨人をほんの少し知ったような気になった。父親と祖母に育てられたこと、一歳の赤ん坊のときに生地のストックホルムを離れて北部スウェーデンのスヴェーグという小さな村で育ったこと、父親が裁判官で小さいときから裁判の様子などを見聞きしていたことなど、それまで知っていたこともあったが、母親との関係は『流砂』を読んで初めて知った。どういうものだったかはぜひ『流砂』を読んでいただきたいが、とにかくそれでヴァランダーがなぜモナとの別れをパニックに陥るほど恐れるのか、少しわかったような気がした。

モナとの関係。これはヴァランダーのトラウマ、彼にとってもっともむずかしいものだ。最初は恋人同士(「ナイフの一突き」)。それから結婚するが、そこにはいつも苛立ちがある(「裂け目」)。そして結婚はしているが仲は冷え切っていて、娘のリンダだけが二人を結びつけている状態が続いている(「海辺の男」)。モナが別居を申し出、マルメに戻り、リンダも一緒に移る(「写真家の死」)。そして一人暮らしで、モナが戻ってくれることを願っている現在(「ピラミッド」)。と、この短編集の五つの作品ごとにモナとの関係が変化している。個人生活での憂いが、彼のキャラクターを作ってしまっているようだ。父親との付き合い、娘のリンダの存在が救いである。

さて二番目の、クリスマスイブの夕方に食料品店で起きた事件を扱った「裂け目」は、象徴的な一編である。時代を一九七五年に設定しているからヴァランダーはまだ二十八歳、マルメ警察の刑事課に勤務している若手刑事である。上司のヘムベリに認められ、仕事の手順も覚えて有能な警察官に育っている。五つの作品の中では一番短いが、ヴァランダーの目指す警察官のありかた、彼の立ち位置と世界観がよく表れている作品である。

三番目の「海辺の男」で、ヘニング・マンケルは、警察官および司法従事者はその職に就いている以上、間違いや、捜査、審議の切上げは許されないとする、通り魔的殺人で息子を殺された父親の怒りを描いている。登場人物の言葉に「時代が変わり、犯罪は頻発し、しかもどんどん過酷なものになってきた。警察官も検事も、裁判官も、とっくに疲労困憊の極限に達している」と、司法従事者たちを擁護する言葉がある。罪を犯すのは人間だが、犯人を捕まえ、経過を明らかにし、裁くのも人間だ。その立場の人間にも理解を示してほしいという思いをこめた言葉だろう。どこまでも追及して犯人を捕まえ相応の罰を与えるべきだという遺族の要求が、法制度そのものに向けられるのではなく、法制度を執行する人間個人に向けられてしまったら、新たな犯罪を生み出してしまうかもしれない。警告である。

四番目の「写真家の死」は、何の変哲もない、町のフォトスタジオの主人である写真家が殺された、犯人探しの作品。写真家が密かに作成していたアルバム、希薄な人間関係、突然の情熱と、様々な要素が描かれ、物語を幾重にも複雑なものにしているが、ヴァランダーの同僚のリードベリの言う、「もしかすると、現在、力がないと感じる人間たちは、いわゆる民主的な話し合いに参加せず、一人で勝手な儀式を挙げているのではないか？　もしそうなら、我が国の民主主義は危機的状況にあることになる」にドキリとする。平凡に暮らす普通の人々が参加しないかぎり民主主義は存在し得ないことを思い出させてくれる言葉だ。

そして最後にこの本のタイトルになっている「ピラミッド」が登場する。冒頭の小型機パイパー・チェロキーの墜落、手芸用品店の火事、店主の老姉妹の死と、物語はミステリアスに、バラバラに始まる。さらにもう一人、森の中で男が殺害されて、ようやくこれらの出来事は関連していることがわかってくる。ヴァランダー、リードベリ、マーティンソン、スヴェードベリ、ハンソン、ビュルク、ニーベリと、馴染みの面々が勢ぞろいする。

事件の謎を解くのにヒントとなったピラミッドの三角形。だがヴァランダーたちは決してピラミッドの頂上までは行き着かない。上に向かって登るという行為そのものが自分の仕事のシンボルかもしれないとヴァランダーは自分に言い聞かせる。

もう一つ、この作品では三件の殺人事件の解決と並行して、父親のピラミッドへの思いと行動が描かれる。ピラミッドは父親が若いときからいつかは登りたいと願っていたもの。なぜ、とヴァランダーに訊かれて父親はこう答える。「ずっと胸に抱いてきた夢だったんだ。それだけだ。夢は大切にするべきだと思う」。

若いときから胸に抱いてきた夢の実現。父親の夢はエジプトとイタリアに行くことだった。「ピラミッドとローマだけは、死ぬ前に見たいんだ」。今回はエジプトに行ってピラミッドの実物を目の当たりに見た。ローマは？　エジプトへ迎えに来た息子に、父親はこう言葉をかけている。「次は一緒にイタリアへ行こうな」。

じつはすでに第五作の『目くらましの道』でローマ旅行は実現しているのである。時期的にはピラミッドへ行った後となる。言葉どおり、息子ヴァランダーとともに。

ヴァランダー・シリーズは、イギリスのＢＢＣ（英国放送協会）作成、シェイクスピア俳優ケネス・ブラナー主演で映像化されている。日本でもＷＯＷＯＷで放映され、ＤＶＤも発売されている。

ヴァランダー・シリーズの残りの二作、『手』と『苦悩する男』はできるかぎり早く翻訳したいと思っている。ヘニング・マンケルはいなくなっても、魅力的な未訳作品がまだまだ三十作以上もある。次は出版の契約順で、孤島に住むミステリアスな初老の男を主人公にした *Italienska scor*（イタリアン・シューズ、二〇〇六年）に取り掛かる予定である。どうぞご期待ください。

二〇一八年三月七日

柳沢由実子

訳者紹介　1943年岩手県生まれ。上智大学文学部英文学科卒業、ストックホルム大学スウェーデン語科修了。主な訳書に、インドリダソン『湿地』『緑衣の女』『声』『湖の男』、マンケル『殺人者の顔』『流砂』、シューヴァル／ヴァールー『笑う警官』などがある。

検印
廃止

ピラミッド

2018年4月20日　初版

著　者　ヘニング・マンケル

訳　者　柳《やなぎ》沢《さわ》由《ゆ》実《み》子《こ》

発行所　（株）東京創元社
代表者　長谷川晋一

162-0814/東京都新宿区新小川町1-5
電　話　03・3268・8231-営業部
　　　　03・3268・8204-編集部
URL　http://www.tsogen.co.jp
精興社・本間製本

乱丁・落丁本は、ご面倒ですが小社までご送付ください。送料小社負担にてお取替えいたします。

ISBN978-4-488-20920-9　C0197